GRATIS
REZENSIONSEXEMPLAR

D1705740

Herzlichst

Elsa Wild

Elsa Wild
Herzstein III
Strich & Faden
3. Band

Verlag INNSALZ, Munderfing
www.innsalz.eu
Grafik:
Aumayer druck & media GmbH, Munderfing
Druck:
PBtisk, a.s.

ISBN 978-3-903496-27-9
1. Auflage, November 2024

Elsa Wild

HERZSTEIN III

STRICH & FADEN

Fantasy Roman

 INNSALZ

Wer vom Ziel nicht weiß, kann den Weg nicht haben.
Wird im selben Kreis all sein Leben traben.
Kommt am Ende hin, wo er hergerückt.
Hat der Menge Sinn nur noch mehr zerstückt.
Wer vom Ziel nichts kennt, kann's doch heut erfahren.
Wenn es ihn nur brennt nach dem Wirklich-Wahren.
Wenn in Eitelkeit er nicht ganz versunken
und vom Sein der Zeit nicht bis oben trunken.
Denn zu fragen ist nach den stillen Dingen,
und zu wagen ist, will man Licht erringen.

Christian Morgenstern (abgewandelt)

Für meine Mama
und bestrickend bunte Lebensmomente

PROLOG

Auf den ersten Blick zeigte der Teppich ein vertrautes Bild. Ein riesiges Zelt, geschmückt mit zahlreichen bunten Wimpeln, beanspruchte den Großteil des geknüpften Gemäldes. Seite an Seite tummelten sich zottige Eselchen mit ledrigen Sätteln auf ihrem Rücken und karamellbraune Kamele, die ständig mit ihren Zähnen malmten, unabhängig davon, ob deren Maul leer oder voll war. Steingraue Elefanten mit respekteinflößenden Stoßzähnen grasten auf der üppig grünen Wiese. Was nun schon etwas befremdlicher schien. Handelte es sich um eine fruchtbare Oase inmitten der trockenen Wüstenlandschaft? Hingegen, im Hintergrund gab es keine sandigen Dünen in unverwechselbaren Ockerfarben zu entdecken. Soweit das Auge reichte, erstreckte sich die saftige Graslandschaft unter tiefblauem Himmel, dessen Azur gleichfalls exotisch anmutete. Hier, in ihrer Heimat, färbte sich der Himmel über ihnen allenfalls in verwaschenem Grau, meist mit gelblichem Schleier, den die Wüste auf alles legte, wohin der Südwind ihre Sandkörner blies.

Das Mädchen streifte seine Pantoffel ab und nahm vorsichtig auf dem Teppich, innerhalb der bunten Kulisse, Platz. Seine Fingerspitzen fuhren andächtig über den seidigen Flor. Abertausende winziger Knoten waren vonnöten gewesen, um diese Vollkommenheit zu erschaffen. Nach unfassbaren zwei Jahren war das Kunstwerk endlich fertig. Entworfen, gezeichnet, geknüpft und geschoren lag es scheinbar stumm auf der Erde. Einzig das Kind vernahm die Stimme der Farbenpracht. Die Kleine wusste um die

7

Mühsal der Knüpfarbeit. Sie kannte die Geheimnisse verschiedenster Herstellungstechniken, wie symmetrisch und asymmetrisch geknüpfter Knoten, die Unterschiede in der Herstellung grober und feiner Teppiche. Wobei letztere den Knüpferinnen, außer ihren speziellen Fertigkeiten, auch immense Geduld und unendlich viel Zeit abverlangten, die Rücken krumm werden und die Gelenke schmerzen ließen. Das eine war das Wissen um Technik, ihr war es außerdem gegeben, den Geschichten der Teppiche zu lauschen und jene folgten ihren Wünschen. Das war Magie. Darum war sie die *Auserwählte*.

Das Mädchen blickte auf. Versuchte, sich all die Eindrücke rundum für immer einzuprägen. Das vertraute Stimmengewirr, wie in Dutzenden von Taubenschlägen, hoch auf den Dächern der Stadt. Mal verführerisches Gurren, heiseres Gekrächze, heimliches Getuschel oder lautstarkes Gezanke. Es seufzte. Sein schmaler Brustkorb hob und senkte sich unter der Bürde seiner Aufgabe. Dieser tiefe Atemzug bescherte ihm zur gleichen Zeit ein buntes Durcheinander von Gerüchen. Sandelholz, Kardamom, Nelken, Rosenöl, all dies und mehr bedeutete Heimat. Es runzelte die Nase. Schnupperte den Duft des heißen Kaffees, der soeben gebrüht wurde, und der frischgebackenen Fladen auf heißem Stein. Das Meckern und die strenge Ausdünstung der Ziegen, das Brummen fetter Fliegen, welche rohe, zur Schau gehängte Fleischstücke umschwirrten, dies alles verschmolz zum unverwechselbaren Spektrum seiner Welt. Winzigkleine Staubkörnchen, wachgeküsst von ersten neugierigen Sonnenstrahlen, wirbelten durch die Luft. Der Ruf des *Mu'adhdhin* aus der blendend weißen Moschee ihres Viertels mahnte zum Morgengebet.

Schwindel erfasste das Mädchen und die Gesichter derer, die es umringten, zerflossen, wurden eins vor seinen Augen.

Das Gemurmel der Familie, an diesem bedeutsamen Tag zusammengekommen um Abschied zu nehmen, verstummte.

Nur mehr die Alte war zu hören, als sie die bedeutsamen Worte sprach und ihre Jüngste auf die Reise schickte.

Niemand konnte voraussehen, was das Mädchen erwartete. Welchen Gefahren es trotzen musste, welche Erfolge ihm beschieden waren. Soundso gab es keine andere Wahl. Der Herzstein war gefallen, auch ihre Heimat bedroht. Und nicht nur das! Die grauhaarigen Ahninnen wussten, alle Welten wären dem Niedergang geweiht. Mit ihnen die Sterne, der Mond und die Sonne, das Leben als solches wäre erloschen.

Eine einzige Chance war ihnen gegeben. Orient und Okzident mussten sich wiederfinden. Einzig vereint konnten sie dem Feind gegenübertreten.

Die Kleine konzentrierte sich auf das bunte Zirkuszelt, die vertrauten Kamele in verschiedenen Braunschattierungen - sie selbst liebte die hellen, fast milchfarbenen, und schloss dann ihre Augen.

All unser Wissen wird dich begleiten. Irgendwann sehen wir uns wieder – vielleicht in einem anderen Leben – in einer anderen Welt. In sha' Allah!

Das waren die letzten Worte, die sie vernahm, bevor ein Wirbelsturm sie erfasste.

STELLAS WELT I

Aufbruch

Professor Doktor Thomas Stein saß zur Salzsäule erstarrt. Einige Minuten verstrichen, in denen er mit leerem Blick die hellgelb lackierte Oberfläche der verschlossenen Tür fixierte - erneut so ein farbenpsychologisch ausgefeiltes Projekt, das Heiterkeit und Vertrauen wecken sollte - bevor wieder Leben in ihn kam.

Gelb stand natürlich auch für scharfen Intellekt, und der war gerade aufs Äußerste gefordert. Zum einen verarbeitete sein nüchterner Verstand den Bericht, welchen er über seine Patientin erhalten hatte, zum anderen hing er zusätzlich an Alexanders hastig vor die Füße geworfenen Informationen fest. Ähnlich einer hängengebliebenen Schallplatte leierten ein und dieselben Gedanken durch seinen Kopf.

Es war ausgeschlossen, dass Stella di Ponti jemals ein Kind geboren hatte, geschweige denn, sie jemals schwanger gewesen war! Das ging unumstößlich aus dem ihm eben zugestellten medizinischen Befund hervor. Das Papier raschelte in seinen zitternden Händen. Ruckartig legte er die verstörenden Zeilen auf den Tisch. Fast gespenstisch weiß hob sich das einzelne Blatt vom blankpolierten dunklen Holz ab, hielt seinen Blick und Geist gefangen. Dass Stella selbst zutiefst überzeugt war, Mutter zu sein, wäre womöglich erklärbar. Zusätzlich hatten dies aber ihre Eltern bei deren Einlieferung angegeben, ja steif und fest behauptet. Wie konnte so etwas passieren?

Die Worte des hünenhaften Geschichtenerzählers schwirrten pausenlos durch den Raum ... und die Synapsen seines Gehirns.

Sie ist mächtiger, als wir beide es uns vorstellen können. Sie kontrolliert die Zeitachse! Entweder es gibt irgendwo einen Zeitriss, den sie nutzt, oder die Welten kommen sich näher, und sie weiß darum. Es ist einerlei, denn deren Bedeutung ist dieselbe. Wie ich schon sagte, ihre Kräfte reichen weit über unser beider Vorstellung hinaus.

Damit war Alexander aus dem Büro gestürzt und ließ ihn, den Mann der Wissenschaft, perplex am Schreibtisch sitzen.

Er war Mediziner, Analytiker. Das Denken um sieben Ecken war ihm fremd. Obgleich tagtäglich mit den Fantasiewelten seiner Patienten konfrontiert, konnte er mit Zeitverwerfungen und mystischen Kapuzenwesen wenig anfangen. In seiner Wirklichkeit existierten sie schlichtweg nicht.

Er blickte auf. Langsam beruhigten sich Hände und Herzschlag, das Vibrieren ebbte ab.

Es musste eine logische Erklärung für all die Geschehnisse geben. Irgendetwas, ein riesiges Brett vielleicht, verstellte ihm den Blick darauf. Zumindest momentan. Der Arzt erhob sich, begann im Zimmer auf und ab zu laufen. In seiner rechten Hand hielt er weiterhin den Brieföffner, der zwischen seinen Fingern kreiste. Ein Ausdruck äußerster Konzentration, sein Verstand arbeitete auf Hochtouren.

Professor Doktor Thomas Stein verfügte ebenfalls über eine Gabe. Begriffe auf zahlreichen bunten Kärtchen entstanden in seinem Kopf. Der Kartenstapel wuchs, mischte sich, driftete in verschiedene Richtungen auseinander.

Vor seinem inneren Auge formte sich der Name Stella, platzierte sich in tiefblauen Großbuchstaben mittig in der Gedankenlandkarte. Die anderen bunten Kärtchen beendeten ihren Wirbel und zentrierten sich darum. Thomas Stein las sie alle. Legte Querverbindungen und löschte schlussendlich den dunkelblauen Schriftzug. Was blieb übrig, wenn man Stella aus dem Spiel nahm? Der Brieföffner stoppte abrupt. Der Lauf des Arztes ebenso.

Der Seerosenteich! Unerheblich, ob oder was seine Patientin sich zusammengereimt hatte, der Seerosenteich tauchte zumindest an einer weiteren Stelle, unabhängig von ihr, auf. Nämlich auf dem Bild der geheimnisumwitterten Malerin. Allen Anschein nach verschwanden Stella, Gutrun und Dolly zur gleichen Zeit und es existierten so gut wie keine Unterlagen von den dreien? Ein Zufall? Obwohl die Nachforschungen bezüglich der Malerin und deren Pflegerin beispiellos dürftig ausfielen, eines hatte Thomas immerhin herausgefunden. Etwas, das seine Befürchtung über Stellas Schicksal ins Unermessliche steigerte und Vorfälle aus seiner eigenen Vergangenheit ins Gedächtnis rief.

Nach dem Anzapfen verschiedenster Informationskanäle, war es ihm zu guter Letzt gelungen, an ein Verzeichnis der bisher behandelnden Ärzte Gutruns zu gelangen. Als er eine Handynummer nach der anderen kontaktierte, um nähere Informationen über die mysteriöse Klinikinsassin zu erhalten, wuchs seine Besorgnis von Anruf zu Anruf. Alle aufgeführten Ärzte der Liste waren entweder unter mysteriösen Umständen verstorben, oder spurlos verschwunden. Klang es kein bisschen mysteriös, wenn eine Ärztin von einem geheimnisvollen, unauffindbaren

Einbrecher niedergestochen, ein Arzt beim morgendlichen Joggen von einem Auto mit anschließender Fahrerflucht überrollt wurde, ein weiterer Kollege am Buffet des Krankenhauses in dem er tagtäglich zu Mittag aß, aufgrund eines anaphylaktischen Schocks verstarb, wobei bis dato ungeklärt blieb, wie das auslösende Kontrastmittel in seinen Körper gelangte? Diese Aufzählung ließe sich so gut wie endlos fortsetzen, wobei ein Fragezeichen hinter dem jeweiligen Namen auf der heimlich zugespielten Liste nicht auf einen plötzlichen Todesfall, sondern auf spurloses Verschwinden hinwies.

Thomas überlegte. Gutrun und Dolly könnten sich demnach heimlich davongemacht haben, um ihre unheilbringenden Spuren zu verwischen, Stella kaum. Ihr angsterfüllter Blick hatte sich in sein Herz eingebrannt, kurz bevor er damals zu Boden ging. Vor allem war ihm Alexanders Bericht über die damaligen Geschehnisse Wort für Wort gegenwärtig. Geschehnisse, die ein Teil seiner Persönlichkeit bis heute verleugnete. Wie sollte er seine Patientin jemals wiederfinden, wenn sie von einer finsteren, amorphen Gestalt in nasskalten Nebel gezerrt worden war? Welche Chancen hatte er bei einer Entführung durch ein waberndes Phantom aus einer anderen Welt, wie es ihm Alexander geschildert hatte?

Professor Doktor Thomas Stein bevorzugte etwas Handfestes, etwas Reales, etwas, das er suchen und finden konnte. Kurzum: Fakten! Sich selbst bestätigend zunickend, zog er sein Handy aus der Hosentasche. Zwar befand sich das Bild des Seerosenteichs nicht mehr in der Klinik, doch zum Glück gab es ein Foto davon. Sofort nach dem Überpinseln der geheimnisvollen Bildnisse an den

Wänden der Malerin hatte er ausnahmslos alle vorhandenen Gemälde der Ausstellung fotografiert, bevor auch diese das Haus verließen.

Er berührte den Fingerabdruck-Sensor, tippte auf das entsprechende Icon und kopierte den Seerosenteich in die Suchleiste. Ein paar Augenblicke später zeigte sich exakt eine Übereinstimmung. Eine Übereinstimmung in der realen Welt.

Ja! Das war er! Der kleine See, aus Stellas fantastischen Erzählungen und von Gutrun detailgetreu in Öl wiedergegeben. Augenscheinlich zusammenhanglos. Nichtsdestotrotz stellte dieser See, geschützt in der sonnigen Mulde, das verbindende Glied zwischen den beiden dar. Smaragdgrün schimmernd mit zahlreichen Seerosen in den unglaublichsten Farben an seiner Oberfläche, haftete ihm auch jetzt am Handydisplay nach wie vor ein Zauber an.

Thomas Stein starrte auf den Bildschirm. Danach holte er tief Luft. Dieses Ziel existierte in seiner Welt, indes nicht gleich um die Ecke, er benötigte Flugtickets.

DER GESCHICHTENERZÄHLER I

HINTERLIST

Durch Alexanders Inneres wirbelte soeben ein Tornado mit Windgeschwindigkeit weit über den F5-Bereich hinaus. Ein Jahrhundertereignis für Meteorologen, ein unbeschreibliches Chaos für ihn. Das tiefe Brummen der Maschine unter ihm beruhigte zwar seinen tobenden Herzschlag, seine rasenden Gedanken hielt es nur leidlich in Zaum.

Hals über Kopf war er aus der Praxis gestürzt, hatte sich aufs Motorrad geworfen und befand sich auf dem Heimweg. Das Asphaltgrau der Landstraße verlor sich im stumpfen Blei des Horizonts, wurde zu einem Einheitsbrei, der Weg zog sich endlos in die Länge. Sekunden tropften wie zähes Pech, seine Ungewissheit steigerte sich Meter für Meter ins Unermessliche.

Er war der Geschichtenerzähler! Der Mann, der Sagen und Legenden vor dem Vergessen bewahrte, Mythen wieder zum Leben erweckte. Der einen Auftrag hatte, in dieser Welt und in allen anderen. Der sich nun in seiner eigenen, verworrenen Geschichte wiederfand, haltlos verstrickt und ohne jeglichen klaren Gedanken. Gewiss, die Fäden spannten sich auch ohne ihn weiter, gewiss fände sich irgendjemand, der ein Faible für fantastische Erzählungen hegte, gleich einem begnadeten Akrobaten mit Worten jonglierte und deren wahre Magie kannte. Aber die Aufgabe war ihm übertragen worden.

Niemals hätte er gedacht, dass er derart vom Weg abkäme, dass von Olivia die Gefahr ausging. Von der Frau, die ihm eine Schicksalsfügung ungebeten vor die Füße gelegt hatte. Niemand hatte sein Einverständnis eingeholt. Olivia schoss mit der Wucht eines Feuerballs in sein Leben, wie damals der halbtote Straßenköter, der plötzlich auf der Schwelle seines Hauses lag. Auch diesen hatte er wochenlang gepflegt, bis jener, trotz seiner schweren Verletzungen, wieder auf eigenen Beinen stand. Bloß, der Hund hatte ihn niemals hintergangen, war seit dieser Zeit ein treuer Freund. Als er über Oliva stolperte, war auch sie mehr tot als lebendig. Und er hatte ihr, selbstverständlich, ohne großartig nachzudenken, dieselbe Behandlung angedeihen lassen, wie dem grauen Wolfshund, damals. Tagtäglich wickelte er ihren glühenden Leib in kühlendes, in Essigwasser getunktes Laken, um das verzehrende Fieber zu senken, salbte ihren Körper mit heilenden Cremen und flößte ihr tröpfchenweise heißen Tee ein. Sogar der Kräutersud war der gleiche wie beim drahtigen Vierbeiner in fernen Tagen.

Wenn er an sie dachte, umnebelte sofort ein Bouquet von duftenden Rosenhecken und sonnigen Zitronenhainen seine Sinne. Die Vorsehung hatte es gut gemeint, schickte ihm die Liebe seines Lebens. So hatte er gemeint, bis heute. Diese Frau hatte mit eiskaltem Kalkül ihre wahren Absichten verschleiert, sein Herz gestohlen und sich in sein Leben geschlichen. Alle, die ihm lieb und teuer waren, befanden sich mit einem Male in allergrößter Gefahr. Er selbst hatte das Unglück heraufbeschworen, die Tür für das leibhaftige Grauen geöffnet, dass jenseits jeglicher Vorstellungskraft soeben seine Krallen schärfte. Letzte Sonnenstrahlen der untergehenden Sonne funkelten auf dem blankpolierten Rahmen seines Motorrads, blendeten ihn kurzfristig, mahnten zur Besonnenheit. Sollte Olivia tatsächlich das Monster sein, wogegen sich sein Innerstes kontinuierlich sträubte, musste er Ruhe bewahren. Durfte sich keinesfalls anmerken lassen, dass er ihre Hinterlist durchschaut hatte.

Endlich – die letzte Kurve, dahinter die farbenfrohen Wohnwägen seiner Truppe mit all ihren funkelnden Lichtern. Von denen zur Stunde kein einziges leuchtete. Im Zirkuslager herrschte absolute Finsternis.

CAER TUCARON

DER RING

Hand in Hand starrten Alasdair und Ouna auf das Chaos vor ihnen. Mannsgroße Steine lagen verstreut auf steinernem Untergrund, Teile der Befestigungsanlage fanden sich nur mehr als loses Mauerwerk, das Haupthaus glich einem Geröllhaufen. Noch immer erzählten dunkle Flecken am staubigen Boden von mutigen Kriegern, im Kampf gefallen. Noch immer wachten Nebelkrähen über diesen Ort des Schreckens. Den Ort, an dem Ouna durch die Hand Cathcorinas ihren Tod gefunden hatte, um im Anschluss, gewandelt zur königlichen Nebelkrähe, zu neuem Leben zu erwachen.

Leichtes Frösteln überfiel beide, als sie der schaurigen Geschehnisse vergangener Zeiten gedachten. An die Befreiung Ewerthons aus dem ewigen Kerker, an das Aufeinanderprallen von Bruder gegen Bruder, Schwester gegen Schwester, Mutter gegen Sohn, bis sich Alasdair zu erkennen gab. Der hasserfüllte Blick der Kriegsgöttin hatte sich für immer in Ounas Herz eingebrannt. In das Herz, das getroffen vom todbringenden Pfeil der Königin der Nebelkrähen, zu schlagen aufgehört hatte und wenig später wiedererweckt wurde. Eine Entscheidung seiner Mutter, die Alasdair bis heute in keiner Weise hinterfragte, da diese ihm die Liebe seines Lebens zurückbrachte. Eine Entscheidung, die Ouna bis heute äußerst suspekt erschien, die sie allerdings, aus durchaus nachvollziehbaren Gründen, dankerfüllt akzeptierte. Sie lebte! Indes, an den Beweggrund reinster Mutterliebe konnte Ouna kaum glauben. Auch wenn Alasdair keinerlei Kalkül an Cathcorinas Handeln wahrhaben wollte.

Ihre Tage als *Caer Tucarons* Königin an der Seite Kelaks waren wohlbehütet und überschaubar gewesen, abgesehen vom bitteren Ende, das nicht einmal die fähigsten Wahrsagerinnen des Landes voraussagen hätten können. Selbst sie hatte über die Jahre vergessen, dass beim Tod ihres letzten Bruders die Magie der *Cuor an Cogaidh* auf sie übergegangen war. Im zarten Kindesalter wurde ihr in jenen Tagen diese tonnenschwere Last auf die Schultern gelegt und ein undurchdringlicher Schleier schützte sie seitdem vor dieser Erinnerung. Lange Zeit hütete sie unwissend die Tiger-Magie ihrer Linie. Bis Ewerthon nach vier Töchtern als einziger Sohn das Licht der Welt erblickte. Bis seine Fähigkeit des Gestaltwandelns zum Vorschein kam, der kleine Junge sich, völlig unbeabsichtigt und unvorbereitet, vor versammelter Dienerschaft in einen Tiger wandelte. Abgesehen davon, dass ihr Sohn zutiefst erschrocken und verwirrt gewesen war, Kelak, den sie bis dahin als fürsorglichen, ja liebevollen Ehemann und Vater kennen und lieben gelernt hatte, wandelte sich ebenfalls - in einen zornigen, verblendeten, rachsüchtigen König, der seine Gemahlin samt den vier Töchtern verstieß, den eigenen Sohn aller Rechte beraubte und ihn für vogelfrei erklären ließ. Ein bitteres Kapitel, an das sie ungern zurückdachte. Heute lag es an ihr, den Ring zu finden. Ihren Ring, der die Macht der Königin *Caer Tucarons* in sich barg, der ihr gebührte und den sie gerne an Mira weitergeben wollte. Auch wenn die einst so stolze Burg in Trümmern niederlag, Ewerthon wollte sie aufbauen, dem verwaisten Land ein guter König sein. Das war Grund genug für diese Suche.

Das Schicksal spann oft wirre Fäden, wob bizarre Muster, deren Sinn sich oftmals in späteren Tagen oder vielleicht nie offenbarte. Heute stand sie nun an der Seite des Krähenprinzen, trotzte Gefahren, erlebte Abenteuer über Abenteuer und sehnte sich, zugegebenermaßen, das eine oder andere Mal nach etwas mehr Beschaulichkeit. Sie seufzte.

Morgendlicher Dunst verhüllte fast zur Gänze den Rest des Wachturms, dessen einzelne Zinnen sich mahnend in den wolkenverhangenen Himmel reckten. Über ihnen kreisten schwarzgraue Vögel und beäugten sie aufmerksam. Die Garde des Krähenprinzen wachte über ihren Herrn.

„Wir sollten es ihnen nachmachen. Von dort oben hätten wir einen besseren Überblick." Ouna sprach aus, was sie ohnehin beide dachten. Wie des Öfteren.

Alasdair nickte, fächerte seine Flügel und stieß sich von der sandigen Erde ab. Ouna folgte ihm. Mit einer eleganten Schraube glitt sie empor, schwang sich über den Rest von Nebelfetzen und breitete ihre Schwingen aus. Sie genoss dieses Gefühl jedes Mal aufs Neue. Die Sonne, die oberhalb der Wolkenbank ihr Gefieder wärmte, der Wind, der sie trug, die scheinbare Schwerelosigkeit ihres Körpers, die rasende Schnelligkeit, mit der sie durch die Luft schoss. Das tägliche Training unter Alasdairs gestrengen Augen hatte sich bezahlt gemacht, sie zu einer ausgezeichneten Flugkünstlerin werden lassen. Langsam drosselte sie das Tempo, zog eine ausgedehnte Schleife über den Geröllhaufen und blickte nach Westen. An einem mannshohen Mauerrest lehnte eine windschiefe Hütte aus Holz. Augenscheinlich die letzte Zuflucht Kelaks, des vormals so mächtigen Königs.

„Wir wollen dort beginnen. Was meinst du?" Alasdair flog auf selber Höhe mit ihr und sie nickte ihm zu.

Gekonnt landeten die zwei knapp neben dem Holzverschlag, als mehr konnte man diese Bretterbude nicht mehr bezeichnen, und sahen sich um. Mehr schlecht als recht hatte sich Kelak eine notdürftige Behausung eingerichtet. Ouna musste sich bücken, um ins Innere zu gelangen. Alasdair blieb im Freien. Für ihn war es ein Ding der Unmöglichkeit, diese Unterkunft zu betreten, ohne alles niederzureißen. Egal, ob als Krähenprinz mit gefächerten Flügeln oder in Menschengestalt, er war schlichtweg zu groß. Ouna rang mühsam nach Luft und Alasdair machte sich trotz aller Widrigkeiten sprungbereit, um ihr beizustehen.

„Es ist alles in Ordnung. Du kannst dich entspannen, Liebster." Das Bild, das sich Ouna bot, hatte spontan entsetztes Keuchen hervorgerufen. Die königlichen Hundezwinger bargen mehr Wohnlichkeit, als das Loch, in dem Kelak letztendlich sein klägliches Dasein fristete. Direkt an der halbzerfallenen Wand lag ein zerschlissener Strohsack, überzogen mit giftgrüner Fäulnis. Darauf krabbelte Ungeziefer jeglicher Art, sodass Ouna beim bloßen Anblick heftiger Juckreiz befiel, und sie beschloss, dieser unwirtlichen Schlafstätte auf keinen Fall näherzukommen. Gleich daneben befanden sich eine umgestülpte Kiste und ein grobbehauener Holzklotz, offenkundig als Tisch und Sessel nutzbar gemacht. Dem gegenüber gab es eine dürftige Feuerstelle. In einem Steinkreis lehnte ein rostiger Kessel, aus dem bestialischer Gestank strömte. Ouna erblickte eine undefinierbare, zähe Masse, die sich wie von selbst hin und her zu bewegen schien. Beim Nähertreten erkannte sie fette, weiße Maden, windend im dreckigen Kochge-schirr. Das war der Augenblick, in dem sie ein zweites Mal angewidert nach Luft schnappte. Saurer Geschmack legte sich auf ihre Zunge und nur mit Mühe gelang es ihr, den Brechreiz zu unterdrücken. Als wenn dies nicht schon genug des Ekelerregenden wäre, entdeckte sie eine Unmenge blanker, winziger Knochen in einer Ecke dieses grauenhaften Unterschlupfs. Offenbar handelte es sich um kleine Nager, Mäuse und Ratten, die *Caer Tucarons* Herrscher als Hauptbestandteil seines kärglichen Speise-plans gedient hatten. Das Bild des abgezehrten Leichnams in überweiten, zerfetzten Lumpen kam ihr in den Sinn. Welch niederschmetterndes Ende für einen stolzen, un-beugsamen Mann!

Alasdair räusperte sich vor der Hütte. „Ein Unwetter naht. Wir sollten uns sputen und baldigst diese unwirtliche Stätte verlassen."

Ouna überlegte. Wo mochte ein kranker Geist wie Kelak ein derart wertvolles Kleinod versteckt haben? Dazu mit der Absicht, dass niemand, und sie im Besonderen, es fän-de. Entschlossen packte sie das nächstbeste Holzscheit, steuerte auf den Haufen abgenagter Skelette und begann, diesen energisch auseinander zu teilen. Aber so sehr sie auch suchte, der Ring blieb unauffindbar. Wind kam auf, pfiff durch das lecke Dach und wirbelte Staub hoch. Er rüttelte an den losen Brettern, die zwar ächzten, sich dabei nur matt zur Wehr setzten und jeden Moment einzustür-zen drohten, mit ihr mittendrin. Frustriert schleuderte Ouna das nutzlose Holz von sich, das an der brüchigen Mauer abprallte und in Folge mit voller Wucht den rosti-gen Topf traf. Der kippte scheppernd zur Seite und dessen lebendiger Inhalt ergoss sich genau vor ihre Füße. Ouna gehörte sicherlich zu jenen Frauen, die keineswegs rasch die Fassung verloren. Als sich die fetten Maden indessen in ihre Richtung bewegten, wich auch sie zurück. Eventuell sollte sie sich mit dem Gedanken anfreunden, unverrichteter Dinge zur Hochzeit ihres Sohnes zurückzukehren? Ohne Ring für die Braut. Donner grollte, dunkle Wolken sammelten sich, verdeckten zusehends den blauen Himmel. Ein paar letzte Sonnenstrahlen bahnten sich ihren Weg in die Düsternis rund um sie, verfingen sich in den raupenähnlichen Körpern, die sich aus dem rostigen Behältnis schälten und auf sie zukrochen. Plötzlich überfiel Ouna ein Tagtraum. Klar und deutlich erfasste sie die zerlumpte Gestalt, welche mit hämischem Grinsen den funkelnden Ring in das besudelte Kochgeschirr warf. Sah, wie das glitzernde Schmuckstück zwischen weiß glänzendem Getier versank, bedeckt wurde von der brodelnden Masse nimmersatter Maden. Donner zerfetzte dieses Bild und gleich darauf schlug ein Blitz in unmittelbarer Nähe ein. Die Erde bebte unter ihren Füßen und der Kessel mit seinem glitschigen Inhalt rollte weg von ihr. Rasches Handeln war vonnöten. Mit einem Sprung hechtete sie nach dem grausigen Gefäß und packte es. Einen Wimpernschlag später stand sie draußen neben Alasdair vor dem Holzverschlag, wobei die ohnehin losen Bretter soeben mit lautem Getöse in sich zusammenfielen. Die Wendigkeit einer Krähenkriegerin war durchaus von Vorteil. Der Krähenprinz freilich betrachtete entsetzt das Mitbringsel in den Händen seiner Gemahlin.

„Was hast du denn damit vor?", würgte er angewidert.

„In diesem Topf befindet sich mein Ring!", verkündete Ouna mit siegesgewissem Lächeln.

Alasdair spähte in den abschreckenden Kessel. „Wieso bist du dir da so sicher?"

Ouna dachte an ihre Vision. „Ich weiß es eben!"

„Und wer holt ihn heraus?", fragte Alasdair trocken.

„Du! Du mein allerliebster Gemahl wirst ihn für mich retten!" Ouna lächelte honigsüß und kippte Alasdair den Inhalt vor die Füße.

„So geht es besser", meinte sie süffisant.

Die Maden, nun endgültig aus ihrem engen Behältnis befreit, krochen in alle Richtungen davon.

„Du bist der Prinz der Nebelkrähen! Ekelst du dich tatsächlich vor fetten weißen glitschigen Würmern? So etwas fresst ihr doch zum Frühstück? Ich tische dir soeben einen Leckerbissen auf", Ouna grinste über das ganze Gesicht.

Man konnte sagen, was man wollte. Alasdair war der Krähenprinz. Ein Krieger durch und durch, der weder Risiko noch Kampf scheute, an der Spitze seiner Männer für Gerechtigkeit sorgte, die Seinen schützte und vielleicht – irgendwann in sehr weiter Zukunft - das Zepter seiner Mutter übernähme ... aber Maden!

„Ich hasse diese Dinger und werde nie verstehen, was daran ein Leckerbissen sein soll", missbilligend schüttelte er seinen Kopf.

Eine heftige Windbö fuhr ihnen durchs Gefieder, dumpfes Grollen hallte über die zerstörte Burg und ein weiterer Blitz zuckte vom Himmel. Fünf Krähenkrieger landeten neben ihm und seiner Gemahlin, blickten besorgt in die Runde. Wieder und wieder zerschnitten feurige gezackte Flammen das düstere Himmelszelt, Donner auf Donner rollte in Wogen heran, der Boden bebte erneut unter ihren Füßen. Selbst die letzten stehenden Gemäuer *Caer Tucarons* gerieten ins Wanken.

„Irgendetwas Übles geht vor sich. Ich fühle es. Ewerthon bedarf meiner Hilfe. Wir müssen sofort los!" Beunruhigt sprudelten die Sätze hervor. Ouna blickte sorgenvoll hoch. Just in diesem Moment wanden sich die letzten Maden davon und im Schein des nächsten Blitzschlages funkelte der Siegelring golden auf.

Resigniert bückte sich Alasdair, packte kurzentschlossen das mit Schleim überzogene Kleinod und barg es in seiner Brusttasche. Zum rechten Zeitpunkt, denn schlagartig klaffte ein riesiger Riss im Felsgestein und verschlang die restlichen Würmer samt rostigem Kessel.

Alasdair und Ouna fassten sich an den Händen. Ein letztes Mal blickten sie auf die verwüstete Burg, gedachten der gefallenen Krieger und vergangener Geschehnisse. Ihre Flügel fächerten sich, mahnenden Statuen gleich standen sie am Rand der Geröllhalde, fühlten mehr als sie ihn sahen, den dunklen Schatten, der auf sie zukam, stießen sich von der erzitternden Erde ab. Schaurig heulte der Wind, zerrte an ihrem Gefieder, drückte sie gegen den Boden, so als wollte er sie mit aller Macht am Fliegen hindern. Regentropfen, groß wie Wachteleier, prasselten vom düsteren Himmel, tränkten ihre grauschwarzen Federn und flossen bereits unter Hemd und Kragen. Sie saßen fest, klebten sozusagen am Boden.

Alasdair warf seiner Garde einen Blick zu. In Gedankenschnelle transportierte er sich, Olivia und seine Soldaten zurück in die *Burg der ewigen Herzen*, zurück zu Ewerthon und Mira.

Ein jäher Aufprall stoppte dieses Vorhaben. Sie knallten hart an eine Wand und fielen vom Himmel. Ziemlich unsanft landeten sie vor *Cuor a-Chaoids* Mauern. Sie konnten von Glück sagen, außer ein paar Prellungen gab es keine gröberen Verletzungen zu verzeichnen.

Direkt vor ihnen erhob sich eine unsichtbare Barriere und umschloss mit eisernem Griff Ilros Burg, respektive das, was davon übrig war. Denn das Bild, das sich innerhalb der durchsichtigen Kuppel bot, ließ allen das Blut in den Adern gefrieren.

UNTER UNS I

Konspekt

Lange betrachtete das Wesen im weiten Umhang die Wand vor ihm. Hier, in diesem grauen Gestein, war seine Geschichte verewigt. Zunächst unbeholfen, hingegen von Mal zu Mal gewandter, ritzte es mit scharfen Krallen Ereignis für Ereignis ein.

Zunächst gedacht als Erinnerung für sich selbst - allein, es glaubte ohnedies kaum, jemals nur irgendetwas von dem, was einst geschehen war, vergessen zu können - später als Grundlage für Rachepläne, die langsam und stetig in ihm wuchsen. Anfangs verschwommen, unstet, gleich Nebelfetzen, vom Wind hierhin, dann wieder dorthin getrieben, gewannen diese mit der Zeit immer mehr an Form. Fein säuberlich hatte es alles notiert. Geheimnisvolle Symbole, deren Bedeutung nur ihm bekannt, kennzeichneten Begebenheiten, so belanglos sie vorab auch sein mochten. Pfeile und Linien verbanden Geschehnisse, mal gradlinig, mal in verworrenen Konturen, konnten nur von ihm enträtselt werden. Neues traf auf Altes, Vertrautes auf Fremdes, wurde von ihm kategorisiert und entsprechend in das große Ganze eingefügt. So sehr es nach Rache dürstete, diese Wand vor ihm war der sichtbare Beweis für seinen messerscharfen Verstand, das Kalkül, jede noch so winzige Kleinigkeit zu bewerten und zu berücksichtigen, und vor allem für Geduld. Riesig, von einer Ecke zur anderen, spannte sich das Werk über den rauen Felsen. Das, was als Strich und Punkt begonnen hatte, war so viel mehr geworden. Ein sichtbares Indiz für die wahrhafte Kunst meisterlich strategischen Denkens.

Nachdem es ihm, wie seit Unendlichkeiten geplant, schließlich gelungen war, den Herzstein wanken zu lassen, dieses Sinnbild der Macht zu Sturz zu bringen, stand die Ordnung der Welten auf dem Kopf. Oben war unten und unten wurde zu oben. Der Rest war ein Kinderspiel. Nun wollte es abermals seinen Sieg in aller Ruhe auskosten. Den Fall des gewichtigen Symbols immer und immer wieder erleben. Langsam wandte sich die schwarzgekleidete Gestalt vom gigantischen Resümee ihres bisherigen Seins ab, setzte behutsam Fuß für Fuß auf den kühlen Fliesen in Richtung goldener Spiegel. Trotz aller Achtsamkeit dröhnte jeder Schritt im kahlen Raum, brach sich an den Wänden und fügte unsäglichen Schmerz zu. Obzwar sie sich frei von allen Qualen wähnte, dieser Fluch bestand bis zum heutigen Tage. Nach wie vor verursachte jedwedes Geräusch ein Donnergrollen in ihrem Inneren, peinigte die empfindsamen Ohren und malträtierte den nach Stille lechzenden Geist.

An ihrem Ziel angekommen, glitt sie sachte auf den mächtigen Stuhl davor. Das glatte, mit flirrendem Schimmer überzogene Holz der Armlehnen schmiegte sich an ihre Hände. Intarsien, einst von kundigen Händen entworfen, schmückten dieses besondere Möbel, erzählten ihrerseits eine Geschichte. Von Frevel, Verrat und Verdammnis, von Macht, die gestohlen, vom Thron, der ihr zustand. Auf dem sie nun saß und zum goldumrahmten Spiegel blickte. Auch dieses Inventar war nicht der reinen Zweckmäßigkeit gewidmet. Zumindest was den herkömmlichen Sinn betraf. Dieser Spiegel zeigte Vergangenheit, Gegenwart und Zukunft. Gleichwohl nur für jene, die darin lesen konnten. Die Kreatur konnte! Sie war eine Meisterin darin.

Schwarzes Haar mit einer einzelnen aschgrauen Strähne löste sich aus der halbzurückgeschlagenen Kapuze, als sich das Monster, in dessen Gestalt sie sich bislang zeigte, nach vorne beugte. Mit einem Wisch zog es den seidigen Schleier auf der Spiegeloberfläche zur Seite. Ein Blick in die siegreiche Vergangenheit wäre durchaus angebracht. Glühende Augen stierten auf das Geschehene, während sich triumphierendes Grinsen über sein narbiges Gesicht ausbreitete.

CUOR A-CHAOID I

Unter einem Dach

„Sie benötigen unsere Hilfe!" Ouna schlug mit beiden Fäusten verbissen auf die unsichtbare Barriere ein, die sie so vehement am Weiterkommen hinderte, sie von ihren Liebsten fernhielt.

Im Inneren der schimmernden Kuppel erkannte sie ein Wirrwarr von Menschen, die panisch in alle Richtungen stoben, scharenweise Körper, die sich schmerzerfüllt am Boden wälzten, der Irrsinn ging um und flackerte in den Augen der hilflosen Opfer. Sie sah die schwarze ätzende Masse, die sich von oben auf alle ergoss, die nicht rechtzeitig Unterschlupf fanden. Weder Ilro und seine Krieger noch Keylam und sein Heer waren im innersten Ring der Burg zu erkennen.

Zwischenzeitlich hatte Alasdair das rätselhafte Hindernis abgetastet, versucht mit dem Schwert eine Bresche zu schlagen, sogar seine blauschwarzzüngelnden Kräfte herbeibeschworen. Keine ihm zur Verfügung stehende Macht konnte diese scheinbar filigrane, trotzdem undurchdringliche Wand überwinden.

„Hinter diesem Zauber steckt eine enorm mächtige Magie. Soviel ist sicher ..., wenn sie selbst meiner standhält."

Alasdair war ratlos, Ouna verzweifelt. In dem Getümmel, das vor ihnen herrschte, blieben sowohl Ewerthon als auch Mira vor ihren Blicken verborgen. Sie waren so nah am Geschehen und ihnen waren die Hände gebunden, konnten nicht eingreifen, nicht zu Hilfe eilen! Es war zum Verrücktwerden.

Derart von ihrer Bekümmernis abgelenkt, hatte sie sich, ohne es zu wollen, von allein, zur Krähe gewandelt und stürmte ein letztes Mal gegen die durchsichtige Mauer. Plötzlich spürte sie einen leichten Ruck und fand sich inmitten des Kampfgetümmels wieder. Kurz flatterte sie über den pechgetränkten Boden, bevor sie zu stehen kam. Perplex starrte sie auf Alasdair und seine Krieger, die sich weiterhin außerhalb der schillernden Grenze befanden. Alasdair zögerte kurz. Sollte es tatsächlich so einfach sein? Konnte man diese undurchlässige Hürde im Federkleid einer Nebelkrähe problemlos passieren?

Geschwind wandelte er sich. Bevor er losflog, pickte er eilig das goldene Ringlein seiner Herzensdame auf, das natürlich in keiner Brusttasche mehr Platz fand. Samt seiner Garde landete er als Vogel, mit dem Ring im Schnabel, neben Ouna. Jähes lautes Kreischen ließ sie zum Himmel blicken. Ein Schwall der klebrigen, beißenden Klumpen schoss direkt auf sie zu. Im allerletzten Augenblick, wieder in ihrer Gestalt als Krähenkrieger, rissen sie ihre Schilde hoch. Zähes Pech tropfte an dem derart geschaffenen Schutzdach wirkungslos ab, versengte den Boden zu ihren Füßen. Alasdair nutzte diesen kurzen Moment, um ihre Lage neu zu bewerten. Jetzt, wo sie sich im Inneren der Kuppel befanden, beschwor er seine königliche Krähenmagie. Blauschwarze Flammen züngelten auf, die Luft flirrte, als er seine Arme hob. Blitze zuckten aus seinen Händen, fraßen Löcher in die amorphe dunkle Masse und gaben, außerhalb des Kriegsgeschehens, den Blick frei auf einen grauverhangenen Himmel. Allein, so sehr er sich mühte, die Lücken, die er schuf, wurden erschreckend schnell wieder geschlossen. Denn sobald sich ein Durchschlupf auftat, flatterten unzählige Krähen heran und riegelten diesen mit ihren tiefschwarzen Körpern hermetisch ab. Und wieder floss es pechschwarz nach unten und wieder traf der ätzende Schleim auf verletzliches Menschenfleisch.

„Es ist ausweglos! Die Überzahl ist zu groß!", Ouna befiel eine besorgniserregende Stimmung. Die ansonsten ruhige und besonnene Kriegerin war kurz davor, sich in ein Nervenbündel zu verwandeln. Zu groß waren die Ängste, die sie wegen Ewerthon und Mira peinigten, und die überschwappenden Hormone sorgten für den Rest der emotionalen Turbulenzen.

Jäh loderte unbändiger wilder Zorn in ihr hoch. „Drache! Verdammter, unnützer Drache, wo bist du, wenn es gilt, meinen Sohn zu schützen? Er benötigt deine Hilfe hier! Also hebe dich in die Lüfte und erfülle deine Aufgabe!"

Sie schleuderte ihre Angst und Wut gegen das Himmelszelt. Natürlich in dem Wissen, dass ihre Worte niemals die Ohren des Drachen erreichten. Nun, nachdem sie ihr Grauen und die Verzweiflung in den Äther hinausgeschrien hatte, fühlte sie sich wesentlich besser. Gefasst blickte sie zu Alasdair.

„Ewerthon hat mir nämlich von seinem Totemtier zur Linken berichtet. Findest du nicht auch, es wäre nun die rechte Zeit, sich blicken zu lassen?", fügte sie lächelnd hinzu. Regen und Sonnenschein lagen demnach auch bei schwangeren Nebelkrähen eng beieinander.

Liebevoll blickte Alasdair auf seine Frau. Ja, da war sie wieder, die direkte Nachkommin der Gefährten von *bodb catha*, eine *Cuor an Cogaidh* durch und durch. Diese *Kriegerherzen* waren bekannt für ihren Mut, ihre Todesverachtung, mit der sie ihren Widersachern gegenüberstanden und in den Krieg zogen. Zärtlich küsste er sie.

Ihre Blicke trafen sich. Tief im Inneren keimte die Gewissheit, dass es nur eine Frage der Zeit war, bis Alasdairs Kräfte nachließen. Niemand konnte unendlich auf Magie zurückgreifen. Dieses eherne Gesetz galt selbst für den Krähenprinzen.

So hob er ein letztes Mal die Hände, zog einen Halbkreis vom Boden zum Firmament und verschränkte sie fest über seinem Haupt. Er neigte den Kopf, während er eine Urgewalt beschwor. Dunkle Flammen züngelten hoch, legten sich wie eine zweite Haut um Alasdair. Er ballte die Fäuste, Schweiß trat auf seine Stirn, das Glühen verstärkte sich, dehnte sich in alle Richtungen aus, löste sich von seinem Körper und legte sich letztendlich als filigranes Gewebe an die Innenseite der fluoreszierenden Kuppel, verschloss sie vor den Gefahren von oben. Bot Schutz vorm ätzenden Schleim, der nun daran wirkungslos nach unten floss.

Er blickte hoch. „Wir schaffen das ohne Ewerthons Drache", meinte er bestimmt.

Kaum waren die Worte ausgesprochen, verdunkelte ein riesiger finsterer Schatten die mattschimmernde Sonne außerhalb und warf einen Mantel des Entsetzens über alle Lebewesen innerhalb der Halbkugel.

DER
GESCHICHTENERZÄHLER II

Im Nebel

Kaum stand das Motorrad, sprang Alexander von der Maschine. Eben wollte er blindlings losstürmen, als ihn drohendes Knurren stoppte. Ein mächtiger grauer Hund stand plötzlich vor ihm und versperrte den Weg. Die messerscharfen Zähne gefletscht, glich er mehr einem riesigen Wolf denn seinen domestizierten Artgenossen. Blut triefte von der Schnauze, die Nackenhaare sträubten sich und das verfilzte Fell schien zusätzlich struppiger als üblich.
Vorsichtig streckte Alexander seine Hand aus. Obgleich ihm dieses wilde Geschöpf sein Wohlsein verdankte, schien dessen Verhalten in gewissen Momenten unkalkulierbar. Dies war so ein Moment. Irgendetwas musste das belfernde Tier bis aufs Äußerste provoziert haben, denn unberechenbar hin oder her, nie hatte es fest zugeschnappt. Weder beim unbeschwerten Spiel mit den Kindern noch beim ungestümen Gerangel mit ihm. Nun liefen ihm rote Rinnsale aus dem Maul, tropften dunkle Spuren in den schneebedeckten Boden. Plötzlich verstummte das Grollen und der Hund kam wedelnd näher. Aus dem Blutrausch erwacht, erkannte er Alexander, wandelte sich von einer Sekunde auf die andere in den treuen Gefährten und seine Augen verloren das irre Glitzern.
Behutsam fuhr ihm der Geschichtenerzähler durch das raue Fell. Feuchte, verklebte Stellen erzählten von einem Kampf auf Leben und Tod.
„Was ist geschehen, Hund?", Alexander hatte, nachdem ihm nach längerem Überlegen kein passender Name für den Findling eingefallen war, diesen der Einfachheit hal-

ber nur Hund gerufen. Der Wolf oder Wildfang hörte auf diesen Namen, und so blieb es dabei.

Leises Winseln folgte als Antwort auf seine Frage und Alexander schloss sich dem Vierbeiner an, der langsam und vorsichtig auf die zum Kreis gezogenen Anhänger zutrabte. Er musste unbedingt zum Waffenarsenal gelangen. Tatsächlich befand sich dieses im sogenannten Requisitencaravan. Nichts war einfacher, als zwischen allerhand belanglosen Zirkusutensilien, scheinbar nutzlosem Gerümpel und Trödel, richtige Waffen zu verstecken, die er gerade schmerzlich vermisste. Als hätte der raubeinige Genosse seine Gedanken gelesen, schwenkte er nach links und steuerte exakt auf diesen Wagen zu. Bisher war es gespenstisch still im Lager. Eine Stille, die in den Ohren rauschte und an den Nerven zerrte, die unheimlicher als alles andere anmutete. Geräuschlos öffnete Alexander das Vorhängeschloss, stieg die dreistufige Treppe empor, schlich ins Innere und griff mit nachtwandlerischer Sicherheit im Stockfinstern nach Pfeil und Bogen. Diese Waffe schien ihm die beste Wahl. Sie verursachte keinen Lärm und war tödlich, falls es vonnöten wäre. Wieder draußen durchbohrte er mit seinen Blicken die Schwärze der Nacht. Wo sollte er seine Suche beginnen, wenn all die Menschen und Wesen seines Trosses scheinbar spurlos verschwunden waren? Wo war Olivia in drei Teufels Namen? Stumm fluchte er in sich hinein. Beklemmende Düsternis lag über den Wiesen rundum, kaum, dass er den gezackten Waldsaum ausmachte. In der Mitte der Wagenburg brannte kein einziges Feuer, kein Hauch von Glut oder kalter Asche lag in der Luft. Hätte er nicht mit Bestimmtheit gewusst, dass bislang gut hundert seiner Gefolgsleute an diesem Ort lagerten, er hätte gemeint, dieses Camp wäre seit ewigen Zeiten verlassen. Sowohl der Duft der frisch gewaschenen Wäsche, auch die Leinen, die üblicherweise unter deren Last knarzten, fehlten. Kein schmatzendes Nuckeln der Kleinsten an ihren Däumchen, kein Röcheln oder Schnarchen von jenen die am Rücken schliefen, ja nicht einmal das Schnauben von Pferd oder Esel. Kein Laut drang an sein Ohr. Selbst in einem Grab konnte es nicht stiller sein. Unbehagen schlich ihm unters Hemd, kroch entlang der Wirbelsäule nach unten und verursachte eiskaltes Frösteln. Wieso kamen ihm Gräber in den Sinn? Konzentriert hörte er sich um. Das Schlagen zahlreicher Herzen war gleichfalls verstummt. Was absolut nichts Gutes verhieß. Er kannte nur eine Person im Lager, die dies vollbringen konnte. Kurz tauchte ihr Antlitz auf. Er dachte an den seidigen Glanz von kupferrotem Haar und ein strahlendes Lächeln, das die Sonne aufgehen ließ. Das Lächeln, das sich jäh in teuflisches Grinsen verwandelte, das liebliche Gesicht zur Fratze werden ließ.

In diesem Augenblick knurrte der Hund und presste sich flach auf den Boden. Er witterte Gefahr. Alexanders Nackenhaare richteten sich auf, er spannte den Bogen und hielt den Atem an. Eine Gestalt huschte aus dem Dunkel des Waldes, verharrte für einen Moment und blickte in seine Richtung. Trotz seines ausgezeichneten Sehvermögens, zeigte sich das Bild äußerst verschwommen. Der Dunst knapp über der Wiese wallte hoch, verbarg die nächtliche Erscheinung gänzlich hinter dicken Schwaden. Zur gleichen Zeit, da der Nebelschleier sich verdichtete, kam weitere Bewegung in den Waldsaum. Gedrungene Geschöpfe auf vier Pfoten schlichen geduckt hervor, folgten schnüffelnd dem Unbekannten, das in einer trüben Wolke auf Alexander zukam. Die Situation spitzte sich zu. Plötzlich stoppte die weiße Wand und lichtete sich. Grelles Licht blendete ihn. Er blinzelte und erhaschte einen kurzen Blick auf ... Olivia! Die Augen weit aufgerissen, von oben bis unten mit Blut besudelt, ein Messer in der Hand, von dem kleine, rote Perlen nach unten tropften, ein bizarres Muster in den frischgefallenen Schnee zeichneten, stand sie da, setzte sich wieder in Bewegung. Das zum Leben erweckte Grauen kam tatsächlich auf ihn zu. Alexander atmete sachte aus. Fast automatisch lösten sich sein Finger und der Pfeil schnellte in die Nacht. Er schloss die Augen und verharrte bewegungslos. Sein Herz brach entzwei. Er wusste, er verfehlte niemals sein Ziel.

Er opferte soeben das Liebste auf der Welt. Wofür? Für die Wahrheit? Für eine Lüge? Ohne Grund, sinnlos? Wer war Olivia? Es war so und so ohne Belang, es war zu spät.

CUOR A-CHAOID II

Wogen der Schlacht I

Einen Moment lang schien es, als bliebe die Zeit stehen. Aller Lärm verstummte. Die Schreie der gepeinigten Menschen rundum, das heisere Krächzen der Krähen über ihren Köpfen, Ouna und Alasdair nahmen dies nur mehr gedämpft wahr. Sogar der Geruch des geronnenen Blutes und der bissige Gestank der gestockten pechähnlichen Klumpen verlor an Intensität.

War dies das Ende? Nicht allein die Krähenkrieger blickten angestrengt nach oben. Einzelne Menschen wagten sich aus ihren Unterständen hervor, legten den Kopf in den Nacken und sahen hoch. Das Wimmern der Verletzten schwoll erneut an und die Ausdünstung nach Schweiß, Blut, den kleistrigen Batzen zu ihren Füßen, stach allen in die Nase.

Ein Brüllen, dumpf, wütend, hallte über den Himmel, brachte die Erde zum Vibrieren. Zerfetzte die Anspannung unten am Boden und entfesselte einen Feuersturm außerhalb der Kuppel. Unzählige schwarze Vögel flatterten zu Tode erschrocken mit heiserem Gekreische hoch. Feurige Flammen fraßen sich durch die amorphe, dunkle Masse und verbrannten sie samt und sonders zu staubiger Asche. Asche, die langsam an den gekrümmten Außenwänden nach unten rieselte. Ein grauweißer Schleier legte sich auf Alasdairs Schutzschild, ließ diesen ansonsten unangetastet.

Verwirrung breitete sich aus. Was hatte das zu bedeuten? Ein Schrei, der vorerst durch Mark und Bein ging, wich haltlosem Wehklagen. Die schwarzen Leiber der Krähen und das damit verbundene leidbringende Unheil waren verschwunden. Tosender Lärm fauchte durch die Welt draußen, ließ das letzte Seufzen verstummen. Wind frischte auf, trug die Ascheschicht ab und gab die Sicht frei auf ...? Hoch über ihnen zeichnete sich die Silhouette eines gewaltigen Drachens vor dem nun strahlend blauen Firmament ab. Ein mächtiger Feuerstoß versengte eben einige der orientierungslos herumflatternden Krähen, der Rest stob panisch davon.

„Der Purpurdrache! Ewerthons Drache, er ist gekommen!", Ouna schrie es fassungslos.

Alasdair nahm nach kurzem Zögern seinen Schutzschild zurück. Er war ohnehin am Ende seiner Kräfte. Kaum zu glauben. Es war tatsächlich Ewerthons Totemtier zur Linken, das sich in diesem Moment vom Himmel herabschwang. Nicht nur die Erde bebte, als der purpurne Koloss aufsetzte. Einzelne Steine kullerten über planen Boden, eine Böe wirbelte den Baumriesinnen durch die Wipfel und letzte Mauerreste ächzten. Rotgolden glänzten seine Schuppen im hellen Sonnenlicht, das die dämmrige Düsternis vertrieben hatte, tauchten die folgenden Geschehnisse in ein mystisches Flammenmeer. Selbst die tapfersten Männer wagten sich nur zögernd aus ihren Verstecken. Unzählige Geschichten rankten sich um das sagenumwobene Tier. Indes, wer von ihnen war je einem dieser Wesen tatsächlich gegenübergestanden? Den Wächtern über Weisheit, Intelligenz, Edelmut und magische Begabungen ebenso wie über Luft, Erde, Wasser und Feuer, den Beschützern aller Geheimnisse und der Tore zu allen Zeiten.

Der Krähenprinz trat vor, rammte sein Schwert in den Boden und neigte sein Haupt. Drachenmagie war uralt, älter als jede andere Magie, das war ihm bewusst. Jene besonderen Geschöpfe bewahrten die Schätze aller Wesen in sich und standen als Begleiter durch alle Dimensionen zur Verfügung. Selbstredend ausnahmslos für Erwählte. Dies allein barg ausreichend Anlass für Alasdair, dem edlen Tier seine Ehrerbietung zu erweisen; dessen ungeachtet, dass der Drache gerade ihrer aller Leben gerettet hatte. Auch Ouna eilte heran. Doch anstatt respektvoll Abstand zu halten, warf sie sich an die breite Brust des Drachen und umarmte ihn voller Inbrunst. Das heißt, sie versuchte ihn zu umarmen. Was natürlich bei seiner Stattlichkeit ein erfolgloses Unterfangen darstellte. Versehen mit den sensiblen Sinnen einer Krähenkriegerin fühlte sie allerdings, hinter dem ehernen Panzer, das gütige Herz des Drachen pochen. Das just in diesem Augenblick ein bisschen heftiger schlug.

„Danke. Ich stehe für ewig in deiner Schuld", flüsterte sie.

„Du schuldest mir keinen Dank. Ich stehe in deiner Schuld", brummte das Totemtier ihres Sohnes. „Drachen schlafen gerne, vor allem tief und fest. Ohne deine in den Äther gesendete - äußerst energische Botschaft - wäre ich zu spät auf diesen Schlamassel aufmerksam geworden."

Belustigtes Lächeln huschte über sein Antlitz, das sofort darauf wieder ernst wurde. „Hätte meine heilige Pflicht nicht erfüllt", fügte er hinzu und blickte sich um.

Cuor a-Chaoid, die *Burg der ewigen Herzen*, lag in einem einzigen großen Trümmerhaufen zu seinen mächtigen Füßen. Zwischen dem Geröll kletterten Männer und Frauen auf der Suche nach Angehörigen, oder um sich der zahlreichen wimmernden Opfer anzunehmen. Dort, wo Menschenkraft versagte, schafften Elfen Gesteinsbrocken zur Seite, betteten Verletzte auf mit weichem Moos gepolsterte Tragen. Kleine Kinder weinten nach ihren Eltern und wurden von heraneilenden, schimmernden Lichtwesen beruhigt. Bestialischer Gestank nach verbranntem Gefieder, blutgetränktem Dreck und geschmolzenem Pech lag in der Luft, es herrschte Chaos.

„Ich spüre weder Ewerthon noch Mira?" Der Drache schnaubte gereizt und sandige Schwaden wirbelten orkanartig über das Gelände. Menschen duckten sich entsetzt und Elfen stießen lautstarke Flüche aus.

„Sachte, edler Freund." Alasdair trat näher. Die Überreste der einst so wunderschönen Burg schimmerten im feuerroten Licht der untergehenden Sonne, die sich in den gleißenden Schuppen des Drachen widerspiegelte. Ouna lehnte sich an ihren Gemahl und er legte seinen Arm um ihre Schultern, zog sie zu sich heran. Schweigend betrachteten sie die unwirkliche Szenerie.

„Ich fühle weder Ewerthon noch Mira!", wiederholte das schillernde Geschöpf an ihrer Seite.

„Wir werden sie finden. Dessen bin ich mir gewiss!" Der scharfe Blick des Krähenprinzen schweifte in die Ferne, tastete prüfend die Reste der äußeren Brüstung und den dunklen Wald dahinter ab. „Und bei dieser Gelegenheit werden wir sicher auch auf Keylam und Ilro stoßen."

Von den beiden Heerführern samt deren Mannen fehlte jede Spur.

„Der Ring. Mein Ring wird uns den Weg weisen!" Ouna dachte an die Kraft, die mit dem Ring untrennbar verknüpft war, die Vision, die sie in der schäbigen Hütte Kelaks heimgesucht hatte, sie nach dem rostigen Kessel mit dessen grausigen Inhalt greifen ließ.

„Der Ring findet immer zu seiner Besitzerin. Und hier, auf diesem Land ist es eindeutig Mira, der er zugehört!"
Alasdair griff in seine Brusttasche. Er griff ins Leere. „Er ist weg!" Verzweifelt grub er seine Finger tiefer. Nichts! Er tastete ins Leere.

„Wie kann das sein?" Ouna erinnerte sich genau. Ihr Gemahl hatte den Siegelring im allerletzten Augenblick gerettet und sicher über seinem Herzen verwahrt.

„Verdammt!" Es kam äußerst selten ein Fluch über Alasdairs Lippen. „Als ich mich in eine Krähe wandelte, um die Barriere zu überwinden, fehlten mir die Möglichkeiten, ihn anders zu transportieren ... ich trug ihn in meinem Schnabel und ..."

„Und wo ist er jetzt?" Missbilligend sah sie zu Alasdair hoch, der sich in der Bredouille befand. Es kam äußerst selten, genaugenommen nie vor, dass ihn Ouna mit einem derart vorwurfsvollen Blick aus ihren wunderschönen Augen bedachte, deren Blaugrau sich soeben verdunkelte. In dem Chaos, das im Inneren der Kuppel herrschte, war der Ring in Vergessenheit geraten, er hatte ihn verloren! Selbst als sich die Garde des Prinzen der Suche anschloss, Fingerbreit für Fingerbreit des niedergetrampelten Erdreichs abging, das Kleinod blieb unauffindbar.

„Sollten wir uns nicht um Wichtigeres kümmern?"
Der Drache peitschte nervös mit seinem Schwanz, brachte einiges lockeres Mauerwerk zum Kippen und damit Elfen zum wiederholten Male zum Fluchen. Er warf besorgt einen Blick nach Norden. Dort, auf der Kuppe des Hügels über den gezackten Wipfeln der Bäume, nur für besonders

scharfe Drachenaugen erkennbar, türmte sich nasskalter Nebel auf. Eine finstere Schattengestalt, die rapide an Größe gewann, schälte sich aus dem Dunst, raste auf sie zu. Und noch etwas näherte sich. Silberglänzend schoss ein Streif über den Himmel, neigte sich nach unten. Über die gleißende Brücke galoppierte Alba in rasendem Tempo und kam einige Fußbreit vor ihnen zu stehen. Aus der aufgewirbelten Staubwolke schritt Sirona. Die Kleidung über und über mit dunklen Flecken übersät, das blonde Haar wüst verheddert, das Gesicht dreckverschmiert, immerhin ansonsten unbeschadet. Ihre kobaltblauen Augen schimmerten vor Entsetzen, als sie einen Blick auf die Geröllhalde geworfen hatte, die einstmals ihr Zuhause war. „Das wird dieses Monster büßen! Ich schwöre ewige Rache. Nicht eher werde ich ruhen, bis mir sein Kopf zu Füßen liegt!" Blanke Wut verschlang ihre Sanftmut, wischte ihre Vernunft zur Seite. Sie legte die linke Hand zum heiligen Eid der Lichtwesen auf ihr Herz und hob den Kopf. Sie war Sirona, die Prinzessin der Lichtwesen und die Herrin der Gestirne. Das ganze Himmelszelt stand ihr zur Verfügung. Kein Ort, unerheblich wie abseits gelegen, konnte die bestialische Kreatur, die so viel Leid über ihre Familie und ihr Volk gebracht hatte, vor ihr verbergen. In diesem Moment fasste sie einen verwegenen Plan. Ein Vorhaben, das weit tieferen Schmerz verursachen würde, als bereits zugefügt. Freilich, davon hatte sie keine Ahnung. Und hätte sie es gewusst, sie hätte sich soundso nicht davon abbringen lassen.

Wogen der Schlacht II

Schritt für Schritt kämpften sich Ilros und Keylams Mannen vorwärts. Die äußere Burgmauer war überrannt worden. Erst im Innersten der Feste war es Keylam und dem Elfenheer gelungen, das *Knochenvolk* nach zähem Ringen zurückzuschlagen. Unterstützt von Ilro mit seinen Kriegern glückte es ihnen im letzten Moment, die grausigen Skelette abzuwehren. Mit vereinten Kräften hieben sie auf den Feind ein und trieben die letzten klapprigen Gestalten in die modrig kalten Tiefen des Waldes, aus denen sie hervorgekrochen waren. Als sie kehrtmachten, um wieder in die Burg zu gelangen, geschah etwas Eigenartiges. Sie prallten auf ein Hindernis. Unvermittelt ragte eine unsichtbare Barriere auf, versperrte ihnen den Weg zurück. Tatenlos mussten sie mitansehen, wie die Bewohner von *Cuor a-Chaoid*, voller Panik vor dem ätzenden Schleim, der vom Himmel triefte, verzweifelt nach Schutz suchten. Auch der Rest der verbliebenen Elfen hatte dieser Elementargewalt wenig entgegenzusetzen, musste sich genauso verschanzen wie das Menschenvolk.

Die Soldaten außen versuchten mit allen Mitteln, diese sonderbare Barrikade zu überwinden. Sie droschen mit ihren Äxten, stachen mit Messern und blankgeschliffenen Schwertern, schossen spitze Pfeile ab, keine der verzweifelten Anstrengungen führte zum gewünschten Erfolg. Die durchsichtige Hülle blieb undurchdringlich.

Keylam wandte sich kurz vom vergeblichen Bemühen seiner Mannen ab und schickte eine weitere stumme Nachricht an Oonagh. Wieso kam keine Antwort? Befand sie sich in Gefahr? Sie wollte zu Cathcorina. Was hatte die allerhöchste Kriegsgöttin seiner Gemahlin angetan?

Derart in Gedanken versunken, achtete er vorerst nicht auf die gespenstische Stille, die mit einem Male herrschte. Die Krieger hatten ihre fruchtlosen Bemühungen aufgegeben und starrten mit offenen Mündern auf das Geschehen vor ihnen. Auch Keylam blickte auf.

Alasdair und Ouna war gelungen, was ihnen verwehrt gewesen. Denn sie und ihre Garde standen plötzlich im Hof der uralten Baumriesinnen. Ein weiterer Schwall der ätzenden Klumpen schoss nach unten und die Krähenkrieger rissen ihre Schilde hoch. Alasdair hob seine Hände, aus denen plötzlich blauschwarze Blitze zuckten und Löcher in die amorphe Masse oberhalb fraßen. Die Männer außerhalb der Barriere hielten den Atem an, als sie mitansahen, wie der Krähenprinz seine Magie zu Hilfe rief. Dunkle Flammen glühten auf, er ballte die Fäuste und dann, Stück für Stück, verfinsterte sich die klare Oberfläche der Barriere und nahm ihnen jegliche Sicht.

„Irgendwo muss es einen Eingang geben!", Ilro schüttelte ärgerlich den Kopf.

„Wir teilen uns auf!" Keylam war seiner Meinung. „Dies sollte keine sonderliche Herausforderung darstellen. Wir starten linker Hand und Ihr rechter. Wer als erster den Durchschlupf findet, bläst das Horn!"

Soeben wollten sie das Gesagte in die Tat umsetzen, da ging ein Raunen durch die Soldaten. Einige von ihnen deuteten nach Osten, andere verrenkten sich die Köpfe, um in eben diese Richtung zu sehen.

Die nächste Bedrohung befand sich ihm Anflug. Gigantischer, furchterregender, bedrohlicher als alles bisher

Dagewesene. Rotfunkelnd schoss ein riesiger Drache auf sie zu. Die wenigsten unter ihnen hatten jemals einen Drachen gesehen. Genaugenommen nur Keylam und die Ältesten der Elfen. All dem ungeachtet, sie alle waren sich gewiss, es konnte sich nur um eines der legendären Wesen handeln, das in atemberaubender Geschwindigkeit näherkam.

Schon hatten die ersten ihre Bögen gespannt, bereit zum Abschuss auf diese neu aufgetauchte Gefahr, allein der König der Lichtwesen gebot ihnen Einhalt.

„Die Beweggründe, welche es hierhergeführt haben, liegen im Dunklen. Ein derart mächtiges Tier wollen wir uns nicht unbedacht zum Feind machen!"

Die Anspannung wurde greifbar, als sie beobachteten, wie der Drache die mit Pech bedeckte Kuppel umkreiste, unter der sich ihre Mitstreiter mit Alasdair und Ouna befanden. Ein dumpfes Brüllen erfüllte die Luft, verursachte den Mutigsten unter ihnen weiche Knie. Dann, ganz plötzlich, fuhr ein orangeroter Feuerstoß aus dem riesigen Maul des Drachen und versengte einen Großteil der pechschwarzen Hülle. Einige Krähen flatterten mit erschrockenem Krächzen hoch. Glühende Flammen erfassten die flüchtenden Vögel und die klebrige Masse, die sich wie eine zweite Haut auf die Kuppel gelegt hatte, verbrannte ausnahmslos alles zu Asche, zu flockigem Staub, der langsam an den gekrümmten Außenwänden nach unten rieselte. Ein grauweißer Schleier versperrte nach wie vor die Sicht nach innen. Bis der Wind aufkam und zur selben Zeit Alasdairs Schutzschirm mit sanftem Zischen in sich zusammenfiel. Auf ein Zeichen hin gingen die Soldaten hinter der bröckelnden Burgmauer in Deckung. Keylam wertete zwar das

Einschreiten des mythischen Tierwesens als Rettungsaktion, hingegen auch er hielt es für angebracht, weiterhin Vorsicht walten zu lassen.

Oonagh war verschwunden, genauso wie Sirona, Kenneth, Ryan und Fia, die sich, nach seinem Dafürhalten, außerhalb der Burg befinden mussten. Wo sich Ewerthon und Mira aufhielten, war ungewiss. Ausreichend Gründe, um abzuwarten.

Verdeckt durch das Geröll des äußeren Rings, konnten sie miterleben, wie der monumentale Drache im Burghof landete. Der Krähenprinz ihm seine Ehrerbietung erwies und Ouna sich an die mit purpurnen Schuppen gepanzerte Brust warf. Einige Augenblicke später wurden sie Zeugen der funkelnden Brücke aus tausenden von Sternen, die ihren Bogen vom Himmelszelt bis zur Erde zog, auf der Alba mit der Prinzessin aller Lichtwesen am Rücken nach unten donnerte. Weitab vom Geschehen blieb unhörbar, was Sirona, wieder festen Boden unter den Füßen, sprach. Nur Keylam, aufgrund seiner besonderen Fähigkeiten, vernahm ihre Worte, verspürte das Entsetzen und die blinde Wut seiner Enkelin. Als sie die Hand zum heiligen Eid hob, befürchtete er das Schlimmste. Denn einmal ausgesprochen, band dieser Schwur für die Ewigkeit.

Nichtsdestotrotz, spätestens zu diesem Zeitpunkt waren sich beide Herrscher einig, hier drohte keine Gefahr.

Mit ihren Mannen gerade im Aufbruch, schwang sich der Drache von einem Augenblick auf den anderen mit einem Riesensatz in die Lüfte und raste gen Norden. Dorthin, wo in diesem Moment über der Kuppe des Hügels etwas bedrohlich Dunkles heranwuchs. Blitzartig erkannten Keylam und seine Elfenkrieger mit ihrer Scharfsicht, was der

Drache erkannt hatte. Konturlosen Nebel der die gezackten Wipfel der Bäume mit seiner aufwallenden Düsternis verschluckte. Ein finsteres Gebilde formte sich, gewann rasch an Größe und steuerte rasant auf die *Burg der ewigen Herzen* zu. Jedenfalls auf die kümmerlichen Reste, die noch standen. Der König der Lichtwesen und Elfen zögerte keinen Augenblick und sandte Ilro seine Warnung.

Überdies fragte er sich zum wiederholten Male, wo Gillian geblieben war. Denn die Unterstützung des obersten Lehrmeisters aller Gestaltwandler wäre zum gegenwärtigen Zeitpunkt mehr als willkommen gewesen.

Nun, sie hatten den Krähenprinzen an ihrer Seite, obzwar, Krähenmagie währte nicht endlos, das wusste Keylam und augenscheinlich auch der Feind.

Mit dem gemeinsamen Schlachtruf auf den Lippen stürmten die Krieger los.

STELLAS WELT II

Die Ankunft

Professor Doktor Thomas Stein durchquerte die lärmende Ankunftshalle. Mit wirrem Kopf, was ihn angetrieben hatte, sein spärliches Hab und Gut zusammenzupacken, um gefühlt ans andere Ende der Welt zu reisen. Auf der Jagd nach ..., ja wonach genau eigentlich?

Der Leiter der Klinik war mehr als erleichtert gewesen, als ihm der ungeliebte Arzt seine eventuell etwas länger andauernde Abwesenheit mitteilte. Thomas Auftraggeber bezahlte ohne viel Aufhebens den Flug und für Alexander hatte er, nach mehrmaligen erfolglosen Versuchen ihn zu erreichen, eine Sprachnachricht hinterlassen. Sollte er sich Sorgen machen? Ihr letztes Gespräch endete ja ziemlich abrupt und mehr als abstrus.

Thomas straffte die Schultern. Nein, er machte sich keine Sorgen um Alexander. Für den Augenblick hatte er ausreichend mit sich selbst zu tun. Er, eine bedeutende Kapazität auf dem Gebiet der Neuropsychologie respektive Neurophysiologie, benahm sich gerade nicht wie ein renommierter Wissenschaftler, sondern eher wie Indiana Jones auf der Suche nach einem geheimnisumwitterten Schatz. Ein See, der in der Fantasie einer jungen Frau existierte und daneben von einer scheinbar unheilbringenden, vielleicht gefährlichen Malerin in Öl verewigt worden war. Das bedeutete eine der wenigen Spuren zu seiner verschwundenen Patientin. Nun ja, strenggenommen momentan die einzige Spur. Und ... die war mehr als vage ... und bei näherer Betrachtung, Indiana Jones war gleichfalls Wissenschaftler, wenn auch auf einem anderen

Gebiet. Er grinste. Zumindest sein Spleen der gedanklichen Selbstkorrektur war zurückgekehrt. Wenngleich er diese extravaganten Zwiegespräche ablegen wollte, kam ihm die Marotte nun entgegen. Etwas Vertrautes an diesem ungastlichen, kühlen Ort.

Er trat vor das Flughafengebäude. Eiskalter Wind pfiff ihm um die Ohren, Wolken, dick wie vollgesogene Schafswolle, hingen schwer vom Himmel. Erste Tropfen klatschten auf das Monument, unübersehbar am ansonsten kahlen Asphaltplatz, benetzten das Gefieder der schwarzgrauen Vögel, die teilweise davor, teilweise darauf saßen und ihn aus dunklen Augen aufmerksam musterten. Widerwillig fächerten sie ihre Flügel, flatterten hoch und schraubten sich mit heiserem Krächzen empor, lösten sich vor seinen Augen auf, wurden eins mit dem milchigen Grau über ihm. Thomas sog die feuchte Luft ein und schlug den Mantelkragen hoch. Den Kragen des Mantels, der in allerletzter Sekunde quasi von allein in den Seesack gesprungen war, beide Überbleibsel aus längst vergangenen Tagen, gelagert auf einem staubigen Speicher, gerade deswegen wieder voll im Trend.

Alle weiteren Passagiere waren bereits weg und mit dem Abflug der Krähen hatte sich der Vorplatz endgültig geleert. Einzig ein Taxi wartete einsam am Standplatz in unmittelbarer Nähe und er steuerte darauf zu. Der Motor des Wagens sprang an, die Scheibenwischer huschten über die Windschutzscheibe, der Regen nahm zu und Thomas konnte von Glück sagen, dass überhaupt ein Taxi zur Verfügung stand. Dort angekommen streckte der Arzt seine Hand nach der Beifahrertür aus. Thomas empfand sich keineswegs als Snob, aber aus welchem Grund stieg der

Fahrer nicht aus, um ihm zumindest den Kofferraum zu öffnen?

Plötzlich bewegte sich die Klinke unter seiner Hand. Das Auto machte einen Ruck vorwärts, fuhr los, auf und davon. Sprachlos starrte er den roten Rücklichtern nach, die sich in der schummrigen Düsterkeit verloren. Das fing ja gut an! So etwas war ihm tatsächlich noch nie passiert. Zwischenzeitlich goss es in Strömen und Thomas machte kehrt. Im Flughafengebäude wollte er Schutz vor dem unwirtlichen Wetter suchen und sich erstmal bei einer Tasse heißen Kaffees aufwärmen. Er dachte an Indiana Jones. Ein verpasstes Taxi stellte zu keiner Zeit eine unüberwindbare Barriere dar. Verpasst konnte man sein Erlebnis kaum nennen. Ein geflohenes Taxi, berichtigte er sich in Gedanken. Es war eine unerfreuliche Begebenheit und Punkt. Dieser innere Dialog amüsierte ihn so sehr, dass er wider Willen schmunzeln musste.

Seine Heiterkeit verflog exakt in dem Augenblick, in dem er frontal gegen die festverschlossene, üblicherweise sich automatisch öffnende Glastür prallte. In völliger Dunkelheit lag das riesige Gebäude vor ihm. Dort, wo vor kurzem hektische Betriebsamkeit den Ton angegeben hatte, herrschte jetzt Totenstille. Ohne jegliche Lichtquelle präsentierte sich die große Halle samt ihren Ankunfts- und Abflugschaltern, still und verlassen das Gepäckausgabekarussell, nicht einmal die Notbeleuchtung verströmte ihren ansonsten milden Schein. So sehr er auch gegen die dicken Glasscheiben des Eingangs drückte, sie bewegten sich keinen Zentimeter. Wohin auch, da sie ja grundsätzlich seitwärts aufgingen. Der Flughafen befand sich außerhalb der Stadt. Umgeben von brachliegenden Äckern, mitten in der Einöde. Am Ende der Welt. Das hatte Thomas sowohl im Internet recherchiert, als auch beim Anflug festgestellt. Der Mantel, unter anderen Umständen eine treue Seele, triefte bereits vor Nässe und legte sich zentnerschwer auf seine Schultern. Zentnerschwer lastete mit einem Male auch die vorgenommene Aufgabe auf denselben.

Was hatte er sich bloß dabei gedacht? Eine naive Vorstellung, die ihn da befallen hatte. Setz dich einfach mal ins Flugzeug und finde Stella in null Komma nichts. Wieso lag ihm so viel an dieser Patientin? Weil sie seine einzige Patientin war? Er den Auftrag erhielt, sie zu finden? Hatte er seinen Beschluss nicht bereits im Vorhinein gefasst? Sich auf die Suche zu machen, egal wie die Antwort seines Auftraggebers dazu ausfiele?

Honigbraune Augen blickten ihm tief ins Herz, das soeben wie wild zu rasen begann. Im selben Tempo, in dem sich plötzlich eine Armada feuriger Lichter, untermalt von Höllenlärm in tosender Fahrt auf ihn zubewegte.

Unübliche Entscheidungen

Doktor Thomas Stein war bei Gott kein Mann, dem man leicht Angst einjagen konnte. Er hatte bereits zu viel Grausamkeiten, verursacht durch die Bestie Mensch, erfahren. Dessen ungeachtet ... was da gerade durch die Schwärze der Nacht auf ihn zuraste, löste in ihm schauriges Unbehagen aus. Unheimliches Frösteln zog sich vom Nacken über die Wirbelsäule nach unten. Was nicht allein dem kübelweisen Regenwasser geschuldet war, das sich bereits seinen Weg unter den Mantel und den Hemdkragen entlang erkämpft hatte. Tappte er noch vor ein paar Sekunden in völliger Finsternis die matten, kühlen Fensterscheiben entlang, flog nun ein Schwarm abertausender feuriger Lichter durch die Dunkelheit in seine Richtung, wurde größer und größer, verdichtete sich, nahm Konturen eines ... eines riesigen Heißluftballons an!? Dazu dröhnte es in seinen Ohren, als donnerte ein Hochgeschwindigkeitszug frontal auf ihn zu. Das futuristische Gebilde, glitzernd, funkelnd, pfauchend, brauste auf vier Rädern über den leeren Platz, vorbei am einsamen Denkmal aus Stein und bremste keinen halben Meter vor Thomas. Dies geschah so plötzlich, dass das, was immer es auch war, sich um die eigene Achse drehte, bedrohlich schwankte und umzufallen drohte. Der Arzt hechtete vorsichtshalber zur Seite, um bei einem eventuellen Kippen nicht unter die Räder zu kommen. War das etwa Galgenhumor?

Endlich kam die schlingernde Abstrusität zur Ruhe und auch der gewaltige Lärm ebbte ab. Dafür ertönte aus dem Inneren des Gefährts, Thomas war sich bislang im Unklaren, was da eigentlich vor ihm stand, jedenfalls ertönte nun lautes Fluchen aus dem Ding.

Unablässig blinkten weiterhin bunte Lichter in allen Schattierungen an der glänzenden Außenhülle, schufen so eine bizarre Stimmung auf dem ansonst leeren Parkplatz. Der gussartige Schauer war in leichtes Nieseln übergegangen, trotz allem standen am dunklen Asphalt genug Wasserlachen, in denen sich all das Funkeln widerspiegelte, an deren Oberflächen soeben ein Tanz von Farbklecksen in zahllosen Nuancen einsetzte. Ein Schauspiel sondergleichen entwickelte sich vor Thomas Augen, der fasziniert dem wirbelnden Leuchten folgte. Bis sich nicht nur das Fluchen im Inneren des Gebildes verringerte, sondern auch die flackernden Lichter zur Ruhe kamen. Sie sich, von unsichtbarer Hand geführt und einer gemeinsam einstudierten Choreografie folgend, zu einer letzten Formation zusammenfanden.

In dem Moment, in dem Doktor Thomas Stein entgeistert auf die Pfützen blickte, in denen sich allesamt dasselbe Gemälde spiegelte, wurde die Tür - ja anscheinend verfügte dieses exotische Werkstück tatsächlich über eine solche - wurde eben diese mit einem Ruck aufgerissen. Im Türrahmen stand das seltsamste Wesen, das der Wissenschaftler bis zum heutigen Tage je zu Gesicht bekommen hatte. Es blickte zu ihm herab, dann auf die Lacken und grinste von einem Ohr zum anderen.

„Aha, zum Seerosenteich soll es gehen!"

Mit diesen Worten sprang das Geschöpf von der letzten der ausgefahrenen Trittstufen des riesigen Wagens nach unten und kam auf ihn zu.

Automatisch taxierte Thomas sein Gegenüber in Sekundenschnelle.

Feingliedrig, um die einen Meter siebzig groß, schmale Silhouette, blasses Gesicht ..., der Junge sah vermutlich kaum Sonnenlicht, wuchs er im Keller auf? Weißblonde Haare, die wirr vom Kopf standen, weit aufgerissene Augen, ein offenes Lächeln. Auch wenn das Aussehen etwas (Schrägstrich erheblich, fügte er in Gedanken hinzu) von der Norm abwich, gefährliche Signale konnte der Arzt nirgends entdecken.

„Ich bin Buddy!" Der Bursche blieb stehen, sah ihn abwartend an.

„Mein Name ist ..." In den Kreisen, in denen er verkehrte, stellte er sich generell mit Professor Doktor Thomas Stein vor. Irgendwie schien ihm das für die abnorme Situation erheblich (ohne Schrägstrich) übertrieben. Er räusperte sich. „Ich bin Thomas."

Buddy blickte ihn fragend an, wartete. Wartete ... worauf?

„Darf ich dich umarmen? Ich frage immer vorher, manche verunsichert zu viel Nähe."

Thomas war tatsächlich kein großer Freund von Umarmungen. Entweder sie wirkten ihm zu flüchtig, zu oberflächlich, pro forma oder sie waren ihm zu intim, zu früh.

Buddy lächelte. „Gut, diese Begrüßung ist auch ok. Für den Anfang." Eine Hand wurde ihm entgegengestreckt.

Konnte diese Person Gedanken lesen?

„Ja, kann ich!" Seine neue Bekanntschaft nickte begeistert, während Thomas Rechte kräftig geschüttelt wurde.

„Sorry! Ich brauche einen Moment!" Doktor Thomas Stein entzog seine Hand und stierte auf das monströse Gefährt, dann auf die schimmernden Wasserlachen und zum

Schluss auf sein Gegenüber. Wo war er hier gelandet? Vielleicht schlief er, musste sich bloß heftig in den Arm kneifen und erwachte aus seinem Albtraum? Zuerst fuhr ihm ein Taxi vor der Nase davon, dann befand er sich vor verschlossenen Türen eines Flughafenterminals im strömenden Regen, aus dem Nichts preschte ein undefinierbares Objekt auf ihn zu und jetzt gerade stand ein Geschöpf vor ihm, das gleichfalls jegliche Norm sprengte.

Sein Blick fiel auf die Pfützen. Das letzte Phänomen hatte er bis jetzt ausgeklammert. In all den glänzenden Oberflächen spiegelte sich jeweils nur ein Bild. Stets das gleiche. Der Seerosenteich.

Der geheimnisvolle See! Das verbindende Moment!

Er fasste die Gestalt direkt vor ihm näher ins Auge. Schlaksige Beine steckten in hautengen grauen Leggins, der Oberkörper in einer übergroßen Jacke in knalligem Rot, versehen mit goldenen Knöpfen. Und ... war er wirklich ein ER? Je mehr sich Thomas konzentrierte, desto mehr verschwammen Buddys Konturen. Formten sich neu, zeichneten das kantige Gesicht weicher, machten die Hüften etwas breiter und versahen den hageren Brustkorb mit weiblichen Rundungen. Thomas Gedanken purzelten. Der Name Buddy passte gleichermaßen für Jungs als auch für Mädchen. Bevor er die richtige Formulierung fand, um eine vergleichsweise persönliche Frage zu stellen, beantwortete sie der Betroffene von selbst. Ein weiteres Thema, das den Wissenschaftler zutiefst irritierte. Gedankenlesen!

„Ich bin sowohl als auch. Ich habe noch keine endgültige Entscheidung getroffen, was ich sein möchte. Mir stehen viele Wege offen. Mann, Frau oder beides!" Buddy drehte sich um die eigene Achse. In diesem Wirbel tauchte er mal weiblicher, mal männlicher auf, dann wieder schien sich beides in ihm zu vereinen.

Natürlich wusste Thomas um das sogenannte dritte Geschlecht. In manchen Teilen der Welt verachtet und verfolgt, in anderen ähnlich einer Gottheit verehrt.

Konnte ein göttliches Wesen Gedanken lesen?

„Ich empfinde mich zwar als einzigartig, bestimmt alles andere als göttlich." Buddy lächelte ihm zu. „Und sind wir nicht auf unsere eigene Art alle einzigartig?"

Damit drehte er sich ein letztes Mal und schritt energisch auf das befremdliche Fahrzeug zu. Denn ein solches war es allem Anschein nach.

Buddy erklomm die unterste Stufe und blickte über die Schulter.

„Und du siehst Farben, das ist gut. Sehr gut", er nickte erfreut. „Kommst du?", damit stapfte er den Rest der schwankenden Trittleiter nach oben und verschwand in der offenen Tür.

Thomas überlegte kurz. Wieso sollte er keine Farben sehen? Er war keineswegs farbenblind. Abgesehen davon, wie viele Optionen standen ihm zur Verfügung? Der Junge, das Mädchen kannte anscheinend den Seerosenteich und bestenfalls den Weg dorthin. Er hatte in den letzten Tagen bereits einige unübliche Entscheidungen getroffen, auf diese kam es jetzt auch nicht mehr an. Darum wuchtete er seinen schweren Rucksack mit Schwung empor, kletterte hinterher und mit dem Durchschreiten des Türrahmens betrat er eine andere Welt. Aber was hatte er erwartet?

DER
GESCHICHTENERZÄHLER III

Der Überfall

Zur Salzsäule erstarrt wartete Alexander auf den Schmerzenslaut seines Gegenübers. Jäh huschte ein grauer Schatten durch die mit Händen greifbare Grabeskälte. Der Wolfshund, eben geduckt am Boden, sprang direkt auf Olivia zu und entblößte seinen furchterregenden Fang. Spitze, weiße Zähne blitzten auf. Mit einem Satz schnappte er den todbringenden Pfeil, bevor dieser sein Ziel erreichen konnte, wobei Ober- und Unterkiefer so fest aufeinanderschlugen, dass der ansonsten unzerstörbare Schaft in zwei Teile brach. Dies ging in einer Rasanz vonstatten, dass der Geschichtenerzähler gerade eben seine Augen geöffnet, dagegen nicht einmal seinen Bogen gesenkt hatte.
Wieso beschützte der Hund das Monster?
Währenddessen langten die gedrungenen Wesen bei Olivia und ihrem vierbeinigen Retter ein. Die Nebelschwaden verzogen sich und ein goldleuchtender Vollmond tauchte die Wiese in helles Licht. Warf seinen glimmenden Schein auf Olivia, die den ersten der dunklen Angreifer mit ihrem blutigen Messer abwehrte und auf den Wolfshund, der ihre Flanke verteidigte. Der die düsteren Schemen, einen nach dem anderen, mit blanken Zähnen packte und sogleich mit Schwung in die wabernde Dunkelheit zurückbeförderte, aus der sie gekrochen waren. Alexander fasste sich schnell. Er vertraute seinem haarigen Gefährten. Wenn dieser sich auf die Seite Olivias schlug, dann hatte das etwas zu bedeuten, konnte vielleicht doch kein Böses an ihr sein. Sein Herz pochte bis zum Hals. Keineswegs, weil er die abstoßenden Schattentiere fürchtete, die Olivia umzingelten.

Nein, er dachte mit Grauen daran, was geschehen wäre, hätte sein Pfeil getroffen, wäre sein Begleiter nicht wild entschlossen dazwischengegangen.

Irgendwann, zu einem günstigeren Zeitpunkt als gerade eben, wollte er sich bei Hund bedanken und bei Olivia entschuldigen. Es gab jede Menge Rätsel und offene Fragen, indes die mussten warten. Er musste seiner Liebe beistehen. Mit diesen Gedanken spannte er erneut den Bogen und dieses Mal verfehlte keiner der abgeschossenen Pfeile sein Ziel.

Das Janusgesicht

Das Gemetzel währte kurz. Bald häuften sich kniehoch borstige Körper um die rasende Frau, die einer Furie ähnlich durch die feindlichen Linien wütete, den wolfsähnlichen Hund, der ihr in nichts nachstand, und weitere kampferprobte Mitstreiter aus eigenen Reihen, die sich aus den fliehenden Dunstfetzen hinter Olivia geschält hatten.

Als auch der letzte der Angreifer erstochen, erschlagen, zerhackt und geviertelt am Boden lag, eilte Alexander zu der blutbesudelten Kriegerin inmitten der Seinen. Jeder seiner Pfeile hatte eines der grausigen Wesen niedergestreckt, welche er sich näher betrachten wollte. Doch vorher gab es Dringlicheres zu erledigen. Bei Olivia angekommen, taumelte jene ihm entgegen. Bebend am ganzen Körper konnte sie sich nur mit Mühe aufrechthalten. Der Geschichtenerzähler schloss die wie Espenlaub zitternde Frau in die Arme, ihr Kopf sank erschöpft an seine Brust. So standen sie eine lange Weile, ohne dass ein Wort fiel. Alexander hatte keine Ahnung, womit er anfangen sollte. Er selbst konnte nicht begreifen, dass er von Zweifeln übermannt hierhergekommen war, um sie zu … Er wagte kaum, den Satz zu Ende zu denken. Weiterhin spannen sich mysteriöse, undurchsichtige Fäden über die Geschehnisse des letzten Jahres, der vergangenen Monate, vorigen Tage. Vieles bedurfte der Klärung. Denn, wenn nicht Olivia …, irgendwer hatte den Lauf der Zeit beeinflusst! Wann war das erste Misstrauen aufgekeimt, an welchem Punkt hatte ihre gemeinsame Geschichte solch abartige Wendung genommen? Selbst die jüngsten Ereignisse lagen im Dunkeln und seine Gefühle waren mehr als zwiespältig. Olivia im Gegensatz war schlichtweg zu erschöpft, um auch nur ein Wort zu verlieren. Sie lauschte dem Rauschen ihres Blutes, das nach dem überstandenen Schrecken nur langsam verebbte, vernahm von weitem das beständige Pochen eines Herzens. Ihr rechtes Ohr eng an seinem Brustkorb, handelte es sich wahrscheinlich um Alexanders, das ans Hier und Jetzt mahnte.

Sie schrak hoch. Hier und jetzt! Sogleich hob sie ihren rechten Arm und blickte zum Wald hinüber. Als hätten sie darauf gewartet, lösten sich aus dem Schatten der Sträucher und Bäume größere und kleinere Gestalten, die eilig näherkamen. Alexander sah ihnen entgegen. Unglaublich! Olivia hatte einem Teil seiner Gefolgsleute befohlen, sich zu verstecken, hatte die Bestien auf ihre Fährte gelockt, sie von denen weggeführt, die zu schwach oder ohne spezielle Fähigkeiten waren. Ging das noch mit rechten Dingen zu? Handelte es sich nicht vielleicht um eine ausgeklügelte Finte, sein Vertrauen wieder zu erlangen? Woher hätte sie gewusst, dass sie es verloren hätte?

Er blickte um sich. Auf alle Geschöpfe, die sie zwischenzeitlich umringten. Jedem Einzelnen war die Dankbarkeit ins Gesicht geschrieben … und in seinem Inneren nagte der Zweifel, fraß sich tiefer und tiefer.

Später am Lagerfeuer, als alle wohlbehalten und hungrig ein verspätetes Abendessen hinunterschlangen, erfuhr er die ganze Geschichte. Eine, die er selbst schwerlich besser erfinden … oder je nachdem … wiedergeben hätte können.

Allerdings dieses Mal übernahm Olivia seinen Part.

Wenngleich hundemüde, mit Knochen, die sich tonnenschwer anfühlten, sie wollte alles richtig machen, kein

Detail auslassen. Nichts und niemand durfte dem Vergessen anheimfallen. Eine unumstößliche Regel aller Geschichtenerzähler. Ihr Gesicht glühte vor Aufregung, der Schreck saß ihr jetzt noch in den Gliedern. Sie ließ den Blick in der Runde schweifen und sprach die bedeutsamen Worte ... ich erzähle ... von einem Tag, der so begann, wie jeder andere.

Alexander beobachtete sie. Wieso plagten ihn weiterhin derart finstere Gedanken? Welche Türen und Tore war sie imstande zu öffnen oder zu verschließen? Wer wusste von dem Zeitriss und nutzte ihn für finstere Zwecke? Wer spann Faden um Faden, versuchte die Wirklichkeit hinter einem Netzwerk von Trugbildern zu verbergen? Wohnten zwei Seelen in Olivias Brust? Verfügte sie über zwei Gesichter, von denen sie eines geschickt vor allen anderen und auch ihm verbarg?

ÜBERRASCHENDER BESUCH

Tatsächlich begann der Tag wie einer von vielen. Niemand, der aus reinem Zufall an den kunterbunten Fahrzeugen, die sich im Kreis gruppiert hatten, vorbeikam, wäre auf die Idee gekommen, etwas anderes zu sehen, als einen gern gesehenen Wanderzirkus, der hier campierte. Aus dem *Grand Chapiteau* oder der *Grande Dame*, wie das riesige Zirkuszelt liebevoll genannt wurde, drang Kinderlachen, irgendwo spielte jemand auf einer Fiedel lustige Weisen. An der großen Feuerstelle inmitten der farbenfrohen Wägen hing ein riesiger Kessel, in dem köstlicher Eintopf brodelte, mit seinem Bukett von Gemüsen, Kräutern und angeröstetem Fleisch die Nasen umschmeichelte. Mehrere Kamele taten sich gütlich an duftendem Heu, gemeinsam mit weißen und schwarzen Schafen, struppigen Ponys und grauen Eselchen. Behütet von einem riesigen, wolfsähnlichen Hund, welcher an Schulterhöhe locker die kleinen Pferdchen überragte, der sich plötzlich wachsam aufrichtete und warnend knurrte. In einer so eingeschworenen Gemeinschaft achtete stets einer auf den anderen und so merkten die Ersten beim dumpfen Grollen des Hundes auf. Einige der Umstehenden blickten von ihrer Arbeit hoch, musterten prüfend den Himmel, die Wiesen und Hügel, den nahegelegenen Waldsaum. Mittlerweile sträubten sich nicht nur die Nackenhaare des vierbeinigen Wächters. Viele von ihnen waren mit äußerst sensiblen Sensoren ausgestattet, die auf geringste Turbulenzen in der Umgebung reagierten. Olivia spürte den Umschwung der Stimmung im Lager sofort. Die Fiedel verklang mit einem knarzenden

Quietschen, das Kinderlachen verstummte abrupt und das Blöken der pummeligen Schäfchen klang plötzlich schrill in ihren Ohren. Sie ließ alles stehen und liegen, eilte aus dem Zelt und kam gerade recht, um etwas absolut Unglaubliches mitzuerleben. Etwas, das den Rahmen von allem sprengte, was ihr bis zu diesem Tage widerfahren war, zumindest woran sie sich erinnern konnte. Strenggenommen, bis auf ein Erlebnis, welches sie hingegen bis heute mehr oder minder erfolgreich an den Rand ihres Bewusstseins verdrängte.

Nicht nur sie wurde Zeugin dieses einzigartigen Ereignisses, sondern alle anderen zwischenzeitlich Herbeigeeilten ebenfalls. Die Tiere hatten sich dicht zusammengedrängt, der riesige Hund knurrte so laut, dass man meinte, Donner grollte über den blitzblauen Himmel. Die Luft schwirrte, wirbelte einzelne weiße Flocken der pulvrigen Schneedecke vom Boden. Und auf einmal kam sie. Direkt durch die Luft geflogen purzelte es bei der Landung, von einem überaus farbenprächtigen Teppich, genau in die Mitte des Lagers.

Olivia, die am nächsten stand, reichte dem Mädchen die Hand. Leicht wankte jenes, fing sich gleich wieder und sprang von allein auf die Füße. Verdutzt sah es sich in der schneebedeckten Landschaft um, bevor es den Mund aufmachte.

„Wo bin ich?" Ihre Stimme klang rau und der Akzent war unverkennbar. Große braune Augen blickten fragend in die Runde. Ihre Haut war dunkler, als die der meisten unter ihnen, erinnerte an den geheimnisvollen Goldbraunton flüssiger Schokolade. Überhaupt schien alles sehr rätselhaft, angefangen mit ihrem plötzlichen Erscheinen wie aus dem

Nichts bis hin zu ihrem Aussehen. Das mysteriöse Transportmittel, ein Exemplar mit fast gigantischen Ausmaßen, lag ausgebreitet am Boden. Als opulentes Gemälde zeigte es ein detailgetreues Bild von … ihrem Zirkus? Neugierig trat Olivia näher und bückte sich. Tatsächlich. Hier die *Grande Dame*, dort die buntbemalten Wägen, die grasenden Zirkustiere. Sie stutzte. Elefanten gab es kaum mehr in ihrer Welt, eine Reminiszenz an vergangene Zeiten? Behutsam berührte sie eines der lebensecht dargestellten Kamele. Sie verstand nicht viel von derart exotischen Bodenbelägen. Doch alleine wie sich das Material an ihre Finger schmiegte, zeugte von wahrer Handwerkskunst und einem vermutlich unerschwinglichen Preis. Sie richtete sich wieder auf.

„Du bist in Sicherheit." Freundlich blickte sie auf das Mädchen, es mochte um die zwölf sein, das in der Zwischenzeit zitterte wie Espenlaub. Seine Kleidung zeigte sich auffällig bunt und war keinesfalls für den Winter geschaffen. Olivia nickte einer älteren Frau zu, die schon mit einer wattierten Decke bereitstand und diese der Fremden liebevoll um die Schultern legte.

„Du sprichst unsere Sprache. Wollen wir ans Feuer gehen?", damit deutete Olivia auf das große Zirkuszelt. „Da ist es sicher gemütlicher … und auch wärmer."

Die Fremde musterte sie aufmerksam, dann nickte sie. Bevor sie sich auf den Weg machten, murmelte die Kleine ein paar Worte und der prächtige Teppich verblasste, verlor die bunten Farben, seine Konturen verschmolzen mit dem frischgefallenen Schnee, er wurde unsichtbar. Gleichwohl in diesem Lager allerlei Begabungen versammelt waren, Zauberei war immer bewundernswert, egal ob es sich um echte Magie oder kunstfertige Tricks handelte. Das Mädchen schien gut darin. Jedenfalls in einem von beiden.

Als sie um die Feuerstelle im *Grand Chapiteau* saßen, endlich beim Nachtisch angelangt, mit heißem Getränk in der einen und frisch gebackenen Keksen in der anderen Hand, gab es vorab kurzfristig ein Gedränge und Geschubse. Niemand wollte nur ein Wort dessen verpassen, was ihr mysteriöser Überraschungsgast zu berichten hatte.

Man hätte das Gras wachsen hören, so still war es, als Elhame, so der Name ihres exotischen Besuchs, sie in ein Land jenseits aller Vorstellungskraft entführte. Nicht von ungefähr war jenes als Wiege der besten Märchenerzähler weit über seine Grenzen hinaus in aller Munde.

„In längst verschwundenen Tagen …" so lautete seit jeher deren Zauberformel für den Eintritt in eine andere Welt.

CUOR A-CHAOID III

Wogen der Schlacht III

Kenneth und Ryan lagen beide auf dem Rücken und rangen nach Luft, als der Kriegsschrei der Kameraden zu ihnen dröhnte. Die Erde bebte unter den Stiefeln hunderter Soldaten, die auf den Innenhof der Burg zujagten. Der tosende Lärm durchdrang sogar die Mauern des Raumes, in dem sie sich gerade befanden, weitab der *Burg der ewigen Herzen*.

Der Hauptmann der Wache warf dem jungen Thronfolger einen aufmunternden Blick zu. „Zumindest gibt es noch welche von uns, die zur Schlacht rufen", meinte er mit ruhiger Stimme.

Ryan nickte. In sein blasses, jungenhaftes Gesicht hatten sich tiefe Kerben gegraben, ließen ihn älter erscheinen, als er war. Um seine Augen lagen Falten, vor kurzem hinzugekommen. Die vergangenen Stunden hatten seinem unschuldigen Kindsein zugesetzt, seine gräulichsten Albträume bei weitem übertroffen.

Nachdem sie sich von Sirona getrennt hatten, waren sie, dem Protokoll entsprechend, tief in den Wald geritten. Immer darauf achtend, keine Aufmerksamkeit auf sich zu lenken, oftmals einen Umweg einschlagend. Diesem Forst haftete, seit Ryan denken konnte, ein grausiger Ruf an, auch ohne die reelle Gefahr, von einer Knochenarmee massakriert zu werden. Der düstere Waldgürtel bildete die irdische Grenze zwischen dem Herrschaftsgebiet seines Vaters und dem Reich der Lichtwesen. Keine Sonne, kein Mond, keine Sterne wiesen ihnen den Weg. Kein buntes Vögelchen trällerte auf grünen Wipfeln, kein pelziges Nagetierchen wuselte über harzige Stämme, kein hungriger Jäger auf vier Pfoten pirschte durch das dornige Gestrüpp. Einzig Totenstille umgab sie. Sie hatten Glück im Unglück. Dort, wo das Dickicht so gut wie undurchdringlich wuchs, tummelten sich auch keine geisterhaften Skelette mehr. Sie stiegen ab und die Zügel der Pferde in der Hand marschierten sie zu Fuß weiter. An den Ort, wo in beklemmender Finsternis eine einsame Hütte stand. Inmitten dicht gedrängten Buschwerks, perfekt getarnt durch giftvollen Efeu, der all die verräterischen Bohlen, Fenster und Türen bis übers Dach hinauf im Laufe der Jahre überwuchert hatte, wartete das Häuschen auf seine Bestimmung, den Thronfolger und die Königin aufzunehmen und zu beschützen. Aber, seine Mutter war unauffindbar. Der Prinz wusste, es war ein Fehler gewesen, auf sie zu warten, sie zu suchen. Doch dafür war er zu sehr Kind, um das Liebste in der Welt, ohne jeglichen Widerstand zurückzulassen.

Als Kenneth mit einigen Schwerthieben die Efeuranken zurücktrieb, sodass die hölzerne Tür dahinter sichtbar wurde, konnte Ryan seine Tränen nur mit Mühe zurückhalten. Er war der Thronfolger, seine Mutter verschwunden, wenn sein Vater starb ... Er mochte diesen Gedanken nicht zu Ende bringen. Es war angsteinflößend genug, hier in der düsteren Einsamkeit auf das durchdringende Knarzen der Tür zu achten, während sich jene äußerst widerstrebend, fingerbreit um fingerbreit öffnete. Es goss in Strömen, seine Zähne klapperten unkontrolliert und die Kleider hingen ihm am Körper wie nasse Fetzen. Alles Leben zerstörende Eiseskälte hatte sich seiner bemächtigt, kroch ihm durchs Gebein und kindliche Gemüt.

Im Inneren der Hütte herrschte stockdunkle Nacht. Muffige, abgestandene Luft nahm ihnen den Atem. Der Soldat schlug schweigend ein paarmal mit seiner Messerklinge gegen einen Stein, fing die Funken in einer Schale mit trockenem Laub und Reisig auf, die auf einem Holzbrett in der Nähe der Eingangstür wartete. Flugs entzündete er mit dem Flämmchen den Docht einer Stumpenkerze, die er vom selben Regal kramte und in eine bereitstehende Laterne stellte. Sollte der Kerzenschein Trost spenden, so trat das Gegenteil ein. Sogar im schummrigen Flackern erfasste Ryan die Tristesse seiner Situation und die dürftige Ausstattung seiner ... zukünftigen Behausung, für wie lange? An einer Längswand standen zwei Bettgestelle, im rückwärtigen Teil versteckte sich ein Eimer, der unverkennbar als Abort gedacht war, mittig am sandigen Boden gab es einen Steinkreis mit aufgeschichteten Holzspänen. Weitere Holzscheite harrten an der Wand gegenüber ihrer Bestimmung, teilweise mit einem Brett abgedeckt, das möglicherweise als Tisch dienen sollte. Und all diese königliche Pracht war über und über mit grauem Schleier bedeckt. Klebrige Spinnweben, wie der Junge bald feststellte.

„Hier ist offensichtlich lange keiner mehr gewesen?" Fragend sah er sich nach Kenneth um.

Dieser hatte sein Schwert gezogen und stocherte in der Nähe des Holzstapels am Boden. Ein dumpfer Klang ließ ihn aufhorchen. Er bückte sich, wischte einige Handvoll Sand zur Seite und grinste.

„Da bist du ja!", murmelte er erfreut. Mit einem Ruck zog er an einem Ring und öffnete eine Falltür. Auffordernd blickte er auf seinen Schutzbefohlenen.

„Da hinunter?" Ryan wollte es nicht glauben. Meinte er, die Armseligkeit ebenerdig wäre schier eine Zumutung, wie sähe es dann unterirdisch aus? Was, wenn er sich dem Verlangen des Hauptmanns widersetzte? Er war der legitime Thronfolger, in Kürze vielleicht der Befehlshaber des Soldaten vor ihm. Der deutete abermals mit dem Schwert auf die Öffnung. Dann zuckte er mit den Schultern und stieg die Treppe nach unten. Dreck rieselte flüsterleise in das dunkle Loch und eine Hand griff bereits nach der Luke, um diese zu schließen, da machte Ryan einen Sprung vorwärts und eilte Kenneth nach. Wenig dort unten konnte schlimmer sein, als alleine da oben auszuharren. Der Himmel öffnete seine Schleusen, die Welt drohte zu ertrinken, Blitz und Donner folgten Schlag auf Schlag.

Kaum war die Falltür geschlossen, erhellte einzig die Laterne den schmalen Gang, den sie entlang schritten. Durch das Flackern der Kerze hob an den Wänden ein Reigen von Schattentänzen an, der den Jungen erstaunlicherweise beruhigte. Friedliche Stille umgab die beiden. Nach all dem Chaos auf der Erdoberfläche atmete der Thronfolger tief durch. Aus irgendeinem Grund fühlte er sich geborgen. Bis er das flüchtige Tapsen vernahm! Gab es hier Ratten? Oder gefährliches Getier, das seine scharfen Zähne an ihm wetzen wollte?

Er hielt an. Auch Kenneth vor ihm blieb stehen. Er musste das Geräusch ebenfalls gehört haben. Die Kerze in der Linken, das Schwert gezogen in der Rechten, linste er hinter Ryans Rücken. Das Geräusch war nähergekommen, leise und sachte, fast lautlos, jetzt in unmittelbarer Nähe zu Füßen des Thronfolgers!

Plötzlich ließ der Hauptmann sein Schwert fallen und griff blitzschnell hinter Ryans Beine. Ein empörtes Fauchen ertönte und gleich hintendrein gereiztes Fluchen. Ryans Knie begannen zu zittern. Vor welch tödlicher Gefahr hatte ihn der tapfere Soldat soeben gerettet? Was für ein Monstrum zappelte da in der Hand vor ihm?

Fest am Kragen gepackt hing ein blendend weißes Fellbündel, das sich verbissen gegen den festen Griff wehrte. Seine sichelförmigen Krallen zerfetzten den ledernen Handschuh des Kriegers als wäre er hauchdünne Seide. Es bog und wand sich und biss letztendlich mit aller Kraft in den Daumen seines Jägers. Das war eindeutig zu viel! Mit einem letzten herzhaften Fluch schleuderte der todesmutige Mann das Untier von sich.

Sofort ging das erboste Vieh hinter dem Prinzen in Deckung und schmiegte sich an seine Beine. Von einem Augenblick auf den anderen wandelte sich die krallige Bestie in ein sanftmütiges Schmusekätzchen.

Vorsichtig hob der Junge die weiße Katze hoch. Er traute dem Frieden nicht ganz. Ihr Fell fühlte sich an wie edler Samt und strahlte tatsächlich im reinsten Weiß. So gleißend, dass man meinte, ein bleicher Goldmond wäre im Stollen aufgegangen. Der Streuner blickte ihn aus grünblauen Augen bedeutsam an. Setzte seine Riesenpfote sanft an Ryans Wange und leckte dann mit seiner rauen Zunge über das Gesicht des Jungen. Das entlockte Ryan trotz aller Widrigkeiten ein Lächeln. Kenneth bemerkte es wohl.

„Nun, Ihr seid ihm entschieden sympathischer als ich", bemerkte er trocken und wischte sich das Blut von den Händen. Dieses Vieh hatte es tatsächlich geschafft, seine

Handschuhe zu zerfetzen, um ihm in Bälde die Haut in Streifen abzuziehen. Tiefe Kratzer brannten bereits jetzt wie die Hölle.

„Was machen wir mit ihm … ihr?", stellte Ryan nach einem prüfenden Blick richtig.

Die Kätzin rollte sich ohne Umschweife auf seinem Arm ein und schnurrte, als läge sie sicher in der warmen Stube hinter dem Ofen. Kenneth war es einerlei, so lange sie ihre Krallen in Zaum hielt.

„Wenn Ihr sie tragt, von mir aus …", beschloss er deshalb.

Geraume Zeit schritten sie schweigend hintereinander. Der Hauptmann achtete auf die Kerze, sodass die Flamme nicht erlosch, Ryan war mit Samtpfote beschäftigt. Den Namen hatte er insgeheim der Katze gegeben, die eines der größten Exemplare war, das er je gesehen hatte. Fiel dies vorerst kaum ins Gewicht, wurde das luchsgroße Fellbündel mit der Zeit ziemlich schwer. Samtpfote zeigte andererseits keinerlei Ambitionen, ihren gemütlichen Platz in seinen Armen zu verlassen. Schweiß rann ihm über die Stirn und er schnaufte angestrengt.

„Ich würde sie Euch abnehmen, hingegen befürchte ich, das wird die Lady nicht besonders schätzen."

„Ja, der Meinung bin ich auch." Der kleine Prinz nickte mit zusammengebissenen Zähnen. „Wohin gehen wir eigentlich?"

Durch das Abenteuer mit der zugelaufenen Katze war diese Frage völlig untergegangen. Immerhin waren sie schon eine gute Weile in diesem Gang unterwegs. Ab und an zweigte ein weiterer Schacht ab, dessen ungeachtet, Kenneth schien den Weg genau zu kennen. Ohne Zögern hielt er auf ihr Ziel zu, von dem nur er wissen mochte.

Unversehens richtete sich das riesige Tier in Ryans Armen auf und sprang mit einem Satz auf den Boden. Mit gesträubtem Fell pfauchte es, messerscharfe Zähne blitzten auf, der Rücken wölbte sich zu einem Buckel, die vormals grünblauen Augen strahlten im reinsten Giftgrün und sprühten Funken. Die Sanftheit entschwand und es wandelte sich zurück in die vormalige Bestie.

Ryan kniete nieder, hatte bereits beruhigende Worte auf der Zunge, da legte Kenneth warnend den Zeigefinger auf seine Lippen. Sie blickten in dieselbe Richtung wie die zornige Kätzin. Eben in diesem Moment brach der Sturm über sie herein. Ein kräftiger Luftzug blies die Kerze aus und schlagartig herrschte schwärzeste Finsternis. Wahrscheinlich wären sie, ohne die zugelaufene Streunerin, dem nahenden Unheil schutzlos ausgeliefert gewesen. Ein, zwei Wimpernschläge, nachdem die Flamme erloschen war, leuchtete das Fell ihrer vierbeinigen Begleiterin, als stünde ein Holzstoß in Flammen. Ein Heulen und Klappern ertönte, dass ihnen die Ohren klangen. Mit diesem höllischen Lärm krochen die ersten rappelnden Gerippe aus einem seitwärtigen schmalen Durchlass und plumpsten auf die staubige Erde.

Ryan erstarrte und blieb wie angewurzelt stehen. Er hatte sich gegen jedwede Vernunft in Sicherheit gewiegt! Sie waren dem Untergang geweiht!

Der Hauptmann der Wache packte ihn am Arm und zog ihn weiter. „Sie sind wesentlich langsamer als wir. Lauft, wenn Euch Euer Leben lieb ist!" Damit schob er ihn vor sich her, in den freien Stollen hinein.

Der Thronfolger wehrte sich. „Samtpfote! Unter keinen Umständen lasse ich sie zurück!"

„Samtpfote? Dieses Monstrum tauftet Ihr Samtpfote?!"
Kenneth zerrte Ryan mit sich. Ein Blick zurück hatte gereicht. Die schnurrende Katze hatte zu ihrer ursprünglichen Natur zurückgefunden. Die klapprigen Gestelle
flogen nur so durch die Luft. Mit ausgefahrenen Krallen
schleuderte sie Skelett um Skelett in das finstere Loch
zurück, aus dem es gekrochen kam.

„Sie kommt zurecht! Ihr braucht Euch wirklich keine Sorgen zu machen! Nehmt die Beine in die Hand! Wir müssen
schleunigst weg von hier!" Wer weiß, wie lange ihre Beschützerin dem Ansturm standhalten konnte. Diesen Gedanken wagte der Soldat keinesfalls laut auszusprechen.
Denn er konnte sich an einer Hand ausrechnen, dass der
Junge sich dann keinen Fußbreit mehr rührte.

Ihre Flucht stellte sich als wesentlich schwieriger heraus,
als vorerst angenommen. Ohne leuchtende Laterne tappten sie im Dunkeln, kamen entweder viel zu langsam vorwärts, stolperten über den unebenen Boden oder schlugen
sich die Köpfe an jedem Felsvorsprung an. Kenneth fehlte
die Zeit, um die Kerze erneut zu entzünden, er verlor die
Orientierung. Plötzlich, als hätte sie die Unzulänglichkeit
der beiden geahnt, tauchte die Katze auf und tauchte die
Tunnelwände in weißes Licht.

Sie rannten hinter ihr her bis die Lungen brannten. Die
Luft war trocken und das Atmen wurde laufend mühsa-
mer. Trotz alledem, Kenneth blieb nicht stehen. Er hoffte
inständig, dass das Katzenvieh den Weg an die Oberfläche
kannte. In diesen schmalen Gängen hatten sie kaum eine
Chance gegen die Knochenarmee, die immer wieder aus
einem der Seitenarme quoll. Das Schwert erwies sich hier
unten eher hinderlich als hilfreich.

Aber Samtpfote war auf der Hut. Ab und an fiel sie etwas zurück, zorniges Fauchen und knöchernes Klappern folgten. Kenneth hätte schwören können, dass ihre Augen belustigt funkelten, wenn sie sich danach gleich wieder an die Spitze setzte und ihnen die Richtung vorgab. Entweder führte sie ihr Instinkt, oder sie wusste tatsächlich, wohin sie musste, denn jäh ragte vor ihnen eine Leiter hoch. Ohne Zögern kletterte der Hauptmann nach oben, stemmte sich mit aller Kraft gegen eine steinerne Platte und öffnete den Ausstieg. Sogleich reichte er seine Hand nach unten. Allerdings nicht der Thronfolger langte danach, sondern er griff in dichten Pelz. Voller dunkler Vorahnungen packte er das Katzenvieh am Nacken und hob es nach draußen … in banger Erwartung sichelartiger Krallen und messerscharfer Zähne, gehauen in seinen Handschuh oder schlimmer, in seine Haut. Nichts derlei geschah. Friedfertig wie ein Lämmchen ließ die Streunerin sich von ihm hochziehen und am Boden absetzen. Kaum auf ihrem Hinterteil, begann sie ihr samtiges Fell mit einer Hingabe zu putzen, dass man meinte, seine Berührung hätte sie aufs Ärgste beschmutzt. Vom Stollen unten tönte ein Aufschrei und als nächstes kletterte Ryan flink wie ein kleines Äffchen die Leiter hoch.

„Sie sind knapp hinter mir!", japste er und rollte sich blitzschnell auf die Seite. Ein Blick hinunter, auf die bleichen Geripppe, die soeben ungelenk den Aufstieg begannen, war für den Hauptmann Anstoß genug, die Luke eiligst zu schließen. Mit einem dumpfen Knarren versperrte die schwere Felsplatte die Öffnung aus dem Fluchtstollen. Leises Stöhnen mischte sich in ihre schweren Atemzüge. Es befand sich jemand in unmittelbarer Nähe.

Wogen der Schlacht IV

Angestrengt öffnete sie die Augen. Vorerst nahm sie nur dunkle Schemen wahr, die am Boden lagen und sich mühsam erhoben. Flüsternde Schatten, die auf sie zukamen. Langsam klärte sich ihr Blick. Unverhofft standen Ilros Sohn und der Hauptmann seiner Wache vor ihr. Der Mann und der Junge, mit starrem Blick und desgleichen bleich, ... wie der leibhaftige Tod ..., ging es ihr durch den Kopf. Was sie so entsetzt haben mochte? Unendlich erleichtert begrüßte sie die beiden. Einzig heiseres Krächzen kam aus ihrem Mund. Sie richtete sich auf und sank sofort wieder zurück. Im letzten Augenblick konnte der Soldat sie vor dem harten Aufprall auf den eiskalten Boden bewahren. Schüttelfrost packte sie, verursachte unkontrolliertes Zittern. Wie lange lag sie hier? Bruchstückhaft stellte sich die Erinnerung ein. Zusammenhanglose Bilder wirbelten wirr durcheinander, verursachten Übelkeit. Wie war sie hierhergekommen? Wo war sie überhaupt?

Kenneth und Ryan fuhr gleichfalls der Schreck ins Gebein. Mit Müh und Not der Knochenarmee entkommen, stahl sich der Gedanke in ihr Bewusstsein, dass sie an diesem Ort nicht alleine waren. Auch wenn von der Gestalt, die so plötzlich vor ihren Augen zusammengeklappt war, augenscheinlich keine akute Gefahr ausging.

Kenneth, ein Mann mit kühlem Verstand, überlegte rasch. Er hatte geplant, in der Welt der Lichtwesen zu landen. Ein geheimer Elfenpfad, für alle Notfälle, einer von dessen Existenz nur eine Handvoll Eingeweihter wusste, hätte sie in Sicherheit gebracht, jedenfalls weit weg vom Chaos rund um die *Burg der ewigen Herzen.* Streng genommen hatte sie nun die Katze geführt. Was ein wirklich interessantes Detail darstellte, worüber er später in aller Ruhe nachdenken wollte. Doch wieso mündete dieser Gang im Elfengefängnis? Denn diese Tatsache hatte Kenneth nach einem flüchtigen Rundumblick erstaunt festgestellt. Sollten sie nicht anderswo an die Oberfläche kommen? Hier zu landen war nie vorgesehen und gewiss keine gute Idee. Und wo verweilte dann die allerhöchste Kriegsgöttin? Gespenstische Leere zeugte von ihrer Abwesenheit. Die Königin der Nebelkrähen war verschwunden. Bloß, welch bedauernswertes Wesen hatte sie an ihrer statt zurückgelassen?

Der Soldat hielt nach wie vor den Kopf der alten Frau, die sich schmerzerfüllt wand und Unverständliches brabbelte. Schlohweiße Haare, ein runzeliges Gesicht übersät mit unzähligen Falten, ein flehentlicher, kobaltblauer Blick, der ihm Wichtiges mitteilen wollte.

Jäh fiel es ihm wie Schuppen von den Augen. So unglaublich es auch schien, er ahnte, wer da in seinen Armen lag. „Seid Ihr Oonagh?", mehr flüsterte er diese Worte, als dass er sie laut auszusprechen wagte.

Ein fast unmerkliches Nicken bestätigte seine allerschlimmsten Befürchtungen. Tränen sammelten sich in zerfurchten Augenwinkeln und zogen ihre feuchte Spur über eingefallene Wangen.

„Zum Henker! Was ist mich Euch geschehen?" Kenneth rang um seine Beherrschung.

Ryan trat näher. „Ist das wirklich ...?" Der Satz hing unvollendet in der Luft. Das blanke Entsetzen stand dem Jungen ins Gesicht geschrieben. Gleichwohl er die Königin der Lichtwesen nur selten zu sehen bekam, ihre Erscheinung hatte er stets bewundert. Die grazile Gestalt, die auffallenden goldenen Locken, bis zum Boden wallend, und vor allem anderen ihr mildes Lächeln, das die Sonne hinter den schwärzesten Wolken hervorzauberte. Das Lächeln, das sie ihm schenkte, das sein junges Herz wärmte, wann immer sich ihre Wege kreuzten. Selten genug.

Die Königin aller Lichtwesen zählte hunderte von Jahren, vielleicht tausende. Niemand wusste das so genau. Es war kein Mysterium, dass die Zeit in ihrer Welt anders verlief. Trotz ihres hohen Alters blieb sie eine wunderschöne Dame, die Groß und Klein gleichermaßen bezauberte.

Jetzt lag sie hier, vor ihm, auf der eisigen Erde! Eine uralte Frau, von Runzeln übersät, kraftlos, dem Tode nahe! Er blickte sich um. Der Raum verfügte über eine mehr als kärgliche Möblierung. Da, in der hintersten Ecke, erspähte er eine hölzerne Kiste. Nach hastigem Herumkramen hielt er in Händen, wonach er gesucht hatte. Zu zweit hüllten sie den halberfrorenen Körper in den dichten Pelz eines Bären. Kenneth benetzte vorsichtig ihre spröden Lippen mit Wasser aus seinem Trinkschlauch, was ihr ein mühsames Lächeln entlockte. Aus seinem Vorratstiegel strich er dunkle Paste auf ihre Zunge. Eine kräftigende Mischung aus Nüssen und Beeren, die sich jetzt vielleicht als lebensrettend erwies. Der Hauptmann strich sanft über den faltigen Hals des Lichtwesens, um es zum Schlucken zu animieren. Mit unendlich viel Geduld gelang es ihm tatsächlich und Oonagh sank erschöpft in das wärmende Fell zurück.

Als sie ihren Schützling dermaßen versorgt hatten, machten sie sich daran, die Gefängnistür zu öffnen. Denn, dass die Königin aller Lichtwesen an diesem Ort freiwillig ausgeharrt hatte, entbehrte jeglicher Logik. Aber, so sehr sie sich auch ins Zeug legten, die massive Tür blieb verschlossen. Es befiel sie zwar kein Schwindel, so wie die Gefangene bei ihren zahllosen, erfolglosen Versuchen mithilfe des *Teleportatums* diesen Raum zu verlassen, allerdings rann ihnen bald der Schweiß in Strömen übers Gesicht, bis sie ernüchtert aufgaben. Es gab kein Entkommen aus dem Elfengefängnis. Dessen einzige Aufgabe eben genau darin bestand, stellte der Hauptmann der Wache am Ende ihrer fruchtlosen Bemühungen trocken fest.

Die Einzige, die das Geschehen gelassen nahm, war Samtpfote. Die Katze war nach wie vor mit ihrer Wäsche beschäftigt und leckte sich hingebungsvoll das lange weiße Fell.

UNTER UNS II

Gunst der Stunde

Mit einem Riesenkrach kippte der schwere Sessel um. Im selben Augenblick bereute es seine Unbeherrschtheit gleich wieder und presste sich beide Hände auf die Ohren. Trotzdem prallte der Lärm des umgestürzten Möbelstücks bereits auf die felsigen Wände des riesigen Saals, um es als Widerhall hundertfach verstärkt mit ganzer Wucht zu treffen. Der Boden erzitterte unter dem Poltern im selben Maße, wie sein eigener Körper vibrierte. Tausendfach erklang donnerndes Tosen tief in seinem Innersten und machte es rasend vor Schmerz, gepaart mit blinder Wut. Wofür war eine Armee von knöchrigen Skeletten nutze, wenn diese nicht imstande war, einen kleinen Jungen und einen einzelnen Soldaten zu eliminieren? Wie waren die beiden dem *Knochenvolk* entkommen? Diese Nachricht hatte die schwarzgekleidete Gestalt in die Höhe schnellen lassen. Und damit den hölzernen Sessel zu Sturz gebracht, weitere Pein verursacht.

Hauptmann und Prinz befanden sich im Elfengefängnis, zu dem das Monster keinen Zutritt hatte. Wer hatte ihnen den Weg gewiesen? Sie hätten unter der Erde ihr grausames Ende finden sollen! Die einzelnen Bilder, die im goldgerahmten Spiegel aufflackerten, zeigten sich verschwommen. Ein besonderer Schutzwall umgab das gesamte Reich der Lichtwesen, miteinbezogen das Niemandsland, in dem das Gefängnis lag, machte ein heimliches Auskundschaften unmöglich. Hätte es diesen Raum nicht bereits aus Erzählungen gekannt, es hätte mit den verworrenen Botschaften wenig anfangen können. Das

Gedröhne des umgekippten Sessels ebbte ab. Stattdessen spukten flüsternde Stimmen durch den kühlen Saal.

Drängten zwischen schmalen Felsritzen in den Raum, steigerten sich zu einem Crescendo und malträtierten seinen Geist, wirbelten ansonsten bestens sortierte Gedanken wie einen lose geschichteten Laubhaufen durcheinander. Die monströse Gestalt richtete sich auf, atmete langsam aus, dann wieder ein. Auf gar keinen Fall den Verstand verlieren! Faktum war, trotz der verschwommenen Reflexionen im Spiegel, Oonagh lebte. Nun, dann wollte sie Keylam eine Weile beschäftigen, bis es für eine Rettung seiner Königin zu spät wäre. Eines hatte sie in ihrem bisherigen Sein glasklar erkannt. Es hieß immer die Gunst der Stunde nutzen. Die Zeit arbeitete allein für das Monstrum und für niemand anderen!

ELHAME I

Die Wurzeln

Olivia rief sich den Morgen wieder ins Gedächtnis. Als das hereingeschneite Mädchen nachdenklich die hohe Kuppel über sich betrachtete. Rot, blau, orange und lila leuchtete das Geflecht aus Seilen hoch oben, einzelne festgezurrte Stangen hingen bereit für Trapezkünstler und Seiltänzerinnen, bereit für die nächste Vorstellung. Willkürlich schienen die Gerätschaften verteilt, wenngleich Elhame davon überzeugt war, dass hier nichts dem Zufall überlassen wurde. Womit also sollte sie anfangen?

Im *Grand Chapiteau*, dem geräumigen Zirkuszelt, begann sie demnach mit der Geschichte ihrer Familie. Erzählte von der Urururahnin aus längst vergangener Zeit, auf der ganzen Welt berühmt, so wie vielleicht einige herausragende Zirkusartisten. Scheherazade!

Natürlich berichtete Elhame ein klein wenig von all den wundervollen, abenteuerlichen und geheimnisvollen Märchen, mit denen Scheherazade König Schahryâr jeden Abend unterhielt. Der Unterstützung ihrer Schwester Dinharazade gewiss, die sie jede Nacht um die Fortsetzung oder um eine neue Erzählung bat, glückte es ihr, 1001 Nacht am Leben zu bleiben. Am Ende jener Nächte war es ihr gelungen, König Schahryârs Herz zu erobern, dass er, von seinem Misstrauen geheilt, ein weiteres Mal, und dieses Mal aus Liebe, um ihre Hand anhielt. Es gab diese oder jene Version der Vorkommnisse. Obgleich deren Enden jeweils auf dasselbe hinausliefen. Letztendlich herrschte Scheherazade gemeinsam mit ihrem Mann über ein mächtiges Reich. Ein Land voller magischer Geheimnisse, unsagbarer Schätze und aufsehenerregender Wunder.

Kurz hielt das Mädchen inne, bevor es fortfuhr: „Was fraglos nur einigen Wenigen bekannt ist, mit dieser weisen Entscheidung des Königs wurde nicht nur der Grundstein für Frieden und Wohlstand gelegt, sondern eine Dynastie von Märchenerzählern gegründet, die bis zum heutigen Tag Bestand hat."

Elhame blickte in die Runde. Sie war stolz, eine Nachfahrin dieser überaus klugen und willensstarken Frau zu sein. Auch wenn die Mittagsstunde nahte und die Mägen hörbar knurrten, hingen Groß und Klein an ihren Lippen. Sie nickte begeistert, sodass ihre bunten Ohrgehänge hin und her wippten. Sie hatte so viel zu erzählen. Was war ein guter Einstieg? Die Eröffnung einer guten Geschichte war mindestens genauso wichtig wie die spannenden Geschehnisse in der Mitte und ein fulminantes Ende. Vielleicht startete sie mit der Schilderung der wunderschönen Stadt, in welcher sie aufgewachsen war, oder mit dem Tag, an dem ihr Geheimnis gelüftet wurde? Sie lächelte. Trotz ihrer Jugend wusste sie bereits, wie sich beides aufs Vorzüglichste verknüpfen ließ.

DER STAMM

Es war ein Morgen, der vielen anderen vor ihm glich. Mit einem kleinen, doch wesentlichen Unterschied. Es war der letzte Tag vor dem Fest des Fastenbrechens, dem Zuckerfest, wie es Elhames Großmutter liebevoll nannte. Und wie jedes Jahr gab es einiges vorzubereiten. Darum durfte Elhame sie heute zum Einkaufen begleiten. Sie zählte sieben Jahre, aber einen Korb würde sie bestimmt tragen können, meinte die Großmutter.

Yalla, Kleines! Nimm deine Beine in die Hand. Ansonsten drehen uns die Händler nur mehr die alte, verschrumpelte Ware an, die niemand mehr will." Denn vor dem richtigen Bazar mit den Handwerkern, wollte Oma Bibi dem Wochenmarkt einen Besuch abstatten. Das Mädchen beeilte sich hinterherzueilen, denn die Großmutter schritt, trotz des achtbaren Alters tüchtig aus, um der Nachbarin zuvorzukommen. Diese Harpyie sollte ihr keinesfalls die schönsten und reifsten Früchte vor der Nase wegschnappen. Oma Bibi benutzte oft Ausdrücke, die andere Menschen nicht kannten, geschweige denn verwendeten. Elhame sammelte sie alle. So wie andere Steine mit seltenen Mustern oder besonders hübsch geformte Muscheln in einem geheimen Schächtelchen, im letzten Winkel einer Nische versteckt, aufbewahrten, klaubte Elhame all die Wörter, die der Großmutter im Laufe des Tages aus dem Mund sprudelten, auf und verwahrte diese in ihrem speziellen Schatzkästchen ... ihrem Kopf. Aus diesem Grund war ihr auch bekannt, dass Harpyie keine feine Bezeichnung für die Nachbarin darstellte. Als Symbol für die Habsucht war eher das Gegenteil der Fall.

Am Markt angekommen, wählte die Großmutter aus dem frischesten Obst und knackigsten Gemüse die besten Stücke. Megaira, die raubvogelähnliche Konkurrentin, glänzte durch Abwesenheit. Es zahlte sich aus, in aller Frühe den Einkauf zu erledigen. Auch wenn noch nicht alle Bauern ihre Waren feilboten, neidvolle Nachbarinnen kamen einem selten in die Quere und ein kühler Luftzug fächelte durch die Gassen. Im Anschluss feilschte Oma Bibi verbissen um jede Münze und bezahlte letztendlich den akzeptabel heruntergehandelten Preis. Mit einem zufriedenen Lächeln auf den Lippen führten sie ihre nächsten Schritte zum Zuckerstand. Diesen Namen hatte sich Elhame ausgedacht, denn alles, was an diesem Kiosk verkauft wurde, schmeckte zuckersüß. Angefangen vom goldbraunen Baqlāwa bis hin zu den dunklen Dattelplätzchen. Das kleine Mädchen atmete tief ein. Es liebte den Geruch von Rosen und Orangen, schmeckte bereits Honig, Zimt und Mandeln auf der Zunge. Dieses Mal wurde Elhames Korb gefüllt. Mit unzähligem Gebäck, dem Rosenwasser für den obligaten Obstsalat und ausreichend Leckereien für den morgigen Tag. So sehr es die Kleine nach den Früchten ihres Einkaufs verlangte, der Korb wurde schwer und schwerer. Zwischenzeitlich hatten sich die Gassen gefüllt, die Sonne kletterte kontinuierlich in den Zenit und der kühle Morgenwind hatte sich verflüchtigt. Zielsicher hielt die Großmutter durch das Labyrinth der Gassen auf die große Moschee zu. Elhame hetzte hinterher, um sie im Getümmel nicht zu verlieren. Sie befürchtete, in dem Gewirr alleine die Orientierung zu verlieren, auch wenn sie das

Ziel von Oma Bibi kannte. Das Geschäft ihrer Enkelsöhne, Elhames älterer Brüder, die ihre Waren hier anboten. Diese Station war für Elhame von geringerem Interesse. Indessen gab es zwei Dinge, die sie verbissen hinter der alten Frau hereilen ließen. Zum einem der Verkaufsstand der Ziseleure, wo ihre beste Freundin arbeitete und der riesige Platz gleich um die Ecke. Wo sich Akrobaten, Wahrsager, Feuerspucker, Schlangenbeschwörer und Märchenerzähler Wettkämpfe um die Gunst des Publikums lieferten. Dort, in den schattigen überdachten Marktgassen, wollte sie eine kurze Rast einlegen, während die Großmutter mit den Brüdern parlierte. Denn ein Lamento würde es werden. Auch diese Worte nutzte niemand außer der alten Frau und sie schlummerten wohlverwahrt in Elhames Schatzkästchen. Es endete immer in einer lautstarken Auseinandersetzung, wenn die drei aufeinandertrafen. Obschon sich auch ein harmloses Gespräch über das Wetter, für einen Außenstehenden, rasch nach heftiger Konfrontation anhören konnte. Es ging dabei sehr oft sehr lebhaft zu. Wie erwartet blieb Oma Bibi bei Elhames Brüdern stehen, und nach kürzester Zeit waren sie in einen geschäftigen Diskurs verstrickt.

Elhame wandte sich nach links. Dort lag die Gasse der Ziseleure und Kunstschmiede. So sehr sie auch Ausschau nach Sabah, ihrer Freundin hielt, sie blieb unsichtbar. Hoffentlich hatte niemand ihr Geheimnis entdeckt. Einzig Männer verkauften üblicherweise am Bazar. Frauen durften Teppiche knüpfen, Töpferwaren herstellen, Keramik bemalen, Obst und Gemüse ernten und Kinder hüten, der Bazar war bis heute eine Männerdomäne. Sabah, obzwar als Mädchen geboren, wurde als Junge aufgezogen.

Nicht nur, dass sie aufgrund dessen eine Schule besuchen konnte, sie schützte somit ihre Familie und bestritt ihrer aller Lebensunterhalt mit ihren Verkäufen. Es war eine äußerst schwierige und delikate Situation, von der nur eine Handvoll Eingeweihter wussten. Elhame war eine davon. Wenn auch aus reinem Zufall. Doch bei ihr war Sabahs Geheimnis sicher. Niemals würde sie dieser jungen, mutigen Frau Schaden zufügen wollen. Elhame selbst erlernte das Handwerk der Seidenteppichknüpferei. Diese Kunstfertigkeit lag seit Ewigkeiten in der Hand ihrer Familie. Sie befand sich mitten in ihrer Ausbildung und manches Mal beschlich sie das Gefühl, in keinster Weise für dieses Handwerk geboren zu sein. Genauso wie Sabah ein Mädchen war und als dieses hätte aufwachsen sollen, sah sie ihre ureigene Bestimmung im Aufheben und Bewahren von Worten, im Geschichten erzählen. Sich gegen den Willen ihrer Großmutter aufzulehnen, wäre Elhame niemals in den Sinn gekommen. Deren Wort war Gesetz innerhalb der Sippe. Und ... sie liebte Teppiche ... fast so innig wie Baqlāwa. Dagegen, einen fertigen Teppich zu bewundern, war etwas ganz anderes, als einen zu knüpfen. Völlig in ihre Grübeleien versunken, blieb von ihr unbemerkt, dass sie inzwischen auf den Platz der Teppichhändler zurückgekehrt war. Ohne böse Absicht stand sie plötzlich auf einem der prächtigen ausgelegten Kunstwerke und wurde sofort aufs Heftigste von allen Seiten beschimpft. Böse Ausdrücke, die sie lieber nicht sammeln wollte, wurden ihr an den Kopf geworfen und ein wutentbrannter riesiger Koloss wälzte sich auf sie zu. Elhame hielt die Luft an. Sie hatte einen unverzeihlichen Fauxpas begangen. Niemals, zu keiner Zeit durfte man einen zum Verkauf ausgelegten

Teppich mit Straßenschuhen betreten. Der Händler, der wutschnaubend auf sie zusteuerte, vermittelte keinesfalls den Eindruck, als ob er mit sich reden ließe. Sie hatte die Schläge verdient, die ihr wahrscheinlich bevorstanden und schloss die Augen, wünschte sich in die sichere Umgebung ihres Zuhauses. Dort würde sie der Mann nicht finden und zur Rechenschaft ziehen können.

Schwindel erfasste sie, brachte sie zum Taumeln und beinahe wäre sie gestürzt. Als sie blinzelnd ihre Augen öffnete, befand sie sich inmitten des heimatlichen prunkvollen Salons mit zahlreichen gemütlichen Sitzgelegenheiten und ... dem Teppich unter ihren Füßen. Mehr als der unerklärliche Ortswechsel machte ihr der Gedanke daran Sorgen, dass sie nun außerdem als Diebin dastünde.

Ihre Mutter, die soeben Blumen liebevoll in einer Vase arrangierte, ließ diese mit einem Schreckenslaut fallen. Der Krug landete unbeschadet auf dem Teppich, wie auf weichsten Daunenkissen, einzig das Wasser rann aus und bildete eine glänzende Lache auf dem seidenen Flor.

Die Zweige

Oma Bibi und ihre zwei diskussionsfreudigen Enkelsöhne vernahmen lautstarken Lärm und unterbrachen ihr angeregtes Gespräch. Irgendetwas musste in der Nähe vorgefallen sein, denn immer mehr Leute rannten in ein und dieselbe Richtung. Also eilten auch sie durch die Bogengänge, in deren Schatten die schönsten Teppiche ausgelegt waren, hinterher. Ihr Stand befand sich gleichfalls unter den Arkaden, bot wertvollen Stücken Schutz vor Sonneneinstrahlung und anderen Witterungseinflüssen. Vorsichtig umrundeten sie die am Boden liegenden Kostbarkeiten, bis sie in der Mitte des Wirbels angekommen waren.

„Elhame!" Der jüngere der Brüder hatte seine Schwester soeben entdeckt.

„Was macht sie denn da?!" Der Ältere der beiden verlor etwas an Farbe, als er sah, worauf Elhame stand und wer sich auf sie zu wälzte.

Jeder wusste um den stiernackigen Kerl, der nicht gerade für seine Feinfühligkeit bekannt war. Oma Bibi, wesentlich kleiner als die jungen Männer, sah nur die breiten Rücken der vor ihr Stehenden und kein bisschen mehr. Resolut kämpfte sie sich durch die Menge, bis sie ganz vorne angelangt, mit einem einzigen Blick das Dilemma ihrer Enkeltochter erfasste. Bevor jedoch einer von den dreien zu ihrer Rettung heraneilen konnte, geschah etwas absolut Merkwürdiges.

Das geschäftige Summen eines Bienenstocks hob an, die Luft rund um das Mädchen begann zu flirren, und das Bild ihrer vor Schreck erstarrten Enkelin verblasste. Elhame und der Teppich unter ihren Füßen verschwanden vor aller Augen. Zurück blieb eine verblüffte Menschenmenge, die mit offenem Mund auf den leergefegten Platz starrte. Die Großmutter reagierte blitzschnell. Sie sank, so rasch es ihre müden Knochen erlaubten, auf die Erde und begann lauthals zu rufen: „Eine Fata-Morgana! Eine leibhaftige Fata-Morgana! Dass ich das auf meine alten Tage noch erleben darf. *Mashallah*. Alle Dankbarkeit gebührt Allah!" Letzteres wiederholte sie mindestens fünfmal, warf sich dabei jedes Mal in den Staub und küsste den sandigen Boden. Geistesgegenwärtig knieten nun auch ihre beiden Enkel nieder. Zuerst verdutzt, alsbald mit wachsender Begeisterung, folgten die nach wie vor reichlich verwirrten Anwesenden ihrem Beispiel. In Kürze war der Platz gefüllt mit einer unübersichtlichen Anzahl von Menschen, die, durchdrungen von der Sichtung einer geheimnisvollen Fata-Morgana, ihrem Gott auf Knien dankten. Lange Jahre war dieses Mysterium, das üblicherweise durch Spiegelungen übereinander gelagerter Luftschichten in der Wüste narrt, Gesprächsthema Nummer eins. Einzig die Nachbarin, die derweil am anderen Ende des Wochenmarktes um Obst und Gemüse feilschte, das zwischenzeitlich etwas an Knackigkeit verloren hatte, biss sich vor Ärger in den Hintern. Sie hatte vom Trugbild im Zentrum der Stadt nicht das Geringste mitbekommen.

Die Blätter

Als das geknüpfte Juwel am nächsten Tag unbeschadet auf seinem angestammten Platz lag, fand die zwischenzeitlich von Geldsorgen heimgesuchte Krämerseele ebenfalls ihren Frieden. Der mysteriöse Vorfall löste sich in Wohlgefallen auf, und für den Wasserfleck am Rande seiner Kostbarkeit hatte der erleichterte Kaufmann prompt eine logische Erklärung parat. Gewiss hatte ein Wasser-Dschinn seine Hände im Spiel. Diese uralten Wesen waren bekannt dafür, dass sie gerne Schabernack trieben. Wenn auch ihr Lieblingsaufenthaltsort das *Hamam* war, einer musste gestern Gefallen an einem Streifzug durch den Bazar und seinem Teppich gefunden haben. Hoffentlich war er wieder in sein Badehaus zurückgekehrt. *In sha' Allah!* Soviel Aufregung für einen Tag! Der füllige *Bazaari* keuchte, während er auf allen vieren versuchte, die feuchte Stelle vorsichtig abzutupfen.

Etwas anders sah es in Elhames Familie aus.

Oma Bibi war nach dem plötzlichen Verschwinden ihrer Enkeltochter auf dem kürzesten Weg nach Hause geeilt. In einem Tempo, das ihr niemand aufgrund des fortgeschrittenen Alters zugetraut hätte, lief sie durch die verwinkelten Gassen rund um den Bazar und stand alsbald vor ihrem Heim. Von außen sah dieses aus wie viele andere in der Straße. Verschlossen und abweisend. Es gab keine Fenster mit Glas, sondern nur Öffnungen, versehen mit hölzernen Rahmen, in denen sich rautenförmige Ornamente dicht aneinanderreihten. Das hatte zum einen den Vorteil, dass der Innenbereich vor neugierigen Blicken geschützt blieb, und zum anderen verhinderte dies das Eindringen von zu viel Hitze ins Haus. Gleich nach der Haustüre zog Oma Bibi ihre Straßensandalen aus und schlüpfte in die weichen Schläppchen. Der Korridor wand sich um ein paar Ecken mit mehreren Abzweigungen und mündete direkt in einem wunderschönen Innenhof. Wobei entlang der Gänge jeweils beidseitig in den Wänden eingelassene Vertiefungen angebracht waren. Anstatt einfacher Vorhänge verschlossen kunstvoll geschnitzte Holztüren all die Nischen; dahinter stapelten sich fein säuberlich zusammengerollte Schafwollmatten und weitere Haushaltsutensilien. Der begrünte Platz, mit einem runden Brunnen, blühenden Beeten und schattenspendenden Bäumen bildete den zentralen Mittelpunkt der Wohnbereiche. Die Großmutter hielt sich nach links, ignorierte geflissentlich die gemütlichen Bänkchen, die zum Verweilen einluden und steuerte auf die Räumlichkeiten der Frauen zu. Hier fand sie endlich Tochter und Enkeltochter.

Völlig außer Atem sank sie auf das erhöhte bequeme Sofa. Extra für sie aufgestellt, damit sie nach einem mittäglichen Ruhepäuschen auch ohne fremde Hilfe auf die Füße kam. Sie schnaufte wie ein Rennkamel nach einem alles entscheidenden Wettlauf.

„Elhame spricht mit IHNEN!?" Ihre Tochter ergriff das Wort und blickte fragend auf die Mutter.

„SIE sprechen mit IHR. Das macht den Unterschied. Sie ist die *Auserwählte*!" Zwischenzeitlich hatten sich Herzschlag und Puls der Alten soweit beruhigt, dass sie antworten konnte.

Elhame war zutiefst erschüttert von den Ereignissen und vor allem Empfindungen, die sie überfluteten. Was war geschehen? In dem einen Moment befand sie sich am Bazar und fürchtete die Schläge des zornigen *Bazaaris* und im anderen Moment stand sie im Wohnraum ihres Zuhauses, mit einem fremden Teppich unter ihren Füßen.

„Der muss weg!" Bestimmt sprach die Großmutter weiter. Leise klopfte es an der Tür, die in den gemeinschaftlichen Garten führte. Als hätten sie es geahnt, standen die zwei Brüder davor und schleppten den schweren Bodenbelag nach draußen. Sobald die Nacht hereingebrochen war, wollten sie das gute Stück wieder dorthin bringen, wo es hingehörte.

„Ich will keine *Auserwählte* sein." Endlich hatte Elhame den Mut gefunden, das auszusprechen, das ihr seit geraumer Zeit auf der Zunge lag.

„In diesem Fall ist deine Meinung unerheblich, Liebes." Ihre Mutter lächelte traurig. Alle kannten die Legende, die sich um die Aufgabe der *Auserwählten* rankte. Sie musste ihr Haus, ihre Heimat, ihre Familie verlassen, um Hilfe in weit entfernten fremden Landen zu suchen und zu finden. Elhame war den Tränen nahe. Dem zugeteilten Los konnte niemand entfliehen. Wann immer das Schicksal rief, war sie gezwungen alle zurückzulassen, die ihr lieb und teuer waren. Nicht nur ihre Familie, auch ihre beste Freundin Sabah, die sie über alles liebte.

„Niemand kennt den Zeitpunkt." Oma Bibi beantwortete die unausgesprochene Frage, die im Raum stand. „Deine Gabe ist ans Licht gekommen. Das bedeutet etwas."

Eine Zeitlang herrschte klammes Schweigen zwischen den zwei Frauen und dem Mädchen.

Von Anbeginn war es so gewesen. Zwei Söhne, eine Tochter. Von Mutter zu Tochter vererbte sich die Kunst, Geschichten zu spinnen, und alle erlernten ausnahmslos das Handwerk der Teppichknüpferei. Die Söhne wurden entweder Händler, durch deren Hände feinster Damast oder wertvollste Gewürze gingen, entschieden sich für Kunstschmiede, Miniaturmalerei und Schnitzer, oder züchteten edle Vollblutpferde, die mit ihrer Robustheit und Schnelligkeit aufhorchen ließen. Selten, dass sich ein männlicher Nachkomme als Märchenerzähler versuchte. Die außerordentliche Gabe mit Teppichen zu kommunizieren, war mit dem heutigen Tage in Elhame erwacht.

„Wir müssen sofort mit ihrer Ausbildung beginnen!" Die Großmutter wand sich ächzend aus dem Sofa.

Genau aus diesem Grund startete am nächsten Morgen ein Abschnitt in Elhames Leben, der sich so abenteuerlich gestaltete, dass er, besehen im Nachhinein, schier unglaublich erscheint.

CUOR A-CHAOID IV

Wogen der Schlacht V

Im Kreis der jahrhundertealten Baumriesinnen trafen alle zusammen.

Alasdair, Ouna und die Krähenkrieger, Keylam und Ilro mitsamt ihren Mannen, Menschen und Elfen. Selbst Alba tänzelte, Sirona auf ihrem Rücken, nervös in der unüberschaubaren Menge von Schwertkämpfern und Bogenschützen. Nach all dem Geröll, das an diesem Platz herumlag, glich es einem Wunder, dass die mütterlichen Baumgeschöpfe keinen einzigen Kratzer abbekommen hatten. Ein spezieller Schutzzauber lag zweifelsohne über ihnen.

Gegenwärtig starrten alle nach Norden. Sogar die knorrigen Äste der mächtigen Bäume reckten sich in besagte Richtung. Dorthin, wo ein finsteres Gebilde ins Unendliche wuchs und bedrohlich auf sie zuraste. Von einem Augenblick auf den anderen frischte der Wind auf und peitschte ihnen sintflutartigen Schauer ins Gesicht, verdeckte die herannahende Gefahr.

Der Himmel verdunkelte sich, sodass am helllichten Tag mit einem Schlag die Nachtschwärze anhob.

Die letzten Rufe, zugeflüsterte Wortfetzen, das aufgeregte Gesäusel der Blätter, jeder Ton erstarb. Es herrschte Grabesstille.

„Wir sind hier nicht sicher!", Keylams Stimme zerschnitt die atemlose Spannung. Im Handumdrehen band er Alasdair und seine Truppe in die wortlose Verständigung der Elfen und Lichtwesen ein.

Sodann berührte er die hochgewachsene Linde, gleich neben ihm. Von Zauberhand geschaffen tauchte eine Tür im Stamm des mächtigen Baumes auf. Sie öffnete einen Elfenpfad, um zumindest einem Teil der hier Versammelten die Flucht zu ermöglichen. In Windeseile rotteten sich die Menschen vor dem riesigen Tor zusammen. Es gab ein Gedrängel und Geschubse, Nerven lagen blank, jeder wollte der Erste sein, bis letzten Endes die meisten im Inneren des gewaltigen Stammes verschwunden waren. Nur einige wenige der Menschen und Ilros Soldaten blieben, um ihre elfischen Mitstreiter und die Lichtwesen zu unterstützen. Langsam verschloss sich das Tor, wurde durchscheinend, schlussendlich unsichtbar. Ein kurzer Befehl Keylams und der geheime Elfenpfad würde sich an anderer Stelle, außerhalb des zerstörten Burgareals, wieder öffnen, an einem Ort, wo die Flüchtenden in Sicherheit wären.

Alasdair, Ouna, Keylam, Sirona und Ilro blickten einander an. Lange Zeit für Absprachen blieb ihnen nicht. Denn im selben Atemzug landete ein gigantisches Stück Felsen mitten im Hof, wo vor kurzem Mensch, Elf, Krähenkrieger und Lichtwesen Seite an Seite gestanden hatten. Ein weiterer steinerner Koloss folgte. Die uralten Geschöpfe seufzten. Eine kräftige Kastanie geriet ins Wanken, ein Teil ihrer Wurzeln lag bereits im Freien. Ein Felsstück nach dem anderen wurde vom Himmel herabgeschmettert, landete in der einst so liebevoll gestalteten Parkanlage und dem geruhsamen Innenhof.

Niemand am Boden hatte eine Chance gegen die riesigen Brocken, die durch die Luft flogen, als wären es flache Kiesel, die über die Oberfläche eines Sees flitschten. Einige saßen tatsächlich ein paarmal auf festem Boden auf, um dann mit tosendem Krachen in sorgsam gepflegten Hecken, duftenden Blumenrabatten oder wasserspeienden

Brunnen zu enden. Grüne Wasen segelten haltlos über den zerklüfteten Rasen, entfesselte Fontänen sprengten hoch, schimmernde Steinfiguren brachen entzwei. Es herrschte Chaos. Einzig die sofortige Flucht unter die dürftigen, stabilen Überreste der Burg bot einigermaßen sicheren Schutz. Einzelne Bäume beugten ihre hohen Wipfel, ließen sich mit Weh und Ach zur Seite fallen, um, angelehnt an hohes Mauerwerk, den Kriegern ein stabiles Dach über ihren Köpfen zu verschaffen. Sie verzichteten zugunsten der versammelten Soldaten auf ihren besonderen Schutzzauber.

Ouna zuckte bei jedem Wehklagen der fürsorglichen Baumriesinnen zusammen. Fast körperlich spürte sie deren Schmerz, als sie ihren festen Stand aufgaben, ihre eigenen tiefverwachsenen Wurzeln aus Mutter Erde rissen.

Selbst als sich Alasdair wandelte, mit mächtigen Flügeln nach oben schoss, musste er machtlos mitansehen, wie aus der pechschwarzen, wabernden Masse ein Stein nach dem anderen nach unten geschleudert wurde. Der Krähenprinz beschwor zwar seine ureigene Krähenmagie, doch er war, vom Aufbau und Halten der schützenden Kuppel, zu sehr geschwächt, um diese Gefahr zu bannen. Hunderte von Nebelkrähen fanden sich und schlossen sich zu einem massiven Verbund zusammen. Behütet inmitten seiner Anhänger, wütete das finstere Geschöpf, kam unaufhaltsam näher.

Mit einem Male ging ein Kreischen durch die dichtgeschlossenen Reihen. Der Purpurdrache erschien auf der Bildfläche, spie heißgelbe Flammen aus seinem riesigen Maul und setzte die schwarzgrauen Vögel in Brand. Lodernd und schaurig krächzend fielen sie vom Himmel. Einem lebendigen Feuerschweif gleich umkreiste der Drache die düstere Wolke, entflammte Schicht für Schicht, bis tatsächlich das Innerste zum Vorschein kam. Die Kreatur! Rotglühende Augen starrten Alasdair entgegen. Messerscharfes Gefieder spreizte sich wütend in alle Richtungen, unter dem Cape glänzte der schwarzfunkelnde Schutzpanzer. Undurchdringlich! Selbst für Alasdair. Er fühlte sich kraftlos und vermutete, dass sein Gegner um diese Schwäche wusste.

Dieser hielt soeben einen gezackten Schrofen hoch über sich, als wäre er aus reinem Tuff. Diabolisches Grinsen, dürftig durch die furchterregende Maske verdeckt, zog sich über dessen Gesicht. Dann schleuderte er mit aller Kraft das Getrümm gegen den Krähenprinzen. Natürlich schützte jenen ebenfalls die spezielle Ausrüstung der königlichen Nebelkrähen. Von dem steinernen Ungetüm nach unten gerissen und zermalmt zwischen Geschoss und Erde, war deren Wirksamkeit freilich eingeschränkt. Alasdair verfügte momentan über unzureichend Magie, den Flug des Felsens abzufangen oder umzuleiten. Er machte sich auf einen heftigen Aufprall gefasst und hoffte, dass sein Harnisch, gefertigt aus seltenstem tiefschwarzem Material, der Tortur standhielt. In Vogelgestalt wäre er dieser Urgewalt ohnehin hilflos ausgeliefert, und auch seine Garde, die sich soeben zu ihm in die Lüfte schwang, könnte die Katastrophe kaum aufhalten. Dies alles ging ihm in der Dauer eines Wimpernschlages durch den Kopf, während er das Visier herunterklappte.

Unvermittelt wurde ihm die Sicht auf das heranrasende Unheil versperrt. Purpurne Schuppen schrammten knapp an ihm vorbei, drückten ihn seitwärts. Der Drache hatte sich im allerletzten Moment zwischen gezahntes Desaster und Krähenprinz geschoben. Durch die gewaltige Kollision wurde das heroische Tier selbst nach unten katapultiert. Unglücklicherweise landete der zentnerschwere Block genau auf dem Schwanz des Drachen. Der konnte, derart gefangen, weder vor noch zurück, sich schon gar nicht in die Lüfte schwingen.

Triumphierendes Freudengeheul lenkte alle Aufmerksamkeit auf die komplett in Schwarz gehüllte Gestalt, die gerade einen bläulich flimmernden Blitz formte und auf das hilflos gebannte Tier schleudern wollte. Drachen waren Geschöpfe des Himmels, unbeweglich an die Erde gekettet relativ wehrlos.

Keylam und seine Elfenkrieger eilten herbei und bildeten gedankenschnell einen Schutzwall aus Elfenschilden. Wirkungslos prallte der blauschwarze Blitz ab, wurde zurückgeworfen und traf das völlig überraschte Monster. Derart überrumpelt brüllte dieses vor Schmerz und Wut auf. Der Schrei wurde schrill und schriller, gellte in den Ohren und sprengte eine mächtige Eiche in hunderttausend splittrige Holzstücke, die als Pfeilregen auf die Soldaten herniedergingen. Das durchdringende Gekreische des Ungeheuers brachte den gesamten Waldsaum am äußeren Burgring zum Bersten und viele der verbliebenen Menschen fürchteten um ihr Leben. Nicht nur sie waren gefährdet, in einzelne Stücke zerfetzt zu werden, der Drache selbst brüllte und wand sich. Verzweifelt versuchte er, seinen Schwanz zu befreien, der gewichtige Brocken rührte sich keine Handbreit. Er saß fest.

Alasdair erinnerte sich nur allzu gut daran, was die gellenden Laute der Bestie anrichten konnten. Die schwarzglänzenden Rüstungen, die seinen Krähenkriegern als unüberwindbarer Schutz dienten, begannen bereits zu glühen. Ewerthons Totemtier zur Linken leuchtete in allen erdenklichen Rotschattierungen und drohte in Kürze bei lebendigem Leibe geschmort zu werden, im schlimmsten Fall zu explodieren.

Mit einem Blick verständigte er sich mit seiner Garde und einer Handvoll Windelfen. Seine Soldaten traktierten die Kreatur mit einem Schwarm von Pfeilen, während die Windelfen Wolke um Wolke herbeischoben und derart den Angreifer einnebelten, ihm jegliche Sicht nahmen.

Alasdair legte die Flügel an, schoss nach unten und landete knapp neben dem Fabelwesen. Dessen gewaltiger Kopf lag ermattet am Boden, es hatte die Augen geschlossen und wartete auf das unvermeidliche Ende. Die Hitze in seinem Inneren würde es in Kürze töten, aus seinen Nüstern dampften brandheiße Schwaden. Der Drache fühlte sich wie ein Geysir, kurz vor seinem Ausbruch. Und ... er hatte seine Pflicht vernachlässigt! Hatte Ewerthon ungeschützt zurückgelassen, hatte keine Ahnung, wo sich dieser aufhielt.

Er fühlte die Gegenwart von Alasdair und öffnete ein Auge. „Was wollt Ihr, mein Freund? Ihr könnt mir nicht helfen, nur mehr beim Sterben zusehen"!

Wie sollte Alasdair ohne Magie den Stein bewegen? Niemand, nicht einmal die Elfen, die wirklich stark waren, hatten so viel Kraft.

„Der Stein ist das eine Problem. Ich muss deinen Schwanz freibekommen." Sanft sprach der Krähenprinz diese Worte und sah ihn bekümmert an.

Der Purpurdrache hob mühsam den Kopf. Das schrille Gekreische war für den Moment verstummt. Er konnte wieder einigermaßen klar denken.

Wortlos verständigten sich die beiden. *Du hast allem Anschein nach mein Leben gerettet, darum werde ich jetzt deines retten. Wenn du damit einverstanden bist*, so lautete die stumme Botschaft des Krähenprinzen.

Dem Drachen schwante, was Alasdair ihm anbot. Er seufzte so tief, dass eine riesige Staubwolke hochwirbelte. Als sie sich gelegt hatte, nickte der Drache bedächtig. Das alles ging in wenigen Augenblicken vonstatten, sodass das Monster über ihnen, eingehüllt in dichtem Wolkendunst, kein bisschen davon erfuhr.

Alasdair ging den mächtigen Drachenkörper entlang, schritt weiter bis zum Felsbrocken, der das großartige Tier an der äußersten Schwanzspitze auf den Boden nagelte. Drache und Krähenprinz sahen sich tief in die Augen. Dann holte Alasdair weit aus und mit einem einzigen, gezielten Schwerthieb durchtrennte er den Drachenschwanz. Schauriges Brüllen erschütterte die Geröllhalde, die *Cuor a-Chaoid* bedeckte. Der Drache, endlich befreit, erhob sich in die Lüfte.

Rar waren sie, diese Momente, in denen magisches Drachenblut die Erde benetzte. Und dieser hier war einer davon. Bis zum heutigen Tage, Jahrhunderte später, zeugt der abgehackte Schwanz des Fabelwesens von dieser Begebenheit. Rund um den Drachenstein, wie er von diesem Tage an hieß, gruppierten sich die seltsamsten Gesteinsformationen, wuchsen mystischer Farn, Drachenstern, Stauden mit tiefvioletten, hübsch anzusehenden Blüten und immergrüner Efeu. Auch die eine oder andere Baumriesin wurzelte neu. Und in der Stille, wenn man genau hinhört, erzählen ihre wispernden Blätter bis in die Gegenwart allerlei Geheimnisse, uralt, von einer längst vergangenen Epoche.

Selbstredend wusste von alledem zum damaligen Zeitpunkt niemand. Die Krieger kamen aus ihrem Unterschlupf hervor und beobachteten, wie der zornige Purpurdrache die Nebelfetzen in Brand setzte, in deren Mitte sich das monströse Wesen befand. Jubelnd umarmten sich Mensch, Elf, Krähenkrieger und Lichtwesen. Gemeinsam hatten sie den übermächtigen Gegner in die Flucht geschlagen. Denn verbrannt war sie keineswegs, die düstere Gestalt. Für alle erkennbar zog sich ihre blauschwarze Spur über den Himmel und verlor sich am fernen Horizont. Bestialischer Gestank biss eine Weile in der Nase, bevor sich auch dieser verflüchtigte. Die Schlacht war gewonnen, der Krieg keinesfalls. Darin stimmten alle überein.

Der Drache flog eine allerletzte Schleife und schickte dem Krähenprinz seinen stummen Dank. Rote Schuppen schimmerten geheimnisvoll auf, bevor er sich zu seiner Lieblingsinsel aufmachte. Dort, im Inneren des brodelnden Vulkans, würde seine Wunde baldigst verheilen. Danach würde er nach Ewerthon und Mira suchen. Unerheblich ob seine Reise durch alle Welten ging, er würde sie finden. Das war fürderhin seine Lebensaufgabe.

Auf das Fußvolk am Boden samt ihren Anführern harrten weitere Aufgaben. Zuallererst galt es Oonagh, die Königin der Lichtwesen zu finden. Ebenso wollten sie Ausschau halten nach Ryan, Fia und Kenneth, nach Ewerthon, Mira und Tanki. Letztendlich war da noch Gillian. Den die Heerführer zwar vermissten, sich hingegen nicht sonderlich um ihn sorgten. Noch nicht.

UNTER UNS III

Sieg und Niederlage

Die Gestalt, gehüllt in tiefstes Rabenschwarz, tobte vor
Zorn. Hätte sie nicht ihr unverwüstlicher Umhang ge-
schützt, sie wäre bis auf die Knochen versengt worden.
Mit ihren unvorstellbaren Kräften, die sie selbst immer
wieder aufs Neue zum Staunen brachten, hatte sie ei-
nen gigantischen Steinbruch auf *Cuor a-Chaoid* nieder-
geschmettert. Das Monster spürte den Geschmack des
Triumphs bereits auf der Zunge.
Der Krähenprinz schwach wie nie.
Der Drache festgenagelt am Boden.
Gillian weit weg.
Keylam ohne Oonagh an seiner Seite keine allzu große
Gefahr.
Tanki in seiner Gewalt.
Die zerbrechlichen Erdlinge gleich flüchtenden Feldhasen,
die Elfen stark, doch kaum der Rede wert.
Schutzlos waren Alasdair und gleich darauf der Purpurdra-
che ihm ausgeliefert, der endgültigen Vernichtung nahe.
Und dann!?!
Das Monstrum erstickte fast an seiner Wut, für die es kein
Ventil gab. Unter keinen Umständen durfte es seinem Är-
ger Luft machen, musste um jeden Preis Ruhe bewahren.
Ein Fiasko sondergleichen!
Unbegreiflich wie sich das Blatt so zu seinen Ungunsten
wenden konnte. Den greifbaren Sieg in eine schändliche
Niederlage wandelte.
Und warum?

Nur, weil sich einige Wesen, trotz aller Diversität und unzähliger Meinungsverschiedenheiten, verbündeten, zu einem großen Ganzen wurden. Ihre Streitigkeiten begruben, sich gemeinsam gegen ihn, das absolute Grauen, stellten. Die Kreatur lächelte höhnisch. Ihr glühender Blick schmolz alles, worauf sie ihn richtete. Sie verfügte über die Macht der bläulichschwarzen Blitze, und mit ihrer Stimme konnte sie bersten lassen, was immer ihr im Wege stand. Schmerzten diese hohen Töne nicht sie selbst am allermeisten, ihre Zerstörungswut wäre ohne Grenzen. Allein, ihre Ohren vertrugen keinen Lärm. Irgendwann sollte diese Qual vorüber sein. Bis dahin hieß es, diese Magie nur bisweilen einzusetzen. In kleinen Dosen, so dass nicht sie den meisten Schaden nahm.

Dessen ungeachtet … so misslungen war dieser Tag keineswegs verlaufen.

Immerhin hatte sie den Purpurdrachen an den Boden gebannt. Sie frohlockte insgeheim. Alasdairs Schwert, mit seiner besonderen Magie, durchtrennte selbstredend die so gut wie undurchdringliche Drachenhaut. Wer hätte das gedacht, dass der Drache seinen Schwanz opferte? Gewiss, es war hinlänglich bekannt, dass es nur eine kurze Weile dauerte und dieser wüchse nach.

Eine weitere Überlegung, die Anlass zur Sorge gab. Die Unverwüstbarkeit dieser uralten Geschöpfe. Wahrscheinlich zählten sie und er, mit wenigen Anderen, zu den ältesten Wesen überhaupt.

Das Monster schüttelte unwillig sein Haupt. Die Kapuze, tief ins Gesicht gezogen, verrutschte etwas, gab die Sicht frei auf den dicht bekritzelten Felsen.

Ein weiteres Kapitel, das es hier verewigen würde. Das niemals in Vergessenheit geraten durfte.

Es war eine Urgewalt, so gut wie unsterblich.

Sollte der unwahrscheinliche Fall seiner Vernichtung wider Erwarten einmal eintreten, es hatte vorgesorgt.

Die sorgsam beschriebene Wand enthielt alle, wirklich alle Aufzeichnungen, von Beginn an.

Wenn seine Knochen längst verrotteten, diese Botschaft würde die Ewigkeit überdauern.

ELHAME II

Die Blüten

Elhame klopfte sich den Staub aus den weitgeschnittenen Hosen. Jahre waren ins Land gezogen, während sie einem Training unterworfen war, das strenger nicht hätte sein können. Im Gegensatz zu anderen Mädchen in ihrem Alter genoss sie mehr Freiheiten, was zum Beispiel die Mithilfe im Haushalt und ihre Kleidung betraf, nichtsdestoweniger, viele Male sehnte sie sich nach jenem behüteten Leben, das sie vor der Entdeckung ihrer Begabung geführt hatte. Die Hitze sirrte und sie wischte sich den Schweiß von der Stirn. Oma Bibi saß derweil im Schatten eines seltenen Exemplars von Apfelbaum mitten in der menschenleeren Wüste und beobachtete sie. Zwischenzeitlich kannte Elhame die Geschichte des exotischen Obstbaums und schmunzelte.

„Gibt's hier etwas zu lachen? *Yalla*, meine Kleine, auf ein Neues!" Die Alte bohrte mit dem Stock, der sie überall hinbegleitete, ein Loch in den grobkörnigen Sand und warf ihr einen strengen Blick zu.

Elhame seufzte. Es war extrem anstrengend, was die Großmutter verlangte, und es war gefährlich. Das Mädchen stieg auf den Teppich, von dem sie kurz vorher heruntergepurzelt war, konzentrierte sich aufs Neue und formulierte ihr Sprüchlein.

Löse dich von dieser Erde,
schwebe in die Luft hinein.
Schneller noch als tausend Pferde
wirst du bald am Ziele sein.

Kurz ruckelte es unter ihren Füßen, dann erfasste sie ein Wirbel. Als sie die Augen öffnete, befand sie sich tatsächlich vor einer schroffen, grauen Felswand, wie sie diese von Zeichnungen kannte. Aufmerksam blickte sie umher und schüttelte den Kopf. Schickte sie Oma Bibi in den sicheren Tod? Es wäre das erste Mal, dass sie es tatsächlich geschafft hätte, zusätzlich zu einem anderen Ort, auch in eine andere Zeit zu reisen. Ihr Reisegefährt war dieses Mal sanft gelandet, also stieg sie vorsichtig in den heißen Sand und näherte sich dem dunklen Gestein. Ob das wohl gutging? Die dunklen Augen ihrer Großmutter verfolgten sie bis hierher, machten ihr Angst und Mut zugleich. Der Fels glühte unter ihrer Handfläche, trotzdem zuckte sie nicht zurück. Also gut! Jetzt oder nie!

„Iftah ya simsim!" Ruhe, Stille. Der Teppich rückte etwas näher und stupste an ihre Beine. Sollte sie sich wieder daraufstellen? Einen Versuch wäre es wert. Sie vertraute der Intuition der geknüpften Kostbarkeiten mehr als allen anderen auf dieser Welt, ihre Großmutter miteingeschlossen. Sie klopfte sich den Sand von den Schuhen und betrat den Teppich. Dann probierte sie es abermals.

„Iftah ya simsim!" Die angestrengte Stille wurde durch ein Knirschen, zuerst leise, dann immer lauter, unterbrochen. Der Felsen öffnete sich und gab den Weg frei in die dunklen Eingeweide des Berges. Zögernd trat sie ein. Modriger Geruch schlug ihr entgegen. Hier war zweifelsohne lange niemand mehr entlang gegangen. Sollte sie zwar den Berg gefunden, sich jedoch mit der Zeit vertan haben? Geschwind blickte sie nach hinten. Ihr Teppich hatte sich so gelegt, dass, falls der Eingang sich wieder schlösse, zumindest ein Spalt freibleiben sollte, um hindurch zu schlüpfen.

Auf ihn war Verlass! Nun, sie sollte sich sputen. So rasch es die diffusen Lichtverhältnisse zuließen, eilte sie tiefer in den Stollen hinein, der sich alsbald verbreitete und in einer geräumigen Höhle mündete. Der Anblick, der sich ihr bot, war so unglaublich, dass es ihr kurzfristig den Atem nahm. Mit offenem Mund stand sie da und starrte auf den glitzernden Haufen im Zentrum des Rondeaus, über das sich graues Gestein als Kuppel wölbte. Sie hatte ihn gefunden! *Ali Babas* Schatz! Plötzlicher Lärm am Eingang des Berges riss sie aus ihrem Staunen. War da jemand? Kamen etwa die Räuber zurück? War es ihr wahrhaftig gelungen, in die Vergangenheit zu reisen? Wurde sie nun von blutrünstigen Männern entdeckt und getötet? Gehetzt schweifte ihr Blick über das Sammelsurium von Diebesgut. Sie musste sich verstecken! Mit einem gewagten Sprung hechtete sie hinter einen Stapel von Stoffballen, duckte sich, presste sich auf den Boden, hörte auf zu atmen. Und da drängten sie bereits herein! Vierzig raubeinige Gesellen, auf deren Großteil ein Donnerwetter von Flüchen hernieder prasselte. Wie konnte man derart schlampig einfach etwas am Eingang liegen lassen! Jedermann hätte während ihrer Abwesenheit respektive ihrer Raubzüge die Höhle betreten und den Schatz stehlen können. Mit vereinten Kräften hievten sie den außergewöhnlich schweren Teppich hoch und warfen ihn mit Schwung in Elhames Richtung. Der landete genau vor den Stoffballen und nahm ihr die Sicht. Andererseits verbarg er sie vollends vor den Blicken der wilden Kerle. Die schleppten fortwährend und grölend weitere erbeutete Ware heran, wirbelten Staubwolken auf, dass das Mädchen nur mit Mühe das Niesen unterdrücken konnte, bis dann – nach einer gefühlten Ewigkeit – Ruhe einkehrte. Die Räuber waren endlich abgezogen. Vorsichtig kroch Elhame aus ihrem Versteck hervor, von heftigem Prusten und Keuchen geschüttelt. Zum Glück waren *Ali Baba* und seine vierzig Räuber verschwunden. Das war knapp gewesen. Nun hieß es, den Auftrag der Großmutter auszuführen und heil aus dem Berg zu kommen. Sie benötigte dringend frische Luft. Da sich der Felsen geschlossen hatte, herrschte tiefste Nachtschwärze. Wie sollte sie das winzige Schmuckstück finden, das Oma Bibi ihr geschildert hatte? Die Suche in diesem riesigen angehäuften Berg von Schätzen würde sich mit Licht wahrlich schwierig genug gestalten. Aber in der kompletten Finsternis? Der Teppich hatte sich indessen ausgerollt und drückte sich an ihre Beine. Nun, es hatte ja fraglos einmal funktioniert. Elhame stieg auf den Teppich und streckte ihren rechten Arm aus. Dann schloss sie die Augen, was mehr einem vertrauten Ritual geschuldet war, denn sie sah sowieso ihre eigene Hand vor Augen nicht, und konzentrierte sich. Das Bild eines fein gearbeiteten Schmuckstücks entstand in ihrem Kopf. Exakt nach der Zeichnung in dem großen alten Buch auf dem Sims im Salon. Knirschend und knacksend öffneten sich Kisten mit rostigen Scharnieren und klappten wieder zu, klobige Fässer rollten zur Seite, sprengten die hölzernen Deckel, fasrige Verschnürungen lösten sich von ledrigen Säcken, klingende Münzen wurden aus prallen Beuteln geschüttelt. Einige der Geldstücke landeten direkt zu ihren Füßen. Dann, plötzlich, verspürte das Mädchen etwas Kühles. Ein Anhängsel an einer zartgliedrigen Kette senkte sich auf die geöffnete Handfläche und sie schloss ihre Faust darum. Sie konnte nur hoffen, dass es das richtige Kleinod war, das der Teppich zu ihr gebracht hatte. Der Rest war ein Kinderspiel. Ihr treuer Weggefährte beförderte sie kurz vor den Ausgang. Elhame sprach die bedeutungsvollen Worte, *Iftah ya simsim*, die ihr nicht, wie dem unglücklichen Tropf in Scheherazades Erzählung, entfallen waren, und wie im Flug landete sie wieder bei ihrer Großmutter, die bereits auf sie wartete.

Die Samen

Im Schatten des Baums hielt Oma Bibi gerade ein Nickerchen, bis ein Windstoß den Schleier anhob und ihre grauen Haare zauste. Als sie die Augen aufschlug sprang ihre Enkeltochter gekonnt vom Teppich und eilte durch den heißen Sand auf sie zu. Triumphierend und mit breitem Grinsen hielt sie der Großmutter ihre rechte Faust hin. Der Alten stockte der Atem. Sollte ihrer Enkelin tatsächlich geglückt sein, was bis heute keiner Frau in ihrer langen Ahninnenreihe beschieden war? Faltige mit braunen Flecken übersäte Hände, papierdünner Haut und blauschimmernden Adern, formten eine zittrige Schale. Hinein glitt die feingliedrige Kette mit Anhänger. Die Großmutter schielte vorsichtig nach unten. Eine goldene Mondsichel glänzte im Sonnenlicht. Das Schmuckstück war kaum größer als der Nagel ihres Mittelfinders und über alle Maßen fein gearbeitet, ein wahrer Künstler war hier am Werk gewesen. Die untere Spitze der Sichel fühlte sich etwas rau an, was der Schönheit insgesamt keinen Abbruch tat.

„Du hast sie tatsächlich gefunden!" Staunend betrachteten beide das funkelnde Kleinod. Das Erbe, vor ewigen Zeiten von einem frechen Dieb gestohlen, war zurückgekehrt in den Schoß der Familie.

Ab diesem Zeitpunkt reiste Elhame durch Raum und Zeit. Nicht etwa, dass sie solches alleine bewerkstelligte. Sie war die *Auserwählte*. Jene, die Botschaften uralter Teppiche verstand, derer Sprache mächtig war. Elhame sammelte sie alle. Die Überlieferungen von Webwaren der Fischersfrauen, in denen gedämpftes Hellblau und Dunkelblau vom Himmel und dem Meer, Grün und Braun von Küstenwäldern und dem Holz der Schiffe, Grau, Weiß und Ocker vom Himmel in all seinen Facetten, den Möwen und dem Strand erzählten. Die der kleineren, grob geknüpften Teppiche der Nomaden, mit Kettfäden aus Ziegenhaar, längerem Flor und einfachen Mustern, in liegenden Knüpfstühlen entstanden. Ein paar Pflöcke in den Boden gerammt waren sofort herausgezogen, wann immer es an der Zeit war, die Zelte abzubrechen. Ein oftmals herbes Leben stand bei der Entstehung dieser wollenen Beläge Pate.

Im Gegensatz zu den seidigen, überaus kostbaren, flachen Teppichen, die je nach Lichteinfall in verschiedenen Farben schimmerten, von streng gehüteten Vorkommnissen aus märchenhaften Palästen zu berichten wussten.

Es war demnach weit mehr als ein durch die Luft reisendes Gefährt, das ihrem Wunsch gehorchte. Jedes geknüpfte Stück, sogar das profanste unter ihnen, hatte seine eigene Geschichte. Von kundigen Händen, gewissermaßen klammheimlich hineingeschummelt, zeigten sich ihr zusätzlich zu den oberflächlichen, gewiss vollendeten Mustern, Bilder, die sich zwischen den sorgsam gearbeiteten Reihen versteckten. Für die meisten Augen unsichtbar, Elhame entdeckte sie, eines nach dem anderen. Sie bewunderte die Fertigkeit der findigen Frauen, die ihre Botschaften so geschickt verborgen hatten, dass selbst die kundigsten Prüfer sie nicht fanden.

Sahen andere farbenprächtige sich wiederholende Ornamente, verschlungene Spiralen, Ranken oder Rosetten, erschloss sich ihr ein ganz anderes Bild. Das Mädchen unterhielt sich mit den Teppichen, die mit ihr willig all die Geheimnisse teilten, über die sie wachten. So kam es, dass sie trotz ihrer Jugend mehr über die Welt erfuhr, als so manch weiser Gelehrter in einem langen Leben jemals studieren hätte können.

Seit ihrem Besuch in *Ali Babas* Höhle, verliefen die Tage beziehungsweise Nächte aufregender als je zuvor. Es verging keine Woche, in der sie sich nicht mindestens einmal nach dem ganz normalen einengenden Korsett einer Zwölfjährigen sehnte. Gewiss, es strengte an, immer das zu tun, was von ihr erwartet wurde. Andererseits, auch jetzt befand sie sich in einer ähnlichen Situation. Ihre Großmutter befahl und sie gehorchte. Natürlich wusste Elhame, dass Oma Bibi nur das Allerbeste für sie im Sinn hatte, ... und dachte an Sabah, ihre beste Freundin. Die sah sie so gut wie gar nicht mehr. War schon ihr eigenes Leben kompliziert, stand dies in keinem Vergleich zu Sabahs. Ihr fehlten die Plauderstunden mit dieser jungen Frau, die tapfer ihr Schicksal angenommen hatte. Sabahs Mutter gebar vier Kinder, allesamt Töchter. Als der Vater eines Tages nicht mehr heimkehrte, stand die Familie schutzlos da. Sabahs Mutter könnte jedem Mann gegeben werden, ihre Töchter verschachert an den Meistbietenden. Denn in jenen Zeiten war es ein Ding der Unmöglichkeit, ohne männliches Familienoberhaupt, eigenständig zu leben, zu überleben. Die Mutter brach buchstäblich ihre Zelte in der weiten Wüste ab, packte ihren Webstuhl, die wenigen Habseligkeiten und ihre vier Töchter, verließ den Clan und baute sich ein neues Leben in der Stadt auf. In einer Stadt, deren Einwohner nichts von ihrer Vergangenheit ahnten und ihre wundervoll gefertigten Webarbeiten schätzten; die groß genug war, um anonym unterzukommen und vor allem ihr Geheimnis zu hüten. Denn auch hier galt es, den Schein zu wahren. Sabah, das älteste ihrer Mädchen, schlüpfte in die Rolle des Hausherrn. Als ihre wunderschönen dunklen Locken in einem seidigen Haufen am Boden lagen, ihr Oberkörper mit Stoffbahnen straff umwickelt wurde, sie ihr Spiegelbild betrachtete, quollen ihr die Tränen aus den Augen. Sie weinte ein letztes Mal bitterlich, nahm Abschied von ihrer Weiblichkeit und wurde zur *ewigen Jungfrau*, zum Schutzschild für ihre Mutter und Schwestern. Niemals würde sie den Zauber der Liebe erfahren, sich einem Mann hingeben oder Kinder bekommen. Ihren Namen durfte sie behalten, da er damals sowohl für Mädchen als auch für Jungen gebräuchlich war. In einer stillen Stunde, als Sabah und Elhame bereits Blutsschwestern waren, vertraute sie der Jüngeren ihren heimlichen Traum an.

„Sabah bedeutet Morgen. Morgen werde ich frei sein, kann zur Frau werden und mich verlieben. Und wenn nicht morgen, dann übermorgen", flüsterte sie Elhame zu.

Das Mädchen war damals zu klein, um die volle Tragweite des Opfers ihrer Freundin zu begreifen. Vordergründig sah sie eine junge, verkleidete Frau, die alle Freiheiten der Welt hatte. Sabah durfte eine Schule besuchen, am Markt verkaufen, verfügte über eigenes Geld und wurde in ihrem Zuhause verhätschelt wie ein Pascha. Erst mit zunehmendem Alter verstand sie, was Sabah alles aufgegeben hatte, und dabei ging es nicht ausschließlich um Hausarbeit.

Von dieser war auch Elhame weitgehend befreit. Unter den wachsamen Augen ihrer Großmutter, die nach wie vor streng und unnachgiebig ihre Ausbildung kontrollierte, entschwand sie mal in dieses oder jenes Abenteuer. Sie reiste auf dem Rücken der Teppiche in all die Geschichten ihrer Ahnin oder in ferne Regionen, wo sie oftmals in den sternenübersäten Himmel hochblickte und sich fragte, was das Schicksal für sie bereithielte. Denn meist fanden ihre Ausflüge nächtens statt, so wurde die Gefahr von ungebetenen Zusehern zumindest minimiert. Von jeder Reise verlangte die Großmutter ein Souvenir. Auch wenn Elhames Mutter den Kopf über dieses strenge Reglement schüttelte, die Alte rückte keinen Zentimeter von ihren Vorgaben ab.

„Sie muss auf das Schlimmste vorbereitet sein." Das waren die Worte, mit denen sie die Kritik der eigenen Tochter ein ums andere Mal abschmetterte.

Und dieses Schlimmste kam schneller als gedacht. Denn eines Tages, als Elhame sich gerade für ihr tägliches Training vorbereitete, stand Oma Bibi auf der Schwelle, kreideblich im Gesicht und hauchte: „Es ist soweit! Sie haben dich gerufen!"

DER SPRÖSSLING

Elhame trat in den morgendlich kühlen Garten. Hörte von weitem das vertraute Stimmengewirr. Es ging zu wie in einem Taubenschlag, hoch auf den flachen Dächern der Stadt. Das verführerische Gurren der *Bazaari*, der heisere Akzent der Märchenerzähler, mit dem sie das Publikum in ihren Bann zogen, heimliches Getuschel von Freundinnen, die Arm in Arm über den Bazar schlenderten, oder lautstarkes Gezanke von Weibern, die sich um die letzten guten Stücke von was auch immer stritten. Sie seufzte tief. Ihr schmaler Brustkorb hob und senkte sich unter der Bürde der Aufgabe. Ihre Nase kräuselte sich. Sandelholz, Kardamom, Nelken, Rosenöl und das Aroma des heißen Kaffees, der soeben gebrüht wurde, so duftete der Morgen in ihrer Heimat. Der frischgebackene Fladen auf heißem Stein würde bald fertig sein, auch das erkannte sie einzig am Geruch. Das leise Meckern und die strenge Ausdünstung der Ziegen überwanden die steinernen Mauern des Grundstücks, drangen vor bis zu ihrem Zuhause. Die ersten Sonnenstrahlen spiegelten sich in sprühenden Wassertropfen des Brunnens, der in der Mitte des Innenhofes vor sich hinplätscherte. Eine Schöpfung ihres älteren Bruders. Er betätigte sich gerne als findiger Techniker, neben seinem Beruf als Ziseleur. Seine Kupferbilder und vor allem seine Amulette waren weithin bekannt und begehrt. Bei den Touristen, die immer öfter am Bazar auftauchten, und auch bei den Einwohnern der Stadt, die gerne an seinem Stand vorbeischauten, wo sie vor allem letzteres erwarben. Die mit feinsten Hämmern und Meißeln gearbeiteten Kleinode waren gewiss hübsch anzusehen, zusätzlich boten sie außerdem Schutz vor diesem oder jenem Übel, halfen sogar, wie hinter vorgehaltener Hand gemunkelt wurde, in mancherlei Liebesdingen. Der Verwendungszweck blieb dem überwiegend weiblichen Publikum überlassen, das sein Geschäft zumeist in Gruppen belagerte. Was keineswegs ausschließlich an den attraktiven Schmuckstücken lag, sondern am Verkäufer selbst. Dessen wahre Passion dem Tüfteln galt, dem Entwerfen diverser Apparaturen, von denen oft keiner wusste, wofür sie gut sein sollten. Geflissentlich übersah er dabei, sehr zum Ärger seiner Mutter, den Schwarm junger Frauen vor seinem Laden.

Elhame streifte ihre Pantoffel ab und trat vorsichtig auf den Teppich, der vor ihr lag. Ein riesiges Zelt, geschmückt mit zahlreichen bunten Wimpeln, beanspruchte den Großteil des sorgsam geknüpften Gemäldes. Rundum tummelten sich zottige Eselchen mit ledrigen Sätteln auf ihrem Rücken und milchkaffeebraune Kamele, die ständig mit ihren Zähnen malmten, egal, ob sie etwas im Maul hatten oder nicht. Elefanten mit riesigen, respekteinflößenden Stoßzähnen und weiteres großes und kleines Getier grasten auf der üppig grünen Wiese. Was für Elhame bis heute äußerst exotisch wirkte. Im Hintergrund gab es keine sandigen Dünen in unverwechselbaren Ockerfarben, sondern eine saftige Graslandschaft erstreckte sich unter tiefblauem Himmel. Sie blickte nach oben. Hier färbte sich der Himmel allenfalls in verwaschenen Grautönen, meist mit gelblichem Schleier, den die Wüste auf alles legte, wohin der heiße Wind ihre Sandkörner trug.

Langsam setzte sie sich und sah sich um. Alle waren gekommen. Sabah, ihre beste Freundin, die beiden Brüder, die Mutter und vor allem Oma Bibi. Das Gemurmel der Familie, die sich an diesem bedeutsamen Tag zusammengefunden hatte, um Abschied zu nehmen, verstummte.

Die Großmutter trat näher und legte ihre Hand auf den Kopf der Enkelin. Ihr Herz wurde schwer, so schwer vor Trauer, dass es sie beinahe zu Boden drückte. Indes, ihre Enkelin war die *Auserwählte*. Der Entschluss entsprang Tagen lange vor ihrer Zeit, und niemand durfte sich gegen diese Bestimmung auflehnen. Die Ahnin der Vergangenheit hatte in ihrer weisen Voraussicht den Samen gesät, der nun zum Sprössling wurde. Der sich über alle Grenzen hinweg als Mitgestalter der Zukunft beweisen musste. Sie hatte ihr Bestes gegeben. Hatte das heranwachsende Mädchen umsichtig auf ihre Aufgabe vorbereitet. Ob Elhame bereit war, es entzog sich ihrer Kenntnis. Es war sowieso ohne Belang. Die Alten hatten gerufen. Diesem Ruf musste Folge geleistet werden!

Der Herzstein war gefallen, auch ihre Heimat in Gefahr. Die grauhaarigen Ahninnen wussten, alle Welten wären dem Niedergang geweiht. Mit ihnen die Sterne, der Mond und die Sonne. Das Leben als solches existierte nicht mehr. Sie hatten nur die eine Chance. Orient und Okzident mussten sich wiederfinden. Einzig vereint konnten sie dem Feind gegenübertreten.

Ihre Hand auf dem Kopf der Enkeltochter zitterte, als sie das Mädchen segnete. Schwindel erfasste Elhame und die Gesichter derer, die es umringten, zerflossen. Mutter, Brüder, Freundin und all die anderen wurden eins vor ihren Augen. Fast schien es, als hörten die Vögel auf zu zwitschern, die Bienen stellten ihr Summen ein und sogar der Südwind, der die Kühle des Morgens verscheuchte, wehte sanfter, ruhte einen kurzen Augenblick zu ihren Füßen. Nur mehr die Alte war zu hören, als sie die bedeutsamen Worte sprach, um ihre Jüngste auf die Reise zu schicken. Niemand konnte voraussehen, was das Mädchen erwartete. Sie hatten soundso keine Wahl.

Elhame konzentrierte sich auf das bunte Zirkuszelt, die vertrauten Kamele in verschiedenen Braunschattierungen - sie selbst liebte die hellen, fast milchfarbenen, und schloss dann ihre Augen.

All unser Wissen wird dich begleiten. Irgendwann sehen wir uns wieder – vielleicht in einem anderen Leben – in einer anderen Welt. In sha' Allah!

Im Hintergrund mahnte der Ruf des *Mu'adhdhin* aus der blendend weißen Moschee ihres Viertels zum Morgengebet. Sie straffte ihre Schultern. Die Stimme der Großmutter verklang und der vertraute Wirbelsturm erfasste sie. Bugsierte sie in ein Land fern der Heimat und ließ sie vor Olivias Füße purzeln.

STELLAS WELT III

Die unglaubliche Weiterreise

Der Professor blieb für einen kurzen Moment im Türrahmen des sonderbaren Gebildes stehen. Eben noch geblendet vom Funkeln und Flimmern der Außenhülle in diversen Farbschattierungen, präsentierte sich das Innere des Fahrzeugs ruhig und gediegen. Helle Ahornvertäfelungen an den Wänden vermittelten Geborgenheit, kein Knarzen, Pfauchen oder andere Geräusche störten die fast meditative Stille. Etwas, das Thomas Stein in der momentanen Lage als äußerst erfreulich einstufte.

„Ich weiß." Buddy, der sich konzentriert mit dicht gedrängten, bunten Tasten auf einem Pult beschäftigt hatte, wandte den Kopf. „*Trabant* richtet sich immer nach den Bedürfnissen seiner Passagiere."

Thomas horchte auf. „*Trabant?*"

„Ja, genau, der hier!", nickte der Junge und tätschelte das polierte Holz zwischen zahlreichen Schaltern.

„Weil er aus Duroplast gefertigt wurde, oder weil er einen Höllenlärm verursacht?" In Thomas entstand gerade das Bild eines Zweitakters aus den 50ern.

„Weder noch." Buddy schüttelte energisch den Kopf. „Weil er mein treuer Begleiter durch Geschehnisse jenseits ...", er stockte kurz, bevor er fortfuhr, „na ja, jenseits von allem, was du dir vorstellen kannst, ist."

Dann verstummte der Kleine, blickte wieder nach vorne, drückte hier einen Knopf und dort, langte nach einem Hebel und zog mit voller Kraft daran.

„Verdammt, schon wieder! Dieses Ding treibt mich in den Wahnsinn!" Eine Tirade unverständlicher Flüche folgte.

„Die Tür! Sie klemmt andauernd. Zuerst lässt sie sich nicht öffnen, jetzt nicht schließen!" Buddy ruckelte wie wild am Griff. Wenn er so weitermachte, würde er diesen bald in der Hand halten, losgerissen vom Pult.

Thomas trat hinter ihn. „Vor oder zurück?"

„Ähhh, das entfällt mir von einem aufs andere Mal. Ich denke, ... dahin?" Er wies in eine unbestimmte Richtung. Große Kulleraugen schauten fragend hoch.

„Tja, wenn du das nicht weißt." Die Kapazität der Neurowissenschaften beschloss, dem Problem methodisch auf den Grund zu gehen.

„Wir werden uns der Lösung schrittweise nähern. Nun ja, millimeterweise", korrigierte er sich selbst, dieses Mal laut ausgesprochen.

Vorsichtig schob er den Knauf etwas nach vorne. Keine Spur einer Veränderung. Langsam probierte er es jetzt entgegengesetzt. Keine Reaktion.

„Siehst du jetzt, was ich meine", Buddy seufzte. Seine Schultern sackten resigniert nach unten. Plötzlich griff er nach dem Hebel, riss ihn mit Ruck nach hinten und die Türe schloss sich mit einem empörten Quietschen.

„Manches Mal muss man sich einfach für eine Richtung entscheiden und darauf losmarschieren. Ohne Wenn und Aber!", erklärte er dem sprachlosen Psychiater. „Zuviel Zaudern bringt dich nicht vorwärts!"

Damit presste er seinen linken Daumen fest auf einen knallgelben Schalter direkt über ihren Köpfen, und tiefes Brummen ließ *Trabant* vibrieren. Die Schwingung übertrug sich auf Thomas, kroch die Hosenbeine hoch, streifte den Magen und jäh kamen ihm Bedenken.

„Wir werden mit dem Ding nicht wirklich fliegen? Oder?"

Ein unschuldiger Blick streifte ihn. „Wieso? Leidest du an Flugangst? Du bist doch auch mit dem Flugzeug hierhergekommen?"

Daraufhin widmete sich Buddy erneut voller Engagement der Schaltzentrale vor ihm. Enthusiastisch drückte er in einer anscheinend nur ihm bekannten Abfolge Taste für Taste. *Trabant* setzte sich in Bewegung, wendete in weitem Bogen und nahm rasant Fahrt auf.

Mit hörbarem Klack rasteten die kreisrunden Fenster in ihre metallene Fassung ein, während die Landschaft draußen im Zeitraffer-Tempo vorbeiflitzte.

„Vielleicht solltest du Platz nehmen und dich anschnallen?" Buddy murmelte in Richtung seines Fluggastes, ohne den Kopf zu wenden.

Thomas nutzte die in der Wand eingelassenen Haltegriffe, tastete sich zum Stuhl neben dem des Piloten und sank hinein. Sobald er saß, senkte sich ohne sein Zutun von oben herab ein Gestell und fixierte ihn. Leichtes Unbehagen machte sich breit. Er hasste es, bewegungsunfähig zu sein. In diesem Moment spürte er es! Sie hoben ab! Die meditative Ruhe von vorhin wich einem ohrenbetäubenden Getöse, das durch Mark und Bein ging. Thomas knirschte mit den Zähnen. Keineswegs, weil er im Allgemeinen unter Flugangst litt, sondern gerade jetzt im Speziellen. Und zum wiederholten Male fragte er sich, worauf er sich eingelassen hatte. Er saß gefesselt in einer fliegenden Plastikschüssel, mit einem Wesen, das sich über sich selbst im Unklaren befand. Das zwar, dem Anschein nach, versiert auf Knöpfe drückte, aber was sagte das denn aus? Engagement war nicht automatisch gleichzusetzen mit Fachwissen. Spontan kam ihm die überbordende Vorstellungskraft seiner Patienten und Patientinnen in den Sinn. Die in ihrer Wirklichkeit oftmals fantastische Fähigkeiten entwickelten, über die sie in der tatsächlichen Welt selten verfügten.

Derart abgelenkt hatte er die letzten Sekunden wenig auf seine Umgebung geachtet. Als plötzlich die infernalische Geräuschkulisse verstummte und Musik den Raum füllte. Thomas blickte in Richtung Pilotenkanzel. Buddy musste sich im Affenzahn-Speed umgezogen haben, denn er – sie trug jetzt ein elegantes Abendkleid. Changierender Stoff, enganliegend mit tiefem Rückendekolleté, das zum Teil durch lange, weißblonde Locken verdeckt wurde.

„Die Klänge der Glasharmonika! Ich liebe sie. Sehr beruhigend, stimmt's?" Der Junge im Kleid strahlte über das ganze Gesicht. Er mochte diese Musik sehr, sehr gerne.

Doktor Thomas Stein dachte an seine Arbeit. Er kannte diese Melodie, die *Tränen des Leoparden*. Eines seiner Lieblingsstücke für spezielle Therapiesitzungen. Töne, sanft und gleichsam eindringlich, die durch das Bewusstsein der Patienten träufelten, deren Seelen und weit mehr in Bewegung brachten. Woher wusste Buddy davon?

„Nicht ich weiß es, *Trabant* weiß um deine Erfordernisse." Seine gedankenlesende Begleitung blieb nach wie vor außerordentlich mysteriös und verwirrte Thomas von Sekunde zu Sekunde mehr.

„Wieso trägst du ein Abendkleid?", Thomas fragte nun doch.

„Gefällt es dir nicht?" Kaum war der Satz beendet, wandelte sich Buddys Aussehen. Eine großzügig geschnittene, dunkelblaue Hose und eine rosa, seidig schimmernde Bluse mit Rüschenbesatz täuschten Volumen vor, wo keines war. Das vorab lose helle Haar baumelte im locker geflochtenen Zopf über den Rücken. So ging es weiter im Sekundentakt. Kaum erfasste Thomas den Garderobenwechsel in groben Zügen, erschien der Junge, das Mädchen im nächsten Outfit.

Leichter Schwindel erfasste den Arzt. „Nicht mir musst du gefallen, DU solltest dich wohlfühlen." Wie oft hatte er ähnliche Worte in gleicher Weise zu Patientinnen gesagt? Frauen, Mädchen, natürlich auch Männer und Burschen, allerdings seltener, die im ständigen Bemühen, anderen zu gefallen, sich selbst verloren.

Buddy sah ihn erwartungsvoll an. Jetzt eben steckte sein schmächtiger Körper in legeren Jeans, an den Knien abgeschnitten und ausgefranst. Ein butterblumengelbes T-Shirt leuchtete derart, dass jede Mittagssonne vor Neid erblasst wäre. Darauf prangte in knallroten Buchstaben *Read between the lines*. Ein unübersehbares Statement, egal von welcher Seite man es betrachtete. Zeigte sich Buddy in Reinkultur?

Die eindringlichen Töne der Glasharmonika schufen eine märchenhaft anmutende Atmosphäre auf engstem Raum. Thomas' Gurte lösten sich und das Gestell surrte leise nach oben weg. Er stand auf und streckte sich, hatte irgendwie das Bedürfnis, sich langsam und vorsichtig bewegen zu müssen. Erstaunlicherweise schwankte der Boden kaum unter ihm, und er geriet nicht in Schieflage. Letzte Regentropfen glitzerten wie winzigkleine Diamanten auf dem gewölbten Glas der Bullaugen, zogen darüber hinweg eine gleißende Spur und gaben den Blick frei. Frei in eine unglaubliche Welt, außerhalb der ihren. Thomas trat näher an das Fenster. Durchscheinende Formen verschiedener Größe hatten sie in die Mitte genommen. Zu den Klängen des fragilen Instruments der Glasharmonika glitten diese Gebilde, ständig ihre Konturen und Farben wechselnd, amöbenartig an ihnen vorüber. Berührten sie sich, verschmolzen sie miteinander, verhielten kurz, lösten sich mit einem sanften Plopp und gestalteten sich neu. Manches Mal kam ihre schillernde Hülle *Trabant* zu nahe. Federleicht setzten sie auf, um dann wieder anmutig in ihren Schwarm zurück zu schweben. Eine Szene, gestern in der Klinik für Thomas noch unvorstellbar. Für ihn wirkte es so, als flögen sie inmitten einer exotischen Unterwasserwelt. Doch dazu passten weder das dunkle Wolkenband am Horizont, aus dem hin und wieder flammende Blitze zuckten, noch das funkelnde Sternenzelt, das soeben, wie durch einen Lichtschalter angeknipst, über ihnen erstrahlte.

Er blickte auf Buddy, der - die weiterhin andächtig am Armaturenbrett hantierte.

„Du musst es dir nicht unnötig schwermachen. Solltest du mich fragen wollen, gerade eben fühle ich mich mit meinem weiblichen Anteil ausgesprochen wohl. Total stimmig. So in Richtung – Superwoman!" Eifrig drückte Buddy auf einen weiteren Schalter.

Der Arzt seufzte verhalten. Der Entschluss, sein Eremitendasein aufzugeben, gründete einerseits in der Beharrlichkeit seines Auftraggebers, andererseits in der Einzigartigkeit der Vorgeschichte seiner Patientin. Stella di Ponti hatte sein Interesse geweckt. Hätte er damals gewusst, dass dieser Fall derart ausuferte, er hätte die Finger davon gelassen. Hätte er das wirklich?

Seine Grübeleien fanden einen jähen Abschluss. Super-woman musste eine Art Turbobooster betätigt haben. Die durchscheinenden Riesenamöben verschwanden aus sei-nem Blickfeld. *Trabant* hatte Fahrt aufgenommen, schoss direkt auf die dunkelgrauen Wolken mit ihrem feurigen Innenleben zu.

Thomas ahnte die Beschleunigung mehr, als er sie verspür-te, denn im Inneren des Gefährts hatte sich kaum etwas Wesentliches verändert. Aber ... sein wissenschaftlicher Geist wollte es genau wissen. Nach wenigen Schritten wieder vorne an der Schaltzentrale angekommen, suchte er nach dem Tachometer und fand ihn in der Mitte von unzähligen, blinkenden Tasten. Auf der digitalen Anzeige flimmerten Ziffernreihen, Nummern wechselten hektisch ihre Position, hielten keine Sekunde still. So sehr er sich auch bemühte, aus diesem Zahlensalat konnte er sich keinen Reim machen. Ihre momentane Geschwindigkeit blieb ihm ein Geheimnis.

Er räusperte sich vernehmlich. Wenngleich ihm das Rei-setempo verborgen blieb, wollte er zumindest über das Reiseziel näher aufgeklärt werden. „Wohin fahren, fliegen wir genau?"

Buddy drückte einen letzten Knopf und hielt dann kurz inne. Mit ihren übergroßen Augen blickte sie ihn zweifelnd an.

„Na! Zum Seerosenteich! Du wolltest gewiss dorthin, oder?"

„Du weißt tatsächlich, wo er sich befindet?"

„Ja klar! Ich soll dich zu ihnen bringen."

„Zu ihnen? Zu wem?" Thomas hatte die Frage kaum ausgesprochen, da blendete ihn grellweißes Licht und ihr Luftschiff schwankte bedenklich.

Sie waren im Zentrum des grauen Wolkenmeeres und tausende flammende Blitze umringten *Trabant* wie wildgewordene Zitteraale. Der Himmel hatte seine Schleusen geöffnet, es goss aus Kübeln.

„Du solltest lieber Platz …" Buddy wurde rüde mitten im Satz unterbrochen.

Ein ganzes Bündel gelbglühender Strahlen jagte über das düstere Firmament und traf mit vollem Karacho ihr treues Gefährt. Thomas schleuderte es, und er stieß sich mit dem Kopf an der beruhigenden Holzverkleidung im Innenraum. Sanfte Schwärze umfing ihn, linderte die pochenden Schmerzen hinter seiner Stirn.

SAORADH I

Auf Messers Schneide

Samtpfote, eben noch schlummernd neben der Königin, hob alarmiert ihren Kopf und legte die Ohrenspitzen nach außen. Konzentriert achtete sie auf die nach wie vor fest verschlossene Tür. Kenneth, gewarnt durch das Gebaren der Katze, schnellte in die Höhe. Mit gezogenem Schwert horchte er in die Stille, während Ryan sich verschlafen aufrappelte. Dennoch, knapp auf den Beinen, spannte er seinen Bogen. Der Junge war ein ausgezeichneter Bogenschütze, dazu auf diese kurze Distanz. Das wusste der Hauptmann der Wache. So jung der Thronfolger auch sein mochte, an seiner Seite hatte er sich als verlässlicher Kamerad entpuppt. Gleich dem Katzenvieh, das sie sicher durch den Fluchttunnel geführt hatte. Ohne dessen Hilfe stünden sie aller Wahrscheinlichkeit nach kaum hier, jedenfalls nicht so unbeschadet.

Zwischenzeitlich war der aufkommende Lärm auch für ihre menschlichen Ohren unüberhörbar. Mehrere schwere Stiefel näherten sich. Die metallene Klinke bewegte sich langsam nach unten, doch nichts passierte. Das riesige Tor blieb verschlossen, wie ehedem. Gedämpfte Geräusche drangen zu ihnen durch. Ein Surren schwirrte vibrierend durch die Luft und plötzlich erschien auf den massiven Planken des Tores ein Beschlag, wo vorher keiner gewesen. Metallenes Schaben kündete vom bevorstehenden Öffnen des bis zu diesem Zeitpunkt festverschlossenen Gefängnisses. Gebannt starrten Kenneth und Ryan auf das dunkle Holz. Ächzend schwang die bislang unüberwindliche Barriere auf. Der Thronfolger und der Hauptmann der Wache standen breitbeinig und kampfbereit Schulter an Schulter. Irgendwer wollte in das Elfengefängnis eindringen! Es galt, sich selbst, und auch wenn Kenneths unmittelbarer Auftrag anders lautete, die Königin der Lichtwesen zu schützen.

„Bis zum letzten Blutstropfen – für *Cuor a-Chaoid*", knurrte Kenneth.

„Bis zum letzten Blutstropfen - für *Saoradh*", fügte Ryan bestimmt hinzu. Nie war ihm die Königin der Lichtwesen mehr am Herzen gelegen als just in diesem Augenblick. Er würde die Großmutter seiner Halbschwester mit seinem Leben verteidigen.

Dröhnend schlug die Tür vollends auf. Herein stürmten Keylam, Ilro, Sirona, gefolgt vom geheimnisvollen Krähenprinzen mit seiner Gemahlin. Elfenkrieger und Lichtwesen drängelten nach, umringten hocherfreut die beiden wachsamen Soldaten. Die Halbgeschwister lagen sich sogleich in den Armen, und Sirona herzte das verschmutzte Gesicht ihres kleinen Bruders.

Nach der ersten Wiedersehensfreude trat Stille ein. Samtpfote hatte sich zurückgezogen und beobachtete aus sicherer Entfernung, wie Keylam alle Farbe verlor. Er stürzte zu der am Boden liegenden Gestalt, kniete nieder, nahm deren Hand in die seine. Durchsichtig wie feinstes Pergament war außer der Hand der ganze Körper seiner geliebten Gattin, nachdem er sie aus dem wärmenden Fell geschält hatte. Das Grauen stahl sich in die Herzen aller Umstehenden, die fassungslos auf die durchscheinende Königin blickten. Sirona schluchzte haltlos an Ryans Schulter.

Ouna meldete sich zu Wort. „Gibt es irgendeine Möglichkeit, wie Ihr den Verfall Eurer Gemahlin umkehren könnt?" Alasdair hatte bereits des Öfteren deren Sinn für das Praktische bewundert. Während der Großteil der Versammelten bestürzt auf die alte, verrunzelte Frau starrte, kümmerte sie sich um eine eventuelle Lösung.

Keylam hob resigniert den Kopf. „Es bräuchte die Energie ganzer Heerscharen von Lichtwesen, um Oonagh zu retten", seufzte er. „Eine derartige Menge existiert nicht einmal in allen Welten des Universums gemeinsam."

Es war ein offenes Geheimnis. Nach *Saoradh* hatte sich der Großteil der einstmals unzähligen, wundersamen Geschöpfe des Friedens zurückgezogen. Eine letzte Bastion von knapp fünftausend fand sich zusammen und suchte ein Auskommen mit den ansässigen Elfen. Jegliches Dasein vor *Saoradhs* Toren war rau und grausam geworden, bot keinen Platz mehr für einträchtiges Miteinander. Vereinzelt bildeten sich andernorts kleine Kolonien, wobei sich diese ständig in Gefahr befanden, durch neidvolle und habgierige Menschen oder andere bösartige Wesen überfallen, geplündert oder ausgerottet zu werden. Auf dieser Insel, weit weg von allem, war es ihnen gelungen, eine gesicherte Koexistenz zu schaffen. Im Besonderen mit Ilros und Schuras Verbindung, die aufgrund des allzu frühen Endes Schuras zu zerbrechen drohte. Allein unter Oonaghs gütigem Wirken blieb der Frieden bis zum heutigen Tage gewahrt. Zu Miras und Sironas Wohle, den Prinzessinnen beider Länder, die für Menschen, Lichtwesen und Elfen als gleichermaßen schützenswert galten. Nun lag eben diese Mittlerin zwischen den Welten auf dem nackten, kalten Fußboden und hauchte ihr Leben aus. Denn, zwei Dinge gab es tatsächlich, die Lichtwesen den Tod brachten. Ein gebrochenes Herz und das vergebliche Herbeirufen ihrer Kräfte über einen längeren Zeitraum hinweg. Die Königin musste sich bei ihren Versuchen, mittels *Teleportatum* aus dem Gefängnis zu entkommen, bis zum letzten verausgabt haben.

Keylam umfasste sie zärtlich. „Meine süße Liebste! Ich gebe dir all meine Kraft, nur verlass mich nicht." Der König legte seine freie Hand auf ihr Herz und sandte einen Energiestrahl zu seiner Gemahlin. Niemals hatte er sich mit einem Leben ohne Oonagh an seiner Seite auseinandergesetzt. Wozu auch? Lichtwesen konnten tausende von Jahren alt werden, waren so gut wie unsterblich. Mit dieser Lücke, die seine Gemahlin durch ihren viel zu frühen Heimgang hervorrie- fe, hatte er sich zu keiner Zeit beschäftigt, beschäftigen müssen. Es war schwer genug gewesen, Schuras Tod, den Abschied von ihrer einzigen Tochter zu verkraften.

„Ich verspüre etwas Fremdartiges, das keinesfalls von hier ist!" Einer der Elfenkrieger, einer der zauberische Magie beherrschte, sog tief die Luft ein, schnüffelte, blickte sich prüfend um. Sein Blick fiel auf die schneeweiße Katze, die sich im letzten Winkel des Raumes verkrochen hat- te. Kaum einen Wimpernschlag später, so rasend schnell begab sich seine Elfenart von hier nach dort, hatte er sie am Wickel, hielt sie angewidert mit weitab gestrecktem Arm von sich. Das pelzige Tier hatte sich erneut in ein Ungeheuer verwandelt. Pfauchend schlug es seine Krallen in das Handgelenk des Kriegers und biss sich durch seine Handschuhe, die ihn, versehen mit einem besonderen Zauber, vor jedweder Gefahr schützen sollten. Entsetzt ließ der solcherart Geschundene die rasende Kätzin fallen, die sich sofort hinter die Beine des Thronfolgers flüchtete. „Lass sie in Ruhe!" Ryan bückte sich und nahm die aufgebrachte Katze auf den Arm. „Natürlich spürst du etwas Fremdartiges. Sie ist uns im Tunnel zugelaufen und hat uns hierhergeführt! Sie hat kein Elfenblut in sich." Er dachte an die häufig verschlagene Art der Elfen, die das sanftmütigste Wesen, das ihm je begegnet war, sicher nicht in sich trug. Kenneth räusperte sich. „Hierher geführt habe ich Euch. Sie war uns allenthalben eine Hilfe." Mit letzterem wandte sich der Hauptmann an den spitzohrigen Krieger. Es musste ja niemand genau wissen, dass die Katze die Horde von knöchernen Verfolgern durch die Luft geschleudert hatte, ihnen dadurch den Weg nicht nur freihielt, sondern mit ihrem Leuchten wies. Stimmt, er hatte die Orientierung verloren, während die Katze die meiste Zeit vorangegangen war, die Richtung bestimmt, ihn ins Niemandsland zu Oonagh geführt hatte. Der Schein musste auf alle Fälle gewahrt bleiben. Der Soldat der Elfenarmee betrachtete seine zerfetzten Handschuhe. Er war keineswegs von der Harmlosigkeit dieser vierpfotigen Bestie überzeugt, die sich wie ein Unschuldslamm an die Brust des Prinzen gekuschelt hatte. Ihre smaragdgrünen Augen fixierten ihn nach wie vor. Ein kaum vernehmbares Stöhnen brachte sie zurück zu der einzigen wirklich wichtigen Frage. Wie konnten sie die Königin retten? Keylams Energie war während dieses Disputs kontinuierlich durch den Körper seiner geliebten Frau geflossen. Ihr Atmen wurde ruhiger, die Schmerzen ließen nach. In derselben Zeitspanne verfiel der König. Sirona erkannte mit blankem Entsetzen, was ihr Großvater vorhatte. Er wollte um jeden Preis Oonagh am Leben halten und verging dabei selbst. Sein blondes Haupt ergraute, Falten gruben sich in das vormals jugendfrische Gesicht. Die Hand knapp über dem Herzen seiner Geliebten zitterte. Die umstehenden Lichtwesen erfassten mit einem Blick das selbstmörderische Vorhaben ihres Herrschers. Blitzartig, wie es nur Lichtwesen eigen ist, scharten sie sich um ihre Anführer, fassten sich an den Händen und folgten dem lautlosen Befehl ihrer Prinzessin. Ihre Konturen verblassten, wurden eins mit der Umgebung, verschwanden. Feiner Sternenstaub schwebte langsam zu Boden, bedeckte den leeren kalten Steinboden, wo niemand mehr lag. Die treuen Untertanen brachten König und Königin an einen sicheren Ort. An eine geheime Stätte von unsagbarer Magie, an der die geringe Chance bestand, ihr geliebtes Herrscherpaar zu retten. Eine verschwindend kleine Chance ... und äußerste Eile war geboten.

Alasdair mit Ouna an seiner Seite verständigte sich stumm mit seinen Kriegern. Genauso wie Ilro, Kenneth und Ryan nicht ganz so lautlos mit den ihren. Nur Lichtwesen war es gestattet, diesen besonderen Raum zu betreten. Allen anderen war es striktest verboten. Ja, sogar den Elfen. Hier konnten sie nichts mehr ausrichten. Sie verließen das eiskalte Gemäuer, das so viel Grauen verursacht hatte. In ihrer Mitte der Thronfolger mit der schneeweißen, riesigen Katze am Arm, die träge durch ihre halbgeschlossenen Augen blinzelte. Deren Schnurren einen Weg durch den Brustpanzer des Jungen fand und sein tobendes Herz beruhigte. Denn eine Frage beschäftigte Lichtwesen, Elfen und Menschen gleichermaßen, demnach auch ihn und den Hauptmann, der nicht von seiner Seite wich. Wo hielt sich die allerhöchste Kriegsgöttin auf? Im Elfengefängnis glänzte sie jedenfalls durch Abwesenheit.

Die Reinkarnation

In der *Kammer der Kerzen* angekommen wurden Keylam und Oonagh auf ein eigens dafür vorgesehenes Podest gebettet. Etwas abseits, an einer Längsseite des Refugiums mit zahlreichen, seidenweichen Stoffbahnen ausstaffiert, harrte es seit jeher seiner Bestimmung. Spezielles Material, von kundigen Händen gefertigt, schmiegte sich an die ermatteten Körper des sorgsam abgelegten Paares. Schwere Vorhänge, zu drei Seiten hin offen, schlossen sich jetzt sachte, boten den schützenden Rahmen für ein Ritual, das von Beginn der Zeitrechnung noch niemals, zu keinem Anlass, durchgeführt worden war.

Durch die besondere Verbindung aller Lichtwesen gelangte der Notruf der Prinzessin, schneller als der Wind, an die jeweiligen Empfänger. Unerheblich, in welch entfernten Landen sich die Einzelnen befanden, Sironas Botschaft erreichte sie allesamt.

Die Nacht war hereingebrochen. Unzählige strahlende Lichtpünktchen, oben am samtblauen Firmament, schimmerten mit den gelborangen flackernden Kerzen auf der Erde um die Wette. Selbst die Sterne bat Sirona um Hilfe. Wenngleich alles Bewusstsein verstorbener Lichtwesen nach ihrem Ableben, im wahrsten Sinne des Wortes, wie Wachs schmolz und in dieser Form in das globale Wissen ihres Volkes heimkehrte, trugen viele ihre Seele in den Himmel. So sammelte sich im Laufe tausender Jahre eine beachtliche Anzahl strahlender Lichtwesen am Himmelszelt. Die meisten mit einfachem Gemüt, glitzernd, allein zur Freude der Erdenbewohner. Dann gab es welche mit unauslöschlichem Gedächtnis, so wie Schura, Oonaghs und Keylams einzige Tochter, Sironas und Miras Mutter. Die junge Königin lehnte sich vor Jahren gegen den Codex der eigenen Leute auf. Übergab mit dem letzten Atemzug ihre gesamten Kräfte an das Neugeborene und nicht, wie ausnahmslos auch für königliche Lichtwesen bindend, diese zurück in den umfassenden Wissensschatz ihres Volkes.

Mira, damals ein Kind, hatte den Flug der diamantenbesetzten Schwingen beobachtet, doch diesem Vorfall keine weitere Bedeutung beigemessen, zu sehr erschütterte sie der plötzliche und unerwartete Tod ihrer Mutter.

Erst später, als sich die einzigartigen Fähigkeiten ihrer Schwester herauskristallisierten und sie jenes Erlebnis ihrer Großmutter schilderte, wurde Oonagh hellhörig.

Aufgrund der besonderen Umstände des Ablebens ihrer Tochter, misstraute sie bereits seit längerem einer natürlichen Todesursache. Die Königin der Lichtwesen verfügte über ein überaus weitläufiges Netz an Informanten, alles was grünte, blühte, flog oder kroch, trug ihr von diesem Zeitpunkt jedwede Nachricht zu. Bis zum heutigen Tage hatte sich, außer einer Spur, die letztendlich ebenfalls im Sande verlief, wenig ergeben. Nun lagen Großmutter und Großvater vereint nebeneinander. Bereit für ihre letzte Reise.

Sirona musste das verhindern. Sie blickte hoch. Jedes Funkeln dieses unendlichen Sternenteppichs speicherte kostbare Urkraft. Ihre Botschaft hallte klar und eindeutig durch alle Welten, bis zum Rand des Universums und zum Sternenmeer über ihr.

Keylam und Oonagh benötigen eure Energie. Ich, Sirona, Prinzessin der Lichtwesenwelt, nenne euch beim Namen.

Es war unerheblich, ob sie all die Namen laut aussprach. Es genügte, diese zu wissen. Und das war eine ihrer ersten Aufgaben als Prinzessin. Jedes Lichtwesen beim Namen nennen zu können. Die der bereits Gewesenen und die der Gegenwärtigen. Dies gewährleistete, dass sich niemand vor seiner Pflicht drückte, was soundso niemals vorkam, denn die Hauptpfeiler ihrer Gemeinschaft bestanden aus Güte, Friedliebigkeit und dem Füreinander. Mit einem Male begannen die seidigen Tücher, gewickelt um das Herrscherpaar, zu flimmern. Vorerst unmerklich, allerdings mit der Zeit verstärkte sich das Glimmen. Ein Glühen und Glänzen drang durch die dichten Vorhänge, brummelndes Summen, dem Flug schwärmender Hummeln ähnlich, strömte durch den Raum, das Kerzenmeer in der Kammer begann zu flackern und sprühte Funken. Selbst Sironas goldene Haare knisterten, so stob mittlerweile reinste Magie durch die Luft.

Sie warf einen Blick nach oben. Ein Wasserfall von Sternen floss vom Nachthimmel im silbernen Bogen auf die Erde. Menschen und allen weiteren Bewohnern der Welten wurde ein einzigartiges Schauspiel zuteil. Das weithin sichtbare Band aus Myriaden funkelnder Lichter zog eine gleißende Straße über das Firmament.

Bevor es zu spät für ihren ureigenen, geheimen Wunsch war, löste sich die Prinzessin aus dem globalen Bewusstsein ihres Volkes. In all dem Wirrwarr würde es nicht auffallen, wenn ein Stern aus der Unmenge mit einer anderen Mission betraut wurde. Wer hätte diese unüberschaubare Schar denn jemals gezählt?

Gebannt sah sie zu, wie sich ein goldener Lichtpunkt aus dem Verbund des herabstürzenden Sternenfalls löste und eine andere Richtung einschlug.

„Meine guten Wünsche begleiten dich", flüsterte Sirona leise, bevor sie sich abermals den Vorkommnissen hier, in der *Kammer der Kerzen*, widmete.

Lichtwesen aus allen Landen waren dem Befehl ihrer Prinzessin nachgekommen, dem Herrscherpaar zu Hilfe geeilt.

Das Surren verklang, gelegentliche Fünkchen schwebten auf seidige Decken, ein letzter Hauch von Magie wallte hoch. Auf dem Podest regten sich die beiden eng aneinander liegenden Körper, adiaphane Vorhänge glitten zur Seite und gaben den Blick frei ...

Undank und mehr

In gebührendem Abstand zum Podium warteten die Anwesenden, bis sich König und Königin aufrichteten. Manch einer der Umstehenden war sichtlich gealtert in dieser Nacht. Alle von ihnen, ausnahmslos alle, hatten Jahre, vielleicht Jahrzehnte ihres Lebens zur Verfügung gestellt, um das Herrscherpaar zu retten. Das gebot der Codex der Lichtwesen. Der zu diesem Zeitpunkt nur eine von diesem Übergabeprozedere ausschloss, nämlich Sirona. Als direkter Abkömmling der königlichen Familie sah das Protokoll sie zwar als Initiatorin des *Urkraft-Rituals* vor. Im Hinblick auf eine eventuelle Übernahme anstehender Aufgaben war es ihr dagegen strengstens untersagt, an dieser Zeremonie aktiv teilzunehmen.

Gemeinsam hatten sie ihre Pflicht erfüllt und warteten gespannt auf das, was nun kommen sollte.

Sirona trat als erste vor und hob ihren Blick. Ein Seufzen entrang sich ihrer Brust.

Keylam und Oonagh sahen aus wie ehedem. Beinahe! Sie stutzte. Oonaghs goldene Haarpracht hatte sich gewandelt. Schienen bis vor kurzem ihre bis zum Boden reichenden Locken wie gesponnenes Gold, schimmerten sie nun in reinstem silbrigen Weiß.

Keylam reichte seiner geliebten Gemahlin die Hand. Mit dieser unschuldig liebevollen Geste half er ihr auf die Beine. Sie hatte ihre Kräfte noch nicht wiedererlangt, war zu lange auf den kalten Fliesen des Elfengefängnisses gelegen. Wer oder was auch immer sie dort festgehalten hatte, Keylams Rachedurst war grenzenlos. Fern jeder

Friedfertigkeit und Güte der Lichtwesen. Nichtsdestoweniger gab es zuvor Wichtiges zu erledigen.

Er wandte sich an seine treuesten Gefährten.

„Seid euch meines ewigen Dankes gewiss. Um meinetwillen und um ihretwillen. Ihr habt eure Königin gerettet, und somit auch mein Leben", mit diesen Worten wies er auf Oonagh, die knapp neben ihm stand, sich unmerklich an ihn lehnte.

Die Anwesenden murmelten zustimmend und warfen scheue Blicke auf ihre Anführerin. Sie mussten sich erst an ihre silberschimmernde Haarpracht gewöhnen. Immerhin, wenn sie ihr in die Augen sahen, erfüllte sie dies mit Zuversicht und Stärke. Kobaltblau wie eh und je strahlten sie mit Sironas um die Wette. Kurz danach befanden sich nur mehr Sirona und ihre Großeltern in der *Kammer der Kerzen*. Oonagh drückte ihre Enkeltochter in einer stummen Umarmung fest an sich. Es bedurfte keiner Worte. Sirona hatte ihr das Leben gerettet. Ein haltloser Schatten geisterte bei diesen Gedanken durch ihren Kopf.

„Kenneth, Ryan! Sie haben mich gefunden"! Krächzend, gleichwohl verständlich, kamen ihr die Worte über die Lippen. Sie erinnerte sich wieder. An das Einflößen von lebensspendendem Wasser, an den Geschmack der Nussbeerenpaste auf ihrer Zunge. An die eisige Kälte, die sich bereits ihres ganzen Körpers bemächtigt hatte. An den weichen Bärenpelz und an ...? Flauschiges Fell, das sich lebendig anfühlte, sie wärmte, beruhigendes Schnurren?

„War da eine Katze?"

„Ja, Ryan meinte, sie sei ihm im Stollen zugelaufen." Sirona nickte.

Exakt in dem Moment blickte Keylam zum Himmel. Von dem ewig strahlenden Baldachin, dem er eben Dank entbieten wollte, war nichts mehr zu sehen. All die Sterne, die mystischen Hüter kosmischer Energien, waren verschwunden. Anstatt ihres zauberhaften Glitzerns herrschte abgrundtiefe Nachtschwärze.

„Sirona! Was hast du getan?!" Fassungslos schüttelte der König sein Haupt. Nun sah auch Oonagh nach oben und erstarrte.

Anders als ihr Gemahl, dachte sie nicht daran, dass ihre *Begleiter seit Anbeginn* dahin waren. Ihre Sorge galt einem besonderen Funkeln. „Was ist mit Schura?"

Erst jetzt wurde Keylam das ganze Ausmaß der Tragödie bewusst. Der Stern ihrer Tochter war gleichfalls vom Himmel gelöscht. Alles, was von ihr bislang existierte, es war unwiederbringlich verloren.

Sirona rang um Worte. Doch kaum setzte sie zu einer Antwort an, fuhr Keylam dazwischen.

„Sirona! Du trägst diesen Namen zu Unrecht! Ab diesem Zeitpunkt enthebe ich dich deiner Herrschaft über die Gestirne. Ich untersage dir diese Macht als dein König!" Als wäre das nicht genug, fügte er zornentbrannt hinzu: „Geh mir aus den Augen! Für lange Zeit!"

Schreckensbleich musste Oonagh mitansehen, wie ihr rasender Gemahl die geliebte Enkeltochter vertrieb. Für lange Zeit bedeutete in der Welt der Lichtwesen so gut wie für immer. Sirona wandte sich schweigend ab. Damit verbarg sie die Tränen, die haltlos über ihre Wangen kullerten. Anstatt sich ihre Version anzuhören, hatte der Großvater ihr das Wort abgeschnitten. Schlimmer als alles andere, er hatte sie mehr oder weniger aus seinem Leben verbannt.

Übersah er geflissentlich, dass nur aufgrund ihres eiligen Handelns das Schlimmste verhindert worden war? Er und auch Oonagh überhaupt unter den Lebenden weilten! Die Schwere der Verantwortung hatte von einem Augenblick auf den anderen auf ihren Schultern Platz genommen, sie fand sich plötzlich alleine, ohne jedweden fürsorglichen Rat. Musste geschwind entscheiden. Nicht nur das Wohl aller Lichtwesen, sondern auch das ihrer Großeltern lag in ihren Händen. Anstatt eines angebrachten Dankes, zumindest einer liebevollen Geste, brüllte er sie an. Er, der bisher nie die Stimme gegen sie erhoben, unerheblich, welchen Schabernack sie in ihrem Übermut ausgeheckt hatte.

Gewiss barg das *Urkraft-Ritual* Gefahren in sich. Nicht von ungefähr war sie die erste, die diese Zeremonie durchgeführt hatte. Sie war völlig auf sich selbst gestellt gewesen. Davon, dass der sternenübersäte Himmel sich mit einem Male stockdunkel über der Erde wölbte, stand nichts in den uralten Schriften. Vielleicht hatte sie die elend langen Bögen auch nie zu Ende gelesen? Ein Gutes hatte dieses Phänomen. Es blieb verborgen, dass sie an einen kleinen goldenen Stern eine Bitte gerichtet hatte. Das würde ihr Großvater freilich niemals erfahren. Diese Nacht blieb sehr vielen sehr lange im Gedächtnis. Als die Nacht der absoluten Finsternis. Die Nacht in der alle funkelnden Lichter vom Firmament fielen, so brannte sie sich in die Köpfe ein. Unzählige Feuer flammten auf, der Rauch von weißem Salbei, Birkenrinde und anderen getrockneten Kräutern zog seine Kreise. Schutzamulette wurden hervorgekramt und Abwehrzauber gemurmelt, um Übel und Bekümmernis abzuhalten.

Aber ... allgemein und hinlänglich bekannt ... das wirklich Böse lässt halbherziger Hokuspokus kalt. Vor allem, wenn diese menschlichen Täuschungsmanöver aus purer Narrheit und nackter Angst geboren werden. Bar jeglichen Wissens um die richtigen Zusammenhänge, das nur wenigen zugänglich ist.

Die vielleicht in jenem Augenblick in die Richtung blickten, in dem eine einsame Sternschnuppe ihren glänzenden Bogen zur Erde zog.

DER
GESCHICHTENERZÄHLER IV

ÜBERFALL II

Olivia schwieg. Der kunterbunt zusammengewürfelte Haufen von Menschen und anderen Wesen ebenfalls. Wenngleich sie Elhames Geschichte bereits kannten, war es wieder etwas anderes, deren Zusammenfassung zusätzlich aus Olivias Mund zu hören. Alle waren sich einig. Sie hatten enormes Glück, gleich drei so begnadete Erzähler unter sich zu haben. Olivia war erschöpft. Sie hatte unterschätzt, wie anstrengend es sein konnte, einfach nur am Feuer zu sitzen und zu schildern, was passiert war. Und sie war ja noch gar nicht am Ende angelangt.

Alexander saß neben ihr und sie wollte sich an ihn lehnen, überlegte es sich in der allerletzten Sekunde. Ein Bild hakte in ihren Gedanken. Was hatte ihn dazu bewogen, den Bogen zu spannen und einen Pfeil auf sie abzuschießen? Hätte der graue Wolfshund nicht so blitzschnell reagiert, wäre sie jetzt tot! Durch die Geschehnisse der letzten Stunden derart durcheinander, wunderte es sie im Nachhinein, überhaupt einen geraden Satz herausbekommen zu haben. Ein paar emsige Hände hatten, während der Rest von ihnen zumindest gedanklich in fernen Landen weilte, einen Kessel aufgesetzt. Ein wunderbarer Duft nach Kartoffelsuppe mit Sellerie, fein gewürzt mit gemahlenem Koriander, Bockshornklee, Petersilie und ein klein wenig Liebstöckel zog durch das Zelt, kitzelte die Nasen. Mit einem Male knurrten hungrige Mägen, sodass man meinen konnte, ein Wolfsrudel wäre zu Gast. Jeder schnappte sich eine Schüssel, stellte sich gesittet in die Reihe und kehrte dann zu seinem Platz zurück. Als das Schmatzen und

Schlürfen verebbte, der Bauch gesättigt war, stellte Alexander die Frage, die ihm seit längerem auf der Zunge lag. „Wer hat euch überfallen?"

Plötzlich wurde es sehr still. Kribbelige Füße scharrten über den Sand, jemand hustete und alle Augen richteten sich auf Elhame und Olivia.

Letztere räusperte sich. „Wir befanden uns alle im Zelt. Elhame hatte ihre Geschichte gerade fertig erzählt, als mit einem Schlag in unserer Mitte blauer Nebel aufwallte. In diesem leuchtenden Dunst erschien eine Gestalt. Ein riesenhafter Mann mit weißem Haar und faltigem Gesicht. Eigentlich ähnelte er einem Magier aus irgendeinem uralten Märchen, bei dessen Anblick man von vornherein weiß, dass er das reinste Böse verkörpert. Der bodenlange Umhang, das altertümliche Gewand, die Kapuze, sein eisiger Blick ...", ihr sprudelnder Wortschwall verstummte abrupt. Gänsehaut überzog ihre Arme und feine Härchen stellten sich auf. Da blieb sie nicht allein. Der Gedanke an die mysteriöse Gestalt und die Geschehnisse, die hernach passierten, verursachte ein allgemeines Frösteln unter den Anwesenden.

Beunruhigt horchte Alexander auf.

„Es war ein Dschinn. Er muss mir gefolgt sein!" Elhame nagte nervös an ihrer Unterlippe. „Ich wollte das unter gar keinen Umständen, du musst mir glauben!" Verzweiflung schwang in ihrer Stimme und sie sah Alexander mit einem derart flehentlichen Blick an, dass er gar nicht anders konnte. Er ging auf das Mädchen zu, das zwischenzeitlich am ganzen Körper zitterte, und legte beruhigend seinen Arm um ihre schmalen Schultern. Wie alt mochte es wohl sein?

Die Kleine schluchzte. „Üblicherweise geht von ihnen keine Gefahr aus, solange man sie in Ruhe lässt. Ja, es gibt sogar welche, die ganze Karawanen sicher durch die Wüste geleiten. Gute Geister, die von uns herbeigerufen werden. Dieser Dschinn war eindeutig anders. So, als wäre er von jemandem geschickt worden, als hätte er einen Auftrag gehabt."

Olivia rückte näher an Elhame. Nicht nur in ihren Augen spiegelte sich jetzt noch das nackte Entsetzen. Denn, was nach dem plötzlichen Auftauchen des Dämons geschah, war allen äußerst lebhaft in Erinnerung.

Der geheimnisumwitterte Fremde ließ den Blick über die gut hundert Köpfe schweifen, manch einer duckte sich unter den seelenlosen schwarzen Augen, dann hob er seine rechte Hand. Gleißendes Licht blendete die Anwesenden, nahm ihnen für die Dauer einiger Sekunden die Sicht. Als sie ihre Augen wieder öffneten, hatte der Dschinn sich gewandelt. Anstatt des mysteriösen Alten wälzte sich eine furchterregende riesenhafte Kreatur aus waberndem Blau mit rotglühenden Augen und aufgerissenem Mund auf sie zu. Vorab zu Schreck erstarrt, brach einen Augenblick später Panik aus. Wesen wandelten sich, Menschen rannten in alle Himmelsrichtungen davon, um sich dann vor dem Ausgang des Zeltes gegenseitig in die Quere zu kommen. Stets hatten sie alle möglichen Szenarien durchgespielt, Verteidigungspläne entworfen und Wächter bestimmt, aber auf diese Situation war niemand vorbereitet. Olivia, die sich verblüffend schnell von dem Schock erholte, den das dunstige Monster auch bei ihr hervorgerufen hatte, hechtete zu der wuchtigen Truhe seitwärts des Trubels. Mit fahrigen Fingern öffnete sie das Schloss und griff hinein. Da war es. Weiches Leder schützte blanken Stahl. Mit einem Griff zog sie das Schwert aus dem Futteral und stellte sich vor die Wächter. Von dort mahnte sie mit fester Stimme die herumwuselnden Flüchtenden zur Ruhe. „Jeder sieht nach seinem Schützling und im Anschluss lauft in den Wald, so schnell ihr nur könnt. Wir haben das oft genug durchgespielt! Ihr wisst, wo ihr euch verstecken könnt. Dort wartet! Entweder auf uns oder auf Alexander!" Schmerzlich wurde sie sich seiner Abwesenheit bewusst. Das Schwert wog zentnerschwer in der Hand. Wieso führte dieser Mann solch eine Waffe in einer Kiste mit? Immerhin, besser als schutzlos dem Feind gegenüberzutreten. Sie blickte sich um. Ein Halbkreis von kampferprobten Wesen hatte sich um sie gesammelt. Krieger in Menschengestalt, bewaffnet mit Äxten, Prügeln, Schwertern und im Feuerschein blitzenden Dolchen, pelzige Gefährten entblößten messerscharfe Zähne, knurrten und pfauchten mit aufgestellten Nackenhaaren. Auf den dicken Seilen über ihnen warteten die geflügelten Wächter mit gesträubtem Federkleid auf ihren Befehl. Das wusste sie, ohne hinzusehen. Zum Glück waren zwischenzeitlich alle anderen Gemeinschaftsmitglieder außer Gefahr, das Zelt bis auf die kampfbereite Gruppe leer. Dachte sie. Gleich darauf wurde sie eines Besseren belehrt. Das von blauen Nebelschwaden gesäumte Monstrum begann zu brüllen, dass sich ihr wunderschönes, riesengroßes Zelt fast vom Boden hob. Und als kämen sie aus dem Ungeheuer selbst, wimmelte es plötzlich von borstigen, hüfthohen Ungeheuern, die, zuerst etwas unbeholfen, in Folge erschreckend rasch gewandter, auf sie zurasten. Geifernd, blanke Zähne in den weit aufgerissenen Mäulern, Stacheln auf dem Rücken, die allesamt brennende Wunden verursachten, sofern man nicht rechtzeitig zur Seite sprang. Die Zirkusgemeinschaft wehrte sich standhaft, drosch ein, was das Zeug hielt. Spitze Klauen krallten sich in den Feind, scharfe Zähne gruben sich in die einzig verletzliche Stelle, nämlich weiche Schnauzen, gezielte Axt- und Schwerthiebe trennten grausige Häupter von dornenüberwucherten Körpern. Jedes Mal, wenn eine Bresche in die feindliche Linie geschlagen war, schlossen sich die Reihen in Windeseile, und es schien, als quollen die grausigen Bestien direkt aus dem diesigen Blau des Dschinns. Der näherte sich unaufhaltsam, als plötzlich Elhame einen silbernen Dolch aus den Tiefen ihres Gewands zog. In einem Akt der Verzweiflung und mit den Worten *Bismillahirrahmanirrahim* auf den Lippen schleuderte sie die leicht gekrümmte, schimmernde Waffe auf das Monster. Obschon ihre Großmutter sie einem strengen Training unterworfen hatte, nie war sie gezwungen gewesen, tatsächlich jemandem nach dem Leben zu trachten oder ihr eigenes zu verteidigen. Während ihr solcherart die Gedanken durch den Kopf zogen, fand die Klinge ihr Ziel. Waren es die Worte, war es die Kunstfertigkeit des Mädchens, das spezielle Werkzeug, das mit einem Male in Elhames Händen lag, niemand konnte es mit Sicherheit behaupten. Das gebogene Geschoss traf direkt den Kopf des Dschinns, der wie vom Blitz getroffen in sich zusammenfiel. Eine klebrige Pfütze bildete sich am Boden, löste die borstigen Angreifer, die damit in Kontakt kamen, ebenfalls in Luft auf. Während Olivia samt ihrer Mannschaft den unzähligen schleimigen Flecken auf der Erde auswichen, vergingen die Borstenmonster, wie ihr

Herr und Meister. Aus dem Nichts ins Nichts. Der Rest war schnell erzählt. Als Olivia den verbliebenen, versprengten Stacheltieren außerhalb des Zeltes folgte, ein Teil der Krieger die Truppe im Wald zusammensammelte, war Alexander ja zurückgekehrt. Voller Zweifel und Ängste. Und, wenn er ehrlich war, gänzlich fehlgeleitet.

Alexander schwieg für eine kurze Weile. Die Schilderung des mysteriösen Überfalls hatte ihn mehr mitgenommen, als er sich eingestehen wollte. Was wäre geschehen, wenn Olivia nicht kühlen Kopf bewahrt hätte? Und er hatte sie verdächtigt! Verdächtigt des Verrats und Schlimmerem. Wieviel Bestand hatte die Liebe zu einer vertrauten Fremden? Welche derart unerwartet in seiner Welt aufgetaucht war. Folgte der Dschinn tatsächlich Elhame? Oder wurde er zur Ablenkung von Olivia herbeigerufen? Ging von dem Mädchen Gefahr aus? Aus welchem Grund befand es sich überhaupt hier? Wen oder was suchte es?

„Wieso sprichst du unsere Sprache?" Aufmerksam blickte Alexander auf Elhame.

Das Lächeln strahlte über ihr dunkles Antlitz, erfasste die schokobraunen Augen und ließ sie leuchten. „Das ist eine andere Geschichte." Die Kleine blickte sich um. Alle warteten gespannt, und selbst Alexander war neugierig zu erfahren, wie es dazu kam, dass diese heranwachsende Frau aus einem fernen Land ihre Sprache derart perfekt beherrschte. Er nickte ihr zu. Trotz ihrer Jugend wohnte ihr bereits eine wahre Geschichtenerzählerin inne, das konnte er neidlos anerkennen. Elhame begann zu erzählen.

SCHEHERAZADE I

1OO1 Tage

Die meisten kennen die Geschichten von tausendundeiner Nacht. Doch die wenigsten fragen sich, was tagsüber geschah, wenn Scheherazade und ihre Schwester nicht bei König Schahryâr weilten?
Sobald die Sonne aufging waren Scheherazade und Dinharazade auf sich gestellt. Wie es bei heranwachsenden Mädchen oftmals ist, machte sich relativ schnell Langeweile breit. So begannen beiden, durch die weitläufigen Räumlichkeiten des königlichen Harems zu streifen. Man muss wissen, in jenen längst vergangenen Zeiten besaß jeder mächtige Mann, der etwas auf sich hielt, einen Harem. Je allgewaltiger der Herrscher, desto unendlicher die Frauengemächer und die Anzahl ihrer Bewohnerinnen. Es war durchaus üblich, dass sich in diesem Labyrinth jahrelang Mädchen und junge Frauen befanden, die ihr Gebieter niemals zu Gesicht bekam. Trotz aller Vorbehalte war es für viele ein Privileg, hier, im dritten Hof, Unterschlupf zu finden. Auch wenn eine strenge Hierarchie herrschte, es gab ausreichend zu essen und einigen von ihnen kam eine Ausbildung zuteil, die sich ihre Familien niemals hätten leisten können. Sie erhielten Unterricht im Lesen alter Schriften, der Kalligrafie, lernten nähen und sticken, tanzen, singen und musizieren. Sie wurden unterwiesen in Pflanzenkunde, deren Verwendung für Tees und Herstellung von Salben. Es war durchaus gang und gäbe, dass sie hohen Würdenträgern oder gar Prinzen zur Frau gegeben wurden. Verheiratet, an der Seite eines Mannes, der sie

schätzte, lebten sie fortan ein beschauliches oder sogar wohlhabendes Leben.

Elhame hielt kurz inne. Sie hatte eine ausgesprochen positive Schilderung des Harems entworfen, denn sie wusste nicht, ob diese exotische Art zu leben auf Empörung stieß. Sogar ihr selbst, als aufgeschlossenes, junges Mädchen, fiel es oftmals schwer, die Riten der vergangenen Tage zu akzeptieren. Von Oma Bibi hörte sie auf ihre unzähligen, bohrenden Fragen immer den gleichen lapidaren Satz: „Es gibt Zeiten für dieses und Zeiten für jenes." Oder, das eine oder andere Mal lautete ihre Antwort: „Jede Zeit vergeht." Was Elhame noch weniger verstand. Wenn sogar sie selbst über die unerbittlichen Gesetze des Harems und über jenen selbst insgeheim den Kopf schüttelte, obgleich sie im selben Kulturkreis aufwuchs, wie fremdartig musste das in den Ohren ihres Publikums klingen. Irgendwie beschlich sie das Gefühl, nicht nur fern der Heimat, sondern auch in einer anderen Zeit gelandet zu sein. Sie straffte die Schultern und fuhr mit ihrer Geschichte fort.

Nachdem die Gemahlin des Königs nicht mehr lebte, breitete sich Chaos aus. Der nächstwichtigen Person im Harem, dem obersten der Schwarzen Eunuchen, entglitt das Ruder von Tag zu Tag mehr. Zwischen den unzähligen Bewohnerinnen herrschte Zwist und Zank, jede machte, was sie wollte, die Rangordnung geriet ins Wanken. Hinzu kam, dass sich König Schahryâr tagsüber den Regierungsgeschäften widmete und des Nächtens Scheherazades Geschichten lauschte. Ihn interessierten die Wehklagen und sorgenvollen Berichte des Eunuchen keinen Deut. Er war es, dessen Herz durch die Untreue seiner Gattin gebrochen worden war! Der ärgste Qualen litt! Aus welchem

Grund sollte ihn das Wohlergehen einiger mutmaßlicher Mitwisserinnen kümmern? Kurzum, im Harem sah jede nur auf sich selbst und der König in eine andere Richtung. Darum war es nicht weiter verwunderlich, dass die beiden Schwestern bei ihren Streifzügen eines Tages auf eine junge Frau trafen, wie sie bislang keine gesehen hatten. In den abgelegensten Gärten, hinter mehreren Mauern und Buschwerk verborgen, hörten sie leises Schluchzen. Scheherazade und Dinharazade schlichen auf Zehenspitzen näher und erblickten einen Engel. Auf der steinernen Bank vor ihnen saß ein Wesen, von so überirdischer Schönheit, dass sie geblendet die Augen schlossen. Als sie diese wieder öffneten, entpuppte sich die göttliche Spiegelung als junge Frau mit hellem Haar wie gesponnenes Gold und blasser Haut, fast durchsichtig mit einem Hauch von Rosa. In diesem Moment kreischte der kleine Affe zu deren Füßen und blickte in ihre Richtung. Als das Mädchen erschrocken hochfuhr, traf sie ein Blick, dessen Blau in den hiesigen Regionen keinesfalls zu finden war, aus denen unaufhaltsam Tränen die weichen Wangen hinab kullerten. Alarmiert wollte das filigrane Geschöpf flüchten, aber Scheherazade preschte nach vor, griff im Nu nach seiner Hand, zog die junge Frau heran, umarmte sie aufs Innigste. Sie fühlte das bebende Herz, das nach einem Fluchtweg suchte, indes so leicht wollte sie die Fremde nicht gehen lassen. Also lockerte sie keinesfalls ihren festen Griff und sie setzten sich zu dritt auf die Steinbank, nahmen die hellhäutige Schönheit in ihre Mitte. Nun war guter Rat teuer. Denn das Mädchen aus fernen Landen, sie musste von fernen Landen sein, verstand kein Wort von dem, was Scheherazade zu ihr sprach. So saßen sie eine ganze Weile, seufzten, verdrehten die Augen, versuchten eine Verständigung mit Hand und Fuß, bis die kleine Schwester auf eine Idee kam und ihren Namen in den Sand malte. Und zwar in den Buchstaben, die der Vater sie gelehrt hatte. Eckig, kantig, weit entfernt von den üblich runden und geschwungenen Schriftzügen ... und ein Herz dazu. Runzelnd betrachtete die Fremde das Gekrakel, nahm dann den Stock und zeichnete ihrerseits Buchstaben auf die Erde ... und ein Herz dazu. Das war der Augenblick, in dem, rückblickend, eine einzigartige Freundschaft entstand. Denn ab diesem Zeitpunkt trafen sich die drei Mädchen, fernab jeglichen Reglements, jeden Tag bei Sonnenaufgang. Margarete, so entzifferten die Schwestern die Schrift am Boden, brachte den beiden die Fertigkeiten der Nadelmalerei ihrer Heimat näher. Hochkonzentriert beugten sich die drei über ihre Stickrahmen, welche sie aus irgendeinem Fundus gegraben hatten und übten sich in dieser Kunst. Dies erforderte Geduld und Geschicklichkeit, um mit der speziellen Sticknadel die Farbübergänge der zierlichen Blüten und Blätter auch wirklich detailgetreu wiederzugeben. Gestickte Kostbarkeiten, die an gemalte Bilder erinnerten. Zumindest Margarete. Scheherazade und Dinharazade empfanden die filigranen rosa und lila Blüten oft als ausnehmend fremdartig. Im Gegenzug revanchierten sich die Schwestern mit der Weitergabe ihrer Kunstfertigkeit im Teppichknüpfen. Einzigartige Wandbehänge, Kissenhüllen und Bodenbeläge entstanden in trauter Runde, wobei sie ständig auf der Hut vor spähenden Augen und verräterischen Günstlingen über die Schulter sahen. Dann ... irgendwann war es soweit. Margarete verfügte über ausreichend Sprachkenntnisse, um ihre Geschichte zu erzählen. Gebannt hörten Scheherazade und Dinharazade die spannenden Abenteuer ihrer Freundin. Zuerst stockend, grammatikalisch nicht immer einwandfrei, mit der Zeit immer flüssiger, sprudelten die Worte nur so aus ihrem Mund. Sie hatte viel gelernt in den letzten zwei Jahren.

MARGARETE I

Der Beginn

Zuallererst schilderte Margarete die schneebedeckten Berge, dunkelgrünen Wälder und verschiedenste Farbschattierungen vom Blau der zahlreichen Seen, Flüsse und Tümpel ihrer Heimat. Als Tochter eines mehr als begüterten Kaufmanns gedieh ihr eine dementsprechende Ausbildung an. Sie erlernte mehrere Sprachen, erhielt Unterricht in Musik und Gesang, Geschichte und Etikette, übte sich in der hohen Kunst der Nadelmalerei, besaß, seit sie laufen konnte, ein eigenes Pferd, und wurde in der Führung eines Haushalts im großbürgerlichen Lebensstil unterwiesen. Das hieß, das Personal eines Stadt- und eines Landsitzes zu beaufsichtigen, von der Ausrichtung exorbitanter gesellschaftlicher Veranstaltungen ganz zu schweigen. Ihre Mutter hatte sich von der Niederkunft nie erholt, kränkelte und verstarb innerhalb der nächsten Monate, als Margarete noch ein Säugling war, so dass all die vorgenannten Aufgaben eine entfernte Base übernahm. Den Vater bekam sie selten zu Gesicht. Als gewichtiger Mann führte er ein Handelsunternehmen, war als ständiger Repräsentant in der Kaufmannschaft zu finden und, seit geraumer Zeit, gern gesehener Kunde in Spelunken von oft zweifelhaftem Ruf. Margarete bemühte sich, stets eine gute Tochter zu sein, denn ab und an warf ihr der Vater einen zutiefst seltsamen Blick zu, der ihr körperliches Unwohlsein bereitete, auch wenn dafür kein ersichtlicher Grund erkennbar gewesen wäre. Während all dieser Jahre standen ihr nur drei Personen nahe. Klara, die Base ihrer Mutter, hegte zwar keinerlei mütterliche Gefühle für sie und ließ sie das auch oft genug wissen, nichtsdestotrotz überwachte sie ihre Ausbildung mit Argusaugen und sprach immer die Wahrheit, hatte sie bis zum heutigen Tage nie angelogen. Außerdem mahnte sie jeden Sonntag den Hausherrn an die väterlichen Pflichten seinen Kindern gegenüber. Eine der wenigen Möglichkeiten, wo Margarete aus dem Haus kam. Und war es auch nur in die Kirche zum Gottesdienst. Hinterher saß sie oft neben ihrem älteren Bruder in der weitläufigen Parkanlage auf einer Bank und naschte süßes Zuckerwerk, am liebsten Karamellbonbons, die in der nahegelegenen Bude verkauft wurden. Ernst war die zweite Person, die ihr wichtig war. Für einen älteren Bruder war er akzeptabel, auch wenn selten ein Lächeln über seine Lippen kam und er sich an keinerlei Streichen, die Margarete in müßigen Momenten ersann, beteiligte. Ja diese obendrein verurteilte. Oftmals beschlich sie eine böse Ahnung, wenn sie den drohenden Blick ihres Vaters auf ihm ruhen sah; kurze Zeit später beobachtete, wie Ernst mit geröteten Augen, aus dem Arbeitszimmer des Vaters kommend, die Treppe hochschlich. Das waren jene seltenen Augenblicke, in denen sie sich in die Stube des Bruders stahl. Ernst gewährte, dass sie seine Hand nahm, und er von der gemeinsamen Mutter erzählte. Sie hatte keinerlei Erinnerung an sie, er schon. Dann holte er das schmale Holzkästchen hervor, verborgen hinter einem losen Ziegel im Mauerwerk, kramte darin herum und breitete die Kostbarkeiten am Boden auf. Ein geschnitzter Hochsteckkamm, ein paar bunte Haarbänder, eine helle, seidige Locke und das Wertvollste, ein Medaillon. Ein golden schimmerndes Schmuckstück, das er vorsichtig öffnete und sie einen Blick hineinwerfen ließ. Es zeigte das

Miniaturbild einer wunderschönen Dame. Dem Maler war es gelungen, den Glanz ihrer blonden Haarfülle und das strahlende Himmelblau ihrer Augen einzufangen und für die Ewigkeit festzuhalten.

Behutsam strich Ernst über das kleine Bildchen, sah Margarete an und flüsterte ihr ins Ohr: „Du siehst aus wie sie, kleine Schwester." Als sie die Kostbarkeiten wieder sorgsam verstaut hatten und das polierte Kästchen sicher in seinem Versteck lag, waren seine Tränen getrocknet und ein scheues Lächeln huschte über sein ansonsten stilles Gesicht. Überhaupt war Ernst ein Sohn, der so gar nicht in das Wunschbild eines Erbfolgers für den Vater passen wollte. Dieser erhoffte sich Tag für Tag einen Teufelskerl, einen wortgewandten Kaufmann, der seinen Konkurrenten immer eine Nasenlänge voraus war, so wie er selbst. Nicht so einen Hasenfuß, der sich von jedem dahergelaufenen Hausierer über den Tisch ziehen ließ, seine Nase lieber in ein Buch steckte, als sich mit seinesgleichen zumindest in Abenteuern und Raufhändel zu üben. Dann blickte der Vater auf Margarete. Sie hatte das Temperament, das Ernst fehlte. Obgleich ein Wildfang, wuchs sie zu einer Schönheit heran. Mit jedem Tag glich sie ihrer Mutter mehr und mehr, versetzte mit ihrem Aussehen seinem Herzen schmerzhafte Stiche. Seine Gemahlin, die er über alles vergöttert hatte, war tot. Es war Margaretes Schuld, wenn auch nicht ausnahmslos. Die Hebamme hatte ihren Teil der Rechnung beglichen, fristete ein trostloses Dasein in der engen Zelle eines Klosters, würde nie wieder über Märkte schlendern und sich an den Blicken bewundernder Mannsbilder erfreuen. Es war an der Zeit, dass auch seine Tochter begriff, welche Lücke seit dem Dahinscheiden der geliebten Gattin in seinem Leben klaffte, welche Pflichten sie gegenüber der Familie hatte. Wenn schon der Sohn danebengeraten war. Gedankenverloren starrte er ihr immer öfter nach. Das würde kein leichtes Spiel werden. Sollte er es vorab mit Schmeicheleien und nutzlosem Tand versuchen? Oder sie gleich vor vollendete Tatsachen stellen? Er würde Klara zu Rate ziehen müssen. Die Base war eine Frau. Obgleich eine herbe Erscheinung des zarten Geschlechts wusste sie als solche, in diversen Belangen, sicher besser Bescheid. Der Gedanke an Klara verursachte ihm Unbehagen. Er ahnte, dass sie sich Hoffnungen auf eine Heirat gemacht hatte. Warum wäre sie sonst in seinen Haushalt gezogen? Dagegen, die obligate Trauerzeit verging und weitere Jahre zogen ins Land. Es folgte kein Antrag und es würde auch keiner folgen. Sein Herz schlug in alle Ewigkeiten für seine große Liebe, die sich fortgestohlen hatte, ihm für immer genommen war. Ihr konnte keine das Wasser reichen. Schon gar nicht so eine verhärmte Person wie Klara.

Vielleicht würde aus Ernst, entgegen aller Vorbehalte, sehr wohl ein stattlicher Junker und Erbe. Hier wollte er dem Schicksal diese eine Chance geben. Bei Margarete war es bereits beschlossene Sache.

STELLAS WELT IV

Am Seerosenteich

Doktor Thomas Stein öffnete die Augen. Er lag auf dem Rücken und starrte in einen grauverhangenen Himmel. Es nieselte leicht. Einmal mehr Wasser! Das Gras unter ihm fühlte sich feucht an und es roch nach regengetränkter Erde. Das Unwetter, das *Trabant* zum Absturz gebracht hatte, war anscheinend weitergezogen. Mit einem Ruck schwang er sich hoch. Sein Blick fiel auf seinen zum Glück nässeresistenten Rucksack, ansonsten gab es nichts Vertrautes in dieser Umgebung. Wo zum Teufel war er jetzt gelandet? Sofort fiel ihm der Spruch seiner äußerst gottesfürchtigen Großmutter ein: „*Wenn man den Teufel nennt, dann kommt er gerennt.*"

Also korrigierte er sich umgehend. Wo zum Kuckuck war er jetzt gelandet? Obwohl, nach all seinen Erlebnissen in den letzten Tagen vermutete er bloß, dass von einem Kuckuck weniger Gefahr ausging als vom Teufel. Alles drehte sich, der Boden unter ihm schwankte bedenklich. Er schüttelte benommen den Kopf. Seit wann war er denn abergläubisch? Trotz der befremdlichen Situation musste er grinsen. Das wäre ja so, als ob er den Teufel an die Wand malte. Kaum gedacht, tauchte direkt am gegenüberliegenden Ende der grünwogenden Fläche das Bild des unheimlichen, schwarzgekleideten Monsters mit den glühendroten Augen vor ihm auf. Nicht in irgendeiner Fantasie, sondern in seiner Wirklichkeit.

Offenbar stand er auf schwachen Beinen. Er wankte. Nein! Nicht er wankte, sondern die Wiese unter ihm wölbte sich.

So, als würde sie ein- und ausatmen, hob und senkte sich die weiche Grasmatte unter seinen Füßen.

Die Kreatur sah in seine Richtung! Das Bild des an die Wand gemalten Teufels kam auf ihn zu. Wind fuhr unter die tiefschwarze Robe, verlieh der Erscheinung riesige Schwingen, die in die Höhe klappten und sich zu ihrer gesamten Größe auffächerten. Noch aus dieser Entfernung konnte Thomas die messerscharfen Zacken des Gefieders erkennen. Unwillkürlich musste er an Stellas Schilderungen denken, und an Gutruns gegenständliche Wandmalereien. Wegen dieser beiden fand er sich jetzt gerade in einer absolut grotesken Situation wieder. Er suchte nach ihrem Seerosenteich!

Es war unglaublich! Thomas Stein war durch und durch ein Mann der Wissenschaften. Seine Erkenntnisse auf den Gebieten der Neuropsychologie und Neurophysiologie waren weithin bekannt und er selbst eine gern gesehene und geschätzte Kapazität in diversen Lehrveranstaltungen rund um den Globus. Wie also konnte es sein, dass eine Ausgeburt der Fantasie zweier Frauen auf ihn zukam, und, als wäre das nicht genug der Absurditäten, einen äußerst bedrohlichen Eindruck machte? Mit jedem Schritt, den dieses absonderliche Wesen sich näherte, ächzte der Boden. Er sah das Ding und er spürte dessen Bewegungen; auch wenn es schien, als schwebte dieses Etwas! Es fiel ihm wie Schuppen von den Augen! Er verspürte nicht dessen Schritte, sondern die Erde bebte! Bebte, in purer Angst vor dem, was da auf sie zukam. Die Zeit fehlte, um die Situation grundlegend zu analysieren.

Manches Mal muss man sich einfach für eine Richtung entscheiden und darauf losmarschieren. Ohne Wenn und Aber!

Buddys Stimme durchdrang sein angestrengtes Ringen um Realismus. *Zuviel Zaudern bringt dich nicht vorwärts!* Nun gut, eine Entscheidung musste getroffen werden. Thomas hechtete zu seinem Seesack, warf ihn sich über die Schulter und sprintete los. Rannte, als wäre der Leibhaftige hinter ihm her, weg von dieser Kreatur, die seine Wirklichkeit niemals betreten hätte dürfen. Das Gras unter ihm war glitschig nass, was seine Flucht hinauf auf den Hügel zusätzlich erschwerte. Oben angekommen, warf er einen Blick über seine Schulter. Ein grober Fehler! Niemals sollte man rückwärts schauen und gleichzeitig nach vorne laufen. Denn nun am Grat neigte sich der Hang und er bemerkte es zu spät. Er kam ins Rutschen und schlitterte auf der anderen Seite nach unten ... auf den Seerosenteich zu. Das war jedoch nicht das Schlimmste. Am Ufer des smaragdgrünen Teichs erwarteten ihn zwei weitere Gestalten, wovon eine soeben ihren Bogen spannte und auf ihn zielte. Thomas versuchte, hinter seinem gewaltigen Seesack Deckung zu finden, was ihm nur bedingt gelang. Super! Hinter ihm eine Horrorkreatur, realistisch genug, um davor zu flüchten und vor ihm ein Bogenschütze, der ihm nach dem Leben trachtete. Exakt in diesem Augenblick war der Arzt ausgesprochen froh über seine täglichen Trainingsstunden im Fitnessstudio. Und waren diese vorerst nur als Ablenkung von allzu viel Grübeleien gedacht gewesen, so kamen sie ihm jetzt zugute. Er bremste mit aller Kraft und rollte sich zur Seite. Der Pfeil zischte über ihn hinweg, die Böschung hinauf. Thomas krallte sich am Segeltuch seines Gepäckstücks fest und kam knapp einen Meter vor dem mit wunderschönen, betäubend duftenden Lilien bewachsenen Ufer zum Liegen. Fasziniert beobachtete er, wie eine Libelle ihre schillernden Flügel spannte und erschreckt hochstieg. Der grüne Farn wippte nach und gemächlich perlten glasklare Wassertropfen, als seien sie auf eine Schnur gefädelt, nach unten. Dies alles geschah ungewöhnlich langsam, in Zeitlupe. Bemerkenswert, welche Eindrücke man gewann, wenn man in Lebensgefahr schwebte.

Er rappelte sich hoch und sah gerade noch, wie ein golden glänzender Pfeil das dunkle Gefieder seines absonderlichen Verfolgers streifte. Kurz loderte eine bläuliche Flamme hoch und das Monster aus einer anderen Welt heulte wutentbrannt auf, verblasste vor seinen Augen, wurde eins mit dem nebelverhangenen Grau auf der Hügelkuppe. Der Pfeil hatte gar nicht ihm gegolten!

Thomas wandte sich um. Seine Lebensretter näherten sich langsam, wobei ersterer den Bogen erneut spannte und tatsächlich ihn ins Visier nahm. Sollte er vom Regen in die Traufe gekommen sein?

Gebannt sah Thomas auf die beiden. Je kürzer der Abstand wurde, desto heftiger pochte sein Herz. Er kannte zumindest eine der Personen, die auf ihn zukamen!

Gutrun! Unverkennbar, der Turban kunstvoll auf dem Kopf drapiert, die filigrane Gestalt im weitgeschnittenen Kittel, ein scheues Lächeln. Wer zur Hölle war deren Begleitung?

Er löste sich von Gutruns Betrachtung und musterte die zweite Gestalt. Eingehend! Irgendetwas schien ihm vertraut, bekannt. Allerdings, sobald sich in seiner Erinnerung erste Konturen formten, starrte er plötzlich auf eine weiße Leinwand. Er kam einfach nicht darauf.

Außerdem, ihm gegenüber stand kein Bogenschütze, sondern eine Bogenschützin. Und da fiel es ihm wie Schuppen von den Augen.

„Dolly!?" War das tatsächlich seine Assistentin? Die ihm zugewiesene Mitarbeiterin, mit schulterlangem brünettem Haar und durchaus üppiger Figur. Ohne ihre überdimensionierte Brille war sie, nach eigenen Aussagen, hilflos wie ein Maulwurf bei Tageslicht. Hilflos schien die Frau vor ihm keinesfalls, deren Äußeres sich gründlich verändert hatte. Sah ihm damals ein verwaschener Braunton eingeschüchtert entgegen, traf ihn nun ein stahlharter Blick aus mandelförmigen Augen in leuchtendem Blau. Er taxierte die Frau von oben bis unten. Die durchtrainierte Figur und die Muskeln, die sich unter dem grünen Stoff abzeichneten, während sie den Bogen gespannt hielt, die Ausstrahlung einer versierten Kämpferin, und vor allem das Schwert, das in einem bestickten Lederfutteral an ihrer linken Hüfte steckte, das alles irritierte ihn in höchstem Maße.

„Lass den Professor in Ruhe!" Gutruns Stimme klang sanft, doch im Gegensatz dazu mit einer Bestimmtheit, die die Amazone sofort veranlasste, den Bogen zu senken.

„Auf keinen Fall vertraue ich ihm!"

Doktor Thomas Stein versuchte angestrengt, seine Gedanken zu ordnen. Er war kein Mann, der Überraschungen mochte. Solche wie gerade eben schon mal gar nicht. Wie kamen Gutrun und Dolly, falls es sich tatsächlich um Dolly handelte, hierher und ..., was war in diesem Fall mit seiner Assistentin geschehen? Hatte sie die letzten Wochen in einem Bootcamp für Ninjas trainiert? Ein Hauch exotischer Gefährlichkeit ging ganz eindeutig von ihr aus.

So, als wäre sein Kopf ein offenes Buch, in dem sie nach Belieben blättern konnte – ihm kam Buddy in den Sinn – erwiderte sie auf seine unausgesprochene Frage: „Ninjas operieren meist im Verborgenen, sie existieren nicht in meiner Welt. Ich bin eine Kriegerin. Mein Name ist Dolores. Dolores Santos! Wissen Sie, was das bedeutet?" Thomas kramte seine dürftigen Spanischkenntnisse zusammen. „Richtig!", sie kam ihm mit der Antwort zuvor. „Schmerz. Wenn Sie so wollen, heilige Schmerzen." Mit diesen Worten fasste sie an den Knauf ihres Schwertes.

Wieso trug diese Frau ein Schwert? In welchem Jahrhundert war er gelandet? Was bedeutete ... Ninjas existieren nicht in meiner Welt? In seiner ebenfalls nicht. Auch bis auf die Zähne bewaffnete Kriegerinnen gab es in seiner Welt nicht.

Ein tiefer Atemzug entrang sich seiner Brust. Als damals, vor Jahren, sein Leben auf den Kopf gestellt wurde, hatte er sich geschworen, niemals wieder vom rechten Weg abzuweichen. Vom rechten Weg! Was war das denn für eine Formulierung! Nun, jedenfalls zog er sich nach jenem Chaos, das so viel Leid und Schmerz beinhaltete, zurück. Zurück aus seiner florierenden Praxis, zurück aus allen gesellschaftlichen Verpflichtungen, aus seinem sozialen Netzwerk. Ging auf Abstand zu Familie und Freunden und verabschiedete sich von digitalen Plattformen. Er übernahm keine Aufträge mehr, wurde zum Geist. Als er seine Lehrtätigkeit an der Uni begann, tat er das nach langem Zögern und weil er der Meinung gewesen war, mit diesem Schritt kein Risiko einzugehen und dem Bewusstsein ... irgendwann aus seiner Höhle, der selbstgewählten Isolierung, herauskriechen zu müssen. Eine neue Stadt, ein neuer Name, ein neues Leben ... in geordneten Bahnen. Das war der Plan.

Gerade jetzt verlief sein Leben weder ausgeglichen noch ruhig, so wie es beabsichtigt gewesen wäre. Er es mit seinem Rückzug von allem und dem Neubeginn erhofft hatte. Er hob den Kopf. Gutrun stand direkt vor ihm.

Es war dieser ganz spezielle Blick von ihr. Augen, die ihm das eine Mal fast schwarz, dann wieder von dunklem Blau erschienen, in die er versank und die unterdessen in ihn eintauchten. Bis zum tiefsten Grund der Seele drangen, geheimste Winkel erforschten, sein gesamtes Sein erfassten und trotz all dieser Grenzüberschreitungen keine Angst oder Widerwillen heraufbeschworen, sondern Zuversicht verströmten.

Langsam hob das filigrane Geschöpf vor ihm ihre Hände. Bedächtig knotete sie ihren Turban auf, wickelte das in Bahnen verschlungene Tuch auf, ohne ihn nur einen Moment aus den Augen zu lassen. In allerletzter Sekunde wandte sie sich von ihm ab. Ihre Gestalt veränderte sich. Thomas machte sich auf das Schlimmste gefasst. Auf das, was nun zum Vorschein kam, als die letzte Schicht fiel, wäre er zu keiner Minute vorbereitet gewesen.

SAORADH II

KLÄGLICHE EINSICHTEN

Oonagh fühlte sich nach wie vor etwas zittrig auf den Beinen, in allererster Linie aber überrumpelt. Keylam hatte eine Entscheidung getroffen, ohne sie zu Rate zu ziehen! Keine profane, alltägliche Entscheidung! Er verbannte die über alles geliebte Enkelin aus ihrem Leben. So erbost hatte sie ihn in all den Jahrhunderten, die sie gemeinsam die Geschicke ihres Volkes lenkten, noch nie erlebt. Wieso fiel er Sirona ins Wort? So schmerzhaft es war, Schura war tot. Das, was als funkelndes Gestirn am Himmel stand, durfte unter keinen Umständen belebt werden, kam nie wieder zurück in ihre Welt. Sirona hatte gewiss ihrer aller Wohl im Sinne gehabt, als sie sich zu diesem drastischen Schritt entschloss, selbst die *Urkraft der Sterne* beschwor. Keylam ahnte, was seiner Gattin durch den Kopf ging. Er war selbst erstaunt von der Heftigkeit seiner Gefühle. Welchem bösen Geist und dessen Einflüsterungen war er aufgesessen? Niemals, in der gemeinsamen Zeit ihrer Herrschaft über die Lichtwesen, traf er eine Entscheidung ohne Oonaghs Einverständnis. Er, der König aller Lichtwesen, verstieß soeben sein eigenes Enkelkind. Ihre Nachfolgerin, die Erbin des Throns. Was war bloß in ihn gefahren? Die blasse Gestalt vor ihm wagte einen Schritt, wäre fast gestrauchelt. Eilig sprang er hinzu, bot seinen Arm als Stütze. Der Blick, einer der den tiefsten Ozean in einen Eisblock wandelte, traf ihn völlig unvorbereitet. Er, Keylam, Herrscher über das Reich der Lichtwesen und Elfen, oberster Heerführer, Hüter aller Seelen, der traurigen und fröhlichen, der verletzten und geheilten, der geraden und schrägen, hatte soeben die wertvollste von allen verloren. Die seiner Königin. Oonagh wandte sich ab, setzte vorsichtig einen Schritt nach dem anderen und verließ, ohne seinen Halt, ohne ein Wort an ihn zu richten, die *Kammer der Reinkarnation*. Teleportierte sich aus dem Dunstkreis des Seelenschmerzes zurück in die Mauern des Elfengefängnisses. Eine wichtige Überprüfung stand noch an. Fröstelnd betrachtete sie den staubigen Fußboden ihres Martyriums. Nur, weil sie um die Existenz eines geheimen Auslasses wusste, entdeckte sie diesen, wenn auch nach längerem Suchen. Obwohl sie über ihre Kräfte so gut wie vordem verfügte, die unauffällige Falltür blieb verschlossen. Wieso versahen die Elfen ihr Gefängnis mit einem Fluchtweg, der sich als nutzlos herausstellte? War es der Königin der Nebelkrähen gelungen, was ihr nicht beschieden war? War sie durch denselben entschwunden? Wie entdeckten Ilros Hauptmann und Sohn den mysteriösen Zugang und fanden zu ihr? Jemand von den beiden musste die Luke letztendlich geöffnet haben. Ließ sich das nur von der anderen Seite aus bewerkstelligen? Andererseits, sie entsann sich, die Tür des Gefängnisses stand sperrangelweit offen, als sie, auf der Suche nach Cathcorina hier ankam. Wem war es gelungen, diese Unmöglichkeit zu bewältigen? Hatte eine abtrünnige Elfe ihre Hand im Spiel? Wenn dem so war, dabei konnte es sich um keine x-beliebige handeln. Nur wenige verfügten über die erforderliche Magie, dies zu schaffen. Das grenzte die Zahl der Verdächtigen erheblich ein. Und wenn es keine Elfe gab, die sie hinterging, wer blieb übrig? Eine Menge Fragen, die es zu klären gab.

Keylam starrte seiner Gemahlin lange nach, bevor er sich selbst in Bewegung setzte. Schlimmer als alles andere, war Oonaghs stummer Abschied. Wäre sie gleichfalls laut geworden, hätte sich verzweifelt an seine Brust geworfen, hätte ihn beschimpft, ihn den ärgsten Tölpel aller Zeiten genannt, ihn mit – nicht ernstgemeinten - Flüchen überhäuft, damit hätte er umgehen können. Sie indes schwand einfach vor seinen Augen. Wer ahnte denn, dass die Rettung der Königin seines Herzens demselben einen tödlichen Stoß versetzte?

Gleichfalls mittels Teleportatum angekommen im Niemandsland vor dem Elfengefängnis, empfing ihn eine Welle tosenden Lärms. Oonagh tauchte eben in der quirligen Menge unter, die vor dem Portal stand und ihn mit jubelnden Hochrufen begrüßte. Alle freuten sich über die Genesung ihrer Anführer. Keylam setzte seine würdevollste Miene auf und winkte großmütig in die Ansammlung von Lichtwesen und Elfen. Es musste niemand wissen, wie es um ihn stand. Das Volk brauchte eine starke Hand, keine verunsicherte Memme.

Wie auf Kommando standen plötzlich Ilro, sein Sohn und der Hauptmann der Wache vor ihm. Auf Ryans Armen räkelte sich eine riesige, weiße Katze, die ihn wachsam musterte. Im selben Moment trafen Alasdair, Ouna und die Krähenkrieger ein. Ihre besorgten Gesichter verhießen keine guten Nachrichten. Zügig lagen die Neuigkeiten auf dem Tisch. Fia blieb weiterhin unauffindbar, erfuhr er von Ryan, dessen Augen verdächtig glitzerten.

Ewerthon und Mira hatte man zwischenzeitlich zwar entdeckt, jedoch sie gaben Rätsel auf. Eingehüllt in einen Kokon aus undurchdringlichem Material, schienen sie geschützt gegen etwaige Unbill von außerhalb. Wobei allerdings die bisherigen Befreiungsversuche fehlgeschlagen waren. Ja, es war äußerst unsicher, ob sie überhaupt noch unter den Lebenden weilten. Das undurchsichtige Gespinst ließ keinerlei Rückschlüsse auf Herzschlag und Atmung zu.

Ein weiteres Geheimnis lastete Gillians Verbleib an. Wobei auch Tanki, sein Schützling, wie weggezaubert schien. Einige der Soldaten taten kund, dass sie einen rosagrünen Streifen am Himmel beobachtet hätten. Bald darauf sei ein riesiger Krähenvogel aufgetaucht, der sofort wieder von der Bildfläche verschwand. Wieder andere meinten, in seinen Krallen zappelte der vermisste Junge. Währenddessen, sicher war sich niemand. Von Gillian wusste keiner etwas zu berichten. Einerlei, ob man Elfen, Menschen oder Lichtwesen befragte.

Genauso wenig wie von der allerhöchsten Kriegsgöttin in Person. Die, wie bekannt, aus dem Elfengefängnis geflohen war. Zuerst sprachlos, dann erbost wandte sich die Meute gegen Alasdair, dessen Garde sich sofort um ihn schloss. Er war der Prinz der Nebelkrähen. Er wusste sicherlich, wo sich seine Mutter befand. Abgesehen davon, wo war er denn während des blutigen Kampfes abgeblieben? Niemand hatte ihn an ihrer Seite kämpfen gesehen. Nur mit Mühe gelang es Keylam, den aufbrausenden Mob zu beruhigen. Selten hatte es dermaßen viel Kraft gebraucht, um Frieden zu stiften. Er war fraglos nicht er selbst, musste er heute bereits zum zweiten Mal feststellen.

Trotz alledem, es blieb unerklärlich, wie jemand aus dem absolut ausbruchsicheren Gefängnis der Elfen entkommen konnte. Selbst für Cathcorina stellte das Tor, versehen mit besonderer Magie, ein erhebliches, wenn nicht gefährliches Hindernis dar. Das wussten die Elfen, die Menschen nicht.

Wäre es folglich nach den Spitzohren gegangen, sie hätten diese, in ihren Augen mehr als unnütze Erdenbewohner, am liebsten sich selbst überlassen. Jene nichtsahnenden Geschöpfe sahen in die Finsternis hoch, dachten an schwarzgefiederte, bösartige Krähen, ätzendes Pech, vogelähnliche Wesen mit rotglühenden Augen und zogen ihre eigenen Schlüsse. Vergessen war die schimmernde Kuppel des Krähenprinzen, die sie vor dem sicheren Verderben schützte. Der purpurne Drache, jene legendäre Sagengestalt von Ouna zu Hilfe herbeigerufen, mutierte in deren Vorstellung vom Retter, im letzten Augenblick, zum feuerspeienden Ungeheuer, das sie allesamt vernichten wollte.

Ilro und sein Hauptmann, die den Stimmungsumschwung genauso wahrnahmen wie Keylam, verständigten sich mit einem Blick und gaben in gebotener Eile den Befehl zum Abzug, zerstreuten damit die aufgewühlte Menge. Der König von *Cuor a-Chaoid* beauftragte seine Soldaten mit dem Aufbau von Notquartieren, die Untertanen mit Aufräumarbeiten und Sichtung von Verwertbarem in den armseligen Resten der Burg. Bei der Vorstellung des daliegenden Trümmerhaufens zog sich sein Herz schmerzhaft zusammen. Der einst über Generationen hinweg herrschaftliche Wohnsitz seiner Familie, lag in Schutt und Asche. Es war fraglich, wie und wann er wieder aufgebaut werden würde. Ob ihnen das jemals gelänge, stand in den Sternen ..., die verschwunden waren. Gestirne, seit jeher Begleiter und Ratgeber der Menschen, glänzten durch ihre

Abwesenheit. Es entzog sich seiner Kenntnis, was in der *Kammer der Kerzen* vorgefallen war. Auch ihm blieb der Zugang, wie jedem anderen der kein Lichtwesen war, verwehrt. Nun fragte er sich, ob tatsächlich alles mit rechten Mitteln zugegangen war.

Die beiden Anführer der Lichtwesen traten wieder in Erscheinung, als wären ihre faltenübersäten Körper, vor allem jener der Königin, ein böser Traum gewesen. Einzig Oonaghs lockige Haarpracht hatte seinen Goldschimmer verloren, funkelte in mystischem Silberweiß. Ilro, als genauer Beobachter, bemerkte zudem etwas anderes. Gut verborgene Tränen in den wunderschönen, kobaltblauen Augen der Königin. Ein kurzer Blick hatte gereicht. Es bedingte keines magischen Einfühlungsvermögens, denn der unterdrückte Schmerz war unübersehbar. Das schnelle Verschwinden der Königin in der Menge verhieß kaum Gutes. Grübelnd musterte Ilro den Heerführer der Lichtwesen. Er konnte ihm keinen Vorwurf machen. Schulter an Schulter hatten sie gekämpft, so wie es ihr Bündnis verlangte. Verluste gab es hie und da. Aber!! Keylams Reich hatte so gut wie unbeschadet den grausigen und rätselhaften Vernichtungsschlag überstanden. Er selbst hingegen kehrte zurück in eine Ruine. Wäre Schura noch am Leben, stünde dann seine Burg auch noch?

Unwillig schüttelte er sein Haupt. Was plagten ihn bloß für wirre Gedanken? Klüger wäre es, die Suche nach seiner gegenwärtigen Gattin voranzutreiben. Auch wenn er Fia niemals so liebte wie Schura, sie war die Mutter seines Sohnes und ihm stets treu zur Seite gestanden. Irgendwo musste sie sein. War sie ins Reich der Lichtwesen geflohen? Wurde sie von ihnen versteckt oder gar gefangen gehalten? Aus welchem Grund sollten jene das tun? Oder vielleicht die Elfen? Lichtwesen waren von Grund auf friedfertig. Das waren Elfen keineswegs. Im Gegenteil. Ihnen lag der Streit im Blut, das war allgemein bekannt. Nicht grundlos bildeten sie in erster Linie ihren Nachwuchs zu Kriegern aus, dann erst durften jene einen anderen Beruf erlernen. Es war hauptsächlich Keylams und Oonaghs Einflussnahme zu verdanken, dass sich diese streitsüchtigen Wesen nicht bereits untereinander allesamt die Schädel einschlugen, sondern sich unter deren Führung zu einem unbezwingbaren Heer vereinten. Das sein eigen Reich, die *Burg der ewigen Herzen*, auf keinen Fall umfassend geschützt hatte.

Der König wusste um die mentale Stärke, die Lichtwesen innewohnte. Keylams und Oonaghs Kräfte, gebündelt in Einheit, natürlich unnachahmlich. Auch bei Sirona hatte Ilro diese Gabe beobachtet und deren Einflussnahme am eigenen Leibe zu spüren bekommen. Hauptsächlich dann, wenn seine jüngste Tochter partout einen ihrer törichten Wünsche durchsetzen wollte, er irgendwann nachgab und hinterher in seinem Gedächtnis kramte, wie es dazu gekommen war.

Weder bei seiner verstorbenen Gemahlin noch bei Mira war ihm dies jemals in dieser Deutlichkeit bewusst gewesen. Bis zum heutigen Tag auch nicht bei Keylam. Was, wenn er bereits manipuliert wurde, ein willenloser Hampelmann in den machtgierigen Händen des Königs der Lichtwesen geworden war? Die zur Schau getragene Friedfertigkeit nur eine perfekte Tarnung abgab? Wofür?

Oonagh, dieser sanftmütigen und liebenswerten Dame wollte er kein Böses zutrauen. Bislang!

UNTER UNS IV

Saures ohne Süßes

Einem Kreisel ähnlich drehte es sich um die eigene Achse. Die schwarze Robe hob und senkte sich wie ein lebendiges Wesen. Ganz langsam drosselte es das Tempo, kam zum Stehen. Der bodenlange Umhang wippte ein paar Sekunden nach, bis er glatt nach unten fiel.

Höhnisches Lachen, leise, keinesfalls zu laut, sodass es in den Ohren schmerzte, brach sich kurz an den kahlen Wänden, wurde zu ihm zurückgeworfen, verursachte ein leichtes Zusammenzucken, der Mantel kam wieder in Bewegung. Immer wieder musste die Kreatur sich wundern, wie leicht Menschen sich manipulieren ließen. Nicht nur Menschen! Keylam hatte Sirona verstoßen und damit einen Dolch in das Herz seiner geliebten Gattin gerammt. Was ihm langsam klar wurde.

Mit extremer Vorsicht nahm die dunkle Gestalt Platz auf dem goldenen Thron. Keinesfalls sollte das schwere Möbelstück verrückt werden – wie liebte sie diese Wortspiele - das Knirschen von Stuhlbeinen auf kalten Fliesen fraß sich nach wie vor unerträglich bis in ihr Innerstes. Sie grinste leise in sich hinein. Verrückt werden!

Das eigene geliebte Enkelkind verbannt, König und Königin uneins, Elfen, die ihre jahrtausendelange, unnatürliche Friedfertigkeit abstreiften wie unnützes Gewand. Das Monster leckte sich über die spröden Lippen. Es war ein Meister der Manipulation. Da und dort eine weitere Prise Zwietracht, dazu ein Quäntchen Neid, das sollte reichen ...

MARGARETE II

Ein schöner Morgen

Margarete öffnete die Augen und lauschte. Die Sonne schickte sich soeben an, den Himmel hoch zu klettern, Vögelchen trillerten ihr Morgenlied vor dem geöffneten Fenster; Kühe muhten, edle Pferde scharrten im Stall, verlangten nach ungezügeltem Auslauf auf der Koppel. Mit einem Satz sprang sie aus dem Bett, wohlwissend, dass ihre bloßen Füße gleich auf kalten Steinfließen landeten. Sie befanden sich auf dem Sommersitz der Familie, aber der Sommer hatte sich bis heute als äußerst kühl entpuppt. Geschwind schlüpfte sie in ihre Pantoffel, die sich genauso eisig anfühlten wie der Boden. Sie biss die Zähne zusammen, goss etwas Wasser in eine große Schüssel und wusch sich hastig den Schlaf aus dem Gesicht. Hier, am Landsitz außerhalb jeglicher Zivilisation, wie sie meinte, war wirklich alles sehr vorsintflutlich. Im Stadthaus gab es seit neuestem fließend Wasser. Herumsprühende Wassertropfen glitzerten geheimnisvoll im Sonnenlicht, als sie ihren Kopf schüttelte wie ein nasser Hund. Sie griff nach den Beinkleidern unter ihrem Bett, warf sich einen weiten Kittel über und schlich sich auf Zehenspitzen aus der Kammer. Wenn der Vater sie so sähe! Es gäbe ein Donnerwetter und wahrscheinlich Prügel! Wenngleich er ihr gegenüber noch nie tätlich geworden war und zugegebenermaßen Grund genug gehabt hätte. Sie dachte an den armen Laufburschen, dem sie heimlich Baumharz in die Kappe geschmiert hatte. Dem keine andere Möglichkeit blieb, als sich die Haare zu scheren und der wochenlang mit kahlem Schädel herumrannte. Oder an das geplagte

Liebespaar, dem sie die getrockneten Kerne der Hagebutte unterjubelte, die besonders in Kontakt mit nackter Haut ganz fürchterlich juckten. Wochen nach ihrem heimlichen Stelldichein waren die roten Flecken für jedermann sichtbar und sorgten für despektierliches Grinsen. Nicht so gelassen nahm der Vater es allerdings auf, als sie dieselben widerborstigen Nüsschen in die Beinkleider seines Sekretärs streute. Der arme Mann konnte keine Sekunde ruhig sitzen, während ihm Schreiben um Schreiben diktiert wurde.

Das alles ging dem Mädchen durch den Kopf, während es leise wie ein Fuchs aus dem Haus schlich. Im Freien achtete niemand auf die zierliche Person im weiten Kittel, die mit gesenktem Haupt auf die Stallungen zuhielt. Sie sah aus wie all die anderen, die um diese frühe Uhrzeit emsig ihre Tätigkeiten verrichteten. Im Stall angekommen langte das Mädchen soeben nach einem Sattel, als ein riesiger Schatten sich von der hölzernen Wand löste.

„Benno! Du bist es. Erschrecke mich nie wieder derart!"

Margarete atmete erleichtert auf. Benno war die dritte Person in Margaretes Leben, die ihr wichtig war. Er war etwa in ihrem Alter und dessen Mutter hatte die kleine Halbwaise gewissermaßen heimlich adoptiert. Demnach wuchsen sie wie Geschwister auf, soweit es die Etikette zuließ. Die Base war froh um die Freizeit, die ihr zugutekam, sobald Margarete sich bei den Pferden aufhielt. Klara konnte mit Tieren dieser Größenordnung, mochten sie auch noch so wertvoll sein, nichts anfangen. Der Winzling von Hund, der stets auf ihrem Schoß zu finden war und jeden ankläffte, war groß genug. Margarete im Gegensatz liebte es, sich mit diesen edlen und wilden Geschöpfen zu beschäftigen. Denn trotz der oftmals zur Schau gestellten Gefügigkeit sah sie in deren Augen etwas, das sie auch in ihrem Spiegelbild entdeckt hatte. Funken von ungezähmter Wildheit, die es nach Freiheit dürstete. Ein Windstoß im rechten Augenblick würde, aller Wahrscheinlichkeit nach, einen Flächenbrand verursachen. Margarete nutzte jede freie Minute, um im Stall mitzuhelfen. Bennos Vater war ein bärenstarker Koloss, der sie gerne auf die Arme nahm und in dieser kommoden Höhe konnte sie ohneweiters den Rössern Leckerbissen wie Karotten und Äpfel reichen. Bennos Mutter wartete an solchen Tagen immer mit süßem Gebäck, und auf deren Schoß schlürfte sie heiße Honigmilch und stopfte Unmengen von Köstlichkeiten in sich hinein. Mit vollen Backen lauschten beide, Benno und sie, den Geschichten der Großmutter. Diese saß in einer Ecke des kleinen Häuschens in einem Schaukelstuhl und wenn sie nicht Gänse oder Hühner rupfte, Kräutersalben anrührte oder unzählige Deckchen bestickte, kramte sie in ihrem enormen Gedächtnis wie in einem Schatzkistchen und holte Märchen, Sagen und andere Unglaublichkeiten hervor. Des Abends, wenn Margarete in ihrem Bettchen lag, wähnte sie sich volltrunken. Vor Glück, von heißer Honigmilch und von unzähligen Geschichten. Leider gingen die Sommer immer allzu schnell vorbei und sobald der Herbst mit seinen nasskalten, nebeligen Tagen ins Land zog, kam die Zeit, um Abschied zu nehmen. Margarete schnürte es jedes Mal das Herz zu, sobald sie ein letztes Mal die liebevolle Umarmung der Haushälterin spürte, ein letztes Mal von Bennos Vater hochgehoben und herumgewirbelt wurde, sich von Benno selbst verabschieden musste. „Wir sehen uns nächsten Sommer", flüsterten sie sich zu. Das galt wie ein Versprechen. Und heute war es wieder einmal soweit.

„Du bist verlässlich wie die Schwalben." Benno grinste übers ganze Gesicht.

Sie betrachtete ihn aufmerksam. Es war der Freund aus Kindheitstagen, der vor ihr stand. Lässig, die Mütze schräg auf dem rotblonden Haar, vom Vater geerbt, die Hände in den Hosentaschen. Doch ...? Sie trat näher.

„Du bist gewachsen!" Jetzt fiel es ihr auf. Das war kein Junge mehr. Ein sympathischer hochgewachsener Mann sah auf sie herab. Und nicht nur sympathisch. Er sah gut aus!

„Du hast dich auch ... äh ... entwickelt!" Benno kam etwas ins Stottern, während er sein Gegenüber musterte. Bei der Körpergröße hatte sich vielleicht nicht so viel getan, hingegen ...! Er pfiff leise durch die Zähne. Benno wuchs auf dem Land auf, war über die Dorfgrenzen nur vereinzelt hinausgekommen, andererseits wusste er, wann Knospen aufblühen wollten. Sie würde eine wunderschöne Rose abgeben und mit ihrem Aussehen jede Menge Männerherzen betören. Ein Moment der Stille entstand. Margarete konnte Bennos Blick nicht deuten und Benno war verunsichert. Früher hatte ihr erstes Wiedersehen nach dem Winter immer mit einer herzlichen Umarmung und geschwisterlichen Knüffen begonnen. War das unter den gegebenen Umständen angemessen? Er hatte den Gedanken gerade zu Ende gebracht, da lag Margarete in seinen Armen und drückte sich an ihn. Das kam überraschend, jedoch keinesfalls unwillkommen.

Er schnupperte an ihrem goldenen Haar. „Du riechst gut", das war alles, was er herausbrachte, bevor er sie auf Armeslänge von sich schob. Sicher war sicher.

„Ja, ich weiß. Rosenwasser. Der neueste Schrei in der Stadt!" Vertrauensvoll legte sie ihre Hand auf seinen Arm. „Komm, lass uns ausreiten. Ich habe mich so sehr darauf gefreut!"

Einträchtig wie in früheren Zeiten sattelten sie die Rösser und führten sie aus dem Stall. Margarete jauchzte hellauf, als sie ihre Stute antrieb und sie mit einem gewaltigen Satz über den hölzernen Balken hinwegsetzte. Wer wollte sich schon mit dem Öffnen von Gattern beschäftigen? Ihr ungestümer Aufbruch blieb nicht unbemerkt. Aus einem kleinen Häuschen blickte Bennos Mutter auf die beiden. Mit einem tiefen Seufzer hob und senkte sich ihre mütterliche Brust. Margarete stand auf der Schwelle zur Frau. Die Zeit der Freundschaft zwischen ihrem Sohn und der Tochter des gnädigen Herrn ging dem Ende zu. Musste dem Ende zugehen.

Klara, die verschmähte Base ohne jeglichen Mutterinstinkt, stand am Fenster im ersten Stockwerk. Nachdenklich blickte sie den beiden Reitern hinterher. Margaretes Vater hatte sie gestern zu später Stunde in einer dringlichen Angelegenheit in sein Arbeitszimmer bestellt. Ihre anfängliche Vorfreude schlug alsbald in Abscheu um. Gewiss, sie hielt ihren Schützling bewusst auf Distanz. Vor Ewigkeiten hatte sie ein Kind verloren, dieses schreckliche Ereignis wollte sie niemals wieder durchleben. Margarete war ein ausnehmend kluges und vor allem unschuldiges Wesen. Den Machenschaften ihres Vaters wäre sie schutzlos ausgeliefert. Und dieses Monster zählte auf ihre Unterstützung! Ihr magerer Körper versteifte sich. Vielleicht war es an der Zeit, nach einer anderen Anstellung Ausschau zu halten. Obgleich, in ihrem Alter, mit ihrem Aussehen? Da mochte sie so gebildet und befähigt sein, wie sie wollte. Sie war ehrlich zu anderen und sie machte sich auch selbst keine falschen Hoffnungen.

Aus dem Schatten des Stallgebäudes trat eine weitere Gestalt.

Margaretes Vater hatte sowohl das gefährliche Übersetzen der Pferde, als auch die herzliche Umarmung der jungen Leute beobachtet. Allerhöchste Zeit seine Pläne in die Tat umzusetzen.

Kein schöner Abend

Margarete mühte sich ab, in ein Kleid zu schlüpfen. Das letzte, das der Vater von einer seiner zahllosen Reisen mitgebracht hatte. Leise klopfte es an der Tür und Klara trat ein.

„Ich bin froh, dass du mir hilfst. Alleine komme ich mit diesen ganzen Stoffen und Bändchen kaum zurecht." Sie lächelte die Base an und deutete hilflos auf das Wirrwarr von Stoffen, die auf ihrem Bett lagen. Klara seufzte. Ihre schlimmsten Befürchtungen bewahrheiteten sich soeben. Die neueste Mode schrieb das Tragen leichter, fließender Kleider vor. Diese hier waren so gut wie durchsichtig. Die Gewänder ähnelten für ihren Geschmack eher einem gewagten Morgenkostüm im privaten Rahmen oder als lose Bekleidung für ebensolche Damen in Etablissements … an dieser Stelle versagte ihre Fantasie. Kein bisschen waren sie geeignet als gehobenes Abendkleid mit Gästeempfang. Ihrer Ansicht nach sollte keine junge Frau, die nur etwas Anstand besaß, sich derart schamlos kleiden. Sie zog eines aus dem Stapel, hellgrün mit einigermaßen akzeptablem Dekolleté, und half dem Mädchen in das beängstigend hauchdünne Gewebe. Dann schnappte sie sich ein weiteres und trennte mit einigen resoluten Bewegungen Oberteil von Unterteil.

„Gut, dass die Schneiderinnen heutzutage wenig von doppelten Nähten halten", meinte sie und hielt einen abgerissenen Teil in die Höhe. „Der taugt als Unterrock!"

Während sie, äußerlich ruhig, die Bändchen im Rücken des ahnungslosen Mädchens band, herrschte in ihrem

Kopf Chaos. Prüfend betrachtete sie ihren Schützling und legte letztendlich einen weichen Kaschmirschal in einem satten Dunkelgrün um die kindlichen Schultern, zupfte ihn zurecht und verhüllte damit die ersten sanften Wölbungen unter dem transparenten Oberteil. War es diese liebevolle Geste oder das leise geflüsterte Danke der zarten Gestalt vor ihr? Ein Damm brach.

„Margarete! Dein Vater meint es schlecht mit dir!" Bestürzt über ihren Mut, der vermutlich den eigenen Untergang einläutete, schlug sie die Hand vor den Mund.

Margarete sah erschrocken auf. Was meinte die Base damit?

Klara war weit über ihre Grenzen gegangen, nun brauchte sie den Rest auch nicht mehr zu verheimlichen.

„Heute Abend lernst du deinen zukünftigen Ehemann kennen!"

Margarete erbleichte. „Aber ... aber ich werde erst fünfzehn!"

„Ich weiß Kind! Deswegen will ich dich warnen. Er ist ein Geschäftsfreund deines Vaters und hat seit geraumer Weile ein Auge auf dich geworfen."

Vor Margaretes innerem Augen rasten die Bilder all der ihr bekannten Handelspartner ihres Vaters vorüber. Es gab keinen, der nicht mindestens doppelt so alt war wie sie. Die meisten erreichten wahrscheinlich das Dreifache ihres Alters oder mehr. Ihre Knie wurden weich und sie setzte sich.

„Aber ... was soll ich denn machen? Klara, du musst mir helfen!" Flehentlich bettelten unschuldige blaue Augen die hagere Frau um Hilfe an. Die Base selbst war zutiefst aufgewühlt. Was hatte sich ihr Schwager bloß dabei gedacht? Er konnte unmöglich sein eigenes Kind an einen völlig Fremden verschachern. Seine Worte klangen in ihren Ohren nach. „Ich kann es drehen und wenden, wie ich will. Dieses Kind ist mitverantwortlich am Tod meiner geliebten Gemahlin. Sie erfüllt jetzt ihre Pflicht der Familie gegenüber und erhält außerdem eine durchaus angemessene Strafe. Durch ihr Dasein wurde mir ein richtiger Erbe verwehrt, einer der mein Vermächtnis entsprechend weiterführt!"

Klara war seit geraumer Zeit bewusst, dass Ernst den hohen Ansprüchen seines Vaters nur unzureichend genügte. Doch dermaßen geringschätzig hatte er sich in ihrer Gegenwart noch nie über seinen Nachfolger geäußert.

„Wäre Margarete ein Sohn, sähe die Sache anders aus. Für Ernst fände ich eine Lösung, und der Zweitgeborene würde in meine Fußstapfen treten. Nur ... zu meinem allergrößten Bedauern, es ist eine Tochter!" Zornig schlug ihr Schwager mit der flachen Hand auf die sorgfältig polierte Oberfläche des mächtigen Schreibtisches. Mehrere beschriebene Blätter segelten zu Boden und Klara bückte sich automatisch, um sie aufzuheben. Schuldscheine? Ohne ein Wort des Dankes riss ihr das erboste Gegenüber die Schriftstücke aus der Hand. Wie war sie bloß auf den Gedanken gekommen, es wäre zu ihrem Glück, ihn zum Ehemann zu haben? Sie mochte sich gar nicht ausmalen, welche Lösung auf Ernst wartete, wäre Margarete wirklich der ersehnte zweite männliche Erbe.

„Du wirst mir dabei helfen, diesen aufmüpfigen Geist zu überzeugen!" Weiß traten seine Knöchel hervor, während er die Hände zu Fäusten ballte. „Oder sie wird mich von einer Seite kennenlernen, die ...", den Rest des Satzes verschluckte er.

Wortlos war Klara aus dem Zimmer gegangen. Was hätte sie auch sagen sollen? Niemand lehnte sich gegen das Familienoberhaupt auf. Wirklich niemand? Margaretes Aussehen hatte sich grundlegend verändert. Die blassen Wangen hatten wieder Farbe angenommen und die himmelblauen Augen ihre Unschuld verloren. Sie sprühten mittlerweile vor Zorn.

„Ich werde mich auf keinen Fall aus der Vormundschaft des Vaters in die eines Ehemanns begeben!" Sie brüllte diesen Satz. „Egal, ob du mir hilfst oder nicht!"

Auffordernd blickte sie die Base an. Immerhin hatte diese sie gewarnt. Besaß sie auch Mumm genug, sich gegen den Brotherrn zu stellen? Denn das war er, Verwandtschaft hin oder her. „Ich bin keine seiner kostbaren Seidenballen, exquisiten Weinfässer oder seltenen Gewürze! Ich bin keine Handelsware." Sie stampfte wütend auf.

„Margarete. Beruhige dich! Offen kann ich mich keinesfalls deinem Vater widersetzen. Du übrigens solltest ebenfalls darüber nachdenken. Wir benötigen einen Plan!"

Trotzig hob das Mädchen seinen Kopf. „Was schlägst du vor?"

„Begib dich hinunter in den Salon! Lasse dir nichts anmerken und bringe diesen Abend hinter dich! Wer weiß, vielleicht findest du deinen Verlobten sogar sympathisch?" In derselben Sekunde, in der sie zu Ende gesprochen hatte, bereute sie bereits den letzten Satz.

Margarete heulte auf. Ein Dämon zur Vollmondnacht war ein laues Lüftchen dagegen.

Sogleich legte Klara ihr die Hand auf den Mund. „Vergiss das mit der Sympathie! Wir müssen Zeit gewinnen, also mache gute Miene zum bösen Spiel! Denke an die Etikette! Immer lächeln!", ... und die eigene Klugheit verbergen, fügte sie in Gedanken hinzu. Margarete war außerordentlich klug. Klara vertraute darauf, dass sie heute Abend das Richtige tat.

Also stieg die junge Frau die Treppe nach unten. Den warmen Schal, ihrem Vernehmen nach zum Schutz gegen die Kälte, um ihren Oberkörper geschlungen, stand sie die folgenden Stunden irgendwie durch. Zeigte Humor, wenn es angebracht war, senkte schüchtern den Blick und erduldete schweigsam die lüsternen Blicke des uralten Verlobten. Dankte Gott dem Herrn, nein, dankte Klara für ihre Unterstützung. Ohne vorherige Warnung hätte sie dieses entwürdigende Abendessen sicherlich nicht durchgestanden.

Dermaßen gewappnet, war es ihr möglich, das Ansinnen ihres Vaters ohne verräterische Gefühlsregung über sich ergehen zu lassen und den Antrag des sicherlich begüterten Unternehmers ohne offensichtlichen Ekel anzunehmen. Als sie sich dann zu gegebener Stunde verabschiedete und eine gute Nacht wünschte, lehnten sich die beiden Herren entspannt zurück.

„Das ging ja leichter, als ich dachte", vernahm sie, während der würzige Rauch der Zigarillos sie nach oben begleitete. Der Duft von Früchten, Anis und Vanille, den sie früher gemocht hatte, verursachte ihr plötzliche Übelkeit. Sie schleppte sich Stufe für Stufe in ihr Zimmer. Mit einem Male fühlte sie sich sterbenselend. Hoffentlich hatte Klara in der Zwischenzeit einen Plan.

TURBULENTE WAHRHEITEN

Margarete blickte auf ihre beiden Zuhörerinnen. Nun kam der schwierige Teil ihrer Geschichte, der auch für sie bis heute unerklärbare Part. Würden ihr die beiden Mädchen, die sie zwischenzeitlich ins Herz geschlossen hatte, Glauben schenken?

Sie erfasste die Palmen, deren fächerförmige Kronen sich sanft im Wind wiegten; den Brunnen in der Mitte aus farbenfrohem Mosaik, in dem ohne Unterlass wertvolles Wasser plätscherte, das saftige adrett gestutzte Gras mit all den duftenden Blumenarrangements; hörte das Schreien der kleinen Äffchen, die in Wirklichkeit zur Gattung der Zwergmeerkatzen gehörten, wie sie in der Zwischenzeit wusste; das heisere Krächzen der unzähligen bunten Vögel, die überall hockten, genüsslich Nüsse und Feigen knabberten, für die hohe Mauern, welche ihr paradiesisches Gefängnis umgaben, kein Hindernis darstellten. Sie überflogen diese ungehindert, während sie an den Boden gefesselt dasaß; als exotisches Wesen aller Wahrscheinlichkeit die putzigen wieselflinken Tierchen übertraf, zu deren Lieblingsbeschäftigung ein tägliches Bad im Springbrunnen zählte. Alles an diesem Ort unterschied sich in jedem einzelnen Detail absolut von der Welt, aus der sie kam, an die sie gerade dachte, als sie von ihren weiteren Abenteuern berichtete.

Das Unglück nahm seinen Lauf. Nur das wusste niemand, als sie ins Zimmer trat und dort Klara wartend vorfand. Wie sich herausstellte, konnte die Base mit keinem nützlichen Rat oder Plan aufwarten. Margarete umarmte sie herzlich und schob sie zur Türe hinaus. Sie benötigte Ruhe, um nachzudenken. Da ihre Grübeleien ebenfalls von keinem verwertbaren Erfolg gekrönt waren, tat sie das, was sie immer tat, wenn sie traurig oder ratlos war. Sie schlich zu ihrem älteren Bruder ins Zimmer. Es dauerte eine Weile, bis Ernst begriff, was der Vater vorhatte. Er hatte bereits tief und fest geschlafen. Sie zermarterten sich das Hirn bis die Sonne aufging, kein vernünftiger Gedanke wollte sich zeigen.

Als Margarete völlig übermüdet und mutlos beim ersten Hahnenschrei zu den Ställen schlich, erkannte Benno sie nicht mehr. Sie war ein Schatten ihrer selbst. Anstatt des fröhlichen Mädchens von gestern stand ein lebendiger Geist vor ihm. Blass und übernächtigt sah sie ihn aus geröteten Augen an. Benno hatte zwar die Statur seines Vaters geerbt, andererseits aber auch das Naturell seiner Mutter. Also fasste er Margarete am Arm und brachte sie auf kürzestem Weg in die Küche ihres Häuschens. Dort angekommen warf er der Mutter einen bedeutungsvollen Blick zu, murmelte ein paar unverständliche Worte und verschwand, so schnell wie er gekommen war. Die Haushälterin machte wenig Federlesens, setzte das bebende Mädchen auf den Sessel und einen Topf auf den Herd. Heiße Honigmilch half immer. Dermaßen versorgt, offenbarte Margarete stockend ihr gestriges Erlebnis und das Vorhaben ihres Vaters. Sie vertraute der Frau vor ihr blind. Wenn sie ehrlich war, hatte diese mehr den Platz ihrer verstorbenen Mutter eingenommen, als es Klara jemals gelungen war.

„Oder von ihr bewusst verwehrt", stellte ihre aufmerksame Zuhörerin richtig.

Margarete schwieg und Bennos Mutter überlegte kurz, bevor sie weitersprach.

„Klara hatte ein Kind. Das Kleine ist im Säuglingsalter verstorben. Dieser Vorfall hat sie gebrochen. Vor diesem schrecklichen Ereignis war Klara ein lebenslustiges Ding, genauso wie du."

„Hat sie dir das erzählt?" Margarete konnte sich beim besten Willen die Base nicht als Klatschweib vorstellen.

„Ich habe es selbst miterlebt. Klara ist hier aufgewachsen."

Verblüfft klappte das Mädchen ihren Mund auf und wieder zu.

„Du weißt rein gar nichts von diesem Landgut?" Als Margarete den Kopf schüttelte, seufzte die korpulente Frau hörbar auf.

„Dieser Landsitz befindet sich seit jeher im Besitz der Familie deiner Mutter. Er wird immer von Tochter zu Tochter weitergegeben. Bei Volljährigkeit oder bei Eheschließung. Je nachdem, welches Ereignis früher eintritt. Klara und deine Mama wuchsen hier gemeinsam auf und waren wie Schwestern. Kurz bevor deine Mutter starb, setzte sie Klara als deinen Vormund ein. Um deine Rechte zu vertreten. Vielleicht auch, um sie über den Verlust ihres Babys hinwegzutrösten."

Eine Fliege surrte durchs Zimmer, landete auf der heißen Ofenplatte und wurde binnen Sekunden geröstet. Dasselbe Gefühl brannte soeben durch Margarete. Sie war nicht dumm. Hieß das, sie war die rechtmäßige Erbin dieses Gutes? Dass der Vater sie bewusst irregeführt und kleingehalten hatte? Nein, er wollte sie um ihr Erbe betrügen! Heiratete sie den für sie bestimmten Verlobten, dann befand sich ihr Hab und Gut in allergrößter Gefahr.

„Nicht nur dein Hab und Gut, Kleines", merkte Bennos Mutter nüchtern an, die all die Gedanken, geschrieben auf Margaretes Stirn, richtig deutete. Dann tat sie etwas, wozu Klara sich nicht durchringen hatte können. Sie fasste einen Entschluss.

„Du musst in Sicherheit gebracht werden. Sofort!"

„Aber wo soll ich denn hin? Ich habe, außer Klara, keine Anverwandten. Ich mag vielleicht reich sein, verfüge hingegen über keinerlei Beweise, auch kein Barvermögen!"

Die ältere Frau lächelte. Margarete war nicht von ungefähr eine Kaufmannstochter, auch wenn sie deren Vater verachtete. Die praktische Veranlagung war ihr jedenfalls in die Wiege gelegt worden.

Just in dem Moment klopfte es an der Tür und Klara huschte in die Stube.

„Weiß sie es?" Fragend blickte sie zuerst die Hausangestellte, dann Margarete an. Beide nickten gleichzeitig.

Klara öffnete ihren Umhang und zog eine dicke Ledermappe hervor. Während sie eilends die Verschnürung öffnete, instruierte sie Margarete.

„Das ist alles, was ich über die Jahre hinweg auf die Seite legen konnte. Meine gesamten Ersparnisse. Fürs Erste wird es reichen." Klara zog ein Bündel Banknoten hervor.

„Aber, ich kann unmöglich … und wohin auch …?" Das Mädchen schüttelte mutlos den Kopf. Zählten diese Zeiten nicht längst der Vergangenheit an? In denen Frauen verschachert wurden wie Vieh … geschah das nicht gerade mit ihr? Es war eine Menge Geld, das auf dem Tisch lag, doch sie war keine fünfzehn. Allein in ihrem Alter ohne Begleitung unterwegs, das barg Gefahren, die sie sich lieber nicht vorstellen wollte. Sie war keineswegs naiv.

Bennos Mutter senkte die Stimme. „Deine Großmutter wird dich begleiten."

„Meine Großmutter?" Margarete horchte überrascht auf. „Ich habe eine Großmama?"

Sie war bis jetzt immer der Meinung gewesen, der Vater, die Base und Ernst wären ihre einzigen Verwandten. In der Ecke hinter ihr knarzte der Schaukelstuhl. Langsam drehte sie sich um. Bennos Großmutter schwang sich behände aus dem hölzernen Ungetüm, nahm den wollenen Schal von ihrem Kopf und legte die am Saum kunstvoll bestickte Decke auf die Seite. Ihr Lächeln galt einzig dem Mädchen im Raum. Dem Kind, das sie so sehr an das eigene erinnerte. Deren blondes Haar im selben Goldton schimmerte wie ihr eigenes, wenn ihres auch bereits Silbersträhnen durchzogen.

„Margarete!" Sie umarmte die völlig verdutzte Enkeltochter aufs Innigste. „Endlich ist diese Scharade vorüber!"

Margarete war nicht die Einzige, die wie vom Donner gerührt dastand. Auch Klara war zu Stein geworden und starrte die plötzlich fidel gewordene Großmutter sprachlos an.

„Wir konnten euch nicht einweihen. Es geschah auf ausdrücklichen Wunsch deiner ..." die Haushälterin kam mit dem Satz bis zur Mitte, da löste sich Klaras Erstarrung und sie fiel der Großmama in die Arme.

„Wie habt ihr das so lange geheim halten können?", schluchzte sie.

Bennos Mutter zupfte verlegen an ihrem Schürzenband.

„Es war ehrlich gesagt kein bisschen schwierig."

Die von den Toten Auferstandene übernahm den Gesprächsfaden.

„Du, Klara, bist nie in diese Hütte gekommen und mein Schwiegersohn hatte gleichfalls Besseres zu tun."

Die alte Dame wandte sich an Margarete. „Deine Mutter schickte nach mir. Als ich ankam, war es bereits zu spät. Sie war von ... uns gegangen ...", sie nestelte an den Kordeln ihres Retiküls und zog ein spitzenverziertes Tüchlein hervor, mit dem sie vorsichtig Tränen von den Augenwinkeln tupfte.

„Nachdem der gnädige Herr darauf bestand, fast das ganze Personal auszuwechseln, wussten nur mein Mann und ich von ihrer Existenz", vollendete die Wirtschafterin den Satz.

„Hier fand ich Unterschlupf, denn ich wollte unbedingt in deiner Nähe bleiben. Und das hätte dein Vater zu verhindern gewusst, nachdem er mich nicht einmal vom Tod meines eigenen Kindes verständigte." Jetzt schwieg die Großmutter erschöpft, überwältigt von wiedererweckter Trauer.

Margarete kam sich vor wie im Traum. Innerhalb weniger Minuten hatte sie eine Großmama, besaß, neben einer Menge Bargeld, ein ganzes Landgut und war der Willkür des Vaters nicht mehr hilflos ausgeliefert.

„Wusste Benno davon?"

Dessen Mutter schüttelte den Kopf. „Nein, er ist tatsächlich der Meinung, deine Großmutter sei die seine."

„Und Ernst?" Auch wenn sie die Antwort bereits kannte, hoffte zu kennen, sie musste fragen.

„Nein, dein Bruder ist ahnungslos. Er weiß gar nichts."

„Und so lange das Testament verschwunden ist, wird es auch dabei bleiben." Die Großmutter zerknüllte missmutig ihr feines Taschentuch. Dann straffte sie resolut die Schultern.

„Es hat sich kaum etwas geändert. So lange du nicht volljährig bist, kann er mit dir verfahren, wie immer er auch will."

Mit einem Seitenblick auf Klara, „Mündel hin oder her. Du hast ihm nichts entgegenzusetzen und ich möchte im Verborgenen bleiben. Vielleicht macht er ja einen Fehler und das Testament taucht auf. Womöglich dann, wenn Margarete spurlos verschwindet."

Vier Frauen steckten die Köpfe zusammen und entwickelten einen Schlachtplan.

Vom Regen in die Traufe I

Margarete peitschte der Regen ins Gesicht. Unter ihren Füßen schwankte der Boden. Sie klammerte sich verbissen an der Reling fest. Ansonsten wäre sie haltlos über die nassen Planken geschlittert, vielleicht über Bord gegangen. Seit Tagen befanden sie sich auf hoher See und sie beschlich das Gefühl, unter Deck zu verkümmern. Obwohl sie über eine sogenannte Luxuskabine verfügte, war auch das letztendlich nur ein Raum von ein paar Quadratmetern. Da gelangte man schnell von einer Wand zur anderen. Sie atmete die frische Seeluft ein und gleich ging es ihr besser. Was für eine verrückte Welt!

Eben noch in der winzigen Küche von Bennos Mutter und nun auf einer Fahrt ins Ungewisse. Zu einem Zweig ihrer Familie, von dem sie bis vor kurzem keinen Schimmer hatte. Genauso wenig wie von der Großmutter, die sich so plötzlich aus dem Schaukelstuhl schwang. Immer dagewesen und nie wahrgenommen. Margarete blickte durch die herunterprasselnden Wassertropfen nach oben, in das düstere Rauchgrau der Wolken, das, wenn sie den Kopf wieder neigte, mit dem Horizont in weiter Ferne verschmolz. Es gab keinen Unterschied zwischen dem Bleigrau der Meereswogen und dem fahlen Aquarell des Himmels. Grau in Grau. So hatte ihr Leben vor kurzem ausgesehen. Wenn man bedachte, dass sie in Richtung Freiheit unterwegs war, eigentlich ein trostloser Anblick, der sie eher an die Vergänglichkeit mahnte, mitnichten an hoffnungsvolles Streben in eigenbestimmtes Leben. Ihre Gedanken drifteten ab, einmal dorthin, einmal dahin.

Augenscheinlich stand sie die ganze Zeit hindurch unter Schock, dermaßen verschwommen nahm sie die jüngst vergangenen Ereignisse wahr. Ihre Großmutter musste über enorme Geldreserven verfügen. Mitten in der Nacht waren sie aufgebrochen, zum nächsten Hafen geeilt und die ältere Dame hatte einfach so mir nichts dir nichts die gesamte Passage mit einem großzügigen Bündel Banknoten beglichen und sich zusätzlich Verschwiegenheit erkauft. Benno war der Einzige, der sie begleitete. Er beharrte auf seine Anwesenheit, zumindest bis sie sicher auf dem Schiff ankäme, zu ihrem Schutz, wie er sagte. Scheu hatte er ihr einen Abschiedskuss auf die Wange gedrückt und irgendetwas von ... ich werde auf dich warten ... oder ... ich werde dich finden ... oder ... ich werde dir folgen ... gemurmelt. Sie hatte die geflüsterten Worte kaum verstanden und fragte nicht nach. Die Situation war ohnehin beängstigend genug. Auch ohne sein Zutun. Margarete hatte ihre Mutter nie gekannt, allerdings wenn sie ihre Großmutter anblickte, dann glich diese dem Abbild im Medaillon ihres Bruders auf verblüffende Weise. Natürlich um Jahre älter, nichtsdestoweniger der Schwung des energischen Kinns und der intensive Blick aus blauen Augen waren eins. Es war das gleiche Profil, das sie, wenn sie sich schnell genug umdrehte, im Spiegel erhaschte.

Die Mutter ihrer Mutter lebte! Wie ein Kaninchen aus dem Zylinder eines begnadeten Zauberers war sie aufgetaucht! Irgendwo gab es eine Familie, die sie, nach einer eilig verschickten Depesche, mit offenen Armen empfinge. Viel zu wenig Zeit war zur Verfügung gestanden, um sich auszutauschen, um alle Beweggründe des Versteckspiels zu erfahren, um sich näher kennenzulernen. Nach der Besprechung in der Küche packte Klara das Notwendigste in einen kleinen Koffer und drückte ihn ihr in die Hand. Eine letzte Umarmung von der Frau, die sie ein Leben lang auf Distanz gehalten und in jenen Stunden vor einem Albtraum bewahrte hatte. Vor der Heirat mit einem Mann, der, wie sich herausstellte, mindestens viermal so alt wie sie selbst war. Der es nicht einzig auf ihre Tugend, sondern unter Umständen, auch auf ihr Erbe abgesehen hatte. Margarete fühlte, wie Ekel in ihr hochstieg. Sie bemühte sich mit aller Kraft, sich nicht zu übergeben. Das ständige Auf und Ab des Schiffes erschwerte dieses Ansinnen. Abermals dachte sie zurück. Klara war es unmöglich, sie zu begleiten, das wäre zu auffällig gewesen. Sie musste die Stellung halten und weiterhin die fügsame Base spielen. Der Verbleib der Großmutter auf dem Gut war beschlossene Sache, die ein wachsames Auge auf den Vater werfen wollte. Wenn es hart auf hart käme, die Interessen ihrer Enkelin wahrte. Durch die immer häufiger werdenden Besuche in zweifelhaften Etablissements, meist verbunden mit ausschweifenden Alkoholexzessen, bestand die Gefahr, dass der Vater das Gestüt oder gleich das gesamte Landgut zu Geld machte, um seine Verbindlichkeiten zu begleichen. Klara hatte von den Schuldscheinen berichtet, die sie vor nicht allzu langer Zeit vom Boden aufgesammelt hatte. Dem galt es einen Riegel vorzuschieben, bis Margarete volljährig zurückkehrte und das Erbe gesichert, durch das bis dahin hoffentlich gefundene Testament. Ihr Leben geriet soeben aus den Fugen, sie fühlte sich im freien Fall. Der Gedanke daran, ihre Heimat verlassen zu müssen, dem Bruder zu misstrauen, die Großmutter zu verlieren, die sie erst gefunden hatte, dies alles ließ ihr ohnehin angespanntes Nervenkostüm vibrieren. Sie war streng genommen vierzehn! Ein Kind also! Schutzlos, völlig auf sich gestellt, fuhr sie einem ungewissen Schicksal entgegen, fürchtete den eigenen Vater. Sicherlich, die Überfahrt war organisiert und bei ihrer Ankunft stünde jemand am Kai und nähme sie in Empfang. Wobei jetzt! Jetzt war sie allein! Mutterseelenallein! Saurer Geschmack kroch die Speiseröhre hoch und legte sich auf ihre Zunge. Panisch blickte sie um sich. Kein Putzeimer oder sonst irgendein Behältnis fand sich in Reichweite. Sie kam nicht umhin, beugte sich vornüber und ihr Mageninhalt ergoss sich schwallartig auf die dunklen, nassen Dielen. Keuchend richtete sie sich auf. Hoffentlich gab es keine Beobachter des peinlichen Vorfalles.

„Eventuell wäre das hier hilfreich?" Ein blütenweißes Taschentuch wurde ihr gereicht. Es roch frisch, nach Minze und einem Hauch von Lavendel. Mit äußerster Vorsicht tupfte sie mit dem seidenweichen Kleinod ihre Lippen ab. Ein einzelner Buchstabe zierte das Tüchlein als Monogramm, ein in sich verschlungenes D. Besaß der Mensch keinen Nachnamen? Kaum wagte sie hochzublicken, wer da so plötzlich neben ihr stand, ihre Misere offensichtlich miterlebt hatte. Irgendwann musste es wohl oder übel sein. Sie hob den Kopf und sah dem faszinierendsten Mann ins Gesicht, den es auf Erden gab. Oder war es ein Engel, den ihr der Himmel in seiner Barmherzigkeit schickte? Der für alle Zukunft an ihrer Seite blieb? In seinen Augen spiegelte sich das Paradies, so verheißungsvoll war der Blick. Ein nie gekanntes Hochgefühl brandete hoch. Niemand konnte ihr etwas anhaben! Ihr stand ein persönlicher Schutzengel zur alleinigen Verfügung. Das überirdische

Wesen lächelte und wies die grauen Nebelfetzen in ihre Schranken. Die ganze Welt rundum erstrahlte in einem mystischen Leuchten.

„Was wünscht du dir am meisten auf dieser Welt?" Seine Stimme klang magisch, wie die reinste Himmelsmusik. Eine Komposition, in der Sonne, Mond und Sterne funkelnd zueinander fanden, sich zu einer zauberischen Symphonie vereinten, die uneingeschränkte Möglichkeiten beinhaltete. Sie brachte eine Saite in ihr zum Klingen, die ihr völlig fremd war.

Was wünscht du dir am meisten auf dieser Welt? Der Nachklang seiner Worte drang bis in die letzte Faser ihres Körpers. Was war tatsächlich ihr sehnlichster Wunsch, wenn sie nur einen frei hatte? Von der Einzigartigkeit dieser Möglichkeit war sie überzeugt, das musste ihr eleusinisches Gegenüber nicht extra betonen. Durch ihren Kopf zog ein Wirbelsturm. Entfachte diverseste Begehrlichkeiten, nie dagewesen, gerade jetzt verlockend, ließ diese hoch in die Lüfte flattern und dann kraftlos zu Boden segeln. Nein, das waren keinesfalls die richtigen Wünsche. Es musste etwas Besonderes sein. Etwas, das sonst niemand erfüllen konnte. Ein Wunsch, der einmal ausgesprochen, die Hoffnung auf weitere verwirkte, aus diesem Grund der perfekten Formulierung verpflichtet.

Der Mann, dessen Blick sich nun verdunkelte, ließ sie nicht aus den Augen. Er bemerkte ihren inneren Kampf.

„Wähle gut! Er geht in Erfüllung und kann unter keinen Umständen zurückgenommen werden!"

„Unerheblich, wie fantastisch er ist? Mein Wunsch wird wahr?" Margarete versicherte sich ein letztes Mal.

„Gewiss! Ohne Frage! Ich erfülle dir einen Wunsch. Auf keinen Fall drei."

Der Fremde hatte zweifelsohne in ihren Gedanken gelesen. Üblicherweise erfüllten Zauberwesen immer drei Wünsche, war ihr soeben durch den Kopf gegangen. „Nicht in meiner Welt." Angelegentlich blickte der Hochgewachsene in die Ferne. Ihr fiel erst jetzt auf, wie groß er war. Nun, Schutzengel waren sicher etwas größer als der Rest der Bevölkerung. Zählten Schutzengel eigentlich zur irdischen Allgemeinheit? Träumte sie? Alles schien unwirklich und zur gleichen Zeit verlockend machbar.

„Das Zeitfenster schließt sich." Die virtuose Stimme brachte ihr Herz zum Frohlocken, riss sie aus ihren Grübeleien. Sein Angebot unterlag einer zeitlichen Begrenzung! Das durfte sie keinesfalls riskieren.

Sie nickte zustimmend. Der Engel beugte sich nach unten und sie flüsterte ihm ihren Wunsch in sein Ohr.

Verblüfft richtete er sich auf, zog eine Augenbrauche hoch. Dennoch sprach er die gewichtigen Worte. „Dein Wunsch sei dir erfüllt, kleine weiße Blume."

Als seine Konturen verschwammen und Margarete schwarz vor Augen wurde, befiel sie eine fürchterliche Ahnung. Ein lauter Knall drang in ihr Bewusstsein, dann umfing sie gnädige Ohnmacht.

Vom Regen in die Traufe II

Scheherazade und Dinharazade verschluckten sich fast an den süßen Datteln, von denen sie gerade naschten. Nachdem sich ihr Hustenanfall gelegt hatte, starrten beide voll Entsetzen auf das blasshäutige Mädchen mit den traurigen blauen Augen.

„Du hast dir von einem Dschinn etwas gewünscht?!"

„Ich hatte keine Ahnung, wer oder was mir zu Hilfe geeilt war!" Margarete schüttelte erbost ihren Kopf, sodass die blonden Locken in der Sonne aufblitzten. „Woher sollte ich wissen, dass es ein Dschinn ist. Bei uns gibt es Hexen und Feen, Trolle und Wichtel, von mir aus Zwerge, die alle miteinander meist kein freundliches Volk darstellen. Überaus attraktive Geistwesen, die mit bezirzenden Worten Gutes vorgaukeln und Böses wollen, sind in unseren Märchen selten zuhause!" Das entsprach natürlich nicht ganz der Wahrheit. Margarete wusste das. Sie war jedoch nach wie vor wütend. Wütend auf den Dschinn, am meisten wütend auf sich selbst.

Die beiden Schwestern blickten sich an.

„Nun ja, Dschinn sind alles andere als zwingend böse. Es gibt auch Dschinn, die vor Krankheiten oder Dieben schützen, … wenn man sie darum bittet."

Dinharazade nickte bestätigend.

„Sie lieben die Feuchtigkeit. Darum erstaunt es mich nicht, wenn ein Dschinn auf einem Schiff zu finden ist. Ziemlich weit weg von seiner Heimat. Wahrscheinlich ist er bloß versehentlich dort gelandet und saß dann fest."

Scheherazade fuhr fort. „Was hast du dir denn gewünscht?"

Einen Augenblick herrschte Stille zwischen den Dreien. Um nicht zu sagen, auch die Papageien und Meerkatzen hörten auf zu krächzen und zu kreischen. Einzig das Wasser im Brunnen plätscherte munter weiter.

Margarete zog ein zerknautschtes Tüchlein hervor. Verlegen zupfte sie daran. „Ich kann es euch nicht verraten. Jetzt noch nicht!"

Scheherazade nickte verständnisvoll. „Wir warten auf den richtigen Zeitpunkt ... aber, was trat ein, nachdem du deinen Wunsch kundgetan hattest?" Beide Mädchen blickten sie erwartungsvoll an.

Margarete atmete den Duft von Minze und Lavendel ein, und sofort befand sie sich wieder auf dem Schiff, wo sie soeben aus der Ohnmacht erwachte. Vorerst meinte sie, es hätte keine Veränderung stattgefunden. Außer dass der geheimnisvolle Fremde spurlos verschwunden war. Bald darauf bemerkte sie, dass sie auf einem völlig anderen Boden lag. Das Holz unter ihr war gröber, rissiger und staubtrocken. Überhaupt hatte sich das Wetter selbst verändert. Die dunstverhangenen Wolken waren wie weggeblasen und eine strahlende Sonne stand am blitzblauen Himmel, schickte ihre sengenden Strahlen nach unten. Margarete rappelte sich auf. Ihr war unerträglich heiß in ihrem schweren Stoffkleid und der knielangen Pelerine. Als sie endlich stand und über die Brüstung blickte, traute sie ihren Augen nicht. Ein Schiff fuhr achtern auf sie zu, längsseits flogen Seile mit Haken durch die Luft, einige sausten gefährlich nahe an ihrem Kopf vorbei, krallten sich an der Reling fest und zogen ihre Galeere heran. Eine

Meute von bärtigen und wirklich wildaussehenden Männern schwang sich wie eine Horde altnordischer Berserker zu ihr herüber. Instinktiv ließ sich das Mädchen zu Boden gleiten und robbte hinter die nächsten Fässer in unmittelbarer Nähe, wobei es mit seinem Mantel öfter als ihm lieb war, an scharfkantigen Splittern hängen blieb. Sein Herz trommelte so laut im Brustkorb, dass es vermeinte, Kanonenschüsse zu hören. Was natürlich unsinnig war, den in der Zwischenzeit schaukelten die Schiffe ruhig Seite an Seite. Die Handvoll Besatzung leistete keinen ernstzunehmenden Widerstand, trottete über einen schwankenden Steg, an den Händen gefesselt und mit Stricken aneinander gebunden, auf das kapernde Schiff. Margarete lugte hinter den Fässern hervor. Was sie sah, trug keineswegs wesentlich zu ihrer Beruhigung bei. Hoch oben am Mast flatterte eine Flagge im Wind. Eine schwarze Flagge, auf der ganz eindeutig ein Totenschädel mit zwei gekreuzten Knochen zu sehen war. Wo war sie gelandet? Handelte es sich bei diesem Gefährt um ein Überbleibsel aus einer Epoche vor ihrer Zeit? Derart abgelenkt ließ sie ihre unmittelbare Umgebung außer Acht, bis ... ein harter Griff sie am Nacken hochzog und auf die Beine stellte.

„Ay – was haben wir denn da? Welches Vögelchen ist uns ins Netz gegangen?"

Der Pirat, der sie gepackt hatte, es war eindeutig ein Pirat, sprach mit breitem Akzent und spuckte eine grauenhafte, breiartige, braune Masse in hohem Bogen auf das Deck. Gott sei Dank mit dem Wind, denn Margarete mochte sich nicht vorstellen, mit dieser ekelerregenden Substanz in Berührung zu kommen. Im Nachhinein gesehen stellte sich jene Befürchtung als geringster Teil ihrer Sorgen heraus. Sie wurde mehr geschleppt, als sie selber ging und abschließend mit Schwung auf die Planken geschubst. Ein Getuschel setzte ein, während sie bewegungslos am Boden liegen blieb. Sie hatte soeben beschlossen, sich totzustellen. Was sich als äußerst schwierig erwies. Denn erstens plagten sie Hitze, Durst und Hunger und zweitens eine unbezwingbare Neugierde. Letztendlich hob sie doch den Kopf.

Sie musste wirklich in einem anderen Jahrhundert gelandet sein! Oder auf einem Ausflugsboot mit einer ausgesprochen authentischen und hochengagierten Künstlertruppe. Mehr als ein Dutzend Männer, jeder vom Aussehen her wilder und ungehobelter als sein Nachbar, standen im Halbkreis um sie. Mit breitem Grinsen und oftmals beachtlichen Zahnlücken starrte die Horde auf sie herab. War die Kostümierung der Bärtigen und Langzottigen durchaus beachtenswert, verblasste sie gegen die des Kapitäns.

Der stand mit dem Rücken zu ihr, trug eine kurze, bauschige Hose, an den Knien gebunden und eine lange blaue Jacke. Seine Füße steckten in bunten Strümpfen und feinen Lederschuhen. Was dabei zuallererst ins Auge stach, war der farbenfrohe Hut, geschmückt mit langen Federn, die im Takt der Wellen auf und ab wippten.

Margarete rappelte sich hoch. Sie wollte keinesfalls auf Knien ihrem Schicksal entgegensehen. Wo war sie da bloß hineingeraten? Und wo befand sich ihr Schutzengel? Langsam drehte sich die hochgewachsene Gestalt um und das Mädchen bekam vor Überraschung den Mund nicht mehr zu. Der Kapitän war ... eine Kapitänin! Mit ihrem glänzenden schwarzen Haar, den leicht mandelförmigen, braunen

Augen und dunkler Hautfarbe eine exotisch anmutende Person, und ganz eindeutig eine Frau.

Diese wiederum musterte ihr Vis-à-vis wie ein seltenes Insekt, warf ihrer Mannschaft ein paar unverständliche Worte zu, die sich daraufhin grölend auf die Schenkel klopfte. Es konnte nichts Gutes gewesen sein, das für derartige Erheiterung bei den Piraten sorgte.

„Wie alt bist du?" Ihre Stimme klang spröde, während sie ihre Gefangene aufmerksam beobachtete, die verstockt schwieg. „Egal, ich schätze dich jedenfalls auf ... noch keine achtzehn." Nach einer kurzen Pause. „Mit Verlaub?" Sie kam näher und knöpfte den bodenlangen Umhang auf. Sinnierend betrachtete sie die Figur unter dem festen Wollkleid. „Höchstens sechzehn und hoffentlich Jungfrau?", murmelte sie leise zu sich selbst.

Margaretes Erröten war Antwort genug.

Ein Lächeln umspielte die Lippen der Kapitänin. „Er wird dich mit Gold aufwiegen."

Dann nahm sie eine der seidenweichen Locken und wickelte sie um ihren Finger. Unvermutet riss sie mit Ruck daran, sodass Margarete einen Schmerzenslaut nicht unterdrücken konnte.

„Mein kleiner, glänzender Vogel. Du wirst dir ein dichteres Federkleid zulegen müssen." Ihr Kopf beugte sich zu ihrem Ohr. „Ich weiß den perfekten Käufer für dich. Und damit hast du ausgesprochenes Glück. Denn sein Herr behandelt Frauen gut." Sie flüsterte weiter. „Zumindest für eine Nacht. Danach lässt er sie köpfen!"

Sie gab ihren Männern einen Wink und einen knappen Befehl, abermals in einer rauen, fremden Sprache. „Du kannst dich glücklich schätzen, deine Qual wird von kurzer

Dauer sein. Es gibt Schlimmeres!" Damit wandte sie sich endgültig um. Zwei der Piraten nahmen die Gefangene in ihre Mitte und führten sie vorsichtig wie ein rohes Ei auf ihr Schiff.

Margarete kämpfte um ihre Fassung. Wenn das stimmte, was sie befürchtete, war sie in Scheherazades Welt gelandet. Die Geschichten aus 1001 Nacht kursierten gerade als heißbegehrte Lektüre und Gesprächsstoff Nummer 1 unter den Damen ihrer Gesellschaft. Sie konnte nur hoffen, dass diese außergewöhnliche Frau mit ihren Erzählungen bereits begonnen hatte, sonst sah ihre Zukunft in der manifestierten Vergangenheit finster aus.

Das hässliche Entlein

Zwei Tage segelten sie übers Meer. Obwohl Margarete in ihrem gewirkten Wollkleid wie in einem viel zu engen Fass steckte, der Schweiß ihr in Bächen den Rücken hinabrann, sie ständig einem Hitzeanfall nahe war, weigerte sie sich standhaft, in loseres Gewand zu schlüpfen. Zu sehr erinnerte sie das durchsichtige, feine Gewebe, das für sie bereit lag, an ihren letzten Abend zuhause. Wie es Klara ergangen war? Und welche Lügen tischte man Ernst über ihr Verschwinden auf? Manches Mal tauchte Bennos Gesicht unvermittelt empor. Verschwommen nur mehr. Sein offenes Lächeln half ihr, wenn sie das Gefühl hatte, bodenlos zu fallen, die Angst sie zu verschlingen drohte. Was war nur in sie gefahren? Unmöglich konnte es ein Schutzengel gewesen sein, dem sie ihren Wunsch anvertraut hatte. Er wäre längst vom Himmel herabgestiegen, um sie zu retten.

Am Nachmittag des zweiten Tages suchte die Anführerin sie in ihrer Kajüte auf. Einige der Piraten hatten sich in Margaretes Beisein in einer Sprache unterhalten, die sie zumindest ansatzweise verstand, und deshalb kannte sie zwischenzeitlich Fragmente der Geschichte der Piratenkapitänin.

Wenn das stimmte, was sie gehört hatte, stammte diese bemerkenswerte Frau aus einer adeligen Familie. Wann und warum sie zur Piraterie kam, hatte Margarete noch nicht herausgefunden. Auf alle Fälle wurde bereits in jüngsten Jahren aus einer Dame der besten Kreise die mächtigste Piratenkönigin der westlichen Meere. Ihre

Mannschaft war ihr treu ergeben und ihr Wort Gesetz in diesen Breiten.

Jene rätselhafte Abenteurerin kam nun zur Tür herein und setzte sich auf einen der mit glitzernden Fäden gewirkten, weich gepolsterten Stühle. Wäre Margaretes Schicksal mit dem Verkauf auf einem Sklavenmarkt nicht besiegelt gewesen, hätte sie diese Reise gewiss genossen. Auf dem Schiff herrschte unvorstellbarer Luxus. Prachtvolle Teppiche bedeckten die massiven Dielen ihrer Kabine, das Bett war riesig und äußerst bequem, dazu mit zahlreichen bestickten Kissen überhäuft, jedes einzelne ein Kunstwerk für sich. Schwere Möbel aus dunklem Holz, auf Hochglanz poliert, boten ausreichend Stauraum und goldgerahmte, extrem wertvoll wirkende Bilder schmückten die Wände der großzügig angelegten Kajüte. In einem etwas zurückgesetzten Bereich stand tatsächlich eine gewaltige Badewanne, auf die das Piratenoberhaupt nun wies. Dampf stieg daraus auf. Sie musste mit warmem Wasser gefüllt worden sein, während sie im Salon zu Mittag gegessen hatte. Ja, es gab wirklich einen separaten Raum um zu dinieren, und anscheinend die Möglichkeit, ausreichend Wasser zu erhitzen, um das Monstrum in ihrem Rücken zu füllen.

„Du wirst jetzt ein Bad nehmen!"

Margarete erstarrte. Sie ahnte, was das zu bedeuten hatte.

„Danach ziehst du das an!" Die heute Ton in Ton gekleidete Piratin wies auf pfirsichfarbenen Stoff, den sie über die Sessellehne gefächert hatte.

„Ich selbst werde dir zur Hand gehen. Meine Männer würden für mich sterben, hingegen bei dieser Angelegenheit", sie wies auf die Badewanne, „gehen wir lieber auf Nummer sicher." Sie schnippte mit den Fingern. „Beschädigte Ware lässt sich niemand gerne unterjubeln. Es geht da schließlich auch um meinen Ruf."

Margarte schwieg verschreckt. In ihrem Kopf entstand ein Wirbelsturm. Wovon sprach die Frau? Beschädigte Ware? War die momentane Situation nicht schlimm genug? Gab es noch Grauenhafteres, das auf sie lauerte? Die düsteren Gedanken hatten auch etwas Gutes, lösten ihren Körper aus der Erstarrung. Sie musste ihr Schicksal wieder in die eigene Hand nehmen ... soweit irgend möglich. Krampfhaft versuchte sie, sich zu erinnern. Niemals wurde je eine Stadt konkret genannt, in der der sagenumwobene König der Könige herrschte. Eines wusste sie freilich mit Sicherheit. Dieses Reich grenzte keinesfalls ans Meer.

Ungeduldig wippte die Kapitänin mit einem Bein hin und her und wies bestimmt auf das gigantische, weißglänzende Ungetüm. So kam es also, dass Margarete unter der Obhut einer völlig fremden Frau, auf hoher See, ein Bad in einer übergroßen Wanne nahm. Rosenblätter umtanzten sie, es roch nach Zimt und Vanille, nach Düften, so vielfältig, dass sie es aufgab, diese zuzuordnen. Die Piratin schrubbte ihre Haut mit einem groben Schwamm, bis sie unter der schäumenden Seife fast verschwand; wusch ihr das lange Haar, massierte eine breiige, gleichfalls duftende Creme ein und entfilzte es hierauf andächtig.

„Wie alt bist du wirklich?", fragte sie plötzlich, während sie die goldblonde Mähne entwirrte.

Margarete zuckte mit den Schultern. Es machte so und so keinen Sinn, daraus ein Geheimnis zu machen. In ihr keimte Hoffnung auf. Womöglich hatte ihre Gefängniswärterin Erbarmen, wenn sie ihr wahres Alter erfuhr. „Ich werde fünfzehn. In ein paar Monaten." So fern ich meinen Geburtstag überhaupt erlebe, fügte sie in Gedanken hinzu. Die Hand über ihrem Kopf stockte kurz. Ein Finger streifte andächtig ihren Oberarm.

„Du wirst mir ein Vermögen einbringen."

Der grobzinkige Kamm zerrte weiter an ihren Haaren und Margarete wurde schlecht. Sie fühlte sich schutzlos in ihrer Nacktheit. Für das Mädchen, ohne Mutter aufgewachsen, war es ungewohnt und beschämend, von einer völlig Fremden in dieser Art und Weise berührt zu werden. Auch wenn diese äußerste Vorsicht walten ließ, ihr selbst drehte es beinahe den Magen um. Eine weitaus heftigere Übelkeit suchte sie heim, als sie schlussendlich frisch gebadet, von oben bis unten eingeölt, fertig angekleidet, vor einer Art Spiegel stand. Sie sah umwerfend aus. Mit geübter Hand war es der Piratenkönigin gelungen, aus ihr eine Schönheit zu zaubern. Ihre Haut schimmerte rosig, die locker hochgesteckten Haare glänzten mit dem seidigen Apricot ihres luftigen Kleides um die Wette, das sich im gebotenen Maße an ihre schmale Figur schmiegte. Ein Spiegelbild reinster Unschuld blickte ihr entgegen. Zuhause, vor ihrem ersten Ball, wäre sie über diese Metamorphose voraussichtlich entzückt gewesen. Allerdings heute! Entsetzt wandte sie sich ab. Ihr blieb weder die Zeit in eine Ohnmacht zu flüchten, noch die des Aufbegehrens. Die Kapitänin schob sie auf einen der gepolsterten Sessel, kniete nieder, fasste nach ihren Beinen und streifte ihr silbrige Sandalen über. In etwas Derartiges war Margarete noch nie geschlüpft. Das glänzende Leder war butterweich und schmiegte sich wie eine zweite Haut an ihre Füße.

„Lass uns gehen, Kleines!" Zu guter Letzt bekam sie einen Hauch von Schleier, der sie vom Kopf bis zu den Füßen verhüllte, übergeworfen, wurde am Arm gepackt, an Deck gebracht und dann saß sie auch schon im Beiboot. Während sie an Land gerudert wurden, wandte sich Margarete noch einmal um. Die rotglühende Sonne schickte sich soeben an, ins dunkle Meer zu gleiten. Dunstige Schleier lagen über der ruhig daliegenden See, milderten das gleißende Funkeln am Horizont. So konnte sie, verborgen unter dem Schleier und ohne die Augen zu schließen, diesem Naturschauspiel beiwohnen. Das feurige Bild für immer und ewig in ihrem Herz verwahren, vielleicht, um in trostlosen Stunden daraus Kraft zu schöpfen.

DER SCHWAN

Mit der Zeit schmerzte ihr Rücken, die Hände zitterten, sobald sie ihre Fäuste öffnete, und das Herz pochte schneller als das Stakkato der Trommeln, deren Töne bis hierher, in die winzige Kammer drangen. Margarete atmete heftig ein und aus. Seit Stunden saß sie auf der ungemütlichen Steinbank und harrte der Dinge. Die Piratenanführerin hatte sie höchstpersönlich in diesen Raum geführt und daraufhin alleingelassen. Ein musternder Blick, eine kräftige Hand auf der Schulter, die sie nach unten drückte und ein kurzes Hochziehen des Mundwinkels.

„Mach mir keine Schwierigkeiten!"

Das war alles, dann war sie verschwunden. In regelmäßigen Abständen vernahm Margarete durchdringendes Quietschen von sperrigen Türen, wenn diese in unmittelbarer Nähe geöffnet und wieder geschlossen wurden. Manches Mal hörte sie gedämpftes Wimmern oder haltloses Weinen, derweil ständig ein Grölen und Gejaule, wie die Wellen des Ozeans, auf und abschwellend. Mal lauter, mal leiser. Ihr Brustkorb wurde eng und enger. Nicht einmal in ihren schlimmsten Albträumen hatte sie sich jemals in einer derartigen Situation gefunden. Gestrandet in einer furchteinflößenden Welt, gefangen in einem anderen Jahrhundert. Letzteres wurde aufgrund ihrer Beobachtungen zwischenzeitlich zur quälenden Gewissheit. Schritte näherten sich, machten Halt vor ihrer Tür und ein Schlüssel drehte sich im Schloss. Ächzend öffnete sich ihr Gefängnis und ein gewaltiger Koloss, mit einer Haut schwarz wie Ebenholz, winkte sie heran. Margarete erhob sich.

Sie wollte tapfer sein und sich keine Blöße geben. Also schluckte sie ihre Angst hinunter, nahm eine kerzengerade Haltung ein und folgte dem Schlüsselwärter. Diese Funktion teilte sie ihm insgeheim zu, denn um seine mächtige Taille schlang sich eine Kette, an der unzählige Schlüssel baumelten. Der wogende Lärm wurde lauter, doch das Knirschen ihrer Zähne übertönte diesen um einiges. Ein schwerer Vorhang stoppte sie, wobei sich sogleich ein Spalt öffnete, durch den sie hindurchgeschoben wurde. Da stand sie nun plötzlich auf einem hölzernen Podium und sah sich einer Horde fremdländischer Männer gegenüber. Der feine Schleier, der sie von Kopf bis Fuß verhüllte, nahm ihr etwas die Sicht, fungierte im umgekehrten Sinn als dringend benötigter Schutzmantel. Schemenhaft nahm sie die weiten, bunten Gewänder, gebundenen Turbane oder kleinen Hütchen auf den Häuptern der zahlreichen Schaulustigen wahr. Harte, kantige Gesichtszüge reckten sich ihr neugierig entgegen, andere wirkten fast weibisch mit teigigen, runden Wangen, mindestens genauso interessiert. Krause Bärte und buschige Augenbrauen zierten die einen, wulstige Lippen und weiche Babyhaut die anderen. Allen gemein waren große dunkle Augen, die sie unverhohlen anstarrten. Das Getöse erstarb. Mit einem Male wurde es still im Raum. Sehr still und von kurzer Dauer. Denn gleich darauf vibrierte die Bühne unter Margaretes Füßen. Die Anwesenden sprangen auf und stießen gellende Schreie aus, die die Ohren des Mädchens quälten, ihr mutiges Herz peinigten. Margarete konnte das Schaudern nicht mehr unterdrücken. Kaltes Frösteln lief über Schultern und Arme, die Wirbelsäule nach unten und machte die Knie weich.

„Sie wollen, dass du den Schleier abnimmst!"
Wie aus dem Nichts stand die Piratin hinter ihr. Margarete hätte niemals gedacht, dass sie ihre Anwesenheit begrüßen würde. Der besonnene Klang ihrer Stimme beruhigte sie und ihren Herzschlag gleichermaßen.

„Du wirst jetzt strahlen! Nicht die Zähne blecken! Ein Zuviel ist in deiner Situation absolut unangebracht. Ich will ein schüchternes, ein - *später mehr von mir* - Lächeln sehen. Bekommst du das hin?"

Die Kapitänin nestelte an dem feinen Gewebe. Margarete nickte stumm. Sie hatte keine Ahnung, welche Art von Mienenspiel der Frau vorschwebte. In diesem Moment dachte sie an Benno. Benno, den Freund aus Kindertagen, sein letzter schüchterner Kuss auf die Wange, sein Versprechen, dessen genauer Wortlaut ihr bis heute verborgen geblieben war. Sein strahlendes Lächeln, das sich vor all die Gesichter der Menge schob und ihren Blick verklärte, denn der Schleier war weggezogen. Margarete sah nur Bennos Gesicht, das Funkeln in seinen Augen und sein Grinsen, von einem Ohr zum anderen. Dieses Bild konnte ihr niemand nehmen, genauso wenig wie das des unvergesslichen Sonnenuntergangs, das sich just in diesem Augenblick über den gesamten Raum ausbreitete. Margarete nahm weder das gierige Funkeln der dunklen Augen noch den geifernden Speichelfluss, mit dem bloßen Handrücken weggewischt, wahr. Das lauthalse Geschrei und hektische Gefuchtel mit den Armen wurde eingehüllt in stilles Abendrot und sanftes Plätschern von Wellen. Erst, als leises Getuschel hinter ihr einsetzte, erwachte sie aus ihrem tranceartigen Zustand. Da war längst alles vorüber. Die Piratin warf ihr das feine Gespinst über den

Kopf und führte sie von der Bühne. Zufriedenheit und Frohsinn spiegelten sich in ihrer Miene. Augenscheinlich hatte sie die Erwartungen ihrer Entführerin mehr als erfüllt. Margarete war es einerlei. Schweigend folgte sie der hochgewachsenen Gestalt vor ihr und ließ sich widerstandslos in eine Art Kabine auf dem Rücken eines Kamels befördern. Gebettet auf weichen Pölstern, umgeben von bunten Kissen, mit der Aussicht auf ein Dach aus prächtigen, reichbestickten Stoffen und einem baldigen Tod, ergab sie sich ihrem Schicksal. Baumelnde Fransen und Quasten aus farbiger Wolle begleiteten fröhlich tanzend ihre triste Reise, während all die Verzierungen aus Muschel- und Perlenschnüren bei jeder Bewegung ihres Tragetiers leise klapperten, sie an verdorrte Knochen und die Vergänglichkeit des Lebens erinnerten.

Der erfüllte Wunsch I

Wie im Traum erlebte sie die folgenden Tage. Abgeschottet durch blickdichte Vorhänge schaukelte sie hoch über dem Wüstensand. Ihre Kabine, später erfuhr sie, dass es sich um eine Sänfte handelte, war äußerst geräumig. Sie konnte mit dem Rücken angelehnt sitzen und nach draußen spähen, oder sich bequem ausstrecken und in einen unerquicklichen Schlaf fallen. Meist rollte sie sich zusammen oder kauerte in einer Ecke. Obwohl sie oft des Nachts unterwegs waren, ließ sich ein Marsch tagsüber nicht immer vermeiden. Die reichbestickten Vorhänge rundum boten zwar ausreichend Schutz vor sengenden Sonnenstrahlen, nichtsdestotrotz wurde es unangenehm heiß in ihrem, wenn auch luxuriösen, Gefängnis. An solchen Tagen war sie froh, wenn der Abend nahte. Dann nämlich machte die Karawane Halt, das Kamel kniete sich auf einen knappen Befehl seines Führers nieder und sie konnte aus der Sänfte klettern. Zu Beginn wurde sie auf Schritt und Tritt beobachtet. Da sie sich allerdings niemals zu weit vom Lager entfernte, nahm man es mit der Bewachung lockerer. Wohin sollte sie auch fliehen? So weit das Auge reichte, gab es nur die endlose Wüste. Sie wusste, nein, sie hoffte inständig, dass dort, wo sich im Dunst Sand und Himmel trafen, die Geschichte von tausendundeiner Nacht bereits begonnen hatte. Bei ihren Streifzügen folgten ihr eigentlich nur die Blicke der Kamele aus dunklen, dichtbewimperten Augen, die immer ein wenig Melancholie ausstrahlten. Margarete gewöhnte sich erstaunlich rasch an die Geräuschkulisse, die in diesem Ödland herrschte. Vor allem das Gurren, Brummen und Gluckern während der Rast, das die an den Beinen zusammengebundenen Tragetiere verursachten, wiegte sie in den Schlaf. Einzig, wenn sie während des Beladens aus vollem Halse schrien, fuhr ihr jedes Mal der Schreck in die Glieder. Die ansonsten sanftmütigen Riesen konnten außerordentlich erbost werden, wenn ihnen etwas gegen den Strich ging. So verging ein Tag nach dem anderen, ohne erwähnenswerte Zwischenfälle. Hoffte das Mädchen vorab auf einen Raubüberfall auf die Karawane mit inkludierter romantischer Rettung durch den Hauptmann der Bande, verwarf sie diesen Gedanken recht schnell. So wie es aussah, war sie eine Gefangene, eine wertvolle Ware, die möglichst ohne Schaden von A nach B transportiert werden sollte. Ihre momentanen Wärter behandelten sie zumindest fürsorglich, ja, sie wurde fast verhätschelt. Weder litt sie Durst noch Hunger, ständig fragte jemand nach ihren Wünschen, auch wenn sie nicht alles verstand, was die meist dunkelhäutigen Dienstboten von ihr wollten. Sie waren ihr wohlgesonnen. Wer weiß, wie ihr Leben als Mitglied einer Räuberbande aussähe? Später, wenn sie an diese Reise zurückdachte, schalt sie sich selbst für ihre Naivität. Die dunkelhäutigen Dienstboten, die allesamt als Sklaven ihr Dasein fristeten, waren ihr keineswegs wohlgesonnen. Allein der Umstand, dass sie der oberste der schwarzen Eunuchen des aufsehenerregendsten Harems zu jenen Zeiten gekauft hatte, verschaffte ihr die angediehene Sonderbehandlung und schützte sie vor gewaltsamen Übergriffen, inszeniert von einzelnen Haremsdamen, die ihren Rang gefährdet sahen. Aber diese Gefahr erwies sich als äußerst gering, wie sie bei ihrer Ankunft feststellte. Wie eine Fata Morgana war er aufgetaucht. Der sagenumwobene Palast, mit all seinen Kuppeln, Zinnen und Türmchen, schimmerte rotgolden im Sonnenuntergang. Sie waren angelangt! In König Schahryârs Reich! So sehr sie dieses Ereignis beeindruckte, ihr eigenes Eintreffen blieb weitgehend unbemerkt. Ein allerletztes Mal kletterte sie vom Kamelrücken, strich behutsam über das struppige Fell und folgte den anderen Mädchen und Frauen. Weit kamen sie nicht. Sobald sie mehrere berauschend duftende und üppig blühende Gärten durchquert hatten, eingetroffen im dritten Hof, stürzten unzählige Frauen in weiten, bodenlangen Gewändern auf ihre kleine Gruppe zu. Aufgeregt, ähnlich einem Schwarm Krähen, flatterten sie um den Eunuchen, sprachen und schrien in ihrer kehligen, rauen Sprache auf ihn ein, bis er sich dem Heer der wildgewordenen Vogelschar ergab und hinter ihnen hereilte. Margarete packte kurzentschlossen das Glück beim Schopf. Schleunigst, ohne Aufsehen zu erregen, eilte sie in den Schatten der nächsten Arkaden. Lief, sobald sie außer Sichtweite war, den langen Gang entlang, bog in den nächsten, dann in den übernächsten, und so weiter, bis sie anstand. Vorsichtig öffnete sie die Türen links und rechts von ihr, beide Zimmer dahinter schienen unbewohnt. Sie entschied sich für das linke. Es gelang ihr, unsichtbar zu werden. Meist hielt sie sich in ihren Räumlichkeiten auf. Wenn sie sich auf die Suche nach Essbarem machte, warf sie sich eines der langen, losen Gewänder um, die massenhaft in den zahlreichen Nischen hinter kunstvoll geschnitzten Holztüren hingen. Von Kopf bis Fuß vor neugierigen Blicken verborgen, brauchte sie bloß die unzähligen Tischchen abklappern, die an jeder Ecke mit Obst und

Leckereien beladen zu jeglicher Verfügung standen. Der Teil des Palastes war tabu und zudem so verwinkelt und verschachtelt, dass sie anfangs selbst Mühe hatte, sich zurechtzufinden. Während dieser Streifzüge begegneten ihr sporadisch einige Frauen, die sie zwar kritisch musterten, sie ansonsten in Ruhe ließen. Es war jene Zeit, in der ein junges Mädchen begonnen hatte, dem König jede Nacht eine Geschichte zu erzählen, das tägliche Köpfen zumindest für den Moment ein Ende gefunden hatte.

Alle Bewohnerinnen des Harems atmeten erleichtert auf, und das war auch der Grund für deren überschäumenden Empfang, der Margaretes Untertauchen erst ermöglichte. Selbst dem obersten der schwarzen Eunuchen wurde ihr Schicksal nach ein paar Tagen einerlei. Sein Herr hatte eine neue Favoritin, die für Ruhe im Harem sorgte. Es wäre unklug, diesen Frieden mit einer blonden, unwilligen Exotin zu gefährden. Unter den gegebenen Umständen spielte er eher mit dem Gedanken, die Verschwundene, wenn er sie denn tatsächlich fände, unauffällig zu entsorgen, sprich an den Meistbietenden zu verkaufen. Doch gerade hatte er Wichtigeres zu tun. Die Mutter des Königs hatte nach ihm verlangt und das verhieß meist Komplikationen.

Von all dem nichts ahnend igelte sich Margarete weitgehend ein und suchte nur den hintersten und letzten Garten auf, um dort etwas frische Luft zu schnappen, sich am Gesang der vielen, bunten Vögel zu erfreuen oder sich hemmungslos ihrem Kummer hinzugeben. Ebendort trafen Scheherazade und Dinharazade auf die hellhäutige Schönheit, die mit jedem Detail ihres Aussehens das Klischee einer fremdländischen Schönheit erfüllte.

Die drei jungen Frauen blickten sich an. Dies war der Beginn ihrer gemeinsamen Geschichte.

Scheherazade und Margarete, im ähnlichen Alter, freundeten sich an, die kleine Dinharazade freute sich ab diesem Zeitpunkt über zwei Schwestern, die sie gleichermaßen mochte. Als Töchter des Wesirs stand es Scheherazade und Dinharazade frei, die Zeit am Tage nach ihrem Gutdünken zu verbringen, zu tun, wonach auch immer ihnen der Sinn stand. Darum fiel es auch nicht weiter auf, dass sie von morgens bis abends oft unauffindbar waren. Pünktlich bei Anbruch der Dunkelheit machten die beiden sich, dem Protokoll entsprechend, auf den Weg zu den Gemächern des Sultans. Scheherazade war bei weitem das klügste Mädchen, das Margarete bislang kennengelernt hatte. Sie war äußerst belesen, hatte die Werke längst verstorbener Dichter studiert, kannte unendlich viele Geschichten und Legenden von früheren Königen in- und auswendig, war bewandert in Mysterien vergangener Zeiten, und - vor allem – wusste sie genau um den richtigen Zeitpunkt, mit ihren Erzählungen aufzuhören, die Neugierde des Königs zu schüren, ... einen weiteren Tag ihres Überlebens zu sichern. Dinharazade unterstützte sie, indem sie zwischendurch um ein weiteres Märchen bat, das sie unbedingt noch hören wollte, das sicher auch dem König noch besser gefiele als das vorangegangene.

In dieser Art zogen tatsächlich über zweieinhalb Jahre ins Land und es kam der Tag, an dem Margarete den Freundinnen ihre Geschichte zu Ende erzählt hatte.

„Willst du uns jetzt verraten, was du dir gewünscht hast?"

Zwei Augenpaare, neugierig bis zum Grund, blickten sie beschwörend an.

Margarete zögerte kurz. Sie beugte sich vor und flüsterte: „Ich wünschte mich in eine Welt, in der eine Frau selbständig und unabhängig ihren Mann erwählt und aus Liebe heiratet."

Scheherazade zuckte mit den Schultern. „Das ist das Schwierige mit dem Wünschen. Es hängt oft von der Formulierung ab."

„Und tatsächlich gehen manche in Erfüllung", bemerkte Dinharazade bekräftigend. „Aber wieso hast du uns deinen Wunsch so lange verheimlicht?" Stirnrunzelnd dachte sie nach und schüttelte den Kopf, „... Und ... wieso bist du bei uns gelandet?"

Margarete atmete tief durch. „Ein Geheimnis gibt es weiterhin. Ich kenne deine Geschichte." Damit blickte sie auf Scheherazade. „Ich weiß ... um dein ... Ende. Zu meinen Zeiten bist du bereits eine Berühmtheit. Wie deine Klugheit, dein Witz und dein freundliches Wesen, wahrscheinlich hunderten von Frauen das Leben gerettet hat. Ich komme aus der Zukunft. Da bin ich mir inzwischen hundertprozentig sicher. Hätte ich dir meinen Wunsch früher mitgeteilt, wer weiß? Ich hätte dich damit vielleicht beeinflusst, die Geschichte umgeschrieben. Aber, falls ich richtig mitgezählt habe, sind es heute knapp eintausend Nächte seit deiner Ankunft im Palast."

„Mit heute sind es exakt eintausendundeine. Was passiert nach dieser Nacht?" Scheherazade beschlich ein unbehagliches Gefühl. Was verschwieg ihre Freundin?

„Wenn ich mich recht entsinne, steht dir etwas Wunderbares bevor." Margarete ergriff Scheherazades Hand. „Du wirst in Kürze achtzehn, oder?"

„Ja, in einem Monat!", verkündete die jüngere Schwester stolz.

„Fein! Dann warten wir ab und trinken Tee!" Margarete lächelte und goss duftenden Pfefferminztee in überaus kostbare Porzellanschalen. Das sorgsam gepinselte Muster der filigranen Tassen weckte jähe Traurigkeit in ihr. Wie es wohl ihrem Bruder ging, ihrer Großmutter, Klara … und Benno?

Die Ältere bemerkte den Schatten, der sekundenschnell über das Gesicht ihres Gegenübers huschte.

„Der Dschinn wollte dir nichts Böses. Denn sieh, dir ist nichts geschehen. Du hast ein Dach über dem Kopf, mehr als genug zu essen und hast uns gefunden."

Scheherazade deutete auf ihre Schwester und sich. „Vielleicht wollte er wirklich einfach nur nach Hause. Wenn dem so ist, dann hast du bei ihm einen Wunsch frei!"

„Aber … wie sollte das denn gehen? Ich ha… habe keine Ahnung, wo… wo er ist und wie man ein… einen Dsch… Dschinn herbeiruft!", Margarete kam vor Aufregung ins Stottern.

„Nun, dann sollten wir wirklich abwarten und Tee trinken", schmunzelte Scheherazade. In ihr keimte bereits ein Plan.

SCHEHERAZADE II

1OO1 Nächte

Sanfte, rosiggoldene Strahlen schickten das erste Licht der aufgehenden Sonne in die luxuriösen Gemächer des Königs. Scheherazade hatte alle Märchen erzählt, die sie jemals gehört, gelesen oder erfunden hatte. Diesen Morgen beendete sie das letzte, ohne ein weiteres zu beginnen. Sie blickte auf, König Schahryâr direkt in die Augen. Heute saß sie ihm allein gegenüber. Dinharazade war dem abendlichen Treffen ferngeblieben. Es gab keine Geschichten mehr, also musste ihre Schwester auch um keine weitere bitten.

Der König sann nach. Über tausend Nächte, er hatte mitgezählt, war ihm dieses Mädchen, in der Zwischenzeit zur jungen Frau erblüht, eine willkommene Abwechslung in seinem zeitweilig eintönigen Leben gewesen. Was nicht heißen sollte, dass das Leben eines Königs grundsätzlich langweilig wäre. Tagsüber hielten ihn zahlreiche Regierungsgeschäfte und Besprechungen auf Trab, sobald die Nacht nahte, war es aus mit der Betriebsamkeit. Seit der Untreue seiner Frau und deren Tod konnte er keinem weiblichen Wesen mehr trauen, hatte jegliches Interesse an Vergnügungen in weichen sanften Armen verloren. Als Scheherazade auf der Bildfläche auftauchte, war er tatsächlich erleichtert, dass ihm die Bürde der einzigen Nacht, die unweigerlich zum Tod seiner Gattinnen führte, abgenommen wurde. Denn zu diesem Zeitpunkt hatte er den Schwur, im ersten, blinden Zorn ausgesprochen, bereits bitter bereut. All die jungen Mädchen und Frauen, die bebend vor Furcht in seinem Bett lagen, trugen keine

Schuld an seiner Verzweiflung und seinem Gram, und er fand auch keine rechte Freude an ihnen. Doch ihm waren die Hände gebunden. Das waren die Schattenseiten seiner Macht. So ohne weiteres konnte er das in blinder Wut kundgetane Gelöbnis nicht einfach wieder aufheben, ohne sich eine Blöße zu geben. Für ihn war es wie eine Befreiung, als dieses viel zu junge Mädchen in seine Gemächer trat. Freiwillig, mit einem Lächeln auf den Lippen und ihrer kleinen Schwester als Anhängsel. König Schahryâr war keineswegs dumm. Bereits am ersten Abend durchschaute er das Spiel zwischen Scheherazade und Dinharazade, wovon Letztere immer dann um eine weitere Geschichte bat, wenn eine endete. Er bewunderte die Finesse und Beherztheit der Älteren, zum richtigen Zeitpunkt, sprich zum Sonnenaufgang, den spannendsten Moment ihrer Erzählung herbeizuführen und diese zu beenden. Niemand stieß sich daran, dass er das knapp fünfzehnjährige Mädchen nicht zur Frau nahm, sondern offiziell kundtat, dass er warten wolle, bis sie achtzehn wäre. Mit diesem Schachzug verschaffte er sich Freiraum, bewahrte sein Gesicht, und die junge Geschichtenerzählerin vor einem grausigen Ende. Zumindest für eine Weile. Gut zweieinhalb Jahre hatte er Abend für Abend mit Heldinnen und Helden mitgefiebert, Schlachten geschlagen, Abenteuer erlebt, aus vollem Herzen gelacht und ... randvoll mit Traurigkeit Tränen vergossen. Niemand außer den beiden Mädchen hielt sich im Zimmer auf, und er konnte sein, wie er sein wollte. Nun nahte ihr Geburtstag und das Ende ihrer gemeinsamen Zeit, die er, das gestand er sich unumwunden selbst ein, aufs Äußerste genossen hatte. Der König war angetan von Scheherazades Klugheit und

Schönheit, sie war stets heiter und höflich und manches Mal glaubte er, so etwas wie Zuneigung in ihrem Blick zu erhaschen. Das konnte natürlich auch nur gut gespielt sein. Immerhin hing ihr Leben von seiner Gewogenheit ab. Dermaßen in Gedanken entging ihm, wie sich Scheherazade verabschiedete und aus dem Zimmer trat.

Scheherazade wiederum war zutiefst beunruhigt. War bisher der König ihren Märchen jeweils aufmerksam gefolgt, je nachdem fröhlichen oder ernsten Gemüts gewesen, schien er ihr heute unaufmerksam und in sich gekehrt. Ja fast abweisend. Sie fühlte einen Stich in ihrer Brust. Heute wollte sie ihm eine allerletzte, besondere Geschichte erzählen, ihr Innerstes offenbaren, ihm sagen, dass ihr Herz ihm längst gehörte. Sein reserviertes Verhalten schreckte sie dahingegen ab, verschloss ihren Mund. Er bemerkte nicht einmal, dass sie nach dem Ende ihrer Erzählung lange wartend stillsaß und ihn erst nach Minuten verließ. Verstohlen wischte sie sich ein paar Tränen von den Wangen. Nur keine Schwäche zeigen. Im Harem eine tödliche Falle. Sie eilte in die entfernten Gärten, zu Margarete. Wollte der Freundin ihren Kummer anvertrauen.

Plötzlich stand jemand hinter ihr, legte die Hand auf ihren Mund, einen Arm um ihre Taille und zerrte sie in die nächste Nische.

Dort im Schatten zischte eine leise Stimme hinter ihr. „Ich nehme jetzt meine Hand weg. Versprich mir, dass du ruhig bleibst!"

Das Mädchen nickte. Der Griff löste sich und sie drehte sich langsam um. Eine hochgewachsene, von oben bis unten verschleierte Gestalt stand vor ihr.

Tatsächlich wird nie erwähnt, dass Scheherazade einen Zwillingsbruder hatte, und der lüftete in diesem Moment seinen Schleier. Scheherazade wurde weißer als der leuchtende Marmorbrunnen aus reinstem Carrara im zweiten Hof. „Was machst du hier!?"

„Ich bin hier, um dich zu befreien!" Batal nickte ernsthaft.

Scheherazade hatte sich vom ersten Schreck erholt. „Du musst hier verschwinden! Sofort!"

Der dritte Hof, in dem sich der Harem befand, war für Außenstehende strengstens verboten. Ein Zuwiderhandeln zog unweigerlich den grausamen Tod des Eindringlings nach sich.

„Genaugenommen bin ich kein Außenstehender. Ich bin dein Bruder. Ein Bruder hat das Recht seine Schwestern zu besuchen!" Mit dem siebten Sinn von Zwillingsgeschwistern fiel es ihm leicht, ihre Gedanken zu lesen.

„Und dazu erscheinst du in dieser lächerlichen Verkleidung?" Scheherazade stemmte ihre Fäuste in die Hüften.

„Ich nehme an, du bist im Besitz einer königlichen Einladung?"

Bockig schüttelte er den Kopf. „Wozu?! Ich bin dein Bruder. Wer will mich aufhalten?"

Männer waren manches Mal ziemlich schwer von Begriff. Wenn es auch stimmte, dass es den nächsten Anverwandten zu bestimmten Anlässen gestattet war, ihre Töchter oder Schwestern aufzusuchen, eine beabsichtigte Entführung aus dem Harem war ganz sicherlich kein solcher Anlass. Für Familienmitglieder standen andere, offiziellere Räumlichkeiten, jeweils unter den strengen Augen mehrerer Hofbediensteter, zur Verfügung. In diesem Moment näherten sich eilige Schritte. Margarete fegte um die Ecke.

Abrupt hielt sie inne. Blickte zuerst auf Scheherazade, dann auf die unbekannte Besucherin, die sich hastig den Schleier vors Gesicht zog. In diese abgelegenen Gefilde verirrte sich ansonsten nie jemand. Wieso brachte die Freundin eine Fremde mit? Außerdem eine, die anscheinend auch unentdeckt bleiben wollte. Warum sonst verbarg sie sich hinter Lagen von Stoff?

Man konnte die Anspannung förmlich mit den Händen greifen. Batal, gefangen unter dem Gewebe rang nach Atem. Nicht so sehr, weil sich der ungewohnte Stoff auf seine Nasenlöcher legte und die Sauerstoffzufuhr nur bedingt zuließ, sondern weil ihm die aus dem Nichts aufgetauchte engelsgleiche Erscheinung die Kehle abschnürte. Insgeheim musterte er die junge Frau vor ihm von oben bis unten. Er hatte sich niemals Gedanken um König Schahryârs Harem gemacht. Bis seine Schwester beschlossen hatte, sich freiwillig diesem anzuschließen, und bis eben in diesem Augenblick. Sein Herz, entflammt in Liebe, bedauerte zutiefst das Schicksal des blonden Mädchens. Wie gerne hätte er auch sie gerettet. Dieser Gedanke brachte ihn jäh zurück, zu seinem Vorhaben, Scheherazade aus den Klauen des grausamen Königs zu befreien.

Er packte sie am Arm und flüsterte. „Schwesterchen, wir müssen gehen. Die Wachen werden in Kürze wieder patrouillieren." In monatelanger Beobachtung hatte er akribisch die Gewohnheiten der königlichen Eunuchen, die diesen speziellen Teil des Palastes schützten, studiert. Der Zeitkorridor neigte sich dem Ende zu.

Scheherazade löste sich aus dem festen Griff des Bruders. „Batal, wovor willst du mich retten?" Sie blickte auf Margarete und ein sanftes Lächeln huschte über ihr Gesicht. „Ich habe mich in König Schahryâr verliebt. Nach all den Nächten, in denen wir gemeinsam lachten, trauerten und miteinander diskutierten, bin ich zu der Auffassung gekommen, dass es sich um einen edlen und weisen Herrscher handelt, dessen Herz gebrochen wurde. Welches ich gerne wieder heilen würde, so er mich denn ließe. Ich will von dir nicht gerettet werden."

„Batal?" Zwischenzeitlich beherrschte Margarete die Sprache des Landes ausgezeichnet. Mehr als genug, um Feinheiten zu erkennen, zu wissen, dass es sich bei Batal keinesfalls um einen Mädchennamen handeln konnte. Und wieso sprach die hochgewachsene Unbekannte mit erstaunlich tiefer Stimme?

Scheherazade langte nach dem Schleier der mysteriösen Gestalt und schlug ihn zurück. Das erste, das Margarete auffiel, war der intensive Blick aus dunkelbraunen Augen, der ihr Wesen dermaßen bewundernd umfing, dass ihr Herz einen riesigen Sprung machte, sich dem Fremden – ja dem Fremden – in die Arme warf. Für Batal und Margarete blieb die Zeit stehen. In völliger Harmonie wurden ihre Seelen eins, und derart verschmolzen erlebten sie, was nur Wenigen zuteilwird. Den für ewig im Gedächtnis bleibenden Moment der Liebe auf den ersten Blick.

Scheherazade, der dieses Gefühlsbad keineswegs verborgen blieb, rüttelte ihren Bruder. „Ich störe diesen Augenblick wirklich ungern ... kommen wir zurück zu meiner Frage. „Wovor willst du mich retten?"

Margarete nickte bestätigend. Sie ahnte schon länger um die heimliche Liebe, die ihre Freundin mittlerweile für den Herrscher empfand. Hatte sich heute der rechte Zeitpunkt ergeben, um ihm, am Ende aller Geschichten angelangt, diese Liebe zu offenbaren?

Die stumme Frage blieb unbeantwortet, den genau in diesem Augenblick brach ein Höllenlärm los. Schwarze Eunuchen stürzten auf die drei, packten Batal und schleppten ihn davon. Nahmen die beiden Frauen in die Mitte und bugsierten sie aus der hintersten Ecke des Palastes in Richtung Regierungsräume des Königs.

Dinharazade, auf der Suche nach Schwester und Freundin, konnte nur mehr mit schreckensgeweiteten Augen deren Verhaftung mitverfolgen. Welches Schicksal erwartete sie? Margarete, die jahrelang unentdeckt im Harem untergetaucht war, und Scheherazade, die ihr dabei geholfen und damit den König hintergangen hatte. Und war das Batal in Frauenkleidern, der von den Wachen dermaßen grob weggezerrt worden war? Was suchte ihr Bruder hier?

Soeben wollte sie dem Tross mit den Mädchen in der Mitte hinterhereilen, da trat aus dem Schatten der Arkaden … der König. Er hatte genug gehört und gesehen. Sein Entschluss stand fest. Er musste ein Exempel statuieren. Untreue stand anscheinend wirklich an der Tagesordnung in seinem Reich.

In diesem Moment schoss ein kleiner bunter Vogel auf ihn zu. Dinharazade in ihren Lieblingsfarben, möglichst viele und möglichst reichhaltig, tauchte plötzlich vor ihm auf und warf sich vor seine Füße.

Der erfüllte Wunsch II

König Schahryâr stoppte unvermittelt, ansonsten wäre er über das Mädchen, das vor ihm am Boden kauerte, gestolpert.

„Steh auf kleine Dinharazade. Du sollst dich nicht vor mir im Staub wälzen." Er reichte ihr die Hand und half ihr hoch. Das Mädchen mochte jetzt so alt sein, wie ihre Schwester damals, als sie zum ersten Mal in seine Gemächer geführt wurde. Das gleiche Feuer im Blick, ein unbeugsamer Wille und glänzend schwarzes Haar. Auch sie würde eines Tages eine Schönheit sein, den Männern den Kopf verdrehen. Wie Scheherazade. Sofort verdüsterte sich seine Miene, als er an die junge Frau dachte, der er vertraut hatte. Die sich im Laufe der Zeit in sein Herz einnistete, wie keine andere zuvor. Und abermals war er einer untreuen Seele verfallen. *Al-Hamdu li-Llāh*, der Herr hatte ihm im rechten Moment, vor der Hochzeit, die Augen geöffnet. Ja, er hatte tatsächlich vorgehabt, dieses Mädchen zu seiner Gemahlin zu machen. Der ganze Hofstaat verehrte sie, das war ein offenes Geheimnis. Sie war weise, von ausgesuchter Höflichkeit, hatte stets ein nettes Wort für alle, die ihren Weg kreuzten, kein Fehl trübte ihren guten Charakter. Bis heute! Heute hatte sie ihr wahres Gesicht offenbart. War er vorerst von den Worten berührt, in dem sie ihren Freundinnen die Liebe zu ihm gestand, entpuppte sich eine der Frauen Sekunden später als Mann. Ein Mann, angetan in Frauengewändern, der gewiss nichts Gutes im Sinn hatte! „Batal. Er ist unser Bruder. Scheherazade und er, sie sind Zwillinge!"

Zwillinge?! Das veränderte die Sachlage drastisch. In seiner Kultur galten Doppelmondgeschwister als besonderes Geschenk des allmächtigen Gottes. Das schränkte seinen Handlungsspielraum erheblich ein. Nichtsdestotrotz bohrte er weiter.

„Was macht er hier. Dein Bruder weiß, dass ihn sein Eindringen in den Harem den Kopf kosten wird! Was also ist so wichtig, dass er sein Leben aufs Spiel setzt!?"

Dinharazades Gedanken überschlugen sich. Sie musste sich blitzschnell eine vernünftige Erklärung einfallen lassen, ohne die augenscheinlichen Entführungspläne ihres Bruders zu offenbaren, von denen der König bislang nichts ahnte. Das wollte ihr nicht recht gelingen. Sie benötigte eine rasche Lösung, die möglichst niemandem schadete, auch wenn es ihr an Perfektion mangelte. Brausend quoll eine Fontäne aus dem weißschimmernden Brunnen inmitten des blühenden Gartens hervor, kletterte hoch in den Himmel und lenkte den Blick auf ... Das Mädchen wischte sich unwillkürlich über die Augen. Doch es träumte nicht. Auf der Spitze des sprudelnden Wasserstrahls saß ... ein mächtiger Dschinn. Er winkte ihr fröhlich zu und grinste übers ganze Gesicht. In seinen beiden Händen, zu einer Schale geformt, erblickte sie ein Paar in liebevoller Umarmung. Goldblonde Locken wehten im Sprühregen, verfingen sich im schwarzglänzenden Haar des Mannes. Das alles ging so schnell vonstatten, dass sie tatsächlich in Sekundenbruchteilen die Begründung für die Anwesenheit ihres Bruders parat hatte. Im Vertrauen auf die Güte und Weisheit des Dschinns wandte sie sich dem König zu.

„Die Liebe! Es ist die Liebe, die Batal alle Vorsicht vergessen ließ. Seit ihm unsere Freundin im Traum erschienen ist, kann er weder essen, noch findet er Erholung in erquicklichem Schlaf. Das Bildnis der geheimnisvollen Fremden beraubte ihn zudem aller Vernunft." An der Miene ihres Gegenübers erkannte Dinharazade, dass sie sich auf dem richtigen Weg befand. Der König, zweifelsohne selbst ein verliebter Mann, war empfänglich für die Drangsal unerfüllter Sehnsucht von Leidensgenossen. Also plauderte sie munter weiter.

„Heute kam er, um sich zu offenbaren, ihr sein Herz zu schenken, sie um ihre Hand zu bitten!"

Es war durchaus üblich, dass Haremsdamen den Herrscher niemals zu Gesicht bekamen und nach einer gewissen Zeit mit Prinzen und Würdenträgern von außerhalb verheiratet wurden, selbstredend gegen entsprechende Bezahlung. Batals Chancen, als Sohn des Wesirs, standen gut, um Margarete zu freien und diesen Wunsch auch erfüllt zu bekommen. Wenn er nicht derart unvernünftig in den Harem eingedrungen wäre.

Konzentriert beobachtete sie der König. Sorgfältig wählte jener seine nächsten Worte.

„Dinharazade! Ich hoffe, deiner Schwester und dieser hellhäutigen Fremden ist bewusst, welche mutige Fürsprecherin sie in dir gefunden haben. Auch wenn ich nicht alles für bare Münze nehmen kann, was du mir soeben aufgetischt hast, deine Erzählkunst reicht an die Scheherazades heran."

Prüfend blickte er in unschuldige Kinderaugen. In diesen erkannte er keine Arglist, die Kleine wollte ihre Geschwister retten. Wer konnte es ihr verübeln? Gänzlich ungeschoren wollte er trotz alledem weder den Bruder noch die

Schwester davonkommen lassen. Ein Gedanke, spontan eingegeben, erheiterte sein Gemüt.

„Nun denn, es müssen Hochzeitsvorbereitungen getroffen werden!" Scheherazades Worte klangen nach. Sie wollte sein gebrochenes Herz heilen? Dazu sollte sie Gelegenheit bekommen. Ausreichend Gelegenheit. Wenn alles gut ging. Bis dahin … er wandte sich zum Gehen.

Bewundernd zwinkerte der Dschinn dem tapferen Mädchen zu, bevor er in den glitzernden Tropfen verschwand.

Dinharazade fühlte sich bei weitem nicht so frohgemut. Was hatte sie in Gang gesetzt?

STELLAS WELT V

Enthüllungen

Professor Doktor Thomas Stein hielt unwillkürlich den Atem an. Mit dem Aufwickeln der letzten Stoffbahn löste sich eine goldene Haarpracht. Stella! Eine Armlänge entfernt stand sie mit dem Rücken zu ihm abwartend da. Die Locken, dem engen Gefängnis des Turbans entflohen, flossen über zarte Schultern bis zum Boden. Bis zum Boden? Thomas sah nach unten. Unter dem Saum des wadenlangen Kleides lugten nackte Füße hervor. Täuschte es ihn, oder blühten genau dort wesentlich mehr bunte Blumen als auf dem Rest der grünen Wiese? Das Mädchen drehte sich ihm zu. Er sah nach oben. Direkt in Stellas Augen. Anstatt in honigfarbenem Braun zu versinken, prallte er auf Kobaltblau. Ein Aufprall, der ihn endlich nach Luft schnappen ließ.

Das war nicht Stella! Auch wenn sich die Gesichtszüge ähnelten, die Frau vor ihm schien um einiges älter als seine junge Patientin. Und ... ihr Haar war wesentlich länger ... und ihre Augen hatten die falsche Farbe.

„Die falsche Farbe? So würde ich es nicht bezeichnen." Die Worte leise, fast geflüstert, erreichten ihn, verursachten ein Beben, das durch seinen Körper von oben nach unten glitt. Die Frau vor ihm lächelte und die Sonne erstrahlte. Wenngleich hoch oben am Firmament, erhellte sie Thomas Innerstes. Er hatte absolutes Vertrauen zu der Fremden, in die sich die mysteriöse Malerin soeben verwandelt hatte. Die ihr ähnelte und auch wieder nicht. Die Konturen der beiden Gestalten, der verschwundenen Klinikinsassin und der Doppelgängerin Stellas, verschwammen auf geheimnisvolle Weise, wurden eins.

„Ihr habt Eure Tarnung aufgegeben!", blankes Entsetzen lag in Dolores Stimme.

„Wir können ihm vertrauen." Ein weiteres Mal traf ihn ein Lächeln mitten ins Herz, entzündete ein wahres Feuerwerk an Serotonin. Wer war dieses zauberhafte Wesen?

„Das will ich euch gerne erzählen. Hinwieder an einem genehmeren Platz!" Ihre Besorgnis war nicht zu überhören, trübte den Frohsinn, der sich seines Gemüts bemächtigt hatte. Und … ihre Ausdrucksweise klang fremd in seinen Ohren. Offensichtlich hielt sich die unbekannte Dame gerne auf Mittelaltermärkten auf.

„Wir brauchen einen sicheren Ort, denn ES kann jederzeit zurückkommen. Jetzt weiß es von uns und ist gewappnet. Das Überraschungsmoment hatten wir nur einmal!" Dolores blickte ihre Patientin - war sie das eigentlich noch oder überhaupt jemals gewesen - eindringlich an.

„Ich gebe dir Recht! Wir gehen in den See."

Doktor Stein stutzte. Hatte er sich verhört oder lautete die Antwort der Fremden tatsächlich … *wir gehen in den See?*

„Mit ihm?" Dolores warf ihm einen zweifelnden Blick zu. Sie zog ihr Schwert. „Wir könnten ihn einfach hierlassen!"

„Dolores Santos. Dir mangelt es an Respekt! Mir gegenüber und unserem Gast gegenüber! Wo bleiben deine Manieren?" Die liebliche Stimme der augenscheinlichen Wortführerin klang nur eine Nuance weniger sanft und Thomas Stein befiel ein Frösteln.

Dolores selbst zögerte keinen Augenblick. Sie wandte sich schulterzuckend dem Teich zu und hob das Schwert. Wie eine Kriegerin aus einer längst vergangenen Epoche stand sie da, murmelte Geheimnisvolles leise vor sich hin. Plötzlich kam Bewegung in das stille Wasser. Die zahlreichen bunten Seerosen wirbelten hoch und nieder, Gischt wogte empor, zog sich zurück und gab den Blick auf eine steinerne Treppe frei, die von der Uferböschung steil hinab führte, sich im glänzenden Dunkel verlor.

Der Wissenschaftler, der er nun mal war, sträubte sich mit allen Fasern seines Körpers gegen die Vorstellung, in dieses nasse Ungewisse nach unten zu schreiten. Thomas Stein überfiel eine bange Ahnung, wie es der Gefolgschaft Moses bei der Durchquerung des roten Meeres ergangen sein musste. Besaß er ausreichend Vertrauen zu seiner früheren Assistentin, die ihm momentan völlig fremd schien? Wieso musste es unbedingt mitten in den Teich hinein sein?

Dolores wandte sich um. In ihren Augen schillerte das Kräuseln der smaragdfarbenen Wellen, und anstatt der vormals brünetten Haare baumelten nun zwei geflochtene Zöpfe in hellem Seegrün über ihre Schultern. Das absolut Bemerkenswerteste waren dagegen die Ohren. Dolly hatte … Elfenohren?! Er war beileibe kein Anhänger von Science-Fiction-Literatur, allerdings die Bedeutung von spitzen Ohren war ihm geläufig.

Dolly schüttelte entnervt den Kopf. „Fantasy, wir erwachen in Fantasyromanen zum Leben." Thomas dachte an das surreale Fahrzeug, das ihn hierher befördert hatte.

„Sollen wir das jetzt wirklich ausdiskutieren?" Sie blickte ihn ernst an. „Nachdem ich eine Wasserelfe bin und demnach nur dieses Element beherrsche, ja, es muss unbedingt mitten hinein in den Teich sein!"

Während sie sprach, schwebten zwei pinkfarbene Seerosen heran und landeten in ihrer offenen linken Hand.

Behutsam steckte sie sich die vollen Blüten an jeweils eine Seite ihrer spitzzulaufenden Kappe. Doktor Stein hatte den Vorwurf in ihrer Stimme keineswegs überhört. Wie konnte er so unwissend sein, dass Wasserelfen nur die Magie des Wassers beherrschten? Das war doch allseits bekannt! Seine Gedanken wirbelten. Nun ja, vielleicht in Insider-Kreisen, die im Elfenkostüm nicht nur auf Comic Cons gingen, sondern auch zum Einkaufen in den Supermarkt. Der Arzt hatte in den vergangenen Wochen solcherart Kostümierte immer häufiger an Obst und Gemüseständen, selten bis gar nicht in der Feinkostabteilung wahrgenommen.

„Wir essen eben selten Fleisch." Dolly grinste diabolisch.

„Ja, da waren sicher einige *echte* Elfen darunter", beantwortete sie seine unausgesprochene Frage. „Zumindest ist die Wahrscheinlichkeit relativ hoch."

„Lass den armen Mann endlich in Ruhe! Er versteht deine Art von Humor nicht." Gutrun seufzte. „Wir hatten euch bereits einige Zeit unter Beobachtung. Wir wussten nicht, auf welcher Seite ihr steht. Überhaupt nach dem Desaster mit Stella. Das hätte niemals so ausufern dürfen!"

„Apropos ausufern. Wir sollten jetzt ... wirklich ...!" Dolly unterbrach sie und deutete den Hang hinauf. Haufenweise dunkle Wolken hatten sich gesammelt, über der Böschung braute sich gerade ein Unwetter zusammen.

„Das ist kein Unwetter. Das sind schwarzgefiederte Unheilbringer!" Zum ersten Mal vernahm Thomas einen bangen Unterton in Dollys Stimme.

Gutrun setzte sich in Bewegung. „Entweder ihr vertraut uns und kommt mit, oder ihr werdet hier sterben und Stella niemals finden."

Das war eine klare Ansage. Thomas wischte alle Bedenken zur Seite, wie viele Auswahlmöglichkeiten blieben ihm letztendlich, packte seinen Rucksack und folgte den beiden Frauen. Die felsigen Stufen waren glitschig, und er rutschte mehr als er ging nach unten, der dunklen Öffnung entgegen. Ein Handlauf wäre angebracht gewesen, war er nicht. Er blickte über die Schulter. Rotglühende Augen brannten Löcher in seinen Rücken, als er in den finsteren Schlund der Hölle eintrat und das Wasser über ihn hinwegschwappte. War Indiana Jones jemals in die Unterwasserwelt eingetaucht?

CUOR A-CHAOID V

ENTDECKUNGEN

Verwirrt rieb sich der Junge die Augen und versuchte, sich aufzurichten. Er hatte geträumt. Geträumt davon, dass er in seinem behaglichen Bett lag, eingehüllt in weiches Linnen, seine Mutter keine zwei Kammern weiter. Fröstelnd wollte er nach seiner Decke langen, doch da war nichts. Er griff ins Leere. Ein Druck lastete zentnerschwer auf seinem Brustkorb. Sein ganzer Körper vibrierte unter dem Schnurren einer Katze. Samtpfote! Sie hatte sich bestimmt auf ihn gelegt, um ihn zu wärmen.

Ryan überdachte die letzten Stunden. Nachdem sie aus dem Niemandsland der Elfen zurückgekehrt waren, erwartete ihn ein grauenhafter Anblick. Waren im Grenzland zu den Lichtwesen die Schäden durch vom Himmel prasselnde Felsbrocken unerheblich gewesen, lag ein Großteil der *Burg der ewigen Herzen* begraben unter einer riesigen Geröllhalde. Der besondere Schutzzauber, der für *Saoradh* und das Elfenland galt, wirkte hier nicht. Die gesamte Vorburg mitsamt den Gesindehäusern und ihren umliegenden Gemüsegärten, den Häusern des Bäckers, des Sattlers und des Zimmermanns, der Schenke und allen anderen Gebäuden war dem Erdboden gleichgemacht. Wie durch ein Wunder waren die Schmiede und der Pferdestall, angelehnt an die innere Mauer, unversehrt geblieben. Der umliegende Park glich einem umgepflügten Acker. Steine jeglicher Größenordnung übersäten den einstmals liebevoll gepflegten Rasen, in der schwarzen Erde klafften tiefe Risse. Die abgeschlagenen Köpfe bunter Blumen lagen verstreut über all dem Chaos. Der Anblick des Hofs mit dem geschundenen Ring der altehrwürdigen Bäume berührte Ryan sonderbarerweise mehr als alles andere. Augenscheinlich erging es nicht nur ihm so. Andächtig schritten die Soldaten durch die Baumriesinnen hindurch. Ein paar von ihnen lagen mit blanken Wurzeln am Kies oder lehnten an Gemäuerresten, einige wenige standen bislang fest verankert in der Erde, von der großen Eiche fanden sie nur mehr winzige Holzschnitzel, in alle Winde verstreut. Die enormen Schäden an Borke, Ästen und Zweigen waren allen gemeinsam. Müde und am Ende ihrer Kräfte neigten sich die zerfledderten Häupter zu Boden. Es gab kein Wispern, kein Flüstern, kein geheimnisvolles Rascheln mehr in ihren Blättern und Nadeln. Vorsichtig bewegten sich die Soldaten auf den Wohnturm zu. Teile davon waren einigermaßen intakt, und hierher zogen sich die Mannen mit ihrem König und dem Thronfolger zurück. Eben da hatte Ryan die Nacht verbracht und fand langsam in die erschreckende Wirklichkeit zurück. Für ihn war es unwahrscheinlich, dass seine Mutter einfach so verschwunden war. Gewiss wartete sie in ihrer Kammer auf ihn. Entschlossen hob er das schwere, pelzige Tier von sich und richtete sich auf. Auf leisen Sohlen schlich er in Richtung Gang. Die Katze ebenso leise hinterher. Dort draußen zog es gewaltig. Eine Burg, dazu im momentanen kläglichen Zustand, war beileibe kein gemütlicher Zufluchtsort. Er legte seine Hand auf die kühle Klinke und öffnete behutsam die Tür. Das Knarzen verlief sich im Stockwerk, blieb unbeachtet, demnach trat Ryan ein. Er blickte auf die obligate, mit Schnitzereien verzierte Truhe, einen Sessel, das Tischchen aus poliertem Holz und das Bett, das an die Seite des Raumes gerückt war. Die zahlreichen Pölster und Decken wirkten wie gerade eben arrangiert. Wäre da nicht die dicke Staubschicht gewesen, die sich grau in grau über alles gelegt hatte, man hätte meinen können, die Königin würde jeden Moment über die Schwelle treten. Sogar ein feiner Hauch von Minze, der ihr stets folgte wie ihr Schatten, lag in der Luft.

Ryan schluckte die aufkommenden Tränen hinunter. Er war der Thronfolger, er durfte sich keinerlei Rührseligkeit hingeben, oft genug hatte ihn seine strengste Lehrerin, die eigene Mutter, dazu ermahnt. Sirona war die Einzige, die ihn ermunterte, seine Gefühle zu zeigen. Sie war auch die Einzige, der er offen seine Zuneigung entgegenbrachte. In ihrem Beisein vergaß er das strenge Protokoll, das ihm ein stählernes Korsett anlegte, konnte sein, was er im Grunde war. Ein kleiner, einsamer Junge. Samtpfote strich um seine Beine, maunzte und sprang dann mit einem Satz auf das Bett. Trübe Wölkchen wirbelten hoch und brachten die Katze zum Niesen. Sie vergrub ihre Nase in den zahlreichen Kissen und schubste sie vom Bett. Der Junge hob eines nach dem anderen wieder hoch, klopfte sie aus und legte sie sorgsam zurück. Nachdem er alles zurechtgerückt hatte, wandte er sich zum Gehen. Kaum hatte er der Katze den Rücken zugedreht, begann das Spiel von Neuem. Die runden und eckigen Pölster landeten abermals auf dem Boden. Fast schien es, als grinse das flauschige Bündel von einem blendendweißen Ohr zum anderen. Auffordernd blickte es ihn an.

Ryan seufzte, während er sich bückte. Gerade stand ihm sein Sinn nicht nach gehaltlosem Zeitvertreib. Auf einmal stutzte er. Da, unter dem Bett, da lag etwas. Bäuchlings legte er sich auf die kühlen Fliesen, griff unter das Bett und zog einen ledrigen Sack hervor. Abgenutzt, schmutzig, schlaff, lag er in seiner Hand. Ryan knotete die Riemen auf und langte hinein. Nichts! Wie bereits vermutet, der Beutel war leer. Er richtete sich auf, da huschte die Katze unters Bett und maunzte. Wollte sie jetzt Verstecken spielen? Plötzlich schlitterte mit Schwung ein kleines Bündel vor seine Füße. Er hob es hoch und betrachtete es von allen Seiten. Dick und schwer lag es in seiner Hand. War dies das Geheimnis seiner Mutter? Würde es ihm helfen, sie wiederzufinden? Vorsichtig wickelte er einige fransige Stoffbahnen ab. Zum Vorschein kamen dichtbeschriebene Blätter mit bunten Zeichnungen, wie er sie noch niemals in seinem Leben sah. Natürlich kannte der Thronfolger die gängigen Ahnentafeln, die bis ins kleinste Detail ausgeschmückt über zig Generationen zurückreichten. An die derartige Farbenpracht reichten sie in keiner Weise. Pflanzen, Pilze, Sträucher, Beeren und Bäume waren über Maßen naturgetreu abgebildet, dass er vermeinte, sie fühlen, schmecken und riechen zu können. Behutsam strich er über das verblüffend dünne Material, auf dem sich ein wahrer Künstler verewigt hatte. Oder eine Künstlerin? War gar seine Mutter die Schöpferin des Kleinods? Wollte sie ihm etwas mitteilen? Prüfend hielt er eines der Blätter gegen das Licht.

Heftiger Tumult außerhalb der Kammer ließ ihn innehalten. Geschwind schlug er die Seiten wieder in die Leinentücher ein, verstaute sie im leeren Lederbeutel, für irgendetwas sollte dieser auch von Nutzen sein, und barg beides unter seinem Hemd, das sich jetzt sichtlich ausbeulte. Er sauste aus dem Zimmer in Richtung Lärm. Die Katze wie immer hinterher.

Sturmernte

Im großen Saal, eine der relativ unbeschadeteren Räumlichkeiten, kochten die Emotionen hoch.

Soeben waren Alasdair und Ouna samt den Nebelkrähenkriegern eingetroffen. Abgekämpft und müde hatten sie die letzte Nacht in den Gemäuerresten ihres Wohnhauses verbracht. Eingedenk der aufgeheizten Stimmung gewiss eine vernünftige Entscheidung, obgleich sich ihr Nachtlager als reichlich unbequem und nasskalt präsentierte. Der Himmel hatte seine Schleusen geöffnet und das lückenhafte Dach ihrer zerstörten Bleibe bot keinen ausreichenden Schutz vor den Wassermassen, die in tosenden Sturzbächen auf die Erde niederprasselten. Trotz der Unbilden befanden sie sich auf dem Weg, um Ilro ihre Hilfe bei den Aufräumarbeiten anzubieten. Der Empfang war mehr als unfreundlich. Erwarteten sie, dass sich die aufgebrachte Menge beruhigt hätte, so wurden sie herb enttäuscht. Bereits auf dem Weg zum großen Saal wurden sie mit Schmährufen überhäuft, und die Garde des Prinzen hatte alle Hände voll zu tun, um in der Drängelei ihre Anführer vor feindseligen Übergriffen zu schützen. Zugleich flog der eine oder andere Stein durch die Luft.

Ouna war entsetzt ob dieses Stimmungsumschwungs der vergangenen Tage. Waren sie bis vor kurzem gern gesehene Gäste des Königs gewesen, hatten Ratsuchende sie um Kräuter und Salben gebeten, schlug ihnen heute eine Welle des Hasses entgegen. Sie sah den wilden Zorn in den Augen der Menschen, die zu Fratzen verzerrten Mienen, die erhobenen Fäuste gegen sie gerichtet. Was war bloß geschehen? Alasdair hatte mit seinen verbliebenen Kraftreserven diesen wütenden Pöbel vor dem Verderben gerettet! Das war also der Dank dafür, dass er selbst, verletzlich wie nie, einem scheinbar unüberwindlichen Feind gegenübergestanden war. Sie spürte, wie sich in ihrem tiefsten Inneren etwas zusammenbraute. Ewerthon! Ihr eigener Sohn befand sich in einem Gespinst aus unbekanntem Material! Jedwede Befreiungsversuche waren bis jetzt fehlgeschlagen. Es war ungewiss, ob er überhaupt noch am Leben war. Ihr Mutterherz flüsterte Zuversicht. Im selben Atemzug machte es den Weg frei für etwas anderes Unberechenbares, das seinen Weg nach draußen suchte.

Endlich, im weitläufigen Thronsaal angekommen, der übrigens staubtrocken schien, konnte man die Anspannung, die in der Luft lag, mit den Händen greifen.

Ilro hatte zwischenzeitlich auf seinem Thron Platz genommen und sah von dort auf sie herab. Auf sie herab! Das war mehr als genug! Anstatt sich mit höflichem Geplänkel aufzuhalten, kam Ouna, frei von jeglicher Etikette, sogleich zum Punkt.

„Ihr werft uns vor, Euch beim Angriff der Knochenarmee im Stich gelassen zu haben! Wo wart Ihr, als mein Sohn in einen Kokon gesponnen wurde?! In ein tödliches Gefängnis, aus dem es offenbar kein Entkommen gibt!" Ouna fühlte Alasdairs sachten Griff am Arm, der ihr Einhalt zu gebieten schien. Doch sie war nicht zu bremsen.

„Wo wart Ihr, als mein Gatte mit all seiner Magie Euer Volk vor ätzendem Pech schützte?! Als der Drache meines Sohnes zu Hilfe eilte! Jener Drache, der jetzt von dem blindwütigen Mob vor Eurer Tür als Ungeheuer geschimpft wird!" Ihre Stimme wurde schriller, überschlug sich. Sie war rasend vor Zorn. Nicht nur Alasdair war geschockt von ihrem jähen Ausbruch.

Ilro sprang hoch. „Ihr vergesst, dass auch meine Tochter in diesem Kokon gefangen ist! Hätte Ewerthon nicht um sie gefreit, sie den Verlobten gewählt, der ihr schon seit der Wiege versprochen, nichts von alledem wäre passiert. Meine Tochter lebte glücklich unweit entfernt, meine Burg stände nach wie vor, meine Gemahlin wäre weiterhin an meiner Seite!" Erschöpft hielt er inne, so hatte er sich die Seele aus dem Leib geschrien. Kurz überdachte er seine Worte. Nie vorher hatte er derart die Fassung verloren. Gedanken, Emotionen, Erinnerungen, Hoffnungen, unerklärlich schienen sie durcheinander zu purzeln, formten sich in einem Winkel seines Herzens zu einer explosiven Mischung.

Wider besseres Wissen wandte er sich an den Krähenprinzen. „Ich habe Euch als meinen Gast willkommen geheißen. Und wie dankt Ihr es mir? Eure Mutter entflieht der verhängten Strafe. Auch wenn sie die Kriegsgöttin höchstselbst ist, der Gerechtigkeit muss Genüge getan werden! Sie hat den Vater meines Schwiegersohns ermordet! Sie steht nicht über dem Gesetz!"

Der König wusste, dass völliger Nonsens aus seinem Mund kam. Denn eben vorhin hatte er Ewerthon als Schwiegersohn abgelehnt und nun ereiferte er sich über die vermeintliche Mörderin dessen Vaters, den er bis zu seinem Tode nicht einmal gesehen hatte. Und ganz nebenbei ... die Kriegsgöttin stand zweifellos über allem! Sie tatsächlich eines Verbrechens anzuklagen, auf diese Weise zu verärgern, ihren Unwillen auf sich zu ziehen, war völliger Schwachsinn; brächte namenloses Unheil über den unvorsichtigen Tölpel und seine Familie. Sah ihn der Prinz der Nebelkrähen bereits als Tölpel an? Ilro vermeinte, ein spöttisches Funkeln in dessen tiefschwarzen Augen zu sehen. Krähenkrieger, Soldaten, eine Handvoll Elfen und Lichtwesen, allesamt verfolgten atemlos den lauthalsen Disput. Einige der Elfen grinsten höhnisch, natürlich nur innerlich, sie freuten sich bereits auf eine heftige Auseinandersetzung, in der sie einmal mehr ihre Überlegenheit demonstrieren könnten. Menschen waren schwache Geschöpfe. Ihre Körper barsten bei entsprechendem Druck wie zerbrechliche Eierschalen. Der Großteil der Krieger, egal welchem Lager zugehörig, hielt seine Waffen griffbereit, die Lichtwesen befürchteten zu Recht eine Zuspitzung der Situation.

Alasdair war wie vor den Kopf gestoßen. Er konnte sich weder einen Reim aus dem wahnwitzigen Verhalten seiner Gemahlin machen noch aus den offenen Anfeindungen seines Gastgebers. Mit seinen empfindlichen Sensoren nahm er überbordende Schwaden von Gereiztheit, Empörung, blinder Wut und Rachegelüsten auf. Der Raum war randvoll damit. Ein falsches Wort, eine missdeutete Geste, und es würde in einem Blutbad enden. Die einzigen Wesen, die von der anstehenden Eskalation unbeeindruckt schienen, waren er und die Nebelkrähen, Ouna ausgenommen, und die weiße Katze mit Ryan, die wie aus dem Nichts neben dem König auftauchten.

Ilro spürte, wie sich eine Hand in die seine schob. Er blickte auf. Ryan, sein Sohn, stand plötzlich an seiner Seite. Zumindest ihm war nichts geschehen. Der brodelnde Zorn, der eben in seinen Eingeweiden getobt hatte, verebbte beim Anblick des Jungen, der ihn stumm ansah. Trotz der entsetzlichen Ereignisse, die jener durchlebt haben musste, entdeckte der König in dessen Augen das letzte Glimmen kindlicher Unschuld. Ryan brachte ihm grenzenloses Vertrauen, als König und Vater, entgegen. Er wollte dieses Vertrauen nicht enttäuschen, sein Herzschlag beruhigte sich und ein allgemeines Aufatmen ging durch die Reihen.

Genau in diesem Moment polterten Flüche spuckende Elfen durch die Halle und ließen ihre Last mit entsprechendem Radau vor dem Thron zu Boden. Sie waren losgeschickt worden, um Mira und Ewerthon zu bergen. Denn es brauchte wahrhaftig die Kraft aller vier, um das Gespinst samt wertvollem Inhalt hochzuhieven und hierherzutransportieren.

Dann ereignete sich vieles zur selben Zeit.

Zahlreiche der Anwesenden kreuzten ihre Finger zu einem Abwehrzauber. Flüche, dazu von fuchsigen Elfen wahllos ausgespuckt, galten als gemeingefährlich.

Ouna und Ilro stürzten, einen Entsetzensschrei auf den Lippen, gleichzeitig auf den Kokon zu. Nachdem sie aus gegensätzlichen Richtungen kamen, deuteten die ohnehin gereizten Soldaten dieses Aufeinanderprallen als Signal zum Angriff und stürmten ihrem König hinterher.

Die verblüfften Elfen wurden vorerst zu Boden geworfen, was ihre soundso schon üble Laune zum Sieden brachte.

Alasdair und die Krähenkrieger gruppierten sich geschlossen um Ouna, standen zwischen den Elfen im Rücken und den heranrasenden Menschen aus allen Richtungen vor dem Kokon, mit Ilro an ihrer Seite.

Ein schneeweißes Knäuel fetzte hinter dem Thronfolger her, der sich gleichfalls ins Getümmel warf.

Die Lichtwesen sandten einen stummen Hilferuf an Keylam und Oonagh, die sich in Windeseile am Rande des Tumults einfanden.

Keylam selbst fühlte sich zornig, wie selten zuvor. Anstatt in seiner ansonst üblichen Art besänftigend auf ausufernde Situationen einzuwirken, dröhnte sein Brüllen durch die komplette Burgruine, brachte das eine oder andere lose Mauerwerk zum endgültigen Einsturz. Ließ unterdessen auch all die Menschen und Elfen, die blindwütig auf sich einschlugen, innehalten.

Oonagh trat vor. Sie musste den Mann an ihrer Seite zur Räson bringen. Ihr Lächeln, das gewöhnlich die Sonne am Firmament erstrahlen ließ, wirkte heute ungewohnt matt. Ein Raunen ging durch die Reihen. War es möglich, dass die Königin der Lichtwesen, festgehalten durch mysteriöse Kräfte im Elfengefängnis, unwiederbringlichen Schaden genommen hatte? Außer ihrem bodenlangen, seidigen Haar, das anstatt in funkelnden Goldtönen jetzt silbern glänzte. Selbst in die Herzen der friedfertigen Lichtwesen senkte sich in diesem Moment ein Stachel der Empörung. Wie konnten die spitzohrigen Verbündeten ihrer aller lichtvolle Königin derart quälen? Oder war es gar die allerhöchste Kriegsgöttin, die die Verantwortung für dieses Elend trug? Sollte man sich an ihrem Sohn schadlos halten? Der war greifbar. Das Verschwinden alleine barg ein Schuldeingeständnis. Die Lichtwesen seufzten und mit jedem der wirren und traurigen Gedanken verlor ihr Leuchten an Stärke. Keylam sah es mit wachsender Verbitterung, auch Oonagh blieb der düstere Schatten, der die schimmernden Konturen ihrer Untertanen verblassen ließ, nicht verborgen.

Keylam und sie mussten im Moment zusammenhalten, egal was zwischen ihnen stand. Ihr Gemahl blockierte ihre Nachricht, sah mit stumpfem Blick auf die seidig glänzende Hülle, die Mira wie ein stählerner Panzer umschloss. Wenn er schon die eine Enkeltochter verloren hatte, die andere gab er nicht auf. „Wir nehmen sie mit!"

Totenstille folgte seinen Worten, bevor die Stimmung hochkochte. Ilro wie Ouna waren sich trotz aller vorherigen Anfeindungen wortlos einig. Mira und Ewerthon blieben hier in dieser Welt. Keinesfalls wollten sie Keylams Anordnung nachkommen. Was hatte ihnen dieser denn schon zu befehlen? Den Elfen blieb keine Wahl, sie mussten sich auf die Seite ihres Anführers stellen, so sehr ihnen das auch widerstrebte. Es war an der Zeit ein besseres Arrangement mit den Lichtwesen zu treffen, eines das für beide Seiten vorteilhaft wäre. Diese durchscheinenden Gestalten waren ohne ihren Schutz, ohne ihre Kriegskunst dem Untergang geweiht. Dabei vergaßen sie, dass sie erst unter Keylams und Oonaghs Obhut zu ihrer heutigen Lebensform gefunden hatten. Die verschiedensten Arten von Elfen unter einem Banner geeint und nicht wie vordem sich gegenseitig ausrottend. Wind-, Wasser-, Feuer-, Wald- und Lichtelfen waren diesem einmaligen nie dagewesenen Bündnis vor ewigen Zeiten beigetreten. Einzig die Stein- und Schattenelfen hatten die Allianz verweigert. Nur in friedlichen Zeiten war es dem Elfenvolk möglich, sich zu vermehren. Nach Jahrtausenden der Kinderlosigkeit erklangen wieder Babygeschrei und Kinderlachen an ihren Feuern. Deshalb blickten Schatten- und Steinelfen neidvoll auf die heiß begehrten Sprösslinge. Aufgrund ihrer selbstgewählten Klausur blieb ihnen eigene Nachkommenschaft versagt, sie waren über kurz oder lang zum Aussterben verurteilt. Immer wieder versuchten sie, den kostbaren Nachwuchs zu entführen und zu versklaven. Was ihnen zum Glück so gut wie nie gelang, denn die besondere Magie der Lichtwesen vereitelte ein unerwünschtes Eindringen in ihr Reich von Beginn an. All die vorgenannten Vorteile schienen aus den Köpfen der Elfen verschwunden, die sich bereits gegenseitig belauerten. So also kam es, dass sich all die divergenten Lebensformen, bis jetzt harmonisch vereint, in Zwietracht und Mordlust wiederfanden. Die Stimmen wurden lauter, Waffen wurden nicht nur als Drohgebärde gezückt, ein blutiges Gemetzel schien unausweichlich. Alasdair und die Seinen wurden genauso eingepfercht wie Ilro und sein Sohn, die sich in unmittelbarer Nähe befanden. Die Katze hatte vor den vielen trampelnden Sohlen das Weite gesucht. Was Ryan am liebsten auch getan hätte. So sehr ängstigten ihn die unzähligen, zu Fratzen entstellten Gesichter, die rotglühenden Augen, das Gedränge und Geschubse, das ihn stetig weiter vom Vater abtrieb. Oonagh war zum ersten Mal in den langen Jahren ihrer Regentschaft ratlos und der König wurde überwältigt von den überbordenden Empfindungen im Saal. In seinem Innersten mischten sich aufrührerische Streitsucht undankbarer Elfen, ängstliche Besorgnis von Lichtwesen, ungebremster Zorn der Menschen zu einem aufzehrenden Knäuel, sodass ihm jegliche Vernunft abhandenkam. Über ihren Köpfen loderte bereits die Flamme der universellen Vernichtung, jeder gegen jeden. Als, mit einem Paukenschlag, das Kriegsgeschrei verstummte, sich Grabesstille über den Thronsaal senkte. Sogar das Pfeifen des Windes durch die lückigen Gänge wurde leiser, bis es gänzlich verklang.

KONVERGENZ

Vor aller Augen wallte ein Nebelschleier durch den Raum. Als sich die Schwaden verflüchtigten, schälten sich mit vorerst schemenhaften Konturen Alba, Sirona und Kenneth. Während sich Anführer wie Truppen in wütenden Tiraden verloren, hatte sich Ilros Hauptmann auf die Suche nach Sirona gemacht. Deren unbeugsamer Wille und besondere Fähigkeit waren das Einzige was ihm einfiel, um die brandgefährliche Situation zu entschärfen. Unter Umständen zu spät, wie er soeben feststellte.

„Menschen, Elfen, Nebelkrähen, Lichtwesen, Brüder und Schwestern, die ihr hier versammelt seid, haltet ein!" Sachte flossen die Worte über Sironas Lippen. Sie hatte kaum die Stimme erhoben. Ein Flimmern, fein wie Sternenstaub, und nur für Alasdair und Ouna mit deren übersensibler Wahrnehmung sichtbar, rieselte von der Decke. Streifte über Gesichter, berührte zart Arme und Beine, hüllte die Anwesenden in sanfte Wärme. Die geflüsterte Botschaft fand den ihr zugedachten Weg. Drang in das Bewusstsein der geifernden Menge, sickerte in ihre Herzen, ließ sie erhobene Fäuste senken und Waffen niederlegen. Alasdair und Kenneth blickten sich über die Köpfe hinweg an. Der Krähenprinz nickte unmerklich. Der stets besonnene Hauptmann hatte wohlgetan. Aus welchen Gründen auch immer dieses unwirkliche Chaos entstanden war, nur Sirona konnte den Mob noch stoppen. Was sie auch tat. Langsam glitt sie vom Pferd, behutsam setzte sie ihre Schritte. Sie wollte niemanden durch eine plötzliche Bewegung verschrecken oder provozieren. Momentan glich es mehr einem Tanz zwischen ausgelegten Eiern, den sie schon als Kind über alle Maßen geliebt und darüber hinaus mit verbundenen Augen kunstvoll zu Ende gebracht hatte. Sie fühlte, mehr als jeder andere, sogar mehr als Keylam mit seiner unendlichen Empathie, die aufgestauten Aggressionen, die jederzeit wieder hochkochen konnten, und wappnete sich dagegen. Sprach mit ihrer sanftesten Stimme zu den Menschen. „Ich werde hier bei euch bleiben, während meine Schwester und ihr Verlobter im Reich der Lichtwesen verweilen. Dies ist allein der Überlegung geschuldet, dass dort die Zeit anders vergeht als hier in diesen Landen. Wir wissen nicht, welche Macht Mira und Ewerthon in diesem Kokon schützt", bedacht tauschte sie das Wort gefangen hält und wählte stattdessen schützt. Fest blickte sie Ouna in die Augen. Eine Mutter war stets unberechenbar, wenn es galt, ihr eigen Fleisch und Blut zu verteidigen. Auch wenn die Gemahlin des Krähenprinzen keineswegs zu ihren Feinden zählte, in diesem speziellen Fall war jedenfalls Vorsicht geboten, wollte sie erregte Gemüter besänftigen und nicht das Gegenteil bewirken. Daneben war ihr unbekannt, wie weit sich Nebelkrähen ihren Wünschen - diese Formulierung gefiel ihr seit jeher besser als Manipulation - widersetzen konnten. Es hieß äußerst überlegt zu agieren.

„Ouna, wir wollen dasselbe. Sicherheit für deinen Sohn. Ich persönlich, Sirona, Prinzessin aller Lichtwesen, versichere dir, *Saoradh* ist für Ewerthon und Mira der sicherste Ort, den es momentan gibt." Eingedenk der herzlichen Gespräche in Miras Zimmer bei deren Brautkleidauswahl, wobei sie Ouna in ihre Geheimnisse eingeweiht hatten, wählte sie bewusst die vertrauliche Anrede, ließ die höfische beiseite. Wiederholte drei verschiedene Varianten von *sicher*. „Dort können wir in aller Ruhe um Rat sinnen, wie wir deinen Sohn und meine Schwester am *sichersten* zurückholen", beendete sie ihre wohlgesetzte Rede mit dem vierten Mal *sicher*. Sirona wusste durchaus um ihre besondere Gabe, jemandes Willen zu beugen. Als unreifes Kind hatte sie dies ziemlich oft zu ihrem Vorteil eingesetzt. Mit zunehmendem Alter und dank der eindrücklichen Ermahnungen seitens ihrer Großmutter, siegte die Vernunft. Sie verzichtete weitgehend darauf, ihre Umgebung in dieser Art und Weise zu beeinflussen. Gerade jetzt hing eine friedliche Übereinkunft aller am seidenen Faden. Hatte sie zu viel Druck ausgeübt? Stellte sich Ouna gegen ihren Vorschlag? Sirona wusste um die Macht der richtigen Worte zum richtigen Zeitpunkt. Niemand sonst konnte besser mit ihnen jonglieren, als sie selbst. Gleichwohl auch ihr Grenzen gesetzt waren. Ihre Stiefmutter und ihr Halbbruder zum Beispiel reagierten in keinerlei Weise auf ihre versteckte Einflussnahme, sie schienen immun dagegen zu sein. Darum verlor sie auch bald das Interesse daran. Außerdem, sie mochte Ryan. Anders als Mira, waren sie gemeinsam aufgewachsen und sie traute ihm kein Böses zu. Wo war er überhaupt? Ihr Blick schweifte durch den Saal und fand ihn endlich am Rande der Menge. Er sah zu ihr und lächelte. Natürlich wusste er, was sie vorhatte. Sie gewährte ihm Einlass in ihr stilles Gedankennetzwerk. War es nicht zu ihrer aller besten? Sie selbst stellte sich bereits zum wievielten Male diese Frage? In früheren Zeiten war sie nicht so pingelig gewesen, was den Einsatz ihrer Kraft betraf. Und jetzt, wo es um weit mehr als kindliche Albereien ging, bekam sie Gewissensbisse? Alba schnaubte in ihrem Rücken. Vielleicht hing es mit dem Pferd zusammen? Diese besondere Stute versinnbildlichte das reine Gute. Mira hatte ihr bei ihren nächtlichen Treffen vom Himmelssturm erzählt, als Alba sie mit ihrem Flammenmeer gerettet und fast ihr Leben gegeben hatte. Alasdair brachte sie damals wohlbehalten vom Himmel und Ouna heilte das Ross mit einer Wundersalbe, die bestialisch stank, so damals Miras Bericht. Sirona sah deren angeekeltes Gesicht vor sich, als wäre es gestern gewesen. Und jetzt lag die Schwester, vielleicht schon tot, in einem Seidengespinst. Sie seufzte unhörbar. Ryans Nachricht erreichte sie. Du darfst jetzt keine Schwäche zeigen, liebste Schwester. Du bist die Prinzessin! Energisch richtete sie sich auf. Im rechten Augenblick, denn soeben hatte sich Ouna zu einer Antwort durchgerungen.

„Ich vertraue auf dein Wort als Prinzessin aller Lichtwesen und die Vernunft sagt mir, dass es zum Wohle meines Sohnes ist ..." - Sirona atmete auf - „... und ich komme mit!", beendete Ouna ihren Satz. „Ich ebenfalls!", ergänzte Alasdair. Natürlich hatten sie sich vor diesem Entschluss wortlos verständigt. Für und Wider abgewogen. Es war offensichtlich. Ewerthons Schutz war im Reich der Lichtwesen besser gewährleistet als hier auf *Cuor a-Chaoid*, dafür reichte ein Blick auf die Schutthaufen ringsum. Das war relativ schnell klar. Und da Ouna stur an ihrem Vorhaben, ihren Sohn zu begleiten, festhielt, blieb Alasdair so und so keine Wahl. Er wollte seine Gemahlin, dazu mit ihrem gemeinsamen Kind unter dem Herzen, keinesfalls alleine lassen.

Sirona überlegte, dann sah sie ihre Großmutter an. Bis heute war es nur einigen wenigen Auserwählten gestattet, das Reich der Lichtwesen zu betreten. Auf der anderen Seite war es nachvollziehbar, dass Ouna ihren Sohn begleiten wollte. Alasdairs Vorhaben konnte sich zu einem Problem entwickeln. Oonagh blickte auf Keylam, der stand, wie aus Stein gemeißelt, neben ihr und zuckte mit keiner Wimper. Sie hob die Schultern und nickte ihrer Enkeltochter unmerklich zu. Es spielte keine allzu große Rolle, dachte sie. Keylam hatte weitaus Schlimmeres ohne ihre Einwilligung entschieden.

„So sei es!" Sirona reichte Ouna die Hand, um ihr Bündnis zu besiegeln. In diesem Moment geschah etwas Unerwartetes. Eine Handvoll Menschen begann zu murren und stellte die Forderung, gleichfalls ins Reich der Lichtwesen aufgenommen zu werden. Dort seien sie sicher vor weiteren Übergriffen und hätten zumindest ein Dach über dem Kopf. Dem geäußerten Wunsch nach Schutz konnte Sirona in der Eile nichts entgegensetzen. Zudem breitete sich dieses Ansinnen mit der Schnelligkeit eines Flächenbrandes aus. Angesteckt vom Vorhaben des Nachbarn, verlangten immer mehr nach Asyl in dem vom Kampf verschonten Landstrich. Für sich, für ihre Familien, die Waisen, die Obdachlosen, kurzum für alle.

Mit einem Male befand sich die Prinzessin in einer fürchterlichen Zwickmühle. Die Genehmigung der Begleitung Ewerthons durch Ouna und Alasdair war eine Sache, die Aufnahme von weit über hundert Menschen eine ganz andere. Ratsuchend wandte sie sich an ihre Großmutter. Sie war die Prinzessin, war gekommen, um die Gemüter zu besänftigen. Die anstehende Entscheidung konnte und durfte sie nicht fällen. Die Königin der Lichtwesen überdachte blitzschnell die brenzlige Lage. Ein Funke reichte, und das behutsame Einwirken ihrer Enkelin würde in Flammen aufgehen. Ein Wort zum falschen Zeitpunkt erwies sich oft verheerender als ein Schwertstreich. Keylam musste reagieren! Sie legte ihre Hand auf seinen Arm und dirigierte ihn auf diese Weise an Sironas Seite. Derart vereint verkündete sie Folgendes: „Dem Volk der Lichtwesen und auch uns", sie wies auf ihren Gemahl und Sirona, „ist es ein Bedürfnis, euch allen, die ihr es wünscht, Zuflucht zu gewähren." Mit diesen Worten und einer unmerklichen Handbewegung öffnete sie ein magisches Portal in ihre Heimat.

Und so kam es, dass an diesem denkwürdigen Tag ein bunter Haufen von verschiedenartigen Wesen den Torbogen nach *Saoradh* durschritt. In ein Land, das die Elfen zwar kannten, viele von ihnen den Lichtwesen insgeheim neideten. In eine Welt, niemals zuvor von Menschen betreten, denen nun vor Staunen die Augen aus dem Kopf fielen. Ilro war der Einzige, der je einen Fuß in diese märchenhaften Lande gesetzt hatte.

Eine unüberschaubare Anzahl von Elfen, Menschen und Lichtwesen passierte den Durchgang. Manch einer von ihnen trug sein unversehrtes Hab und Gut auf dem Rücken, führte ein Schwein oder eine Ziege an der Leine, hatte seine Kinder mitsamt dem Hausstand auf einen Karren gepackt und schob diesen vor sich her.

Ilro, Ryan und ein Teil seiner Einheit folgten dem Zug in einiger Entfernung. Nach ihnen schnauften die Elfen mit ihrer schweren Last. Sie schleppten Ewerthon und Mira, geborgen in ihrem Kokon. Ilro hatte sich überlegt, in seiner Ruine zu bleiben, letztendlich doch beschlossen, ins Reich der Lichtwesen auszusiedeln. Zumindest vorübergehend.

Von dort konnte er den Wiederaufbau seiner Burg ebenso bewerkstelligen und war nicht schutzlos der Gefahr eines weiteren Überfalls ausgesetzt. Diese Entscheidung hatte er auch zum Wohle seines Sohns getroffen.

Unmittelbar hinter den Elfen befanden sich die Nebelkrähen. Ouna wollte ihren Sohn nicht verlassen, Alasdair nicht seine Gemahlin und die Garde keineswegs ihren Prinzen. Derart geeint schritten sie einem wundersamen Landstrich und weiteren Abenteuern entgegen. Selbst Alasdairs kühnste Erwartungen, der in seinem langen Leben schon vieles gesehen hatte, wurden übertroffen.

Am Ende marschierten Kenneth und seine Soldaten. Sirona und Alba in der Mitte. Auch wenn sie jetzt in die Heimat ihrer Großeltern zogen, Sirona war gleichfalls ihre Prinzessin. Sie galt es zu schützen.

Im allerletzten Augenblick, kurz bevor sich das Portal auflöste, huschte ein weißes Fellknäuel hindurch. Lange hatte die Katze dagesessen und die vorbeiziehenden Massen beäugt, zwischendurch unschlüssig ihre Pfoten geleckt und das Fell sorgsam geputzt. Zu guter Letzt siegte der Gedanke an Ryan. Sie wollte in der Nähe des Jungen bleiben.

UNTER UNS V

Schlechte Aussichten

Der Körper im schwarzen Umhang zitterte vor Wut. Das erboste Geschöpf ereiferte sich maßlos über die jüngste Prinzessin aller Lichtwesen. Dem Mädchen wohnte entschieden eine exorbitante Macht inne, wie das Ungeheuer gelb vor Neid feststellen musste. Zu gewaltig für dieses junge Ding. Durch sein Wirken vereint verschwanden diese Idioten in ein Reich, in das es selbst keinen Zutritt hatte. Vorerst! Es gab keine Barriere, die ihm unendlich widerstand. Das hatte die Vergangenheit gezeigt. Als das Herz nicht mehr so raste und der Atem sich allmählich beruhigte, wurden die Gedanken klarer. Diese absonderliche Form des Zusammenlebens hatte noch nie über einen längeren Zeitraum funktioniert. Dazu waren Elfen zu streitsüchtig, Menschen zu egoistisch und Lichtwesen einfach nur naiv. Letztere glaubten bis zum heutigen Tage an den guten Kern in jedem Lebewesen. Lächerlich! Nur weil irgendetwas Blut durch die Adern pumpte hieß das nicht, dass man auch ein Herz, ein gutes, besaß. Das beste Beispiel war es selbst! Vermutlich ein Fehler, der diese schimmernden Einfaltspinsel das Leben kostete. Über kurz oder lang waren sie allesamt dem Untergang geweiht. Ohne dass es sich großartig anstrengen musste. Es war die Wurzel allen Übels. Ähnlich einem parasitären Pilz infizierte es alles was mit ihm in Berührung kam. Sei es durch Luft, Wasser oder Erde. Säte Zwietracht und Neid, wo immer es ging. Das war seine Aufgabe, von Anbeginn an. Nun, nicht ganz von Anbeginn, schränkte es bedauernd ein.

Und die Nebelkrähen? Es schnalzte mit der Zunge. Das scharfe Knallen ließ es zusammenfahren. Manches Mal vergaß es einfach, dass das geringste Geräusch Pein und Qual bedeutete. Genauso wie diese grauschwarzen Vögel. Die, die sich nicht in die Schar seiner Anhänger gereiht hatten. Nicht mehr lange, dann fielen auch jene der Vernichtung anheim, wäre der Rache genüge getan.

SCHEHERAZADE III

Rebellische Vorhaben

So kam es, dass innerhalb kürzester Zeit Kuriere die Botschaft im ganzen Land verbreiteten. Eine Hochzeit stand ins Haus. Nach ein paar Tagen, die der König vergehen und Scheherazade im Ungewissen schmoren ließ, wahrscheinlich für ihn selbst die größte Strafe, suchte er seine zukünftige Gemahlin auf. König Schahryâr, ein weitsichtiger und edler Herrscher, wenn nicht gerade auf übelste Weise hintergangen, befiel just in dem Moment, als er über die Türschwelle schritt, eine ungeahnte Nervosität. Ihre wundervollen Augen glänzten von vergossenen Tränen, gerötet und trotzig starrten sie ihm entgegen. Kein guter Anfang für seine Absichten. Sie war völlig ahnungslos, was seine Heiratspläne betraf, denn Dinharazade war es bis heute versagt, sie aufzusuchen. Auch entzog es sich ihrer Kenntnis, was mit ihrem Bruder geschehen war. Der befand sich übrigens gerade eben bei seinem Vater und wurde von ihm, in dessen Funktion als königlicher Wesir, über seine Zukunftsaussichten instruiert, wobei ihm genau zwei Wege offenstanden. Die Wahl stand ihm frei, zwischen Tod durch Köpfen ... oder ... Batal entschied sich wesentlich schneller, als Schahryâr momentan Worte fand. Worte der Liebe, in stillen Stunden für Scheherazade zurechtgelegt, die sich soeben in Luft auflösten. Preisen wollte er sie als Glanz in der Morgenröte, das Strahlen im Abendstern, die Erfüllung seiner Sehnsüchte. Er sah sie an jeder Ecke des Palastes, egal welche Entfernung zwischen ihnen lag, in seiner Fantasie waren sie bereits Mann und Frau, gesegnet mit einer Kinderschar, regierte sie neben ihm über ein Land, das er fast ebenso liebte, wie diese junge Frau, die ihm von der anderen Seite der Kammer finstere Blicke zuwarf. Sie war ihm keinen Schritt entgegengekommen! Diese düsteren Gedanken halfen ihm kein bisschen weiter. Sollte er sie bitten? Ihr befehlen? Was genau befehlen? Seine letzte Gemahlin war ihm quasi zugeführt worden. Er selbst, knappe zwanzig, wusste damals wenig vom Leben außerhalb des Palastes. Seiner Mutter, die jene Eine aus einer Heerschar von Heiratskandidatinnen ausgewählt hatte, war allein ein männlicher Nachkomme wichtig, der die Thronfolge sicherte, ... und vor allem eine Frau, die ihren Rang würdigte und keine Gefahr für das komplizierte Machtgefüge eines Harems darstellte. Scheherazade hätte sie sicher nicht ausgesucht, wüsste sie von seinen Plänen. Aus diesem Grund hatte er, entgegen jeglichen Reglements, beschlossen, die mächtigste Frau im Harem, eben seine Mutter, vor vollendete Tatsachen zu stellen. Ihre letzte Wahl hatte allzu großes Unglück über ihn und sein Reich gebracht.

Scheherazade beobachtete ihn aus sicherer Entfernung. Für sie war er ein offenes Buch. Sie dagegen wollte es ihm nicht allzu leicht machen. Vor allem, bevor sie sich nicht versichert hatte, wie es Batal und Margarete ging. Von beiden hatte sie, genauso wie von Dinharazade, seit Tagen nichts mehr gehört.

„Wie geht es Margarete?" Zuerst ging sie die kleinere Hürde an.

„Wenn du die blonde exotische Schönheit meinst, die du jahrelang vor mir verborgen hast, Margarete geht es bestens!"

Wieso grinste er derart zufrieden, wie eine Katze vor der Rahmschüssel? Zog er es in Erwägung mit Margarete …? Hatte sie sich derart getäuscht? In beiden? „Sie wird in Kürze heiraten!" Sein Lächeln zog sich von einem Ohr zum anderen. Wie sehr sie diese Grübchen hasste! Wie sehr sie genau diese und Weiteres an ihm liebte! Einerlei, die bevorstehende Hochzeit brachte eindeutig das Fass zum Überlaufen.

„Sie wird heiraten!", krächzte sie, bevor sie ihn anflog wie eine wildgewordene Furie. Vergessen war die selbst auferlegte Zurückhaltung. Vom Widerhall gegenseitiger Liebe überzeugt, fühlte sie sich gerade eben grenzenlos verraten. Dieses heftige Gefühl, gepaart mit Eifersucht, minderte ihren Respekt vor dem König drastisch und er hatte alle Hände voll zu tun, um sich vor ihren scharfen Fingernägeln zu schützen. Wollte sie ihm die Augen auskratzen? Entschlossen packte er sie bei den Handgelenken, umschlang ihre Hüfte mit seiner Rechten und hielt die beiden Hände mit der Linken hinter ihrem Rücken fest. Dadurch kam sie ihm gefährlich nahe. Zornig blitzten ihre Augen, doch durch all diese Wut funkelte im Hintergrund ein süßes Versprechen. Sanft zog er sie an sich und setzte alles auf eine Karte. Seine Lippen senkten sich auf die ihren, zuerst behutsam, mit der Dauer des Kusses wurde dieser fordernder, von beiden Seiten.

Schwer atmend und äußerst widerstrebend löste er sich aus der Umarmung und fand endlich die richtigen Worte. „Scheherazade, willst du meine Frau und Königin werden?" Die derart Überrumpelte pfauchte ihre Antwort. „Ich werde sicher keine Nebenfrau! Es ist mir egal, an wessen Hof ich mich befinde. Der Mann, dem ich mein Herz schenke, kann sich meiner uneingeschränkten Liebe gewiss sein. Das erwarte ich aber auch umgekehrt!" Demonstrativ trat sie einen Schritt zurück und verschränkte die Arme vor dem Brustkorb. Für Scheherazade spielte es keine Rolle, dass das vorherrschende Sittenbild nun mal Frauen alle Rechte absprach, überhaupt den Bewohnerinnen des Harems, die, genau genommen, oft nichts Besseres als Sklavinnen waren. Sie wurden strengstens bewacht, von der Familie weitgehend abgeschnitten, vom üblichen Alltag sowieso und standen unter despotischer Aufsicht schwarzer Eunuchen oder missgünstiger Favoritinnen, noch schlimmer der Königinmutter. Nicht hier, in König Schahryârs Palast, zumindest nicht, seit sie hier weilte. Aber von anderen Höfen erfuhr man des Öfteren haarsträubende Grausamkeiten. Widerwillen spiegelte sich in ihrem geröteten Antlitz, als sich ihre Blicke trafen.

„Der Mann, dem du dein Herz schenkst?" Fragend näherte er sich. „Hast du mir denn dein Herz geschenkt?"

Sie schüttelte vehement den Kopf, so dass ihr glänzend schwarzes Haar durch die Luft wirbelte.

„Scheherazade! Sanft wickelte er eine der seidenweichen Strähnen um seinen Finger. „Margarete wird heiraten, aber nicht mich! Ich persönlich würde dich gerne zur Frau nehmen." Sie musterte ihn misstrauisch.

„Zur einzigen Frau, mein liebster, süßer Kaktus!" Bereits jetzt wusste er, welchen Sturm er bei seiner Mutter und dem Rest des Harems mit dieser Entscheidung heraufbeschwor. Scheherazade war es ihm wert. War er nicht der Regent und konnte nach Gutdünken verfahren? Irgendwann sollte es auch von Vorteil sein, über ein Imperium zu herrschen.

„Aber, ... wen heiratet Margarete?"

„Sie wird den Mann erhalten, den sie verdient!"

Mehr erfuhr sie nicht, so sehr sie sich auch bemühte.

„... und wie geht es Batal?"

„Dein Bruder ist wohlauf. Das sollte genügen! Auch Dinharazade geht es gut." Damit wäre das Gespräch beendet
gewesen, wohingegen ...

„Ich warte auf deine Antwort!" König Schahryâr hob sanft
das Kinn der jungen Frau und verlor sich sogleich in ihren
dunkelbraunen Augen, die ihm die Worte bereits zujubel-
ten, bevor Scheherazade den Mund auftat.

„Ja, ich will!"

Unumstößliche Traditionen

Standen üblicherweise sechs Monate bis zu einem Jahr für die Hochzeitsplanung zur Verfügung, lag es im Bestreben des Königs jene voranzutreiben. Nach fast drei Jahren hegte er keinerlei Interesse, die Zeitspanne bis zur Vermählung mit Scheherazade mehr als erforderlich auszudehnen, im Gegenteil. Soundso schien es, als hätte das ganze Reich nur auf deren Einwilligung gewartet. Von diesem Tag an ging ein Aufatmen durchs Land. Der Schleier, der sich wie ein Leichentuch über das Leben aller gelegt hatte, hob sich, und ab sofort herrschte hektische Betriebsamkeit, innerhalb und außerhalb des Palastes. Die Vorbereitungen schritten rapide voran, sodass nun tatsächlich der letzte Tag vor dem Hochzeitsmorgen angebrochen war.

Scheherazade wurde mit ihrer Schwester in den *Hamam* des Harems geleitet. Ein behaglicher Ort, an dem sie üblicherweise gerne verweilte, um zu plaudern, Neuigkeiten aus der Gerüchteküche zu erfahren und sich zu entspannen. Heute betrat sie die luxuriös ausgestatteten Räumlichkeiten mit gemischten Gefühlen. Graublaue und elfenbeinfarbene Ornamentfliesen mit Akzenten in Silber und Gold schmückten Wände, Boden und Decke. Im beheizten Vorraum wurden sie entkleidet und in große flauschige Tücher gehüllt. Leicht und weich schmiegten sie sich an ihre Hüften, verrutschten aufs Heftigste, als sie im nächsten Raum plötzlich auf Margarete trafen und sich die drei Freundinnen in die Arme fielen. Dort erwarteten sie auch die Bademeisterin und ihre Helferinnen. Während sich die jungen Frauen vorab wuschen, anschließend auf warmen Steinen saßen, mit dem rauen

Waschhandschuh aus Ziegenhaar eingeseift und danach mit heißen und kalten Güssen abgespült wurden, sprudelten die Worte kaskadenähnlich aus ihrem Inneren. Erst später, als sie, die Körper mit Nelken und Ingwer eingerieben, auf beheizten Bänken ruhten, herrschte Stille und jede hing ihren eigenen Gedanken nach. Schließlich, wieder an der frischen Luft, beim gemeinsamen Spaziergang durch den hintersten Garten, ihrem heimlichen Treffpunkt in den vergangenen Jahren, langten sie mit ihren Erzählungen endlich in der Gegenwart an. Margarete wusste von der bevorstehenden Hochzeit Scheherazades und von ihrer eigenen, die gleichfalls am kommenden Morgen stattfinden sollte. Sie hatte bis zu diesem Moment keinen blassen Schimmer, an welchen Mann der König sie an diesem Tag als Braut übergeben würde. Dieser beängstigende Gedanke erstickte mit einem Male die aufgeregte Plauderei der drei Mädchen. Die Fantasie war in jedem Fall der schlimmste Feind, spiegelte einen uralten, verhutzelten Greis vor, der mit dürren Fingern nach seiner jungen Frau grapschte, oder einen unbeholfenen, vielleicht sogar bösartigen Kerl, der Freude daran fand, seine Frau zu quälen. Margarete, ohnehin mit lichtem Teint, wurde noch eine Spur blasser. „Du hast weiterhin einen Wunsch frei!" Dinharazade brach das Schweigen, das sein erdrückendes Gewicht wie ein dichtgewobenes Netz über sie geworfen hatte. Sie wollte ihre Freundin nicht wie einen Fisch, herausgerissen aus seinem kühlen, nassen Element, hilflos zappelnd und verendend wissen. Sie musste Margarete helfen.

Diese sah sie mit ihren klaren Augen, in denen sich das lichte Blau des Himmels ihrer Heimat spiegelte, traurig an. „Abgesehen davon, dass es ungewiss ist, ob mir ein

Wunsch zusteht, ... ich wüsste nicht, wie ich den Dschinn herbeirufen soll."

Die kleine Schwester grinste. „Ich kann dir sagen, wo er sich aufhält!"

Scheherazade, in Gedanken bereits bei ihrer morgigen Hochzeit, blickte auf. „Du weißt, wo der Dschinn wohnt?" Dinharazade nickte begeistert, sodass ihre tiefschwarzen Haare um ihr freudiges Gesichtchen tanzten. Sie deutete auf das weißglänzende Bauwerk inmitten von grünem Gras und bunten Blumenrabatten. Vorsichtig näherten sich die Mädchen. Feuchter Sprühnebel benetzte ihre Haut, so knapp standen sie am Brunnen und beobachteten die gleißende Fontäne, wie sie hoch in den Himmel kletterte und glucksend in sich zusammenfiel. Dann begann das Spiel von Neuem.

„Wie rufen wir ihn?" Margarete flüsterte unwillkürlich.

Die beiden Schwestern blickten sich an. Geschichtenerzählerinnen durch und durch wussten sie selbstredend blitzschnell Rat.

„Du brauchst ihn nicht zu rufen. Du musst nur ... „, Scheherazade sah sich suchend um, „... du reibst am besten hier." Sie deutete auf die polierte Marmoreinfassung des runden Beckens. Margarete hob ihre Hand.

„Halt!" Wie aus einem Mund kam der Befehl. Margarete zuckte zusammen.

„Doch keine gute Idee?" Fragend wandte sie sich um.

„Schon. Aber weißt du, was du dir wünschen wirst?"

„Ähm ..." Margarete zögerte. „Ich möchte nach Hause!" Fast unhörbar kam die Antwort über ihre Lippen. Scheu blickte sie zu ihren Freundinnen.

„Du willst nach Hause!" Blankes Entsetzen stand den Mädchen ins Gesicht geschrieben. „Hast du dir das auch gut überlegt?" Kein Wort war vergessen, um die Leidensgeschichte ihrer Freundin und den finsteren Machenschaften des Vaters.

„In ein paar Tagen bin ich auch achtzehn und kann mein Erbe antreten. Vater kann mir dann nichts mehr befehlen!", erklärte Margarete mit fester Stimme, die so gar nicht zu ihren Ängsten tief im Innersten passte. Doch die wollte sie sich keinesfalls eingestehen. Morgen stand ihr ohnehin ein ähnliches Schicksal bevor, wie damals zuhause. Vielleicht hatte der Kompagnon ihres Vaters bereits das Zeitliche gesegnet? Sie klammerte sich an einen Strohhalm, und wusste darum. Tatsächlich gab es einen wesentlichen Unterschied zu damals. Heute gab es zwei beste Freundinnen, ohne deren Hilfe sie die letzten Jahre wahrscheinlich nicht unbeschadet überstanden hätte. Die sie liebte, als wären es ihre leibhaftigen Schwestern. Sie zurückzulassen, brach ihr fast das Herz.

„Was soll ich denn machen?" Verzweifelt schüttelte sie ihren Kopf. „In meiner Heimat und meiner Zeit habe ich vielleicht den Hauch einer Chance, mein Leben selbst in die Hand zu nehmen. Hier werde ich morgen zum Eigentum eines Fremden, ausgeliefert auf Gedeih und Verderb!" Ihre Stimme wurde schrill. Sie war aufs Äußerste erregt, ihre Hände zitterten und die Beine fühlten sich an wie cremiges *Malabi*, eines ihrer Lieblingsdesserts, an das sie ebenfalls ihr Herz verloren hatte. Sie sank auf den steinernen Beckenrand. Scheherazade eilte zu ihr, nahm sie in die Arme.

„Beruhige dich, kleine weiße Perle!" Natürlich wusste sie, dass der Satz *beruhige dich* oftmals das Gegenteil auslöste. Zum Beispiel bei ihr. Darum wählte sie mit Bedacht den Kosenamen, den sie ihrer Freundin schon längst im Geheimen gegeben hatte.

Margarete schluchzte an ihrer Schulter. Es war zum Verzweifeln.

„Wir müssen den Wunsch so formulieren, dass nichts schief gehen kann!" Dinharazade meldete sich zu Wort. Ihr war etwas eingefallen. „Kann es sein, dass du dich ... ähm ... verliebt hast?"

Sie dachte an das Bild des Dschinns mit dem Pärchen in seinen Händen. War es eine Luftspiegelung gewesen, hatten sich Sonnenstrahlen im Wasser verfangen? Der Dschinn war ja tatsächlich aufgetaucht. So meinte sie zumindest, sonst befänden sie sich nicht exakt in diesem Augenblick an dieser Stelle und diskutierten.

Margaretes Schluchzen versiegte. Geräuschvoll schnäuzte sie sich in das angebotene Taschentüchlein, blickte dorthin, dann dahin, räusperte sich, fiel in sich zusammen, richtete sich auf, schwieg, druckste herum ... bis es Dinharazade zu bunt wurde.

„Hast du dich in Batal verguckt?" Der direkte Weg war oft der bessere, vor allem der kürzere.

Ein Hustenanfall folgte. „Na ja, irgendwie ..., ja, irgendwie schon!" Krächzend kam die Bestätigung. War es denn überhaupt eine?

„Wie soll ich mir das vorstellen? Irgendwie!?" Die jüngere Schwester reckte den Hals. Gab es das ... sich irgendwie in jemanden zu verschauen? Fragend blickte sie zu Scheherazade. Diese kicherte plötzlich. Natürlich! Wie hatte sie so blind sein können? Mit sich selbst und ihrer verzwickten Situation beschäftigt, war es ihr entgangen, was sich genau vor ihren Augen abspielte. Die Blicke der beiden, das Knistern, das spürbar durch den Raum geisterte, die roten Flecken auf Margaretes Wangen und Batals verlegenes Grinsen. Das Kichern steigerte sich, wurde lauter, wirkte ansteckend und innerhalb kürzester Zeit kugelten alle drei auf der grünen Wiese und lachten Tränen.

Geradewegs in dieses befreiende Gelächter platzte der Dschinn. Ein riesiger Wasserschwall ergoss sich über die jungen Frauen im Gras und schlagartig herrschte Stille.

„Kann man hier vielleicht in Ruhe sein Nickerchen machen?", dröhnte es durch den letzten Garten, während sich gewaltige, blauschimmernde Konturen in der sprühenden Fontäne kristallisierten.

Die Freundinnen rappelten sich hoch. Dinharazade, die von seinem Anblick nicht ganz so überrascht war wie die beiden anderen, fing sich als erste.

„Verzeihung, allerwertester Dschinn!" Bei allerwertester begann Scheherazade wieder zu kichern. Ein strafender Blick der jüngeren Schwester stoppte flugs den Übermut.

„Verzeihung", begann das Mädchen von vorne, „wir wollten Sie unter keinen Umständen belästigen. Wenngleich ... in späterer Folge wäre es unumgänglich geworden."

Ihre Rede, etwas geschwollen, dabei ausgesprochen höflich formuliert, stellte sie mehr als zufrieden. Den Wasserdschinn allem Anschein nach ebenfalls, denn er senkte seine Stimme, während er sich sekundenschnell wandelte.

„Habe mir schon gedacht, dass wir uns ein zweites Mal über den Weg laufen", meinte er nach einem Blick auf Margarete, die ihn fassungslos anstarrte. Ja, das war er! Der Fremde, der sie derart in den Bann gezogen hatte, den

Weg freimachte für den absurdesten Wunsch, den sie in ihrem bisherigen Leben jemals geäußert hatte.

„War er tatsächlich so absurd?"

Diese Stimme! Wie beim ersten Mal drang sie engelsgleich in ihr Bewusstsein, strömte durch die Nervenbahnen und ließ das Herz vibrieren. Margarete lauschte dem Klang der Frage nach. War ihr Wunsch tatsächlich so absurd gewesen? Weitab von ihrem Zuhause, in einem völlig anderen Kulturkreis, hatte sie Freundinnen gefunden, und vielleicht … die Liebe ihres Lebens. Dieses mysteriöse Geschöpf brachte es zustande, dass sie sich ihren geheimsten Wünschen stellte.

„Batal! Batal soll mein Ehemann werden! Das ist mein Wunsch!" Mit ihm an der Seite würde ihr nichts geschehen. Der Dschinn warf ihr einen endlos langen Blick aus seinen dunkelglänzenden Augen zu, während Scheherazade und Dinharazade die Luft anhielten. So sehr sie sich freuten, wenn Margarete und ihr Bruder zueinanderfänden, die Erfüllung dieses Wunsches verwehrte ihrer Freundin die Rückkehr in die Heimat, vor allem in ihre Zeit. Für immer.

„Ich könnte deinen Wunsch erfüllen."

Alle drei Mädchen warteten gebannt auf die nächsten Worte des Dschinns.

„Dazu mit absoluter Leichtigkeit", fuhr dieser fort, während seine Zuhörerinnen an seinen Lippen hingen.

„Hmm …", er seufzte tief, „aber dieser Wunsch wurde dir bereits erfüllt. Morgen wirst du Batal als Braut übergeben." Margarete starrte ihn entgeistert an. Wie war das möglich? Der Dschinn grinste, „das ist nicht mein Verdienst, sondern …", mit einer Handbewegung zu Dinharazade, „allein der ihrige."

Verblüfft blickten sie auf die kleine Schwester.

„Ähm ... als der König so plötzlich auftauchte, wusste ich, dass er euch beobachtet hatte." Zu Scheherazade gewandt: „Wäre er auf den tatsächlichen Grund von Batals Anwesenheit gekommen, nämlich dich zu entführen, dann hätte das Batal seinen Kopf gekostet. Egal, ob er unser Bruder ist oder nicht." Sie zuckte mit den Schultern und fuhr fort. „Da erschien mir der Dschinn, mit Margarete und Batal auf seiner Hand. Das bedeutete die Lösung für alle Probleme. Also erzählte ich unserem König von der leidenschaftlichen Liebe, die unseren Bruder zu solch unsinnigen Handlungen trieb."

„Ein liebend Herz versteht ein anderes", nickte der Dschinn mit einem strahlenden Lächeln, das seine ansonsten dunklen Augen heller schimmern ließ. „Das heißt, du hast noch immer deinen Wunsch frei!"

In diesem Augenblick bogen unzählige Mädchen und Frauen in ihren bunten Gewändern um die Ecke, flatterten auf die drei zu und nahmen sie in die Mitte. Der Abend war angebrochen und die Bräute wurden entführt, um das letzte Ritual vor dem Tag der Vermählung zu zelebrieren. Die Henna-Nacht stand bevor.

Verborgen in der wasserblauen Fontäne, blickte der Dschinn gedankenverloren der singenden Schar nach. Weit entfernt, sowohl räumlich als auch zeitlich, braute sich Unheil zusammen. Sollte er den noch freien Wunsch Margaretes eigenmächtig umsetzen? Er hatte die junge Frau ins Herz geschlossen, wollte sie und ihre Familie vor Unbill schützen. Doch ohne ihr Einverständnis ...?

Das Rückversprechen

Die Henna-Nacht war die letzte Nacht vor den ausgiebigen Hochzeitsfeiern, welche sich über mehrere Tage erstreckten. Üblicherweise begleiteten weibliche Verwandte und beste Freundinnen die Braut durch diesen Abend. Dieser war zumeist am Beginn von einem Hauch Abschiedsschmerz überschattet. Zog doch die Tochter aus dem Haus der Eltern in das Heim ihres Bräutigams.

In Scheherazades und Margaretes Leben gab es keine Mütter, die den Auszug der Töchter beweinten. Beide weilten sie nicht mehr unter den Lebenden. Bei den Vätern übergab der eine, als Wesir, seine Tochter überglücklich dem König. Die Verlobungszeit, tatsächlich äußerst knapp bemessen, wurde offiziell mit sechs Monaten, im Nachhinein, gewährt. Das absolute Minimum, um den Anstand zu wahren. Dieser Hochzeit stand demnach nichts mehr im Wege.

Während der andere der Väter absolut nichts vom Verbleib seiner Tochter wusste, geschweige denn, ob sie noch lebte. Im umgekehrten Sinne entzog es sich der Kenntnis aller, ob Margaretes Vater sich bei guter Gesundheit befand oder er bereits von dieser Welt gegangen war. Ein Unwissen, das niemanden großartig kümmerte. Und wer fragte schon bei einer namenlosen, bis zum heutigen Tag fast unsichtbaren Haremsbewohnerin nach einer traditionellen Verlobungszeit? Trotz alledem wurden bei Einbruch der Dunkelheit vorab traurige Weisen angestimmt, die den Verlust der Familie beinhalteten. Wieso mit Traditionen brechen? Währenddessen rührte die Älteste das Henna an.

Der Brei wurde in eine große, runde Schale gegeben und nach und nach traten alle Frauen vor und bemalten sich gegenseitig mit wunderschönen Mustern in roter Farbe. Allen voran die beiden Bräute, deren Hände und Füße bald Zeichen über Zeichen aus uralten Zeiten schmückten. Zeichen, als Segen für die zukünftige Ehe, als Schutz vor bösen Blicken und aufbrausenden Geistern, als Einladung für das Glück, bei ihnen zu verweilen.

Zu fortgeschrittener Stunde wurden die Gesänge ausgelassener, es wurde getanzt, die Hüften gewiegt, gelacht und gegessen. Vor allem viel süßes Baqlāwa. Irgendwann, als die Frauen etwas außer Puste, träge auf Kissen und Hockern ruhten, begann die Zeit der Märchen. Geschichten über Freuden und Leiden der Ehe, weitergegeben von erfahrenen Frauen für junge, unschuldige Bräute. Langsam gewannen die Erzählungen an Frivolität, und die beiden Freundinnen warfen sich bedeutsame Blicke zu, während Scheherazade versuchte, ihrer jüngeren Schwester die Ohren zuzuhalten. Bis eine der Frauen beim richtigen Wünschen anlangte. Das war der Zeitpunkt, an dem alle drei aufhorchten. Die Alte erzählte vom Kameltreiber, der eigentlich alles hatte, mit sich und der Welt im Reinen war, bis er auf eine Flasche stieß, in der ein Dschinn gefangen war. Als er den Flaschengeist befreit hatte, stellte ihm dieser drei Wünsche frei. Margarete merkte auf. Drei Wünsche, nicht einer! Nun gut, sie hatte den Dschinn ihres Wissens nach aus keinem Gefängnis befreit, es ihm stattdessen ermöglicht, nach Hause zurückzukehren. Das musste jedenfalls auch etwas wert sein? Derart mit ihren Gedanken beschäftigt, hörte sie mehr nebenbei, wie die Erzählerin zum Hauptteil der Geschichte kam. „Er wünschte sich, dass sein bestes Stück größer wäre." Die meisten Damen rollten mit den Augen, einige kicherten. Der Wunsch wurde ihm gewährt und das beste Stück war mit einem Male so groß, wie das eines Araberhengstes. Der Mann erschrak ganz fürchterlich und wünschte es sich schnell kleiner. Nun hatte es die Größe einer Dattel. Völlig verzweifelt wollte der Kameltreiber die ursprüngliche Größe zurück. Damit war auch der dritte Wunsch vertan.

In einer unbesonnenen Stunde gestand der Unglücksrabe seiner Frau das Dilemma jener Nacht, die ihm fortan das Leben schwer machte. Der Dschinn hatte ihm kein Glück gebracht, im Gegenteil. Vorab zufrieden mit sich und seinem Leben, war er nun mit einem Weib gesegnet, das des Tags und des Nachts mit ihm zeterte.

„Also, seid immer bereit für das Wünschen. Damit es euch besser ergeht als dem armen Tropf", endete die Alte, während alle anderen zustimmend nickten.

Nachdem die Kerzen heruntergebrannt waren und das Baqlāwa bis auf das letzte Krümelchen verzehrt, kehrten Mädchen und Frauen zurück in ihre Nachtlager. Nur die besten Freundinnen blieben unter sich, so wie es von alters her Sitte war. Um sich gegenseitig ihre Sorgen anzuvertrauen und ihrer lebenslangen Freundschaft zu versichern. Die drei jungen Frauen traten auf den Balkon ihrer Gemächer in die kühle Nacht. Scheherazade und Margarete fassten sich an der Hand und blickten hoch in den sternenübersäten Nachthimmel.

„Wir wollen uns ewige Freundschaft schwören", schlug Scheherazade vor. Mit Dinharazade bildeten sie einen Kreis, blickten sich in die Augen und während sie den Schwur taten, sich wünschten, dass ihre besondere Verbindung niemals enden sollte, geschah etwas Wundersames. Ein funkelnder Schein löste sich vom dunkelblauen Firmament, schwebte nach unten und der Dschinn landete auf der Balkonbrüstung. Die goldene Sichel des Mondes, geschmückt mit einem Stern samt Schweif, lag in seiner Hand. Vorsichtig löste er die beiden Schmuckstücke, die, wie durch Magie plötzlich an feinen goldenen Schnüren hingen. Er legte zuerst der einen, dann der anderen Braut die glitzernde Kette um.

„Ich bestimme euch als Wächterinnen über Mondsichel und Abendstern. Sollte es jemals an der Zeit sein, dann müssen sich Orient und Okzident finden. Nur gemeinsam kann die gestellte Aufgabe erfüllt werden."

Nach diesen kryptischen Worten nahm der Dschinn auf der steinernen Balustrade Platz, schloss den Mund und verschränkte die Arme. Erwartungsvoll blickte er auf die beiden jungen Frauen.

Dinharazade musterte derweil die fragilen Anhängsel. Geheimnisvoll schimmerten ein goldener Mond und ein Stern, mit Brillanten besetztem Schweif, um die Wette. So etwas Schönes hatten auch die beiden Freundinnen bislang niemals gesehen, als sie ihr Spiegelbild betrachteten.

„Das war nicht mein Wunsch an dich!" Margaretes Wangen nahmen ein tiefes Rot an und ihre Augen sprühten blaue Funken. Hatte sie einen Wunsch vertan? Wie viele standen tatsächlich zur Verfügung?

Der Dschinn zuckte mit der Schulter. „Es war das, was du dir vor wenigen Minuten gewünscht hast. Wir sind quitt!" Damit wollte er sich von der Balkonumrandung schwingen.

„Stopp!" Margarete fühlte, wie Verzweiflung und Zorn die Regie übernahmen. Wie war das mit dem Wünschen? Man sollte darauf vorbereitet sein? Zuerst nachdenken, bevor man den Mund aufmachte. Sie atmete durch. So leicht wollte sie sich nicht geschlagen geben. Es stimmte schon. Ohne die seltsame Reise hierher in diese Welt, hätte sie nie ihre Freundinnen kennengelernt. Hätte aber auch nie den zweiten Wunsch äußern können. Sie dachte an den Kameltreiber, der unbedacht und panisch seine Wünsche vertan hatte. Zuerst galt es zu feilschen. Immerhin feilschte hier in diesem Land jeder. Manches Mal hatte sie den Eindruck, es wäre eine Art Volkssport und das Gegenüber wäre zutiefst enttäuscht, wenn sein Angebot ohne Wenn und Aber, ohne lautstarke Verhandlungen angenommen wurde.

„Dieser, mein Wunsch nach ewiger Freundschaft war keineswegs an dich gerichtet. Den hast du dir selbst unter die Nägel gerissen!" Forsch richtete sie das Wort an den Dschinn. Seine engelsgleiche Ausstrahlung, die sie derart verzaubert hatte, war verblasst. Zurück blieb ein verlorenes Wesen, dem sie ... sie, Margarete in Person ... geholfen hatte.

„Wenn ich nicht gewesen wäre, wärst du nach wie vor auf dem Schiff gefangen. Ich habe DIR deinen größten Wunsch erfüllt. Du hast mich benutzt!" Ihre Stimme wurde lauter, sie fühlte, dass sie wütend wurde. Atmen, von zehn rückwärts auf null zählen. Sie kam bis sieben.

„Kleine weiße Blume, du hast recht." Der Dschinn hob beschwichtigend seine Hände. „Wir sind hin und wieder etwas schwierig im Umgang mit Menschen. Ich bin zu Hause bei meiner Familie, das ist alles, was ich wollte."

Seine dunklen Augen strahlten geheimnisvoll. „Du hast noch einen Wunsch frei."

Da war es wieder, dieses unwiderstehliche Lächeln, gepaart mit der Stimme wie Himmelsmusik. Dieses Mal war Margarete vorbereitet. Sie beugte sich vor und flüsterte dem Dschinn etwas ins Ohr.

„Das wird schwierig", bedenklich wiegte er sein Haupt. „Wärst du damit einverstanden?", nun senkte er die Stimme, neigte sich Margarete zu und unterbreitete ihr im Gegenzug seinen Vorschlag.

Scheherazade und Dinharazade verstanden nicht das Geringste. Sahen nur, wie die beiden miteinander tuschelten, reges Feilschen begann und schlussendlich Margarete zustimmend nickte.

„Dieses Mal warst du eine ebenbürtige Verhandlungspartnerin", mit zerknirschtem Grinsen richtete sich der Dschinn zu seiner vollen Größe auf.

„Dein Wunsch sei dir gewährt, kleine weiße Blume!" Bevor seine Konturen verblassten, vernahmen die Mädchen so etwas wie „Ich wünsche euch viel Glück!" Zurück blieb ein Hauch von Sternenstaub, der auf der steinernen Balustrade bis zum Morgengrauen funkelte.

„Was hast du dir gewünscht?" Sogleich bestürmten die beiden Schwestern ihre Freundin. Diese lächelte nur geheimnisvoll. „Ihr werdet sehen!", mehr kam nicht über ihre Lippen.

Nun endlich fielen die drei Frauen in ihre Betten und gleich darauf in einen tiefen Schlaf.

Morgen sollte geheiratet werden.

Etwas Altes und etwas Neues

Margarete und Scheherazade sanken erschöpft auf den weichen Diwan, sahen sich in die Augen und prusteten gleichzeitig los.

„Ich bin völlig fertig!" Die blonde der beiden Frauen rührte mit dem Pfefferminzstängel vorsichtig in der filigranen Tasse, bevor sie daran nippte. „Wie hältst du das bloß aus?"

Bereits zum dritten Mal fanden sie sich in ihren Gemächern wieder, um sich erneut umzuziehen. Die nächsten Brautkleider, dieses Mal in reinstem Weiß mit rotem Schal lagen bereit und unzählige Dienerinnen zupften, drapierten und frisierten bis alles zur Zufriedenheit der Mutter des Königs war. Diese hatte es sich nicht nehmen lassen, für die Zusammenstellung der passenden Garderobe zu sorgen, wenn sie schon bei der Auswahl der Braut übergangen worden war. Aufgrund der Doppelhochzeit genoss sie das Privileg der Brautmodenauswahl in zweifacher Ausfertigung. Was ihr Engagement duplizierte. Natürlich immer mit Bedacht darauf, dass das Kleid der Königsgemahlin um einiges prachtvoller ausfiel, als das der besten und außerordentlich hübschen Freundin. Beim Wechsel der Kleider handelte es sich beileibe um kein unnötiges Ritual, sondern es galt als sichtbares Zeichen von Reichtum. Je öfter sich die Braut umzog, desto unermesslicher der Besitz der Familie, in die sie einheiratete. Scheherazade, die um die Bräuche wusste, hegte die Befürchtung, dass ein ganzer Stapel von kostbaren Gewändern bereitlag, um von ihr getragen zu werden.

Vormittags war sie im Beisein einiger enger Familienmitglieder und im Eilverfahren verlobt worden. Dies widersprach eindeutig der vorherrschenden Sitte, einer angemessenen Verlobungszeit bis zu zwei Jahren. War unter den gegebenen Umständen jedoch nicht anders händelbar. Und, so wie es Dinharazade und auch der Dschinn behaupteten, wurden im selben Zug Margarete und Batal einander versprochen. Ein Stein fiel Scheherazade vom Herzen. Sie wusste, ihr Bruder würde Margarete vor allem Unbill der Welt schützen. Kaum waren die Paare einander versprochen, ging es für die Bräute ins Ankleidezimmer. Dort warteten neben dem obligaten Tee etliche Naschereien auf sie. Der Appetit der beiden hielt sich in Grenzen, trotzdem langten sie unter dem strengen Blick der Königinmutter pflichtbeflissen zu. Eine weitere Herausforderung für Scheherazade, auf einmal mit einer Schwiegermutter, dazu der mächtigsten Frau im Harem, gesegnet zu sein. Aber die erwarteten Sticheleien blieben aus. Ausnahmslos alle Bewohnerinnen waren überglücklich, dass nun, mit der Heirat des Königs, endlich Frieden einkehrte. Dass fürderhin in des Königs Herz und Bett nur mehr Platz für eine Liebe war, ahnten zweifelsohne einige, die schwiegen wohlweislich. Was hätte es auch gebracht, sich darüber zu ereifern? Das blindwütige Köpfen hatte aufgehört, seitdem Scheherazade auf der Bildfläche erschienen war, dafür besaß sie die Dankbarkeit aller. Was die zweite Braut an diesem Tag betraf, die sich plötzlich innerhalb ihrer Mitte befand, wen interessierte es? Erst als sich der Sohn des Wesirs als ihr Bräutigam entpuppte, begann ein großes Wehklagen. Handelte es sich doch bei jenem um eine der besten Partien im Lande, einen der begehrtesten Junggesellen. Aber … es war zu spät! So unerwartet die Fremde aufgetaucht war, so rasch verschwand Batal vom Heiratsmarkt.

Geschenke wurden entgegengenommen, Segenswünsche und Bauchtänzerinnen empfangen, beides unabdingbar für eine erfolgreiche Ehe. Gerade die Tänzerinnen, die elegant und gekonnt mit dem Shamadan, einem mehrarmigen Kerzenleuchter, getragen auf dem Kopf, ihre Künste darboten, waren willkommene Botinnen des Glücks und wurden reich entlohnt. Der Tag verging wie im Flug und bald versank die Sonne feuriggolden am Horizont. Mit dem letzten Glühen riefen dumpfe Schläge zum abendlichen Hochzeitsmahl. Der unüberhörbare Aufruf für Frauen und Männer, in der großen Halle zusammenzuströmen. Von nun an durfte gemeinsam gefeiert werden.

König Schahryâr wartete bereits auf einem erhöhten Podest auf Scheherazade. Die letzten Stunden waren angefüllt gewesen mit dem Empfang von Repräsentanten befreundeter Länder, dringlichen Staatsgeschäften, die ihm auch an diesem besonderen Tag keine Ruhe gönnen wollten, und vor allem mit der Auswahl geeigneter Würdenträger, die Schlange standen, um die eine oder andere seiner Haremsdamen zu freien. Fraglos hatte es sich herumgesprochen, dass er sein Herz an nur eine Einzige verschenken wollte. Die Feierlichkeiten stellten einen geeigneten Rahmen für weitere Verlobungen dar. Jede geglückte Verbindung verhieß weitere Handelspartner und vor allem Verbündete an seiner Seite. Sollte tatsächlich einmal jemand auf die abwegige Idee kommen, sein Reich anzugreifen, war vorgesorgt. Darum wählte er die zukünftigen Heiratskandidaten mit Bedacht. Es barg keinen Vorteil, seine Damen unter Wert zu verscherbeln oder sie offensichtlich unfähigen Händen zu überlassen. Die obendrein die ihnen anvertrauten Kostbarkeiten nicht zu schätzen wüssten. Obgleich Margarete niemals offiziell in seinem Harem angekommen war, gab es für die blonde Frau eine Menge an Bewerbern. Diese hatte er, vielleicht voreilig, Scheherazades Bruder zugesprochen. Daran musste er sich halten, wollte er es sich nicht gleich am ersten Tag ihrer Ehe mit seiner Gemahlin verscherzen. Rhythmische Trommelklänge kündigten die Ankunft der Bräute an. Der ewig lange Festzug glich einer bunten Vogelschar. Verschleiert, in allen nur erdenklichen Farben, tanzten und sangen sich die Frauen den Weg frei. Scheherazade und Margarete in tiefroten Gewändern an der Spitze wurden in seine Richtung gelenkt. Margarete fand ihren Platz neben Batal, während Scheherazade auf das Kissen an seiner Seite sank. Er konnte weder ihren Gemütszustand noch ihr Gesicht erkennen. Dies alles verbarg sich hinter rotem, dichtgewebtem Stoff. Nun, sie musste nicht lange nach Luft ringen.

Jenes Festessen war eine der seltenen Gelegenheiten, den geheimnisvollen Schleier des Harems ein klein wenig zu lüften. Geladen waren einzig die Familien der anwesenden Damen und namentlich genannte Besucher, deren Verlobung heute gefeiert wurde. Zudem gab es strenge Regeln, die Sitzordnung betreffend. Einzig die zwei Brautpaare saßen nebeneinander, ansonsten herrschte eine strenge Trennung zwischen Männern und Frauen.

Auf ein Zeichen hin, durften die Schleier zurückgelegt werden und der König sah zum ersten Mal an diesem Tag seiner Braut in die Augen. Gleich schlug sein Herz um einige Takte schneller, so sehr berührte ihn ihr samtener Blick. Scheherazade war seine Frau und er liebte sie über alles. Langsam und stetig hatte ihr sanftes Wesen ihn gefangen genommen, ihn mit der Zeit seinen Zorn und Schmerz vergessen lassen. Unbeirrbar und ohne Angst war sie Abend für Abend in seine Gemächer geeilt, hatte es ihm mit einer unendlichen Bandbreite von Geschichten ermöglicht, Emotionen zuzulassen, die für einen Mann in seiner Position als unstatthaft galten, zumindest in der Öffentlichkeit. In ihrer Nähe konnte er sein, wie er war, brauchte sich nicht zu verstellen. Zwischen ihnen gab es kein Schauspiel, nur das Wahrhaftige. Sie lächelten sich an und ihre Schicksale verwoben sich ineinander. In diesen Tagen ward die Sippe der Märchenerzähler geboren. König Schahryâr und Scheherazade wurden drei Kinder geschenkt. Zwei Söhne und eine Tochter. Einer der Söhne blieb am königlichen Hof, trat in die Fußstapfen des Vaters, wurde zum Regenten über ein mächtiges Reich. Den anderen interessierten weder höfische Aufgaben noch königliche Zuwendungen. Er liebte das einfache Leben, weitab unermesslichen Reichtums, andererseits auch unberührt von Protokollen und Verpflichtungen. Dieser, seine Kinder und Kindeskinder entwickelten sich durchwegs zu Spezialisten auf verschiedenerlei Gebieten. Sei es Miniaturmalerei, Dichtkunst, das Töpferhandwerk oder Papierschöpfen. Scheherazades Tochter erlernte die Teppichknüpferei, wobei sich König Schahryâr oft fragte, wieso seine Gattin so viel Wert auf eben dieses Handwerk legte. Immerhin musste sich die Prinzessin ja nicht ihren Lebensunterhalt verdienen. Unabhängig davon, wieder und wieder kontrollierte Scheherazade die Spannung der

Kett- und Gängigkeit der Schussfäden, korrigierte ihre Tochter Mal um Mal, und erst wenn das Musterstück der Prüfung auf Strich und Faden standhielt, wurde mit der wirklichen Arbeit begonnen. Jene Linie entwickelte sich im Laufe der Zeit zu wahrer Größe. Die Garne wurden immer geschmeidiger und die Muster immer komplizierter und feiner. Zudem wuchsen die Mädchen und Frauen zu Bewahrerinnen von Geschichten, Märchen und Legenden heran. Von Generation zu Generation wurden also außer Muster und Techniken auch all die Erzählungen weitergegeben. Aufbewahrt in der Erinnerung, wo eine gute Geschichte oftmals ein Leben wert ist.

Zu guter Letzt ... ein Geheimnis blieb und ward schon fast vergessen.

Einst taten Margarete und Scheherazade einen Schwur unter strahlendem Firmament - dass ihre Freundschaft die Ewigkeit überdauerte. Selbst wenn sie in weit entfernten Ländern lebten, das Himmelszelt mit seinen Gestirnen wäre immer dasselbe. Sonne und Mond änderten sich nicht, die Sterne funkelten dort und da. Wann immer sie die Morgenröte erblickten, das Abendrot den Himmel färbte, erneuerte sich der Schwur, gedächten sie einander. Weil ... Margaretes Wunsch blieb schließlich zu erfüllen. Eines Tages, als die Freundinnen die gemeinsam geknüpften Teppiche auslegten, offenbarte sich das Ansinnen der einen.

„Diese Teppiche sind etwas Besonderes!" Margarete strich über den seidigen Flor. „Sie erzählen unser Leben." Versonnen betrachteten die drei Frauen die ausgerollten Bodenbeläge, jeder in einer anderen Ecke des Raumes.

„Und … hört genau hin, liebste Freundinnen!" Da vernahmen es auch die Schwestern. Die Teppiche flüsterten miteinander und bezogen sie in ihre Unterhaltung mit ein. „Die Magie des Dschinns wird mir erlauben, nach Hause zu reisen." Margarete strich zärtlich über ihren gewölbten Bauch. Auch die Leibesmitte von Scheherazade hatte zugelegt. Sie erwarteten beide ihr erstes Kind.

„Ich möchte meinen Bruder wiedersehen. Und meine Großmutter und Klara … und ja, auch meinen Vater." Den Gedanken an Benno verdrängte sie momentan. Das liebevolle Gesicht seiner Mutter ließ sich nicht so schnell vertreiben.

„Du verlässt uns?!" Selbstverständlich wussten die beiden, dass Margarete beim Dschinn einen Wunsch ausgehandelt hatte, und sie kannten deren Sehnsucht nach ihrer Heimat. Trotz allem kam ihre Ankündigung unerwartet.

„Versteht ihr nicht? Wir haben nicht nur irgendwelche Zauberteppiche geknüpft. Diese Magie ermöglicht es uns, miteinander in Kontakt zu bleiben. Alles, was ihr dem Teppich anvertraut, hören auch die anderen. Außerdem …", ein spitzbübisches Grinsen huschte über ihr Antlitz, „… dieses Mal war ich klüger beim Wünschen!"

Verständnislosigkeit zeichnete sich in den Gesichtern der jungen Frauen ab.

Margarete deutete auf den Boden. „Setzt euch, jede auf ihren Teppich!" Als alle Platz genommen hatten, fuhr sie fort. „Schließt eure Augen und denkt aneinander!"

Sie taten wie geheißen. Und da passierte es. Mit einem Ruck rutschten die kostbaren Knüpfwerke zusammen, bis sie Stoß an Stoß beieinander lagen.

„Ein fliegender Teppich!" Scheherazade schrie es beinahe. „Ich war der Meinung, die existieren nur in meinen Märchen!" Fassungslos fixierte sie ihre Freundin. „Margarete, du bist ein Genie!"

„Ich lerne dazu. Denselben Fehler mache ich kein zweites Mal!", lachte diese. Ernsthaft fuhr sie fort. Diese Magie wird für immer in unseren Töchtern wohnen. Sie wird von den Müttern weitergegeben und vielleicht nicht in jeder Generation zum Vorschein kommen. Sollte es dahingegen erforderlich sein, Mondsichel und Abendstern zusammenzuführen, wird es passieren!"

Ein weiterer Schwur schlang sein zartes und zugleich unzerstörbares Band um die Freundinnen. „Lasst uns Geschick, Magie und Geschichten bewahren. Und behütet jeweils die Sprache der anderen!"

Denn das ist jetzt tatsächlich das allerletzte Geheimnis jener fernen Tage. Die Ahninnen der Vergangenheit streuten die Saat im Vertrauen, dass in der Zukunft zur rechten Zeit das Rechte passierte.

Altes und Neues wuchs zusammen.

STELLAS WELT VI

Caadre

Von einer Sekunde auf die andere herrschte absolute Finsternis. Doktor Stein blieb wie angewurzelt stehen. Das Wissen über seinen genauen Aufenthaltsort hemmte seine Schritte. Er befand sich am Ende einer Treppe, inmitten eines Teichs mit Tonnen von Wasser über ihm. Feuchte Luft benetzte Gesicht und Hände. Es roch modrig, fischig, nach Algen. Der Dunst verdichtete sich, schien an ihm zu kleben. Zudem dröhnte in ihm das Rauschen des eigenen Blutes. Dieses Getöse stürzte, einer entfesselten Flut ähnlich, vom Kopf bis zu den Fußsohlen, ließ ihn wanken. Weitere Geräusche drangen gedämpft an sein Ohr. Hörte er tatsächlich die plätschernden Wellen an der Oberfläche des Teichs? Dies beruhigte ihn in keinster Weise. Leises Wispern wies ihm den Weg zu Gutrun und Dolly. Seine Augen, die sich zwischenzeitlich an das Stockrabenfinster gewöhnt hatten, entdeckten in weiter Ferne ein sanftes Glühen, und er tappte am nackten Fels entlang in diese Richtung.

Dolly trug keine Fackel. Eine der pinkfarbenen Seerosen lag in ihrer Hand und tauchte die Umgebung in warmes, rötliches Licht. Eine sagenhafte, schier unglaubliche Welt tat sich vor dem Professor auf, schuf Platz für wortloses Staunen. Die scheinbar felsigen Wände des Stollens waren, entgegen der ursprünglichen Vermutung, aus Glas, jedenfalls aus durchsichtigem Material. Zu sehr wollte er dieser beängstigenden Überlegung nicht nachhängen. Der Wissenschaftler in ihm drängte zur schnellstmöglichen Flucht aus dieser zerbrechlichen Röhre, die dem enormen Druck der Wassermaßen aufgrund einfacher, physikalisch fundierter Grundgesetze keineswegs auf Dauer standhielte. Beängstigendes Knirschen und Knacksen untermauerten dieses unumstößliche Faktum. Sein ansonsten nüchterner Verstand setzte aus, und der Professor blieb stehen. Er sah nach oben. Kein Tageslicht fiel bis hierhin. Bis jetzt war der Weg eben, ohne besondere Steigungen oder wahrnehmbares Gefälle verlaufen. Wie viele Stufen war er nach unten gegangen? Er hatte sie nicht gezählt. Unverhofft fiel ihm Stella ein. Sie hätte auf den Punkt genau die Anzahl der Stufen nennen können, mitsamt der bisher zurückgelegten Schritte. Das Bild, das sich ihm bot, als er seine Handflächen auf die kühle Oberfläche vor ihm legte und hindurchblickte, drängte seine verschwundene Patientin kurzfristig in den Hintergrund. Vielleicht träumte er und befand sich in einer unglaublichen Utopie? Unerheblich, wie dieses surreale Abenteuer ausging, alleine für diesen Anblick, real oder fantastisch, hatte es sich ausgezahlt. Es schien, als durchquerten sie eine Tiefseerinne. Was in einem Teich völlig absurd war. Nichtsdestotrotz! Schroffe Felsen, mit Moos überzogen, das es seines Wissens nach unter Wasser gar nicht geben durfte, ragten beidseitig steil in die Höhe. Am Ende des Grabens ergoss sich ein smaragdgrüner Wasserfall von der scharfen Kante abwärts in ein Auffangbecken. An mit Farn überwucherten Hängen wuchsen überdimensionierte Pilze. Diese dienten augenscheinlich als Behausung, denn die Pilzkappen fungierten offensichtlich als Dach. Ja, und kaum zu glauben, im Stiel waren Fenster eingelassen, durch die milder Lichtschein nach draußen drang. Geschwungene Torbögen führten auf Terrassen und Balkone, wobei sich Letztere unter dem üppigen Bewuchs fast verloren. Treppen und Brücken verbanden die zahlreichen Häuschen und führten in regelmäßigen Abständen jeweils auf die andere Seite der Schlucht. Thomas Stein konnte dies alles, obzwar gemindert durch einen grünblauen Schleier, deutlich erkennen. Genauso wie die drei Mädchen im Wasser, die ihn auf seinem Gang durch den gläsernen Tunnel begleiteten und neugierig beobachteten. Die feinen, edlen Stoffe ihrer wadenlangen Kleider schmiegten sich an ihre Körper, während die jungen Frauen grazil an ihm vorüberschwebten.

„Unsere Generation kommt ohne Schwimmhäute und Kiemen aus. Die Atmung funktioniert an Land und unter Wasser ähnlich." Dolores beantwortete die unausgesprochene Frage. „Äußerlich unterscheiden wir uns kaum von anderen Elfen. Außer, dass wir natürlich wesentlich mächtiger sind als all die anderen!", fügte sie hinzu. „Darum sind wir auch die Schützerinnen von ...", abrupt verstummte sie.

Sein Blick löste sich von der schimmernden Außenwelt. „Wen beschützt ihr?"

„Nun ... unter anderem ... zerbrechliche Menschen, so wie du einer bist." Aha, auf einmal duzte sie ihn?!

In dieser Konstellation musste er ihr wider Willen zustimmen. Exakt in diesem Moment fühlte er sich ausgesprochen zerbrechlich. Vor allem, wenn er an die dünnhäutigen Außenwände dachte, die als einzige Barriere zu einer wahrhaft faszinierenden, vermutlich todbringenden Welt fungierten.

„Zumindest tödlich für dich." Seine frühere Assistentin ließ keine Chance ungenützt, ihm ihre Überlegenheit zu demonstrieren. Wie hatte er nur so blind sein können? Die Kriegerin, die stolz vor ihm stand, in der einen Hand die rötlich schillernde Seerose und in der anderen ihre funkelnde Klinge, glich in keiner Weise der grauen Maus aus der Klinik. Alleine das verschlagene Lächeln, das immer wieder über ihr Gesicht huschte, verursachte ihm Gänsehaut. Sie hatte sich verstörend gewandelt. Oder hatte er nur gesehen, was er sehen wollte?

„Lass endlich den Professor in Ruhe!" Gutrun war herangetreten und obgleich sie kaum ihre Stimme erhoben hatte, änderte sich Dolores Haltung in Sekundenschnelle. Sie beugte leicht das Haupt, nicht bevor sie ihm einen letzten bösen Blick zuwarf, und senkte das Schwert.

„Wie Ihr wünscht ..." Wieso nur entstand in seinem Kopf das Bild einer selbstbewussten, befehlsgewohnten Anführerin, wenn er Gutrun jetzt betrachtete, wie sie hoheitsvoll ihrer Pflegerin Weisungen erteilte. Die einstige Klinikinsassin hatte sich gleichfalls verändert. Der sorgsam gewickelte Turban war verschwunden, an dessen Stelle floss ihre goldene Haarpracht in Wellen hinab bis zu den bloßen Füßen. Die Gesichtszüge waren ebenmäßiger geworden, gaben nach wie vor keinen Hinweis auf ihr Alter, einzig die filigrane, fast durchscheinende Gestalt und ihre dunklen Augen waren geblieben. Mit diesen sah sie ihn lange und eindringlich an.

„Nur er ist in der Lage, Stella zu befreien." Sie wandte sich Dolores zu. „Also schütze ihn mit deinem Leben!"

Der Psychiater nahm noch das mürrische Nicken der Elfe wahr, bevor er das Gleichgewicht verlor und gegen die gläserne Hülle katapultiert wurde. Der Boden unter ihnen bebte und grausiges Knistern begleitete die Risse, die sich soeben von der Decke über die gewölbten Wände nach unten zogen. Der einzige Schutzwall zur nassen Welt da draußen schien zu bersten! Eine der drei Wasserelfen war rasant gegen den Tunnel geknallt. Was hatte sie sich dabei gedacht? War ihr bewusst, dass diese Ummantelung äußerst filigran war und er gerade für all seine Sünden Abbitte leistete? Doktor Thomas Stein war ein gläubiger Mensch, wenn auch nicht im herkömmlichen Sinn. Seine Großmutter andererseits schwor auf den sonntäglichen Kirchgang und abendliche Zwiesprache mit Gott. Also schickte er ein Stoßgebet zum Himmel. Oder in die Richtung, in der er den Himmel vermutete. Denn soeben schälte sich von genau dort ein trüber Schatten aus dem diffusen Algengrün über ihm und kam näher. Thomas stockte der Atem. Das Untier schien der Hölle entflohen zu sein. Seine Befürchtung von vorhin, die Stiegen hinab in den Höllenschlund einzutreten, wandelte sich gerade zur Gewissheit. Dieses Monster war nicht ausgebrochen, sondern befand sich in seiner natürlichen Umgebung. Er selbst war der Eindringling! Ein Schädel mit sechs giftgrünleuchtenden Augen tauchte unmittelbar vor ihm auf. Er thronte auf einem breiten Brustkorb, der nach unten schmäler werdend in einem überlangen Schwanz endete, der wiederum dem eines Skorpions erschreckend ähnelte. Knöcherne, messerscharfe Dornen überzogen den kompletten Körper mitsamt seinen vier gigantischen Gliedmaßen. Eine krallenbesetzte Klaue packte die nächste Wasserelfe und schleuderte sie gegen die Tunnelwand, die unter dem plötzlichen Aufprall ächzte. Hatte Thomas vor kurzem die Eleganz der jungen Frauen bewundert, musste er nun mitansehen, wie das Mädchen, überrumpelt vom Angriff, hilflos nach unten trudelte. Zwischenzeitlich wimmelte es von Wasserelfen, die von allen Seiten heranströmten, um den dreien zu Hilfe zu eilen. Mit spitzen Harpunen und langen Stöcken bewaffnet, traten sie einem Ungeheuer entgegen, das sie um ein Vielfaches überragte. Dessen Schwanz, mit unzähligen spitzen Stacheln bestückt, durch ihre Reihen fegte, dessen krallenbesetzten Fänge die Elfen fassten, die ihm zu nahekamen. Im Übrigen, mit zwei dieser Klauen klammerte sich die Bestie an die durchsichtige Röhre, wobei diese demnächst zu bersten drohte. Riss um Riss bildete sich in der zerbrechlichen Hülle, Wasser, vorerst in Rinnsalen, drängte sich ins Innere.

„Lange wird der Tunnel diesem Druck nicht standhalten!" Dolores sprach laut aus, was sich soeben in Thomas Gedanken festhakte. „Gebt mir die Erlaubnis, meinem Volk beizustehen", bat sie Gutrun.

Gutrun schloss kurz die Augen. Aus den Rinnsalen waren Sturzbäche geworden, Strudel umspülten bereits die Knie, ihre Haare glichen nassem, goldenem Seetang und es war nur mehr eine Frage der Zeit, bis ihnen entweder das Wasser bis zum Hals stand oder ihr Behältnis brach. Thomas vermeinte, bereits den schaurigen Odem des Todes zu atmen, sobald sich der Rachen des Monsters öffnete und es in blinder Wut nach allen Seiten schnappte. Der Respekt und das Verständnis des Psychiaters für Stellas Fantasiewelten wuchsen soeben ins Unermessliche.

„Nun denn. Die Zeit drängt." Gutrun öffnete ihre Augen. „Du darfst gehen." Mit einem Wink entließ sie Dolores. Die sich, ohne dass Doktor Thomas Stein bemerkt hätte wie, auf einmal draußen im Getümmel befand. Einer schäumenden Amazone gleich stürzte sie mit gezücktem Schwert in die Schlacht und hieb dem grausigen Untier den langen, dornenbesetzten Schweif ab, der ihr gefährlich nahekam. Erbost hob das Vieh den Kopf und brüllte seinen Schmerz durch den grünen See. Eine gewaltige Fontäne schoss an der Oberfläche aus dem Teich. Gleichzeitig entstand unter Wasser eine Druckwelle, brach sich an den Felswänden und raste in Folge auf Gutrun und Thomas zu. In der Sekunde gelangte der Professor an einen Punkt, an dem er ein göttliches Wunder durchaus willkommen hieße. Rasend schnell zog sein Leben an ihm vorbei. Er verfluchte wie bereits des Öfteren die wahnwitzige Idee, sich auf die Suche nach Stella begeben zu haben, oder überhaupt aus seinem sicheren Schneckenhaus gekommen zu sein. War Indiana Jones jemals in Schockstarre gefallen? Der Titelheld zahlreicher Abenteuer verblasste zusehends neben der Wirklichkeit, unter deren Einfluss sich Thomas Stein soeben befand, als er die sanfte Berührung seiner Begleiterin am Ellbogen spürte.

„Mir fehlt die Zeit für lange Erklärungen." Mit diesen Worten legte sie ihre freie Hand auf die knisternde Oberfläche des auseinanderbrechenden Gefängnisses, denn als dieses verstand Thomas Stein die Röhre momentan. Als sie ihre zweite von seinem Arm löste, schwand augenblicklich der beruhigende Einfluss. Bevor er sich in aufkeimender Panik verlieren konnte, wurde er abgelenkt. Dort, wo die einst mysteriöse Malerin ihre Hände nebeneinander aufgesetzt hatte, entstand in Windeseile ein Gemälde. Dieses lebensgroße Bild zeigte einen von größeren und kleineren Felsblöcken gesäumten Weg, der sich durch Gehölz schlängelte. Sand und Laub bedeckten diesen, der Untergrund hingegen sah trocken aus, keine nassglänzenden Felsen, kein feuchtes Moos, nicht einmal ein Rinnsal störten die Idylle. Aber was nützte das?

Gutrun packte seinen Hemdsärmel und zog ihn näher. „Ihr müsst gehen!" Sie deutete auf den Pfad, der sich in einer Kurve verlor.

Professor Doktor Thomas Stein dachte an die Wandmalereien im Zimmer der ehemaligen Insassin. Erinnerte sich an das verlockende Flüstern, als er vor dem Bildnis mit dem kleinen Dörfchen gestanden war, an den Drang, das grünbraune Schilf zu berühren, an den Schmerz, der ihn beim Berühren der scharfen Kanten durchzuckt hatte, und das Blut, sein Blut, das real aus dem Schnitt hervorgequollen war. Bis jetzt hatte er die glänzendschwarze Schlange vor Augen, unversehens aufgetaucht, und die Warnung, selbst ausgesprochen, klang ihm im Ohr ... *wir wissen nicht, mit welchen Gefahren es verbunden ist* ... Alexander hatte damals bedächtig genickt, und sie waren einer Meinung gewesen, keinesfalls in die Gemälde einzusteigen. Das war erst ein paar Tage her! Und in dieser Sekunde verlangte die irritierend gewandelte Künstlerin allen Ernstes von ihm, sich in eines ihrer Werke zu begeben.

„Was passiert mit Ihnen?", er brachte das Ihr und Euch und Euer nicht über die Lippen. Diese Floskeln waren ihm fremd.

„Um mich braucht sich niemand zu sorgen! Ihr seid ab hier indes auf euch gestellt. Diese Grenze darf ich keinesfalls überschreiten." Sie umfasste das mystische Waldstück mit einer ausholenden Bewegung und lächelte. Sein Herz wurde weit, er fühlte sich in absoluter Sicherheit, ... bis sie ihn völlig unvorbereitet in das Bild schubste. Instinktiv krümmte er sich zusammen, fühlte zu seinem Erstaunen keinerlei Widerstand. Erst als er auf allen vieren auf der staubigen Erde mitten im Bild, jenseits der ominösen Grenze, landete, schürfte er sich Hände und Knie. Schleunigst hechtete er hoch und sah über die Schulter. Er erhaschte einen Blick auf das Monster, wie es rasend wütete, die Elfenkrieger, die zwischenzeitlich auf dessen Rücken mit blanken Klingen nach unten stachen und sich so zum verletzlichen Schädel vorkämpften. Die Öffnung, durch die er gestoßen worden war, verringerte sich zunehmend. Im Vordergrund stand Gutrun, lächelte ihm aufmunternd zu. Ihr Körper wurde durchscheinend, die Konturen verschwammen, bis sie sich im hellen Glanz auflösten, kurz bevor sich das Tor in diese andere wundersame und gemeingefährliche Welt schloss. Eine letzte Woge Wasser schwappte in seine Welt, benetzte die Füße, dann herrschte Stille.

ELHAME II

Nah und Fern

In der *Grande Dame* herrschte Tumult. Vorerst sahen alle auf das dunkelhäutige Mädchen in der exotisch anmutenden Kleidung, das im Schneidersitz auf seinem farbenprächtigen Teppich saß. Wie viel Zeit war vergangen, seitdem sie Elhame in die mysteriöse Vergangenheit ihres fernen Heimatlandes entführt hatte? Einiges von dem, was sie heute zu Ohren bekommen hatten, klang fremdartig, teilweise bizarr, für heutige Verhältnisse unvorstellbar. Gerade bei den weiblichen Zuhörerinnen regte sich lautstarker Unmut. Wie konnte man über Frauen einfach so bestimmen, sie als Ware behandeln, zuteilen als Gemahlinnen oder als Sklavinnen verkaufen? Welch ein Irrsinn! Elhame saß still und wartete. Sie hatte geahnt, dass es nicht einfach würde. Zu groß war die Kluft zwischen den Kulturen ihrer verschiedenen Ursprungsländer. Trotz aller Widrigkeiten und Bedenken, sie hatte einen Auftrag. Den musste sie, komme was wolle, erfüllen. Nach wenigen Minuten legte sich der Lärm und mit der Zeit wurde es mucksmäuschenstill. Auch Elhame blieb still.

Alexander wusste, worauf die Kleine wartete. Er arbeitete genauso. Jemand aus dem Publikum musste die Frage stellen. Die naheliegende nämlich.

„Was ist mit Margarete geschehen?" Er nickte Elhame zu und schuf derart die Brücke für sie.

„Margarete ist tatsächlich in ihre Heimat zurückgereist." Ernsthaft blickte sie um sich. „Genau deswegen bin ich heute hier."

SAORADH III

Wundersame Welt

Langsam bewegte sich die zusammengewürfelte Schar durch das Portal, dessen Konturen, als die letzten von ihnen hindurch waren, verblassten, sich in Luft auflösten. Sah man zurück, blickte man auf dicht beieinanderstehende, mannshohe Büsche, in denen ein Chor von Vogelstimmen zwitscherte, trällerte und jubilierte, als ginge die Sonne soeben ein letztes Mal auf. Nichts Aufregendes, nichts Besonderes war an dieser immergrünen Hecke. Die Lichtwesen eilten voran, den Elfen war *Saoradh* durchaus vertraut, sie stapften stur gerade aus, sahen weder nach rechts noch nach links. Wer fortwährend still stand und das Tempo drosselte, waren die zerbrechlichen Erdbewohner, welche mit großen Augen auf all die Wunder rundum stierten.

Vor ihnen schlängelte sich ein schmaler Pfad durch extrem hohe Bäume. Beidseitig funkelte es golden, als beleuchteten unzählige Kerzen die natürlich gewachsene Allee. Trat man näher, erkannte man, dass es sich um wundersame Blumen handelte, die sich gegenseitig mit ihrem Schein bespiegelten. Gespräche verstummten, keine Ziege meckerte, kein Schweinchen grunzte, kein Huhn gackerte, sogar die Kinder klappten ihre ansonsten nimmermüden Mündchen zu, es wurde mucksmäuschenstill.

Ilros Soldaten erging es ähnlich. Vorsichtig fassten sie ihre Schwerter, damit deren Klirren nicht die heilige Ruhe dieses Waldes störte. Derart ergriffen folgten alle dem bestrahlten Pfad, der sich rückwärtig in dunstigem Nebel verlor. Längs des Steiges taten sich fortwährend fantastische Ausblicke auf, die den Bilderbüchern ihrer Kleinsten entstiegen zu sein schienen. Einmal erhaschten die Wanderer einen Blick auf ein Steinportal, vor dessen Stufen sich bräunliches, weiß getupftes Damwild eingefunden hatte. Erst bei näherem Hinsehen erkannten sie die feine, zarte Elfe, die am Boden hockte und sich in ihrem Aussehen kaum vom zutraulichen Wild abhob. Ein anderes Mal war es eine Lichtung, übersät mit unvorstellbarer Blumenpracht und Schmetterlingen in unzähligen Farbschattierungen, inmitten derer, gemessenen Schrittes, eine Elfe wandelte. Sicherlich eine Blumenelfe, denn ihre Gewandung glich der eines äußerst seltenen Buttervogels, in Rosa und Purpur gehalten. Mit hellen Flügelspitzen, dunklem Rock, der sich vielfach gerüscht bis zum Boden ergoss und ebenholzschwarzen Locken, die ein silbernes Krönchen zierte. Als der Tross an zwei mächtigen, einander zugeneigten Bäumen vorbeikam, bildete sich eben eine Öffnung zwischen den Stämmen. Wer sogleich hindurchblickte, konnte ein Funkeln und Gleißen entdecken, sodass kreisrunder Schwindel das Gemüt erfasste. Auch wenn es vorerst schien, Schwärme von Glühwürmchen verursachten das Glitzern, die Betrachter waren sich einig, hier lag einer der geheimnisvollen Schätze verborgen, von denen es in diesen Landen vermuteter Weise massenhaft gab.

Alasdair und Ouna schritten hinter den keuchenden Elfen her. Das Fluchen hatten diese aufgegeben, denn augenscheinlich waren in der Welt der Lichtwesen Verwünschungen nicht gerne gehört. Die Nebelkrähen verfügten über ein ähnliches globales Netzwerk wie das ihrer Gastgeber, deshalb verlief ihre Kommunikation lautlos. Alasdair, unterwegs in zahlreichen Welten, beeindruckte die magische

Stimmung, die diesem Ort anhaftete. Ouna nahm ihre Umgebung nur am Rande wahr, ihr Hauptaugenmerk galt der Last der Elfen, galt Ewerthon und Mira. Immer wieder übermannte sie die Besorgnis um das Leben ihres Sohnes, immer wieder verdrängte sie diese Gedanken. Die Angst erwies sich als beharrlicher Begleiter. Was, wenn Ewerthon gar nicht mehr am Leben war? Was, wenn sie zwei Leichname durch die Gegend schleppten? Was, wenn ...? Alasdair blieb stehen, ergriff ihr Kinn und zwang sie damit, ihm in die Augen zu sehen. Es geht ihm gut, beiden geht es gut. Sie sind wohlauf! Stumm schickte er ihr seinen Trost. Eine Träne löste sich aus ihrem Augenwinkel und er wischte sie zärtlich von der Wange.

„Du solltest dich nicht derart beunruhigen. Nicht in deinem Zustand, meine Liebste!" Dieses Mal sprach er die Worte laut aus und zog sie zu sich heran. Sie war sein Ein und Alles, von Beginn an. Sachte lehnte sie sich an ihn, presste ihren Kopf an seine Schulter. Was war los mit ihr? Zuerst der zügellose Wutanfall und jetzt kam sie sich vor wie eine Heulsuse. Schuld war gewiss die Schwangerschaft.

Alasdair drückte sie behutsam an sich.

Ich freue mich ungemein über unser Kind. Für dich mag es kaum etwas Neues sein, für mich ist es mein erstes. Und wenn es Emotionen auslöst, heftiger als sonst, dann will ich dein Fels in der Brandung sein! Aber, bitte, lade diesem Wunder des Lebens keinerlei Schuld auf.

Seine Antwort, stumm, nur für sie bestimmt, löste eine wahre Tränenflut aus. Vorerst brachte dieser Ausbruch Alasdair etwas aus dem Konzept. Eilends fasste er sich wieder. Dass Frauen in derlei Umständen besonders nahe am Wasser gebaut waren, wusste er vom Hörensagen, und es war sein wahrhaftiges Ansinnen, seine Gemahlin in jeglicher Hinsicht zu unterstützen. Also bückte er sich, pflückte ein Liebesblümchen vom Wegesrand und zog sein blütenweißes Seidentuch aus der Brusttasche. Beides reichte er ihr mit einem sanften Kuss auf die Stirn. Das war zumindest ein Anfang.

Natürlich hatte Ouna die Gedanken ihres Gatten eins zu eins mitbekommen. Sie lächelte. Er war ein guter Mann! Er hatte recht. Ewerthon und Mira waren zusammen in diesem Kokon. Sie würden sich gegenseitig beschützen. Wenn nicht sie, dann Miras Kette. Dieses magische Kleinod hatte bereits größeres Übel abgewehrt. Heftig schnäuzte sie sich in das seidene Tüchlein, das ihr Liebster mit leichtem Missbehagen zurücknahm, obwohl er sich allerdings größte Mühe gab, diese Gefühlsregung zu unterdrücken. Was sich verständlicherweise Ounas Kenntnis entzog, war das Fehlen des wertvollen Halsschmucks.

MIRA & EWERTHON I

Alte Bekannte

Ewerthon und Mira lagen dicht beieinander. Unbeschadet durch die Magie der Schmetterlinge, gefangen in einem Kokon. In den niemand von außen eindringen konnte, umgekehrt sie auch nicht hinauskonnten.

Beide atmeten tief und fest, zwei Herzen schlugen im Gleichklang und ihre Träume verwoben sich zu einem. Sie fanden sich an einem gut bekannten Ort wieder. Ewerthon hallten sofort die Ohren, von dem schauerlichen Geheul, das er bestens in Erinnerung hatte. Sie waren im *Wald des alten Ballastes* gelandet. Wieso hier? Wieso jetzt? Es gab allerdings einen wesentlichen Unterschied zu vergangenen Zeiten. Er stand auf zwei Beinen, nicht auf vier Pfoten, und Miras Hand lag in der seinen.

„Lass uns vorangehen." Ihre wortlose Verständigung funktionierte ausgezeichnet. „Wir sind frei von Altlasten", meinte er weiter. Miras Hand zuckte kurz, oder hatte er sich das bloß eingebildet?

„Dieses Mal habe ich keine Räucherkräuter dabei."

Machte sie sich tatsächlich wegen fehlenden Grünzeugs Sorgen?

Mira prustete empört. „Sie sind getrocknet. Demgemäß kein frisches Grünzeug!"

Ewerthon fand den Unterschied zwischen frischen und getrockneten Pflanzen unerheblich. Seine Liebste sah das anscheinend in einem anderen Licht. Wobei sich die Lichtverhältnisse in diesem Moment veränderten. Begleitete sie bis eben jetzt ein prächtiges Farbenspiel der zahlreichen bunten Hautflügler, die sie als changierende Hülle umgaben, verfloss dieses Spektakel und ein goldener warmer Lichtstrahl wies ihnen den Weg zu einer kleinen Lichtung innerhalb des mystischen Waldes. Dort wurden sie bereits erwartet. All die fantastischen Gestalten vom letzten Mal blickten ihnen entgegen. Schneeweiße Einhörner, kleine Kobolde mit kecken, bunten Mützen, denen der Schalk aus den Augen blitzte, Elefanten in reinstem Alabaster, Hirsche mit beeindruckenden güldenen Geweihen am Kopf. Ein honigfarbener Pegasus fächelte sein mächtiges Gefieder und Libellen mit diamantenen Flügeln surrten durch die Luft. Der Hahn, dessen Schwanzfedern rosig funkelten, und ein Adler, der eine kleine Krone am Kopf trug, entboten ihren Willkommensgruß. Greif, Falke und Löwe, goldglänzend alle miteinander, lagerten einträchtig auf der blumenübersäten Wiese. Obendrein ein Pfau mit aufgeschlagenem, hundertäugigem Schwanz, in der Menge stolzierend. Ein Rabe, pechschwarz, hopste am Wegesrand und äugte neugierig zu Mira. Es war, als hätten sich alle Märchenerzähler der Welten zusammengetan, um gemeinsam ein Universum von Fabeltieren zu schaffen. Im Dunkel des Waldes schimmerten die Schuppen eines grünen Drachens, fast verschmolz er mit seiner Umgebung. Mischwesen wie Ganesha, der göttliche Elefantenmensch, und Garuda, halb Mensch, halb Adler, als Hüter der natürlichen Ordnung, sahen ihnen entgegen. Und natürlich! Sie durfte keinesfalls fehlen. Die mächtige Kröte mit dem Edelstein am Kopf. Ewerthon und Mira schien es, als trüge das Tier ein breites Lächeln im Gesicht.

„Da seid Ihr also wieder." Mit einem huldvollen Nicken begrüßte sie die beiden. „Tja", sie ließ ihre Zunge hervorschnellen, fing blitzschnell süßen Honigtau auf, der von einer Blüte träufelte und schluckte die Delikatesse genussvoll hinunter, „man trifft sich immer zweimal im Leben, stimmt's?"

Ewerthon und Mira hatten keineswegs das Gefühl, als erwartete das unförmige Geschöpf eine Antwort von ihnen. Darum nickten sie nur stumm.

„Hat es Euch die Sprache verschlagen?"

„Wir wissen ...", Mira unterbrach ihren Satz.

„Wir wissen nicht, ob wir hier reden können oder uns nur gedanklich ...", Ewerthon wollte vervollständigen, was Mira begonnen hatte, wurde kurzerhand von einem vorlauten Kobold daran gehindert.

„Und was meint Ihr, was Ihr gerade macht? Wonach hört es sich an?" Der Kobold tänzelte auf einem Bein und schwang seine Mütze. „Worte purzeln aus Eurem Mund. Ihr sprecht, Euer Hochwohlgeboren!", mit einer tiefen Verbeugung beendete er seine Vorstellung, wobei er fast vornüberkippte.

Die weise Kröte schnalzte missbilligend mit der Zunge. „Das war äußerst unziemlich!" Sie warf dem altklugen Jüngling einen ernsten Blick zu. „Wir behandeln unsere Gäste zuvorkommender. Gib den anderen Bescheid! Hurtig!" Der derart Zurechtgewiesene zögerte den Hauch eines Augenblicks und flitzte anschließend in Richtung *riesiger Baum, der auf der Lichtung steht*, davon.

Mira und Ewerthon standen still, überwältigt von der märchenhaften Kulisse. Weilten sie unter den Lebenden und träumten sie gerade? Befanden sie sich auf dem Weg in die Anderweite? Waren sie bereits verstorben? Befanden sich ihre Seelen in der Zwischenwelt, weil ihre Familien zu sehr trauerten und sich nicht lösen wollten, dem Unverrückbaren keinen Platz zugestehen konnten?

„Nichts von alledem ist geschehen! Seht her!" Damit schnellte die Zunge des plumpen Tieres abermals aus dem Maul, bewegte sich schlagartig durch die Luft, malte ein geheimnisvolles Zeichen auf eine unsichtbare Leinwand vor ihnen. Im selben Moment verblasste das Dunkelgrün der benadelten Bäume und man konnte buchstäblich hindurchblicken in eine andere Welt. Vor Miras und Ewerthons Augen tat sich ein Pfad auf, gesäumt von mächtigen Bäumen. Darauf stapfte schnaufend eine Handvoll Elfen, die einen riesigen Kokon schleppte. Der Schweiß rann ihnen in Strömen über Gesicht und Hände, und über ihre Lippen kam kein einziger Fluch. Beides sehr ungewohnt, denn Elfen verfügten über enorme Kräfte und fluchten eigentlich andauernd. Etwas weiter hinten standen eine Frau und ein Mann. Soeben bückte jener sich und pflückte ein winziges Blümchen vom Wegesrand. Dieses reichte er seiner Dame mit einem Kuss auf die Stirn. Außerdem wechselte ein weißes Tüchlein seinen Besitzer, mit dem sie vorab ihre Tränen trocknete, in das sie sich alsdann kräftig schnäuzte.

„Sie befinden sich in Sicherheit, in *Saoradh*." Die Kröte beantwortete ihre unausgesprochene Frage. „Jedenfalls vorerst."

Aufmerksam betrachtete sie die Prinzessin aller Lichtwesen und den Herrscher über die Tiger-Magie.

„Die Welt, wie ihr sie kennt, verändert sich. Zum Guten, zum Bösen. Niemand weiß es." Gedankenverloren blickte sie in die Ferne, beobachtete nur für sie Sichtbares. Der rote Edelstein in der Mitte ihres Hauptes begann zu glühen, schickte feurige Strahlen aus, die zischend auf der Erde verglühten. Als hätte sie dieses Phänomen zu einem Entschluss gedrängt, fuhr sie fort.

„Geduld, Vertrauen und Stärke! Das braucht es zu jeder Stunde. Besonders im Hier und Jetzt. Denn ihr müsst zur selben Zeit in die Zukunft und in die Vergangenheit."

„Das ist ein Ding der Unmöglichkeit!" Mira schüttelte den Kopf. Sogar das *Teleportatum* der Lichtwesen unterlag Beschränkungen. Sicher, mit dessen Hilfe gelang man mit der Schnelligkeit eines Wimpernschlags von da nach dort, auch über weite Strecken. Hingegen in die Vergangenheit? In die Zukunft? Dazu verfügte sie im Augenblick über keinerlei Kräfte.

„Geduld, Vertrauen und Stärke. Ich wiederhole mich ungern!" Missbilligend beäugte sie die Kröte.

„Wie soll das vonstattengehen?" Ewerthon war wie immer der Pragmatiker.

Der Edelstein auf der Stirn des Lurches begann erneut zu glühen. Seine Funken bündelten sich, stoben in eine bestimmte Richtung.

„Ihr müsst dorthin!" Der warzige Kopf schwenkte nach rechts. Dahin wo ein riesiger, einsamer Baum auf der Lichtung stand. Allem Anschein nach mieden die anderen Gewächse rundum seine Gegenwart. Nicht eine Blume wuchs zu seinen Wurzeln, nicht ein Holz behütet im Schatten der mächtigen Krone.

Die Kröte kroch behäbig vor, Ewerthon und Mira folgten. Hinter den dreien bildete sich ein Zug aller Wesen die hier im Wald und auf der Wiese ihr Zuhause gefunden hatten. Untrennbar hatte sich die friedvolle Versöhnung der Ballastgeister, bewerkstelligt durch Lichtprinzessin und Gestaltwandler, mit ihrer Geschichte verwoben. Ein paar Fuß vor dem angestrebten Ziel stoppte die Kröte, der Tross kam ins Stocken und verteilte sich in mehreren Reihen kreisrund um die drei.

„Vor Euch steht eine hochbetagte Eibe. Selbst wir rätseln, wie viele Jahre diese Baumriesin tatsächlich zählt." Das warzige Tier wies auf den gigantischen Nadelbaum, der einerseits mit dem Wipfel hoch in den Himmel ragte, andererseits mit einigen seiner herabhängenden Äste fest am Boden verwachsen war.

„Sie ist das uralte Symbol für den Tod und die Wiedergeburt, für die Unsterblichkeit." Wieder schnalzte die Kröte mit der Zunge.

Ewerthon trat näher, noch bevor er die Hand auf den knorrigen, von tiefen Riefen durchzogenen Stamm legen konnte, packte Mira seinen Arm und riss ihn zurück.

„Das würde ich an deiner Stelle lassen. Ihr Holz ist giftig." Mira erinnerte sich sofort an diverse Tinkturen, die in Warianas Regalen lagerten. Auszüge aus Nadeln und Rinde, bedachtsam zubereitet und in kleinsten Dosen verabreicht, galten als Medizin. Unachtsamkeit oder Unwissenheit machten sie zum tödlichen Gift. Zustimmendes Gemurmel klang über die Lichtung. Die Prinzessin verfügte über einen wahren Schatz an Kenntnissen der Kräuterkunde und Heilkunst. Auch, wenn sie ihre Kräfte verloren glaubte, dieses Wissen alleine verlieh ihr enorme Macht. Ob ihr das bewusst war? Ewerthon zögerte mit seiner nächsten Frage. Wenn sie dieses Symbol der Ewigkeit nicht berühren durften, wozu waren sie dann hier? Gut, dass er den Mund nicht gleich auftat, denn die Kröte war in Belangen törichter Fragen relativ ungehalten, das hatte er bereits feststellen dürfen. Die Reihen teilten sich und das schneeweiße Einhorn schritt heran. Graziös setzte es ein Bein vor das andere, in voller Gewissheit der Wichtigkeit seiner Aufgabe.

Es neigte seinen Kopf. Ein wenig vor Mira und Ewerthon, anschließend tief vor der mystischen Baumriesin, berührte sachte deren zerfurchten Stamm. Ein Tor wurde sichtbar, öffnete sich vor aller Augen.

„Nun denn. Lasst kein Trödeln aufkommen! Das Portal bleibt nicht ewig offen. Wir wünschen Euch viel Glück."

Mit dieser eindeutigen Aufforderung wies die Kröte auf die Pforte, deren Konturen sich bereits wieder auflösten. Mira und Ewerthon blickten sich an. Jetzt oder nie! An den Händen gefasst, sprangen sie mit einem Satz durch die Öffnung in den dunklen Hohlraum eines hochgiftigen Baumes, Wiedergeburt hin oder her.

In ihren Ohren verklangen die letzten Strophen, gesungen von Poseidons Töchtern.

Dem Lied von Leben und Tod, vom ewigen Kreislauf.

Das Lied von Leben und Tod

Ich bin der Schlüssel
verheißungsvoll lockend goldglänzend
im bleichen Mondlicht funkelnd
öffne ich Türen zu
geheimen Wünschen
verdrängten Träumen
ersehnter Freiheit.

Das Tor zur Freiheit öffnest du nur einmal
während deine Sinne jubeln
löst sich deine Hand
ich falle ins Bodenlose
ist das mein Ende?

Ich bin der Schlüssel
benutzt verlassen einsam
einem Felsgestein gleich
stürze ich nach unten
im Abgrund bricht mein Herz
mit leisem Knistern
unhörbar für fremde Ohren.

In der Öde sterbe ich einen qualvollen Tod
krieche aus meiner kalten Hülle
erhebe ich den Blick
fächere die Flügel breit
ist das mein Anfang?

Ich bin der Schlüssel
tot wiedergeboren schwarzglänzend
wetze ich meinen Schnabel
steige empor in den Himmel
die Sonne schließt die Narben
verbrennt Gewesenes
zu Asche.

Wind und Regen netzen rabendunkle Federn
löschen niemals meine Rache
das ist gewiss der Anfang vom Ende.

STELLAS WELT VII

Der Weg und das Ziel

Thomas Stein schüttelte den Kopf. Einer seiner bewährten Versuche, durcheinanderwirbelnde Gedanken neu zu sortieren, die vibrierenden Nerven zu beruhigen. Nachdem er sich ausgiebig in jede mögliche Richtung gedreht, gedehnt und obendrein den *Wackel-wie-der-Dackel* Trick angewendet hatte, setzte sich die Kapazität auf dem Gebiet der Neuropsychologie respektive Neurophysiologie auf einen der größeren Steinbrocken, um nachzudenken.

Aufkommendes Vogelgezwitscher wies auf reges Leben im Buschwerk hin, ein laues Lüftchen trug den Duft von Harz und sonnenwarmen Tannennadeln daher, hie und da raschelte es in dichtbelaubten Zweigen, und emsiges Klopfen eines Spechts vervollständigte die waldige Idylle. Weiches Moos, auf all den zusammengetragenen Findlingen, lud zum behaglichen Verweilen ein. Er befand sich in Sicherheit. Sein Herzschlag beruhigte sich langsam, während er still auf dem Felsen einen tiefen Atemzug tat.

Eine plötzliche Böe wirbelte Sand und Laub hoch, ließ ihn Böses ahnend aufspringen. Keine Sekunde zu früh! Etwas Dunkles plumpste vom Himmel und landete genau dort, wo er vor einer Sekunde gesessen hatte, kippte vom Stein und fiel ihm vor die Füße. Sein Seesack! Thomas bückte sich und nahm ihn vorsichtig hoch. Wo kam der denn her? Ein unterdrücktes Kichern ließ ihn herumfahren. Buddy!? Er musste geschrumpft sein. Denn anstatt der vormals eins siebzig, reichte ihm diese Ausgabe gerade mal über den Bauchnabel. Trotz alledem, er war es! Zweifelsohne. Dieses Mal im grünen Jägerkostüm mit kniehohen Jagdstiefeln, Ton in Ton. *Nur die Schrotflinte fehlt*, ging es dem Arzt durch den Kopf. Er versuchte, diesen Gedanken aufzuhalten, ...zu spät! Der Kleine feixte übers ganze Gesicht, während er seine doppelläufige Schusswaffe schulterte, die zudem am Boden streifte.

Sprachlos starrte der Arzt auf die sonderbare Gestalt, die derart unerwartet aufgetaucht war. Immerhin, war das nicht einer von Buddys Stärken? Behände zu erscheinen und zu verschwinden? Ihn weiters mit falschen Versprechungen in ein Raumschiff zu locken und in das Weltall zu entführen, um ihn bei nächster Gelegenheit einer bösartigen Kreatur vor die Füße zu werfen. Mehreren Kreaturen, Thomas korrigierte sich in Gedanken.

Von Buddy kam gleichfalls eine Korrektur.

„Hallo erstmal. Schön, dass du es einrichten konntest. Ich freue mich auch dich zu sehen. Es war echt superschwer, dich zu finden. Deine Spur endete am Seerosenteich. Wir befanden uns zwar jenseits aller Erdenschwere, aber weder in einem Raumschiff noch im Weltall. Ob dir eine Kreatur begegnet ist oder alles nur ein Traum war, liegt außerhalb meiner Beurteilungskompetenz", mit einem Seitenblick auf die Flinte, „einerlei, nun sind wir gewappnet."

Der Redeschwall des Kleinen stoppte kurz. Thomas Stein nutzte den flüchtigen Moment, um seine Gedanken zu sortieren.

Buddy warf ihm einen ernsten Blick zu. „Und ... ich habe keine falschen Versprechungen gegeben. Ich werde dich zu STELLA FÜHREN!!" Die letzten zwei Worte schrie der Junge so laut, dass der fröhliche Vogelgesang kurzfristig verstummte.

Resigniert zuckte der Psychiater mit den Schultern. Einerseits war er froh, nicht alleine diesen absolut grenzwertigen Trip fortsetzen zu müssen, andererseits versprach die Anwesenheit des Kleinen meist Aufregung, wenn nicht Ärger. Diese Erkenntnis hatte er nach ihrer bisherigen kurzen Bekanntschaft gewonnen.

Der Gewehrlauf kam seinem Herzen gefährlich nahe, als Buddy ihn stürmisch umarmte.

„Würdest du eventuell eine andere Verkleidung in Erwägung ziehen?" Thomas sprach seine Bitte laut aus, vielleicht um ihr mehr Nachdruck zu verleihen, als den gedachten Worten.

Kaum war die Frage formuliert, veränderte sich das Aussehen seines Begleiters blitzartig. Anstatt des oliven Jagalodens trug er nun graugrünbraune Camouflage. Der Anzug schlabberte lose am Körper, die Kapuze hing tief ins Gesicht. Selbst bunte Blätter waren aufgenäht und knisterten bei jeder Bewegung, ärger als jeder herbstliche Laubwald im Westwind. Der solcherart künstliche Baum verschmolz mit seiner Umgebung, die riesengroßen Augen wurden unsichtbar.

Doktor Thomas Stein seufzte. Er ahnte die nächste Finte des Kleinen, leises Knirschen verriet ihm dessen Plan. Er fuhr herum und packte den Heranschleichenden am Kragen. Ähnlich einem Fisch am Haken, zappelte das Bürschlein jählings in der Luft.

„Wieso hast du das gewusst!" Pure Empörung lag in der Stimme des Jungen und sein üblicherweise blasses Gesicht lief puterrot an.

„Na ja, ab und an bin ich durchaus in der Lage, mich in mein Gegenüber hineinzuversetzen. Es war mir klar, dass du dich anpirschen wolltest. Wozu sonst ...", sein Blick glitt über die zugegebenermaßen perfekte Tarnung, „wozu sonst diese Verkleidung?" Thomas setzte ihn vorsichtig ab.

„Ich werde trotz allem diese Verkleidung, wie du sie nennst, beibehalten! Man kann nie wissen." Weiterhin erbost funkelte Buddy ihn an.

Thomas hatte ihn noch nie so wütend erlebt. Gewöhnlich erschien er ihm als die Ruhe in Person. Konnte es sein, dass sein Gemütszustand in direktem Zusammenhang mit seiner Körpergröße stand? Im selben Ausmaß sich die Körpergröße reduzierte, die Gelassenheit schrumpfte? Obwohl, was wusste er denn überhaupt von ihm? Dieser Gedankengang führte ihn zu seiner nächsten Frage.

„Du kennst tatsächlich den Aufenthaltsort von Stella di Ponti? Wo man sie gefangen hält?"

Für den Psychiater bestand kein Zweifel. Seine Patientin war entführt worden, denn, wie sonst hätte er sich ihr Verschwinden erklären sollen? Alexanders Schilderung, das Bild des dunklen Schattens, der sich Stella gekrallt hatte, der Brandgeruch in der Nase, der Schlag auf den Kopf, das alles verursachte ihm bis heute Unbehagen. Eindringlich musterte er sein Gegenüber. Der zupfte geflissentlich eingebildete Fussel von seinem Anzug und nickte eifrig.

„Ja, vertraue mir. Wir müssten ganz in der Nähe sein!"

„Was heißt müssten und ganz in der Nähe?"

Derartig schwammige Formulierungen machten den Wissenschaftler in ihm generell nervös.

„Äh, ja ... das hängt maßgeblich von dir ab." Je mehr sich das Bürschchen vor ihm wand und Unverständliches in seinen imaginären Bart murmelte, desto unruhiger wurde der Professor.

„Wir reden jetzt Klartext!" Damit setzte er sich abermals auf einen Findling und deutete auf den nächsten, ihm vis-à-vis. Den Gesprächspartner mit Samthandschuhen anzufassen war zwar nett und feinfühlig, jetzt aber war keine Zeit für nett und feinfühlig. Er benötigte Resultate.

„Weißt du, wo sich Stella befindet?"

„Du weißt es!" Tellergroße Augen blickten ihn beschwörend an.

„Was heißt, ich weiß es? Ich habe keine Ahnung, wo sich meine Patientin aufhält, geschweige denn, wo ich hier gelandet bin!"

„Du kennst das Ziel!"

„Wäre es nicht besser, den Weg zu kennen?"

Thomas fuhr sich durch seinen ohnehin wirren Haarschopf.

„Das ist eine gute Frage. Darüber philosophieren klügere Köpfe als wir es sind bereits seit Jahrtausenden."

Bedächtig nickte der Kleine. „Wo ein Wille, da auch ein Weg!", schloss er bedeutungsvoll ab.

Dieses ... Kind ... im schlottrigen Tarnanzug schlug ihn mit seinen eigenen Waffen? Professor Doktor Thomas Stein wusste um die Zweischneidigkeit dieser Aussage.

Wenn man etwas wirklich will, schafft man es auch. Natürlich konnte dieser Glaubenssatz zu Höchstleistungen anspornen; als Unterstützung dienen, auftretende Schwierigkeiten leichter zu überwinden.

Wie vieles im Leben besaß auch diese Medaille zwei Seiten. Erreichte man das angestrebte Ziel, trotz allergrößter Bemühungen nicht, implizierte das, man hätte es nicht wirklich gewollt, nicht mit jeder Faser des Herzens. Dies ließ zahlreiche seiner Ratsuchenden in eine tiefe Grube, randvoll mit Versagensängsten, stürzen, in einen Strudel von Hoffnungslosigkeit versinken.

Die Folge davon? Ein Teufelskreis setzt sich in Gang, der nur schwer durchbrochen werden kann. Denn das wirklich Tückische an diesen tief verwurzelten, negativen Überzeugungen ist kaum das einmalige Scheitern. Sondern die vermeintliche Bestätigung dadurch, nicht gut genug, nicht mutig genug, nicht klug genug, nicht hübsch genug zu sein, den gestellten Anforderungen nicht zu genügen. Was passiert weiter? Unsicherheit breitet sich aus und dementsprechend agieren wir. Kleinste Widerstände, unbedachte Äußerungen im Freundeskreis oder gar hämische Bemerkungen von im Grunde völlig unwichtigen Personen werfen uns aus der Bahn, bestätigen unser Unvermögen. Geben den Selbstzweifeln recht, zementieren ein Muster der eigenen Unzulänglichkeiten. Lassen uns im besten Falle frustriert, doch viel zu oft angsterfüllt zurück. Die Botschaft NICHT WIRKLICH WOLLEN würde allgewaltig werden, zum Monster.

Das alles ging dem Psychiater durch den Kopf.

„Du weißt, dass das Nonsens ist! Jedenfalls der letzte Satz."

Er blickte auf Buddy, der im Schneidersitz auf einem anderen Stein hockte und ihn aufmerksam beobachtete.

„Was soll ich sagen?" Der Kleine sprang vom Felsen.

„Es geht nicht um Weg oder Ziel", kurz zögerte er.

„Das Wichtigste sind die Weggefährten", unterdessen klopfte er angelegentlich Staub aus seiner melierten Kostümierung.

„Wollen wir gehen?" Mit einem Blick auf den im Sand liegenden umgekippten Rucksack setzte er sich in Bewegung.

Thomas schulterte seinen Seesack. Buddy, dieses Wesen, rätselhafter als jede Sphinx, erstaunte ihn aufs Neue. Munter schritt der Kleine voran, verlor sich bereits im Bogen des von bemoosten Findlingen gesäumten Weges. Etwas weniger beherzt folgte ihm der Professor. Was mochte sie hinter der nächsten Biegung erwarten, oder der übernächsten? Oder gar am Ziel angelangt, am Ende ihrer Reise? Trockenes Laub und Sand knirschten unter seinen Sohlen, als er sich eilte, um seinen Begleiter nicht gänzlich aus den Augen zu verlieren. Wenigstens plagte ihn hier keine Angst vor dem Ertrinkungstod. Eine Sorge weniger. Ja, mit einigem Geschick konnte man sich alles schönreden. Er grinste in sich hinein und nahm die Beine in die Hand.

WEILE UND EILE

Bei einer weiteren Kurve holte er Buddy ein.

„Wieso rennst du denn so?" Kaum, dass er Schritt halten konnte.

„Es gibt Zeiten für *Rast und Ruh* und welche für *Passt und Tu!*" Weder verlangsamte der Kleine sein Tempo, noch blickte er auf. Stur, mit gesenktem Kopf wie ein Bluthund der Fährte folgend, lief er weiter den mit Geröll begrenzten Pfad entlang.

„Aha und wir sind jetzt bei *Passt und Tu?*"

„Ja, genau!"

Für Thomas kam es unerwartet, dass der ansonsten so gesprächige Kerl derart wortkarg sein konnte.

„Ich muss mich konzentrieren. Du kannst mir einstweilen ein bisschen etwas über dich erzählen." Buddy warf ihm einen auffordernden, extrem kurzen Blick zu.

Erzähl mir etwas über dich! Wie oft hatte er selbst diese Einladung zu Beginn einer Sitzung ausgesprochen. Nach eingehender Überlegung, notabene. Man musste wissen, wer mit dieser Botschaft etwas anfangen konnte, und wer nicht. Oft folgte ein Redeschwall, aus dem er sich die wichtigsten Informationen herauszupicken vermochte, oder es herrschte minutenlang beredtes Schweigen, was ebenfalls Informationen barg, wenn auch erst auf den zweiten Blick. Wobei er letztere Variante möglichst vermied.

Er hastete hinter Buddy her und überlegte angestrengt. Es gab einiges zu erzählen, und er war sich keineswegs sicher, ob er sich diesem Geschöpf vor ihm anvertrauen wollte. Und wie weit. Alleine das ständige Wechseln dessen Persönlichkeit und des damit einhergehenden Aussehens irritierte ihn. Buddy stoppte gänzlich unvermutet, so dass der in Gedanken versunkene Arzt den Burschen fast niedergerannt hätte. In allerletzter Sekunde konnte er seitwärts ausweichen.

Ohne weiteres Wort nahm der Kleine auf einem der Findlinge Platz und sah ihn erwartungsvoll an. Als sein Weggefährte ihn ignorierte, klopfte der Junge auf einen Steinbrocken neben sich.

„Passt und Rast gibt es auch", meinte er mit einem Schmunzeln. „Außerdem rumpelt und pumpelt mein Magen." Das heitere Lächeln wandelte sich im selben Moment in wölfisches Grinsen.

Folglich setzte sich Doktor Thomas Stein, froh darüber, dass die Hetzerei ein Ende hatte. Er war durchaus trainiert, bloß der Seesack wog schwer auf seinen Schultern, plus die Erlebnisse der vergangenen Stunden, Tage, Wochen, er hatte keine Ahnung. Sie lasteten zusätzlich auf ihm. Alexander hatte gleichfalls jegliches Zeitgefühl verloren. Wohin führte ihn diese Desorientierung?

„Ich bin hungrig!" Breits übergroße Augen wurden größer und größer, unterbrachen seine Überlegungen. In Thomas keimte eine beunruhigende Vorstellung auf, was Rotkäppchen am Bett seiner Großmutter empfunden haben mochte, kurz bevor es vom Wolf verschlungen wurde.

Flott hievte er den Rucksack hoch und zog gleich darauf zwei Schokoriegel hervor. Trocken und unbeschadet lagen sie in seiner Hand. Für einen Augenblick! Denn so schnell konnte er gar nicht reagieren, hatte sich Buddy die zwei Riegel geschnappt, schälte sie wie ein geölter Blitz aus der glänzenden Folie und stopfte sie sich in den Mund. Beide!

Mit vollen Backen erklärte er dem verblüfften Arzt, dass diese Art von Snacks in keinem Fall sättigend wären und schloss mit der Frage, was denn sonst in seinem wasserfesten Gepäckstück herumkullere? Immerhin, mit stolzgeschwellter Brust deutete er dabei auf sich, immerhin hätte er diesen schweren Sack gerettet. Demnach bestände sein Anspruch auf mindestens der Hälfte der Beute. Kurzfristig vermeinte Thomas einen Piraten vor sich sitzen zu sehen; mit schmutzigweißem, weitem Baumwollhemd, enganliegendem kurzem Jäckchen und knöchellanger Hose. Weder die Augenklappe noch der Entersäbel fehlten, bevor der gescheckte Tarnanzug wieder auftauchte und die Piratenvision verblasste.

Wer oder was war sein ominöser Begleiter?!

„Ich habe dir gesagt, ich kann alles sein. Heute habe ich mich für diese Gestalt entschieden, um dich tatkräftig auf der Suche nach Stella zu unterstützen. Wer oder was ich morgen bin, entscheide ich morgen. Was ich gar nicht sein kann, ist ein Schokoriegel oder ähnliches. Ich kann mich ja nicht gut selbst verschlingen!"

„Das wäre technisch gesehen unmöglich. Ein Schokoriegel kann keinen Schokoriegel verspeisen!", der Wissenschaftler in ihm stellte sich gerade quer. Diskutierte er gerade allen Ernstes darüber, ob ...? Er wollte diesen Satz gerade nochmals durchkauen. Phhh, rasch weg mit ... diesem Bild. Kopfschüttelnd griff er ein weiteres Mal in seinen Seesack, kramte eine Weile herum und hielt im Anschluss zwei Äpfel in der Hand. Dieses Mal war er gewappnet, warf dem Kleinen einen zu und biss vom anderen ein großes Stück ab. Auch sein Magen knurrte. So sehr er sich anstrengte, es gab keine Erinnerung, wann und ob überhaupt er eine

Mahlzeit zu sich genommen hatte. Da saßen sie nun, fieselten sich zum Kerngehäuse durch, der Saft lief ihnen über das Kinn und unterhielten sich über Gott und die Welt, ... mieden konsequent Doktor Steins Vergangenheit.

„Du kannst nichts für ihr Verschwinden", meinte der Kleine zusammenhanglos, während er weiterschmatzte wie ein kleines Ferkelchen.

Thomas Stein erstickte fast am letzten Bissen und keuchte: „An wessen Verschwinden?"

„Na, wie viele Menschen verschwinden denn in deiner Gegenwart? Stellas Verschwinden!"

Professor Doktor Thomas Stein befand sich jäh in der Zeit zurückversetzt. Sah sich einen Zifferncode eintippen, die Tür öffnen, am Ende eines endlosen Ganges das leergefegte Labor betreten. Seine Kollegin und ihre Assistentin waren wie vom Erdboden verschluckt ... und blieben es weiterhin, obwohl das halbe Land nach ihnen suchte. Er war der letzte Rest seines Teams. Der einzige Verdächtige der polizeilichen Ermittlungen.

„Willst du jetzt darüber reden?" Behutsam legte Buddy seinen kahlgenagten Apfelbutzen zur Seite, kletterte vom Sitzplatz und berührte sanft Thomas Arm.

Doktor Stein, der sich eben noch trübseligen Erinnerungen hingegeben hatte, schreckte hoch. Gleichzeitig erfasste ihn eine Energiewelle, stellte ihn quasi von selbst auf die Füße.

„Nein, wir werden uns jetzt nicht in der Vergangenheit verheddern. Geschehenes kann ich nicht mehr ändern. Doch die Gegenwart und die Zukunft kann ich gestalten." Oftmals hatte er diesen Satz in der Praxis von sich gegeben. Nie war er ihm ernster als jetzt. Er musste seine Patientin finden. Der Gedanke, dass er sie zu allem Überdruss auch noch verlöre, schnürte ihm langsam aber sicher die Kehle zu.

„Hast du dir überlegt, was du machen wirst, wenn wir sie gefunden haben?" Der Kleine sah mit schiefgeneigtem Kopf zu ihm hoch.

„Das überlege ich mir, wenn es soweit ist!" Thomas griff nach seinem Rucksack.

„Du solltest bald damit anfangen. Wir sind gleich da." Damit wuchtete der Junge den Findling, auf dem Thomas gesessen hatte, zur Seite. Woher nahm das Jüngelchen diese Kraft? Darunter wurde eine felsenbehauene Stiege sichtbar, die ... wie sollte es anders sein ... ins dunkle Abwärts führte.

„Wir haben hier seelenruhig gegessen, während da unten ..." Doktor Steins Stimme versagte. Er schnappte nach Luft. Empörung beschrieb nicht im Mindesten das Gefühl, das gerade in ihm hochkroch. Eher war es pure Wut, die brodelte wie flüssige Lava kurz vor der Eruption.

„Eile mit Weile! Ich war hungrig. Abgesehen davon! Wer zieht denn mit leerem Magen in den Kampf?" Treuherzige, große Augen nahmen dem aufkommenden Tobsuchtsanfall den Schwung. Thomas hatte immer schon Hunde gemocht. Gegen Buddys treuen Hundeblick war er machtlos. Es wäre auch der erste emotionale Ausbruch seit ..., er schluckte, ... seit langem gewesen.

Ein letztes Mal blickte er um sich. Der staubige Pfad schlängelte sich friedlich durchs Gehölz, Felsbrocken, mit weichem Moos überwuchert, längs des Weges, auf den Sonne und Schatten geheimnisvolle Zeichnungen zauberten, so, wie es nur die Natur selbst konnte. Ein Bild des Friedens, ein Bild der Täuschung.

Er dachte an die überstandenen Abenteuer seiner Reise. Zuerst mit dem irren Fahrzeug durch die Luft, daraufhin in einer zerbrechlichen Röhre quer durchs Wasser, jetzt wahrscheinlich ein weitverzweigtes Labyrinth tief unter der Erde. Fehlte nur mehr Feuer, dann hätte er zumindest alle vier Elemente durch. Die Suche nach seiner Patientin entpuppte sich mehr und mehr als Fantasy-, fast könnte man meinen als Horroroman. Genres, die nicht zu seinem bevorzugten Lesestoff zählten. Wenn er jetzt diese grauen Stufen hinunterging, wer wusste, was ihn erwartete? Vielleicht sein Ende?

„Es gibt ein fünftes Element dieser Erde. Der Äther oder auch Raum wurde von Aristoteles eingeführt, sozusagen als Quintessenz." Buddy hatte seine kleine Hand in die des Professors geschoben. Doktor Stein hatte für einen Augenblick vergessen, dass der Kleine Gedanken lesen konnte. Er selbst wusste zudem von einem anderen fünften Element. Oft genug hatte ihm seine Großmutter von der wahren Liebe Macht erzählt. Raum oder Liebe? Was zählte mehr? Ein unüberhörbares Knirschen brachte ihn zurück ins Hier und Jetzt.

Die steinerne Treppe bebte, begann soeben in sich zusammenzustürzen! Beide warfen sich einen kurzen Blick zu und rannten los. Gemeinsam, Hand in Hand, stürmten sie die bröckelnden Stufen abwärts, wieder einmal einem dunklen Schlund entgegen. Mit ohrenbetäubendem Getöse verschloss sich der Eingang knapp hinter ihnen. Herabfallendes Gestein versperrte diesen Rückweg für immer.

MARGARETE III

Fern der Heimat

Batal ahnte seit längerem, dass seine junge Gemahlin ein Geheimnis hütete. Als tatsächlich der Zeitpunkt gekommen war, und sie ihn in ihre Pläne einweihte, verschlug es ihm trotz alledem die Sprache.

Nach der Hochzeit übersiedelte Margarete in das Haus des Schwiegervaters. Als Wesir des Königs besaß jener ein weitläufiges Anwesen mit ausreichend Dienerschaft, um dieses entsprechend zu führen. Margarete und Dinharazade teilten sich schwesterlich all die Pflichten, die mit einem derart ansehnlichen Haushalt verbunden waren. Den beiden war der Respekt aller gewiss, nie gab es ein böses Wort oder gar Unmut. Eine Zeit des Friedens und der Harmonie zog durch den Palast und weit darüber hinaus bis in den letzten Winkel des ausgedehnten Landes. Dank König Schahryârs kluger Heiratspolitik blieben die Grenzen gesichert, Unruhestifter gab es wenig, und mit Scheherazade an seiner Seite hatte das Reich, nebst einer edlen und mutigen Frau, eine weise Königin erhalten.

Eines Tages nahm Margarete ihren Ehemann an der Hand, zog ihn in ihre Gemächer und deutete stumm auf den gefliesten Boden. Auf elfenbeinfarbenem Marmor lag ein großer Teppich ausgebreitet. Batal musterte ihn. Außer, dass er ein Kunstwerk an Knüpftechnik vor sich hatte, fiel ihm nichts weiter auf. Seine Frau hatte sich zu einer Meisterin des Teppichknüpfens entwickelt, das war ihm bekannt. Fragend blickte er auf Margarete, deren Leib sich sichtbar wölbte. In Kürze würde ihr erstes Kind das Licht der Welt erblicken und ihr Glück perfekt machen.

Seine Gemahlin schlüpfte aus den Pantoffeln und hieß ihn, es ihr gleichzutun. Sie trat auf den Teppich, winkte ihn heran und fasste nach seiner Hand. Batal fühlte einen heftigen Luftzug, er wankte kurz, die dunklen, polierten Möbelstücke verschwammen vor seinen Augen und ihm wurde schwindelig. Rutschte der Boden unter den Füßen weg? Nur ganz kurz kniff er die Augen zu. Als er sie wieder öffnete, hatte sich ihre Umgebung verändert. Anstatt auf gold- und blaubemalte Wände, unzählige bestickte Kissen auf dem Diwan, blickte er auf einen kleinen See, umrandet von Palmen, deren Kronen sich sanft im Wind wiegten. Die Kulisse wirkte so echt, dass er wirklich das Gekreische und Tirilieren der großen und kleinen Vögel vernahm, die in den Sträuchern hockten und erschrocken ihre bunten Federn aufplusterten. Die angenehme Kühle vom Palast war gewichen, die Sonne schien ihm heiß ins Gesicht. Margarete zog ihn vom Teppich und er zuckte überrascht zurück. Der goldgelbe Sand brannte unter seinen nackten Sohlen. Ohne Zweifel, ein absolut realistischer Traum. Nun erkannte er, wo sie gelandet waren. Die Landschaft sah der einer Oase, eine kleine Weile außerhalb der Stadtmauern, zum Verwechseln ähnlich. Hier hatte er, kurz nach ihrer Hochzeit, Margarete seine Liebe gestanden. Er wollte vermeiden, dass sie ihre Vermählung als vom König diktierte Pflicht empfand. Diese Sorge war unbegründet, wie sich bald darauf herausstellte. Nämlich, als Margarete in seinen Armen lag und sie die Welt rundum vergaßen. *Al-Hamdu li-Llāh* etwas abseits, von dichtem Gebüsch vor allzu neugierigen Blicken geschützt. Kaum vorzustellen, was geschehen wäre, hätte sie ein nächtlicher Wanderer entdeckt. Aktuell hegte er ernsthafte Bedenken bezüglich seiner Gesundheit. Lag er gerade jetzt in den schattigen Räumen des Palastes und schlief? Hatte ihm seine süße Gemahlin ein Traumpulver in das Getränk geschüttet?

„Du bist hellwach!" Margarete deutete auf das paradiesische Panorama. „Wir befinden uns tatsächlich in unserer Oase."

„Äh ... wie kann das sein?" Batal befühlte seine Stirn. Vermutlich hatte er einen Sonnenstich oder er träumte, zu allem Überfluss von schier unglaublichen Fantastereien. Eine sonderbare Erklärung für seinen Zustand. Übermäßig heiß fühlte sich der Kopf dagegen nicht an.

Seine Frau lächelte. „Glaube mir, es ist alles real!" Sie bückte sich, hob eine der leuchtend roten Datteln vom Boden und schob sie ihrem Mann in den Mund. Batal schmeckte die zuckersüße Frucht, zusätzlich zu einer Menge Sand, der zwischen seinen Zähnen knirschte.

Das war der Moment, in dem ihm seine Gemahlin die ganze Wahrheit über ihre Herkunft offenbarte. Der erste überhastete Wunsch auf dem Schiff, der sie hierhergebracht hatte. Der zweite, gründlichst überlegt und nach zähen Verhandlungen, beim Dschinn durchgerungen. Das Schicksal der Freundinnen war durch die Mondsichel und den Abendstern aufs Untrennbare miteinander verwoben. Außerdem erhielten alle drei die Gabe, magische Teppiche zu knüpfen. Teppiche, mit denen sie auch durch Raum und Zeit reisen, in Verbindung bleiben konnten.

„Er ist so viel mehr als ein simpler Bodenbelag." Sie kniete sich nieder und legte ihre Hand auf den glatten Flor der Kostbarkeit, ausgebreitet auf Sand. „Ich höre seine Geschichten. Ich sehe nicht nur die versteckten Botschaften, die eingearbeitet wurden, er spricht mit mir." Ernsthaft blickte sie zu ihm hoch.

Batal betrachtete den Teppich. Er war exquisit gefertigt, fraglos, doch entdeckte er weder geheime Bilder, noch vernahm er irgendwelche Nachrichten. Einzig das Gekrächze der Papageien malträtierte seine Ohren und was er sah, war das Motiv eines Lebensbaums umrandet von Rosetten und Palmetten, verbunden durch filigranes Rankenwerk. Ein beliebtes Motiv dieser Zeiten.

„Wieso zeigst du mir all dies?" Es musste einen Grund geben, warum seine Gemahlin ihn genau zu dieser Stunde einweihte.

„Ich möchte zurück in meine Heimat." Nun war es laut ausgesprochen. Seit geraumer Zeit wollte sie mit Batal über ihre Sehnsucht sprechen. „Mein Bruder und meine Großmutter fehlen mir, Klara, die mich, wie mir erst jetzt klar wird, vor einem grauenhaften Schicksal bewahrte." Sie wollte ihr Erbe antreten, sie wollte in ihre Zeit. Sie wollte dem Vater die Stirn bieten. Was hatte sie, ganz alleine auf sich gestellt, bisher nicht alles geschafft? Sie fühlte sich stark, der patriarchischen Macht des Familienoberhauptes gewachsen. Er, der Vater, hatte sie hintergangen, ihr Erbe an sich gerissen. Wollte sie an einen Mann verschachern, der ihm dafür allem Anschein nach eine Menge Geld oder anderes Erstrebenswerte geboten hatte. Um nicht zu sagen, mit ihm unter einer Decke steckte. Eine kraftvolle Welle von Klarheit und Mut schwemmte durch ihre Adern. Sie musste nach Hause. Um vielen anderen Frauen und Mädchen beizustehen, denen ein ähnliches Schicksal drohte, wie das ihr ehemals zugedachte.

„Du verlässt mich? In deinem Zustand?!" Batal stand das Entsetzen ins Gesicht geschrieben.

„Nein, wieso glaubst du das von mir?" Margarete schüttelte betroffen den Kopf.

„Und wie stellst du dir das dann vor?" Er fürchtete die Antwort.

„Du könntest mich begleiten?" Flüsternd kam die Antwort über ihre Lippen.

In diesem Augenblick gaben seine Knie nach und Batal sank auf das steinerne Bänkchen. Er starrte auf das ruhige Wasser, über dessen Oberfläche blauschimmernde Libellen schwirrten. Nun, da er wusste, dass seine Frau aus der Zukunft bei ihm gelandet war, veränderte dies auf drastische Weise auch die seinige. In bisherigen Plänen begleitete er Margarete in ihr Heimatland, selbstredend! Er ahnte um die Absicht, ihre Familie aufzusuchen. Dass diese Reise in ein anderes Jahrhundert führte, verursachte ihm äußerstes Unbehagen. Augenscheinlich las seine Gattin in ihm, wie in einem offenen Buch. Sie rückte näher, lehnte ihren Kopf an seine Schulter. Blonde Locken kitzelten sein Kinn.

„Wir schaffen das!"

Da saßen sie, gemeinsam auf der kleinen Bank, gehauen aus Stein, und Margarete schilderte ihre Heimat in glühenden Farben. Erzählte von hohen, schneebedeckten Bergen im Norden, tiefen Tälern dazwischen, weiten grünen Ebenen wo Tiere grasten, die sie Kühe nannte, goldenen Ähren, die sich zur Erntezeit tief zum Boden neigten, und dunklen Wäldern, wo ein Baum neben dem anderen in den blitzblauen Himmel ragte, kilometerweit. Batal kannte keinen Schnee und keine Kühe. Seine Welt beinhaltete heißen Wüstensand, edle, kraftvolle Pferde und pfeilschnelle Kamele … und kreischende Vögel, deren Geschrei unerträglich wurde. Ein Trupp Reiter näherte sich. Flugs sprangen sie auf den Teppich und einen Wimpernschlag später befanden sie sich in Margaretes Gemächern. Dieses Mal hielt Batal die Augen offen. Außer einem verschwommenen letzten Eindruck der hochgewachsenen Palmen, konnte er allerdings kaum etwas erkennen.

Nun, nachdem Batal all ihre Geheimnisse kannte, atmete Margarete zum einen erleichtert auf. Zum anderen hoffte sie von ganzem Herzen, dass er ihr Heimweh nicht als Lappalie abtat, denn ihre Wünsche beim Dschinn waren aufgebraucht.

Tatsächlich benötigte ihr Ehemann eine Woche, in der er sich den Kopf zermarterte und die sie in banger Erwartung verbrachte. Egal welche Richtung er andachte, das Ergebnis blieb immer das Gleiche. Seine Frau sehnte sich nach dem Zuhause und er gehörte an ihre Seite. Gerade jetzt, ein paar Wochen vor der Niederkunft. Demgemäß ordnete er seine Geschäfte, atmete tief durch, klopfte an die Tür seiner Liebsten und teilte ihr seine Entscheidung mit. Margarete, trotz ihres beachtlichen Umfangs nach wie vor eine Augenweide, eilte in seine Arme. Bauch an Bauch spürte er einen heftigen Tritt des Babys, dem es in dieser Umarmung offenbar zu eng wurde.

„Nun, ein Zögern wäre fatal. Wir sollten unsere Reise alsbald antreten. Du willst ja unser Kleines nicht zwischen zwei Welten bekommen!" Die beängstigende Vorstellung daran, was passierte, wenn es passierte, während sie gerade unterwegs …

Margarete unterbrach seinen Gedankengang.

„Unser Transportmittel ist schneller als der Wind. Keine Sorge. Ich gebe Scheherazade und Dinharazade Bescheid, dann können wir los", mit diesen Worten verschwand sie hinaus auf den Gang.

Batal packte einstweilen die wichtigsten Habseligkeiten auf den Teppich. Sie reisten mit leichtem Gepäck, niemand wusste mit Sicherheit, bei welcher Belastungsgrenze sich ihr spezielles Transportmittel nicht mehr in die Lüfte erhob oder, wesentlich schlimmer, zwischendurch vom Himmel fiel.

Ein paar Minuten später huschte Margarete, im Schlepptau die beiden Schwestern, wieder zur Tür herein. Tränen glitzerten in aller Augen und Batal barg seine Gemahlin in einer sanften Umarmung. So sehr jene sich die Rückkehr in ihre Heimat wünschte, so sehr zerriss es ihr das Herz. Sie verließ ihre treuen Wegbegleiterinnen. Einzig mit deren Hilfe sie die letzten Jahre unbeschadet überstanden hatte. Das war ihr, trotz der kräftespendenden Woge von Mut und Entschlossenheit, die sie nach Hause trieb, mit absoluter Gewissheit klar.

Ein letzter Blick, zwei dunkelbraune und ein hellblaues Augenpaar trafen sich, versprachen Wiedersehen, irgendwann, Freundschaft für immer. Batal schloss die Arme fest um Margarete. Was erwartete sie in der Zukunft? War es überhaupt möglich, so punktgenau zu landen? Was geschähe, wenn ...? Eine Windböe trug das sinnlich süße Aroma blühenden Jasmins durch die Fenster mit den kunstvollen Holzschnitzereien, fuhr ihm durchs dichte schwarze Haar, der bereits bekannte Schwindel packte ihn ...

FREMDES ZUHAUSE

In Margaretes Kopf formte sich das Bild einer Scheune. Der Scheune, in der Benno und sie als Kinder ständig herumgetollt waren. Ein Luftwirbel fuhr ihr unter die Röcke, sie samt Babybauch wurden an Batal gedrückt und kurz zwinkerte sie. Bevor sie die Augen wieder öffnete, wusste sie, dass sie am gewünschten Ziel angelangt waren. Sie roch den Duft von frischgetrocknetem Heu und gemahlenem Stroh. Der vertraute Wohlgeruch unbeschwerter Kindheitstage. Sie war Zuhause.

Gerechnet hatte sie mit vielem, dass sie als erstes Benno gegenüberständen, verursachte freilich ein flaues Gefühl in der Magengegend. Unter Umständen auch weiter oben, in der Nähe des Herzens. Er schupfte gerade das Viehfutter durch eine Luke vom Heuboden nach unten, als ein heftiger Windstoß Sand und getrocknetes Gras meterhoch in die Höhe blies. Momentan nahm es Benno die Sicht auf den Boden unter ihm und als sich der Staub legte, vermeinte er zu träumen. Mitten in der Scheune lag ein riesiger Teppich, auf dem ein Mann und eine Frau engumschlungen standen. Alle drei niesten mehr oder minder gleichzeitig, und wäre die Situation nicht dermaßen sonderbar gewesen, beinhaltete dieses gemeinsame Niesen sicherlich ausreichend Grund für Heiterkeit. So sahen die beiden stumm zu ihm nach oben und er auf sie herab. Plötzlich schlug die Frau, die von Kopf bis Fuß in bunte Tücher gehüllt war, ihre Kopfbedeckung zurück. Goldblondes Haar kam zum Vorschein und himmelblaue Augen blickten hoch.

„Margarete!" Fast hätte er sich das Genick gebrochen, wie von Furien gehetzt hastete er zur Leiter und kletterte, nein rutschte, abwärts.

Er stürzte auf die junge Frau zu, als er unvermittelt gebremst wurde. Ihr Begleiter hatte einen Säbel gezogen, dessen Klinge soeben die Haut an seiner Kehle ritzte.

„Verdammt! Was soll das denn?!" Wer bitte schön rannte heutzutage mit einem Säbel durch die Gegend? Scharf geschliffen und funkelnd glitzerte er in der Abendsonne. Margarete trat nach vorne, legte ihre Hand beruhigend auf den Arm des Fremden, der nicht nur bis auf die Zähne bewaffnet war, sondern, als wenn das nicht merkwürdig genug wäre, äußerst fremdartig wirkte. Rabenschwarzes Haar, dunkle Augen, die ihn misstrauisch musterten, eine Hautfarbe, die an Karamellbonbons erinnerte. Wieso kamen ihm in diesem bizarren Zustand Karamellbonbons in den Sinn? Klar, Margaretes Lieblingsnascherei. War das tatsächlich seine Freundin aus Kindheitstagen? Die gerade mit kehligen, abgehackten Lauten auf den Mann einredete, der nur zögernd seine Waffe senkte. Erst jetzt, da diese Gefahr gebannt war, erkannte Benno den gewölbten Bauch unter den zahlreichen Lagen von bodenlangem Stoff. Margarete war schwanger! All die Eindrücke, die im Sekundentakt auf ihn einstürmten, verblassten neben dieser Erkenntnis. Margarete erwartete ein Kind und er hatte die Jahre umsonst gewartet. Wofür! Benno merkte, wie sich in seinem Inneren etwas verkrampfte, von ihm Besitz nahm. Er war enttäuscht ... und stinkwütend.

Margarete ahnte, was in dem jungen Mann, der ihr gegenüberstand, vorging. Ein junger, schmucker Mann war er geworden, der Benno! Sie drückte einmal fest den Arm ihres Ehegatten, ging dann auf Benno zu und umarmte ihn herzlich.

„Ich bin so froh, dich wiederzusehen. Du wirst nicht glauben, was ich alles erlebt habe. Wie geht es Ernst und Klara? Meiner Großmutter und ... meinem Vater?"

Bennos Blick verfinsterte sich und eine kalte Hand griff nach Margaretes Herz. „Was ist geschehen?"

Der hochgewachsene Mann wurde zum Fremden, wandte sich ab und stakste stocksteif aus der Scheune, ohne einen Blick zurückzuwerfen.

Margarete warf ihrem Mann einen besorgten Blick zu, während dieser das Reisegepäck, einige Kisten aus Holz, von ihrem einzigartigen Transportmittel heruntertrug und an einer Wand stapelte. Soeben rollte sich der Teppich ein, da verdunkelte ein Schatten das offene Scheunentor. Der nächste Unbekannte, dem sich seine Frau an den Hals warf.

„Ernst! Ich ...", da schob sie jener eine Armlänge von sich und betrachtete sein Gegenüber aufs Genaueste.

„Es stimmt also, jetzt kommst du! Du bist es wirklich und du bist schwanger!" Letzteres spie er aus, wie bittere Galle.

Nun wurde es Margarete zu bunt. „Ja, ich bin schwanger und ich bin verheiratet! Darf ich dir meinen Mann vorstellen!" Ohne sich umzusehen wies sie hinter sich. Sie spürte Batals Anwesenheit in ihrem Rücken. Was war bloß in ihren Bruder gefahren? Freute er sich kein bisschen, dass er Onkel wurde?

Batal musste nicht jedes gesprochene Wort verstehen, er fühlte die angespannte Stimmung. Darum löste er die Hand vom Knauf und hielt sie seinem Schwager entgegen.

Dass es sich um Margaretes Bruder handeln musste, war unübersehbar.

Ernst schloss die Augen zu schmalen Schlitzen. Das machte er immer, wenn ihn etwas verunsicherte. Margarete kannte das von früher. Vor ihm stand demnach der Ehemann?! Benno hatte recht, der wirkte auf jeden Fall sonderbar. Und er trug tatsächlich einen Säbel! Außerdem am Rücken einen Köcher mit Pfeilen, und ein Dolch oder ähnliches baumelte in einem ledernen Halfter am Gürtel. Schwarzes schulterlanges Haar, ein Vollbart, erstaunlich sorgsam gestutzt, dunkle funkelnde Augen, das also war der präsentierte Gatte.

„Wo hast du den aufgegabelt?" Er konnte nicht umhin, diese Bemerkung zu machen. Mit hochgezogener Braue studierte er die Hand, die ihm geboten wurde. Keine dreckigen Fingernägel, keine Schwielen, alles in allem eine gepflegte Erscheinung, sah man von der exotischen Aufmachung und den Waffen ab. Vielleicht ein betuchter Geschäftsmann, vielleicht die Lösung für seine Probleme? Er griff zu und ein unziemlich fester Händedruck wurde ausgetauscht.

„Gehen wir ins Haus!" Ernst, bereits auf dem Weg durchs Tor, lenkte seine Schritte in Richtung Wohngebäude. Ein stattliches Domizil, das konnte Batal auch in der Dämmerung mit Kennerblick feststellen. Und er bemerkte ebenso den Verfall, der um sich gegriffen hatte. Die Fensterläden, teilweise lose in den Angeln, bedurften eines neuen Anstrichs, hie und da lockere Ziegel im Mauerwerk, Unkraut, das den Wegesrand bereits verlassen hatte, durch den feinen Kies kroch. Gab es denn keine Bediensteten, niemand, der sich um Haus und Hof kümmerte? Aus den Ställen wehte ein unangenehmer Geruch, dort war deslängeren kein Stallbursche mehr durchgegangen. Er arbeitete gerne mit Pferden, hatte sich auf das Gestüt gefreut, war sich momentan dessen nicht mehr so sicher. Was würde er vorfinden? Im Inneren des Hauses flackerten einige Kerzen und aus einem abseits gelegenen Raum drang das Scheppern von Pfannen und Töpfen. Immerhin, die Küche war besetzt, mutmaßte Batal. Das Klirren von feinem Porzellan näherte sich und damit eine untersetzte Frau, in einem weiten Schürzenkleid, ohne Schleier. Batal musterte erstaunt ihre Unverhülltheit. Gab es hier Sklaven? Nur diese gingen in seiner Heimat zu seiner Zeit unverschleiert.

Kaum hatte jene das schwer beladene Tablett abgestellt, eilte sie auf seine Gemahlin zu und umarmte jene liebevoll. „Gretchen! Margarete! Gnädiges Fräulein! Ein Wunder ist geschehen!", stammelte sie unter Tränen.

Margarete schnürte es den Hals zu. Wie alt ihr Bennos Mutter erschien. Lediglich drei Jahre waren ins Land gezogen. Was war geschehen? Beruhigend strich sie der früh ergrauten Frau über den Rücken.

Später, beim gemeinsamen Abendessen, erfuhr Margarete von den Vorkommnissen seit ihrer Flucht. Bei Brot und Käse, einer eher dürftigen Mahlzeit, begann der Bruder zu erzählen. Obwohl auch erst, nachdem er einige Becher Wein intus hatte. Wieso trank Margaretes Ehemann nichts von dem guten Tropfen? Es war immerhin eine Flasche der besten Auslese, die am Tisch stand. Und die letzte aus dem Keller. Es war ihm einerlei, blieb ihm halt mehr davon.

„Der Vater sitzt im Gefängnis." Damit begann Ernsts Bericht der letzten Jahre.

MACHENSCHAFTEN

In stillen Momenten hörte Ernst bis heute beängstigend laut das Gebrüll seines Vaters durchs Haus hallen, als das Verschwinden Margaretes, Wochen nach ihrer Flucht, zur unumstößlichen Wahrheit wurde. Er entging nur deswegen seinem ungezügelten Zorn, weil sich Klara zwischen die beiden warf, und der Schlag, der für Ernst bestimmt war, sie mit unverminderter Härte traf. Der Fausthieb streifte ihre Schläfe, sie kam ins Taumeln und stürzte folgend so unglücklich auf die Kante eines Beistelltischchens, dass sie nach Tagen des Bangens, ohne ihr Bewusstsein wiederzuerlangen, verstarb. So stand es zumindest im Report des herbeizitierten Schreibers der Gendarmerie. Der zugezogene Leutnant, der extra angereist kam, untersuchte den Tatort beflissen und, nachdem ein Bündel Geldscheine von einer Tasche in die andere gewandert war, extrem rasch. Das bereits erwähnte Protokoll wurde diktiert und der Offizier kehrte dem Landhaus den Rücken. Ernst musste das kleine Tischchen, das angeblich an Klaras verhängnisvollem Unfall beteiligt war, wieder zurück an seinen vormaligen Platz schieben und ein Mantel des Schweigens wurde über den Vorfall gebreitet.

Margaretes Herz krampfte sich bei dieser Schilderung zusammen. Was hatte sie verursacht? Ernst, dessen Augen verdächtig schimmerten, nahm ihre Hand.

„Dich trifft keine Schuld. Er, mit seinem jähzornigen Wesen hat Klara auf dem Gewissen." Margarete kämpfte um ihre Fassung. Die graue Maus war zur Tigerin geworden, um den Jungen vor dem tobenden Vater zu beschützen.

„Ich möchte ihr Grab besuchen. Später!"

Ernst nickte und fuhr mit seiner Erzählung fort.

War der Vater dieses Mal noch ungeschoren davongekommen, verschlimmerten sich die Zustände auf dem Gut von Tag zu Tag. Erst nach und nach begriff Ernst die volle Tragweite der Katastrophe. Wochen später stellte sich heraus, dass der Vater bei einer seiner Sauftouren den Mund einmal mehr zu weit aufgemacht hatte. Im Rausch verriet er das jahrelang gehütete Geheimnis. Nämlich, dass keineswegs er Besitzer des Landguts war, sondern seine minderjährige Tochter. Als er am nächsten Tag aus seinem Suff erwachte, fehlte ihm jegliche Erinnerung an die vergangene Nacht. Doch wenn das Pech einmal an der Stiefelsohle klebt, lässt es sich schwer abstreifen. Seinem Saufkumpan, der scheinbar dem Alkohol wesentlich gemäßigter zugesprochen hatte, haftete jedes Wort des Betrunkenen im Gedächtnis, und er begann nachzuforschen. Mit all seinen Beziehungen war es ihm ein Leichtes, Verborgenes aufzudecken und siehe da, die Wahrscheinlichkeit bestand tatsächlich. Das heranwachsende Mädchen schien die Alleinerbin des beachtlichen Landgutes und vor allem des weithin renommierten Gestütes zu sein. Die meisten der Menschen sind, was Reichtum und Macht angeht, unersättlich. Egal, wie viel sie ihr Eigen nennen, es kann nie genug sein. So war es auch in diesem Fall. Es gelüstete dem Kompagnon nicht nur nach der hübschen Margarete, sondern im erheblicheren Maße nach deren Besitz. Das Balzritual begann. Obzwar er sich dem Brautvater in den schönsten und schillerndsten Farben präsentierte, war ihm jener aus gutem Grunde nur halbherzig gewogen. Bei einer Vermählung der Tochter verlöre er folglich jeglichen

Zugriff auf deren Vermögen. Schlussendlich ließ der Braut-werber seine Maske fallen; teilte alsdann mit, dass auf sein Bestreben hin, die Scharade um das unterschlagene Testa-ment sowieso ans Tageslicht käme und sein Wohlwollen den einzigen Weg darstellte, um heil aus dieser Misere zu gelangen. Derart an die Wand gedrängt, erklärte sich der Vater schließlich mit der Hochzeit einverstanden. Ein Plan wurde geschmiedet und die zukünftigen Vermögensver-hältnisse aufs Exakteste festgelegt.

Händler durch und durch, besiegelten sie ihre neugestal-tete Beziehung mit der Investition in eine Ladung wert-vollster Pelze, Seidenballen und Gewürze, die einen exqui-siten Gewinn versprachen. Wobei es sich der zukünftige Bräutigam nicht nehmen ließ, in Aussicht auf verlockend fettere Beute, einen Teil der Kosten vorzustrecken. Beiden verlangte nach noch mehr Reichtum, noch mehr Macht. Mit Margaretes Flucht nahm das Unglück seinen Lauf. Der sogenannte Freund sah sich aufs Schändlichste hintergan-gen. Betrogen um eine erblühende Rose, die er zu pflücken gedacht hatte, und viel schlimmer, betrogen um inten-dierten Vermögenszuwachs. Der Zugriff auf Margaretes Besitztümer, von ihm gedanklich bereits einverleibt, löste sich in Luft auf. Sobald als Erbin anerkannt, respektive ein paar Jährchen später, die sich gut aushalten ließen mit einer hübschen und gefügigen Ehefrau, hätte alles ihm gehört. Natürlich nach ihrem schrecklichen Sturz vom Pferd, an dem sie verstorben wäre und den er, als untröst-licher Witwer, bereits heute zutiefst bedauerte. Wer hätte bei seiner Reputation schon genau hingesehen? Dieser Traum zerplatzte mit dem Verschwinden Margaretes wie eine buntschillernde Seifenblase. Schön anzusehen und äußerst fragil. Als gläubiger Mensch, der jeden Sonntag zur Kirche ging, kannte sich der derart Gefoppte mit Bibelzitaten aus. Auge um Auge, Zahn um Zahn, war jenes, dessen er sich frömmelnd bediente, zusätzlich zu seinem weitläufigen Netzwerk an Informanten und Helfern. Dass sich darunter auch einige fragwürdige Gelichter befanden war selbstredend, und konnte seinem Vorhaben nur dienlich sein. Das Schiff, beladen mit der wertvollen Fracht von Fellen, Gewürzen und Stoffen versank auf Nimmerwiedersehen in den Tiefen des Meeres … und tauchte an einem weit entfernten Hafen am Ende der Welt unter fremder Flagge wieder auf. Natürlich wussten von diesem göttlichen Wunder nur wenige Eingeweihte und deren Münder blieben fest verschlossen. Die Versicherung obstruierte die zügige Schadensabwicklung aufgrund fehlender Unterlagen, die sich plötzlich als unauffindbar erwiesen. Es folgte keinerlei Auszahlung an die beiden Kaufleute. Was den einen nicht sonderlich juckte, lagerte derweil die kostbare Ware sicher im Magazin eines verlässlichen Verbündeten und wartete auf den Verkauf, dessen Gewinn er alleine einzusacken gedachte. Den anderen brachte der Ausfall der Schadenssumme in arge Bedrängnis. Nun war er nicht nur dem vermeintlichen Freund eine erhebliche Menge Geld schuldig, sondern die Lieferanten standen Schlange vor seiner Haustüre, verlangten zu Recht die Begleichung der horrenden Rechnungen. Der Verkauf des Stadthauses entpuppte sich als langwierig und vor allem bei weitem nicht so ertragreich wie gedacht, so dass eines schönen Tages die Schergen im Salon standen. Von Soldaten wurde der einst wohlhabende Händler zum Schuldturm eskortiert. Vormals ein Repräsentant in der Kaufmannschaft mit Sitz und gewichtigem Einfluss, sah er nun in einer kahlen Zelle einem ungewissen Schicksal entgegen.

Schien bereits die Zukunft des Inhaftierten trostlos, gestaltete sich die des Sohnes weitaus beklagenswerter. Zwar lag das Landgut außerhalb der Gerichtsbarkeit der Stadt und hatten die Gläubiger demnach keinen Zugriff darauf, doch die städtische Villa selbst wurde weit unter ihrem Wert verkauft und deckte nur einen Teil der noch offenen Schulden. Von einem Tag auf den anderen, fand sich der junge Mann in der Rolle eines Gutsbesitzers wieder. Jedenfalls was dessen Aufgaben anging, an denen er zu scheitern drohte. Freilich war er ab und an mit den Geschäften des Vaters in Kontakt gekommen, allein weit entfernt davon, diese auszuführen oder zur Gänze zu übernehmen. Ihm stand weder ein erfahrener Oheim zur Seite, noch ein verlässlicher Verwalter. Der hatte, wie die meisten der Arbeiter, nach der Insolvenz des Vaters, das Weite gesucht. Der Einzige, der dem Status eines Vertrauten nahekäme, wäre Bennos Vater gewesen. Der stand jedoch, seit dem Verschwinden Margaretes, unter dem Verdacht, deren Flucht begünstigt zu haben. Um Benno zu schützen und dem blinden Zorn seines Herrn zu entgehen, verschwand er samt der Großmutter, die sich ebenfalls außer Reichweite bringen wollte. Beide blieben vorerst ahnungslos, was die prekäre Situation des Gutes betraf. Benno, der zwischenzeitlich die Wahrheit der alten Dame kannte, blieb bei seiner Mutter und stand ihr bei. Die vormalige Wirtschafterin füllte mit einem Male verschiedenste Rollen im herrschaftlichen Haushalt aus. Frühmorgens kümmerte sie sich um das Kleinvieh am Hof, schlüpfte dann in die Schürze der Köchin, wienerte nachmittags, mit Putzlappen und Eimer bewaffnet, Boden und Möbel, wechselte zurück in die Küche, half später ihrem Sohn bei den Pferden und fiel lange nach Sonnenuntergang völlig erschöpft in einen tiefen Schlaf. Aus dem sie mit Sonnenaufgang das Krähen des Hahnes weckte, und die Trostlosigkeit von vorne begann. Nichts anderes als der Gedanke an ihren Mann und das Schicksal Margaretes hielt sie aufrecht. Das Margaretes entzog sich weiterhin ihrer Kenntnis, den Gatten sah sie zuweilen nach dem Kirchgang am Waldesrand, im Schatten einer riesigen Linde mit ausladender Krone, wobei sich alsbald das Gefühl eines heimlichen Stelldicheins junger Pärchen breitmachte, vor allem, wenn Benno den Treffen fernblieb.

Benno und seine Mutter waren mit einer Handvoll Bediensteten die Einzigen, die bei Ernst geblieben waren. Und obwohl sie von früh bis spät schufteten, stellte sich ihr Ansinnen, das Landgut zu bewirtschaften, auf Dauer als Ding der Unmöglichkeit heraus. Nicht von ungefähr bedurfte es einer Heerschar von Arbeitern, um den Betrieb aufrechtzuerhalten, die gegenwärtig an allen Ecken und Enden fehlte. Auch als Bennos Vater endgültig zurückkehrte, konnte er das Ruder nicht mehr herumreißen. Es war zu spät. Da wo sich einst Weizen und Gerste mit prallen Halmen im Wind wiegten, Fleckvieh und Schwarzbunte auf saftigen Weiden grasten, wucherte Grindwurz und die Felder lagen brach. *Unkraut wächst am schnellsten von allem*, diese eindringlichen Worte vieler Bauern, wurden zur vernichtenden Wirklichkeit.

Das war der Status quo als Margarete mit ihrem Ehemann so plötzlich in der Scheune aufgetaucht war.

„Und unsere Großmutter? Wo ist Großmama?"

Ernst horchte besorgt auf.

„Unsere Großmütter sind beide bereits seit langem verstorben, Schwesterherz. Hast du das vergessen?"

Mit einem scheelen Blick auf ihren dunkelhäutigen Ehemann, schlich sich ein beunruhigender Gedanke in seinen Kopf. Vielleicht hatte ihr der Aufenthalt in fremden Landen noch mehr geschadet, als es vorab schien.

Ohne ein weiteres Wort machte sich Margarete auf den Weg in die Küche, wo sie Bennos Mutter bereits erwartete.

„Ihr habt meinem Bruder nichts gesagt?"

Die schüttelte den Kopf. „Wozu? Deine Großmutter ist gleich nach deiner Flucht abgereist und seitdem ist sie verschwunden."

Aufgelöst wie sie war, vergaß die Haushälterin gänzlich auf die Etikette, sprach ihre junge Herrin mit dem vertraulichem Du an. Keine der beiden Frauen stieß sich daran.

Tatsächlich war es so, dass Bennos Vater die alte Dame den ersten Teil ihrer Reise begleitet hatte. Sobald sich diese in ausreichender Sicherheit wähnte, schickte sie den treuen Vasall retour. Dem äußerst energischen Befehl, auf dem Gut wären seine Dienste mehr vonnöten, als bei ihr alter Schabracke, hatte Bennos Vater nichts entgegenzusetzen. Überdies verlangte ihn ohnehin wieder nach vertrauten Gefilden. Die große weite Welt, fern der Heimat, war nichts für den schlichten Landmann.

Ernst wiederum war wie vor den Kopf gestoßen, als er von seiner durchaus lebendigen Großmama erfuhr. Niemals wäre er auf die Idee gekommen, hinter der Alten auf dem Schaukelstuhl, jemand anderes zu vermuten, als Bennos Großmutter. Doch der Abend barg eine weitere Überraschung für Ernst.

Batal war bruchstückhaft der Schilderung seines Schwagers gefolgt. Um die Verwahrlosung des Gutsbesitzes einschätzen zu können, benötigte er keine Worte. Nach einem kurzen Blickwechsel mit seiner Frau stand er auf, schritt zur Tür hinaus und alsbald wieder herein. In den Armen trug er eine hölzerne Schatulle, die er vor Ernst auf den Tisch stellte und ihm den dazugehörigen Schlüssel in die Hand drückte. Reden ist oft schwieriger als Verstehen, darum deutete er dem Bruder wortlos, das Kästchen zu öffnen.

Nach einem Moment des Zögerns und einem auffordernden Lächeln Margaretes, steckte Ernst den Schlüssel in das Schloss, drehte ihn und hob den Deckel. Die mit kunstvollen Schnitzereien verzierte Kassette war randvoll gefüllt ... mit goldenem Geschmeide und Edelsteinen in vielerlei Farben, die um die Wette funkelten. Sprachlos starrte der junge Mann auf den Schatz, der im Kerzenlicht gleißte. Ein Schatz musste es sein. Auch wenn Ernst wenig von Preziosen wusste, zweifelsfrei befand sich ein Vermögen in der Kiste. War seine Schwester mit einem Juwelendieb verheiratet?

„Nur weil dir jemand fremd ist, solltest du nicht sofort das Schlimmste annehmen." Margarete spürte förmlich die Gedanken ihres Bruders. „Das ist Teil meiner Aussteuer."

Tatsächlich war es so, dass sich König Schahryâr verpflichtet fühlte, für kostbare Geschenke zu sorgen. Immerhin war Margarete die beste Freundin seiner Gemahlin und er empfand es als eine Ehrensache, an Vaterstatt für ihr Auslangen zu sorgen. Wobei sich sein Empfinden für ausreichend Auslangen wesentlich von dem eines Normalbürgers unterschied. Obendrein fühlte sich der Wesir ebenfalls bemüßigt, dem Brauch entsprechend, die Braut seines Sohnes mit Geschenken willkommen zu heißen. In Margaretes Besitz befanden sich demnach einige solcher Kästchen, wie jenes auf dem Tisch, mit ähnlich wertvollem Inhalt.

An diesem Punkt angelangt, begann Margarete mit ihrer Geschichte, die so unglaublich war, dass es nebst dem Bruder auch den drei Hinzugekommenen, Benno, seinem Vater und der Mutter, die Sprache verschlug. Diese hatten sich gleichfalls in der Stube eingefunden und bestaunten gemeinsam die erlesenen Schmuckstücke in der Holzkassette.

So kam es, dass Ernst, Margarete und ihr Gemahl am nächsten Morgen in die Stadt reisten, wo sie als erste Station den ansässigen Juwelier aufsuchten. Entgegen aller Sitten und Gebräuche bestritt Margarete die intensiven Verhandlungen mit dem gewieften Händler. Beobachtet von Ernst, der sie glühend um ihre Durchsetzungskraft beneidete, und Batal mit stolzgeschwellter Brust. Mit prallgefüllter Geldkatze fanden sie sich beim zweiten Reiseziel, vor den Toren des Richters, ein. Der Rest der Schulden wurde getilgt und der Vater, nach einigem Hin und Her, gleich mitgenommen.

Für Margarete war es ein befremdliches Gefühl, dem Vater so nahe zu sein, mit ihm wieder im selben Haushalt zu wohnen. Nur allzu gut erinnerte sie sich an sein schändliches Vorhaben, sie mit seinem Kompagnon zu verheiraten. Ganz abgesehen davon, dass er sie um ihr Erbe betrogen hatte. Eines schönen Morgens lag das verschwundene Testament neben ihrem Teller im Frühstückszimmer. An diesem Tag beobachtete Margarete den Vater sehr genau.

Das schüttere Haar, die zerfurchte Stirn, Falten, tief eingegraben um Augen- und Mundwinkel, ein flackender, unsteter Blick. Er war ein gebrochener Mann. Nie wieder erhob er ein lautes Wort seinem Sohn gegenüber oder verlor sonst die Beherrschung. Ruhig saß er stundenlang am Fenster und blickte in die Ferne. Margarete ahnte, was er am Horizont zu finden suchte. Er hatte ihre Mutter über alles geliebt, und deren früher Tod hatte den einst warmherzigen Mann in den Abgrund gezerrt. Jetzt, da sie selbst liebte und ein Kind erwartete, konnte sie ihm nicht länger gram sein. Stillschweigend vergab sie ihm und kümmerte sich von nun an um die Gegenwart.

Sie betraute Ernst mit der Leitung des Landgutes. Dessen Aufbau fand zwar nicht von heute auf morgen statt, doch dank der finanziellen Sorgenfreiheit, erstrahlte es Monat um Monat in neuem Glanz. Der Gutshof wurde wieder zum attraktiven Arbeitgeber und Bennos Vater agierte fortan als rechte Hand des jungen Herrn. Das Gestüt indes blühte unter Batals Obhut auf, der einen Teil seiner Heimat in den klugen Augen der edlen Stuten wiederfand.

Margarete selbst übernahm die Handelsgeschäfte ihres Vaters. Zuvor jedoch schenkte sie einer gesunden Tochter das Leben, in deren Antlitz sich Scheherazades Lächeln spiegelte. Das gleiche Lächeln, mit dem Batal ihr Herz vom ersten Augenblick an berührt hatte.

Was sie zudem mit Vehemenz vorantrieb, war der Kampf um Frauenrechte. Im Laufe der Jahre wurde sie zu einer frühzeitigen Ikone der Frauenbewegung, von einigen gefürchtet, von vielen verehrt. Batal unterstützte sie bereitwillig bei all ihren Vorhaben, auch wenn er nicht immer Margaretes Meinung teilte. Sie war eine außerordentlich kluge und vor allem energische Frau, die ihren Willen auch ihm gegenüber behauptete. Wesentlich schwerer fiel ihm, sich an die Dürftigkeit der weiblichen Bekleidung in diesem Lande zu gewöhnen. Margarete legte, nach endlosen Diskussionen, ihre Schleier ab. Passte sich allerdings nie mehr gänzlich den Gegebenheiten ihres Geburtslandes an. Sie liebte die äußerst bequemen, weitgeschnittenen Hosen, deren Beine sie an den Knöcheln mit Bändern zusammenband. Ein exotisches Mitbringsel aus dem königlichen Harem, obwohl nicht aus durchsichtiger Seide, sondern bunter Webware.

Nach und nach arbeitete Ernst Hand in Hand mit Batal zusammen. Er bereute seine Vorurteile, die er dem fremdländisch anmutenden Schwager entgegengebracht hatte. Denn egal, wie exotisch der Ehemann seiner Schwester in der hiesigen Welt sein mochte, umgekehrt war gewiss Ernst der Fremde in Batals Heimat.

Wobei es sich das Ehepaar nicht nehmen ließ, auf ihre ganz eigene Art und Weise in den sagenumwobenen Palast von König Schahryâr zu reisen. Scheherazade und Dinharazade einen Besuch abzustatten, den Schwiegervater und Schwager aufzusuchen. In solchen Fällen die beiden Letztgenannten Regierungsgeschäfte hintanstellten, um in aller Gemütlichkeit eine Wasserpfeife zu schmauchen, Pfefferminztee zu schlürfen und sich über Weltpolitik auszutauschen. Indes die Frauen unter sich blieben, alter Zeiten gedachten, sich um zukünftige sorgten und die Weltpolitik beobachteten. Bei einer dieser Gelegenheiten kam der Dschinn zur Sprache, der den Brunnen im zweiten Hof zu seinem Lieblingsplatz erkoren hatte.

„Am Ende hat sich alles zum Guten gewandt. Auch wenn es ursprünglich gar nicht so aussah, ja den gegenteiligen Anschein hatte!"

In diesem Punkt waren die Freundinnen, wie fast immer, einer Meinung.

Benno, seiner Jugendliebe beraubt, heiratete nach einigen Jahren und erfreute seine Eltern mit einer zahlreichen Kinderschar.

Zu guter Letzt gab es noch eine Überraschung. Die Großmutter tauchte aus der Versenkung auf, reiste hochbetagt an, um ihre Enkelin und Urenkelin in die Arme zu schließen und Batal kennenzulernen.

Die Geschehnisse, von denen die alte Dame zu berichten wusste, klangen so unglaublich, dass sie schier wahr sein mussten. Denn niemand konnte sich ein derart unfassbares Abenteuer ausdenken.

Noch mehr finstere Machenschaften

Kaum hatte die Großmutter Bennos Vater nach Hause geschickt, stand sie plötzlich drei finsteren Gestalten gegenüber. Mit ihren groben Händen packten sie die schutzlose Frau und stülpten ihr einen fürchterlich stinkenden Kartoffelsack über den Kopf. Mehr geschleppt als auf eigenen Füßen, in die Mitte genommen, und nach einer scheinbar endlosen Reise, fand sie sich lieblos unter Deck verstaut. Es musste sich um ein Schiff handeln, auf dem sie letztendlich gelandet war. Zeitweises Möwengeschrei, das Knarren der Takelage und das monotone Plätschern der Wellen wiesen eindeutig darauf hin. Nur mit dem Allernötigsten versorgt, fristete sie ihr Dasein, hatte schon mit dem Leben abgeschlossen, als sich die Luke über ihr weit öffnete. Grelles Sonnenlicht fiel nach unten und blendete ihre Augen. Man schleifte sie einige Stufen hoch und endlich atmete sie wieder frische Luft. Während sie in ihrem Gefängnis im Finstern hockte, war ausreichend Zeit, sich Gedanken um ihre Entführer zu machen. Wobei sie immer wieder bei dem verschwundenen Testament landete. Irgendjemand musste ihre wahre Identität herausgefunden haben. So war es dann auch. Oben an Deck, sie befand sich tatsächlich auf einem Schiff, erwartete sie ein ältlicher, grauhaariger Mann im zweireihigem, gedecktem Anzug und einem Gehstock in den behandschuhten Händen. Auf seinen Wink hin wurde sie von Bord gezerrt und in ein naheliegendes Gebäude gebracht. Es musste sich wohl um ein umfangreiches Kontor des Fremden handeln, denn neben dem großzügigen Büro stapelten sich Waren aller Art. Fässer aus Ceylon und Sri Lanka, aus denen es nach Kardamom, Zimt und Nelken duftete, Jutesäcke randvoll gefüllt mit Pfefferkörnern und Muskatnüssen, Gläser mit in Honig eingelegtem Ingwer, weiche Pelze, edles Tuch und geknüpfte Seidenteppiche. All die Kostbarkeiten nahm die Großmutter mit einem Blick wahr, bevor sie ins Büro geschupst wurde. Sogar dort herrschte Luxus, ein riesiger, seidiger Teppich bedeckte den Großteil der dunklen Dielen. Sie wurde bereits erwartet. Der Graukopf von vorhin paffte an einer überdimensionierten Zigarre und begutachtete sie angelegentlich. Lange Zeit blieb es still zwischen den beiden, nur die Rufe der Matrosen beim Löschen der Ladung waren von fern zu hören.

Selbst Margarete hielt den Atem an, bis die Großmutter mit ihrer Schilderung fortsetzte.

„Es war so, wie ich mir gedacht hatte. Das Testament war der Schlüssel und das wollte er. Dass ich es gar nicht hatte, konnte er nicht begreifen. Wutentbrannt kam er auf mich zu. Und dann ... als er über den Teppich stolperte ... passierte etwas äußerst Merkwürdiges."

Sie legte eine Pause ein, so erschöpft war sie zwischenzeitlich. „Ihr werdet es mir nicht glauben!"

Margarte und Batal sahen sich an. „Ich befürchte, wir glauben dir jetzt schon!"

In dem Moment, als der Entführer auf dem Teppich zu liegen kam, rollte sich dieser ein und löste sich samt Inhalt vor den verdutzten Augen der Großmutter auf. Er verschwand und ward nimmer gesehen. Was mit dem finsteren Ränkeschmied tatsächlich geschah, wird wohl ein ewiges Geheimnis bleiben. Der hinterlistige Kompagnon kehrte nie wieder zurück. An diesem entlegenen Hafen am Ende der Welt kümmerte es niemanden. Sollte man meinen.

Doch, wie es der Teufel oft haben will, kam dieses Mal die Großmutter vom Regen in die Traufe. Das spurlose Verschwinden des Kompagnons schlug keine besonders hohen Wellen, die Razzia, die zur selben Stunde jedoch von der hiesigen Obrigkeit angeordnet war, schon.

Schon seit längerem waren dem Bürgermeister die geschäftlichen Aktivitäten des Verschollenen ein Dorn im Auge. Noch dazu, wo der Kaufmann nicht bereit war, seinen privaten Obolus, zu entrichten an ihn, den Bürgermeister persönlich, zu erhöhen. Als allein die Großmutter samt der Schmugglerware angetroffen wurde, kam diese auch ins Gefängnis. Irgendeinen Erfolg musste das Stadtoberhaupt ja verbuchen können.

„Ich konnte weder die Sprache, noch wusste ich überhaupt wo ich gelandet war. Erst mit der Zeit, als mir eine Zellengenossin Wort für Wort beibrachte, wurde mir klar, dass es irgendeine Insel weit weg von allem sein musste."

„Wie bist du aus dem Gefängnis gekommen. Konntest du fliehen?" Margarete blieb fast das Herz stehen. Was waren ihre Abenteuer gegen die der Großmutter?

Die alte Frau lächelte versonnen. „Da kam mir ein Engel zu Hilfe!"

„Ein Engel?" Sofort dachte Margarete an den Dschinn. „Wie sah er aus?"

„Eigentlich nicht wie man sich ein himmlisches Wesen landläufig vorstellt. Er kam in Verkleidung eines Detektivs, doch ..."

„Ein Detektiv?" Margarete hatte dieses Wort noch nie gehört.

Ernst übernahm die Antwort. „Das ist ein relativ neuer Berufsstand. Ich habe erst vor kurzem darüber gelesen. Detektive sind Ermittler, ziehen Erkundigungen über deine angehenden Geschäftspartner ein."

„Nicht nur. Einige konzentrieren sich auf Vermisstenfälle." Die Großmutter schüttelte den Kopf und wandte sich an ihre Enkelin. „Siehst du, ich hatte recht. Es war ein Engel. Wenn du die Detektei nicht mit der Suche nach mir beauftragt hast, wer dann?"

Es wurde immer mysteriöser.

„Mein unbekannter Retter holte mich also aus der Zelle, verhandelte lautstark mit dem Bürgermeister und legte einen Batzen Geld auf den Tisch. Dann war ich frei, konnte gehen wohin auch immer ich wollte!"

Ein verschmitztes Lächeln huschte über das faltige Gesicht.

„Ohne meinen Schutzengel wäre ich verloren gewesen. Er organisierte die Überfahrt, wich mir nicht mehr von der Seite, bis das Schiff ablegte und er mir vom Kai aus nachwinkte." Bis seine Konturen sich in Luft auflösten, fügte sie in Gedanken hinzu. „Ich wollte mich bei ihm bedanken, des Öfteren. Doch er meinte nur, jedes Wesen gehöre in den Schoß der Familie. Wieso sagte er Wesen und nicht Mensch? Das hat ihn verraten und seine Augen. In seinen Augen hat sich das Paradies widergespiegelt!"

Sei es wie es sei! Die Großmutter war heil zurückgekehrt, und immer, wenn Margarete, Scheherazade und Dinharazade den Dschinn nach dem Hafen am Ende der Welt befragten, grinste er von einem Ohr zum anderen, ver-

schwand mit einem kräftigen Platsch in seinem Lieblings-
brunnen, sodass eine riesige Fontäne in die Luft schoss und
die Freundinnen jedes Mal klatschnass aus dem Garten
zurückkehrten. Großmut wird des Öfteren mit Schwäche
gleichgesetzt. Darum behält ein Dschinn Geheimnisse für
sich, offenbart selten mehr als unbedingt erforderlich und
handelt mitunter nach seinem Gutdünken.

Auch wenn der Blick der Großmutter sich mehr und mehr
trübte, mit ihren Fingern ertastete sie die Kunstfertigkeit,
mit der die Teppiche, die fast jeden Raum zierten, geknüpft
worden waren.
Margarete verewigte ihr Leben in zahlreichen Läufern und
Wandteppichen, denn die drei Frauen lehrten ihre Kinder
das Fertigen ganz spezieller Werke. Weil Wandbehänge
und Bodenläufer so viel mehr sind, als hinlänglich ge-
glaubt. Gewiss, sie halten frostige Kälte ab oder nehmen
die Wärme des Feuers auf. Andererseits sind auch manch
Flüche, Segen und Abwehr-Zauber mit ihnen verknüpft
oder hineingewoben ... und sie erzählen Geschichten. Geschichten für diejenigen, denen gegeben ist, ganz genau
hinzuhören.

SAORADH IV

Gunst und Missgunst

Nachdem sie eine ganze Weile durch den ungewöhnlichen Wald marschiert waren, in dem es ständig weitere wunderliche Dinge zu bestaunen gab, mündete der Pfad in einer Lichtung. Nach vorne hin sumpfig und von Wasserläufen durchzogen endete die grünbewachsene Schneise im Hintergrund in einem trockenen Waldgebiet mit mächtigen, uralten Fichten. Unter ihren weit ausladenden Ästen duckten sich mehrere kleine Holzhäuschen. Jedes mit einem umlaufenden Vorbau und schindelgedecktem Dach. Sanftes Licht schimmerte durch die kleinen Fenster, alles in allem ein ausgesprochen anheimelnder Ort. Ein paar der Lichtwesen waren vorausgeeilt, hatten Feuer im Kamin entfacht, Lebensmittel herbeigebracht und Kräuterpfännchen aufgestellt. Sie empfingen die momentan Heimatlosen mit einem freundlichen Lächeln und führten die Familien zu ihren Unterkünften. Viele der Menschen waren froh, nach den Schrecken des letzten Tages und dem langen Fußmarsch endlich angekommen zu sein, freuten sich über die selbstlose Unterstützung ihrer Gastgeber. Einigen wiederum war das Dach über dem Kopf zu schlicht, das aufgetischte Abendbrot zu dürftig, die Hüttchen zu karg. Kein Wort des Dankes kam über ihre Lippen und mürrisch setzten sie sich an die grobgezimmerten Tische. Voller Gier dachten sie an die unermesslichen Schätze, die irgendwo in diesem Land gehortet wurden. Damit, ja nur damit, wäre ihnen wirklich geholfen. Was könnten sie nicht alles anfangen mit Edelsteinen, Perlen, Gold und Silber! Während also die einen dankbar das Brot aßen und die heiße Suppe löffelten, fraß sich bei den anderen der Neid ins Gemüt.

Die Nebelkrähen mit Alasdair und Ouna in ihrer Mitte, samt Ilro mit seinen Mannen, wurden ein gutes Stück weitergeleitet. Sie umrundeten die kleine Siedlung, bestaunten die himmelhohen Nadelbäume, die Jahrhunderte alt, Schutz und Hoffnung boten, bis sie auf eine weitere natürlich gewachsene Waldblöße trafen.

Hier gruppierte sich eine Handvoll von Häuschen unter gewaltigen Ahornbäumen. Die Bauten glichen übergroßen Pilzen mit braunen Kappen, an denen sich Rosenhecken mit intensiv duftenden pfirsichfarbenen Blüten bis unters Dach rankten. Ausgelegte Felsplatten führten als Treppe zu den Behausungen, die allesamt auf der leichten Anhöhe eines Hügels Platz gefunden hatten. Zur Begrüßung wartete eine Elfe, die den Ankömmlingen entgegeneilte. Ihr Kleid schillerte im gleichen Grün wie die Gräser, Moose und Farne ringsum, sodass sie das geflügelte Wesen erst wahrnahmen, als es ihnen freundlich zuwinkte.

Ilro, Kenneth und Ryan beschlossen, hier ihre Rast einzulegen, während Ouna und Alasdair Ewerthon begleiten wollten. Die Krähenkrieger schritten an den Stufen vorüber und hielten sich rechter Hand. Dort führte ein gut verborgener Pfad unter einer alten Steinbrücke hindurch, weiter in das geheimnisumwitterte Reich der Lichtwesen. Augenscheinlich gab es Elfen verschiedensten Aussehens und Charakters. Während die einen, die Ewerthon und Mira trugen, ziemlich grobschlächtig wirkten und über enorme Kräfte verfügten, schien die Elfe, die sie eben begrüßt hatte, von zarter Statur und vor allem sonnigerem

Gemüt, als ihre Artgenossen, die zu Lästern und Spucken zurückgekehrt waren, wenn auch gedämpfter als bislang. Der Wald wurde lichter, zu Fichten und Tannen mischten sich riesige Laubbäume. Sie gewannen den Eindruck, die mütterlichen Baumriesinnen hätten hier Zuflucht gefunden, was selbstredend einem Wunschdenken entsprang, denn die meisten der edlen Geschöpfe lagen zerschmettert unter dem Geröllhaufen rund um *Cuor a-Chaoid*. Der weichgepolsterte Boden unter ihren Sohlen ging in schiefrige Steinplatten über. Beidseits säumten exotische Pflanzen den Weg. Gewächse, die üblicherweise nicht in Wäldern zu finden waren. Scharfe Schilfgräser langten nach ihren Haaren, ritzten die Haut, wenn man ihnen zu nahe kam.

Unverhofft tauchten zwei turmhohe Bäume auf, die eine Art Durchgang bildeten. Deren schuppige Rinde glänzte grau und sie wuchsen einzigartig schraubig verdreht, wie es Alasdair nur von südlich gelegenen Landstrichen kannte. Ouna stoppte abrupt. Sie erinnerte sich an Geschichten, die man über solch magische Bäume munkelte. Die aussahen, als hätte sich ihr Stamm um die eigene Achse gewunden. Schritt man durch dieses Tor, war die Rückkehr oft ungewiss. Viele Geschöpfe verloren sich auf Nimmerwiedersehen. Die Elfen, fluchend und schwitzend wie eh und je, verschwanden mit ihrer Last bereits hinter der nächsten Biegung des Pfades.

Kurzentschlossen machte sie den nächsten Schritt … und fand sich in einer anderen Welt wieder.

Sein und Schein

Fast wäre Ouna kopfüber in den Tümpel vor ihren Füßen gestürzt. Im selben Moment als sie durch das magische Tor trat, veränderte sich die Kulisse rundum. Herrschte unter den Fichten dunkle Nacht, strahlte hier die Sonne vom blitzblauen Himmel. Anstatt zu Beginn des steinigen Weges stand sie plötzlich am Ufer eines funkelnden Teichs. Knapp hinter ihr drängelten sich Alasdair und seine Soldaten, nur eine Handbreit trennte sie vom blauschimmernden Nass. Gerade noch konnte sie zur Seite treten, da landete bereits der erste Krähenkrieger mit lautem Platsch im Wasser. Nun war es an ihm, zu fluchen, so wie die Elfen vordem. Gleichwohl die Nerven aller angespannt waren, konnte sich Ouna nicht mehr zurückhalten. Sie lachte, bis ihr Tränen in die Augen traten, sie keuchend nach Atem rang und der Bauch krampfte. Die Soldaten halfen derweil dem Kollegen ans trockene Gestade und versuchten Fassung zu bewahren. Ounas perlendes Gelächter hingegen war dermaßen ansteckend, dass sich alsbald die gesamte Elitetruppe und ihr Prinz die Bäuche hielten und nur mühsam verhaltenes Lachen über den kleinen See schallte. Schließlich, als sie sich wieder einigermaßen gefangen hatten, setzten sie ihre Reise fort. Ein Trampelpfad führte längs des Teichs auf die andere Seite. Sie mussten sich in einer riesigen Gartenanlage befinden, denn soweit das Auge reichte, schaukelten große und kleine Blumenköpfe in den verschiedensten Farben im Wind. Obzwar *Cuor a-Chaoids* Parkanlagen mehr als beeindruckend gewesen waren, so eine üppige Blütenpracht hatte niemand von ihnen je vorher gesehen.

Eine mit sandfarbenen Granitplatten ausgelegte Treppe führte zu einem kleinen Pavillon, auf der sie nun langsam nach oben schritten. Begleitet wurden sie von geschäftigem Summen und Brummen, stetigem Flügelsurren unzähliger Hautflügler, und einem honigsüßen Duft, der sich über alle Sinne legte. Leicht berauscht kamen die Nebelkrähen auf der Anhöhe an und traten in das Innere der blumengeschmückten, steinernen Laube. Schlagartig verstummte der Lärm, Stille breitete sich aus. Prüfend blickten sie sich um. Einzig einen Tisch aus poliertem Marmor und die kreisrunde Sitzbank gab es hier. Mehr war nicht zu sehen. Anschwellendes Flügelrauschen kündigte das Erscheinen mehrerer gefiederter Artgenossen an. Ein bunter Vogelschwarm landete am Geländer des luftigen Gartenhäuschens. „Papageien! Das müssen Papageien sein." Alasdair war fasziniert. Kakadus, Aras, Loris, Sittiche, diese in allen Kolorierungen großen und kleinen Vögel hatte er als Kind, unterwegs mit seiner Mutter in weit entfernten Gefilden, das erste Mal gesehen. Mutter! Sein Herz verspürte einen kurzen Stich. Wo sie sich wohl aufhielt? Wieso verschwand sie einfach spurlos? Dazu aus der Verwahrung der Elfen. Sicher, sie war die allerhöchste Kriegsgöttin und keine verschlossene Tür konnte sie auf lange Sicht aufhalten. Obzwar, gänzlich unproblematisch war es auch für sie nicht, aus dem legendären Elfengefängnis zu entkommen. Verfügte sie über einen Helfer? Jener musste über enorme Kräfte verfügen ...
Heftiges Schnattern und Krächzen unterbrach seinen Gedankengang. Das schillernde Federvieh schwatzte eindringlich auf seine Gemahlin ein. Die grinste übers ganze Gesicht.

„Mir war nicht bewusst, dass ich deren Sprache mächtig bin. Sie quatschen zwar ziemlichen Blödsinn, gleichwohl, ich verstehe sie."

Empörtes Kreischen und Flügelschlagen gab Auskunft darüber, dass das sprachliche Verständnis offenkundig in beide Richtungen funktionierte. Jähes Donnergrollen unterbrach das Gejohle und mit einem Male prasselten große, schwere Tropfen vom Himmel. Wie auf Kommando fächerte ihr geschwätziger Besuch seine Flügel und stieß sich vom Geländer ab. Gleich darauf geschahen einige wundersame Dinge zur selben Zeit. Sobald der Regen auf all die farbige Pracht rundum traf, verblassten Blumen und Gräser, wurden durchscheinend, lösten sich auf. Der Pavillon dehnte und streckte sich, als wäre er ein lebendiges Wesen, wuchs in die Höhe und Breite, wurde grenzenlos, da ihn weder grüne Hecken noch bunte Rabatte hinderten. Einzig der tiefblaue Teich blieb unverrückbar. Die unzähligen buntgescheckten Vögel schwangen sich in die Luft und bildeten ein riesiges, schimmerndes Dach über dem Palast, der nun anstatt des luftigen Gartenhäuschens dastand. Alasdair, Ouna und die Nebelkrähen fanden sich samt Rundbank und Marmortisch in einem gleißenden Saal. Vorerst meinten sie, dessen Wände bestünden in ihrer Gesamtheit aus Spiegeln, derart blendete das Licht ihre Augen. Bei näherer Betrachtung erwiesen sich die Spiegel als riesige Fenster mit Blick nach draußen. Eigentlich glich der Raum dem der verschwundenen Laube, nur die Dimensionen hatten sich gewaltig verändert.

Wie von Zauberhand tauchten Keylam und Oonagh an der runden Tafel auf. Obgleich Alasdair, und zwischenzeitlich auch Ouna als königliche Nebelkrähe, die Fähigkeit des blitzartigen Wechsels von einem Ort zum anderen beherrschten, es war stets beeindruckend, ähnliche Magie bei anderen Wesen mitzuerleben.

Die Königin der Lichtwesen begrüßte sie auf das Allerherzlichste, der König eher verhalten. Oonagh schloss einen nach dem anderen in ihre Arme und warf Ouna einen tiefen Seelenblick zu. Die Traurigkeit beider verwob sich kurz, stieg nach oben, fand ihren Platz im farbenprächtigen Dach, das sich außerhalb über den Palast spannte. Sogleich fühlte Ouna, wie sich ihre verkrampften Schultern entspannten, sie freier atmen konnte. Einmal klatschte die Königin der Lichtwesen in ihre Hände und die polierte Tafel in der Mitte bog sich unter lukullischen Köstlichkeiten. Bevor jene zu Tisch bitten konnte, wandte Ouna sich an sie.

„Ewerthon? Wo habt Ihr meinen Sohn hingebracht?"

Oonagh warf Keylam einen kurzen Blick zu. Er reagierte kaum. Nun, es war einerlei. Früher oder später würde sie Ouna einweihen müssen. Was sprach gegen jetzt?

Sie wandte sich Alasdairs Soldaten zu. „Es ist unmöglich, euren Herrn zu begleiten. Tut euch gütlich an dem, was wir für euch aufgetischt haben. Ihr müsst hungrig sein." Sanft flossen die Worte aus ihrem Mund, zugleich mit einer Bestimmtheit, dass es der Garde des Krähenprinzen schwerfiel, sich ihnen zu widersetzen. Die mentale Macht der Lichtwesen war sprichwörtlich. Trotz alledem, Nebelkrähen verfügten über einen ebenso guten Abwehrmechanismus, gerade was den Schutz der königlichen Familie betraf. Fragend blickten sie zu Alasdair. Tonlos willigte er ein.

„Kommt mit." Oonagh wies mit einer leichten Handbewegung zur nächstgelegenen Tür, die gläsern zu sein schien.

Wollte man hindurchblicken, verbarg sich dagegen das Dahinterliegende unter einem seidigen Glanz. Schweigend folgten sie der Königin der Lichtwesen. Ähnlich den magischen Bäumen befanden sie sich, mit jedem Durchschreiten einer der durchsichtigen Pforten, in einer anderen Welt. Jedes Mal von überschäumender Fantasie, üppiger, prunkvoller, geheimnisvoller als die vorherige. Jedes Mal mit wahren Duftorgien oder lautstarken Geräuschkulissen, oder beidem. Alasdair und Ouna schwirrte bereits der Kopf von den unzähligen, wechselnden Eindrücken, die während ihres Weges auf sie einwirkten. Außerdem plagte Ouna nagender Hunger. Vielleicht hätte sie sich besser zuerst einer Mahlzeit und dann der Suche nach ihrem Sohn widmen sollen? Wieder an einer Pforte angekommen, wappnete sie sich vor der nächsten überbordenden Schöpferkraft, auf die sie zusteuerten. Dieses Tor bestand aus schlichtem Holz, im Gegensatz zu dem gläsernen Material wie bisher. Und es waren ein halbes Dutzend Elfenkrieger als Wachen postiert. Die Tür öffnete sich mit leisem Knarren und Oonagh ließ den beiden den Vortritt. Alasdair und Ouna verhielten ihren Schritt. Sie standen in einer riesigen Halle mit gewölbter Decke und zahlreichen Nischen, in denen jeweils eine unüberschaubare Anzahl von Kerzen brannte. Als sich die Tür mit hörbarem Seufzen schloss, geisterte ein Luftzug durch den Eingangsbereich, einige Flämmchen flackerten auf, wobei kein einziges erlosch. „Ja, Ihr ahnt richtig. Das ist die *Kammer der Reinkarnation*." Oonagh nickte bestätigend. Ouna und Alasdair schwiegen ergriffen. Um diese Kammer woben sich seit Anbeginn unglaubliche, sagenhafte Geschichten, ausnahmslos mündliche Überlieferungen, von denen nur Wenige wussten, inwieweit sie der Wahrheit entsprachen. Und jetzt, just in diesem Augenblick, befanden sie sich inmitten dieses Refugiums, dem absoluten Heiligtum der Lichtwesen.

„Ich will Euch etwas zeigen. Folgt mir." Oonagh wies zu einer der Nischen, die im hinteren Bereich des Raums lagen. Ouna tastete nach Alasdair. Hand in Hand begleiteten die beiden Nebelkrähen ihre wunderschöne Führerin durch die weitläufigen Gänge. Ihr silberglänzendes Haar langte bis zu den Knöcheln und scheinbar schwebte sie über den kühlen Steinboden. Einzig der sanfte Nachhall ihrer eigenen Schritte störte die heilige Ruhe an diesem besonderen Ort. An der rückläufigen Wand angekommen deutete die Königin der Lichtwesen auf eine Kerze, die etwas erhöht stand. Ihr Licht flackerte im Widerspruch zu den anderen orangeroten, bläulich.

„Es ist Miras Kerze!"

Ouna erbleichte. Offenbar war die Flamme kurz vor dem Erlöschen. Die genaue Bedeutung dieses Vorgangs blieb ihr verborgen, auf alle Fälle verhieß dieses Zucken gewiss nichts Gutes.

Oonagh schüttelte den Kopf. „Nein, im Gegenteil. Sie entzündete sich vor ein paar Tagen." Nun lächelte sie unter Tränen. „Versteht Ihr was das heißt? Die Magie, ihre Kräfte, sie kehren zurück! Ich wollte ihr diese Botschaft als Hochzeitsgeschenk überbringen." Das Lichtwesen schluchzte.

Ouna konnte nicht anders, sie eilte auf die Königin zu und umarmte sie, ignorierend, dass jene zumindest zwei Köpfe größer als sie, in ihrer momentan menschlichen Gestalt, war.

Alasdair, der sich von Emotionen nicht so sehr beeinflussen ließ, dachte nach. „Das hieße, dass sie erstens noch am Leben ist und zweitens sich selbst befreien kann?"

Oonagh hatte sich wieder gefangen. Sie kapitulierte niemals vor einer Ungunst der Zeit. Auch wenn sich die Unglückseligkeiten gehäuft hatten ... zuerst das Geheimnis um den Tod ihrer Tochter, der gescheiterte Hochzeitstag ihrer Enkelin, der Kampf mit dem grauenhaften Monstrum, von dem bislang niemand wusste, wer oder was sich hinter der Maske verbarg, dessen Begehren bislang im Dunkeln lag. *Cuor a-Chaoids* Zerstörung, bei dem Gedanken an das gefallene Bollwerk der mütterlichen, uralten Baumriesinnen wollte ihr Herz fast vor Schmerz bersten, hernach Sironas Verbannung, der Streit mit Keylam, wieder ein Stich durchs Herz, sie musste achtgeben, dass es nicht zersprang, denn das würde tatsächlich das Ende bedeuten. Wenngleich sie der dunklen Schnitterin wahrscheinlich im Gefängnis so nahe wie nie gewesen war. Sie straffte ihre Schultern. Tausende von Jahren hatte sie überlebt, sie ging keinen faulen Kompromiss ein, weder mit Keylam, noch mit sich selbst!

„Ob sie sich selbst befreien kann, sei dahingestellt. Mit unserer Hilfe gewiss. Es wird sich eine Lösung auftun. Für beide!" Die Antwort galt dem Krähenprinzen, der letzte Satz war freilich an Ewerthons Mutter gerichtet.

Dann lenkte sie deren Aufmerksamkeit auf das Podium, das in unmittelbarer Nähe im Schatten einer mächtigen Säule stand. Darauf gebettet der Kokon, der Mira und Ewerthon schützte. Auch sie tendierte zu Sironas Wortwahl, sah das seidige Gespinst eher als Schutz, denn als

Bedrohung ihrer Enkelin und deren Verlobten. Die Magie der Schmetterlinge war niemals böse.

Mira und Ewerthon ruhten auf dem Podest, auf dem sie vor geraumer Zeit selbst gelegen war. Genau aus diesem Grund konnten sie die *Urkraft der Sterne* nicht beschwören. Sie existierte nicht mehr. Kein einziger ihrer treuen Begleiter durch Perioden von Jahrhunderten funkelte am tiefschwarzen Himmel. Stockfinster spannte sich das Firmament über ihre Köpfe, ein klein wenig abgemildert durch das Dach von zig bunten Federn, aus der Not geboren. Keylams Verzweiflung konnte sie nachvollziehen, sein Verhalten gegenüber ihr eigen Fleisch und Blut keineswegs. Denn wer hätte ahnen können, dass innerhalb kürzester Zeit das gleiche Ritual, seit Ewigkeiten im Schlummer gelegen, zweimal vonnöten gewesen wäre? Sirona wollte einzig und allein ihr Leben retten. Sie betrachtete die silberne Locke, die sie gedankenverloren um ihren Finger gewickelt hatte.

„Das ist der sicherste Ort in unseren Landen. Hier sind sie gut aufgehoben und vor allem, wir haben so gut wie alle Zeit der Welt. Sie werden nicht altern, sondern frisch und gesund aus der Hülle schlüpfen."

Damit verließen sie die Kammer der Kerzen und traten durch nur eine Tür zurück in den glitzernden Saal, wo die Nebelkrähenkrieger sich gerade die Bäuche füllten. Keylam saß abseits und musterte missmutig das geschäftige Treiben der Soldaten. Seine eigene Gemahlin hinterging ihn, führte Fremde in ihr Heiligstes, öffnete die Grenzen des Landes für Streuner und bewirtete ebensolche in ihrer ureigenen Halle. In der sich ansonsten die Glückseligkeit ihres freudvollen Lebens spiegelte. Genauso wie das Licht in Keylams Augen sich trübte, waren all die glänzenden Flächen, die den großzügigen Palast rundum begrenzten, seit geraumer Zeit mit einem matten Film überzogen.

Oonagh seufzte. Es wurde immer unerträglicher. Sie steuerten auf einen Abgrund zu, und sie konnte rein gar nichts unternehmen, um die rasende Talfahrt aufzuhalten. Keylam war zu Stein geworden, hatte sich abgekapselt, ließ niemanden an sich heran. Mehr noch, sie, seine angeblich große und einzige Liebe, blieb von ihm unbeachtet.

Hinter dem Vorhang

Während Alasdair und Ouna ihre Zelte im *gläsernen Palast* aufschlugen, übernachteten Ilro und seine Mannen in den Häuschen unter den Ahornbäumen und der Rest von ihnen in den gezimmerten Hütten im Fichtenwald.

Ounas einziger Wunsch war, in der Nähe ihres Sohnes zu bleiben. Ilro sah dem seinen zu, wie dieser am Boden hockte, mit Samtpfote am Schoß. Versunken kraulte Ryan das weiche Fell und das Schnurren der Katze besänftigte seine flatternden Nerven ganz ungemein. Bis tief in den letzten Winkel seines Kinderherzens langte das stete Vibrieren, vertrieb die düsteren Schattenmonster aus seinem Gemüt, bot Hoffnung für die Suche nach seiner Mutter. Ilro bemerkte durchaus die beruhigende Wirkung, die das weiße Fellknäuel auf seinen Sohn ausübte. Zwischenzeitlich kannte er die Geschichte der zugelaufenen Bestie, wie Kenneth sie nannte. Die Striemen auf dessen Handrücken leuchteten weithin rot und brannten wie Feuer. In Ryans Nähe benahm sich das Monster als wäre es das sanftmütigste Schmusetier aller Zeiten. Darum wollte er seine Anwesenheit bis auf weiteres gestatten. Ab und an hob die Katze träge ein Lid und blinzelte ihn aus ihren grünen Augen an. So, als ob sie seine Gedanken läse. Was natürlich pure Einbildung seiner überreizten Fantasie war. Er war müde und beschloss zu Bett zu gehen. Auf Kenneth war Verlass. Er und die Soldaten sicherten die Bewachung seines und seines Sohnes Leben. Ein Teil der wackeren Kämpfer fiel in den wohlverdienten Schlaf, die anderen patrouillierten um die Behausungen. Der Hauptmann der

Wache nahm sich vor, bei beiden Schichten die Augen offen zu halten. Er würde tagsüber ruhen. So plante er es zumindest, ohne Kenntnis der kommenden Ereignisse.

In den gehauenen Hütten unter den Fichten ging es bei weitem betriebsamer zu. Nachdem die Suppe ausgelöffelt war, traf sich gut die Hälfte der Dienstboten, Bauern, Handwerker und alle anderen, die von *Cuor a-Chaoid* geflohen waren, und tuschelte am Saum der Lichtung. Die hochgewachsenen Baumriesinnen wogten bedenklich ihre Wipfel. Fichten hatten nicht nur die Eigenschaft, Krankheiten vom Menschen aufzunehmen und zu transformieren, mit Hilfe des richtigen Zauberspruchs wohlgemerkt; sie fungierten gleichfalls als Überbringerinnen von Klarheit und Geborgenheit, nahmen Furcht vor der Zukunft und heilten Selbstzweifel. Von alledem hatten die Menschen unten am Boden keinen blassen Schimmer. Woher auch? Die weisen Frauen und Männer unter ihnen saßen in den Hüttchen, dankten im Stillen ihren Gastgebern und Mutter Erde für die Gaben, die für sie bereitstanden und hielten sich von der Versammlung fern. Es war ein Gezische und Gemurmel, das sich da über die Häupter der Horde entspann, in den sternenlosen Nachthimmel emporschwang. Nicht zu vergessen! Die Sterne hatten diese gierigen Lichtwesen gestohlen! Es gab keine Zweifel in dieser Gruppe, auch keine Angst vor der Zukunft oder Unklarheit. Die Versammelten wussten genau, was zu tun war. Sie mussten bloß die sagenhaften Schätze, die einen offen zur Schau gestellt, und die anderen vor ihren Blicken verborgen, in Besitz bringen und ein sorgloses Auskommen war gesichert. Mehr als das! Ein Leben in Saus und Braus, wenn man sich die Taschen etwas mehr als nötig vollstopfte. Lange saßen sie beieinander, spürten weder die Feuchte, die aus der Wiese kroch und ihre Knochen klamm werden ließ, noch die Kälte, die nach ihren Seelen langte. Dafür lohte die Glut von Neid und Missgunst zu heiß in ihren Adern.

Sirona blickte hoch in den Himmel. In all dem Wirrwarr war es für sie ein Leichtes gewesen, sich abseits in die Büsche zu schlagen, wo sie diesen Landstrich, ihre zweite Heimat, mit verbundenen Augen durchqueren hätte können, ohne nur ein einziges Mal zu straucheln. Augenscheinlich nahm keiner von ihrem Verschwinden Notiz. Sogar die Elfen, die hier üblicherweise für ihren Schutz sorgten, glänzten durch Abwesenheit. Alba, die treue Stute, war das einzige Lebewesen in ihrer Nähe. Das silberne Fell leuchtete matt. Normalerweise glänzte es im Schein goldfunkelnder Sterne, doch … Sie unterbrach sich selbst bei diesem trostlosen Gedanken. Ja! Es war ihre Schuld, dass die funkelnden Gefährten vom Himmel verschwunden waren. Vielleicht für immer, zumindest für lange Zeit. Nichtsdestotrotz! Nach wie vor war sie der Meinung, richtig gehandelt zu haben. Keine Schuld lastete auf ihren Schultern, sondern Verantwortung. Verantwortung, auf die sie gerne verzichtet hätte. Ihr Großvater hatte sie rüde unterbrochen, sie aus dem *gläsernen Palast* verbannt. Und ihre Großmutter? War stumm danebengestanden! Darum würden die beiden auch nie erfahren, was … Ein Ast knackste unweit von ihr. Alba spielte nervös mit den Ohren, schnaubte einmal heftig und schüttelte die rauchgraue Mähne. Sogleich löste sich ein Sprühregen von zig silbernen Funken, warf sein Licht in das Dickicht des dunklen Forsts, aus dem sich ein Schatten schälte. Das Ross senkte seinen Kopf und rupfte weiter an Grasbüscheln. Mit einem Male stand Oonagh neben ihrer Enkeltochter. Sogleich lagen sich die beiden in den Armen.

Sirona schluchzte. „Ich dachte, du hättest mich ebenfalls …", dann wurde sie von Oonagh unterbrochen. „Niemals! Du bist meine Enkeltochter! Nicht in hunderttausend Jahren würde ich dich im Stich lassen!" Die Frauen setzten sich auf mit weichem Sternenmoos bewachsene Baumstümpfe, während die grauschimmernde Stute weiter graste. Belastende Stille breitete sich aus. Dann machten die Alte, die Junge und das Pferd zur selben Zeit einen tiefen Atemzug, wobei das Schnauben Albas an Lautstärke kaum zu übertrumpfen war; was bei den beiden Frauen einen Heiterkeitsanfall auslöste. Lächelnd blickte Oonagh auf Sirona. Sie machte sich keine dringlichen Sorgen um sie. Bereits des Öfteren war ihre Enkeltochter alleine durch die Wälder gestreift. Dieses Abenteuer hatte sie von Kindesbeinen an geliebt, außerdem war Alba bei ihr. Alba, die von Sirona losgeschickt wurde, um Mira zu retten. Mira, die Schwester, die gefangen in einem undurchdringlichen Gespinst, um ihr Leben und ihre Kräfte rang. So gelassen, wie sie sich Ouna gegenüber gegeben hatte, war sie bei weitem nicht. Oonagh berichtete in kurzen Worten über die Vorkommnisse in der Kerzenkammer und von Miras aufflammender Magie. „Es ist ein Hoffnungsschimmer und wir dürfen keinesfalls den Mut verlieren", schloss sie ihre Ausführungen.

Als hätten sie dies abgewartet, begannen die Wipfel über ihren Köpfen zu rauschen. Beide Lichtwesen blickten nach oben, während ihnen besorgniserregende Neuigkeiten flüsternd zugetragen wurden.

„Ich muss sofort zu Keylam!" Oonagh sprang hoch. „Du bleibst hier! Dein Erscheinen würde nur Öl ins Feuer gießen. Du weißt, wo du einstweilen hinsolltest und kennst deine Aufgabe." Hastig umarmte sie ihre Enkeltochter, drückte sie fest an sich und beschwor ihren Schutzzauber. Dann war sie auch schon verschwunden. Sirona blieb alleine zurück. Der Abschied der Großmutter geschah in einer Eiligkeit, dass sie keinerlei Zeit gefunden hatte, jene von ihrem Vorhaben in Kenntnis zu setzen. Nun gut, dann sollte es so sein.

Sie musste zu ihrem Vater. Ein Sturm zog auf.

UNTER UNS VI

Zug um Zug

Allmählich verblasste die Waldlichtung im goldgerahmten Spiegel. Mit ihr die Augen der Erdlinge, glitzernd vor Gier und Neid, die Münder geifernd, weit aufgerissen.

Das Wesen im schwarzen Mantel lehnte sich zufrieden zurück. Obwohl die Bilder stetig vor seinen Augen verschwammen, der Schutzring um *Saoradh* war enorm, hatte es genug gesehen.

Ewig lange Planung in der Vergangenheit machte sich heute bezahlt. Die Früchte seiner Arbeit reiften, wurden prall, waren bereit für die Ernte.

Seine Mahd indessen wäre kein freudiges Ereignis. Auf die hirnlosen Geschöpfe wartete Verdammnis, geschnitten von messerscharfer Sense, eine Spur der Verwüstung nach sich ziehend. Nichts, wofür man dankbar sein könnte. Zumindest nicht die Niedergemetzelten. Fast empfand es Mitleid. Sie glichen Vieh, willfährig zur Schlachtbank geführt. Obschon seine Anteilnahme hielt sich in Grenzen. Sie waren Bauernopfer des königlichen Spiels, das es über alle Maßen liebte. Züge, sorgfältig durchdacht, weit im Voraus überlegt, entschieden über Sieg und Niederlage, über den Spielraum seiner Vergebung oder Vergeltung. Perfides Lächeln umspielte die trockenen Lippen. Behutsam leckte es mit der Zunge darüber. Natürlich gäbe es keine Vergebung! Bloß ... das in Betracht ziehen einer eventuellen Möglichkeit von Absolution führte ihm einmal mehr die Allmacht seiner Person vor Augen.

Es kämpfte an vielen Fronten. An dieser neigte sich die Waagschale zu seinen Gunsten. An anderen musste es die Schrauben etwas enger ziehen.

Letztendlich war es unerheblich, ob ein Brett mit Würfelmuster vor ihm, oder das Spielkreuz mit feinen Fäden in seiner Hand lag. Sie waren alle Schachfiguren, Marionetten, Hohlköpfe! Passierte nicht ab und an etwas Unvorhergesehenes, fast wäre es zu einfach, zu langweilig! Das Monster erhob sich, streckte seine Glieder. Verdammt lange hatte es in diesem unbequemen Sessel verweilt, die Vorkommnisse im glänzenden Spiegel beobachtet. Der Zeitpunkt rückte näher. Ungemütlich oder nicht, es war sein Thron.

STELLAS WELT VIII

Unter Tage

Eine riesige Staubwolke versperrte ihnen die Sicht, reizte Hals und Augen. Während der Hustenanfall langsam verebbte, tränten die Augen weiterhin. Wider besseres Wissen fuhr sich Thomas Stein übers Gesicht, rieb über die verdreckten Lider. Ihm fehlte die erforderliche Selbstbeherrschung, die Hände ruhig zu halten, während beißende, winzig kleine Partikel durch die Luft schwirrten. Allmählich legte sich der Wirbel, es änderte trotzdem nichts an der absoluten Düsternis, die sie umfing. Die in ihrer beklemmenden Undurchdringlichkeit nur mehr von der unheimlichen Totenstille überboten wurde, die jetzt, nachdem Ruhe einkehrte, herrschte. Zögernd tastete eine kleine Hand nach der seinen. Buddy befand sich unmittelbar neben ihm. Aus unerfindlichen Gründen, sein Begleiter hatte derzeit die Größe eines halbwüchsigen Kindes, vermittelte ihm dessen Nähe trotz allem eine gute Portion Sicherheit.

„Was jetzt?" Buddys geflüsterte Frage durchbrach die gespenstische Gruftatmosphäre.

„Zurück ist es aussichtslos. Also bleibt nur vorwärts." Pragmatismus hatte durchaus Vorteile. Der Professor kramte in seinem Rucksack. Ja, da war sie! Aus alter Gewohnheit hatte er sie eingepackt und knipste sie an. Hurtig wich die Dunkelheit an die Ränder des schmalen Pfades. Ein Lichtkegel huschte über Felswände, die mit ihrer Mitternachtsschwärze den Strahl der Taschenlampe zu verschlingen drohten. Abwärts schlängelte sich holprig ein Weg, der nach ein paar Metern, außerhalb des matten Scheins, im

Finstern endete. Der grobbehauene Stein über ihnen, der einigermaßen stabil schien, bot ausreichend Höhe für ein bequemes Fortkommen. Ebenfalls für Doktor Thomas Stein, vorerst. Sie stapften los. Bald einer hinter dem anderen, denn ein Nebeneinander war nach kurzer Zeit unmöglich. Zu eng rückte das felsige Mauerwerk zusammen, selbst die Decke kam näher und Thomas Rücken krümmte sich. Es handelte sich um ein scheinbar weitverzweigtes Tunnelsystem. Trafen sie an eine Gabelung oder Höhle, nahm Thomas in konsequenter Beharrlichkeit, einmal den rechten, danach den linken Seitenarm. Bei drei Möglichkeiten, entschied er sich für die Mitte. Wieso auch immer. Sie marschierten bereits eine ganze Weile, hier, tief unter der Erde, verlor sich jedes Zeitgefühl, als die Taschenlampe zu flackern begann. Einige Schritte weiter verlosch sie vollständig. So sehr sie Thomas schüttelte und obendrein kurz auf den Felsen schlug, die Lampe zeigte keinerlei Reaktion. Er stoppte. Das Knirschen der Sohlen auf dem sandigen Boden verstummte und eine bedrohliche Stille breitete sich aus.

„Auf einem Friedhof könnte es nicht ruhiger sein", flüsterte Buddy dicht hinter ihm, „und keinesfalls gruseliger", fügte er hinzu.

„Wie lange schätzt du, sind wir unterwegs?" Thomas senkte gleichfalls seine Stimme, ohne dass es einen ersichtlichen Grund gab, dies zu tun. Außer ihnen beiden war sowieso niemand hier unten.

„Täusch dich da bloß nicht." Der Kleine drängelte sich an ihm vorbei. „Siehst du, was ich sehe!?"

Die vorherrschende Schwärze rundum wurde durchlässiger. Blinkte da etwas in weiter Ferne?

„Ich fress einen Besen!" Obgleich der Kleine den Satz nur gehaucht hatte, hallte dieser hundertfach verstärkt durch die Gänge. „Du hast sie tatsächlich gefunden!" Ein weiteres Mal brach sich das Echo der wenigen leisen Worte am Fels und toste in den Ohren. Damit stürmte der Bursche los, mitten in das Gedröhne, dem geheimnisvollen Leuchten entgegen.

Der Psychiater sputete gleichfalls los und folgte seinem Weggefährten. Er war nach wie vor davon überzeugt, dass ihm Buddy wesentlich mehr Ärger als Nutzen einbrachte, verlieren wollte er ihn dennoch nicht. Schon gar nicht in diesem engen Stollen, dessen erdrückende Stille sich gerade in brausenden Lärm gewandelt hatte. Der die eiligen Schritte des Kleinen zurückwarf, als wäre eine Horde Elefanten auf der Flucht. Thomas kam langsamer vorwärts. Die Felswände rückten näher, der Schacht wurde niedriger und mit seinem sperrigen Gepäck am Rücken blieb er darin in regelmäßigen Abständen stecken. Gerade noch konnte er sich aus der steinernen Umklammerung befreien und den Seesack abnehmen. Tief gebückt, irgendwann auf allen vieren, den Ranzen vor sich herschiebend, kroch er weiter. Zum Glück gabelte sich der Weg nicht mehr, denn dann wäre guter Rat teuer gewesen. Buddy war aus seinem Blickfeld verschwunden und das Getöse, das ringsum herrschte gab keinerlei Aufschluss darüber, wo sich sein vorausgeeilter Begleiter befand.

Der Kriechstollen weitete sich in Breite und Höhe. Thomas richtete sich auf, klopfte den Schmutz von seinen Hosen und trat durch eine Art Torbogen. Nach dem kilometerlangen Marsch in diesem Tunnelsystem hatte er mit vielem gerechnet, was er nun erblickte, verschlug ihm die Sprache.

DER WAHRE KUSS

Er stand in einer riesigen Höhle. Diese Tatsache war zwar bemerkenswert, kam grundsätzlich nicht völlig unerwartet. Was ihn absolut in Erstaunen versetzte, war das Interieur des weitläufigen Raumes. Seine exquisite Wortwahl entlockte ihm ein Schmunzeln. Aber wie sonst sollte man all die Hightech-Geräte nennen, die vor ihm surrten und flimmerten.

Buddy stürzte vorwärts. Munter hinein in eine unüberschaubare Anzahl bunter Knöpfe, die in den verschiedensten Farben leuchteten und blinkten, seine Begeisterung kannte keine Grenzen, er war in seiner Welt gelandet. Freudetrunken taumelte er von einem Bildschirm, einem Pult zum nächsten. Plötzlich erstarrte der Kleine zur Salzsäule. Sein Jauchzen, das bis vor kurzem von den Wänden der gigantischen Halle zurückgeworfen und verstärkt worden war, verstummte. So sehr es vorher in seinen Ohren gegellt hatte, nun konnte Thomas Stein die Stille greifen. Was war geschehen?

Der Professor trat näher. Das Blut gefror in seinen Adern. Stella! Da lag sie, genau vor ihnen, auf einem tischähnlichen Möbel. Einer Barre?

Eingehüllt, von Kopf bis Fuß mit einem weißen Laken, das den Psychiater intensiv an ein Leichentuch erinnerte.

Sie wirkte extrem zart, fast zerbrechlich, wie eine Porzellanpuppe.

„Ist sie tot?" Buddys entsetztes Flüstern unterbrach die Grabesruhe.

Dieser Gedanke war dem Arzt bis jetzt nicht gekommen. Eben wollte er ihren Puls fühlen, da ..., er meinte sich verhört zu haben.

„Du musst sie küssen!"

Dr. Thomas Stein verhielt mitten in der Bewegung. Nein, er hatte sich ganz und gar nicht verhört.

„Wieso küssen? Wir sind ja nicht bei Schneewittchen!"

„Äh, eher Dornröschen. Sie hat ja keinen vergifteten Apfel gegessen. Sie schläft!" Buddy raufte sich die Haare. Sein Gegenüber war ein Kulturbanause, kannte nicht einmal die gängigsten Märchen, und schien zudem schwer von Begriff.

„Also, ..." Thomas betrachtete Stella. Ihr Brustkorb hob und senkte sich regelmäßig, das konnte er auch durch das übergroße Leintuch erkennen, und ihre Wangen schimmerten in zartem Rosa. Das seidig blonde Haar fächerte sich geradezu dekorativ auf einem weichen Kissen, auf dem ihr Kopf ruhte. Eine Vergiftung sah anders aus. Obzwar er, zugegebenermaßen, weder bei Schneewittchen noch bei Dornröschen über großartige Erfahrungswerte verfügte.

Buddy beobachtete ihn genau. „Es muss der Kuss der wahren Liebe sein", legte er ein Scheit nach.

Der Wissenschaftler hielt unwillkürlich den Atem an.

„Ernsthaft? Der Kuss der wahren Liebe? Du nimmst mich gerade auf den Arm, oder?"

Vehement schüttelte der Kleine den Kopf. „Nein! In jedem guten Märchen ist es der Kuss der wahren Liebe, der die Prinzessin wiedererweckt!"

„Wie soll ich denn dieses Mädchen lieben? Ich kenne sie kaum." Thomas schnaubte. „Abgesehen davon, Stella ist keine Prinzessin und wir befinden uns in keinem Märchen!" Nun runzelte Buddy die Stirn. „Das sagst DU! Nachdem DU wer-weiß-was auf dich genommen hast, um sie zu finden? Auf-jeden-Fall-liebst-du-sie!" Im letzten Satz betonte er jedes Wort einzeln. „Und gibt es das alles in deiner Realität?", mit einer weiten Geste umfasste er die Höhle und ihre Gerätschaften. „Außerdem könnte sie durchaus eine Prinzessin sein!" Demonstrativ verschränkte er die Arme vor seiner Brust.

Im Inneren des Psychiaters stritten sich zwei Seelen. Natürlich hatte sein Begleiter Recht ... einerseits. Die Situation, in der er sich aktuell befand, stellte nach seinen Maßstäben eine Konstellation jenseits des Wahrscheinlichen dar. War demgemäß inexistent. Allen Widrigkeiten zum Trotz, er stand da! Und, wenn er zurückdachte, was er alles unternommen hatte, um Stella wieder zu finden. Er hatte sein Leben riskiert. Das ging weit über das übliche Interesse eines Arztes an seiner Patientin hinaus. Und genau darin lag das Problem. Diese junge Frau vor ihm war seine Schutzbefohlene und lag augenscheinlich in tiefem Schlaf. Ihm ausgeliefert. Nicht nur sein Ehrgefühl, sondern jegliche Ethik verbat, sie unangemessen zu berühren. Geschweige denn, ihr einen Kuss zu geben, an dessen Wirkung er so und so keine Sekunde glaubte. Es war undenkbar!

Buddy räusperte sich. „Außer uns beiden ist niemand hier. Wer sollte es jemals erfahren? Einen Versuch ist es allemal wert!" Kreisrunde Pupillen weiteten sich und er sah Thomas beschwörend an.

Dr. Stein wurde schummrig. Abermals dieser Blick! Er schluckte. Zaudernd beugte er sich über die Schlafende und berührte flüchtig mit gespitzten Lippen ihre samtweiche Wange.

Eilends richtete er sich wieder auf. Es geschah ... nichts. Stella lag nach wie vor bewegungslos auf der seltsamen Tisch-Barren-Konstruktion.

Buddy stöhnte völlig aufgelöst. „Das war doch kein Kuss! Das war weniger als das Geringste von irgendwas! Muss ich dir jetzt wirklich erklären, wie man küsst!" Sein Gesicht nahm die Farbe reifer Tomaten an. Augenscheinlich war er nicht ganz so abgebrüht, wie er es den Arzt glauben machen wollte.

„Das funktioniert nie!" Thomas trat einen Schritt zurück, weg aus dem magischen Sog des zauberhaften Dornröschens.

Buddy packte ihn am Ellbogen, schob ihn mit Schwung an seinen vorherigen Standort.

„Es ist völlig egal, ob es der Kuss der wahren Liebe, der zutiefsten Besorgnis oder der tatsächlichen Aufopferung ist. So wie du dich anstellst, wahrscheinlich eher letzteres." Der Kleine hielt ihn fest an der Hand. Abermals erstaunte Thomas die Kraft, die man keineswegs bei der filigranen Gestalt vermutete.

„Jedenfalls muss er wahrhaftig sein!" Mit Nachdruck blickte der Kleine zu ihm auf.

„Was also soll ich machen?", resigniert wandte er sich dem blonden Wesen vor ihnen zu. Worauf hatte er sich da bloß eingelassen? Wie oft hatte er sich in den letzten Tagen diese Frage bereits gestellt?

Buddy dachte angestrengt nach. „Versuch es einfach noch einmal", meinte er schlussendlich. „Aber nicht auf die Wange!", fügte er streng hinzu.

Dr. Thomas Stein seufzte, beugte sich erneut vor, näherte sich dem engelsgleichen Gesicht unter ihm. Vorsichtig küsste er Stella auf den Mund. Ein betörender Duft stieg ihm in die Nase. Orchideen in verschiedenen bunten Farbschattierungen, Lilien in purem Weiß, kamen ihm in den Sinn. Und natürlich auch deren Bedeutung. Symbole, die für Leidenschaft, Geheimnisvolles und Magisches standen vermischten sich mit dem Sinnbild für Unschuld und Reinheit der Liebe. Das alles ging ihm durch den Kopf, während er weiterhin auf rosensanften Lippen verweilte.

Plötzlich durchfuhr ihn ein Stromstoß von solch ungeheurem Maß, dass zwischen ihnen Funken sprühten und seine ohnehin wirren Haare zu Berge standen.

Dann passierte vieles gleichzeitig.

Er schoss wie elektrisiert in die Höhe und löste sich damit aus Buddys festem Griff.

Stella schlug die Augen auf und ihr schriller Schrei zerfetzte die Ruhe des Raumes in Bruchteilen von Sekunden.

Thomas reagierte im Nu und presste seine Hand auf Stellas Mund, schwächte das gellende Kreischen in gedämpftes unverständliches Gefluche.

„Das habe ich jetzt ganz anders in Erinnerung!", stammelte Buddy beunruhigt.

Auch Dr. Thomas Stein war betroffen. Obwohl sich die Anzahl der von ihm geküssten Frauen in überschaubaren Grenzen hielt, diese Reaktion hatte er allerdings noch nie hervorgerufen.

Stella zwischenzeitlich sitzend sah ihn finster an. Das totenbleiche Laken verrutsche, gab den Blick auf ein enggeschnittenes, blau changierendes Oberteil und dessen tiefen Ausschnitt frei. Dieses Kleid passte nicht zu seiner Patientin, hatte sie niemals zuvor in seiner Gegenwart getragen, dessen war sich der Psychiater sicher.

Mit belegter Stimme flüsterte Thomas: „Ich nehme jetzt meine Hand weg. Du solltest dich jedoch ganz ruhig verhalten. Wir sind gekommen, um dich zu befreien."

Seine Handinnenfläche glühte, als berührte sie flüssiges Metall.

Der Blick der jungen Frau fiel auf Buddy, der blitzschnell seine Kostümierung verändert hatte, nun in überlanger, roter Jacke und hochgekrempelten, quergestreiften Leggings vor ihnen stand. Die junge Frau nickte und Thomas Stein gab sie frei.

„Haben Sie mich tatsächlich geküsst!!?" Stellas Stimme triefte vor Empörung und sie musterte ihn scharf.

„Es war seine Idee." Der Arzt wies auf den Jungen, der dastand, wie ein kleiner Unschuldsengel. Doktor Thomas Stein hingegen kam sich wie ein ertappter Taferlklassler in der Volksschule vor. Einfach lächerlich!!

„Immerhin, es hat funktioniert! Oder etwa nicht?", der Kleine konnte sich ein breites Grinsen nur mit Müh und Not verkneifen.

Unterdessen sich der Psychiater nach außen hin ruhig und besonnen gab, tief in ihm sah es anders aus. Dort tobte soeben ein Tornado und rüttelte an Geschehnissen vergangener Tage, eingesperrt in einer Kiste, deren Schloss in Kürze zu bersten drohte. Ein gedankliches Konstrukt, das Professor Doktor Thomas Stein in seinem Innersten verborgen hielt, dessen Schlüssel er für alle Ewigkeiten weggepackt hatte.

Stella schwang die Beine nach unten und rutschte vom tischähnlichen Gestell. Barfuß stand sie auf dem staubigen Boden und blickte zu Thomas hoch. Er wiederum sah - sie war wesentlich kleiner, als er das in Erinnerung hatte - auf sie herab. Das Bild, sich aus dieser Perspektive automatisch ergebend, riss ihn jäh aus seinen trüben Gedanken. Das Dekolleté des Kleides war irritierend offenherzig geschnitten, brachte ihn vielleicht gerade dadurch zurück ins Hier und Jetzt. Feuriges Knistern erfüllte den Raum. Zur selben Zeit wurde die dunstigfeuchte Luft von lodernder Hitze verdrängt. Stand er bereits in Flammen? Er löste sich vom Anblick der samtig schimmernden Alabasterhaut. Keine Sekunde zu früh. Nicht sein Gefühlsleben stand in Flammen, sondern ein feuriges Inferno wälzte sich vom anderen Ende der Höhle direkt auf sie zu. Zurück war ihnen der Weg versperrt, denn der Gang war viel zu eng, um rasch genug fliehen zu können. Der Arzt blickte sich um. Und da, in unmittelbarer Nähe, vermeinte er einen weiteren Torbogen zu erkennen. Er fasste mit der einen Hand nach Stella, mit der anderen nach Buddy. Dann rannten sie los. Jeder in eine andere Richtung. Stella machte kehrt und steuerte auf den rückwärtigen, viel zu schmalen Stollen zu. Buddy jagte nach rechts, Thomas nach links. Gleichzeitig stoppten sie ihre Flucht und sahen sich an.

Buddy schrie: „Das vierte Element!"

Stella wies hinter sich: „Warum nicht dorthin!"

Thomas an Buddy gewandt: „Ja, Feuer!", und zu Stella: „Keine Chance! Dahin!" Damit deutete er auf den Durchgang zur linken Hand, der sich zwischenzeitlich tatsächlich als solcher entpuppte.

Der Kleine hechtete sofort in die angegebene Richtung, Thomas gleichfalls. Stella zögerte. Augenscheinlich hatte ihr Vertrauensverhältnis gelitten, sofern es überhaupt jemals vorhanden gewesen war. Dann raffte sie ihr bodenlanges Kleid und eilte gleichfalls an seine Seite.

Kaum war sie bei ihm angelangt, loderte eine Stichflamme auf und setzte alles hinter ihr in Brand. Nun hatten sie gar keine andere Wahl mehr. Der einzig freie Weg führte durch das steinerne Portal. Unerheblich, was sich dahinter befand.

MIRA & EWERTHON II

Magie kehrt zurück

Sie waren gesprungen und landeten sanft im Inneren der jahrhundertealten Eibe auf einem Bett aus weichem grünem Moos. Von dort führte eine geschwungene Wendeltreppe nach unten. Nachdem sie eine Weile schweigend immer tiefer hinabgestiegen waren, flüsterte Mira.

„Wenn das noch lange andauert, bekomme ich einen Schwindelanfall. Mir dreht sich bereits alles im Kopf."

Obwohl relativ düster, war das breite Grinsen Ewerthons unübersehbar. Er stoppte, zog Mira zu sich heran und küsste sie ausnehmend lange und zärtlich.

„Besser?", meinte er anschließend mit einem Schmunzeln.

„Um eine bewährte Methode gegen Schwindel kann es sich nur im geringen Maße handeln. Jetzt habe ich zusätzlich weiche Knie und mein Puls rast!" Mira sah im trüben Licht zu ihm auf. Ihr Mann! Ihr Ehemann! Endlich waren sie … Plötzlich befiel sie ein verstörender Gedanke.

„Wir sind nicht verheiratet!"

Ewerthon zögerte einen Augenblick. Einen Augenblick zu lang. Auch er hatte bereits über diesen Umstand gegrübelt. Gillian sollte sie an ihrem Hochzeitstag bei Sonnenuntergang als Paar segnen. Soweit war es nie gekommen. Es ward keiner Toten gedacht, der Schutzkreis nicht gezogen und das Ehegelübde nicht gesprochen.

„Du hast Recht. Vor aller Welt sind wir unverheiratet. Wohlan, ich nehme dich Mira hiermit zu meiner Frau und schwöre dir ewige Treue. Ich werde dich schützen und ehren jetzt und für alle Zeiten." Mitten auf der Treppe hielt er sie in seinen Armen und tat seinen Schwur. Romantischer ging es kaum. Trotz der diffusen Lichtverhältnisse erkannte er verdächtiges Schimmern in ihren wunderschönen grünbraunen Augen.

„Ewerthon, ich nehme dich zu meinem Mann und schwöre dir ewige Treue. Ich werde an deiner Seite sein, egal wohin die Wege des Schicksals uns leiten. Für alle Zeiten." Ihre Stimme klang belegt, als auch sie das feierliche Versprechen ablegte. Vermutlich handelte es sich um eine der sonderbarsten Hochzeitszeremonien die es je gegeben hatte, wenn nicht überhaupt die seltsamste. Als sie abschließend gemeinsam Yria gedachten, und um Beistand und Schutz der Naturgeister baten, war es ihnen, als ginge ein tiefer Seufzer durch die Eibe, in deren Inneren sie sich gegenwärtig aufhielten. Gab es ein besseres Omen, als den Segen dieser Baumriesin, dem Symbol für die Ewigkeit? Derart mit sich selbst beschäftigt blieb es von den beiden Turteltauben unbemerkt, dass sich die Treppe mit sanftem Gleiten immer weiter nach unten gewunden hatte, und sie nun am Rande einer weitläufigen, in Stein gehauenen Halle standen. Der Saal schien riesig, und der runde Tisch in dessen Mitte besaß außergewöhnlich gigantische Ausmaße. Alles in allem handelte es sich um eine groteske Situation. Da waren sich beide einig. Der Kopf sagte ihnen, dass sie dicht beieinander in einem kokonähnlichen Behältnis lagen, die Herzen hatten sich eben auf einer Wendeltreppe ein Eheversprechen gegeben. Hielt sie ein gemeinsamer Traum gefangen? Befanden sie sich darin wer weiß wie viele Klafter unter der Erde? Verfügten sie über Magie? Waren sie in dieser fantastischen Welt verletzlich, zu allem Überfluss sterblich? Wie real war diese Wirklichkeit?

Mira wandte sich um. „Das können wir sogleich feststellen."

„Das mit dem Sterben?" Ewerthon runzelte die Stirn.

„Nein, selbstredend nicht. Das mit der Magie!" Mira konzentrierte sich auf das Naheliegende. Sie atmete tief durch und suchte die Quelle zu orten, aus der alle Lichtwesen Kraft schöpften. Tief in ihrem Inneren wollte sie diesen Funken finden. Ja, tatsächlich, da regte sich etwas! Sie spürte ein zartes Kribbeln rund um den Nabel. Ein vertrautes Gefühl, ein lang vermisstes Gefühl. Ähnlich klitzekleiner Luftbläschen strebte Wärme in ihr hoch, erreichte das Herz, füllte dieses randvoll aus, bis sie meinte zu bersten. Vor Glück und Freude. Ihre Magie war zurückgekehrt! Sie hob die Arme und schickte einen gewaltigen Energiestoß nach oben. Ein breiter goldener Strahl floss durch ihre Fingerspitzen und schoss an die Höhlendecke. Ewerthon wandte sich geblendet ab. Nach ein paar Atemzügen wagte er, die Augen wieder zu öffnen. Im felsigen Gestein war plötzlich ein Schacht entstanden. An dessen Ende, hoch über ihren Köpfen, funkelte ein Gewölbe bestückt mit tausenden von gleißenden Gestirnen. Die Düsternis war dem Licht gewichen, hatte sich in Form von gezackten Schatten an den Rand der Höhle verzogen.

„Es war viel zu dunkel hier!" Miras Gesicht glühte vor Aufregung. „Meine Magie, sie ist zurückgekehrt! Unglaublich!" Mit diesen Worten warf sie sich Ewerthon an den Hals, dem es plötzlich die Luft abschnürte. Mira hatte ihre Kräfte wieder. Was war mit den seinen? Er strich ihr über das Haar, das sich wie immer kaum bändigen ließ, in alle Richtungen wirbelte und tätschelte beruhigend ihren Rücken. Ihr ganzer Körper bebte. Sein Innerstes ebenso.

So sehr er sich konzentrierte, keine Veränderung geschah. Sein Äußeres blieb wie es war. Kein goldgestreiftes Fell, keine vier Pfoten, keine Tiger-Magie stellte sich ein. Er fühlte sich beraubt. Wieso Mira? Wieso er nicht? Trotz all dieser quälenden Gedanken entdeckte er die Tür aus massivem Holz als Erster. Übersät mit geschnitzten Ranken, Blüten und Blättern lag sie am anderen Ende der Höhle, die mittlerweile taghell erleuchtet war. Er löste Miras Hände in seinem Nacken und wies stumm auf die Pforte.

„Womöglich eine weitere Überraschung?" Mira dachte an ihre Halskette. Vielleicht war sie durch magische Hände hierhergebracht worden, wartete hinter dieser Tür auf sie? Noch immer wirbelig eilte sie voraus. Ewerthon folgte etwas langsamer. Er grübelte nach wie vor über die Ungerechtigkeit, die ihm widerfahren war. Vielleicht verfügte Mira in Wirklichkeit über keinerlei Kräfte, nur hier, in dieser Traumwelt? Das war zumindest ein Hoffnungsschimmer. Diese Betrachtung erschreckte ihn zutiefst. Was bewegte ihn dazu, zu hoffen, dass Mira, seine Liebste, der er blind sein Leben anvertraute, ihre Kräfte nicht wiedererlangte? Der Schock über diesen verworrenen Gedankenflug machte ihn unaufmerksam. Erst als das ächzende Knarren des Holztores an sein Ohr drang, hob er den Blick. Mira öffnete es soeben und augenblicklich stand Ewerthon neben ihr. Wer wusste, was dahinter lauerte? Alles blieb ruhig. Mira, bereits am Passieren der Schwelle, trat einen Schritt zurück und musterte eingehend die aufwendig gestalteten Schnitzereien.

„Habe ich es mir gleich gedacht", murmelte sie. Sie deutete nach oben. Über der Tür, genau in der Mitte des Spitzbogens sah nun auch Ewerthon, was Mira gefunden hatte.

Ebendort befand sich, unter all den anderen Ranken und Blättern, die detailgetreue Abbildung einer geschnitzten Blume, deren Blütenblätter sich zu kreisrund zusammenschlossen.

„Eine Schweigerose!"

„Du weißt, was das zu bedeuten hat?"

Natürlich kannte Mira die Bedeutung dieses eigentlich unauffälligen Kunstwerks. Ewerthon hätte sich die Frage sparen können. Die Rose, das Symbol für Liebe und Verschwiegenheit, war deutlich auszumachen. Vertraute man jemandem ein Geheimnis an, das niemals an das Licht der Öffentlichkeit gelangen sollte, war es von Vorteil, dies im Schutz einer Rosenhecke zu tun, gewissermaßen unter dem Siegel der Verschwiegenheit. Nicht von ungefähr verbarg sich der geheime Gang auf *Cuor a-Chaoid* unter unzähligen Ranken von Kletterrosen und häufig versteckten sich die Eingänge zu Elfenpfaden hinter duftenden Rosenbüschen. Unerheblich welche Geheimnisse hinter diesem Tor auf sie warteten, nichts davon durfte nach außen dringen. Das war das ungeschriebene Gesetz der mit Schweigerosen gekennzeichneten Portale. Wer also klug war, erwog vorher, ob er diese unsichtbare Grenze queren wollte. Mit ihren Überlegungen an diesem Punkt angelangt, blickten sie sich lange in die Augen. Moosgrüne flackerten unternehmungslustig, graublaue mahnten zur Vorsicht.

„Sei's drum!" Hand in Hand überschritten sie die Schwelle, stiegen abermals eine schmale Treppe Stufe für Stufe hinab. An deren Ende, tief unter der Erde, tatsächlich eine Überraschung wartete, die ihre Welt aus den Angeln hob.

ELHAME III

MONDSICHEL UND ABENDSTERN

Gemächlich sank die Sonne hinab zum Horizont. Viele Abende lang waren sie zusammengekommen, um den Erzählungen Elhames zu lauschen. Nicht nur die Gewänder des Mädchens bestachen durch ihre Extravaganz, genauso farbig und prächtig gestaltete sich der Einblick, den sie in ihr Leben gewährte. Obgleich die Zirkusleute selbst, abseits jeglicher Norm, ein buntgemischter Haufen verschiedener Nationen, Hautfarben und Glaubensrichtungen waren, barg die sagenumwobene Welt des Orients wesentlich mehr Potential an Fremdartigkeit, als ihnen lieb war. Alexanders Anhänger, egal ob Frau oder Mann, Wesen oder Mensch, hatten sich dereinst unter einer Flagge vereint. Der Flagge von Courage, Aufgeschlossenheit und Miteinander. Mit dem Willen und den Fähigkeiten, diese, ihre Welt ein Stück besser zu gestalten. Nun war in ihrer Mitte ein Mädchen erschienen, das ihnen vor Augen führte, dass der Kampf gegen Vorurteile und Intoleranz auch vor den eigenen Toren nicht Halt machte. Gestern war es mit seiner Geschichte zu Ende gekommen. Einer Geschichte, die viele unter ihnen tief betroffen gemacht hatte. Vor allem Frauen und Mädchen taten sich schwer, König Schahryârs Harem als sicheren Ort für Frauen und Mädchen anzusehen. Auch die Gebräuche zu Margaretes Zeit, das Verschachern blutjunger Mädchen als Ehefrauen, drehte manch einer den Magen um. Hitzige Diskussionen entstanden, ob nicht eine Zwangsheirat im Abendland mit den Gebräuchen im Morgenland gleichzusetzen wäre.

Die *Grande Dame*, ihr geräumiges Zirkuszelt, erstrahlte im orangerot der untergehenden Sonne. Fast schien es, als ob tausende Flämmchen über das graue, dichte Gewebe züngelten und das Feuer von Uneinigkeit und Streit aufs Neue entfachten.

Elhame saß auf ihrem Teppich still in einer Ecke und beobachtete. Heute war sie keine Geschichtenerzählerin mehr, sondern nur mehr Gast. Heute musste ein Entschluss gefasst werden. Soviel war sicher. Gelänge es ihr nicht, die Unterstützung Alexanders und seiner Truppe zu gewinnen, gefährdete dies ihre Mission. Ein Seufzen entrang sich ihrer Brust, hob und senkte die zarten Schultern. Sie war fast noch ein Kind, wie sollte sie jemals ihren Auftrag erfüllen? Ihre Augen füllten sich mit Tränen. Wie mochte es wohl Scheherazade ergangen sein, als sie sich in die Gemächer des Königs aufmachte, um dem blinden Morden ein Ende zu bereiten? Elhame dachte an ihre Großmutter, an ihre Brüder, an Sabah, ihre beste Freundin, die auf ein Morgen hoffte, an dem sie frei von jedweder Verantwortung zu sich selbst stehen konnte. Die Gespräche verstummten. Olivia war vorgetreten. Kein lautes Wort war nötig um ihr Gehör zu verschaffen. Alle blickten auf sie, auch Elhame. Sie bewunderte diese Frau aus vollem Herzen. Wie sie ruhig am Rande der Arena stand mit einer Aura von Kraft und so voller Frieden.

„Unsere Stärke war immer und ist es weiterhin, all unsere Verschiedenheiten zu akzeptieren und sie zu einem großen Ganzen zu verbinden!" Ihre Stimme, obwohl nicht erhoben, vielleicht sogar etwas leiser als sonst, drang bis in die letzte Zeltritze. Alle Anwesenden nickten zustimmend. Ja, tatsächlich, sie befanden sich inmitten eines

Schmelztiegels von Anschauungen, Kräften und Fähigkeiten. Und jeder bejahte die Wesensart des anderen. Nur so funktionierte es.

„Wir müssen uns mit den Geschehnissen aus der Vergangenheit nicht anfreunden. Das verlangt niemand. Heute sollten wir uns darauf besinnen, was wir ändern können." Wieder entstand beipflichtendes Gemurmel.

„Die Vergangenheit ist unveränderbar. Wir sind auch nicht für jegliche Taten unserer Ahnen und Ahninnen verantwortlich, doch wir können daraus lernen. Die Gestaltung der Zukunft liegt in unserer Hand." Es schien, als ob Olivia mit ihrer Botschaft jedes einzelne pochende Herz im großen Zirkuszelt berührte, ihre Worte träufelten in die Gemüter aller.

Plötzlich löste sich eine Gestalt aus der Menge. Ein Kind, etwa im Alter von Elhame, schritt langsam auf die Besucherin zu, die sich aus ihrem Schneidersitz aufrichtete. Aller Augen lagen auf den beiden Mädchen, so verschieden wie Tag und Nacht. Der einen Haar hell und golden schimmernd, der anderen schwarz wie Ebenholz. Blaue und braune Augen blickten sich an. Das Mädchen schlüpfte aus ihren Sandalen, trat auf den Teppich. Sie standen sich nun genau gegenüber. Als wäre die eine das Spiegelbild der anderen lösten sie zur gleichen Zeit die Verschlüsse ihrer Halsketten, nahmen vorsichtig die Anhängsel herunter. Legten behutsam den Stern, mit feinen Brillantsplittern versehen, über die leuchtende Mondsichel. In diesem magischen Moment verbanden sich beide zu einem einzigen Schmuckstück. Fest schloss Elhame die Faust um das Kleinod, während sie von der Fremden umarmt wurde.

„Ich heiße Elsbeth", flüsterte ihr diese zu.

„Elhame, mein Name ist Elhame".

„Ja, das ist mir bekannt. Du bist ja schon ein Weilchen bei uns." Das Kichern der Kleinen kitzelte Elhame am Ohr.

Elsbeth, endlich! Ihre Suche hatte ein Ende. Oma Bibi, weit entfernt auf ihrem Teppich, lächelte zufrieden. Es würde alles gut werden.

Das Schicksal lächelte ebenfalls. Unterdessen, es war eher ein boshaftes Grinsen, denn ein wohlwollendes Strahlen.

UNTER UNS VII

Bös Ding braucht Weile

Höhnisches Lachen knisterte verhalten durch den Saal. Lauter wäre unklug. Die vermummte Gestalt starrte in den goldgerahmten Spiegel. Tatsächlich hatten Mond und Stern zusammengefunden! Einerlei! Das gab lange keinen Grund für Hoffnung, gleichwohl sie im Herzen der Alten auf dem Teppich aufkeimte. Welch vergebene Liebesmüh! Die Zeit arbeitete jedenfalls zu ihren Gunsten; sie war die Rächerin, sie war die, die alle Schicksalsfäden in der Hand hielt. Die den einen Teppich fabrizierte, der sie in die Vergangenheit reisen ließe, um dort verübtes Unrecht abzuwenden. Das Monster strich über den grob gezimmerten Knüpfstuhl, der gleich neben dem Spiegel seinen Platz gefunden hatte. Seitdem es wusste, dass es tatsächlich menschliche Wesen gab, die diese Kunst beherrschten, setzte es alles daran, an jene spezielle Fertigkeit zu gelangen. Stella war vielleicht nicht länger vonnöten, nicht mehr von Belang. Konnte entsorgt werden. Mit einem dieser besonderen Teppiche gelänge sie an den Ursprung des Unglücks. Könnte verhindern, was geschehen war. Nach Strich und Faden ward es betrogen, und nach Strich und Faden wollte es dasselbe tun. Der Glaube an Güte und Gerechtigkeit war ein Irrglaube. Diese Lektion hatte es bereits vor langer Zeit gelernt. Vor allzu langer Zeit. Es wandte sich dem hölzernen Rahmen zu. Leise Flüche zischelten durch den kahlen Raum. Quer- und Längsfäden hatten sich verzogen. Ein bizarres Muster war entstanden. Eines das seinem Innersten ähnelte. Wieso sollte es nicht damit weiterarbeiten?

SAORADH V

FUNKENFLUG

Oonagh und Sirona nutzten beide das *Teleportatum*, um blitzartig dorthin zu gelangen, wo ihre Anwesenheit am dringlichsten schien.

Die Königin der Lichtwesen materialisierte sich derart an die gedeckte Tafel im *gläsernen Palast*, wo sie auf Alasdair und Ouna traf. Die Garde hatte sich auf Befehl des Krähenprinzen diskret zurückgezogen, wobei sie weiter in Rufbereitschaft blieb. Ein Gedanke seinerseits und sie wären zur Stelle.

Der Krähenprinz und seine Gemahlin saßen in vertrauter Zweisamkeit beieinander. Sie fand Ruhe an seiner Schulter. Er war ihr Fels, denn ihre Gedanken kreisten rastlos um Ewerthon. Ein Wechselbad der Gefühle schlug Wellen, brandete hoch und nieder, zerrte am Gemüt. Die Hand des Prinzen ruhte sanft über ihrer Mitte. Dank der feinen Sensoren einer königlichen Nebelkrähe war es ihm möglich, mit seiner Tochter Kontakt aufzunehmen. Ja! Ein Mädchen wuchs heran und sowohl Ouna als auch er freuten sich ungemein über dieses unerwartete Geschenk. Andererseits, er hätte es ahnen können. Als seine Mutter Ouna in eine Nebelkrähe wandelte, wandelte sich damit ihr gesamter Lebenszyklus. In seiner, und jetzt auch in ihrer Welt, war sie ein junges Ding, eine Maid, gerade mal flügge geworden.

Ouna boxte ihn in die Rippen. „Pass auf, was du denkst! Ich kann dich hören. Junges Ding, tugendhafte Maid! Phhh." Sie schnaubte.

„Ähm, von sittsamer Maid war nie die Rede." Sein breites Grinsen sprach Bände.

In diesem Moment erschien die Königin der Lichtwesen an ihrem Tisch. Sie erfasste die Situation im selben Augenblick und lächelte. „Meinen herzlichen Glückwunsch! Eine freudvolle Neuigkeit. Umso mehr in diesen schwierigen Zeiten."

Alasdair und Ouna zuckten zeitgleich zusammen. Nicht etwa, weil Oonagh so plötzlich vor ihnen stand, damit kamen sie zurecht. Doch sie hatten bislang nicht einem von ihren Elternfreuden erzählt.

Oonagh nickte. „Euer Geheimnis ist bei mir sicher. Von mir wird niemand ein Sterbenswörtchen erfahren. Abgesehen davon, es gibt bedenklichere Geschehnisse, die unserer Aufmerksamkeit bedürfen." In knappen Worten informierte sie die beiden über die Botschaft der Bäume.

Mit einem Male schälte sich Keylam aus feinem Sternenstaub. Oonagh stand hier mit Fremden und berichtete von Vorkommnissen, die er wissen sollte, unter keinen Umständen jene! Er fühlte sich von Stunde zu Stunde ruheloser, ähnlich einem wilden Tier, dessen Freiheit plötzlich Gitterstäbe begrenzten. Aus der Tiefe seines Herzens wälzte sich glühende Lava durch die Adern. Er würde in Bälde bersten, so sehr pochte die feurige Spur knapp unter seiner Haut.

„Diese habgierigen Erdlinge wollen unsere Schätze?! Die Elfen proben den Aufstand?! Sollen sie kommen! Wir sind gewappnet! Vernichten werden wir sie! Allesamt ausrotten, diese Brut!" Sein Gesicht verzerrte sich vor Wut, der Hals schwoll ihm an, er spuckte diese Sätze wie giftigen Schleim vor die Füße der Anwesenden.

Alasdair und Ouna schwiegen perplex. Bisher kannten sie den König der Lichtwesen als äußerst besonnenen und großmütigen Herrscher, vor allem seinem Volk gegenüber, wozu ja auch die Elfen zählten. Dieser heftige Ausbruch wollte absolut nicht in dieses Bild passen.

Bevor jemand ein Wort sprechen konnte, trat Ouna vor. Behutsam legte sie ihre Hand auf seinen Arm, so dass er gezwungen war, sie anzusehen. Gerötete Augen flackerten ihr unstet entgegen, die Stirn tief zerfurcht, der vordem klare meergrüne Blick getrübt. Er war der Hüter aller Seelen, dessen eigene schien ihr gerade am gefährdetsten. Keylam, der Ounas Berührung vorerst als äußerst unangenehm empfand, machte einen tiefen Atemzug. Er, der gerade keinen klaren Gedanken zu fassen vermochte, beruhigte sich.

„Wir müssen die Spreu vom Weizen trennen. Alle werden nicht von Gier und Verrat verseucht sein." Die Stimme seiner Gemahlin drang in sein Bewusstsein. Beinahe hatte er vergessen, wie wohlklingend sie klang. Die ätzende Hitze, die durch seinen Körper pulsierte, verebbte etwas.

„Versammeln wir nur den *Inneren Kreis*", Oonagh wandte sich an den Krähenprinzen, „und Ihr Eure Männer. Hierauf besprechen wir uns mit Ilro und Kenneth."

Oonagh hoffte, dass sie zumindest den Genannten vertrauen konnten. Ouna trat zurück an die Seite ihres Gemahls. Wortlos dankte er ihr. Sie hatte recht getan. Ihr mäßigender Einfluss hatte den König der Lichtwesen befreit. Vielleicht sogar gelöst aus dem Bann von etwas sehr Mächtigem, Zerstörerischem.

Sironas Ziel hingegen waren die Häuser unter den Ahornbäumen, die Unterkunft ihres Vaters.

Dort angekommen, fand sie Ryan am Boden hockend vor. Er war ganz versunken in das Spiel mit einer riesigen, weißen Katze, die einem vordem dichtbelaubten Zweig hinterherjagte, dessen zerfetzte Blätter bereits überall verstreut lagen. Kurz wölbte sich der Rücken des Untiers zu einem Buckel und ein kurzes Pfauchen empfing sie. Nach einem kurzen Blick auf den plötzlichen Neuankömmling beruhigte sich die Kätzin wieder, wurde zu Samtpfote und schmiegte sich an die Beine der Prinzessin.

„Ich habe sie gefunden! In den unterirdischen Stollen. Sie hat uns das Leben gerettet! Wo warst du so lange? Ich habe mir Sorgen gemacht. Bleibst du jetzt hier?" Ryan umarmte sie stürmisch, während es nur so aus ihm heraussprudelte. Zärtlich drückte Sirona ihren Halbbruder an sich. Kein Fehl war in seinen Augen, unverständlich was Mira in ihm sah. Als Mira so plötzlich in *Cuor a-Chaoids* Gängen aufgetaucht war, dazu mitten in der Nacht, hatte Ryan seinen Bogen gespannt, die Waffe auf sie gerichtet. Woher sollte er wissen, dass es sich bei dem nächtlichen Eindringling um seine Halbschwester handelte? Als jene die *Burg der ewigen Herzen* verließ, um bei Wariana zu lernen, lag er als Säugling in der Wiege. Sirona strich ihm über die Haare. Er war ein Kind. Ein einsames Kind, genauso wie sie. Keylams Bann kam ihr in den Sinn und Tränen stiegen ihr in die Augen, tropften auf Ryans Handrücken.

„Wieso weinst du, liebstes Schwesterherz? Oder sind es Freudentränen?" Sie hatte ihm bei anderen Anlässen den Unterschied zwischen Tränen aus Trauer, Kummer und Schmerz oder unbändiger Freude erklärt. Er erinnerte sich durchaus daran und musterte sie aufmerksam. Aus welchem Auge war die erste Träne wohl gekommen?

„Sie ist aus dem linken Auge gekommen, Ryan. Es ist eine Träne aus Leid."

Sirona hob kurz die Schultern an und schüttelte dann heftig den Kopf.

„Sie ist unwichtig. Wichtig ist, dass es dir gut geht und dass ich mit Vater spreche. Wo hält er sich auf?"

Just in diesem Augenblick öffnete sich die Tür und ihr Vater gemeinsam mit dem Hauptmann stand auf der Schwelle. Sirona flog in seine Arme. Ilro hob sie hoch und wirbelte sie im Kreis. Er war verrückt gewesen vor Sorge um seine jüngste Tochter. Das war neu und kurzweg vergessen. Endlich fügte sich etwas zum Guten. Über kurz oder lang würde er auch Fia finden.

Nach der ersten Wiedersehensfreude saßen sie zusammen mit Kenneth am Tisch und tauschten ihre Erlebnisse aus. Es handelte sich offenbar nicht um Ryans überschäumende Fantasie, als er behauptet hatte, die Katze hätte ihm das Leben gerettet. Nach kurzem Zögern bestätigte der Hauptmann diese Geschichte, mit dem abschließenden Hinweis auf Samtpfotes wahre Natur als Bestie.

Nun war die Reihe an Sirona und nachdem sie eilig ihre Abenteuer mit Alba und dem *Knochenvolk* geschildert hatte, kam sie zum eigentlichen Zweck ihres unverhofften Auftauchens. Sie schilderte das Raunen der Bäume.

„Du meinst, die Menschen gieren nach den Schätzen der Lichtwesen?" Ilro schüttelte ungläubig das Haupt.

„Keylam und Oonagh haben ihre Tore geöffnet. Für uns! Etwas, was in der Vergangenheit noch niemals geschah. Was gäbe es für einen Grund, sie zu bestehlen? Sie bieten uns selbstlos ihren Schutz an."

Der Hauptmann der Wache wiegte nachdenklich seinen Kopf. Er sah das etwas anders. Ihm waren das Tuscheln und die heimlichen Zusammenkünfte in den eigenen Reihen nicht verborgen geblieben. Auch unter seinen Soldaten hatten sich, ähnlich einer Seuche, Zwietracht und Neid ausgebreitet. Gewiss, die Lichtwesen gaben freizügig, sie schwelgten ja geradezu im Reichtum. Da war es ein Leichtes, gönnerhaft zu sein. Er selbst empfand den einen oder anderen Moment ein Gefühl nagender Eifersucht. Insbesondere wenn er an die zerstörte *Burg der ewigen Herzen* dachte, und an Ouna, die unter den momentanen Umständen seinen Blicken gänzlich entschwunden war. Sie residierte mit ihrem Gemahl im *gläsernen Palast*, während sein König in einer Waldhütte hausen musste. Von Unbehagen übermannt erhob er sich ruckartig von seinem Sessel und flüchtete aus dem Raum. Lange blickte Sirona auf die zugeworfene Tür. „Es hat auch ihn erfasst." Fragend blickte sie Vater und Halbbruder an.

„Spürt ihr vielleicht Seltsames? Einen Anflug von Habsucht, Neid oder ähnlichem?"

Ryan verneinte mit heftigem Kopfschütteln. „Das Einzige, das ich fühle, ist Sehnsucht nach meiner Mutter. Sie fehlt mir jede Stunde mehr." Traurig streichelte er das flauschige Fell der Katze, die daraufhin seine Hand ableckte.

Ilro richtete sich auf. „Wenn du so fragst. Es kommt mir in den Sinn, dass Keylam und Oonagh ziemlich knausrig sind. Sieh dir an, wo und wie ich hause. Ist das eines Königs würdig?" Er blickte um sich. Sah auf die geschnitzte Truhe, das behagliche, dabei schlichte Bett, die grob gezimmerten Stühle samt dem massiven Holztisch, den aus Quadern gesetzten Kamin, in dem die brennenden Scheite knackten. Ohne Zweifel, gediegene Handarbeit, derweil eher der Hausstand eines begüterten Bürgers und nicht der eines Königs.

Sironas Lächeln gefror. Sie spürte, wie es ihr den Atem nahm. Die Seuche, wie es Kenneth in seinen Gedanken, die sie natürlich lesen konnte, nannte, die Seuche hatte auch ihren Vater vergiftet. Sie wollte Ryan in Sicherheit bringen. Hinterher musste sie sich um die Elfen kümmern. „Vater, möchtet Ihr mich nicht zu meinen Großeltern begleiten? Diese Unterkunft ist tatsächlich unangemessen. Der *gläserne Palast* wird Euch mehr gerecht." Sirona wählte bewusst die höfliche Anrede für ihren spontanen Vorschlag. Das zeugte von Respekt und machte es dem Vater schier unmöglich, jenen abzulehnen.

Bevor sie ihr Vorhaben durchführen konnte, tauchten Probleme auf, mit denen sie nicht gerechnet hatte. Zum ersten weigerte sich ihr Halbbruder nur einen Schritt ohne Samtpfote zu machen. Nachdem man sich darauf geeinigt hatte, das riesige Tier mitzunehmen, tauchte das nächste Hindernis, in Gestalt Kenneths, auf. Sirona hatte niemals vorgehabt, den Hauptmann und die Leibgarde ihres Vaters miteinzuladen. Das hätte sie vorher berücksichtigen müssen. Deren höchste Pflicht bestand nun einmal darin, den König und seine Familie zu schützen. Demnach setzte sich ein Tross in Bewegung, der mehr Aufmerksamkeit erregte, als ihr lieb war. Was mochte Keylam von ihrem eigenständigen Handeln halten? War es ihr überhaupt möglich, in den *gläsernen Palast* zurückzukehren? Ihre Großmutter und sie hatten vereinbart, sich einstweilen von ebendort fernzuhalten, bis sich die Wogen glätteten. In früheren Zeiten konnte es Sirona kaum erwarten, endlich erwachsen zu werden. Auf eigenen Füßen zu stehen, eigene Entscheidungen zu fällen. In diesem Moment erwies sich vernünftige Entscheidungen zu treffen, als fürchterlich anstrengend. Sie sehnte sich nahezu nach ihrer unbeschwerten Zeit als behütetes Kind zurück. Wer hätte das gedacht? Sirona hätte sich ihren Kopf gar nicht solcherart zerbrechen müssen. Sie kamen ohnehin erst auf Umwegen im *gläsernen Palast* an.

Während der Zug von Soldaten und Menschen rund um den König stetig wuchs, kam Leben in die Gebüsche jenseits und diesseits des Weges. Wäre die Prinzessin der Lichtwesen etwas aufmerksamer, und nicht dermaßen tief in Grübeleien versunken gewesen, gewiss wäre es ihr aufgefallen.

So aber sammelten sich unbemerkt längs des Pfades Elfenkrieger, die die Vorgänge misstrauisch beäugten. Was sollte der Marsch zum Palast ihrer Anführer bedeuten? Diese Erdlinge waren Dilettanten, wenn sie meinten, ihr Angriff bliebe geheim.

An diesem denkwürdigen Tag geschahen mehrere befremdliche Dinge in *Saoradh*. Vorab zusammenhanglos, von einer Spinnerin derart gekonnt verwebt, dass sie letztendlich ein einzig denkbares Ganzes ergaben, obwohl von den Akteuren so niemals gewollt.

Die Menschen in den Hüttchen unter den Fichten trennten sich in zwei Lager. Die einen zogen aus, um zumindest ihren Anteil an den legendären Schätzen der Lichtwesen für sich zu beanspruchen, die anderen machten sich auf den Weg, um die Lichtwesen zu warnen.

Die Elfen untereinander wurden gleichfalls uneins. Der Großteil ergab sich dem Hass gegen die minderwertigen

Erdlinge, wollte diese zerbrechlichen, dummen Geschöpfe aus dem Land vertreiben, dorthin schicken, wo sie hergekommen waren, auf den Geröllhaufen von *Cuor a-Chaoid*. Wieso sollten diese Flüchtlinge sich gerade hier, in ihrer Heimat breitmachen, ihnen die Ressourcen stehlen, die nur ihnen selbst zustanden? Zugleich lehnten sie sich gegen die Diktatur der Lichtwesen auf. König und Königin waren von einem Schlag, sie würden immer zu ihrem eigenen Volk halten, zu dessen Gunsten entscheiden, eher weniger zu jenen der Elfen. Ob ihnen klar war, wo sie ohne den Schutz ihrer elfischen Krieger wären? Ein verschwindend kleiner Teil eilte zum *gläsernen Palast*, um Keylam und Oonagh von dem Aufstand zu berichten. Eins kam zum anderen.

Die Menge, die sich auf den Palast zuwälzte, wurde unüberschaubar. Menschen, geifernd nach Gold und Juwelen, trafen auf Elfen, die sich zwar desgleichen zur Revolution rotteten, andererseits den Erdlingen ebenfalls nicht wohlgesonnen gegenüberstanden. Andere wiederum, so wie Kenneths Soldaten, fanden sich eingekeilt zwischen den verschiedenen Kontrahenten wieder. Mittendrinnen der König von *Cuor a-Chaoid*, dessen Thronfolger und die Prinzessin auf Alba, die nervös tänzelte. Im Verborgenen, längs des Weges lauerten weitere blutdürstige Elfenkrieger, die nur darauf warteten, Menschenköpfe mit bloßen Händen zu zerquetschen. Und dann gab es natürlich noch die Lichtwesen. Niemals konnte ein solcher Aufmarsch vor deren Augen verborgen bleiben. Unter anderem, weil es einige der friedfertigen Verbündeten tatsächlich in den Palast geschafft hatten, und dort höchste Alarmstufe herrschte.

Alasdair, Ouna und seine Mannen wandelten sich. Ihre eindrucksvollen Flügel schossen in die Höhe und die Rüstungen, geschaffen aus schwarzem Material, ehern, so gut wie unzerstörbar, funkelten wie polierter Edelstein. Die Elfen, die sich um sie geschart hatten, waren sich einig. Es war von unschätzbarem Vorteil, die *Krähen der Schlacht*, bekannt für ihren Mut, ihre Todesverachtung, mit der sie ihren Widersachern gegenüberstanden, auf ihrer Seite zu haben. Waren schon die Elfenkrieger gefürchtet, wenn sie in den Krieg zogen, ein einzelner Nebelkrähenkrieger übertraf dies um das Zigfache.

Lichtwesen und Elfen hatten oben auf den Treppen des *gläsernen Palastes* Aufstellung genommen, um ihr Allerheiligstes zu schützen. Denn sie mussten damit rechnen, dass es dem Gegner, mithilfe der abtrünnigen Spitzohren, durchaus gelingen konnte, vor das Portal der *Kammer der Kerzen* zu gelangen. Doch wer waren eigentlich ihre Gegner? Die Verwirrung steigerte sich zusätzlich, als Oonagh und Keylam inmitten der anrollenden Massen Ilro und Sirona entdeckten. Weder für die Schlacht gerüstet, noch mit sichtbarem aggressivem Gebaren. Im Gegenteil. Ilro, Sirona und Kenneth hatten alle Hände voll zu tun, um den Mob von Ryan, in dessen Armen die riesige, weiße Katze hockte, fernzuhalten. Immer wieder drängte sich die silberne Stute zwischen die lärmende Menge und den Jungen, bis Sirona nach ihrem Halbbruder griff, ihn mit Schwung in den Sattel beförderte. Kurz pfauchte die Katze und krallte sich in Albas seidiges Fell, die erschrocken hochstieg. Das hatte auch sein Gutes, denn ab sofort hielt die Meute respektvoll Abstand. Ilro, Kenneth und das Ross mit seiner kostbaren Last konnten sich somit unbehelligt an den Rand des Zuges schlagen.

Der Tross kam in einiger Entfernung zum Stillstand. Der Anblick der ehrfurchtsgebietenden Krähenkrieger tat seine Wirkung. Alles Geschrei und Gejohle verstummte. Bedrückende Stille legte sich über den gesamten Vorplatz. Keylam und Oonagh standen, gleichfalls für die Schlacht gerüstet, Seite an Seite. Niemand konnte sich erklären, wie ihnen die Situation derart entgleiten konnte. Erst vor kurzem hatten sie die Tore zu ihrer Welt geöffnet, um Fürsorge und Umsicht walten zu lassen, den Vertriebenen Unterschlupf zu gewähren, und nun schlug ihnen eine Welle des Hasses entgegen. Nicht nur von den Menschen, sondern auch aus den eigenen Reihen. Neid und Missgunst hatten sich ausgebreitet wie ein unaufhaltsames Geschwulst. Nur wenige waren davon verschont geblieben. Keylam hatte es am eigenen Leib verspürt. Ohne Ounas Hilfe, die ihn aus diesem Teufelskreis befreit hatte, wäre er bei den Ersten gewesen, die mit dem Kriegsschrei auf ihren Lippen in die Schlacht gestürmt wären.

Über den weiten Platz bis hin zum gezackten Waldsaum lag eine unwirkliche Stimmung. Ab und an war ein Räuspern zu vernehmen, ein unterdrücktes Murmeln, ansonsten glich es der Ruhe vor dem Sturm. Und genauso war es dann auch. Grauschwarze Wolken ballten sich am Horizont zusammen, kamen rapide näher. Düsternis kroch über moosbedeckte Erde, zwängte sich durch dorniges Niederholz, streifte die Wipfel und Kronen der uralten Bäume, die bereits vieles gesehen hatten. Zu keiner Zeit das, was sich soeben vor dem *gläsernen Palast* abspielte. Dunstiger Nebel fiel ein, langte mit nasskalten Fingern nach den Herzen von Menschen, Elfen und Lichtwesen. Üblicherweise immun gegen schädliche Einflüsse, fühlten sogar die lichtvollen Wesen den Hauch des Bösen. Wenn auch nicht ganz so vehement wie Mensch und Elf. Niedertracht, Verachtung, Gier und pure Mordlust mischten sich zum Odem des Verrats.

Der Funke, der den Flächenbrand letztendlich verursachte, war profan. Ein greller Blitz zuckte vom Himmel, gefolgt von einem dröhnenden Grollen.

Hysterie, Panik, Chaos – nennen wir es wie wir wollen, es beschreibt das nachfolgende Desaster so und so unzureichend - brach aus. Wer wem gegenüberstand, Feind oder Freund, es war schlichtweg unerheblich. All die angestauten Emotionen schossen durch das mit dem Donnerschlag geöffnete Ventil. Im nachfolgenden Durcheinander hieb jeder auf jeden ein. Voller Entsetzen und im Grunde hilflos mussten die auf der Treppe Versammelten dem Gemetzel zusehen. Es entbehrte jeglichen Sinns, sich in das wirre Getümmel zu stürzen. Denn so machtvoll die *Krähen der Schlacht* ihre Siege errangen, gegen wen sollten sie gewinnen? Auch von ihrer erhöhten Position aus war es unmöglich zu erkennen, wer Mitstreiter oder Widersacher war.

Ilro und Kenneth mit Alba am Zügel, den beiden Kindern und der Katze im Sattel, trafen in diesem Augenblick am Fuße der Treppe ein. Zum Glück hielten sie sich bereits abseits des Geschehens als der Tumult losbrach, denn der Weg quer über den Platz war versperrt. Zwischenzeitlich waren die kriegerischen Elfen aus ihren Verstecken hervorgekommen und fanden sich mittendrinnen in der Konfusion.

Dies barg die Möglichkeit für das Grüppchen friedfertiger Menschen und Elfen, die ebenfalls am Waldsaum ausgeharrt hatte, nun unbehelligt zum *gläsernen Palast* flüchten zu können. Während die wildgewordene Horde auf dem Vorplatz nach wie vor heftig auf sich eindrosch, gelangten die anderen ungesehen vor die Tore des *gläsernen Palasts*. Im stillen Einverständnis öffneten Keylam und Oonagh die versiegelte Pforte mit einer gemeinsamen Handbewegung. Blieb die Hoffnung, nur Freunde eingelassen zu haben, in das letzte Bollwerk vor ihrem Refugium.

Im Spiegelsaal I

In der Halle angekommen ging ein globales Aufatmen durch die Reihen. Kleine Menschenkinder schluchzten und klammerten sich an die Kittel ihrer Mütter, hingegen der Nachwuchs der Elfen die Vorkommnisse etwas gefasster nahm. Nichtsdestoweniger sich auch in dessen Augen das Grauen widerspiegelte. Die Nebelkrähenkrieger wandelten sich, um mit ihren mächtigen Flügeln und schwarzfunkelnden Rüstungen nicht zusätzlich für Verunsicherung zu sorgen. Alba, die in einer seitlichen Nische Platz gefunden hatte, erregte natürlich Aufsehen. Was hatte ein Reittier in dieser Halle zu suchen? Sirona hätte die Stute um keinen Preis der Welt auf dem Vorhof draußen zurückgelassen. Neugierig umringten sie Elf und Mensch. Viele hatten von dem wundersamen Pferd gehört, es allerdings noch nie zu Gesicht bekommen. Dieses Ross also hatte den Silberreif um die *Burg der ewigen Herzen* gezogen, damit eine unüberwindbare Barriere für das *Knochenvolk* geschaffen.

Alba benahm sich vorbildlich. Ein klein wenig zuckten ihre Ohren, als sie von den vielen winzigen Kinderhänden gezupft und getätschelt wurde, darüber hinaus stand sie völlig ruhig. Ein weiteres Tier benahm sich mustergültig. Samtpfote! Jetzt, da sie sich in Sicherheit wusste, sprang sie mit einem Satz auf den Boden und schmiegte sich an die Kleinsten. Selbst ein Prachtexemplar von Katze, gab sie acht, dass sie mit ihren Zärtlichkeitsbekundungen keinesfalls zu ungestüm wurde. Vorab wichen einige der Kleinsten erschrocken zurück. Sie war wirklich größer, als alle anderen Stubentiger, die man jemals gesehen hatte, überragte manch Kindlein um Haupteshöhe. Sobald freilich der Blick auf das kuschelweiche Fell und die smaragdgrünen Augen fiel, langten auch die Ängstlichen zu und streichelten sie mit einer Hingabe, die sie den Aufruhr ringsum vergessen ließ; derweil Samtpfote mit besonders gurrendem Schnurren ihre liebevollen Berührungen belohnte. Einige der Lichtwesen, in der Zwischenzeit wieder gefasst und strahlend wie eh und je, leisteten gleichfalls erste Hilfe. Sie verteilten Decken, Kissen, frisches Obst und krustige Brotlaibe, füllten Becher um Becher mit klarem Wasser, spendeten allein mit ihrer Berührung Trost und Zuversicht. Das Quengeln und Wimmern der Kinder verklang, wurde abgelöst durch leises Schmatzen und Schlürfen, langsam kehrte Ruhe ein.

Das Königspaar der Lichtwesen, Ilro, Kenneth, Alasdair und Ouna, sie alle zogen sich zurück, um ihre Lage zu besprechen. Oonagh bat selbstredend einige Elfen und Lichtwesen an den Tisch. Die Mitglieder ihrer Ratsvereinigung sollten bei ihren Beratungen zugegen sein. Auch wenn der anwesende Teil erschreckend gering ausfiel. Von insgesamt vierundzwanzig waren gerade mal sechzehn Stühle besetzt. Der Großteil der elfischen Berater glänzte durch Abwesenheit. Bevor Keylam das Wort ergreifen konnte, schlüpften Sirona und Ryan flink auf zwei der freien Sessel. Obwohl Keylam seiner Enkeltochter weiterhin grämte, es war schlichtweg unangebracht, ihr vor all den anderen zu verbieten, an diesem Tisch Platz zu nehmen.

Die angeregte Diskussion endete genauso abrupt wie sie begonnen hatte, durch einen plötzlichen dumpfen Aufprall an einem der durchsichtigen übermannsgroßen Fenster. Erschrocken keuchten einige der Erwachsenen auf, während die Kleinsten neuerlich in Tränen ausbrachen und Schutz bei ihren Eltern suchten. Vergessen war das weiche Fell von Ross und Katze, vergessen das würzige Brot und süße Obst, oder die tröstende Berührung der Lichtwesen. Abermals flog etwas Schweres gegen die Scheiben und Entsetzen malte sich in den Gesichtern rundum.

Kurz entschlossen stieg Sirona auf den Tisch und hob ihre Hände. Feines Glimmern schwebte durch den Raum, floss in ihre Richtung, lenkte die Aufmerksamkeit aller auf sie. „Hier seid ihr sicher!", sanft drang ihre Stimme in das Bewusstsein der Anwesenden. Mensch und Elf sahen sich um. Was sie draußen vor dem Palast erblickten, diente nicht unbedingt ihrer Beruhigung. Die Massen, die sich vorerst gegenseitig an die Gurgel gegangen waren, hatten sich vereint und marschierten geschlossen die Stufen hoch. Die ersten erreichten soeben den letzten Absatz und brandeten gegen den *gläsernen Palast*, hieben mit Prügeln, Schwertern und Äxten darauf ein. So filigran seine Wände schienen, sie hielten dem Ansturm stand. Wütend hämmerte der Mob gegen die undurchdringliche reflektierende Fassade. Ihm blieb der Blick in das Innere verwehrt. Wohingegen die Gruppe im Saal sehr wohl die zu Fratzen entstellten Gesichter der erbosten Menge draußen und den irren Glanz in deren Augen sehen konnte.

Sirona sprach leise weiter. „Es ist unmöglich diese gläserne Barriere zu überwinden. Auch wenn der filigrane Werkstoff vielleicht den Anschein erweckt. Bleibt ruhig, vertraut mir!"

Wenngleich die bunt zusammengewürfelte Truppe ihrer Prinzessin vertrauen wollte, ein Hauch von nervöser Anspannung hing, klebrigen Spinnfäden gleich, unsichtbar in der Luft. Grundsätzlich hatte Sirona die Wahrheit gesprochen. Von außen war der gläserne Palast uneinnehmbar. So lange niemand von innen eine Tür öffnete. Und das geschah genau in diesem Augenblick und ging derart unbemerkt vonstatten, dass von einem Moment auf den anderen Chaos ausbrach. Plötzlich standen die verdreckten und mit Blut besudelten Krieger mitten unter ihnen und begannen sofort damit, auf die überraschte Menge einzuprügeln. In nur wenigen Augenblicken schrie und rannte alles durcheinander. Da der Hauptteil der hierher Geflohenen Frauen, Kinder und Alte waren, standen sie diesem brutalen Angriff wehrlos gegenüber. Unter anderem, da die Mütter ihre Babys in den Armen trugen, und die größeren sich weinend an die Kittel klammerten.

Alasdair und seine Mannen reagierten in atemberaubender Geschwindigkeit und schoben sich zwischen Angreifer und Flüchtlinge, um Ärgeres zu verhindern. Dieser besondere Saal war ausgerichtet, um plaudernd beieinander zu sitzen, für gemeinsames Essen in größerer Gesellschaft. Ja, auch bei Musik- und Tanzveranstaltungen hatte er sich bereits bestens bewährt. Als Schauplatz kriegerischer Auseinandersetzungen war er weniger geeignet. Immer wieder rutschten vor allem die Eindringlinge mit ihren erdverschmierten Sohlen auf den blanken Fliesen aus und fielen der Länge nach auf die Nase. Dort wurden sie sofort von den jugendlichen Recken unter Ryans Führung in Empfang genommen. Fest verschnürt mit Kordeln, bunten Bändern, Lederriemen und was sonst auf die Schnelle greifbar war, lagerten zwischenzeitlich an der Breitseite zwei Dutzend von wutentbrannten, ansonsten bewegungsunfähigen Gegnern. Mitten im Getümmel sauste ein weißer Blitz durch die Reihen und setzte messerscharfe Krallen ein. Nicht wenige, die bei Ryan und seinen Helfern landeten, trugen feuerrote Striemen über Gesicht und Arme. Der junge Prinz musste trotz der diffusen Situation übers ganze Gesicht grinsen. Die Katzenbestie war erwacht.

Die versehentlich oder vielleicht auch wissentlich geöffnete Tür ward indessen wieder gut verschlossen und niemand drängte mehr von außen nach.

Ein Stöhnen und Ächzen geisterte für eine kurze Weile durch die Halle, dann herrschte wieder Ruhe. Der Angriff, so überraschend er gekommen war, fand Dank des entschlossenen Eingreifens der Nebelkrähenkrieger ein jähes Ende. Sogleich wurden die Verwundeten versorgt und alles in allem gab es weder auf der einen noch auf der anderen Seite erwähnenswerte Verluste. Samtpfotes brennende Kratzer waren die einzigen tiefergehenden Wunden.

Eben sammelten Keylam und Oonagh die Ihren um sich, um die Gespräche von vorhin fortzuführen, als plötzlich einer der dingfest gemachten Angreifer aufsprang, zuerst nach einem Messer schnappte und sich dann Ryans bemächtigte, der gerade in der Nähe stand. Die Knoten seiner Fesseln mussten sich gelöst haben, denn da stand er nun. Den Thronfolger als Schild benutzend und die scharfe Klinge an dessen Kehle. Mit einem Mal war es totenstill.

Für Ryan selbst war der Angriff völlig überraschend gekommen. Nun konnte er sich keinen Fingerbreit rühren, so fest umklammerte ihn der klobige Kerl in seinem Rücken. Es musste ein Elfenkrieger sein, der ihn in diese missliche Lage gebracht hatte.

„Was willst du?" Nicht Ilros, sondern Keylams Stimme peitschte durch den Saal. Er war der Hausherr und er befehligte die Elfenarmee.

Ryan spürte das Zusammenzucken seines Kerkermeisters, denn die Messerklinge ritzte kurz seine Haut. Noch jemand sah die feine Blutspur an seinem Hals.

Bei Samtpfote richteten sich all die weißen Haarbüschel auf, sie ähnelte in diesem Augenblick eher einem Stachelschwein als einer Katze ... und Alasdair griff behutsam nach einem Pfeil. Mit dem Gespür des Nebelkrähenkriegers ahnte er das Vorhaben der Kätzin. Im selben Atemzug als das Fellbündel absprang, spannte er den Bogen, schickte das schwarz funkelnde Geschoss auf die Reise. Der Pfeil, der niemals fehlte fand auch heute sein Ziel. Scheppernd fiel die Klinge zu Boden, gefolgt vom Aufprall des Kriegers, der in sich zusammensackte. Abgelenkt durch die Katze hatte er seine Umgebung außer Acht gelassen. Ein tödlicher Fehler. Ryan sprang mit einem Satz auf die Seite und Samtpfote in seine Arme. Fast schien es, als wäre die Katze überglücklich über seine Rettung, so sehr leckte sie ihm mit ihrer rauen Zunge die Wangen.

Sirona und Ilro umarmten den Jungen gemeinsam und derart fest, dass es ihm die Luft abschnürte. Knapp dem Feind entronnen, würde er zwischen den beiden zu Tode kommen. Der Katze wurde es soundso zu eng, sie wand sich aus der Umklammerung und sprang auf einen der bequemen, gepolsterten Stühle. Hier rollte sie sich zusammen, schloss halb die Augen und beobachtete aus sicherer Entfernung die weiteren Geschehnisse.

Nun, nachdem sie Ryan wieder in Sicherheit wussten, sich alle aus ganzem Herzen bei Alasdair für den Meisterschuss und bei Samtpfote für ihr mutiges Eingreifen bedankt hatten, nahmen sie endlich am Tisch Platz. Führten die Gespräche, begonnen vor scheinbar endlos langer Zeit, fort. Draußen am Waldsaum vor dem großräumigen Platz lagerte ein Teil der Widersacher, viele von ihnen hatten sich hingegen zurückgezogen. Vielleicht für immer?

Im Spiegelsaal bildeten sich verschiedene Grüppchen. Mütter stillten ihre Babys, die Alten saßen entweder stumm zusammen oder schliefen bereits vor Erschöpfung, Jungen und Mädchen steckten ihre Köpfe zusammen und unterhielten sich flüsternd über die Vorkommnisse der letzten Stunden, äugten mit neugieriger Besorgnis zu den gefesselten Bündeln in der gegenüberliegenden Ecke des Raums.

„Was soll mit ihnen geschehen?" Eine der zahlreichen Fragen, die der Aufklärung bedurften.

„Wir könnten sie vorab im Elfengefängnis unterbringen und dieses mit unserer Magie zusätzlich versiegeln." Oonagh hatte das Wort ergriffen. Denn es war klar, Elfen im eigenen Gefängnis unterzubringen, ohne weitere Vorsichtsmaßnahmen wäre eine fatale Idee. Das wäre genauso, wie diese gleich wieder freizulassen. Lichtwesen liebten die Harmonie und den Frieden. Sie waren nicht ausgerichtet auf längerfristige Zerwürfnisse oder gar das Wegsperren von Widersachern. Um diese profanen Dinge hatten sich von Beginn an die Elfen gekümmert und es war eine gute Gemeinschaft, die vor Ewigkeiten ihren Anfang gefunden hatte. Neigte sich diese Ära des friedvollen Zusammenlebens dem Ende zu? Keylam und Oonagh waren sich einig. Ihre Welt, die der Lichtwesen, musste vor jedweder Gefahr geschützt werden. Und wenn das hieße …

Demarkationslinie

Auf Keylam, dem Hüter aller Seelen, auch der in die Irre gegangenen, der Verzweifelten, der Getäuschten, wartete eine grauenhafte Herausforderung. Unter Umständen, die allerschlimmste Aufgabe seiner langwährenden Herrschaft.

„Auf ewig können wir sie nicht wegsperren." Oonagh berührte ihn sachte am Arm. Sie wusste, wie es um ihn stand. Er seufzte tief. Beide verabscheuten die schier unmögliche Entscheidung, die dennoch im stummen Einverständnis getroffen wurde.

„Es wird uns begleiten wie ein eitriges Geschwür. Ein scharfer Schnitt ist vonnöten, um das gesunde Gewebe zu schützen." Jede Heilerin würde ihr Recht geben. Abermals ein tiefer Seufzer aus seiner Brust.

„Innerhalb eines Tages, vom Sonnenaufgang bis zum Sonnenuntergang gestatte ich allen Elfen, ihr Hab und Gut zu packen. Gemeinsam mit den Erdlingen werden sie spätestens bei Einbruch der Dunkelheit unsere Welt für immer verlassen!" Keylam blickte in die Runde. Nun war es also laut ausgesprochen. Tiefe Betroffenheit griff um sich. So etwas hatte es noch nie gegeben! Niemals zuvor waren Elfen des gemeinsamen Staates verwiesen worden!

„Und was habt Ihr mit uns vor?" Ein Elf aus der Ratsversammlung stellte diese Frage.

Alasdair und Ouna brauchten keinen Blickkontakt, um die Gedanken des anderen zu ahnen. Sie hatten ihre eigene Art von Kommunikation, die ohne Rätselraten funktionierte. Der Einwurf des Elfen war berechtigt. Die Antwort darauf mit weitreichenden Folgen verknüpft. Keiner von den beiden wollte in Keylams Haut stecken. Deportierte er ausnahmslos alle Menschen und auch Elfen, befanden sich gewiss zahlreiche Verbündete darunter, die ihn bis heute unterstützt hatten. Die sich dann voraussichtlich auf die Seite der Verbannten schlugen, zu enttäuschten und verbitterten Gegnern wurden. Und was geschah mit Ilro und Ryan? Für welche Welt entschied sich Sirona?

Über ihre eigene Situation machten sich Alasdair und Ouna keinerlei Gedanken. Dass die Zeit für sie, egal ob in *Cuor a-Chaoid* oder in *Saoradh*, soundso begrenzt war, entsprang dem eigenen Wunsch, in ihre alte Heimat zurückzukehren.

„Ihr könnt euch frei entscheiden. Zugleich ist dieser Entschluss in Folge bindend. Es gibt kein sowohl - als auch, sondern nur ein entweder - oder." Oonagh wusste, dass es in einigen Elfenfamilien bereits zu bedeutsamen Differenzen gekommen war. Die Seuche hatte um sich gegriffen, die Herzen zahlloser geliebter Wesen vergiftet. Vermutlich brachen einige Stämme auseinander. Interessanterweise schien eine Mehrzahl der Lichtwesen gegen Neid und Missgunst gefeit. Obzwar es auch hier Opfer zu beklagen gab, deren Verstand vernebelt wurde, die Anzahl der Betroffenen war bei weitem niedriger als anderswo. Oonagh dachte an Keylams seltsames Gebaren und die damit einhergehende Verbannung ihrer Enkelin. Sie hoffte inständig, dass ihr Gemahl, wieder bei voller Besinnung, diesen Fehler eingestünde. Nur einigen wenigen würde das Privileg zuteil, zwischen den Welten wechseln zu dürfen. Als eine davon wollte sie Sirona wissen. Auch Ilro konnten sie nicht verbieten, seine älteste Tochter aufzusuchen, so lange sich diese in ihrer Welt befand. Ouna stellte gleichfalls eine Ausnahme dar. Ewerthon war ihr Sohn. Welche Mutter ließe schon ihr Kind für immer zurück?

Derart in Gedanken versunken bemerkte sie erst jetzt die bleichen Gesichter der Elfen rundum. Diese hatten nie woanders gelebt als in ihren Landen, seit Äonen geborgen in der Lichterwelt. Wenn man es gelinde ausdrücken wollte, mochten sie keine Menschen. Ohne jegliche Schönfärberei ..., die meisten von ihnen hassten die Erdlinge. Hielten sie für dumm, ineffizient und zerbrechlich, ohne erkennbaren Nutzen für die Welt - die Welt, die sie ausbeuteten, deren Gaben sie nicht schätzten, die von ihnen weitaus zu wenig Respekt erfuhr. Alles in allem eine Naturkraft, die sich irgendwann gegen die menschliche Willkür erhöbe. Und an jenem Tag wollte keine Elfe – egal ob pro oder contra Lichtwesen – auf dem Teil der gepeinigten Erde wohnen, auf dem sich auch Menschlinge befanden. Darüber hinaus war es ungewiss, ob Elfen überhaupt in der Lage waren, längere Zeit getrennt von ihrem Land zu überleben. Das traurige Schicksal der Stein- und Schattenelfen kam ihnen in den Sinn, schwebte über ihren Häuptern, wie das Schwert des Damokles. Über kurz oder lang stürben sie aus, waren dem Untergang geweiht.

Keylam, der als Hüter aller Seelen die Zerrissenheit des Elfenvolkes mit voller Wucht zu spüren bekam, barst fast das Herz, als er all die zurückgehaltenen glänzenden Tränen in den Augen jener sah, deren Schicksale gleich zerbrechlichen Schifflein ungewissen Gestaden entgegensteuerten. Deren Kapitäne er soeben über Bord geworfen hatte. Elfen trugen, außer den fluchenden mit ihrem offensichtlichen Widerwillen gegen dies und das und auch jenes, selten Gefühle offen zur Schau. Heute war eine der wenigen Gelegenheiten, wo sie ihre Masken fallen ließen. Ebenfalls einer der raren Momente, wo sich Oonagh ernsthaft um ihren Gemahl sorgte. Ein Lichtwesen, leidend an gebrochenem Herzen, war dem Tode geweiht.

Und so geschah es, dass sich am nächsten Tag, beginnend mit dem ersten Morgengrauen, der Waldsaum leerte. Die Weisung des Königs hatte sich in Windeseile herumgesprochen und erschütternde Szenen spielten sich vor den Augen aller ab. Eltern ließen ihren Nachwuchs zurück, um deren Fortbestand zu sichern, Großeltern verabschiedeten sich von Töchtern und Söhnen, um Enkel zu hüten. Kinder, von klein bis groß, klammerten sich an Vater und Mutter, weinten, flehten, bettelten, sie nicht zu verlassen. Tränen flossen hie und da in Strömen. Aber, irgendwann war es soweit. Der Zug, der am Tage zuvor gegen den Palast marschierte, setzte sich heute in die entgegengesetzte Richtung in Bewegung. Dieses Mal ohne Kriegsgeschrei, ohne das Liebste auf der Welt, dafür mit Sack und Pack auf gekrümmten Rücken. Mit dem Hab und Gut, was sie in der Eile zusammenraffen konnten. Zerplatzt wie Seifenblasen waren die Träume von Reichtum und Herrschaft in der Welt der Lichtwesen. Einzig ein ranziger Nachgeschmack von Verbitterung und Unverständnis lag auf der Zunge. Trauer und Schwermut drückten die Schultern nach unten. Wie hatte ihr Herrscher dermaßen ungerecht entscheiden können? Sie waren ihm doch immer und zu jeder Zeit treu ergeben gewesen! Weitläufig begleitet wurde der Tross von zahlreichen Lichtwesen, die ein Auge darauf hatten, dass sich niemand heimlich wegstahl und ins Gebüsch schlug. Wohlgetan! Denn es waren derer einige, die auf diese Idee kamen. Dieses Freiheitsbestreben erwies sich von kurzer Dauer. Sogleich umzingelten sie ein Dutzend der schimmernden Geschöpfe und brachten sie auf den rechten Weg zurück.

Bis die Vordersten am Rande einer üppig blühenden Wiese zu stehen kamen. Sachte strich der Wind durch die hohen, mit Morgentau benetzten Halme. Zahllose schillernd bunte Blumen schwangen ihre Köpfchen selbstvergessen zu einer unhörbaren Melodie. Es schien, als tanzten anstatt Schaumkronen glitzernde Blüten und Blätter auf grasgrünen Wellen. Ein überirdisch schönes Bild, das ihnen Keylam zum Abschied mitgab. Eines, das sich in die Herzen einbrannte und sie auf ewig an ihren Verrat erinnerte. Ein schrecklicher Gedanke.

Beinahe andächtig durchquerten Menschen und Elfen das wogende Blumenmeer. Am anderen Ende erwarteten sie drei Bögen aus Marmor, wobei durch den mittleren eine Treppe führte. Zögernd schritten sie durch das Portal hindurch, die steinerne Treppe hinab. Gesäumt wurde dieser, ihr letzter Weg, von dicht gefüllten Rosen, die eng zusammenstanden. Sie verströmten einen derart intensiven Duft, dass manch einer nicht mehr gerade denken konnte. Auf der anderen Seite angekommen, versammelten sich vor allem die verschiedenen Gattungen und Stämme der Elfen, schauten mit leerem Blick zurück. Zurück in eine Welt, die sie nie wieder betreten konnten.

Allmählich lösten sich die Konturen des Portals auf, wurden durchscheinend, verschmolzen mit dem Hintergrund, bis nur mehr, in weiter Ferne, eine unscheinbare Wiese in der Morgensonne schimmerte. Keinem zufälligen Wanderer wäre es in den Sinn gekommen, hier nach zauberischen Dingen Ausschau zu halten.

Das betörende Aroma der Rosen verflog, die Gedanken klärten sich, gleichzeitig entrückten die Bilder spitzohriger Kinder und Eltern aus den Herzen.

Saoradh mitsamt seinen Bewohnern verschwand für alle Zeiten aus der Erinnerung von Mensch und Elf. Mag sein, eine äußerst grausame Maßnahme, möglicherweise aber ein Akt gnädigen Vergessens.

Was währenddessen bis heute an diesen denkwürdigen Tag erinnert, sind die lilablassblauen Elfenblumen, die aus den unzähligen Tränen des vertriebenen Volkes sprossen. Wer wachen Auges und überlegt seine Schritte setzt, sorgsam der Spur der filigranen Blüten folgt, stößt, sofern ihm das Glück hold ist, mit an Sicherheit grenzender Wahrscheinlichkeit auf ein geheimes Elfenportal.

UNTER UNS VIII

HABITUS

Beinahe gelangweilt schlenderte das Geschöpf im weiten Umhang durch den Saal. Bald berührte es die felsigen Wände, folgte dem wirren Netz aus Linien, Kreisen und Zeichen, das nur für ihn Sinn ergab, bald streifte es, wie unabsichtlich, über die polierte Fläche des Spiegels, auf dem das Bild einer uninteressanten, braungrünen Wiese zu sehen war, dann wiederum spähte es durch ein Loch in der Wand. Alles war geschehen, wie von ihm geplant. Gleichwohl kam keine wahre Freude auf. Wenn man, so wie ES, endlos lange Zeit gehabt hatte, seine Widersacher zu studieren, kannte man deren Verhaltensweisen in- und auswendig. Eigentlich waren sie keine ernstzunehmenden Gegner. Eher Drahtpuppen, mit denen man spielte und sie in den Kasten zurückhängte, wenn man derer überdrüssig wurde. Oder ihnen einfach die Fäden abschnitt, den Kopf und die Glieder ausriss.

Die finstere Gestalt äugte weiter durch das vergitterte Fenster in der Nische. Es war keine bloße Ahnung, sondern Wissen bis ins kleinste Detail. Darüber, wie Menschen, Elfen und Lichtwesen unter diesen oder jenen Umständen reagierten. Was sie täten und was sie ließen. Vielleicht fühlte sie deswegen nur Leere? Seit dem Fall des Herzsteins, dessen Kippen hatte sie vor Glück fast bersten lassen, floss die Zeit dahin und es gab wenig Unerwartetes. Zum wiederholten Male linste es in die Kammer hinter dem rostigen Geflecht. Dort lag ein goldgestreifter Tiger auf einem dürftigen Strohbündel auf den kalten Fliesen. Teilnahmslos döste er vor sich hin. Das Monster klammerte sich an die enggesetzten Stäbe, drückte seine Fratze dagegen, bis es die Abdrücke durch die Maske hindurch spürte. Da lag er! Angeblich der mächtigste Gestaltwandler aller Zeiten und verschlief den Großteil seiner Gefangenschaft. Das barg wirklich eine Überraschung, wenn auch keine sonderlich erbauliche. Das Monster trat einen Schritt zurück, löste sein Gesicht vom Gitter. Es hatte mit wesentlich mehr Widerstand gerechnet. Tanki machte nichts dergleichen. Brachte es ihm seine Mahlzeiten, wandelte er sich in seine Kindgestalt, aß manierlich seine Portionen und legte sich gleich darauf als Tiger auf sein ärmliches Strohbett, wo er bewegungslos bis zur nächsten Essenszeit verweilte. Die Kreatur hatte es bereits in jedweder Gestalt versucht. War als Ewerthon oder Gillian im Kerker erschienen, kam als Mira oder Sirona, der Kleine warf ihr dahingegen nur einen kurzen, prüfenden Blick zu, löffelte stumm seine Suppe und kehrte ihr dann den Rücken. Wie sollte man mit so einem Gefangenen verfahren? Noch wollte sie zu keinen drastischeren Mitteln greifen, sondern das Vertrauen des Jungen gewinnen. Nun, das war immerhin etwas, das die Gedanken in Schwung hielt, die aufkommende Langeweile in ihre Grenzen verwies. Mit fahrigen Fingern fuhr das Wesen über die Kapuze und schlug sie zurück. Gedankenverloren wickelte es eine schwarze Strähne um den knochigen Finger. Wieso wandelte es sich am liebsten in diese furchterregende Gestalt? Es konnte sich jedwede Hülle aussuchen. War dieser verfluchte Körper zwingend geboten? Ihm vertraut? Sein Habitus?

DER
GESCHICHTENERZÄHLER V

Trübe Gedanken

Alexander trat neben Olivia … und sie rückte etwas ab von ihm. Unmerklich vielleicht für andere, für ihn ein Stich ins Herz. In der Schlacht gegen die unheimlichen Wesen kämpften sie Seite an Seite. Jetzt, Tage danach, entfremdeten sie sich mehr und mehr. Zwar lag ihr Schlafplatz nach wie vor neben dem seinen, allein die innigen Umarmungen fehlten und ihr Kopf ruhte nicht weiter an seiner Schulter. Mit einem halben Meter Abstand schlief jeder für sich ein. Ein weiteres Indiz für die Kluft, räumlich wie gefühlsmäßig, die sich zwischen ihnen auftat. Von erholsamem Schlaf konnte ohnehin keine Rede sein. Falls er irgendwann schließlich einnickte, plagten ihn wirre Träume, in denen er jeweils zum Ende hin vor Olivias totem Leib stand, durchbohrt von seinem Pfeil. Unruhig wälzte er sich hin und her, bis er aus dem großen Zelt schlich und in den dunklen Nachthimmel starrte. Sie misstraute ihm. Was er ihr nicht verdenken konnte. Hätte der graufellige Hund eine Sekunde gezögert, wäre sie jetzt tatsächlich tot. Alleine bei der Vorstellung kroch kaltes Grauen durch seine Adern, verursachte trommelndes Herzklopfen, welches in den Ohren pochte und die Hände zittern ließ. Wovor ihm viel mehr graute, war der Gedanke, dass auch er ihr misstraute. Immer noch! Meinte er einstmals, die Liebe seines Lebens gefunden zu haben, schlichen sich zwischenzeitlich nagende Zweifel ein. Wann hatte die Skepsis überhandgenommen? Er sah Doktor Thomas Stein vor sich. Den verblüffend jungen Arzt, der die Zeitung so herumhielt, dass er das Datum lesen konnte. Der Moment, in dem ihm der Boden unter den Füßen entglitt, ihm klar wurde, dass es eine gewaltige Macht geben musste, die die Zeit manipulierte. Irgendwo in den Universen bestand ein Riss, der einem Zeitverwerfer Zutritt verschafft hatte. Davon war er zutiefst überzeugt. Wobei er sehnlichst hoffte, dass es wirklich einen Zeitriss gegeben hatte. Denn die Vorstellung, es gelänge jemand ohne dieses zufällig geöffnete Portal in ihre Welt, war um vieles erschreckender. In jenem vergangenen Augenblick keimte die Saat des Argwohnes auf. Die Dinge, die er von Olivia vermeinte zu wissen, waren jene, die sie ihm irgendwann, nach ihrer Rettung, widerstrebend berichtet hatte. Er hatte niemals Grund gehabt, ihre Worte anzuzweifeln. Vielleicht sollte er ihre fantastische Geschichte doch bei Gelegenheit überprüfen. Seine Gedanken kreisten auch um die beiden Mädchen. Eindeutig handelte es sich bei Elhame und Elsbeth um die Wächterinnen von Mondsichel und Abendstern. Jene der Erzählungen, die in unhandlichen Folianten, gut geschützt in hölzernen Kisten, in einem der bunten Wägen lagerten, denen an ungezählten Abenden neues Leben eingehaucht wurde. Elsbeth befand sich beinahe seit ihrer Geburt in seiner Obhut. Eines Tages, besser gesagt eines Nachts, lockte ein greinender Säugling ihn vor die Tür. Eingehüllt in wärmende, kunstfertig bestickte Tücher, lag das Neugeborene mitten auf einem riesigen Teppich, einem Abbild der kleinen Holzhütte, ihrer damaligen Unterkunft, und blickte ihn aus sanften blauen Augen an. Um seinen Hals blitzte etwas im Schein des Vollmondes auf. Das Kettchen mit dem Kometen, oder war es ein Stern, jedenfalls bestückt mit Brillantsplittern, und der handgeknüpfte Seidenteppich waren nicht die einzigen Besitztümer, die

das Baby begleiteten. Verborgen unter wollenen Decken fand er einen ledernen Beutel mit Goldstücken. Die antiken Münzen schienen aus einer anderen Welt zu kommen und waren ein Vermögen wert. Er hatte sie nie angerührt, sondern beschlossen, Elsbeths Schatz zu hüten, bis sie alt genug war, um ihn ihr zu übergeben. Dass der Teppich nicht nur durch Raum, sondern auch durch Zeit reisen konnte, war ihm bis zu Elhames Auftauchen nicht in den Sinn gekommen. Er vermutete, dass auch Elsbeth ähnliche Kräfte innewohnten, von denen sie selbst bis gestern Abend keine Ahnung gehabt hatte. Meist offenbarten sich derartige Gaben im Alter von zwölf, dreizehn Jahren, wenn sie nicht von kundigem Wissen früher entdeckt oder durch einen konkreten Anlass ausgelöst wurden. Elhame, in ihrer Panik vor dem Teppichhändler, sehnte sich mit aller Kraft in die Sicherheit ihres Heims … und der Teppich folgte ihrem Wunsch. Wirkliche Magie zieht sich zurück, igelt sich ein, wenn sie über Jahrzehnte hinweg in Vergessenheit gerät. Sie wird zum Mythos, existiert nur mehr als schwacher Abglanz ihrer einstigen Größe, bis wahrer Glaube sie erneut zum Leben erweckt. An diesem Punkt seiner Überlegungen angelangt, erhob sich Alexander. Eine einzelne funkelnde Sternschnuppe zog ihre Spur durch das nachtblaue Firmament. Ihr folgte ein ganzer Wasserfall von silbrigen Sternen, der sich hinab zur Erde ergoss. Die gleißende Brücke spannte sich im weiten Bogen vom Zenit nach unten und verschwand hinter den gezackten, dunklen Bergspitzen am Horizont. War das ein Zeichen?
Plötzlich fiel ihm Thomas ein. Der junge Arzt befand sich höchstwahrscheinlich auf der Suche nach Stella. Ob er sie in der Zwischenzeit gefunden hatte? Eine geheimnisvolle

junge Frau, die er ebenfalls gerne näher kennen lernen wollte. Was wohl der Psychiater zu diesen fantastischen Geschichten meinte, die sich eben im Hier und Jetzt abspielten? Oder musste er, als Geschichtenerzähler, selbst diese Wirklichkeit anzweifeln? Gut und Böse wurden eins vor seinen Augen. Er verlor schön langsam den Überblick. Professor Doktor Thomas Stein war ein Mann mit unerschütterlichem Glauben. Für ihn war Realität das, was messbar war. Er konnte weder mit monströsen Gebietern über die Zeit noch mit fliegenden Teppichen etwas anfangen. Himmel oder Hölle existierten für ihn schlichtweg nicht. Selbstverständlich auch keine Zwischenwelten oder andere Diffusitäten. Alexander hätte in diesem Moment viel gegeben, sich den Professor einfach herbeiwünschen zu können. Indes, diese Gabe besaß er nicht. Also kehrte er, nachdem der glänzende Sternenfall verblasste, in das große Zelt zurück. Zu denen, die unter seinem Schutz standen, wobei er sich unsicher war, ob nicht bereits der Feind im eigenen Lager schlief ... ein paar Handbreit neben ihm. Olivia spitzte die Ohren, als sich Alexander näherte. Sie war bis ins tiefste Innere erschüttert. Er, dem sie alle Geheimnisse anvertraut, ihr Herz geschenkt hatte, trachtete nach ihrem Leben. Hatte den Bogen gespannt und den Pfeil abgeschossen. Wäre der Wolf, für sie war es eher ein Wolf denn ein Hund, nicht dazwischengegangen, sie läge jetzt nicht hier. Bereits auf der Schwelle des Todes, kehrte sie zu den Lebenden zurück. Ein extrem seltsames Gefühl, das sie nun aufs Neue durchlebte.

DER KREIS SCHLIEẞT SICH

Am nächsten Morgen erinnerte nichts mehr an die düsteren Gedanken der vergangenen Nacht. Der Duft von aufgebrühtem Kaffee vermischte sich mit dem von gebratenen Eiern, krossem Speck, heißen Apfelküchlein und frisch gebackenem Brot. Es wurde merklich wärmer, wobei glitzernde Sonnenstrahlen die ersten Mutigen vor das Zelt lockten. In warme Decken gehüllt schlürften sie an ihren heißen Getränken. Kinder flitzten sowohl durch die Gegend als auch mit Karacho zwischen Beine hindurch, so dass manch wackerer Kämpfer ins Straucheln geriet. Dessen ungeachtet, niemals fiel ein böses Wort, geschweige denn wurde eine Hand erhoben. Alle freuten sich, dass der Frühling ins Land zog und die Kleinsten unter ihnen derart frohgemut ihre gute Laune durchs Lager trugen. Sie bedeuteten Hoffnung, sie zu schützen war oberstes Gebot. Elhame und Elsbeth saßen dicht beieinander, wärmten ihre Hände an den dampfenden Kakaotassen und schwiegen. Eine ganze Nacht war vergangen, angefüllt mit Erzählungen aus ihrer Heimat, mit Geschichten der Ahninnen und mit dem Rätseln über ihre zukünftige Aufgabe. Denn, dass eine auf sie zukam, war beiden bewusst. Jetzt, nach einer unendlichen Flut von Informationen, machte sich die Erschöpfung bemerkbar. Vor allem bei Elhame, die seit ihrer Ankunft keine freie Minute für sich gehabt hatte, sich ständig unter Beobachtung wähnte. Das gleiche empfand Olivia. Egal, wo sie stand oder ging, immerfort fühlte sie Alexanders kritischen Blick im Rücken. Zwischen ihren Schulterblättern kribbelte es, als wären tausende von Ameisen unterwegs. Sie ignorierte dieses grauenhafte Gefühl, hatte keine Lust, das Gespräch mit ihm zu suchen. Sie war nicht bereit für seine Zweifel. Sollte er den ersten Schritt machen! Durch ihr beherztes Eingreifen war der Zirkus vor größerem Schaden bewahrt worden. Der Zusammenstoß mit dem blauglänzenden Dschinn, der Kampf mit den borstigen Ungeheuern saß ihr bis heute in den Knochen. Die beißenden Wunden, die von den Stacheln der vierbeinigen Angreifer herrührten, übersäten auch ihre Haut. Außer den juckenden roten Punkten gab es zum Glück keine tiefergehenden Verletzungen. Bei niemandem. Rasch hob sie den Kopf. Da, schon wieder, Alexanders gletscherblaue Augen ruhten auf ihr. Trotzig starrte sie an ihm vorbei. Sie hatte nicht auf ihn gezielt, seinen Tod herbeigewünscht! Verbissen rührte Olivia in ihrem Kaffee, während sie sich eingestehen musste, dass ihr eigensinniges Verhalten eher dem eines dreijährigen Kindes ähnelte, als dem einer erwachsenen Frau. Alexander und Olivia belauerten sich also gegenseitig. Ihr befremdlicher Umgang blieb auch der Truppe nicht verborgen. Eine unangenehme Atmosphäre entstand, die keineswegs alleine auf den nächtlichen Überfall zurückzuführen war. Und wieso wich der graufellige Hund keine zwei Handbreit von Olivias Seite? Das Tier, das Alexander sein Leben verdankte und ihm bis vor kurzem auf Schritt und Tritt gefolgt war. Welchem höheren Zweck dienten die beiden Mädchen, deren Äußeres so verschiedenartig anmutete, die einträchtig auf dem riesigen Teppich nebeneinandersaßen?

„Wir halten keine Elefanten und gerade ist Winter, im Gegensatz zu diesem Bild. Hier ist Sommer."

Olivias Stimme holte die in Gedanken Versunkenen zurück ins Hier und Jetzt. Sie erhob sich, kam auf die beiden Mädchen zu, die zur Seite rückten, den Blick freigaben auf graue Kolosse mit langen respekteinflößenden Stoßzähnen.

„Wir lagern in einer Art Tal, begrenzt auf drei Seiten von waldigen Hügeln." Die Gefährtin des Geschichtenerzählers deutete rundum, dann wies sie auf den Teppich. „Hier erstrecken sich endlose, saftige Wiesen, soweit das Auge reicht. Weit und breit keine Erhebung, kein Berg."

Sie spürte Alexanders Anwesenheit, bevor er neben ihr zu sprechen begann.

„Olivia hat Recht. Und auch wieder nicht. Seht hier", er deutete nach oben, da wo die Borte den Abschluss bildete. Elhame, die am nächsten stand, bemerkte es als erste. Am äußersten Rand war etwas zu erkennen, das bis jetzt unbeachtet geblieben war. Sie kniete sich auf den Teppich und bewegte sich behutsam auf allen vieren vorwärts. Aufmerksam musterte sie die betreffende Stelle. Tatsächlich! An dieser Ecke hatte ihre Mutter gearbeitet, oder ihre Großmutter. Genau konnte sie sich nicht mehr erinnern. Eines wusste sie gewiss, das, was hier abgebildet war, war nicht ihr Werk. Der Geschichtenerzähler, Olivia und Elsbeth waren nähergekommen und sahen nach unten.

Sie blickten auf ein in sich verschlungenes Gebilde. Arabische Schriftzeichen? Nein! Etwas anderes! Winzig klein, mit freiem Auge fast nicht erkennbar, gruppierten sich mehrere Personen entlang der hauchdünnen Schriftlinien kreisförmig um ein loderndes Feuer, starrten in knisternde Flammen.

Alexander, wie elektrisiert, griff in seine Hosentasche und zog eine Münze hervor. Eine aus Elsbeths Schatz, die er als Glücksbringer immer bei sich trug. Sie wies das gleiche Muster auf, das auf dem Teppich zu sehen war. Und bei genauerem Hinsehen waren auch hier die winzig kleinen Personen rund ums Feuer zu erkennen.

In den Köpfen der beiden Mädchen formte sich exakt im gleichen Augenblick eine Botschaft.

Wir benötigen eure Hilfe.

DER KREIS I

In Wahrheit

Schweigend blickten die sechs Gestalten in knisternde Flammen. Drei Frauen hatten auf der einen Seite des lodernden Feuers Platz genommen, drei Männer auf der anderen.

„Er hat um unsere Energie gebeten, doch er wird nicht kommen." Die Älteste von ihnen, die Reh-Frau ergriff das Wort.

Orangerotes Flackern huschte über gebeugte Rücken, runzelige Hände und faltige Gesichter, spiegelte sich in trüben Augen wider. Augen, die in ihrem Leben viel Gutes und mindestens genauso viel Böses gesehen hatten. Hinwieder, all die Geschehnisse jetzt, waren selbst für die Hochbetagten nie dagewesen.

Als Rat von Stâberognés lag es in ihrer Verantwortung, den geheimen Wald und das Ausbildungslager der Gestaltwandler zu schützen. Nun zog ein Sturm auf, der weit mehr als Stâberognés bedrohte. Das gesamte Weltengefüge befand sich in allerhöchster Gefahr. Aber, gerade heute fehlte einer in ihrer Mitte. Kein Belangloser, sondern Gillian; der oberste Lehrmeister, Wächter des heiligen Waldes am Randsaum zur großen Leere und Hüter der Dachs-Magie. Selbst für den besten Traumwanderer unter ihnen blieb er verborgen.

„Gillian ist wie vom Erdboden verschluckt, aber Tanki ist ebenfalls unauffindbar." Der Pferd-Mann blickte besorgt in die Runde. Tanki, das Kind der Prophezeiung, das es eigentlich nicht geben durfte und nichtsdestoweniger unabdingbar wichtig war. Ein Kind, das unter der Obhut

Gillians zu großen Taten fähig, in den falschen Händen zum Weltenzerstörer heranwachsen konnte.

„Wir können nicht mehr länger warten. Dafür steht zu viel auf dem Spiel." Die Hirsch-Frau hatte gesprochen. Aufgrund ihrer Magie wusste sie um die Notwendigkeit anzuhalten, wenn erforderlich, allerdings auch um den richtigen Zeitpunkt loszupreschen.

Die Coyoten-Frau nickte. Sie gab sich ohnehin niemals geschlagen, sah es noch so hoffnungslos aus. Sie war allzeit bereit, in die Schlacht zu ziehen. „Unsere Energie haben wir ihm freiwillig zur Verfügung gestellt", meinte sie zur Reh-Frau.

„Interessiert es niemanden, wozu er sie benötigt hat? Kann sein, Gillian will nicht gefunden werden und wartet auf den rechten Augenblick zuzuschlagen?", dem Opossum-Mann kam die eigene Strategie in den Sinn. Schlau, sich totzustellen, den Feind in Sicherheit zu wiegen, um dann, unvermutet, den Sieg an sich zu reißen.

„Nun! Unerheblich, wofür er sie genutzt hat und was hinter seinem Verschwinden steckt." Der Schmetterling-Mann hielt wenig davon, sich mit unnützen Fragen zu beschäftigen oder an alten Gewohnheiten festzuhalten. „Wir müssen ohne Gillian auskommen." Er sah hoch, in die ernsten Gesichter der Runde. „Zumindest momentan", schränkte er ein.

„Was ist mit Ewerthon? Er ist immerhin Tankis Vater." Die Coyoten-Frau wagte, diese Frage zu stellen. Eisiges Schweigen war Antwort genug. Ewerthon existierte nicht mehr für den Rat der Gestaltwandler. Jedenfalls galt dies für die um das heilige Feuer Versammelten.

Jeder von ihnen wusste, dass Gillian seinen eigenen Kopf hatte. Seit jeher. Das gereichte ihm nicht immer zum Guten.

Und so geschah es, dass im geheimen Wald von Stâberognés bis zur Mitternachtsstunde Pläne geschmiedet und wieder verworfen wurden. Bis endlich der eine gefunden war, dem jeder der Ältesten zustimmte, der die besten Erfolgsaussichten versprach.

Die Reh-Frau, mit ihrer Magie der bedingungslosen Liebe, vereinte die Ausdauer der Hirsch-Frau mit den Tricks der Coyoten-Frau, der Strategie der Unsichtbarkeit des Opossum-Mannes, den Traumwander-Fähigkeiten des Pferd-Mannes und dem Transformations-Zauber des Schmetterling-Mannes, zu einem Ganzen.

Mit den ersten Sonnenstrahlen wurden Boten in alle Himmelsrichtungen ausgesandt. Kuriere, die auf vier Pfoten über taufrische Wiesen huschten, sich mit winzigen Flügelchen oder mächtigen Schwingen in den lila-orangen Himmel schraubten und ihre Flossen fächerten, um durch Bäche, Seen und Meere zu gleiten. Die Nachricht, die sie überbrachten, war stets die Gleiche - gerichtet an alle Märchenerzähler diesseits und jenseits. Weil, wirkliche Geschichtenbewahrer verstehen bekanntermaßen die Sprache der Tiere. Vor allem, sie behüten Wahrheiten für ewige Zeiten.

Auch wenn ein Großteil der Menschheit glauben will, dass Märchen, Sagen oder Geschichten einzig der Unterhaltung dienen. Wer zwischen den Zeilen liest, hinter die Kulissen blickt, nicht dem Schwarz-Weiß-Denken anheimfällt, sondern Grauschattierungen in all ihren Facetten wahrnimmt, der weiß, dass all die Überlieferungen, Legenden, oder wie immer sie genannt werden, im Allgemeinen ein Körnchen Wahrheit beinhalten.

Häufig als Hinweise zum Besseren, oftmals aber eine Warnung aus längst vergangenen Zeiten, die beherzigt werden sollte.

Das alles war den sechs weisen Frauen und Männern mit unzähligen Jahren auf ihrem Buckel durchaus bewusst. Nachdem sie ihre Botschaft in alle Welten versandt hatten, behielten sie die Eibe gut im Blick. Die dicht benadelte Baumriesin, unter deren dunkler, uralter Krone sich zu jeder Stunde mehr und mehr Berufene einfanden, der Kreis von Geschichtenerzählern aus jeder Ecke des Universums stetig wuchs. Aus allen Windrichtungen strömten Frauen und Männer herbei zu diesem geheimnisvollen Ort, der bereits abertausende von Jahren als Versammlungsplatz diente. Die herabhängenden Äste des Baumes schlugen Wurzeln, da, wo sie den Boden berührten, bildeten einen undurchdringlichen Schutzwall vor einem hölzernen Tor, mitten im mächtigen Stamm, den zehn Leute umringen und sich trotz allem nicht an den Händen fassen konnten. Ihr Immergrün verbarg die unscheinbare, halb verwitterte Tür mit den rostigen Riegeln vor allzu neugierigen Blicken. Das Gehölz öffnete sich nur, wenn man mit einem Stab, eben gefertigt aus Eibenholz, versehen mit geheimnisvollen Schnitzereien, in einer bestimmten, streng geheimen Abfolge daran klopfte. Dann lichtete sich das dichte Gestrüpp und man konnte geschwind hindurchschlüpfen. Eile war geboten, denn war jemand zu langsam, schlossen sich die dichten Zweige wieder und man war auf ewig gefangen.

Viele waren dem Ruf der sechs Uralten nachgekommen und nacheinander traten sie zur schlichten Pforte, öffneten diese mit ihren besonderen Stäben und schritten durch ein Portal in eine andere Welt. Jenseits von allem führten Stufen zuerst nach unten, dann wieder nach oben, bogen nach links, später nach rechts, gleich darauf nochmals bergauf, verzweigten sich, dann wieder … Spätestens hier verlor auch der Gewiefteste die Orientierung und folgte einfach den anderen.

Niemand wusste später zu sagen, wie lange der Marsch andauerte, die Zeit schien in diesen unterirdischen Gängen stillzustehen. Irgendwann verbreiterte sich der Stollen und mündete in eine immens große kreisrunde Höhle. Und obgleich sie sich untertage befanden, war der Raum lichtdurchflutet. Dieses Phänomen veranlasste natürlich alle, den Kopf in den Nacken zu legen und nach oben zu blicken. Hoch über ihnen, am Ende des felsigen Schachtes, glitzerte und funkelte es, als schienen ungezählte Sonnen um die Wette. Das schimmernde Gestein reflektierte das Gleißen, verdoppelte und verdreifachte jenes, bis es, unten angelangt, die Höhle hell erleuchtete.

In der Mitte stand ein Tisch von enormen Ausmaßen, fein aufgetischt mit bunten Blumen in edlen Vasen, silbernen Tellern, Bechern und Krügen. Poliertes Besteck lag ebenso bereit wie ovale und runde Platten, auf denen sich dampfender Braten und duftendes Gebäck stapelten. Alleine der Anblick ließ einem das Wasser im Mund zusammenlaufen, von den betörenden Aromen ganz abgesehen. Einige, die augenscheinlich früher eingetroffen waren, winkten die Neuankömmlinge fröhlich herbei. Man gewann den Eindruck, je mehr Leute hereinströmten, desto mehr Stühle standen um den reich gedeckten Tisch. Im Nu war ein angeregtes Gespräch zugange, fast alle langten tüchtig zu, labten sich an Speis und Trank, ergötzten sich daran, dass Krüge und Platten niemals leer, sondern, wie durch Zauberhand, sofort nachgefüllt wurden.

Vereinzelt rückten ein paar der Märchenerzähler ab vom Tisch. Obwohl es auch sie dürstete, nippten sie nur kurz am schalen Wasser, den gegorenen, süßen Traubensaft ließen sie stehen. Vielleicht waren sie tatsächlich nicht hungrig, vielleicht waren sie vorsichtiger und ihnen kam eine Vielzahl von Gründen in den Sinn, unter gar keinen Umständen an einer mysteriös gedeckten Tafel Platz zu nehmen und sich an aufgetischten Köstlichkeiten zu laben. Oder sie hatten einfach nur Glück.

Jedenfalls, einzig diese Handvoll kippte nicht vom Sessel, bildete den kärglichen Rest der vormals unüberschaubaren Anzahl von klugen Köpfen.

Nebst zwei Mädchen, eines mit blondem Haarschopf, das andere mit glänzend schwarzem, die soeben durch die Lüfte flogen und bei ihrer Landung mit einem Teppich mächtig Staub aufwirbelten.

„Die Ältesten hatten recht. Es sind Fallen aufgestellt und eine ganze Menge ist hineingetappt!" Elhame und Elsbeth verständigten sich wortlos. Wer wusste, welche Gefahren hier lauerten. Denn augenscheinlich war die Zusammenkunft der Bewahrerinnen und Bewahrer aller Geschichten der Welten nicht unbemerkt geblieben. Das war gewiss der Grund, wieso sie die Uralten um Hilfe gebeten hatten. Wobei sich die beiden nicht vorstellen konnten, was man von ihnen erwartete.

MIRA & EWERTHON III

Eine wirklich unglaubliche Überraschung

Ewerthon und Mira tasteten sich behutsam vorwärts. Herrschte im oberen riesigen Saal strahlende Helligkeit, erkannte man hier die eigene Hand nur mit Mühe. Einzig Miras Leuchten, tief aus ihrem Innersten, verhinderte, dass sie die steilen Stufen abwärts stolperten, sich verletzten, oder schlimmer, den Hals brachen. Eben am Fuße der Treppe angelangt, erstreckte sich vor ihnen ein in Felsen gehauener Stollen, in dem sie nun bequem nebeneinander Platz fanden. Nach wie vor nagte es an Ewerthon, dass er augenscheinlich über keine Kräfte verfügte, Miras allerdings zurückgekehrt waren. Er wusste nicht, was ihm mehr zu schaffen machte. Seine Unfähigkeit, sich zu wandeln, oder der Neid auf Miras Magie. Denn es war pure Missgunst, die sich in seinem Herzen einnistete, ihm bitterböse Gedanken zuflüsterte. Heftiger Schwindel ließ ihn wanken, obgleich sie die gewundene Stiege seit langem hinter sich gelassen hatten.

Gedämpfte Stimmen unterbrachen sein trübes Sinnieren. Das Gemurmel kam vom Ende des Ganges. Wäre Ewerthon nicht derart in Grübeleien verfangen, er wäre sicher vom ausgeklügelten, unterirdischen Höhlensystem angetan gewesen. Trotzdem sie sich tief unter der Erdoberfläche befanden, die Treppen hatten ausschließlich nach unten geführt, herrschte kein Mangel an Frischluft. Der üblicherweise abgestandene Mief von Tunneln fehlte, auch fühlten sich die Felsen rechts und links des Weges relativ trocken an. Das Flüstern schwoll an, kam aus der Kammer hinter einer nur angelehnten Türe. Auch hier gab es jede Menge Schnitzereien zu bewundern. Als Verzierungen verewigt am Türstock und über der Tür jeweils Narrenmaske und Schweigerose.

Ewerthon warf Mira einen vielsagenden Blick zu. Von jeher war es in Burgen Brauch, einen Raum für Versammlungen zu reservieren, deren Gesprächsinhalt auf gar keinen Fall für die Allgemeinheit bestimmt war. Durch das Symbol des Narren geschützt, konnte ein jeder der Anwesenden seine Meinung kundtun, ohne Konsequenzen befürchten zu müssen. Und die Rose garantierte, dass kein gesprochenes Wort diesen besonderen Bereich verließ.

Die Personen, die sich jenseits der halb geöffneten Tür befanden, konnten sich also in aller Freiheit austauschen.

„Sollen wir anklopfen?" Mira hatte den Satz kaum zu Ende gesprochen, wurde die Tür schwungvoll von innen geöffnet.

Sprachlos starrten die zwei auf eine auffallend kleine, rundliche Frau, die plötzlich vor ihnen stand. Angetan mit Umhang und Kittel aus gewebtem Tuch in verschiedenen Brauntönen und einem Lächeln im Gesicht, das die Düsternis rundum zum Leuchten brachte, glich das Wesen bis aufs letzte Haar ...

Entsetzen fraß sich wie ein Blitz aus Schnee und Eis durch Miras und Ewerthons Körper und ließ ihr Blut gefrieren. Sie befanden sich im Nebelreich der Geister! Einem Ort, an den man nicht einmal seinen ärgsten Feind wünschte.

UNTER UNS IX

Bittere Pillen

Bewegungslos saß das Monster auf seinem Stuhl. Und das bereits seit geraumer Zeit. Nicht weil es vielleicht eingenickt gewesen wäre oder aus reiner Langeweile. Nein, es war tief in Gedanken versunken.

Die dummen Wesen im riesigen Saal tappten blindlings in die aufgestellte Falle. Taten sich gütlich an den vorbereiteten Köstlichkeiten. Stopften gierig halbe Gänsekeulen in ihre Schlünde, krümelten ganze Brotklumpen auf den Boden, soffen den mit bitteren Pillen versetzten Wein, gut verborgen unter unnatürlicher Süße. Und das nannte sich die Crème de la Crème der *Bewahrer* von Märchen, Sagen, Geschichten, Legenden, hießen sich Philosophen und Geschichtenerzähler. Blablabla. Ehrlich gesagt, hatte es mehr erwartet von dieser elitären Gruppe, von der es nur wenige aus dem weitläufigen Gefängnis schafften.

Und hier lag der Knackpunkt. Wohin waren diese Wenigen verschwunden?

Es bedeutete keine Schwierigkeit, den Treffpunkt all dieser Hohlköpfe ausfindig zu machen. Es gestaltete sich geradezu lächerlich einfach. Es bedurfte einzig eines logischen Gedankengangs und der daraus resultierenden Schlussfolgerung. Um seiner Macht zu trotzen, brauchte es einen mächtigen Schutzzauber. Exakt dieses Erfordernis erwies sich im Gegenzug als verräterisches Moment. Es existierten wenige Orte, die sich für ein derartiges Unterfangen eigneten. Natürlich war die Wahl auf die uralte Eibe gefallen. In deren Inneres zu gelangen, stellte ebenfalls keine wirkliche Herausforderung dar. Inmitten all der zu

Hilfe Geeilten hatte es zur rechten Zeit die Gestalt einer der ihrigen angenommen. Um anschließend als erster in der Höhle einzutreffen und, in der Dauer eines Wimpernschlags, den Tisch entsprechend zu drapieren.

Doch dann? Mit einem Male waren die, die sich zurückhielten bei Speis und Trank, verschwunden. Mit einem Fingerschnipsen. Einfach so!

Mutterseelenallein saß die Kreatur in einem fremden, verhassten Körper in der leergefegten Halle und sinnierte. Seit Stunden.

Ächzend erhob sie sich und im nächsten Augenblick befand sie sich wieder in ihrer vertrauten Umgebung, wandelte sich. Schwarzes langes Haar wehte durch den Saal, als sie zum goldgerahmten Spiegel eilte und sich auf dem Sessel davor niederließ. Eilig fuhren knöcherne Finger über die blanke Oberfläche, die sich zögernd teilte. Die Aussicht freigab auf einen leergeräumten Tisch, umgekippte Sessel und sonst nichts. Ihre Spionagetätigkeiten endeten hier, in diesem Raum. Denn genau an diesem Punkt begann der Schutzzauber der heiligen Eibe. Wieder ein Baum, der ihr im Wege stand, seiner Vernichtung gewiss war. Eile mit Weile, sie hatte Zeit.

Wäre der milchige Belag nur ein klein wenig rascher zurückgewichen, hätte die Beobachterin einen Blick auf die Tür im hinteren Bereich erhaschen können, die sich in diesem Augenblick schloss und eins wurde mit der grauen Wand.

DER KREIS II

Die Zusammenkunft

In der Kammer hinter der massiven Tür empfing die dem Tode von der Schippe Gesprungenen gleichfalls ein ausladender, runder Tisch. Das war zugleich die einzige Ähnlichkeit mit der riesigen Halle über ihren Köpfen. Hier fand kein Fress- und Trinkgelage statt, kein Gegröle, keine oberflächliche Verbrüderung zwischen Fremden, und der Raum beziehungsweise der Tisch verfügten nicht im Geringsten über die enormen Ausmaße von zuvor. Wenn auch Letzterer noch ausladend genug schien.

Den Neuankömmlingen, den wenigen, die klug genug gewesen waren, ihre Finger von den obskuren Delikatessen zu lassen, wurde freundlich ein Platz angeboten und leise Gespräche entspannen sich, suchten sich, ähnlich einem Waldbächlein, murmelnd den Weg quer von einem Gesprächspartner zum anderen. Mit der Zeit. Weil zuerst musste die Tatsache verdaut werden, dass sich einige wirklich bekannte Gesichter an dieser Tafel zusammengefunden hatten. Philosophen, Märchen- und Geschichtenerzähler aus aller Welt und vielen Jahrhunderten waren dem Ruf der Uralten gefolgt. Hatten sich im Inneren der Eibe, diesem sagenhaften Mahnmal für Leben und Tod, von Endlichkeit und Unendlichkeit, zusammengefunden. Einem unsichtbaren Beobachter schiene es gewiss befremdlich, dass all die Gelehrten, Schreiberlinge und *Bewahrer* verschiedener Epochen und Herkunftsländer derart komplikationslos miteinander plauderten. Denn man sollte meinen, dass unter den gegebenen Umständen ein Sprachengewirr enormen Ausmaßes stattfände. Jene, die ein und dieselbe Muttersprache ihr Eigen nannten, konnte man an den Fingern abzählen. Aber nichts dergleichen trat ein. Aufgrund der Besonderheit dieses einzigartigen Raumes verstand jeder die Sprache des anderen, als nutzten alle dasselbe Alphabet, dieselben Laute und Wörter. Zudem schien es, als warteten sie auf jemanden, bevor sie gemeinsam die Probleme ihrer Welten angehen wollten. Dann geschahen zwei Dinge zur gleichen Zeit. Leise Schritte waren zu hören und die Anführerin aller näherte sich mit einem jungen Paar, das ihr schreckensbleich folgte.

„Mira und Ewerthon sind eingetroffen." Die Botschaft verbreitete sich pfeilgeschwind um den runden Tisch, bis, beim Letzten angelangt, derjenige eilfertig zur Seite rückte. Zwei Stühle wurden herangetragen und in die entstandene Lücke geschoben. In dem Moment, in dem die beiden im Schockzustand Befindlichen auf ihre Sessel niedersanken, passierte etwas wirklich Sonderbares. Ein jäher Luftstoß blies alle Kerzen mit einem Schlag aus. Die waren zum Glück im Vorfeld als unumgängliche Vorsichtsmaßnahme mit Magie besprochen worden und flammten sogleich wieder auf. Das ermöglichte den Versammelten freien Blick auf einen schwebenden Teppich, der gerade eben zur Landung ansetzte. Staub wirbelte hoch, brachte den einen oder anderen dazu, kräftig zu niesen oder sorgte für kurzfristige Hustenanfälle. Zwei Mädchen, im Aussehen verschieden wie Tag und Nacht, wankten leicht, während sie sich vom Schneidersitz aufrichteten. Hand in Hand standen sie da. Das eine mit Haut hell wie Sahne und goldenem Haar, die Haut des anderen glänzte ähnlich flüssiger Schokolade und seine lockige Mähne schimmerte tiefschwarz. Himmelblaue und kastanienbraune Augen musterten mit kaum verhohlener Neugier die am Tisch Sitzenden, deren angeregte Gespräche soeben verstummt waren.

„Somit wären wir komplett!" Die kleinwüchsige Anführerin meldete sich zu Wort. Auf ihren Wink hin, wurden zwei weitere Sessel herangeschoben und für die beiden Mädchen bereitgestellt.

Nun endlich erwachten Mira und Ewerthon aus ihrer tranceartigen Starre, die sie seit dem Öffnen der Tür befallen hatte.

„Anmorruk!" Mira war fassungslos. „Wie ist das möglich? Du bist am Leben?"

Die kleine Frau aus *Monadh Gruamach*, dem Moorland am Ende der Welt, lächelte und schüttelte bedauernd den Kopf.

„Mira und Ewerthon. Ich freue mich über alle Maßen Euch wohl und munter vorzufinden. Obzwar ... munter trifft es unzureichend. Und damit sind wir auch schon beim Kern Eurer Frage", sie wandte sich Mira zu, „Ihr befindet euch in einem, nennen wir es ..." Sie brach ab und runzelte die Stirn, „Ich habe mir ehrlich gesagt noch keine Gedanken über den Namen dieses Ortes gemacht." Prüfend musterte sie den Kreis der Anwesenden. „Dazu war noch keine Zeit." Entschuldigend zuckte sie mit den Schultern. „Jedenfalls wurde all das speziell geschaffen, um allen Wesenheiten dieses unabdingbar wichtige Treffen zu ermöglichen. Und nein, ich bin nicht mehr von Eurer Welt."

Mira erblasste sichtlich.

„Obschon auch nicht vom *Reich der Nebelwesen*. Wie Ihr vielleicht befürchtet."

Anmorruk konnte die Besorgnis an den Mienen der beiden ablesen. Das Reich der Nebelwesen sollte von Geschöpfen mit pochendem Herz, durch deren Adern warmes Blut pulsierte, tunlichst gemieden werden. Auch wenn das Paar eingeschlossen in einem Kokon schlummerte, dessen Herzen schlugen. Im Moment.

„Ihr befindet Euch in einer sicheren Welt, wie gesagt, hervorgerufen für Begebenheiten wie diese. Die niemals eintreffen sollten, und doch sind sie es. Nennen wir diesen Ort ... *die mit besonderem Schutz versehene Höhle unter der heiligen Eibe ... Eibenkaverne!*"

Die *Bewahrerin* umfasste ihre Umgebung mit einer ausladenden Geste, lächelte und tätschelte Miras Hand. Mit dieser liebevollen Geste brach endlich das Eis und Mira drückte die Frau, die sie so viel gelehrt, die ihr Leben für ihren Schutz gegeben hatte, fest an sich. Irgendwie hatte sie keine Ahnung, ob man Geistwesen umarmen konnte oder einfach durch sie hindurchgriff. In ihrem Traum spürte sie auf alle Fälle den warmen Körper ihrer Gastgeberin, sie roch den unverkennbaren Duft von sonnenbeschienener Heide und schwarzfeuchtem Moor, von Kräutern, Moosen, Flechten und Blüten, die sie in *Monadh Gruamach* einträchtig gesammelt und getrocknet hatten. Ewerthon gesellte sich dazu und begrüßte seinerseits die Moorfrau herzlich. Ihm war bewusst, was diese weise Frau für sie geopfert hatte. Als wäre es gestern geschehen, erinnerte er sich in allen Details an den stählernen Ring, der sich damals in der großen Hütte im Moordorf um seinen Brustkorb gelegt hatte. Ihrer beider Herzen wären geborsten, hätte Anmorruk der widerwärtigen Gestalt nicht Paroli geboten. Der Pfeil des wutentbrannten Monsters hatte sie getötet. Eine der letzten mystischen Frauen, die niemals etwas vergaßen, uralte Geschichten hüteten, denen Weisheit und Wissen unzähliger Generationen innewohnten, war gestorben, ohne ihr Vermächtnis weitergegeben zu haben.

„Es war kein Opfer." Damit drehte ihnen Anmorruk schwungvoll den Rücken zu, sodass sich Kittel und Umhang bauschten, und betrachtete die beiden Mädchen, die bis jetzt stumm den Geschehnissen gefolgt waren.

„Elsbeth und Elhame, die Hüterinnen der Mondsichel und des Abendsterns. Willkommen!" Sie kreuzte beide Hände vor der Brust und öffnete sie sodann in Richtung der Gäste. Ein leichtes Kopfnicken vollendete die traditionelle Begrüßung des Moorvolkes.

Zustimmendes Gemurmel hob an. Unter den Märchenerzählern gab es nicht viele Regeln. Darunter vereinzelt welche, die mehr als Empfehlung schienen, dann spezielle, wenn auch ungeschrieben, die als umso beachtenswerter galten. Unter anderem war es absolut unumgänglich, in jedweder Situation die Ruhe zu bewahren, sich nicht besonders überrascht zu zeigen, auch wenn die Umstände hie und da durchaus für verblüffende Erkenntnisse sorgten. Und erstaunliche Dinge gab es zuhauf. Erst der Ruf durch die Uralten, überbracht von treuen Boten, die sich in die Lüfte schwangen, Meere durchquerten, Berge und Täler durchwanderten, sich letztendlich nur den wahren Empfängern offenbarten. Dann der Treffpunkt. Ein geschützter und heiliger Ort in der ältesten Eibe aller Welten. Zugänglich für Reisende aus verschiedenen Dimensionen, der Vergangenheit, der Zukunft und der Gegenwart, öffnete sie sich nur den Eingeweihten und Auserwählten, die sich jetzt in diesem Moment um den Tisch reihten. Weiters, Mira und Ewerthon, die Lichtprinzessin und der Gestaltwandler weilten unter ihnen, obwohl sie keine typischen Attribute von Geschichtenerzählern aufwiesen. Und schlussendlich die Mädchen, kaum den Kinderschuhen entwachsen. Die jüngsten *Bewahrerinnen*, von denen je berichtet wurde.

Abrupt wurde ein Sessel gerückt, nach hinten geschoben. Eine filigrane Gestalt erhob sich, näherte sich Elhame und Elsbeth. Verborgen hinter duftigen Schleiern glich es mehr einem Schweben denn einem Schreiten. Beiden schlug das Herz bis zum Hals. Einzig eine weitere Regel der Geschichtenerzähler, nämlich die, niemals vor nichts und niemandem Angst zu zeigen, ließ sie die Flucht vergessen. Wie festgeklebt saßen sie Hand in Hand dicht beieinander und sahen dem Gebilde aus feinem Stoff entgegen, das genau vor ihnen Halt machte.

„Scheherazade!" Elhame schoss in die Höhe und riss Elsbeth, deren Hand noch in der ihren lag, gleich mit.

Das Wesen hatte ihren Schleier zurückgeschlagen und … kaum zu glauben. Verborgen unter mehreren Lagen von feinstem Gewebe befand sich die Urahnin unzähliger Dynastien von Märchenerzählern.

Scheherazade umarmte ein Mädchen nach dem anderen aufs Innigste. „Elhame, die Vorhersehung und Elsbeth, der heilige Eid, eure Namen hätten kaum besser gewählt sein können. Wie freue ich mich, euch zu sehen!" Sie blickte in die Runde. „Auch wenn der Grund hiefür ein ernster ist, Anlass zur Sorge gibt!"

Und so geschah es, dass, nachdem sich die allgemeine Aufregung gelegt hatte - Regel hin oder her, gegen manche

Überraschungen sind auch die gewieftesten Erzähler nicht gefeit, weil, wie oft erhält man schon die Chance mit den berühmtesten, wohlgemerkt verstorbenen, Köpfen der Märchenwelt an einem Tisch zu sitzen – exakt ebendort ein angeregter Meinungsaustausch entstand.

Mira und Ewerthon hatten zwar nicht den Status von *Bewahrern*, ihre Erlebnisse waren nichtsdestotrotz von unschätzbarem Wert. Am Ende der Schilderungen mit dem grauenhaften Monster angelangt, blickte Mira auf Anmorruk.

„Du wolltest uns vom Zerwürfnis des *Wilden Volkes* erzählen?"

Jäh herrschte beklemmende Stille in der Runde.

Über Anmorruks runzeliges Gesicht huschte ein trauriger Schatten. „Diese eine ganz besondere Geschichte kann nur alle hundert Jahre erzählt werden. Dieser Zeitpunkt ist vergangen und nun schlummert sie in mir und auch, wenn ich es wollte, ich habe keinen Zugriff auf sie. Zum rechten Augenblick taucht sie wieder an die Oberfläche, falls sie nicht bereits für immer verloren ist." Ihre Stirn glättete sich und die Kümmernis verschwand, so schnell, wie sie gekommen war. „Das können wir unmöglich abwarten."

Ja, das war der Lauf der Dinge. Tausende von Märchen, Sagen und Erzählungen geisterten durch die Welten, eingeritzt in Steintafeln, gemalt an Felswände, gewebt oder geknüpft in Teppichen, auf einzelnen Blättern Papier, in schmalen Heftchen und dicken Büchern niedergeschrieben, einzig von Tänzern und Tänzerinnen lebendig gehalten, oder von Generation zu Generation mündlich weitergegeben, existierten rein in der Erinnerung. Und einige wenige kamen nur alle hundert Jahre ans Tageslicht, blieben den Rest der Zeit unauffindbar. Manche verschwanden hingegen für immer.

Anmorruk drückte ihren Rücken durch, setzte sich kerzengerade auf den etwas erhöhten Stuhl. Als Anführerin konnte sie nicht gut unterhalb der Tischkante agieren.

„Fassen wir die uns bekannten Tatsachen zusammen!" Nachdenklich faltete sie die Hände und sah ernst in die Runde.

„Es ist möglich, dass es regnet, oder es ist möglich, dass es nicht regnet."

Alle Blicke richteten sich auf Ludwig, der stets darauf bestand, die Richtigkeit von allem zu überprüfen. Der unklare Interpretationen für alles Weltenübel verantwortlich machte. Wobei er, der Ehrlichkeit halber, nicht gänzlich falsch lag und der manches Mal mit seinen Weisheiten nervte.

„Wovon man nicht sprechen kann, darüber muss man schweigen." Ludwig lehnte sich zurück und verschränkte die Arme. „Damit ist alles gesagt!" Tatsachen! Was hießen denn Tatsachen! Zwei Menschen aus der Vergangenheit schilderten den Zusammenstoß mit einem Ungeheuer aus ihrer Perspektive. Daraus ließen sich keine Tatsachen ableiten.

Elhame räusperte sich. „Mich hat ein Dschinn bis hierher verfolgt. Nun ja, nicht bis hierher, allerdings bis zum Zirkus." Das Mädchen beschrieb seine ausgefallene Art des Reisens, die Verwandlung und den Überfall des blauen Monstrums und der stacheligen Gehilfen. Nach und nach meldeten sich weitere *Bewahrer* und *Bewahrerinnen* zu Wort, die gleichfalls von unerklärlichen und gefährlichen Vorkommnissen während ihrer Anreise berichteten. Und dann war da die Tafel in der großen Halle über ihnen. Beladen mit Speis und Trank, deren Genuss einen Großteil der Herbeigerufenen hinwegraffte.

„Können wir es als Faktum werten, dass irgendwer von unserer Zusammenkunft Kenntnis erlangt hat? Dem es zurzeit verwehrt ist, bis in diesen Raum vorzudringen?" Anmorruk sah von einem zum anderen. Die Frage stellte sich, waren sie hier wirklich sicher? Trieb sich bereits ein Wolf im Schafspelz herum? Narrenmaske und Schweigerose symbolisierten Redefreiheit und Stillschweigen, als Schutz gegen Böses taugten sie nicht. Nachdenklich betrachtete sie die Runen, im Gebälk geschnitzt und auf Wände gemalt. Es handelte sich um den ältesten Raum mit Abwehrzauber, den sie kannte. An diesen hatten die Uralten geladen, die sie ja bestimmt in keine Falle lockten. Jäh kam ihr ein Gedanke.

„Mira! Wo ist Eure Kette?"

Miras Wangen färbten sich tiefrot und ein heftiger Hustenanfall hinderte sie an der sofortigen Beantwortung der Frage Anmorruks. Ewerthon fixierte ihren Hals. Keine goldene Kette, keine Symbole.

„Ich habe sie eingetauscht." Krächzend, mit belegter Stimme, fast unverständlich, kam die Antwort.

„Ihr habt sie eingetauscht?!"

„Wem hast du sie gegeben und wofür??" Rüde wurde die *Bewahrerin* von Ewerthon unterbrochen.

„Ich habe sie der Moorkönigin gebracht."

„Aus welchem Grund?" Ewerthon war gelinde gesagt entsetzt. Mira und er waren sich einig gewesen, dass dieses spezielle Kleinod ihrem Schutz diente. Welcher Handel war so wertvoll, dass sie Warianas Geschenk aus freien Stücken eingewechselt hatte? Dieser Moorhexe überlassen, aus der er bis heute nicht schlau wurde!

„Wie seid Ihr auf die Idee gekommen, solch wertvolles Stück aus der Hand zu geben?"

„Wie hast du sie überhaupt ausfindig gemacht?" Nach *Monadh Gruamach*, dem Refugium der Königin über das *Wilde Volk*, führte kein üblicher, normaler Weg.

Die Fragen prasselten jetzt abwechselnd aus Anmorruks und Ewerthons Richtung auf sie hernieder, während alle anderen dem Geschehen entweder interessiert folgten oder verlegen zur Seite sahen.

Mira überlegte. Daran konnte sie sich jedenfalls erinnern. Fia, ihre Stiefmutter hatte ihr den Floh ins Ohr gesetzt. Und sie war es auch, die ihr riet, mit Alba ihr Glück zu versuchen. Das Pferd kenne den Weg. Und die silbergraue Stute hatte sie ja sicher zur Hütte der Hexe geführt. Auch wenn ihr diese völlig anders schien, als die vom kleinen Dorf im Moorland. Mira fühlte just in diesem Moment tatsächlich den Staub, der fingerbreit Tisch und Stühle bedeckt und sie in der Nase gekitzelt hatte. Die unergründlichen dunklen Augen, die sie in finstere Tiefen hinabgezogen hatten, tauchten ebenso auf wie das abschließende Zusammenbrechen des baufälligen Häuschens. Was sich hingegen bis heute verschwommen zeigte, waren die Geschehnisse dazwischen. Was passierte in der Zeitspanne, in der sie ihre Kette auf das wackelige Tischchen gelegt hatte, bis zu dem Moment, in dem Alba schnaubend vor ihr gestanden war und sie aus der Hütte drängte? Oder waren wesentlich mehr als einige Augenblicke vergangen? Ewerthon war bis in die Grundfesten erschüttert. Miras Magie war zurückgekehrt. Die Moorkönigin hatte Wort gehalten. Indes wo war seine? Der dritte Name durfte keinesfalls laut ausgesprochen werden. Geriet er in falsche Hände, hatte dieser Jemand unbegrenzte Macht über ihn, und er selbst mutierte zur willenlosen Marionette. Musste er sich Zeit seines Lebens fragen, ob Mira ihn verraten hatte? Verraten für nichts und wieder nichts! Anmorruks Gleichmut wankte ebenfalls. Es war äußerst schwierig, die Moorkönigin zu finden. Umso mehr, wenn sie dies nicht wollte. Welche Rolle spielte das goldene Halsband mit den feingearbeiteten Symbolen? Welchen Sinn mochte es haben, dass es ihrer Herrin nach dem Schmuckstück verlangte? Anmorruk sah die Moorkönigin nach wie vor als die Dame an, der sie diente. Stets war jene gütig zu ihr gewesen. Seit sie als Pfand ihrer Eltern im zarten Kindesalter in *Monadh Gruamach* gelandet war, gab es nie ein böses Wort. Im Gegenteil. Die Hexe war hocherfreut über die besonderen Gaben der Kleinen, die sich unter ihrer Führung zu wahrer Größe entwickelten. Bald besaß Anmorruk alles Wissen ihrer Lehrmeisterin und dem jungen lernbegierigen Geist dürstete nach mehr. Als sich herausstellte, dass sie zudem über ein ausgezeichnetes Gedächtnis verfügte und ihr hunderte von Geschichten und Erzählungen innewohnten, war es klar, dass die *Heilerin* und Kräuterfrau ihre Bestimmung als *Bewahrerin* zu erfüllen hatte. Anmorruk wuchs zur Vertrauten der Moorhexe heran, bis sie eines Tages .... Ihr eigener tiefer Seufzer brachte sie in die Gegenwart zurück. Sie verlor sich in gehaltlosen Reminiszenzen!

„Wohl an! Sammeln wir vorwärtsgewandte Ideen. Nicht immer ist Schweigen Gold!" Dabei sah sie Ludwig fest in die Augen.

„Lasst uns das Böse dingfest machen!" Ein älterer Herr, um die siebzig mit Schnauzbärtchen, fuhr sich durchs schüttere Haar. „Agatha, wir benötigen jemanden mit kriminalistischem Spürsinn", wandte er sich an seine Sitznachbarin, einer Dame mit sorgsam gelegten Locken, im ähnlichen Alter.

„Ich habe mir gedacht, du fragst nie, Arthur", zwinkerte sie fröhlich ihrem Nebenmann zu. Seitdem ihr Verschwinden vor ewigen Zeiten in einer anderen Welt hohe Wellen geschlagen und er sich, bereits hochbetagt, an der Suche nach ihrem Verbleib beteiligt hatte, war eine tiefe Freundschaft zwischen den beiden entstanden.

Mit lautem Knarren wurden Sessel zurückgeschoben und wie auf ein Kommando erhoben sich ein großer, schlanker Mann mit Habichtsnase und eine ältere Dame mit hochgestecktem, weißem Haar unter einem schwarzen Spitzenhäubchen. Beide blickten unternehmungslustig in die Runde.

„Es gibt keine Mysterien, die nicht durch genaue Beobachtung, forensische Detektivarbeit und analytisch-rationale Denkweise geklärt werden könnten", verlautbarte der blasshäutige Herr, während er mit seinen grauen Augen jeden einzelnen der Anwesenden einer genauen Musterung unterzog.

„Gepaart mit Intuition und einer gesunden Portion Menschenkenntnis. Das Böse steckt in jedem von uns", ergänzte die altjüngferliche Dame neben ihm.

Elsbeth konnte ihre Überraschung nicht gänzlich unterdrücken und ächzte. „Unglaublich!"

Anscheinend waren in dieser illustren Gesellschaft neben erlesenen Literaten auch deren Schöpfungen vertreten. Was Elhame die nächste Frage entlockte.

„Wo ist eigentlich Alexander?"

Kurzfristig senkte sich Totenstille über den Raum.

„Er ... ist noch nicht so weit. Er bekam keine Einladung von den Uralten." Anmorruk antwortete und nicht wenige in der Runde sahen betreten zu Boden.

Mira und Ewerthon blickten sich gleichfalls um. Ohne Anmorruks Schmetterlings-Magie wären sie hier niemals gelandet. Was zuvorderst als beklagenswerter Schicksalsschlag dünkte, stellte sich vielleicht als Hoffnung, auch für ihre Welten, heraus.

„Ein guter Zeitpunkt, um unsere Kräfte zu bündeln. Jede und jeder von uns verfügt über besondere Fähigkeiten. Die sind vonnöten, um die Gefahr zu bannen!"

Anmorruk, die friedfertige, kleine Moorfrau nahm den Gesprächsfaden wieder auf, warf soeben ihre Sanftmut ab wie einen alten Mantel.

„Zuerst gilt es, den Gegner zu benennen und zu finden, bevor wir ihn eliminieren!" Ludwig, welchem klare Botschaften überaus wichtig waren, hatte wie schon so oft das letzte Wort.

SAORADH VI

Im Spiegelsaal II

Nur mehr wenige befanden sich im Saal, der schon bessere Zeiten gesehen hatte. Die ehemals blanken Fliesen bedeckt von fetten Erdklumpen, dazwischen geronnenes Blut, umgekippte Stühle, zierliche Bodenvasen, zerschellt, daneben halbtrockene Blumen in für sie nutzlosen Wasserlachen. Eine Handvoll Menschen da, ein Grüppchen Elfen dort. Die Lichtwesen waren demgemäß in der Überzahl und versuchten, die gedrückte Stimmung etwas aufzulockern. Üblicherweise gelang dies durch ihre reine Anwesenheit. Heute scheiterten sie mit ihrem edlen Ansinnen. Langsam erholten sich die Erdenbürger vom Schock, den Keylams Entscheidung ausgelöst hatte. Die meisten von ihnen hatten sich für eine Rückkehr nach *Cuor a-Chaoid* entschieden, alleine deshalb, weil ein wesentlicher Teil ihrer Sippe am Waldrand lagerte.

Es waren meist die Frauen, in Sorge um ihre betagten Eltern und ihren Nachwuchs, die Zuflucht bei den Lichtwesen gesucht hatten. Teils gaben durchaus praktische Erwägungen den Ausschlag, sich aus dem Kampf herauszuhalten, teils gesponnene Hoffnungen und Träume. Sie wollten wahrhaftig im Reich der Lichtwesen verbleiben und sich an diesem Ort eine Zukunft aufbauen. Ganz ohne sagenhaften Reichtum, von dem sowieso niemand mit Sicherheit behaupten konnte, ob er überhaupt existierte, sondern mit ihrer Hände Arbeit. Dieses Land bot ein so viel mehr an Schätzen, nicht gleißendes Gold und Edelsteine, sondern fruchtbare Erde, die üppiges Wachstum versprach, dessen Gold sich in zu Boden neigenden Ähren fand, so schwer trugen jene am Korn. Diese farbenfrohen Pläne wurden durch Keylams Ausweisung aus dem Garten Eden mit einem Schlag zunichte gemacht. Wenige Menschen entschieden sich, allen Widrigkeiten zum Trotz, hier Wurzeln zu schlagen. Darunter meist Handwerker, Gelehrte, Heilerinnen, die das Paradiesische *Saoradhs* erkannten, denen es freistand, zu bleiben oder zu gehen.

Den Elfen erging es ähnlich. Sie jedoch plagten andere Sorgen. Einige ihres Volkes waren überhaupt noch nie in der Welt der Menschen gewesen. Andere von ebendort gerne wieder in die Heimat zurückgekehrt. Nun mussten auch sie wählen. Zwischen den Angehörigen ihrer Familie, die teilweise vor den Toren des *gläsernen Palastes* auf sie warteten, oder der Verwandtschaft hier drinnen. Für die Elfen war die Lage zusätzlich um ein Stück schwieriger, denn es war ungewiss, ob ihnen ein Leben außerhalb *Saoradhs* längerfristig möglich war. Sogar die Ältesten unter ihnen erinnerten sich nicht an ein Sein jenseits der Grenzen. Waren sie alle dem Untergang geweiht?

Trotz aller düsteren Zukunftsaussichten, die Keylams Entscheidung barg, irgendwann kam der Zeitpunkt, die Tore öffneten sich und es war beileibe kein freudiges Hinausströmen in die Arme der Wartenden. Eher glich der Abzug einem Trauermarsch, so schleppend setzten sie ihre Schritte, so mutlos hingen Schultern, Köpfe und Mundwinkel nach unten. Familien wurden zerrissen, Clans gesprengt. Keylam und Oonagh standen Hand in Hand an der Schwelle und sprachen ein allerletztes Mal ihren Schutzzauber. Viele der Gesichter kannten sie von Kindesbeinen an, waren ihnen seit ewigen Zeiten Freund und Helfer gewesen. In dieser Stunde verspürten beide grässliche Stiche in ihrer beider Herzen. Schmerz, der, sobald er überhandnahm, unweigerlich zum Tod führte.

Oonagh wappnete sich und wandte sich Sirona zu. Diese hatte beschlossen, ihren Vater und Halbbruder zu begleiten. Was man ihr nicht übelnehmen konnte. Eine Trennung für immer wollte sie nicht ins Auge fassen. Der Gedanke daran, ihre Enkeltochter niemals wieder zu sehen, stellte die wahre Gefahr für das Gemüt der Lichtkönigin dar. Stirn an Stirn nahm sie Abschied von dem jungen Mädchen, das viel zu früh erwachsen geworden war. Nicht nur Ryans Augen hatten die kindliche Unschuld verloren. Stumm sandte sie der Prinzessin ihre Botschaft, zeigte ihr den verborgenen Elfenpfad, der zu jeder Tages- und Nachtzeit für sie offenstände. Egal, was das Schicksal bereithielte. Sie wollte für ihre Enkeltochter da sein.

Ilro nahm währenddessen Abschied von seiner ältesten Tochter. Wieder einmal. So fest er nur konnte, drückte er seine beiden Hände gegen die glänzende Hülle des Kokons. Fast schien ihm, als spüre er das Pochen zweier Herzen im Einklang. Zumindest waren die Liebenden vereint. Etwas, was ihm mit Schura nicht vergönnt gewesen war. Trotz alledem. Er musste nach *Cuor a-Chaoid*, wollte die *Burg der ewigen Herzen* wieder aufbauen und Fia finden. Sie war immerhin die Mutter des Thronfolgers, seines Sohnes. Der plötzlich neben ihm auftauchte.

„Es ist Zeit, Vater." Ernst blickten zwei grüne Augen in die seinen. Es war kein Kind mehr, das ihn zum Abschied mahnte. Das einzig Kindliche war vielleicht die Katze in seinen Armen. Die beiden waren in der Zwischenzeit unzertrennlich geworden. Sie hielten auf das große Tor zu, vor dem Alasdair und Ouna warteten. Diese hatten beschlossen, eine Weile zu bleiben und die Befreiung Ewerthons und Miras aus ihrem Gefängnis oder Schutzmantel, je nachdem, voranzutreiben. Den Nebelkrähen war anheimgestellt, zu gehen, wann es ihnen beliebte. Genauso wie Ilro seine älteste Tochter regelmäßig besuchen konnte. In gewohnter Manier reichten sich die beiden Anführer die Hand und verabschiedeten sich. Niemand wusste, wann sie sich wiedersähen. Ouna umarmte inniglich Sirona und Ryan. Die zwei Halbwüchsigen waren ihr ans Herz gewachsen. Der Abschied von ihnen fiel ihr schwer. Vorerst wollte sich Alasdair von dem Jungen mit Handschlag verabschieden, besann sich im letzten Moment anders und drückte ihn gleichfalls an sich. Kenneth hatte recht. Ryan hatte die Königin der Lichtwesen gerettet und sich als äußerst wehrhaft erwiesen, als Eindringlinge den Saal überfluteten. Er war gewiss ein würdiger Thronfolger. Mit diesen Gedanken beschäftigt übersah er, was sich direkt vor seinen Augen abspielte. Ein Bündel löste sich aus dem Wams des Knaben und landete inmitten all der Füße am Boden. Samtpfote konnte, durch die spontanen Umarmungen, nicht rechtzeitig das Weite suchen. Im Moment fand sie sich eingekeilt zwischen Alasdair und Ryan, in dessen Armen sie lag. Bei dem Versuch, sich aus dem engen Gefängnis zu befreien, kletterte sie nach oben auf Ryans Schulter. Es mochte ihr Urinstinkt gewesen sein, der sie plötzlich die Krallen ausfahren ließ und Alasdair unversehens blutige Striemen über die Wange zog.

„Verdammt!" Den Fluch auf den Lippen zuckte der Krähenprinz zurück. Er wusste genau, warum Nebelkrähen um Katzen einen weiten Bogen machten. Der plötzliche Angriff hatte sogar ihn überrascht.

Kenneth indes feixte übers ganze Gesicht. „Ihr befindet Euch in bester Gesellschaft."

Diesen Kommentar konnte er sich auf keinen Fall verkneifen und zog seinen Handschuh von der Hand. Noch immer zeugten feine Narben von der Angriffslust der unberechenbaren Bestie, die übrigens gerade eben ihren Kopf schnurrend an seinen Stiefeln rieb. Suchte sie Vergebung? Belustigt schüttelte er den Kopf. Eine Katze wohl eher kaum. Die tat, was ihr gefiel … ohne Reue. Der Krähenprinz lächelte etwas gequält und verabschiedete sich gleichfalls vom Hauptmann der Wache. Während ihrer gemeinsamen Zeit hatte er den wackeren Soldaten schätzen gelernt. In diesem Moment erblickte Alasdair das am Boden liegende Bündel, das Ryan während des Gerangels verloren hatte. Als er sich bückte, um es aufzuheben, sprang Samtpfote auf seinen Rücken und bevor er reagieren konnte, leckte sie ihm mit ihrer rauen Zunge das Blut von der Wange. Völlig perplex richtete er sich auf. Die Katze machte einen Satz, landete gekonnt auf allen vieren und warf ihm einen letzten abwägenden Blick zu, bevor sie, zwischen all den Beinen hindurch, aus dem *gläsernen Palast* huschte. Nun geschah etwas Seltsames. Er hatte das Gefühl, ein Déjà-vu zu erleben. Schwindel packte ihn, seine Knie wurden weich und er kippte um. Ounas Entsetzensschrei und der darauffolgende Tumult drangen nicht mehr in sein Bewusstsein. Während ihn seine Garde hochhob und auf den nächststehenden bequemen Lehnstuhl bugsierte, befand sich der Geist des Krähenprinzen bereits auf Reisen.

Geheimnisse auf Carraig Feannag

Alasdair nahm es für einen Augenblick den Atem, während sein Blick nach oben schweifte. Schwarzfunkelnd ragte sie in den Himmel. Ihre höchsten Turmspitzen verborgen im weißen Wolkenmeer. Schroff, mit gefährlichen Vorsprüngen und scharfen Kanten, mahnte sie besonders Vorwitzige an ihr vorüberzugehen. Keinesfalls auf den Gedanken zu kommen, empor zu den Zinnen zu klettern. Er befand sich am Fuße von *Carraig Feannag*, der uneinnehmbaren Felsenburg aller Nebelkrähen, seiner ursprünglichen Heimat. Natürlich, warum war ihm der Gedanke nicht schon früher gekommen? Seine Mutter! Sie musste hier sein!

Hochsensible Ohren orteten Gemurmel, gedämpft, als käme es aus einer anderen Welt, tatsächlich hingegen aus den Tiefen der Feste. Er wusste um das katakombenähnliche Labyrinth, das sich einem Pilzmycel ähnlich weit unter dem königlichen Wohnsitz der Nebelkrähen erstreckte. Einen Wimpernschlag später, und er befand sich in einem der düsteren, feuchten Gänge fern jeglichen Tageslichts. Trotz der abstrusen Umgebung strebte er stetig vorwärts, bis zur nächsten Abzweigung. Wenn es sein musste, fand er sich hier unten blind zurecht, so oft war er als Kind durch dieses Geflecht getollt. Die Stollen, in denen stetig Wasser von der Decke nach unten tropfte, sich in Mulden zu Pfützen sammelte, diese Gänge waren ihm ein Paradies gewesen. Eröffneten dem kleinen Jungen eine fantastische, unterirdische Welt, in der er Bösewichten nebst anderem Gelichter die Stirn bot und vor allem seiner Einsamkeit entfliehen konnte. Er war der Prinz aller Nebelkrähen und seine Mutter die Königin. Als allerhöchste Kriegsgöttin oblag es ihr, die Balance der Welten zu halten, regulierend einzugreifen, sodass die Waage nicht auf Dauer nur in eine Richtung ausschlug. Das bedingte oft endlos lange Abwesenheit, zumindest während des Tages. Sie hielt Gutes und Böses in Zaum. Obgleich ihm, damals als Kind, unklar war, wie zu viel des Guten schaden konnte. Das begriff er erst Jahrhunderte später, als vermeidbares Unglück rein aus Jux und Tollerei entstand. Geradeso aus Langeweile. Wie hatte seine Mutter immer gemeint? Ist es dem Esel zu wohl, geht er aufs Eis.

Wortfetzen drangen durch das Gestein.

„... hab dich nicht befreit, um ...", eine ihm fremde Männerstimme.

„... niemals darf ans Tageslicht ..., was ... geschehen ...", tatsächlich seine Mutter.

„... irgendwann ... erfahren ... du kannst ihm die Wahrheit ... vorenthalten ...", abermals der Bariton.

„... trägt selbst schuld. ... konnten nicht wissen, was ...", eine weitere weibliche Stimme.

„... für ... Zeiten nahmen ... die Fähig ... Verstorbenen ... Leben einzuh ..., zu neuem L ...", erneut seine Mutter.

„... trotz alledem ... falsch", die unbekannte Frau.

„... aber genau ... dreht sich ...! Es wandelte ... Fluch. ... nicht neues ... geschenkt, sondern die Toten kehren in ihr altes zurück. Nun ... schlimmer, als je zuvor! ... und Alasdair weiß ... immer nicht, ..."

Letzteres wesentlich verständlicher, zugleich verlor der Lauscher die Übersicht, wer zu wem sprach.

Plötzlich … Stille.

„… spüre die Anwesenheit … ungebetener Gast … sieh nach, wer …"

Jäh tauchte ein Schatten auf. Aus dem Nichts kam und verschwand gleich darauf ein … Dachs? Kroch ein Dachs im Finstern durch das weit verzweigte Höhlensystem?

„… ist hier!" Etwas an dieser Stimme kam ihm vertraut vor. An wen erinnerte sie ihn? Kurz tauchte ein Bild auf. Stahlblaue Augen streiften seine Seele mit aufmerksamem Blick.

„Wie kann das sein? … er befindet sich …"

„Ich habe ihn eben …, und ich denke …"

„Einerlei. Ob er jetzt hier ist oder später. Du musst dir überlegen, was du ihm sagen wirst!" Die andere weibliche Stimme wurde lauter. Deutlich hörte er jedes Wort. Wer sprach mit solchem Nachdruck mit seiner Mutter?

Dann Flügelschlagen. Dann Stille. In Folge ein dunkler Sog und eine hell leuchtende Feder, die schwerelos durch den Tunnel trieb. Je mehr Alasdair sich konzentrierte, desto mehr wirbelten seine Gedanken.

Im Spiegelsaal III

Wieder vernahm er Gemurmel. Der leicht modrige Geruch von *Carraig Feannags* feuchten Stollen hatte sich verflüchtigt. Er öffnete die Augen. Ouna fiel ihm um den Hals, küsste wie besessen seine Wangen, benetzte sie mit ihren Tränen.

Seine linke Hand umklammerte das Bündel, das er vom Boden aufgehoben hatte. Die Verschnürung hatte sich gelöst, ein, zwei getrocknete blaue Blümchen lagen zu seinen Füßen. Bedächtig nahm er sie in die Hand und betrachtete sie eingehend. Er kannte diese Sternchen. Vergissmeinnicht, die Blumen von Anmorruks Grab, die auf ewig an die kleine Frau aus *Monadh Gruamach*, dem Moorland, erinnerten.

Seine Frau hatte derweil von ihren Liebkosungen abgelassen und betrachtete ihn eingehend.

„Die Kratzspuren sind verschwunden!"

Alasdair tastete seine linke Backe ab. Tatsächlich! Er fühlte weder eingetrocknetes Blut noch andere Blessuren. Ouna, belesen in der Kräuter- und Heilkunde, überlegte. Selbstredend hatte sie davon Kenntnis, dass Katzen- und Hundespeichel Wunden heilte. Obschon in dieser Zeitspanne! Ohne irgendwelche Narben zu hinterlassen! Schier unglaublich, sogar für sie. Jedoch etwas anderes weckte ihr Misstrauen. Die Blockade seiner Gedanken, selbst für sie, und der wirre Blick ihres Gemahls. Hatte die Ohnmacht auch nur kurz angedauert, irgendetwas war vorgefallen während seiner Bewusstlosigkeit. Und schimmerten seine Augen nicht mit einem Male blau, wie damals, nach seinem Erwachen, auf *Cour Bermon* im geräumigen Speisezimmer am Esstisch?

Mit der ganzen Kraft ihres Herzens wünschte sie sich Ewerthon an ihre Seite. Wie gerne hätte sie ihre Sorgen mit ihm geteilt und vor allem die freudige Überraschung überbracht. Über all den Trubel der letzten Tage hatte sie den Gedanken an das neue Leben, das in ihr heranwuchs, an den Rand ihres Bewusstseins verdrängt, diesen Umstand fast vergessen. Sie plagte keine Übelkeit, kein Schwindel oder ähnliche Beschwernisse einer Schwangerschaft. Sie lächelte. Krähenmagie war eindeutig auch hier von Vorteil. Alasdair bemerkte das Strahlen seiner Frau und sein Herz lief über vor Glück. Er erinnerte sich an jeden Augenblick, jedes vernommene Wort seines Aufenthalts, seiner Traumreise nach *Carraig Feannag*. Sobald Ouna und er alleine waren, wollte er ihre Meinung einholen. Mehr denn je war er überzeugt, dass sich die Geflohene in der Krähenfestung verschanzt hatte. Wo auch sonst? Er hätte früher daran denken können. Wer war ihr zur Seite gestanden? Er wusste genau, was er gehört hatte ... *hab dich nicht befreit* ..., das war die männliche Stimme in der geheimnisvollen Runde gewesen. Es bedurfte eines mächtigen Zaubers, um aus einem Gefängnis der Lichtwesen auszubrechen. Wieso schickte ihm seine Mutter kein Lebenszeichen? Eine Nachricht, dass sie wohlauf war. Nun ja, sie war die allerhöchste Kriegsgöttin. Es lag nicht in ihrer Natur, ernsthaft Schaden zu nehmen oder jemanden über ihr Befinden zu unterrichten. Nicht einmal ihren eigenen Sohn. Beseelt von neuem Schwung sprang er auf die Beine. Eine strahlend weiße Feder segelte zu Boden. Nachdenklich bückte er sich danach und betrachtete sie. Weder stammte sie aus dem Federkleid einer Gans noch einer Taube oder eines Schwans. Sie war im Höhlensystem auf ihn zugeschwebt, musste sich in seiner Kleidung verfangen haben. Woher war sie gekommen? Keinesfalls entsprang sie dem Gefieder einer gewöhnlichen Nebelkrähe. Er verspürte Magie reinster Güte. Wenn eine einzelne Feder bereits so viel Macht ausstrahlte, wie viel besaß dann jener, aus dessen Gefiederung sie entspross? Andererseits zeugte eine weiße Feder nicht auch von Feigheit? Letztendlich barg er das Kleinod in seiner Brusttasche und achtete darauf, es nicht zu knicken. Er wusste um die Kraft, die dem Federmantel seiner Mutter innewohnte, lieber wollte er kein Risiko eingehen und den Fund sorgsam aufbewahren.

Indessen hatte sich der Saal geleert. Ilro, Sirona, Ryan und Kenneth samt seinen Mannen waren abgezogen, nachdem sich herausgestellt hatte, dass es Alasdair an nichts fehlte. Alba und Samtpfote hintendrein. Vereinzelt unterhielten sich Grüppchen von Menschen und Elfen. Standen beieinander, niemals durcheinander. Immer eine Handvoll da und eine Handvoll dort, mit entsprechendem Abstand. Dazwischen eine Menge Lichtwesen. Wie Keylam und Oonagh von nun an agierten, das stand in den Sternen. Die vom Himmel verschwunden waren, schränkte Alasdair seinen Gedankengang ein. Ihm war bis heute unklar, wie es zu diesem verstörenden Ereignis kommen konnte. Dessen ungeachtet wollte er sich vorab nicht damit beschäftigen. Es gab ausreichend Mysterien in seinem eigenen Leben. Außerdem, es galt weiterhin, Ewerthon und Mira aus ihrem Kokon zu befreien.

Er bückte sich ein zweites Mal, sammelte die verstreuten himmelblauen Blüten ein und nahm den Lederbeutel an sich. Bei nächster Gelegenheit wollte er ihn Ryan zurückgeben. Anschließend bot er seiner Gemahlin den Arm und gemeinsam schritten sie über die Schwelle des *gläsernen Palastes* nach draußen. Kurz nickten sie Oonagh und Keylam zu, alsdann machten sie sich auf den Weg zu ihren Hütten unter den Ahornbäumen, gefolgt von der Leibgarde, denen die Erleichterung über das Wohlsein ihres Prinzen ins Gesicht geschrieben stand.

Keylam und Oonagh blickten ihnen nach, bis sie vom Grün des Waldes verschluckt wurden. Es war ruhig geworden, im Reich der Lichtwesen. Dort, wo vormals Kinder der Elfen und Lichtwesen gemeinsam herumtollten, herrschte bedrückende Stille.

Keylam horchte nach innen. Forschte nach blinder Wut und schwelendem Zorn der letzten Tage. Was er fand, war dumpfe Leere. Nichts hallte nach, nichts erinnerte an die rasende Tobsucht, die ihn derart aus der Balance gebracht hatte. Sein Körper fühlte sich entsetzlich alt und gebrechlich an. Eine unsägliche Erschöpfung, die ihm bislang unbekannt war, packte ihn mit eiserner Klaue. Dieser Griff kam so unvermutet, dass die Knie weich wurden, die Hände zu zittern begannen. Er wankte. Oonagh spürte mit jeder einzelnen Faser, wie es ihm erging. Insgeheim dankte sie zum wiederholten Male der Gemahlin des Krähenprinzen. Ouna hatte wirklich eine besondere Fähigkeit. Wenngleich sie vermutlich, aufgrund ihrer menschlichen Herkunft, die schwächste königliche Nebelkrähe darstellte, ihre Ausstrahlung beruhigte die blutrünstigsten Raufbolde. Sirona verfügte über eine ähnliche Gabe. Gleichwohl war diese zum Großteil erlernt und beinhaltete zauberische Elemente. Ounas Kraft dagegen war bar jeglicher bewussten Einflussnahme, entsprang dem reinen, natürlichen Wunsch, Harmonie herzustellen. Oonagh seufzte. Sie brauchten Ouna mehr, als jene ahnte.

In Zeiten des Friedens war es ein Leichtes, denselben zu wahren. Zusammenhalt unter verschiedensten Wesen schien selbstverständlich, wenn keiner dem anderen sein Hab und Gut, sein Wohl neidete. Diese Ära gehörte der Vergangenheit an. Neue Wege mussten gefunden und beschritten werden, um ein Zusammenleben in Harmonie und Frieden zu gewährleisten. Wahrlich ein gewaltiges Unterfangen. Mit welchen Erfolgsaussichten? Niemand wusste es.

Zahllose Probleme harrten der Lösung. Wohin in allen Welten waren Cathcorina, die allerhöchste Kriegsgöttin, Gillian, der Meister aller Gestaltwandler, und Fia, Ilros Gemahlin, verschwunden? Bevor sie das Tor zum *gläsernen Palast* mittels einer einfachen magischen Handbewegung schloss, nahm ein absurder Gedanke erschreckende Formen an. Inwieweit war dieses Dreier-Gespann am schrecklichen Überfall auf *Cuor a-Chaoid* und den verwirrenden Vorkommnissen in Saoradh beteiligt?

Und ... was war mit Tanki geschehen?

STELLAS WELT IX

FEUER UND FLAMME

Kaum hatten sie das steinerne Portal durchquert, veränderte sich ihre Umgebung mit erschreckender Geschwindigkeit.

Befanden sie sich noch vor Sekunden in einer lodernden Höhle, vollgestellt mit Hightech-Geräten, welche eins ums andere explodierten, erstreckte sich nun karstige Krume soweit das Auge reichte. Am Horizont spiegelte sich ein Gewässer, Meer oder See, einerlei. Jedenfalls mit mehreren seltsam anmutenden Segelschiffen auf der glänzenden Oberfläche. Das für sich allein könnte als idyllischer Hintergrund für eine absolut romantische Geschichte dienen. Unterdessen gab es ein paar wesentliche Faktoren, die so gar nicht ins Bild passen wollten.

Zum einen herrschte orangegraue Düsternis, die die Szenerie in unwirkliches Licht tauchte, zum anderen gab es da eine Unmenge von uralten, rostigen Schwertern, die allem Anschein nach als Grabkreuze dienten. Sie waren auf einem vorsintflutlichen Friedhof gelandet!

Aufkommender Wind heulte im grausigen Tonus gepeinigter Seelen. Plötzlicher Donnerschlag brach die irreale Dämmerung über ihren Köpfen. Die schwarzgrauen Wolken öffneten sich. Was dahingegen von oben herabpeitschte war kein lebensspendendes Wasser, nach der die trockene Erde dürstete, sondern hellroter Flammenregen ergoss sich, leckte gierig nach Nahrung. Entsetzen machte sich breit. Es gab nichts, rein gar nichts, das vor den niederprasselnden Funken schützte. Hilflos sahen sie sich um. Jetzt wäre das übergroße Laken von vorhin nützlich gewesen. Thomas schlüpfte aus seiner Jacke und legte sie Stella um. Der dicke, wattierte Stoff bot zumindest etwas Schutz vor Verbrennungen. Eine gewisse Weile, auch wenn jetzt seine Haut versengt wurde. Sie brauchten dringend eine Lösung. Das Portal hinter ihnen hatte sich geschlossen. Eine nackte, schroffe Felswand ragte an dessen Stelle hoch in den Himmel. Unmöglich da hinaufzuklettern.

Wie weit mochte es zum Gewässer vor ihnen sein? Das könnten sie eventuell schaffen? Alles besser, als hier ohne jegliche Deckung auszuharren. Er kam sich vor wie ein Steak auf dem Griller. Dass Buddy Gedanken lesen konnte, wusste er. Dass seine Patientin gleichfalls über diese Fähigkeit verfügte, war ihm neu. Denn wie sonst wäre es zu erklären, dass sie alle in der gleichen Sekunde losstürmten, dem rettenden Nass entgegen?

Ihre Flucht endete abrupt, nach kürzester Zeit.

Eine orangeglühende Kugel schoss vom Himmel und versperrte den Weg. Von überragender Größe drehte sie sich einige Male um die eigene Achse, bis sie zur Ruhe kam. Ihre Außenhülle schien aus unzähligen Feuerzungen zu bestehen, während das Innere wabernd pulsierte.

Ein Blitz zuckte aus gewitterdunklen Schwaden, spaltete das feurige Himmelsgeschoss mit einem glatten Schnitt. Taub von dem plötzlichen Einschlag hörte Thomas vorerst nicht, was Buddy schreckensbleich murmelte.

Während der Psychiater und seine Patientin gebannt auf das Geschehen vor ihnen starrten, nahm der Kleine die Beine in die Hand und hetzte zur Felswand retour.

Von nun ab überschlugen sich die Ereignisse. Aus den lodernden Kugelhälften trat ein überirdisches Wesen. Rabenschwarze Haare flatterten im Wind. Leuchtende

Flammen züngelten um ihren Körper und barfuß kam sie über die glühend heiße Erde auf sie zu. Das war bei weitem nicht das Abstruseste in dieser Situation. Die mystische Erscheinung besaß schwarzgraue Flügel, die sie soeben fächerte, und in jeder Hand loderte ein sich ständig verändernder Feuerball. Thomas war kurz davor, seine Fassung zu verlieren. Indiana Jones hätte sich immerhin mit seiner Peitsche behelfen können. Und was tat er? Er blickte über seine Schulter und hielt Ausschau nach Buddy. Der war zwischenzeitlich an der Steilwand angekommen. War ihm nicht bewusst, dass diese unüberwindlich war? Durch das unheimliche Tosen rundum drangen Buddys Worte, wenn auch abgehackt, zu ihm durch.

„Ein Feuerdämon! … keine Chance … tut mir … leid … ich … muss …"

Der Professor wusste, dass sein Begleiter über die Fähigkeit verfügte, mit der Umgebung zu verschmelzen, sich quasi unsichtbar zu machen. Eben dieses hatte Buddy offenbar vor. Der Kleine berührte den schroffen Stein und verschwand auf Nimmerwiedersehen. Thomas starrte ihm nach. Schon wieder! Unglaublich! Andererseits, wie gut kannte er überhaupt dieses widersprüchliche Geschöpf? Die Zeit, die ihm blieb, war zu kurz, um diese Frage zu ergründen. Stellas schriller Schrei, dieses Mal nicht durch einen Kuss seinerseits ausgelöst, unterbrach das fruchtlose Grübeln.

Das geflügelte Wesen, welches er unter anderen Umständen als ausgesprochen anmutig bezeichnet hätte, schleuderte soeben einen kreisrunden Feuerring auf seine Patientin und verfehlte sie nur um Haaresbreite. Es war zum Verrücktwerden. Sie befanden sich hier im Vorhof zur Hölle und es spielte eigentlich keine Rolle, welches Geräusch ihn mehr in den Wahnsinn trieb. Das ständige Prasseln des Feuerregens und die damit einhergehende Hitze oder der Chor gequälter Seelen, dessen schauriges Heulen der Wind zu ihnen trug. Es gab nicht die geringste Deckung. Den Weg zum erhofften rettenden Ufer versperrte ein … wie hatte ihn sein treuloser Weggefährte genannt … ein Feuerdämon. Dieser hob gerade wieder seine Hand, um ein weiteres brennendes Geschoss auf Stella zu schleudern. Wieso ignorierte ihn eigentlich das Biest, konzentrierte sich nur auf die junge Frau an seiner Seite? Nicht, dass es ihn unbedingt drängte, in die Schusslinie zu kommen, aber … hallo! War er vielleicht unsichtbar!? Schneller als ihm lieb war, fand er die Aufmerksamkeit ihrer irrealen Gegnerin. Stella hechtete hinter seinen Rücken und der feurigheiße Ball jagte auf sie beide zu. Das war das Ende! Er verfügte über keinerlei Erfahrung im Abwehren von glühenden Kugeln und Kreisen. In Bruchteilen von Sekunden prüfte er seine Chancen. Er las keine Fantasybücher, zockte nicht stundenlang am Computer, gehörte keiner Gilde von Freaks an und tummelte sich nicht auf Mittelaltermärkten. Er kannte keine Zaubersprüche und besaß weder eine magische Rüstung noch entsprechende Waffen. Wobei er sich unsicher war, ob all das Vorgenannte ihm gerade jetzt tatsächlich nutzen würde. Außer vielleicht Rüstung und Waffen. Letzten Endes, sogar der Besuch eines Lasertag Parcours fehlte auf seiner Liste. Keineswegs auf der - was ich vor meinem Tod unbedingt erledigen möchte -, geschweige denn auf der – diese Dinge habe ich bereits hinter mir, und sie waren bei weitem nicht so beeindruckend, wie ich mir erhofft hatte. Nicht, dass es großartig etwas verändert hätte. Ohnehin, es war zu spät. Allein in seiner Freizeitaufmachung, mit Stella im Rücken, stand er auf verlorenem Posten. Die Luft rundum flirrte, die Hitze wurde unerträglich, versengte bereits die Augenbrauen, biss sich durch Hemd und Hose. Über kurz oder lang würden sie beide verglühen und zu Asche werden. Vielleicht träumte er nur? Er kniff sich so fest er konnte in den Unterarm. Außer, dass es höllisch weh tat, passierte rein gar nichts. Mit einem Male bremste ein Schatten den heranrasenden Flammenring, der knapp vor ihnen mit einem lauten Knall in tausend Stücke barst. Geblendet schloss Thomas Stein die Augen. Als er sie wieder öffnete, stand Dolores de Santos in seinem Albtraum, griff sich mit der rechten Hand ein herumschwirrendes Flammenbündel und schleuderte es auf den Feuerdämon. Ihr Aussehen hatte sich drastisch verändert. Die einst geflochtenen grünen Zöpfe waren nun zu einem tiefschwarzen Pferdeschwanz gebunden. Ein silberglänzender Umhang lag locker auf ihren Schultern, hüllte sie von Kopf bis Fuß ein. Was machte eine Wasserelfe mitten in der Feuersbrunst? Außer Leben von zerbrechlichen Menschen zu retten. Kurzfristig brachte deren Anwesenheit die Angreiferin aus dem Konzept. Gleich danach hagelte es Feuerball um Feuerball auf sie hernieder. Ohne Zögern warf Dolores ihre silberne Robe über Stella und ihn, die sie, trotz ihrer Federleichtigkeit, eng aneinanderdrückte, und so vor dem Flammeninferno, das um sie toste, bewahrte. Donnerschläge hallten, das Wehklagen verlorener Seelen, dass es sich um solche handeln musste, dessen war sich der Professor in der Zwischenzeit zu 97,9 Prozent sicher, drang durch Mark und Bein, und der Geruch von angesengtem Haar stieg ihm in die Nase. Stella und er standen dicht beieinander. Zu dicht! Der Überwurf bot Schutz aber wenig Bewegungsspielraum. Die Weichheit ihres Busens, dessen Rundungen sich durch das Hemd an seinen Brustkorb drückten, seidenweiche Locken, die ihn am Kinn kribbelten, dies alles ließ seine Gefühle hochlodern. Die Hitze außerhalb war zwar ausgesperrt, im Gegensatz dazu lief er Gefahr, hier innen zu verglühen.

Wo war der rational denkende Wissenschaftler abgeblieben? Hatte er sich in Luft aufgelöst, so wie Buddy? Thomas Stein war nach wie vor über die Flucht des Kleinen bestürzt. Das lenkte ihn etwas von seiner momentanen misslichen Lage ab. Mit einem Schlag verstummten die Schreie und das Donnergrollen ebbte ab. Gespenstische Stille herrschte außerhalb ihres silbrigen Gefängnisses. Sogar das Knistern des Flammenregens war erloschen. Stellas keuchender Atem und allem Anschein nach auch sein eigener, waren die einzigen Geräusche weit und breit. Sie spürten beide, dass sie nicht alleine waren. Irgendwer, irgendetwas beobachtete sie. Jemand schlich auf leisen Sohlen in ihre Richtung.

Professor Doktor Thomas Stein riss am Umhang, wollte Klarheit darüber, was auf sie zukam. Trotz ihrer seidenweichen Beschaffenheit, umklammerte sie die Robe mit eiserner Entschlossenheit. So sehr Thomas auch daran zerrte, das Stück Stoff bewegte sich keinen Zentimeter. Stella rückte so gut es ging ein wenig zur Seite, wandte den Kopf und spähte nach draußen. Schemenhaft sah sie einen dunklen Umriss, der langsam näher schwebte. Das letzte, woran sie sich erinnern konnte, bevor sie ihr eigener Psychiater wachküsste, war genauso ein Schatten! Ihr Herz trommelte wie wild. Schwindel machte sich breit. Sie bekam keine Luft mehr. Körper an Körper mit einem Fremden, vertraut konnte man die Beziehung zu ihrem Psychiater keinesfalls nennen, in viel zu engem Stoff gewickelt! Worin war sie sonst noch verwickelt? Wieso war der Arzt überhaupt hier? Und der Junge, Buddy, der nun verschwunden war? Ihre autonom funktionierende Zeitrechnung bestätigte, was sie ohnehin ahnte. Erneut klaffte eine Gedächtnislücke. Tatsächlich fehlten ihr exakt 1.217.527 Sekunden, wiesen auf ein weiteres Blackout von zirka vierzehn Tagen hin. Sie hasste das Wort zirka. Ihr Atem beschleunigte sich, ging nur mehr stoßweise, sie schnappte nach Sauerstoff, der hier unter dem Mantel immer rarer wurde. Sie erstickte!!

„Stella! Stella!" Irgendjemand rief ihren Namen, berührte sie sachte am Arm. Sie hasste auch Berührungen.

„Stella! Atme! Atme ruhig weiter. Ein und aus. Ein und aus!" Die Stimme des Psychiaters drang durch ihr Chaos. Von dem Mann, dessen Körper sie mit jeder Faser des ihren spürte, mehr als ihr lieb war. Dessen Lippen sie weiterhin auf den ihren fühlte, so sehr hatte sich sein Kuss in das Gedächtnis eingebrannt. Beharrlich sprach er weiter auf sie ein. Ihr Herzschlag verlangsamte sich, das Atmen fiel leichter, Sauerstoff schien wieder ausreichend vorhanden. Die Panikattacke verebbte. Zurück blieben zittrige Knie und ein Gefühl der Hoffnungslosigkeit. Wer würde ihr dies alles wieder glauben?

Ein Ruck ging durch ihren Körper. Entweder sie träumte einen ihrer wirren Träume, die sie laufend heimsuchten, oder ... der Psychiater war ebenfalls hier! In diesem Fall musste er ihr glauben! Triumphierend sah sie ihm in die

Augen. Phhh! Dieses intensive Meergrün, dessen irritierende Wirkung sie fast vergessen hatte.

„Darf ich Sie, dich kneifen?" Stella rang sich zum Du durch. Immerhin hatte er sie wachgeküsst. Wieso verfolgte sie dieser Gedanke nur dermaßen?

Er wiederum blickte in honigfarbenes Braun. Ein Blick, der eine Saite seines Innersten zum Vibrieren brachte, die er längst verstummt glaubte.

„Hm, ja natürlich." Er nahm an, dass sie zu einem ähnlichen Schluss wie er gekommen war. Auch sie wollte überprüfen, ob sie in einem Albtraum gefangen waren oder sich wider jegliche Vernunft in der Realität aufhielten. Sie wand sich ein klein wenig, es war wirklich verdammt eng hier, bis sie ihre Hand frei bekam. Mit Daumen und Zeigefinger zupfte sie an seinem Hemd, bis ihre Finger auf seiner nackten Haut lagen. Er konnte ihr jetzt schon sagen, dass es sich keineswegs um einen Traum handelte. Zumindest um keinen Albtraum.

Der begann nämlich in dieser Sekunde. Ein schauriges Heulen durchbrach die geisterhafte Stille von soeben. Geistesgegenwärtig griff Thomas nach Stellas Hand, die genau über seinem Herzen lag. Der Umhang umschlang sie enger und enger, sie kamen sich nun vor wie in einem Schraubstock. Der Boden unter ihren Füßen wankte und dicht aneinander gepresst wurden sie durch die Luft gewirbelt.

Stella di Ponti und Professor Doktor Thomas Stein schwanden nicht nur die Sinne, sie schwanden durch Zeit und Raum.

UNTER UNS X

Die Falle

Fassungslos starrte das Monster auf die Vorgänge im goldenen Spiegel. Wer war die geheimnisvolle Kriegerin im schwarzen Kostüm? Woher hatte sie die sagenumwobene Silberrobe? Wie war es ihr gelungen, in diesen Teil seines Reiches einzudringen und den unbesiegbaren Feuerdämon zu vernichten? Wieso beherrschte sie die Flammen? War sie eine der letzten Feuerkriegerinnen? Waren diese nicht dem Untergang geweiht? Ausgestorben? Zuerst hatte ihm die Suche des Professors nach seiner verschwundenen Patientin ein spöttisches Grinsen entlockt. War dem schlichten Geist - das menschliche Gehirn befand sich weit unter seinem Niveau - war ihm aus Gewohnheit oder einfach nur aus Langeweile gefolgt. Bis zum Seerosenteich. Dass es dort auf eine wehrhafte Beschützerin des Professors traf, barg ein Überraschungsmoment. Ein kurzes. Der winzige See behütete ein Arkanum, welches es beizeiten zu ergründen gab. Fürs Erste beschwor es ein Monster, das für Angst und Schrecken sorgen sollte. Zumindest an dieser Front mangelte es nicht an Kurzweil.

Das nächste Mysterium war dieser kleine Wicht. So unvermutet er auftauchte, verschwand er wieder. Zuerst verwirrt durch den ständigen Wandel seines Äußeren, dachte die Kreatur im schwarzen Umhang an einen Kobold. Die flunkerten sich tatsächlich in null Komma nichts von einer Kostümierung in die nächste. Allein das erklärte nicht die körperliche Veränderung, die mit dem Garderobenwechsel oftmals einherging. Lichtwesen könnten Derartiges vorspiegeln. Diesen Gedanken verwarf sie gleich wieder. Das

Materialim gaukelte dem Gegenüber vor, etwas von ihm Gewünschtes zu sehen. Und sie konnte beim besten Willen nicht behaupten, dieses unbekannte Hutzelmännchen, wie sie es insgeheim nannte, sehen zu wollen. Geradezu lachhaft der Vorschlag des Kleinen, die Gefangene zu küssen. Es ging doch um kein romantisches Liebesabenteuer! Hierbei handelte es sich um indifferente Wirklichkeit! Ihre Höhle, ihr Gefängnis, ihre Regeln! Wie auch immer der vermaledeite Zwerg, der bald größer, bald kleiner schien, in ihre Welt gelangt war. Verblüfft nahm sie zur Kenntnis, dass die widersinnige Idee des Kusses tatsächlich funktionierte. Was natürlich keinen allzu großen Unterschied machte. Stellas Gedächtnis glich frisch gefallenem Schnee. Sie würde sich keinesfalls an irgendetwas erinnern, dass das Monstrum nicht von vorhinein beschlossen hatte. Gelöscht waren die misslungenen Versuche, die junge Frau mit vorgespiegelten Schwangerschaften zu manipulieren, verdrängt der Aufprall des schweren Geländewagens im Nirgendwo, das Bild der verglühenden Funken, die im nachtschwarzen Himmel, einem mystischem Feuerwerk gleich, zerstoben.

Verdrängt aber auch das eigene Versagen, sich als Opfer seiner persönlichen Wunschvorstellungen zu finden. Bis heute war es dem Monster ein Rätsel, wie Stella das perfekte Blendwerk durchschauen konnte. Welches Geheimnis wohnte ihr inne?

Und wenn es mit seiner Teppichknüpferei weiter voranschritt, war Stella so und so dem Tod geweiht.

Missmutig besah es den hölzernen Rahmen und die lockeren Fäden darin. Der Angriff auf Stella war vielleicht doch etwas zu voreilig gewesen. Gut, dass diese ihn heil überstanden hatte. Es glaubte zwar selbst nicht, was es gerade gedacht hatte, aber zum jetzigen Zeitpunkt war das Mädchen jedenfalls die beste Option.

Der Teppich, falls man dieses abstrakte Gewirk überhaupt so benennen konnte, stellte sich bis zur Stunde als tägliches Ärgernis dar. Also benötigte es Stella lebend. Noch! Derweil, wohin waren die beiden verschwunden? Oder alle drei? Denn die mysteriöse Kriegerin hatte sich, genauso wie Stella und ihr lächerlicher Begleiter, in Luft aufgelöst. Sosehr es auch blinzelte, die Augen zukniff, sich anstrengte, im Spiegel zeigte sich einzig ödes Land, geschmückt mit Kreuzen im orangegrauen Flammenmeer, von ihm selbst in liebevoller Kleinarbeit erschaffen. Weiter nichts.

Sei es darum, dann wollte es sich eben an anderen Dingen ergötzen.

Knochige Finger huschten über die Oberfläche und es äugte auf ein Bild der Verwüstung. Meterhohe Geröllhalden türmten sich auf. Dort, wo vormals eine wundersame Parkanlage die Herzen erfreut hatte, lagen wahllos verstreut Torsi aus Marmor und deren abgehauene Gliedmaßen mitsamt den Köpfen auf zerklüfteter Erde. Das fröhliche Sprudeln der steinernen Brunnen war versiegt, die Reste der Einfassung allenfalls als Bruchstücke vorhanden. *Cuor a-Chaoid*, die *Burg der ewigen Herzen*, bestand aus purer Verwüstung. Besonders erfreulich, dass es ihm gelungen war, einen Großteil der Baumriesinnen zur Strecke zu bringen. Entwurzelt, gefällt, zersplittert, in alle Winde verstreut! Der Ring der altehrwürdigen Geschöpfe existierte nicht mehr länger.

Dass dies nur möglich geworden war, weil sich jene für schwache Menschen geopfert hatten, übersah die Kreatur geflissentlich.

Wieder tastete sie über die matte Oberfläche. Die Eibe stand wie ehedem. Geschützt von den Töchtern des Poseidons und unzähligen Zauberwesen im heiligen Hain, sicher vor ihrem Zugriff. Irgendwann fiele auch diese Feste. Was die hochgewachsene Gestalt in der schwarzen Robe mehr beunruhigte, war die Unkenntnis darüber, was unterhalb dieses uralten Baums geschah. Bislang kam es mit seinen heimlichen Erkundigungen nicht über die verwaiste Halle hinaus.

Fahrig wischte sie weiter zum nächsten Ort. Der Wolfshund spitzte die Ohren, knurrte bedrohlich, während sie, von anderen unbemerkt, Olivia und Alexander ausspionierte.

Argwohn hatte sich breitgemacht, einer giftgrünen Kloake ähnlich zwischen die Liebenden gedrängt. Sie bleckte die Zähne. Die Manipulation der beiden stellte ihr Können ein weiteres Mal unter Beweis, durchaus ein Meisterstück par excellence. Blieb nur zu hoffen, dass ihr niemand vorzeitig auf die Schliche kam. Dieser eingebildete Hanswurst war bei weitem nicht so klug wie angenommen. Oder machte Liebe wirklich blind? Fast verschluckte sie sich an diesem Gedanken.

Obzwar sie hinterher einen bunten Wagen nach dem anderen durchforstete, überdies in das große Zelt linste, die beiden Mädchen, unterschiedlich wie Tag und Nacht, waren unauffindbar. Was hatte sie nicht alles in Bewegung gesetzt, diese dunkle Göre aufzuhalten! Selbst einen leibhaftigen Dschinn hatte sie heraufbeschworen, um ihr

Einhalt zu gebieten, um Orient und Okzident an der Vereinigung zu hindern. Nun waren die beiden Wächterinnen von Mondsichel und Abendstern wie vom Erdboden verschluckt.

Genauso wie Alasdair und sein Gefolge. Die Grenze zu *Saoradh* stellte weiterhin eine unüberwindliche Hürde dar. Ihr Herz hüpfte zwar vor Freude, als sie die beachtliche Anzahl von Elfen und Erdlingen beobachtete, die sich auf die Reste der einstmals stolzen Burg zuwälzte - woher der Zug kam, erschloss sich ihr nicht. Scheinbar direkt aus einer Hecke oder der dahinterliegenden braungrünen Wiese. Ein dunstiger Schleier verwehrte ihr die Sicht.

Immerhin, es war ihr gelungen, Neid und Missgunst zu säen, die Verteidigungslinien der Lichtwesen zu schwächen. Denn ohne Elfenarmee standen diese schimmernden Wesen ohne nennenswerten Schutz da.

Und alles, was sich in anderen Landen aufhielt, war ihr ohnehin ausgeliefert. Es existierten nur mehr einige wenige Rückzugsgebiete, auf die sie keinen Zugriff hatte. Wobei sie nicht vorhatte, sich großartig zu engagieren. Außer aus Spaß an der Vernichtung. Über Äonen hinweg zeugten brutales Kriegsgeschehen, einhergehend mit der Austilgung von Welten, eingeschlossen der eigenen, von der selbstzerstörerischen Ader ihrer Bewohner. Untermauerten das Unvermögen von Lebewesen, unerheblich ob differierend oder homogen, Seite an Seite ein Umfeld für harmonisches Miteinander zu schaffen. Ihr konnte es nur recht sein. Eine Prise Neid hier, etwas Jähzorn dort, ein paar Handvoll Intoleranz wahllos in die Luft geworfen, Einflüsterungen in dafür offene Ohren, die Pestilenz griff um sich, und in Bälde schlügen sie sich alle die Köpfe ein.

Wäre da noch Gillian, der ihr ins Spiel pfuschen konnte. Der war untergetaucht, genauso unauffindbar wie ...?! Eckige Schultern hoben und senkten sich, ... sollten sie bleiben, wo der Pfeffer wächst! Je weiter entfernt, desto besser.

Ein letztes Mal veränderte sich das Bild des Spiegels. Tanki lag wie eh und je regungslos in seinem Gefängnis. Plötzlich stutzte die ränkeschmiedende Beobachterin. Richtete sich auf, eilte aus dem kahlen Saal Richtung Zelle.

Dort angekommen sog sie heftig die Luft ein und glotzte durch die Gitterstäbe. Tankis Fell, glänzend, goldfarben mit schwarzen Streifen, hob und senkte sich unter seinen regelmäßigen Atemzügen.

War sie in die eigene Falle getappt?

Misstrauen kroch in die dunkle Gestalt, nahm von ihr Besitz, dehnte sich im Inneren aus und aus, bis sie schier vorm Platzen schien.

Was war geschehen?

Ein Bild reinen unschuldigen Schlafes bot sich ihr ..., wenn da nicht der penetrante Geruch nach verbranntem Pelz in die Nase stäche.

Die Seuche, ausgesät in alle Welten, stellte sich als Bumerang heraus! War soeben in ihr Refugium eingedrungen!

Ataraxie

Bedächtig leckte die Katze ihre Pfoten. Anschließend glättete sie jede Strähne ihres blendend weißen Fells. Zwischenzeitlich genoss sie diese Routine, die ihr die nötige Gelassenheit schenkte, um in Ruhe nachdenken zu können. Putzen beruhigte ganz ungemein den Geist.

Soviel war passiert und noch vieles würde geschehen. Äußerste Vorsicht war geboten. Einzig ihrem siebten Sinn war es zu verdanken, dass sie heute unter den Lebenden weilte. Gerade im letzten Augenblick war es ihr wie Schuppen von den Augen gefallen. Sie musste verschwinden. Zumindest für eine Weile.

Danach war ihr der Zufall zu Hilfe gekommen. Während sie in diesem vermaledeiten Chaos nach einem Ausweg für ihre Misere gesucht hatte, schälten sich direkt vor ihr aus dem Nichts drei hochgewachsene Gestalten. Von Kopf bis Fuß in wehende Umhänge gehüllt; der eine blutrot, der andere rabenschwarz, der letzte schneeweiß. Sie selbst hatte schon mit dem Gedanken gespielt, die allerhöchste Kriegsgöttin aus ihrem Gefängnis zu befreien. Bloß verfügte sie über keine Mittel hiezu.

Zumindest hatten die drei ein Einsehen mit ihr. Wie gesagt, sie lebte noch.

Allmählich machte es ihr sogar Spaß. Der Junge versorgte sie mit ausgewählten Häppchen und so lange ihr niemand zu nahe kam, ließ es sich gewiss eine Weile aushalten. Bis die Gefahr vorüber war. Denn ihr Verfolger kannte keine Gnade. Soviel war sicher.

FORTSETZUNG FOLGT ...

Verzeichnis
von Personen und Wesen

ALBA: Stute mit ganz besonderen Fähigkeiten

ALASDAIR: Krähenprinz, Herr über *Cuor Bermon*, Cathcorinas Sohn, Ounas zweiter Ehemann

ALEXANDER: Landschaftsarchitekt und Geschichtenerzähler

ANMORRUK: Bewahrerin der Geschichten aller Welten

ANWIDAR: allerhöchster Magier und Erster seit Äonen, Warianas Gemahl

ATTIE: struppiger, riesiger, grauer Hofhund, Wächter über *Cuor Bermon*

BATAL: Scheherazades Bruder

BENNO: Jugendfreund Margaretes

BUDDY: sehr, sehr, sehr geheimnisvolles Individuum

CATHCORINA: Königin der Nebelkrähen, Nacht- und Spukgeister, allerhöchste Kriegsgöttin, Alasdairs Mutter

DINHARAZADE: Scheherazades Schwester

DOLORES SANTOS: Wasserelfe

ELHAME: Nachfahrin Scheherazades, Hüterin der Mondsichel

ELSBETH: Nachfahrin Margaretes, Hüterin des Abendsterns

ERNST: Margaretes Bruder

EWERTHON: Gestaltwandler, Hüter der Tiger-Magie und *Caer Tucarons* Thronerbe, Miras Ehemann, Kelaks und Ounas Sohn, Tankis Vater

FIA: Königin von *Cuor a-Chaoid*, Ilros zweite Ehefrau, Miras und Sironas Stiefmutter, Ryans Mutter

GILLIAN: Oberster Gestaltwandler, Hüter des heiligen Waldes und Lehrmeister von *Stâberognés*

GUTRUN: mysteriöse, wandelbare Insassin der Klinik für psychische Gesundheit, begnadete Künstlerin

ILRO: König von *Cuor a-Chaoid*, Miras, Sironas und Ryans Vater, Witwer bzw. in zweiter Ehe verheiratet mit Fia

KELAK: König von *Caer Tucaron*, Vater Ewerthons und seiner vier Schwestern, Ounas erster Ehemann; s. Herzstein I

KENNETH: Hauptmann der Wache auf *Cuor a-Chaoid*

KEYLAM: Herrscher über das Reich der Lichtwesen und Elfen, Oonaghs Gemahl, Schuras Vater, Miras und Sironas Großvater

KLARA: Base von Margaretes Mutter, Erzieherin

MARGARETE: Elsbeths Ahnin, Scheherazades beste Freundin

MIRA: Prinzessin aller Lichtwesen, zur Hälfte Mensch, zur Hälfte Lichtwesen, Ewerthons Ehefrau, Ilros und Schuras Tochter, Keylams und Oonaghs Enkelin, Sironas ältere Schwester und Halbschwester von Ryan, Warianas beste Schülerin

MOORKÖNIGIN: auch Moorhexe, Herrscherin über das Moorland, Herrin über das *Wilde Volk*

OLIVIA: die Gefährtin des Geschichtenerzählers

OMA BIBI: Elhames Großmutter

OONAGH: Herrscherin über das Reich der Lichtwesen und Elfen, Keylams Gemahlin, Schuras Mutter, Miras und Sironas Großmutter

OSKAR: vorwitziger Junge mit Geheimnissen; s. Herzstein I

OUNA: Mutter Ewerthons und seiner vier Schwestern aus der Linie *Cuor an Cogaidh*, Alasdairs Gattin, Kelaks verstoßene Königin; s. Herzstein I

RYAN: *Cuor a-Chaoids* Thronerbe, Ilros und Fias Sohn, Miras und Sironas Halbbruder

SABAH: Elhames Freundin, ewige Jungfrau

SAMTPFOTE: im Höhlensystem aufgetauchte, blendend-weiße Katze, Lebensretterin von Ryan und Kenneth

SCHAHRYÂR: König eines sagenumwobenen Reiches vergangener Tage, Scheherazades Gemahl

SCHEHERAZADE: sagenumwobene Geschichtenerzählerin früherer Zeiten, König Schahryârs Gemahlin

SCHURA: Ilros erste Frau, Keylams und Oonaghs Tochter, Miras und Sironas Mutter, verstorbene Prinzessin der Lichtwesen; s. Herzstein I

SIRONA: Prinzessin aller Lichtwesen, zur Hälfte Mensch, zur Hälfte Lichtwesen, Ilros und Schuras Tochter, Keylams und Oonaghs Enkelin, Miras jüngere Schwester und Halbschwester von Ryan

STELLA: junge Frau mit verkannten, besonderen Fähigkeiten

TANKI: Ewerthons und Yrias Sohn, Gestaltwandler, Träger der zwei mächtigsten Tiger-Magien, das Kind, das es nicht geben dürfte

THOMAS STEIN: Psychiater, Neuropsychologe, Neurophysiologe, entgegen seine Natur und wider Willen Glücksritter

WARIANA: Königin aller Königinnen, Hexe aller Hexen, Hüterin der Zeit und aller Schicksale, Anwidars Gattin

YRIA: Hüterin der Tiger-Magie der *Cuor Sineals*, Tankis Mutter und verstorbene Ehefrau Ewerthons; s. Herzstein I

???: unbekanntes ränkeschmiedendes Wesen

TRABANT: Buddys futuristisch anmutendes Fahrzeug mit speziellen Funktionen

CLANS, BURGEN UND ANDERE WELTEN

CAER TUCARON: Kelaks Burg und Reich

COUR BERMON: Alasdairs Landgut und Reich

CUOR AN COGAIDH: Linie der todesmutigen Kriegerherzen und Hüter der Tiger-Dynastie von *Cuor an Cogaidh*, Ounas Heimat

CUOR SINEALS: Hüter der Tiger-Dynastie von *Cuor Sineals*, Yrias Linie und Heimat

CUOR A-CHAOID: Ilros Reich, direkt an der Grenze zur Welt der Lichtwesen und Elfen, auch - die *Burg der ewigen Herzen*

CAADRE: wundersame Unterwasserwelt im Seerosenteich

CARRAIG FEANNAG: Krähenfelsen - die schimmernde, schwarze Felsenfestung der königlichen Nebelkrähen

MONADH GRUAMACH: sumpfiges Reich der Moorkönigin / Moorhexe, am Ende der Welten

SAORADH: mystische Welt der Lichtwesen und Elfen

Stâberognés: geheimer Ausbildungsort der Gestaltwandler am Ende des Randsaums zur großen Leere

Anderweite/Anderswelt: ...Paradies, Nirwana, Walhalla ...

Marsin Idir/Zwischenwelten: Aufenthaltsort für verfluchte Seelen und andere Gefangene; Lichtwesen, Elfen und Eingeweihte können hier reisen

An diesem Ort begegnen sich Vergangenheit, Gegenwart und Zukunft

Eibenkaverne: besonders geschützter Raum im Inneren der heiligen Eibe, der die Zusammenkunft gewesener, seiender und zukünftiger Wesen ermöglicht

Reich der Nebelwesen: dorthin will wirklich niemand

Die vier wichtigsten Mysterien der Lichtwesen

TELEPORTATUM: auf diese Weise bewegen sich Lichtwesen, blitzschnell und unsichtbar für Menschen und die meisten Wesen, von einem Ort zum anderen, alleine durch Gedankenkraft. Gelingt auch über extrem weite Strecken.

MATERIALIM: Schutzzauber für Lichtwesen; gaukelt dem Gegenüber vor, etwas Bestimmtes (von ihm Gewünschtes) zu sehen, zu schmecken, zu riechen … wird auch gerne für Lichtwesen-Schabernack verwendet.

WIRKLICHE KÖRPERWANDLUNG: ermöglicht Lichtwesen in tatsächlicher Menschengestalt zu wandeln; in dieser Körperlichkeit sind Lichtwesen verwundbar und vor allem sterblich. Wird demnach äußerst selten eingesetzt.

URKRAFT-RITUAL: globale Energie aller Lichtwesen wird zur Verfügung gestellt, um das Leben einer der ihren, mit unabdinglicher Wichtigkeit, zu retten. Z.B. königliche Familie, heilige Bäume o.Ä. Wird in absoluten Notfällen herbeigerufen, da es alle „Spender" um Jahre/Jahrzehnte altern lässt und weitere (negative) Auswirkungen nicht vorhersehbar sind. Gelingt einzig mit dem Zusammenwirken von Sternen (zum Himmel getragener Seelen verstorbener Lichtwesen).

WORTESAMMLUNG

Ohne Anspruch auf Vollständigkeit.
Für einige Begriffe gibt es verschiedene Schreibweisen,
ich habe mich für diese entschieden

Al-Hamdu li-Llāh: arab. Gott sei Dank – Lob sei Gott
Bazaari: Verkäufer am Bazar
Bismillahirrahmanirrahim: im Namen des barmherzigen und gnädigen Gottes – ich bitte um Segen für meine Handlung
Dschinn: feinstoffliche, meist nicht sichtbare Wesen
Hamam: traditionelle, orientalische Badeanstalt
Iftah ya simsim: arab. Sesam öffne dich
In sha' Allah: so Gott will
Malabi: traditionelles Dessert
Mashallah: arab. Wie Gott will – Dank sei Gott
Mu'adhdhin: Ausrufer, der zum Gebet ausruft
Yalla: arab. Beeil dich – auf geht's

NACHWORT

zum grandiosen, modifizierten Cover dieses Buches.

Aquilama, unter deinen Schwingen entstand dieser kreative und speziell machtvolle *Schutzumschlag*, den wir neuerlich adaptiert haben. Danke für deine Segenswünsche!

Das Cover passt sich den Gegebenheiten an, verändert sich mit den Geschichten, die es sorgsam bewahrt!
Wer grundsätzlich ein Buch von hinten aufrollt, sollte spätestens jetzt stoppen. Achtung! Spoiler-Gefahr!

Der Schimmer von Gold- und Silberschätzen der Lichtwesen will entdeckt werden, genauso das helle, besondere Strahlen dieses friedlichen Volkes und das Braun erdiger, fruchtbarer Krumen samt üppigem Wachstum goldgelber Ähren. Nicht nur der Sandsturm mindert die Leuchtkraft der Sonne, die unzähligen braungelben Wüstensandkörner wirbeln über den Umschlag, und wer ganz genau hinsieht, entdeckt die Wurzeln für Neid und Missgunst. Das Besondere an diesem Cover ... jeder/jede kann für sich etwas anderes sehen und entdecken.

Wer mehr von Aquilama und ihrem wunderschönem Tun wissen will, hier ihre Website-Adresse: www.aquilama.at

INFOS ZUM ©HERZSTEIN-KLANG

Dieser Soundtrack entstand in einer absolut wunderbaren Art und Weise. Dazu muss man wissen, dass es den **Herzstein** tatsächlich gibt. Er steht, geschützt inmitten eines Waldes (eines Hains von Baumriesinnen), in einer kleinen Gemeinde in Österreich, im Waldviertel. Dort findet ihr auch den Drachenstein und unter Umständen einige Elfenblumen. Bei zahlreichen Wanderungen zu diesem überaus magischen Ort hörte ich genau hin, erhielt Inspirationen für meine Roman-Reihe und es gelang, mittels eines speziellen Verfahrens, den Original-Ton des Felsens aufzunehmen, zu einer multidimensionalen Komposition zu vereinen. Wahrnehmen kannst du ihn als „Glockenton" eingebettet in eine epische Variation. Ein Geschenk für alle, die gerne auch am Tag träumen, mit oder ohne meinen Büchern. (Fotos und mehr auf www.herzstein-saga.at)

Im Gegensatz zum Cover verändert sich der ©**Herzstein-Klang** nicht. Warum auch? Er lässt uns zur Ruhe kommen oder Kraft schöpfen. Je nachdem. Meine Empfehlung: mit Kopfhörer könnt ihr euch am besten darauf einlassen.

Viel Spaß und „good vibes"!

Elsa Wald

Herzstein-Saga auch auf Facebook und Instagram!

Soundtrack zum Buch

www.herzstein-saga.at

DANKSAGUNG

Wie bisher ... neben all den Menschen, die mich auf meinem bisherigen Lebensweg begleiteten, die mir lieb und teuer sind, von denen ich keinen einzelnen missen möchte, gilt mein besonderer Dank:

Peter in besonders stressigen Zeiten versorgst du mich mit Speis und Trank und aufmunternden Worten ... und ... ohne deine blitzschnelle Reaktion wäre dieses Buch ohne Druckerschwärze geblieben – quasi unsichtbar. Danke!

Erika, Julia, Manu, Miriam, Peter, Sonja
Ihr seid nach wie vor mein Lottosechser, meine hochmotivierten Test- und Korrekturleser:innen! Unsere intensiven Gespräche stärken, bereichern und ermutigen mich. Ich bewundere euch und eure Geduld! Ihr wacht nicht nur über meine Wege.

Susi
Mit deinem Wissen über die orientalische Kultur und vor allem über wunderschöne Seidenteppiche (und deren Geheimnisse) hast du mich in den Bann gezogen und vor allem bereitwillig unterstützt.

Katrin in deinen Händen lag dieses Mal die Modifizierung des Covers. Wie eine Zauberin hast du es aus dem Zylinder gezogen. Es ist wunderschön geworden! An dieser Stelle danke ich auch der gesamten Belegschaft der Aumayer druck + media GmbH, die mir abermals eine verlässliche Partnerin war.

... und zu guter Letzt ... Danke an Euch!

Ohne euch Leseherzen ist alles nichts!

Wie bereits bei Herzstein II stand eine schwierige Entscheidung an. E-book oder gedruckt?

Ihr wisst, ich liebe Bücher, die ich in Händen halten kann. In denen es vor Spannung knistert, beim Versinken in andere Welten und beim Umblättern der Seiten. Bücher, die allein durch den Geruch Erinnerungen heraufbeschwören. An durchwachte Nächte, weil durchgelesen, an Taschenlampenlicht unter der Bettdecke, an schnelle Küche, weil es nichts Wichtigeres gibt als die Auflösung einer Geschichte. All diese wunderbaren Emotionen haben mich dazu bewogen, den Sprung neuerlich zu wagen. Das Ergebnis haltet ihr in Händen – Herzstein III - in gedruckter Form. Zu einem Preis, der mich nicht in den Ruin treibt und für euch hoffentlich leistbar ist, und natürlich gibt es auch ein E-book, für all jene, die das bevorzugen und jetzt gerade dieses „durchblättern".

Als Selfpublisherin freue ich mich über eure Begeisterung und Weiterempfehlung. Deponiert sie ... bei der Buchhandlung ums Eck, über Social-Media, auf Plattformen wie lovelybooks.de oä., im Freundeskreis, individuellen Einkaufskanälen, in der Nachbarschaft ... jede einzelne Stimme zählt.

Eine wunderschöne Zeit euch und bis zum nächsten Band!

Elsa Wild

Elsa Wild

HERZSTEIN I

ALPHA ∞ OMEGA

Von einem Tag auf den anderen endet die Kindheit Ewerthons auf schreckliche Weise. Die Mutter wird verbannt und er für vogelfrei erklärt. In einer Welt voller uralter Geheimnisse und magischer Wesen kämpft der junge Gestaltwandler von nun an nicht nur gegen den verblendeten, eigenen Vater, sondern gegen weitaus dunklere Mächte. Auf der Suche nach seiner Bestimmung, erlebt er tiefstes Leid und wahrhaftiges Glück, bis er eine schier unmögliche Entscheidung treffen muss.

Einzelne Geschichten und Handlungen werden zu einem großen Ganzen, erzählen von finsteren Intrigen, blinder Rachsucht, Freundschaft und Betrug, und der Liebe in all ihren Facetten. Komplexe Charaktere und eine berührende Handlung in beeindruckender poetischer Bildsprache – so wird fantastische Literatur lebendig.

Elsa Wild | HERZSTEIN I - Alpha ∞ Omega | Softcover
504 Seiten | ISBN: 978-3-903321-19-9 | Verlag INNSALZ
Auch erhältlich als E-Book | ISBN: 978-3-903321-24-3

Elsa Wild

HERZSTEIN II

STERN DER BRÜCKEN

Ewerthon und Mira haben überlebt. Schon bald wird klar, dass der Preis dafür unsagbar hoch ist. Und nicht nur das. Um Haaresbreite entkommen sie einem grauenhaften Wesen und landen im Reich der Moorhexe. Doch sind sie dort wirklich sicher?

Auch in anderen Welten überschlagen sich die Ereignisse. Stella, zwischenzeitlich in eine Klinik eingewiesen, stellt ihren verwirrend gut aussehenden Arzt immer wieder vor neue Rätsel ... und ist sich selbst mehr denn je eine Fremde.
Der Geschichtenerzähler, der alle Fäden in der Hand halten sollte, verstrickt sich in einem gefährlichen Netz aus Illusionen und steht letztendlich vor seinem eigenen Abgrund.

Elsa Wild | HERZSTEIN II - Stern der Brücken | Softcover
544 Seiten | ISBN: 978-3-903321-89-2 | Verlag INNSALZ
Auch erhältlich als E-Book | ISBN: 978-3-903321-90-8

Elsa Wild

HERZSTEIN IV

PFLICHT DER WAHRHEIT

Fantasy Roman

4. Band

PFLICHT DER WAHRHEIT

Sie wandte sich ab, wollte heute von keinem Omen wissen, das Böses verhieß. Ein Anflug von Wehmut huschte über ihr erschöpftes Antlitz, mischte ihm einen Hauch von Bitterkeit hinzu. Wohin sollte das noch führen? Mit fahrigen Fingern raffte sie ihren Rock, huschte so leise wie möglich zu dem schweren, hölzernen Tisch, der unmittelbar neben der Türe stand. Ein Hauch von Bienenhonig stieg ihr in die Nase. Nur in herrschaftlichen Häusern behandelten die Bediensteten antikes Holz mit solch wertvollem Wachs. Immer wieder gelang es ihm, sie zu verblüffen. Weder war dies ein herrschaftlicher Haushalt, noch besaß er Bedienstete. Ein leises Knarren in ihrem Rücken riss sie aus müßigen Überlegungen. Sie wurde unvorsichtig. Hastig griff sie nach der Rolle, die mit blauem Band versehen, neben einigen anderen, auf dem Tisch lag. Mit kundigem Blick wählte sie anschließend ein paar der losen Blätter aus, die scheinbar zusammenhanglos über die Tischplatte verstreut lagen. Seite um Seite, übersät mit geheimnisvollen Schriftzeichen, unnütz für Nichteingeweihte, wanderten in die lederne Umhängetasche. Die Schriftrolle, eingehüllt in Wachspapier, behielt sie in ihrer Linken, um mit der Rechten die Klinke der Tür behutsam nach unten zu drücken. Unwilliges Schnarren folgte, das sie mitten in der Bewegung kurz verharren ließ. Als sonst alles ruhig blieb, huschte die junge Frau auf leisen Sohlen ins Freie, wurde verschluckt vom dichten Wald, der sich wie ein Schutzwall um die einsame Hütte schloss. Sie eilte durch das Dickicht, verfing sich mit dem Saum ihres Rockes immer wieder in Dornen und Ranken, die borstig an ihren Kleidern zerrten, ungeschützte Haut aufritzten. Manch einer hätte die knorrigen Wurzeln am Boden übersehen, wäre gestolpert oder haltlos den steilen Abhang, der sich nun an der rechten Seite auftat, hinabgestürzt. Sie nicht. Sie besaß die Augen einer Katze, konnte sehen, was anderen verborgen blieb. Stetig schweifte ihr Blick rundum. Umfasste die Silhouette der gezackten Berggipfel, die Häuser im Tal, die im aufwallenden Abenddunst verschwanden, mit ihnen der letzte Rest von gelblichem Schein aus winzigen, trüben Fenstern. Niederschlag setzte ein. Zuerst in sprühenden Tröpfchen, bald darauf jedoch eimerweise, goss es vom grauverhangenen Himmel herab, machte den felsigen Steig glitschig. Endlich! Der Regen verschwand, so plötzlich wie er gekommen war und damit auch die grauen dicken Wolken. Das Pechschwarz der Nacht klarte auf, gab den Blick frei auf den mild schimmernden Goldmond. Dessen Strahlen trafen auf einen mannshohen Felsen inmitten der Lichtung vor ihr, tauchten das Gestein in geheimnisvolles Leuchten. Ihr Atem wurde ruhiger. Niemand der Dorfbewohner hätte hinter der zierlichen Fassade der jungen Frau so viel Kraft und Ausdauer vermutet. Sie ließ es auch keinen wissen. Es war besser so. Der Einzige, der um ihre wahren Fähigkeiten ahnte, war … Rasch schob sie den Gedanken beiseite. Bestohlen hatte sie ihn. Betrogen um den wichtigsten Schatz, des gesamten Königreiches. Niemals mehr würde sie … Der Blick seiner grauen Augen bohrte sich in ihr Herz, verschleierte ihr die Sicht auf die Kostbarkeit, die sie eben aufrollte. Uralt war diese, seiend mit dem Anbeginn der Zeit, so hieß es. Menschen und Wesen verlangten danach, waren derentwillen bereits zu Tode gekommen. Plötzliche Panik wogte wie eine Riesenwelle über sie hinweg. Nun war sie die Hüterin der Karte. Heimliches Wissen vereint auf diesem winzigen Stück Pergament stand ab sofort unter ihrem Schutz. Das Gewicht, das sich plötzlich auf ihre Schulter legte kam aus dem Nichts, ihr Herzschlag stockte. Jemand stand dermaßen knapp an ihrem Rücken, dass eine Flucht unmöglich war. Sie hatte die Gefahr nicht kommen sehen, spürte, wie die eine Hand an ihrem rechten Arm hinunterglitt, ihre Finger umfing und diese über das feine Relief führte. Fühlbare Höhen und Tiefen, die Auskunft über weite Niederungen, sanfte Hügel, tiefe Täler und steile Bergketten gaben.

„Du wirst doch nicht ohne mich abreisen", das waren die letzten Worte, die sie in ihr Ohr geflüstert vernahm. Schwindel erfasste sie und finsterste Schattennacht, selbst für ihre Augen undurchdringlich, wallte hoch, als sie das Mysterium begriff.

Extra Zuckerl für alle

... die bis hierher gekommen sind.

Ich freue mich, dass ich euch derart fesseln konnte und habe heute eine Überraschung für euch vorbereitet.
Wenn ihr dieses Buch von hinten aufgerollt habt, ist es natürlich keine Überraschung mehr. Logischerweise. Tja ... was soll ich sagen?! Vielleicht blättert ihr doch noch schnell nach vorne.

Ich kann euch an dieser Stelle verraten, dass ich von der geheimnisvollen Katze in Herzstein III so angetan war, dass ich ihr eine extra Geschichte gewidmet habe. Strenggenommen, nicht ihr, sondern einer anderen Katze. Und ... der Ehrlichkeit halber sei erwähnt, dass diese Erzählung eigentlich, (ich höre Herrn Professor Doktor Thomas Stein das Wörtchen „eigentlich" bemängeln), nun sie wurde für einen Schreibwettbewerb eingereicht. Leider kam dieser Wettbewerb nie zustande, doch für mich ist diese Episode mit Ginger so besonders, dass ich hier Platz geben möchte.

Vielleicht stelle ich auch mal (zwischendurch) eine kleine Sammlung von berührenden Kurzgeschichten zusammen (da tummeln sich ein paar in meiner Schreibtischschublade). Was meint ihr?

Viel Vergnügen beim Lesen.

Elsa Weld

Neun Leben

Berührende Momente

Kurzgeschichte

Kapitel 1

Die Erinnerung stellte sich bruchstückhaft ein. Lichter, aus dem Nichts aufgetaucht, hatten sie erfasst. Vom grellen Scheinwerferkegel plötzlich geblendet verlor sie die Orientierung, erstarrte eine Sekunde. Eine Sekunde, die ihr zum Verhängnis wurde. Das Geräusch blockierender Reifen auf Asphalt, unmittelbar danach grausiges Knirschen und Krachen, das die sanfte Stille der Nacht aufs Grässlichste durchbrach. Während eine stolze Fichte unter dem Aufprall eines vierrädrigen Blechungetüms ächzte, wirbelte ihr eigener kleiner Körper haltlos durch die Luft und ihr schwanden die Sinne. Sie wusste nicht wie viel Zeit vergangen war, doch als sie die Lider mühevoll öffnete, sich das verschwommene Bild klärte, sah sie direkt in die Augen eines Menschen. Genau genommen in die braungrünen eines Mädchens, das unmittelbar neben ihr auf samtigem Sternenmoos lag, aus zahlreichen Wunden blutend, so wie sie selbst. Dann wieder Schwärze. Durchdringendes Heulen einer Sirene riss sie aus dem schwerelosen, schmerzfreien Nichts, in das sich ihr Geist geflüchtet hatte, zurück in die grausame Wirklichkeit. Ein Fahrzeug war eingetroffen, dessen blinkende Warnleuchte das Waldstück mit flackerndem Blau in mystisches Licht tauchte. Mit äußerster Vorsicht hievte man die junge Frau auf eine Bahre und trug sie davon. Hohe Bäume wiegten sich flüsternd im Nachtwind, verschmolzen mit dem sternenlosen Firmament, als der Rettungswagen mit Getöse stadtwärts raste, sie am feuchten Boden liegend zurückließ. Der Geruch von harzigen Nadeln vermischte sich mit dem von Eisen. Sie verlor ziemlich viel Blut und abermals die Besinnung.

Dann - irgendetwas hatte sich verändert. Jemand musste sie während ihrer Ohnmacht aufgelesen haben, denn sie fand sich gebettet auf einer weichen Decke. Prasselndes Kaminfeuer wärmte ihre eiskalten Knochen, trocknete das rote Fell mit den weißen Flecken, dessen verklumpte Haarbüschel sie bis unter die Haut juckten. Der Duft süßherber Kräuter hing in der Luft, lullte ein, machte sie benommen. Halb mit dem Rücken zu ihr, hantierte eine Gestalt mit Vehemenz und überdimensioniertem Löffel in einem irdenen Gefäß, unverständliche Worte vor sich hin brummelnd.

„Du bist wach, das ist gut!" Die Fremde unterbrach ihr Murmeln, wandte sich ihr zu. „Du kannst von Glück reden. Der Nachtwind rüttelte an meiner Tür, ließ nicht locker, hat mich zu dir geführt." Spröde und knarrig klang die Stimme, sie wurde wohl nicht oft genutzt.

Trotz ihrer Verletzungen ließ Ginger der Fluchtinstinkt aufspringen. Ein Stich durchfuhr sie vom Kopf bis zur Schwanzspitze, nahm ihr den Atem, machte jede Bewegung unmöglich. Die Alte stand plötzlich neben dem Sofa, mit dem Töpfchen in der Hand. Bestialischer Gestank quoll daraus hervor und verursachte einen Niesanfall. Ihr Körper drohte vor Schmerz zu explodieren. Behutsam strich die Unbekannte die angerührte Paste auf ihre zahlreichen Wunden, während heiseres Flüstern das rastlose Gemüt beschwichtigte.

Waren es Worte der Magie, war es eine Zaubersalbe, ein Wunder? Wer weiß es? Jedenfalls fiel sie in einen tiefen, traumlosen Schlaf. Wieder bei Sinnen besserte sich ihr

Zustand von Tag zu Tag, bis sie tatsächlich behände von der Couch auf den Boden springen konnte, frei von jeglichen Schmerzen. Endlich war es Ginger wieder möglich, ihr Fell selbst zu pflegen. Sorgsam glättete sie mit ihrer rauen Zunge Haarbüschel für Haarbüschel, leckte ihre Pfoten ab und widmete sich sodann den Ohren. Diese Ohren waren es auch, die die Botschaft als erstes vernahmen.

„Du weißt, es ist dein letztes Leben!"

Woher wusste die rätselhafte Heilerin um ihre Geheimnisse? Trotz allergrößter Vorsicht waren tatsächlich bereits acht von neun Leben aufgebraucht. Katzen lebten oft auf gefährlichem Fuß.

„Nun musst du dich entscheiden!"

Mit diesen Worten, begleitet von einer leichten Geste der linken Hand, wurde auf den grobbehauenen Bohlen der Wand ein Bild sichtbar. Es zeigte ein Zimmer gänzlich in Weiß. In der Mitte ein Bett aus Metall und darin ...

„Ja, es ist die junge Frau aus dem Wald. Sie saß auf dem Beifahrersitz. Hat ihrer besten Freundin vertraut. Die war stockbetrunken!"

Diese vier Sätze wurden der Katze vor die Beine geschleudert. So wütend hatte Ginger ihre Retterin noch nie erlebt. Sie dachte an den Blick der Schwerverletzten, als sie nebeneinander auf dem Moosteppich lagen. Er hatte sich in ihr Katzenherz eingebrannt und dieser kurze Moment reichte aus, um zwei Schicksale miteinander zu verweben.

„Nur du kannst sie retten."

„*Wie soll das gehen*?" Ginger saß kerzengerade auf dem Stuhl. Sie ahnte, die Antwort würde ihr nicht gefallen. So kam es dann auch.

„Eure Seelen sind bereits verschmolzen. Nun sollten die Körper folgen."

Ginger fühlte sich äußerst unbehaglich. Ihr Inneres verknotete sich zu einem steinharten Knäuel.

„Ohne dich hat sie keine Chance. Sie wird weiterhin an der Beatmungsmaschine angeschlossen bleiben ... und das Ende naht!"

„Dafür hast du mich also gerettet?" Etwas in ihr zerbrach in tausend Stücke.

„Nein, natürlich nicht!" Eine warme Hand strich zärtlich über ihr rotweißes Fell und sie entspannte sich ein klein wenig. „Ich hätte versucht, auch sie zu retten, doch sie war bereits weg."

Und so kam es, dass sich die beiden eine Stunde vor Mitternacht auf den Weg aus dem Wald machten. Ginger zögerte kurz, als sie sah, welches Vehikel am Waldesrand auf sie wartete. Hatte sie nicht ein ähnliches Ungetüm angefahren?

„Eine andere Möglichkeit gibt es nicht. Die Zeit drängt!" Damit klopfte die Heilerin auf den Beifahrersitz. Ginger fand Platz auf der Fußmatte, rollte sich ein und schloss ganz fest die Augen. So überstand sie mit flatternden Nerven die Fahrt.

„Wie willst du in Julias Zimmer kommen?"

Zwischenzeitlich kannte Ginger den Namen des Mädchens, das ohne sie anscheinend verloren war.

Ihre Begleiterin lächelte. „Lass dich überraschen!"

Das Krankenhaus lag größtenteils im Dunkeln. Einzig das gedämpfte Licht der Gangbeleuchtungen schimmerte durch die blanken Fensterscheiben nach außen. Beladen mit einem geflochtenen Korb klopfte eine ältere Dame rhythmisch an die verschlossene Glastür, die sich daraufhin auftat. Als läge ein Unsichtbarkeitszauber über ihr, trat sie, verborgen vor den Augen des Nachtdienstes in den Lift, schritt die langen, leeren Gänge entlang und stand schlussendlich vor Julias Bett.

Ginger hatte während des Abenteuers in ihrem Transportmittel still ausgeharrt, sprang dagegen jetzt schleunigst aus dem widerwillig geduldeten Behältnis.

Blasebalgartiges Rauschen empfing sie, genauso wie flackernde, leuchtende Linien auf einem Monitor. In unmittelbarer Nähe des Bettes stand ein Monstrum von Maschine, aus der mehrere verschiedenfärbige Schläuche wuchsen, wovon zwei zu Julia führten.

„Es ist das Beatmungsgerät, das diesen Lärm verursacht … und Julia am Leben hält." Mit diesen Worten hob die Alte aus dem Wald Ginger hoch und setzte sie zu Julia auf das Bett.

„Bist du bereit?"

Ginger war nicht bereit. Wie sollte man auch dafür bereit sein, willentlich sein letztes Leben zu opfern? Sie lag auf dem Brustkorb des Mädchens, der sich unter ihrem Gewicht hob und senkte, fühlte ein Herz, weit entfernt und schwach schlagen.

„*Wird es weh tun?*"

„Du wirst nichts spüren. Das verspreche ich dir."

„*Was wird mit mir passieren? Mit meinem Körper?*"

Fragen, die Ginger bereits während der Fahrt stellen wollte, jedoch keinen Raum gefunden hatten, in ihrem eisernen Bemühen, nicht hysterisch aus dem Wagen zu springen.

„Ich werde dich in Ehren halten, auf ewig!" Der Schwur einer Waldhexe. Darauf konnte man sich verlassen.

Ginger drückte ihren Kopf gegen die warme Hand, die auf ihm ruhte. Ihr Herz raste und sie hatte fürchterliche Angst. Nicht einmal das eigene laute Schnurren konnte sie besänftigen.

„Ich bin bereit." Oder vielleicht doch nicht?

Kaum hatte sie den Satz zu Ende gedacht zerflossen die Konturen des Zimmers. In alle Richtungen dehnte sich der Raum aus, dunstiger Nebel wallte hoch, funkelnde Körnchen wirbelten rundum, hüllten sie ein. Ihr wurde schwindelig.

Kapitel 2

Die Silhouette der Stadt leuchtete noch einmal rotgolden auf, bevor sie eins wurde mit dem aufziehenden Grau der Nacht.

Ginger seufzte innerlich. Julia saß gerne hier und betrachtete die Welt aus sicherer Entfernung vom zehnten Stock ihres Wohnblocks. Ärzte und Familie bezeichneten es als Wunder. Mit einem Male hatte die junge Frau die Augen aufgeschlagen und war aus dem Koma erwacht. Auch wenn sie zurzeit noch im Rollstuhl saß, es bestand Hoffnung und die Welt erstrahlte wieder in bunten Farben, zumindest für Julias Eltern.

Ginger sah das anders. Ihre zwei Seelen war untrennbar miteinander verbunden, ein Herz schlug für sie beide. Ginger wusste, sie hatte Julia das Leben gerettet, doch aus dem Rollstuhl würde sich das Mädchen nicht mehr erheben. Nicht so ohne weiteres.

Ein Lächeln huschte über ihrer beider Gesichter. Julia kniff die Augen zu, bis auf einen klitzekleinen Spalt, durch den spähte sie hindurch. Die Schemen der Häuser verschmolzen mit dem matten Schein der Straßenlaternen, sanftes Glühen breitete sich aus, und Ginger übernahm die Führung. Julia sprang hoch, raste zur Tür hinaus, flog fast über die Treppen vom zehnten Stock bis ganz nach unten, so schnell rannte sie. Ginger geleitete sie zum nahegelegenen Stadtpark. Den liebten sie in der Zwischenzeit. Sie stoben durch vom Abendtau benetzte Wiesen, schnupperten an duftenden, prallgefüllten Rosen, jagten ein paar Nachtfaltern hinterher, schlugen Purzelbäume unter mächtigen Eichen und machten letztendlich Rast auf einem der einladenden Holzbänkchen. Schweratmend kamen sie zur Ruhe.

„Ist es so, wie du es dir vorgestellt hast?"

Als wären sie eins, blickten beide gleichzeitig in die Richtung, aus der die flüsternde Stimme kam. Die Heilerin aus dem Wald hatte neben Julia Platz genommen.

„*Es ist anders.*"

„Bereust du deine Entscheidung?"

Ginger überlegte kurz. Sehr kurz.

„*Nein. Ich kann Träume erfüllen.*" Eine Weile blieb es still. „*Und ich bin noch da ... irgendwie*", fügte Ginger abschließend hinzu.

Mit einer hauchzarten Bewegung strich die Alte Julia über den Kopf. Ginger spürte es bis unter die Haut. Ihr wurde leicht schwindelig.

Die nächtliche Besucherin lächelte. „Lass dich überraschen!"

Kapitel 3

Gedankenverloren vergrub sich die Hand des Mädchens in rotweißes Fell. Julia saß wie so oft im Wohnzimmer vor den bodentiefen Fenstern und blickte in die Ferne. Dorthin, wo sie am Horizont das Grün des Stadtparks erahnte. Das vibrierende Schnurren der kleinen Katze auf dem Schoß beruhigte die junge Frau bis tief ins Innerste. Plötzlich war es auf dem Balkon gestanden, hatte an der großen, gläsernen Tür gekratzt. Ein flauschiges, winziges Katzenbaby. Kein Mensch wusste, wie es dorthin gekommen war, doch Julia war wild entschlossen, das weiche Fellbündel zu behalten. Es gab auch niemanden, der ihr den Wunsch verwehren wollte.

Ginger, so hatte das Mädchen den Neuankömmling getauft, rollte sich behaglich zusammen. Sie schnurrte, wie es nur Katzen eigen ist, und ihre Träume verwoben sich auf wundersame Art und Weise.

Ende